Hakan Günday, 29 Mayıs 1976'da Rodos'ta doğdu. İlk romanı *Kinyas ve Kayra*'yla (2000) edebiyat çevrelerinin ilgiyle izlediği ve kendi okur kitlesini yaratan bir yazara dönüştü. Günday'ın eserleri, Doğan Kitap tarafından yayımlanmaktadır: *Zargana* (2002), *Kinyas ve Kayra* (2003), *Piç* (2003), *Malafa* (2005), *Azil* (2007), *Ziyan* (2009), *Az* (2011), *Daha* (2013).

Hakan Günday *Daha* adlı romanıyla Fransa'nın saygın edebiyat ödüllerinden Médicis'in 2015 En İyi Yabancı Roman Ödülü'ne layık görüldü.

Kinyas ve Kayra

DOĞAN KİTAP TARAFINDAN YAYIMLANAN DİĞER KİTAPLARI

Zargana	Azil
Piç	Az
Malafa	Daha
Ziyan	

KİNYAS VE KAYRA

Yazan: Hakan Günday
Editör: Nevzat Çelik

Yayın hakları: © Doğan Egmont Yayıncılık ve Yapımcılık Tic. A.Ş.
Bu eserin bütün hakları saklıdır. Yayınevinden yazılı izin alınmadan kısmen veya
tamamen alıntı yapılamaz, hiçbir şekilde kopya edilemez, çoğaltılamaz ve yayımlanamaz.
1. baskı / Om Yayınevi, 2000
Doğan Kitap'ta 1. baskı / Şubat 2003
                    87. baskı / Temmuz 2020 / ISBN 978-975-991-795-1
Her 2000 adet bir baskı olarak kabul edilmektedir.
Sertifika no: 11940

Kapak tasarımı: DPN Design
Kapak illüstrasyonu: Emre Orhun
Yazar fotoğrafı: Selen Özer Günday
Baskı: Yıkılmazlar Basın Yayın Prom. ve Kağıt San. Tic. Ltd. Şti.
15 Temmuz Mah. Gülbahar Cad. No: 62 / B Güneşli - Bağcılar - İSTANBUL
Tel: (212) 515 49 47
Sertifika no: 45464

Doğan Egmont Yayıncılık ve Yapımcılık Tic. A.Ş.
19 Mayıs Cad. Golden Plaza No: 3, Kat 10, 34360 Şişli - İSTANBUL
Tel. (212) 373 77 00 / Faks (212) 355 83 16
www.dogankitap.com.tr / editor@dogankitap.com.tr / satis@dogankitap.com.tr

Kinyas ve Kayra

Hakan Günday

OMNES VULNERANT ULTİMA NECAT!
Hepsi yaralar, sonuncusu öldürür!

Elif Görür'e

İçindekiler

Birinci kitap

Kinyas, Kayra ve Hayat

Asansör dördüncü katta durdu. Kapısında 17 yazan daireye girdik. Tahmin ettiğim gibi evde çok az mobilya vardı. Salonun duvarları fotoğraflar ve afişlerle kaplanmıştı. Ortada, eskiciden alınmış izlenimi veren ceviz yemek masası, ucuz barlarda çıkması muhtemel kavgalarda hasarı önlemek amacıyla yere çakılmışçasına duruyordu. Ve dört adet çelik sandalye tarafından kuşatılmıştı. Yerlerde yüzlerce içki şişesi parkeyi bir halı gibi kaplıyordu. Kapalı perdelerden, pencerelerin çok uzun zamandır açılmadığı anlaşılıyordu. Zaten havaya hâkim olan keskin alkol ve tütün kokusu da bunu gösteriyordu. Masanın üstündeki boş ve dağınık kâğıtlar, cephedeki cesetler gibi, birileri tarafından toplanmayı bekliyordu. Ve salondaki en değerli eşya, kâğıtların yanında duran, üç ayrı köşedeki abajurun ışığıyla hayat bulan, olduğu yere kendini hiç de ait hissetmeyen ve benim çok eskilerden hatırladığım altın kaplamalı dolmakalemdi. Hareketsiz bir şekilde bir süre ayakta kaldıktan sonra oturmamı işaret etti. Çelik sandalye parkede, yıllar önce üstünde birbirimize hayatı anlattığımız salıncağınkine benzer bir ses çıkardı. O da karşıma oturdu. Arabadan beri hiç konuşmamıştık ve hâlâ sabahın dördünün, o insana kendinden başka kimseyi dinletmeyen sessizliği evi işgal ediyordu. Ayağının yanında duran bir votka şişesini alıp masaya koydu. Gülümsedi. İkimizin de Absolut'la ilgili hikâyeleri vardı. Ve o an, birbirimizi ne kadar uzun zamandır tanıdığımızı düşündüm. Yaptıklarımızı, yolculuklarımızı, kavgalarımızı, her şeyi... Sol elini beline doğru götürdü. Ceketinin arkasında kaybolan eli, sandalyelerle aynı parlaklıkta olan bir cisimle geri döndü. Dirseği masada, bana doğrulttuğu bu çelik, içinde 38 kalibrelik yaralama ve ölümler besleyen Smith ve Wesson ismindeki adamları fazlasıyla zengin etmiş, kısa namlulu bir altıpatlardı. Tabancanın topunda sarı sarı tebessüm eden kurşunları görebiliyordum. Zaten sarıyı hep ölüme yakıştırmışımdır. Öldüren ishalin, sıtma sıcağının, Azrail'in dişlerinin sarısı... Aklımdan geçenler bunlardı, ancak şaşırmam gereken bir durum vardı karşımda. Yirmi yıldan fazla bir süredir tanıdığım biri alnıma doğru silah uzatmış ve ölümümün doğal yollarla olmamasını sağlamaya çalışıyordu. O da, ben de yıllardır hiçbir şeye şaşırmadığımız için herhangi iki insanın ter banyoları içinde yaşayabilecekleri bir sahneyi, ağlarını bininci kez tamir eden balıkçıların sakinliğiyle oynuyorduk. Masadaki votka şişesini kendime çektim. Kalbimin attığı yer olarak hesapladığım bölgenin önüne getirdim. Çünkü yorulan kolu ve dolayısıyla silahın namlusu alnımdan kalbime inmişti. Ve ben, acaba Absolut şişesinin patlama sesini duyabilecek kadar zamanım olur mu, diye düşünüyordum. Aklımızdan geçenler birbirimiz için çoktan birer broşür haline geldiğinden, ufak oyunumu anladı ve kendine has sırıtışıyla namluyu tekrar alnımın hizasına getirdi. Suratımdaki bıkkın ifadeyle ben de koca bir yudum almak için şişeyi ağzıma dayadım.

Bir zamanlar, Absolut şişelerinin değişik modellerinin toplandığı bir katalog görmüştüm. Ve dünyada kendine böylesi gereksiz işler yaratabilen insanlar varken neden bu denli işsizlik var, diye düşünmüştüm. Çünkü bir şişe ister kadın, ister kova şeklinde olsun, muhakkak bir deliğe sahip olması gerekiyordu... Ve biliyordum ki, gerçekte işe yarayan tek kısmı da oydu...

Şişenin dibinden şekilsizleşmiş komik yüzünü seyredip tekrar votkayla yıkadım boğazımı. Gözbebeklerimi bulmaya çalışıyordu. Ama siyah gözlerim buna hiçbir zaman izin vermemişti. Sağ elini masanın ortasına bıraktığım şişeye uzattı ama sonra aklına birden kötü bir hikâye gelmiş gibi geri çekti. Saatin sabahı kovaladığı ve yakalamasına çok az kaldığı bu zamanda içinde bulunduğumuz durum için bir açıklama beklemem gerekirdi. Ama beklemiyordum. Hayatımın öyle bir dönemini yaşıyordum ki, hiçbir şeyi beklemiyor ve merak etmiyordum. Ama yine de, normalde sinir bozması gereken pozisyonun anlamını öğrenmek istercesine, yüzüme bilgiye aç bir çocuk ifadesi yapıştırdım...

Yutkundu ve konuşmaya başladı. Sesi sıcak, geceyi üzmeyecek kadar kısık ve beni üzmeyecek kadar da dürüst çıkıyordu.

"Yaz... Bizi yaz. Her şeyin sonuna geldiğimizin kanıtı olan kitabı yaz." O kadar yavaş söylüyordu ki kelimeleri, sanki her harfi çok uzaklardan bulup bin bir zorlukla getiriyormuş gibiydi. Bu söylediğini elindeki silahtan ötürü bir emir gibi algılamam gerekirken, ben daha çok bir yalvarış olarak misafir etmiştim zihnime. Yanıt vermediğimi görünce devam etti: "Bak Kayra, biz herkes olduk. Kendimize en büyük acıları ve zevkleri tattırdık. Ve artık ölüyoruz. Bunu fark etmiyor musun? En yukarıdan aşağı düşüyoruz. Ve yeri öpmemize çok az kaldı. Başladığımız yere dönmeden, yani sermayemizde ve hafızamızda sadece ismimiz kalmadan hatırladıklarımızı yazacaksın. Hayatın suyunu içtikten sonra bir gün işememiz gerekecekti. Ve zihinlerimiz ölmeden önce bunu yapacağız. İnsanlığımızı, ahlakımızı, dünyayı çok uzun zaman önce yok ettik... Hissediyorum. Şimdi sıra anılarımızda ve hayallerimizde. Kafatasımızın içini süsleyen bütün bildiklerimizde. Her geçen saniye eksiliyorlar. Çok geç olmadan yazmalısın!"

Duyduklarımla kendimi sarhoş ediyordum. Bitirdiğini ağzını kapattığı zaman anladım. Daha önce de konuşmuştuk yazma işini. Ve ikimiz de bunun bizim için çok yorucu olacağını ve kimsenin hikâyelerimizden bir anlam çıkaramayacağını, çünkü kelimelerin yaşadıklarımızın ve düşündüklerimizin yanında altı aylık bebekler gibi kalacağını anlamıştık. Ama şimdi karşımda bunu yapmak isteyen ve işbirliğine girmediğim takdirde kendi hayatı kadar değeri olmayan canımı almaya kararlı eski dostum oturuyordu...

O an çok yorgun olduğumu hissettim. Kurduğu cümleler beni eskilere götürmüş ve verdiğim mücadeleleri aklıma getirmişti. Sadece bunları yeniden düşünmek bile kendimi ölüm döşeğinde yatan bir yaşlı gibi hissetmeme yetmişti. Ben yazmak istemiyordum. Hiçbir şey istemiyordum. Dünya üzerinde yapılacak işlerim bitmişti. Düşündüğüm her şeyi denemiştim. Şimdiyse sakin bir şekilde ölümü beklemek istiyordum. Zihin yolculuğumun son aşamasındaydım. Dünyanın en güzel sanat eserini yaratıp on dakika seyrettikten sonra yakan bir ressam gibi ben de keşfettiğim düşünce cennetimi tasfiye ediyordum. İki aydır bunu yapmaya çalışıyordum ve bitmesine çok az kalmıştı. En azından ben öyle düşünüyordum. Sona erdiğinde ise beş yaşındaki bir çocuğa dönüşecektim. Ve bu zaten çok büyük bir çaba gerektiriyordu. Cehalete geri dönüşün cehaletten çıkmaktan çok daha zor olduğunu, hafızamın rahatsız eden darbeleriyle anlamıştım... Hatta belki yaratacağım yeni ve bomboş aklım sayesinde mutlu bile olabilirdim... Mutluluk. Gözlerimle beynimin arasından geçirdiğim son kavram o kadar saçma geldi ki, bir tebessüm oturdu suratımın tam ortasına. Ve şimdi Kinyas gelmiş, bana yeniden yükselmemi söylüyordu. Paraşütünü açmış bir adamdan uçağa dönmesini beklemek gibi bir şeydi bu. Bütün bunları kendime tekrarladıktan sonra terk etmeye çalıştığım bana çok uygun bir yanıt verdim. Düşündüklerimin tam tersini yapmakta ve söylemekte gerçek bir usta olduğumu kendime tekrar kanıtladım. Zaten acıya ve yalana ne kadar dayanabileceğimi hep merak etmişimdir. Aslında sadece birkaç yıl merak ettim çünkü bir gece aynaya baktığımda, kıpkırmızı gözlerim bana bütün dünyayı ve iğrençliklerini hazmedebileceğimi söylemişti.

"Tamam. Yazacağım. Ama bil ki, kan kaybeder gibi kelime kaybettim. Son yazdığım kitabın üzerine yıllar bindi. Ve bugünlerde, sokakta ateş istemek için bile iki kelimelik konuşmayı kafamda derleyip toparlamam gerekiyor. Provasız adımı bile söyleyemiyorum. Unutma ki ölmekte olan bir zihni yeniden hayata çağırıyorsun. Unutma ki Kayra'yı uyandırıyorsun!"

Artık votkadan rahatça içebilirdi. Boğazından süzülen alkolün bir bölümünü midesine indirdi. Silahı masaya koydu. Kalemi alıp sağ elinin serçeparmağına bir "K" harfi çizdi. Ve diğer parmaklarını da harflerle doldurdu. Son iki harf için de, kalemi sağ eline geçirip her gerçek solak gibi neredeyse felçli sayılacak kadar hâkim olamadığı hareketlerle, sol elinin işaret ve orta parmağını kullandı. Yaptığı şey, on beş yıl öncesine dayanan aramızdaki eski bir şakaydı. Kalemi önüme doğru bıraktı. Ellerini sıkarak yan yana masanın üzerine koydu. Parmaklarına isminin harflerini yazmıştı: "KİNYAS"

Yirmi dokuz yaşındayım ve hatırladıklarımın hepsini yazıyorum...
Nedenini bugün bile anlayamadığım bir değişim içindeydim. Müzik zevkim orta çizgiden uçlara kaymıştı. On dört yaşımdaydım ve üç yıldır en gürültülüsünden şarkılar dinliyordum. Ve o zamanlar bile müzik

dinlemek benim için boş bir zaman değerlendirmesi değil gerçek bir uğraştı. Genellikle bulunduğum yerin karanlık olmasını sağlardım. Müzik dinlerken bütün ruhumu notalara ve sözlere verebilmem için gözlerimi kapatmam şarttı. Dikkatli dinlemek için gözlerimi kapatmaya, körlerin bizden daha iyi duyduklarını öğrendiğim zaman başlamıştım. Ve o günlerden sonra hayatımın bütün karanlık koridorlarından geçerken de gözlerimi kapalı tuttum. Daha iyi dinlemek, daha iyi koklamak için...

Dinlediğim müzik, abartılı olmasının yanında, uzun yıllar içinde oluşmuş bir felsefe ve hayat tarzı da içeriyordu. Zaten bu, bütün azınlık müziklerinin de iddiası olmuştur. Toplumda bir konuya ilgi duyan kişilerin sayısı azsa, derhal parçalanmaz bir kabuğun içine çekilip çeteleşmeye başlar. Sokaklarda birbirlerini tanıyıp bir sigara ya da başka bir şey isteyebilmeleri için kollarına, bacaklarına belirleyici aksesuvarlar takarlar. Hep böyle olmuştur. Parkalardan latekse kadar... Ve dahil olduğum müzikal sınıf da, hayatı diğer insanlardan farklı algıladığını düşünerek, geriye kalan bütün müzik tarzlarını aşağılamaktaydı. Müzikal militanlar olarak konserlere gitmek, şarkı sözleri hakkında sabahlara kadar tartışmak bana büyük zevk veriyordu. Bu tartışmaların ikna yeteneğimin gelişmesinde çok büyük katkısı oldu. Tahmin edileceği gibi, sevgililerimi de bu cemaatten seçiyordum. Futbol takımı taraftarlığından farksız o günlerde ölümü, intiharı, seksi, varoluş nedenlerimizi şarkı sözlerinin beni içine ittiği havuzlarda düşünmeye başlamıştım. Elbette ki bütün bahsettiğim kavramlar, on dört yaşımın aklını karıştırmaktan başka bir şeye yaramıyordu. Hiçbir sonuca varamıyor, kendi doğrularımı yaratamıyordum. Sadece düşünüyordum.

Hatta vücudumu sadece belli bir duruş şekline getirdiğim zaman en verimli biçimde yoğunlaşabildiğimi fark etmiştim. Odamda boş olan tek duvarıma dönük bir şekilde yere oturuyor, beş dakika kadar hareketsiz kalıyordum. Daha sonra sırtımı yere bırakıyordum. Bacaklarımı duvara yaslayıp doksan derece açıyla, duvar ve zeminin birleştiği köşeye bedenimi yapıştırıyordum. Önceleri bacaklarım havaya doğru dik durduğundan daima hantal olan etim, bazı ağrılar çekmişti düşünme hareketi yaparken. Son pozisyon ise duvara yaslanmış olan bacaklarımla bağdaş kurmak oluyordu. Böylece gözlerimi açtığımda, beyaz badanalı tavanı ve uzun bir süre bakıldığında ansiklopedilerdeki gezegen fotoğraflarına benzeyen boya kabartılarını görüyordum. Bir saate yakın aynı şekilde duruyor, kendimi ve hayatı düşünüyordum. Yoğunlaşma bazı sorularla başlıyordu. Yaradılışımı, geleceğimi, çevremi, insanların farklılığını, duygularımın çeşitliliğini sorguluyordum. Kendimi dinlemeyi öğrenmekti bu yaptığım. Çünkü duyulabilecek kadar yüksek bir ses vardı içimde. Bunu fark edince, dünya üzerindeki bütün insanlar birden yok olsalar dahi yalnız kalmayacağımı anladım. Çünkü ağzımdan çıkan, başkalarının duyabildiği bir sesin yanında, içimde yankılanan ve kimsenin varlığından bile haberdar olamayacağı başka bir ses daha vardı. Demek ki kendimle diyalog kurabilir, aynı konu hakkında yüksek sesle bir söz söylerken, içimden de bambaşka bir cümle kurabilirdim. Dünyayla aramdaki köprüyü ve kendime açılan kapıyı böylece keşfettim.

Tabii bu aynı zamanda on dört yaşında bir çocuğun yalanı da keşfiydi. Daha doğrusu hiçbir yalandan acı çekmemeyi öğrenmesiydi. Yüksek sesle inanmadığım her şeyi anlatabilir, içimden de "İnanmayın bana. Sakın inanmayın. Hepsi yalan! Ağzımdan çıkanı duymanız kolay. Ama yapabiliyorsanız, bunu da duyun!" diyebilirdim.

Ve günde en az iki kez gerçekleştirdiğim kendimi dinleme seanslarımın bir çeşit meditasyon olduğunu sonradan öğrendim. Belki de o günler ve o yoğunlaşmaların yüzünden kitaplardan hep nefret ettim. Her şeyi kendim keşfedebiliyordum. Kimsenin yol göstermesine ve hayal gücüne ihtiyacım yoktu. Romanları, edebiyattaki bütün eserleri bir dolandırıcılık sektörünün parçaları olarak görmeye başlamıştım. Fikir satmak, herkesin oturup düşündüğü takdirde erişebileceği kavramları şekillendirip, ambalajlayıp pazarlamak, herhangi bir sahtekârlıktan farksızdı benim için. Dolayısıyla matbaadan çıkan kayda değer tek ürünün ansiklopedi olduğuna inandım. İhtiyacım olan salt bilgiydi. Ve o bilgiyi aldıktan sonra ne yapacağım sadece beni ilgilendirirdi. Bir de gidip o bilgi karşısında X yazarın ne hissettiğini bilmem gerekmiyordu. Ben yeterince hissediyordum. Hatta bütün dünyaya yetecek kadar!..

Ve okumaya başladım. Sözlükler, ansiklopediler... Düzenli olarak bunu iki yıl boyunca yaptım. Ama o döneme sonra değineceğim. Şimdilik, gelelim müziğin ruhuma ve kendime giden yolda bana nasıl kılavuzluk ettiğine. Öncelikle, dinlediğim ve ilgilendiğim tarzın o yıllarda piyasada yeterince bulunmayan albümlerde saklı olduğunu düşünürsek, hayli araştırma yapmak zorunda kaldığımı söyleyebilirim. Özel arşivler, küçük kulüpler, eskiciler... Kısacası, on dört yaşında bir insanın girmesi zor olan yerlerin hepsinde aradığım albümler beni bekliyordu. Çabalarım bana bir hayat sunarken, son derece normal ve başarılı olan gündelik sosyal hayatımı da öldürüyordu. Zamanımı şehir delileri arasında geçirerek harcadığımdan ailemi ve şartların bana hediye ettiği arkadaşlarımı ihmal ediyordum. O zamanlar yaşadığım ülkeden ayrılana kadar düşündüm, dinledim, okudum ve konuşmadım.

Kimliğini taşıdığım ülkenin başkentine yerleşip herhangi bir okuluna devam etmeye başladığımda durum farklılaşmaya başladı. Şartlar bana çok sayıda insan tanıştırdı. Ve ben bunu engellemek için hiçbir mücadele belirtisi göstermedim. Farklı olmak için mi farklıydım, yoksa öyle mi doğmuştum −ki konuyu genlerin Tanrı olduğuna inanan biyokimyagerlere bırakıyorum− bilmiyorum; ancak emin olduğum nokta tanıştığım kişilerle aynı durumlar karşısında aynı duyguları hissetmiyor oluşumdu. Farklı olmanın ne anlama geldiğini sayıca az bir kitlenin dinlediği ve hayvanat bahçesine benzeyen şehirlerin en değerli türlerinin tükettiği bir müzik tarzını benimsediğim dönemlerde öğrenmiştim. Ve söz konusu farklılığın dışa vurulduğu, gözle görülür, kulakla duyulur hale geldiği takdirde ne kadar acı verebileceğini de görmüştüm. Çünkü ilk gelecek linç girişimindeki yumruğu yemeden önce kendimi anlatacak ya da insanları kandıracak kadar zamanımın asla olmayacağını biliyordum. Ve içimdeki haykıran sesi daha da güçlendirerek onun benim tek ruhsal denge kurucum olduğunu düşünmeye başladım. İnsanlara yalan söylemek için açtığım ağzımdan dökülen pisliği içimdeki ses temizliyordu. Birbirlerine gün ve gece kadar zıt olan iki sesin de aynı dudakların arasından çıkıyor olmasından rahatsız değildim. Düşüncelerime ve beynimden geçenlere en yakın −en yakın diyorum çünkü hiçbir zaman tam anlamıyla düşüncelerimizi söylememize yetecek kelimelerin yeryüzündeki lisanlarda bulunmadığını uzun zaman önce anladım− cümlelerin ağzımdan çıktığı gün öldürülmüş olacağımı ya da yavaş yavaş yok olmamı sağlayacak şartların sözleşmiş gibi çevremde buluşacaklarını düşünüyordum. Ve nefes alıp vermemi durduracak fiziksel bir hareket yapamayacağımı, yani kendi dışımda herkesi rahatlıkla öldürebilecekken intihar edemeyeceğimi anladığım gün, başkalarının ya da hayatın bunu yapmasını isteyeceğim ana kadar düşündüklerimi geldikleri yere geri yollamaya ve orada depolamaya karar verdim. Ama bir arada durmalarının beynimde bir iltihap yaratacağını bilemezdim.

Ve sonuçta gerçek "Kayra" sadece kendi ölümü için ortaya çıkacaktı. O gün gelene kadar da kendini dünyanın en iyi yalancısı olarak yetiştirmeye çalışan, basit ya da yüksek zevklerden çok, sırf rahatsız edilmemek uğruna sahte olmuş bir "Kayra" gibi yaşayacaktım...

On beş yaşımdaydım ve her şeyi yapabileceğime inanıyordum. Hayallerimin bana bir ömür boyu yetebileceğini ve bu arada bedenimin ağzımdan çıkan sözlerin etrafında bir kalkan oluşturarak zarar görmemi engelleyeceğini düşünüyordum. Sadece, gittikçe tehlikeli hale gelen bir oyun oynuyordum. Ama ben oyunları hep ciddiye aldım. Sahte ilişkiler ve dünya üzerindeki her kavramı içme arzusu hayatımın on beşinci yılında başımı döndürmeye yetiyordu...

Bunlar o güne kadar zihnimden geçenlerdi. Şimdi de bedenimin ve beş duyumun yanından geçenlere bakalım...

Hafızamın bugüne kadar sırtında taşıyıp getirdiği görüntülerin en eskisi ve paslanmışı yedi yaşıma dayanır. Bir çocuk suratı hatırlıyorum. Gözlerinin rengini çözemediğim, gülerken hiç görmediğim bir çocuk. Sonra o çocuğu birçok kez gördüm. Yılda bir kez karşılaştığımızı ve hiç de iyi anlaşamadığımızı hatırlıyorum. İnsanlara dayanamayan iki cüce birbirlerinden ne kadar zevk alabilirlerdi ki zaten? Hele hayatı anlatmaya yetecek kelimeleri kafalarımızın barındırmadığını düşünürsek... Birbirimiz için, sevmediğimiz ya da sevemediğimiz fazladan bir insandık. Hepsi bu... Seyrek görüşmelerimiz susmalarla, kavgalarla geçerken yavaş yavaş yaşımızın ilerlemesiyle konuşmayı keşfettik. Ben yalan söyleme denemelerimi onun üzerinde uyguluyordum. Ancak onda da benim sahip olmadığım bir rahatlık vardı. Yaşamaktan, hayatta olmaktan utanmıyordu. Yalan söylemeye ihtiyaç duymuyordu. Kıskandığım bir doğallık, hareketlerinden ve sözlerinden akıp çevresine yayılıyordu. Bir insanın bu kadar kanaatkâr olması beni sinirlendiriyordu.

On üç yaşlarındayken görüştüğümüz tatil kasabasındaki son gecemizde birbirimize mutsuzluğumuzu ve adını koyamadığımız acılarımızı itiraf ettik. İlk mektubu ben yazdım. Yazmayı seviyordum. Cümleler kurmayı, kelime oyunları yapmayı, karmaşık konuları anlatmayı... Ve yanıtlar gelmeye başladı. Anadilini, kısa ömrünün çoğunu ülkesinin dışında geçirmiş olduğundan iyi yazamıyor ama yine de o keskin doğallığı sayesinde benim ancak kurşun kadar ağır bir paragrafta anlatabileceğimi o bir cümlede yüzüme fırlatabiliyordu. Çok mektup gitti geldi aramızda. Sahip olduğumuz bilgileri, yeni deneyimlerimizi paylaşıyorduk. Zamanla birbirimiz için yaşamaya başlamıştık. Yani mektuplarımıza yazabilmek için çoğu insana garip gelebilecek işler yapıyorduk. Ailem şehir dışındayken kendimi odama kapatıp günlerce çıkmıyordum. Daha sonra da bu süre içinde neler düşündüğümü mektuplara yazıyordum. Ve mektup ilişkimiz yıllarca devam etti.

"Yapamıyorum Kinyas. Yazamıyorum. Bütün bunların hiçbir değeri yok. Ne doğru dürüst cümleler kurabiliyorum, ne de gerçeği böylesine anadan üryan anlatmak hoşuma gidiyor. Seversin vazgeçmeyi. Bu işten de vazgeç. Mutluluğundan vazgeçtiğin gibi!" dedim, kalemi masaya atarken.

Beni dinlemiyordu... Gerçekten ikimiz de çok kötü durumdaydık. Yolun sonundaydık ve hâlâ dünyaya atabileceğimiz son kazığın peşindeydik. O da büyük bir ihtimalle bunları düşünüyor olmalıydı ki, benden çok ama çok seyrek yaptığı bir şey yaparak sigara istedi. Üstüne yıllar önce bir usturayla "TAEDİUM VİTAE" kelimelerini kazıdığım Zippo'yla yaktım. Aslında beni öldürmesini çok istiyordum ama söyleyemiyordum. Onun anlamasını bekliyordum. Londra'da, King's Road'daki 403 numaralı binanın ön cephesindeki "SEX" isimli mağazanın vitrininde yıllar önce duran ve üstünde "PLEASE KILL ME" yazan tişörtü düşündüm. İntihar nefsi müdaafaydı. Ama bunu başka birinin yapması çok daha asildi.

Nedendir bilmem ama gururdan ve kendime saygıdan milyon kilometre uzakta bir hayat yaşarken asaleti hâlâ önemsiyordum. İçtiğim içkilerde, kıyafetlerimde, hareketlerimde daima barok bir asalet vardı. Aslında hep bir karikatüre benzemiştim. Uzun saçlarımı geriye doğru taradığımda, bıyığımı yanaklarıma doğru genişleterek çeneme sarkıttığımda ben, bir insandan çok bir resimli roman kahramanıydım. O ise daha çok güzel bir resimdi. Gerçekten de birbirimize hiç benzemiyorduk. Kısacık saçları, eski giysileri ama buna rağmen yüz hatlarının jilet keskinliğinin kendisine kattığı resim çekiciliği... Sigarasının dumanını burnunun deliklerinden dışarı defetmekle meşguldü. İki elim de masanın üstündeydi. Silah sol elime yirmi santim uzaklıktaydı. Bana bakmıyor ve yazdıklarımı okuyordu. Bir saniye içinde silahı almış, ona doğrultmuştum. Sakin bir ifadeyle kafasını kâğıttan kaldırdı.

"Yaz!" dedim. "Sen yazacaksın! Beni böyle cezalandırabileceğini düşündüm. Gerçeklerden bu kadar nefret ettiğimi bile bile bana bizi anlattırmaya çalıştın. Ama hayır! Böyle bir şey olmayacak. Sen yap! Yoksa seni sakat bırakırım. Ve hayatının geri kalan kısmında sürünerek dolaşırsın."

"Kendimi öldürürüm" dedi.

"Kendini öldürebilseydin, yıllar önce beni öldürürdün. Sıra sende!"

Ağzımın içinde bir hız radarı olsaydı, söylediğim kelimelerin geçiş hızına dayanamayıp çatlardı...

Sinirlendi. Ama yine de öfkesini belli etmemeye çalışarak votkadan biraz içti. Sonra kalemi aldı.

"Senin de sıran gelecek" deyip yazmaya başladı.

Benim adım Kinyas. Gün ağrıyor. Başım ağrıyor. İsmimi kendime ben verdim. Bitmeyen bir öfke ve bitmeyen bir mutsuzluğun ifadesi. Bütün insanlara kızgınım. Yaşadıkları için. Hayattan midem bulanıyor... Ateşle oynarım. Yeterince benzin ve karşımda oturan adamın ceketinin iç cebindeki çakmakla dünyayı yakabilirim. Benim adım Neron. Geceleri çaldığım arabalarla gezerim. Tokyo'da doğdum. İki zenciye üç gram kokain karşılığında bileklerimi kestirttim. Sabah uyandığımda okyanus beni yıkadı. Benim adım Steve McQueen. Bütün bildiklerimi kusarak hayatta kalıyorum. David Bowie'yi rüyamda gördüm. Sabah bir gözüm yoktu. Şiir yazdım. Tam üç tane. Birini rendeleyip makarna sosuma kattım. Diğerini yakıp küllerini kum saatine koydum. Biraz zaman kazandım böylece. Sonuncusunu ise şimdi yazdım. İşte geliyor:

Sözlerimin sonunu duymadığın zaman.
Cümlelerimin sonunu duymadığın zaman.
Değiştiriyorum son kelimelerimi.
Değiştiriyorum sonumu.

Kendimi ölümsüz olarak görüyorum. Mekân ve zamandan kopalı yıllar oluyor. Bir kıza âşık olmuştum. Onu görmek için altı saat yol almam gerekiyordu. Bir sabah, treni kaçırdım. Âşık olmaktan vazgeçtim. Kendinden vazgeçmenin ne olduğunu asıl ben bilirim. Benim adım Kaygusuz Abdal. Tanrı'dan vazgeçtim. Ölmekten vazgeçtim. Çünkü ölürsem ve eğer yukarıda beni ödül ve ceza sisteminin bekçileri bekliyorsa çok büyük kavgalar etmem gerekecekti. Ölmek istemiyorum, çünkü Tanrı'yı da öldürürüm diye korkuyorum. Ve böyle bir vefata benim dışımda kimse dayanamaz... Platon'un Mağara İstiaresi'ne karşılık, ben de Kuyu İstiaresi'ni yazdım: doğdukları andan itibaren düşen insanların, yanlarından hızla geçen fırsatlara ve başka insanlara tutunup tırmanmalarını ve bunu sadece doğdukları andaki yüksekliklerine erişebilmek için yaptıklarını anlattım. Ancak ellerini ağızlarına sokup, parmaklarını ısırıp hiçbir şeye tutunmamaya kararlı olanları da anlattım. Ve sordum, Tanrı'nın yukarıda mı, yoksa aşağıda mı olduğunu. Eskiden poker oynardım. Şimdi de, Tanrı'nın aşağıda, kuyunun dibinde olduğuna oynuyorum. Hayatım masada, birkaç kırmızı oyun fişiyle.

Az yedim, çok içtim. Hâlâ içiyorum. İçki ayırmadım. Alkolü kendime yakıştırdım. Her türlü uyuşturucudan tattım. Bağımlılıktan nefret ettim. Gitmemi, terk etmemi engeller diye. Ne bir maddeye, ne de bir insana bağlandım. Sırf bunu kendime kanıtlamak için eroin kullandım, âşık oldum. İkisini de arkama bakmadan bırakıp gittim. Geçmişe tükürüp geleceği çiğnedim. Bugünü ise uyuyarak geçirdim. Benim adım Houdini. Dünyayı bir oyuncağa çevirdim. Ayak basmadığım yer kalmadı. Kalan varsa, onları da amuda kalkar geçerim! Duvarlara, bedenime resimler çizdim. Bir gün öyle gürledim ki önümde duran şarap kadehi çatladı. Benim adım Hitler. Kendi ordumu kurmak için bir sürü kadına tohumlarımı bıraktım... Şimdiyse ağlıyorum. Hepimiz için. Çünkü hiçbiri işe yaramadı...

Kendimi defalarca buldum, defalarca kaybettim. Gerçek adımı hatırlamıyorum. Kimliğimi bir çocuğa sattım. Çirkinleşmek için çok uğraştım. İsteyene ruhumu kiraladım. Vücudumdaki dikiş sayısını artık bilmiyorum. Hayatımı diktiler. Oysa yırtmak için çok uğraşmıştım... Bir psikiyatra tecavüz ettim. İsminin ve unvanının üzerinde yazdığı, masasındaki mermer parçasıyla. Hapse girdim. Çıktım. Hayat bitmedi. Piyano çaldım. Sattım. Benim adım Dean Moriarty. 140'ı geçince direksiyonun üzerine yattım. Bagajına ceset sığdırabileceğim arabayı seçtim. Nargileyle sevişenleri seyrettim. Beş bin film seyrettim. Her şeyin farkına vardım. Farkına varılacak bir şey kalmayınca da "Sıradaki hayat gelsin!" dedim. Ne gelen var, ne de giden. Sadece Kinyas ve ben... Kendimi tanıyamadım. Zamanım olmadı. Binlerce dilim pizza yedim. Pepperonni ve siyah zeytinli. Benim adım Miss Piggy. Bütün hayatım boyunca kaçtım. Önüme okyanus çıktı. Daha ileri gidemedim. İçinde boğulmak istedim. Gözlerimi sahilde açtım...

Uyumadım. Pişman olmadım. Kendimden bile. Ben gerçektim. Dünyanın en gerçek adamı! Bana ait bir gezegen bulana kadar insanlara ve kendime zarar vermeye devam edeceğim... Biliyorum, beni linç edecekler. Beni bütün dünya öldürecek. En derinde benim cesedim olacak ancak bedenimi toprak bile kusacak... Aranızdayım her gece. Dolaşıyorum sokaklarda, sol elimde Şam'dan taşıyıp getirdiğim yakutlu hançerimle...

Gittim, jazz dinledim. Duke Ellington'ın plaklarıyla kendilerini kesen kadınları gördüm... Benim adım yok. Çünkü ben yokum. Delirdim. Yetmedi. Delirttim. İğrendirdim. Dünya bendim. Acıyı inceledim üniversitelerde. Üç ayrı okulda, üç yıl. Sonra acıttım akademik kariyerleri ve tabii ki kendiminkini. Ne çalışmak, ne de bir işe yaramak. Hiçbirine inanmadım. Tespihle adam boğdum. Ben doğdum! Oysa güneş batıdaydı. Ben geceye geldim. Aya misafir oldum... Bunları söylüyorum çünkü anlatılacak başka bir hikâyem yok. Zaten yazma işlerinde de hiç başarılı olamadım. Ben daha çok, fırça ve boyalarla ilgilenendim. Ve dünyaya bırakabileceğim bir miras yok. Bütün değerleri iyi bir pizzanın üstüne içtim...

Japonya'dan Suriye'ye taşındığımızda on iki yaşındaydım. Arapça öğrenmemek için elimden geleni yaptım. Ama yine de sarmaşık gibi dilime dolandı. Arap'ı ve Bedevi'yi T. E. Lawrence'tan öğrenmiştim. Ve Arap Yarımadası'nda var olabilmek için ya ibne ya da silah kaçakçısı olmak gerektiğini anladım. Ben ikisi de değildim. Ama adına çöl denilen, küreğin batmadığı denizde yaşayan insanların hiç de hak etmedikleri bir tarihleri vardı. Bir zamanlar dünyaya hükmeden esmer savaşçıların düştükleri durumu görünce zamanın ne kadar nankör olduğunu anladım. Geçmiş hiçbir şeydi. Kuma kendini gömüp yeniden Arap medeniyetinin hüküm süreceği günleri beklemek ve o gün gelene kadar birbirlerini öldürmek yapabilecekleri tek işti. Ben de onları seyrediyordum. On altı yaşıma kadar hep seyrettim zaten. Hep iyi bir izleyici oldum. On altımda bozuk Arapça, pokerde kazanılmış bir hançer ve bronz bir tenle Avrupa'ya geldim.

Eski kıta beni bekliyordu. Bir dejenere sürüsünden başka bir dejenere sürüsünün içine düşmüştüm. Burada silah kaçakçısı da yoktu. Hepsi ilk gruba dahildi. Ve daha yakınlaşmadan hiçbirine, nefret etmiştim hepsinden de. İki dünya savaşını da bu geri zekâlıların başlatmış olmasına hiç şaşırmamak gerekiyordu. Birbirlerinden o kadar korkuyorlardı ki aynı metroda beş yüz kişi yolculuk yaparken duyulan tek ses makine gürültüsüydü. Halkı aptal ama azınlıkları var olma çabası içinde yarı tanrılar yaratmış bir toplum. Bu yarı tanrılar bugün üstünde yaşadığımız dünyanın edebiyatını, müziğini, resmini, politikasını belirlemiş olanlardı. Ve ben onları sokakta göremiyordum. Kapalı kapılar arkasındaydı Avrupa'yı yönetenler. Halkın karşısına çıktıkları anda çiğ çiğ yeneceklerini bildiklerinden, ukalaca taktıkları yüksek kültür maskesini sadece birbirlerine gösteriyorlardı. Sömürmeye ve sömürülmeye hayatın amacı olarak bakan bu açık tenli ırk, belki de doğanın en büyük hatasıydı... Atom bombası oraya atılmalıymış. Deniz olmalıymış oralarda. Balıklar bile daha iyi geçinirmiş birbirleriyle!

Ama bütün bunların ne önemi var? Entelektüel sapkınlıklarıyla ve dünyanın diğer bütün kıtalarına karşı hissettikleri korku ve nefret kokteyli duygularıyla, son olarak da yeryüzünün görüp görebileceği en salak turistleri olma unvanlarıyla Avrupa halkı kendini öldürmek ya da öldürtmek için bütün nedenlere sahiptir. Sosyal devlet dedikleri, bana kalırsa Gestapo düzeninden başka bir şey olmayan sistemleri, sokakta biri düştüğünde ambulans gelene kadar, yerde yatanın kendileri olmadığı için şükretmelerinden ibarettir. Arap hiçbir sakınca görmeden hiç tanımadığı, kendinden geçmiş yerde yatan bir adamı sırtlayıp en yakın hastaneye koştururken Avrupa insanı aynı adama, adını yeni öğrendiği bininci mikrobu kapmamak için bir metreden fazla yaklaşamaz bile. Çünkü Avrupalının altına yapacak kadar korkması için bir şeyin ismini bilmesi yeter. İsimsiz canavarlar sadece Arap'ı korkutur. Herkesin kendine göre bir paranoyası var. İklimden, saç renklerinden, el parmakları uzunluğundan ya da her neden kaynaklanıyorsa! Herkesin tercih ettiği bir ölüm var...

Her neyse, zaten üzerinde yaşadıkları çirkin kara parçasına sıkışmış, birbirini yiyen, Ortaçağ'dan beri gelen eş değiştirerek yaptıkları salon danslarından grup sekse kadar ahlak anlayışlarını değiştirmemiş Avrupalıları hayatımın geri kalan kısmında da çok iyi tanıma fırsatım oldu.

Genel olarak normal olmadığımı düşünerek kendimi meşrulaştırıyordum. Anormalliğim o yaşlarda herkesin istediği şeylerden farklı hayaller kurmamla sınırlıydı. Yani bir şeyleri arzulayabiliyordum o sıralar. Gitmeyi, siyah giymeyi, bir kamerayla izleniyormuşçasına yaşamayı, güzel kadınlarla yatmayı, dünyayı çözmeyi; hayata başlama vuruşunu yapanı keşfetmeyi ve yaşıtlarımın çok azının kurgulayabildiği benzer kavramları hayal ediyordum... Her zaman yalnız oldum. Yalnızlığı kendimi geliştirmenin tek yolu olarak gördüm. Ama çevremde olup biteni kaçırmak ve yanımdan akıp giden hayat nehriyle yüzümü yıkamamak da bana aptalca geliyordu. Bu nedenle evde çok az zaman geçirmeye ve sokaklarda yaşamaya başladım. Fahişeleri keşfettim. Silah kullanmasını öğrendim. Poker oynamaya devam ettim. Kitap okumayı bıraktım. Artık en ufak boş zamanımda kilometrelerce uzakta olan bir kasabaya trenle gidip, birkaç kadeh içtikten ve caddelerini arşınladıktan sonra evime dönüp uyuyordum. Rüyamda yüzleri, sokakları, tren camındaki pastel renkleri görüyordum. İnsanlardan istediğim ölçülerde, ilgilendiğim alanlarda yararlanıyordum. İlişkilerim kontrolüm altındaydı. Kimseyi kendime fazla yaklaştırmıyordum. Dünyayı, hayatı olduğu gibi kabul ediyor ancak bütün bunların dışında da bir gerçeğin olması gerektiğinin üzerine yoğunlaşıyordum. Yani bir şekilde, çok uzaklarda, kimliğimi büyük bir seremoniyle yaktıktan sonra, gözlerimi kapatıp son nefesime kadar huzur içinde yaşayabileceğim bir yer olduğunu düşünüyordum. Aslında bu mümkündü. Ve bir ara çok yaklaşmıştım. Ama Kinyas hâlâ ortaya çıkmamıştı ve gerçekten böylesi bir hayat isteyip istemediğimi bilemiyordum.

Bütün bunları yazmak o kadar zor ki. Şu an bulunduğum noktada hiçbirinin olmadığını görmek... Aslında bu kadar yükselmek ya da alçalmak, daha doğrusu bu kadar ileri gitmek istememiştim hiçbir zaman. Aynaya bakıp kendini tanıyamamak, insanın kendi anılarını bir başkası yaşamış gibi anlatması, dünyanın kendisi dahil üzerindeki hiçbir şeye kayda değer bir varoluş nedeni bulamamak ve zihnin bedenden binlerce kilometre uzakta olması o kadar korkunç ki!

Hava aydınlanıyor. Kayra'nın yazdıklarını okuyormuş gibi yapıp ilgilendiğimi düşünmesini istemiştim. Oysa tek bir kelimesine bile bakmadım. Şimdi kaçamak bakışlar atıyorum ona ve görüyorum ki elinde başka bir votka şişesi, arkamdaki duvarda asılı olan afişleri seyrediyor. Ne yazdıklarıma bakıyor, ne de burada olduğumun farkında. Belki de sadece onun yanındayken kendimi hâlâ yalnız hissedebildiğim için böylesine garip bir dostluğumuz var. Birbirimize anlatacak hiçbir şeyimiz ve her şeyimiz var. Ve aynı zamanda, o kadar da umursamıyoruz ki söylenenleri, olanları, aynı odada bulunduğumuzu bile unutabiliyoruz. Onu sevdiğimi söyleyemem çünkü duygularım yok ama hayattaki tek bağımlılığım olduğunu itiraf edebilirim... Yoruldum. Çok yorgunum... Yeryüzüne inme zamanı.

"Kayra! Haydi çıkalım buradan. Biraz dolanalım."

Ne Kinyas, ne de ben bu aptal oyunu devam ettirmek istiyoruz. Ama yaşadığımıza dair bir kanıt yaratmak adına girişilmiş bu yazılar gittiği yere kadar gidecek...

Evden çıktığımızda güneş çoktan doğmuştu. Rutubet bizi kucakladığında ikimiz de uzun zamandır denize girmediğimizi düşündük. Nereden bulduğunu sormadığım cabriolet İmpala'yla Abidjan'ın dışına doğru çıktık. Bitmek bilmeyen yürüyüşlerini yapan, pazara kafalarının üstünde meyveler götüren kadınların yanından geçtik. Yollarını kaybetmiş ya da sabah koşusu yaparken, ceplerinde kazıklanmamak için para taşımayan ama yine de sabah ereksiyonlarını ödüllendirmek için kollarındaki boktan plastik saatleri nöbetçi-masacı-fahişe kızlara veren birkaç turist gördük. Kızların yaşları, bu adamları, geldikleri medeni ülkelerde her şeylerini kaybetmelerinin yanında hapiste birkaç yıl geçirmelerine neden olacak küçüklükteydi. Beyaz medeniyetin fantezisi, Üçüncü Dünya çocuk fahişesi!

Sahil yoluna girdiğimizde, İtalyan Tatil Köyü'ne giden asfaltın üzerinde ikimizin de sahibini çok eskiden tanıdığı bir kumsal pansiyonunun önünde durduk. Henüz saat erkendi ve tek bir damla terimizi bile toprağa hediye etmemiştik. Ama sıcağın kükreyişini duyar gibiydim. Ve Kinyas'ın Afrika'ya ilk yolculuğumdan dönüşümde anlattıklarımı duyunca "Yazık, bu kadar yorulmana gerek yokmuş. Bu anlattıkların Adana'da da var. Keşke oraya gitseymişsin!" sözleri kulaklarımda çınladı. O zamanlar, sıcağın herkesi eritip aynı maddeye dönüştürdüğünü bilmiyordum.

Rose uyanmış, günün ilk flagını içiyordu verandasında. Kinyas'ın birkaç kiloluk uyuşturucu işi için Abidjan'da gezindiğinden haberi vardı ama beni on altı aydır görmemişti. Bizi burada Jake ve Jack olarak bilirlerdi. Beni görünce yerinden fırladı. Büyük ihtimalle, her geldiğimizde komik bambu pansiyonuna yeni odalar ekleyebileceği kadar para bıraktığımızı anımsamış olmalı ki, aramızdaki eski bir parolayı söyleyerek söze başladı: "İşte Globe-Trotter'lar! Nasılsınız? Jake, bir gün Rose'a geri döneceğini biliyordum. Haydi gelin! Flaglar geceden beri buzlukta. Onlar da özlemiştir sizi!"

Rose, gerçekten de ölçüsüz vücuduyla, rahat görünen, üstünde sarı güllerin olduğu yerel kıyafetinin içinde bir ayıyı andırıyordu. Hareketleri yavaş, elli-elli beş yaşlarında, biri beyaz diğeri zenci iki kocası olan yarı pezevenk, yarı turistik tesis işletmecisi bir kadındı. Parayı ve hikâyeleri severdi. Rahat ettirmeye çalışırdı bizi. Sıtmaya yakalandığımda bana çok iyi baktığını hatırlıyorum. Çocuğu olmadığından belki de bizi kendi çocukları gibi görüyordu... Pansiyonun çalışanları ortalarda görünmüyordu. Annesinin kim olduğunu hiçbir zaman öğrenemediğimiz küçük Clément uyanmış, biraz ileride geziniyordu. Kinyas'ı görünce hemen yanına koştu. Çocuk dilsizdi ve olağanüstü sevimliydi. Kinyas cebinden çıkardığı birkaç frangı avucuna sıkıştırdı ve verandaya çıktık.

Oturduğumuz yerden uyanan okyanusun beyaz köpük kusan dalgalarını görebiliyorduk. Burası alkol, uyuşturucu, reggae ve seksin harmanladığı kötü adamların cennetiydi... Karanlıkta maymunla ayının çiftleşmesinden doğduğu rahatlıkla iddia edilebilecek görünümüyle yanımıza gelen Rose, aksanlı Fransızcasıyla görüşmediğimiz zaman içinde neler yaptığını, pansiyonda olup bitenleri, ölenleri, rüşvet yedirdiği askerlerin açgözlülüklerini kısa ve diri cümlelerle bir çırpıda anlattı. Yavaş yavaş kasaba uyanıyordu. İki el omuzlarıma değdiğinde güneş de beyaz tenimi zorlamaya başlamıştı. Hep piyano çaldıklarını hayal ettiğim uzun parmaklı ve pürüzsüz eller Amonka'ya aitti. İki yıl önce bir süre beraber yaşadığım, benden altı yaş büyük, resim gibi bir vücuda sahip kadınımdı. Beni görünce şaşırmamıştı. Zaten beni gördüğüne hiç şaşırmazdı. Çünkü kendisine geleceğimi bilirdi. Bir şekilde kendisiyle yatmaya çok uzaklardan geleceğimi bilirdi. Yatmak, diyorum çünkü başka bir şey yapmazdık. Konuşmazdık. Yürüyüşlere çıkmazdık. Birbirimizin hayatına girmezdik. Sadece sevişirdik. İkimiz de Afrika'da aşkın olmadığını biliyorduk... Ayağa kalkıp ona sarıldım. Sonra bize mayo bulmasını söyledim. Bu arada Kinyas Rose'dan kokain işi için birkaç tavsiye alıyordu. On dakika sonra okyanusun bileklerimizi yıkadığı kumsalda su ile gökyüzünün birleştiği çizgiye bakıyorduk. Aslında kamera burada yükselebilir ve fonda etkileyici bir şarkı eşliğinde film bitebilirdi ama bitmedi... Biz denize koştuk, deniz bizi püskürttü. Aynı deniz yıllar önce bizimle kan kardeşi de olmuştu. Ama şimdi hiç de hatırlıyor gibi görünmüyordu. Vücutlarımızı dalgaların üstünde kıyıya doğru kaydırarak bir saat kadar oyalandık. Daha sonra kumsalda bir masaj ve odalarımızda rahatlatıcı bir seks...

Çıktığımızda balıklar hazır, bizi bekliyordu. Rose muzları özel sosuyla kızartmış, kızlarının memnun edici olup olmadıklarını soruyordu. Kinyas her zamanki gibi, tek hayalinin kendisiyle sevişmek olduğunu söyleyerek eğleniyordu. Bense kumu düşünüyordum. İnsanları, ağzımı, gözlerimi, Amonka'yı, dünyayı uzaktan görmüş, astronotları, ellerimi, hiçbir şey olduğumu düşünüyordum...

Balık yine çok tuzlu ve pilav da fazlasıyla yağlıydı ama muzlar, tarifini Rose'dan başka kimsenin bilmediği sosla şahane olmuştu. Kinyas hâlâ Rose'a, beraber iş yapacağı Liberyalıları soruyordu. Rose'un konuda bir çıkarı olmadığı için söyledikleri herkesin bildiği türdendi. Hikâye basitti. Kokain, Liberyalı askerlerden Gana sınırında alınıp Burkina Faso'da Belçikalı bir elçilik mensubuna satılacaktı. Ama Liberyalılar iç savaştan dolayı uzun zaman önce hayvana dönüşmüş olduklarından, sırf altdudağını beğendikleri için Kinyas'a tecavüz edebilirlerdi. Ve sorun da bu güvenlik işini halletmekti. Rose'un küçük kardeşi yardım etmeye hevesliydi ama o da fazlasıyla vahşiydi. İşi mahvedebilirdi. Üstelik, Rose kardeşi İgnace'ın böyle bir işe girmesini doğru bulmuyordu. Çünkü İgnace hayatı boyunca kasabadan hiç çıkmamış bir balıkçıydı. Ve inanması zor bir güce sahipti. Tek başına yaptığı tekneleri sahilin bir ucundan diğerine çekebiliyordu. Tek sorunu biraz yavaş düşünüyor olmasıydı. Ve böyle bir işte de salak biri en son istenilecek adamdı...

Yemek bittiğinde ellerde flaglarla avludan tekrar verandaya geçildi. Moctar, Rose'un komşusu büyük özenle hazırladığı, tohumlarını teker teker ayıkladığı cannabisleri sarıp herkese ikram etti. Güneş derimizi geçip iç organlarımıza kafa tutmaya başlamıştı. Her şeyden ve hiçbir şeyden konuşuluyordu. Sarhoş olmak için dünyanın en iyi yerinde ve saatindeydik. Masadan kahkahalar yükseliyordu. Herkes Fransızca'yı kendince konuşuyordu. Kinyas silahını Moctar'a gösteriyor, ben de İgnace'a sırtındaki dövmeye neler ekletebileceğini bir peçetenin üzerine çizerek gösteriyordum... Ve o anda, sol kulağımda tiz bir ses yükseldi. Patlamayı içimde hissettim. Genellikle duyduğum seslerin nereden geldiklerine bakmak için kafamı çevirmezdim, ama bu tabanca çığlığı solumda oturan Kinyas'ın elinden geliyordu. Gözlerine baktım. Baktığı yeri takip ettim. Ve görsel yolculuğum Moctar'ın göğsünde bitti. Kinyas Moctar'ı göğsünden vurmuştu. Bütün kasaba, bütün Afrika kıtası susmuş, sahneyi seyrediyordu. Moctar'ın yavaş yavaş masaya kapanmasına bakıyorduk. Rose çok keskin bir çığlık atıp yerinden kalktı. İgnace sakindi. Kinyas ise silahı beline yerleştiriyordu. Moctar'ın cesedinin yaratacağı sonuçları hayal ediyordu. Patlamadan altı saniye sonra hepimiz ayakta, Moctar'ı seyrediyorduk. Hiçbir zaman, bir kazaya mı, yoksa bilerek işlenmiş bir cinayete mi tanık olduğumuzu öğrenemeyecektik. İçimden sadece şu cümleyi tekrarlıyordum:

"Moctar'ın bir ailesi yok!"

O an için en önemli konu buydu çünkü. Bir karısı, çocukları, annesi, babası olduğu takdirde ya hepsini öldürmek ya da oracıkta intihar etmek gerekecekti... Kinyas'ın şanssızlığı silahının dünyanın en iyi savunma tabancalarından biri olması ve asla tutukluk yapmamasıydı. Dolayısıyla tetik, sarhoş ve dikkatsiz parmağına hiç nazlanmayarak boyun eğmiş ve kurşunu Moctar'ın siyah bedenine yollamıştı. Rose sakinleşmeye çalışırken, İgnace da başımıza toplananları kovalamakla meşguldü. Moctar'ı sırtına alan Kinyas cesedi Amonka'dan aldığı kirli bir çarşafa sarıp boş odalardan birine koydu. Döndüğünde önce bir sessizlik sonra iki kelimelik cümleler ve en sonunda da eski sohbet hüküm sürmeye başladı. Ölüm kimseyi korkutmadığı gibi hafızalarda yer etmeyecek kadar da önemsizdi. Kimse Kinyas'a kızmadı. Nasıl böyle bir şey yaptığını sormadı. Moctar'ı severlerdi. Ama Kinyas'ın pansiyona harcadığı paralar bir can almasına yetecek kadar da fazlaydı. Hava kararana kadar masadan kalkmayıp içmeye devam ettik.

Güneş tamamen gömüldüğünde Kinyas ve ben Moctar'ı alıp sahile götürdük. Okyanus bildiğimiz en büyük mezarlıktı. Medcezirse bu mezarlığın bekçisi... Su ile sahilin birleştiği yere Moctar'ın mumya gibi görünen bedenini koyup birbirimize baktık. Bundan sonrasını doğa halledecekti. Dört saat sonra su yükselmeye başlayacak, akıntı yön değiştirecek, sahildeki her şeyi alıp Meksika'ya doğru götürecekti... Yengeçler yuvalarından çıkmadan sahili terk etmemiz gerekiyordu. Ben tam pansiyona yönelirken Kinyas durdurup bir sigara istedi. Ben de belki alışkanlıktan, belki acımasızlıktan, "Çok içiyorsun" dedim.

Rose'la vedalaştık. Amonka ile Kinyas'ın sevişmesini bekledim. Sonra da yola çıktık. Hafta sonu olduğu için beyazlar Abidjan'dan gelmeye başlamışlardı. Lüks arabaların yanından geçtik. Başkente girdik ve Kinyas'ın evine geldik...

Şimdi yine, içki şişesi tarlasına benzeyen salondayız. Evden Moctar'ı öldürmek için çıkmışız. Yazıyorum. Her şeyi. Hatırladıklarımı. İçtiğim onlarca flag ve iyi hazırlanmış koutoukou beynimi işgal etmeye başladı. Uykum geldi... "Umarım sabaha ölmüş olurum" diye kapattım gözlerimi, evdeki tek yatağın üstünde.

Kayra içeri yatmaya giderken arkasından baktım. Onun yatağa oturup yavaş yavaş kendini bırakışını hayal ettim. Ve kafası yastığa değdiğinde gözümün önüne Moctar'ın masaya başının çarptığı an geldi. Ve etin ahşapla buluşmasının çıkardığı o ses. Moctar'ı öldürmek için bir nedenim yoktu. Yaşamak için de özel bir nedenim yoktu. Ama yine de rahatlamıştım. Hayatı boyunca hiçbir işe yaramamış birini öldürdüm. Ve belki de vardı bir nedenim. O da pişman olup olmayacağımı anlamak. O kadar istedim ki gerçek bir duyguyu içimde hissetmeyi! Eğer pişmanlık hissedersem devamı da gelir, diyordum kendime. Sevmeyi bile öğrenebilirim yeniden, diyordum. Yeniden bir insan olabilirdim. Ama şimdi anlıyorum ki benim için artık çok geç. Ne bir pişmanlık duyuyorum, ne de gözpınarlarım ıslanıyor. Hiçbir şey hissetmiyorum. Hiçbir şey... Belki Kayra'yı öldürsem birkaç duygu kırıntısı doğabilir içimde. Ama sanmıyorum. O da olmaz. Ona da üzülmem. Ben bir caniyim. Ben sadece tespit edebilirim. Yaşayamam...

Hiçbir şeyden emin değilim. Emin olmanın gerektiğine de inanmıyorum. Dünya üzerinde yaşayan herhangi bir canlıdan zerre kadar farkı olmayan insanoğlunun bu gereksiz çabasını da anlamıyorum. Her şeyi biliyorum ama kendimi tanıyamıyorum. Neden Türkçe yazıyorum? Neden dört dilde birden düşünebilmeme rağmen bu lisanda anlatıyorum hikâyemi? Neden yaşıyorum? Neden bir hikâye anlatıyorum?.. Belçikalıdan alacağım parayla bir gemiye binip Meksika'ya gideceğim. Tekila içmek için... Yolculuğun hiçbir derde deva olmadığını anladığım gün yıkılmıştım. O gün kendimi öldürmeye çalıştım. Ama olmadı. Okyanus beni almadı. İstiap haddi, diye düşündüm. Kayra da yanımdaydı. O da ölmedi. "Madem ölmedik, yaşayalım o zaman" dedik. "Ölümsüzüm ben" dedim. Ölene kadar...

Eskiden Rimbaud okurdum. Şiirleri nefes almamı kolaylaştırırdı. Şimdiyse sınav kâğıdını doldurmuş ve zilin çalmasını bekleyen bir öğrenci gibiyim. Ve o öğrenci gereksiz, nedensiz ne kadar hareket yapıyorsa dakikaların üstünden atlayabilmek için, ben de en az o kadar nedensiz davranıyor ve bekliyorum. Zilin çalmasını. Gömülmeyi. Parçalanmayı...

On dört yaşımdayken gittiğim okulda bir kız vardı. Adı Eflâ. Siyah büyük gözleri bana bakardı. Ona birkaç hikâye anlattım. Anladığım kadarıyla çizdim hayatı göğsüne. Bir ay boyunca bana âşık kaldı. Sonra bıraktı elimi. Ben düştüm. Defalarca buldum onu. Gittim peşinden. Sevgilim olması için para teklif ettim. Aşkım dışında bütün dünyayı teklif ettim. Hatta on yedi yaşımdayken İstanbul'da karşılaştığımızda, beni dudağımdan öpmesi karşılığında ona arabamı vereceğimi söyledim. Hâlâ siyah ve iri olan gözleriyle bana bakıp "Bir içki ısmarlasan daha iyi olur!" dedi. İşte, ben o kıza âşık olabilirdim. Gerçek bir duyguya hiç bu kadar yaklaştığımı hatırlamıyorum. Yıllarca sevişmemiş birinin orgazmına benzerdi, şimdiye kadar hiç harcamadığım bedenimdeki olanca sevgiyle onu süslemek...

Tanıdım kadınları. Biliyorum nasıl yaşadıklarını. Neler içip neler yediklerini. Rimelli gözleriyle süzdükleri hayatı nasıl elekten geçirip yaşadıklarını da biliyorum... Ama yetmedi. Hiçbiri yetmedi. Ne onların birer melek olması, ne de ancak ağaçların kabuğuna kazındığı takdirde kalbi andıracak bir organa sahip olmam işe yaradı. Kadınlar bana fazla geldi...

Evet. Belki de varlıklarından şüphe ettiğim bütün duygular içimde ama onları uyandıracak olanlar ortada yok. Belki ben de normal bir insanım ama ilgilendiklerim ne bu dünya üzerinde, ne de bu yüzyılda. Beni korkutabilecek kadar korkunç bir insan yok, bir olay yok. Ama elinde anahtarı tutan, bütün yanıtları bilenden korkardım... Ben Eflâ'yı çok severdim. Eğer insan olsaydım.

Şimdi başka şeyler düşünmeliyim. Öncelikle şu kokain işini halletmeliyim. Ama Liberyalı askerler attıkları kazıklarla ünlü olduklarından fazlasıyla dikkat etmem gerekecek. Yarın sabah Gana sınırına gider, bir otel odası tutarız. Akşama kadar çevreyi kolaçan eder ve anlaştığımız gibi saat 23'te, sahilde malı teslim alırız. Acaba öldürsem mi onları da? Böylece para da kalmış olur. Üstelik yanlarında başkalarına satmak üzere birkaç kilo daha uyuşturucu vardır. Bunu planlamalıyım. Eğer sayıları üçü geçmiyorsa yapılabilir. Ama o zaman da, ülkeden yirmi dört saat içinde çıkmam gerekir. Üstelik elimdeki fazla malı da birilerine pazarlamam şart...

Hiç uykum yok. Hiç uyuyamıyorum. Domuz gibi içiyorum. Ama gözlerimi kapalı bile tutamıyorum. Sabaha beş saat var. Annemi düşünüyorum. Nerededir şimdi? Aynada kendime bakıyorum bazen. Ve tek kelime etmesem bile vücudum yaşadıklarımı, hayattan ne anladığımı anlatmaya yetiyor. Sağ omzuma kendi çizdiğim kelebek, beğenmediğim için üzerine attığım çarpı işareti ve altında aynı kelebeğin bir Japon tarafından çok daha iyi işlenmişi. Sol dirseğimin iki parmak yukarısındaki kurşun yarası. Bileklerimdeki otuz dört dikiş. Medeniyeti bir aralar, herkes gibi yaladığımı kanıtlayan apandisit ameliyatımın izi. Ve sırtımı kaplayan, Tanrı'nın yüzü. Bilmiyorum... Hızlı yaşadım. Ama genç ölmekten çok, hızlı yaşlandım! Ancak hayattayım.

Kayra, bir gün bana "Mutsuzluğuna hiçbir çare aramıyorsun" demişti. "Ve en büyük acının kendininkinin olduğunu düşünüyorsun. Dünyadan haberi olmayan bütün geri zekâlılar gibi. Ölmesine çeyrek kalmış, herkesi yaşadığına pişman etmeye çalışan, sağlıklı oldukları için suçluluk duymalarını isteyen hastalıklı, yaşlı bir kadın gibisin."

O an çok sinirlenmiştim. Ama haklıydı. Ben hiçbir şey yapmıyordum. Hiçbir şey yapmayan adam bendim. Herkesin koştuğu saatlerde ben saniyeleri sayıyordum. Ne yaparsam yapayım, hiçbir işe yaramayacaktı çünkü.

"*Yarar* yok bu dünyada! Ölüm varsa *yarar* yok! Ölüm bütün sihri bozar. Kurtardığın hayatlar da ölür. Aldığın Nobeller de paslanır. Doğduğun evler de yıkılır. Bin yıl yaşa, görürsün!" dedim kendime...

Ve beklemeye başladım. Yıllardır yaptığım tek iş zaman öldürmek. Dişçinin bekleme odasındaki dergileri okumaktan farkı yok aslında yolculuklarımın, hayallerimin, cinayetlerimin. Her saniye lehime işliyor. İşte tek işbirlikçim! Zaman. Onun dışında kimse yardım etmiyor bana. Dünya dururas ölürüm! "Bir gün o kadar sıkılıyordum ki bir köpek düzdüm" diyen eski bir dostum gibi, oynadığım oyun zamanla. Bir insanın beklerken yapabileceklerinin sınırı yoktur. Bazıları devlet başkanı, bazıları sihirbaz, bazıları da deli olur sıkıntıdan. Bense en üstün yaratık olduğumu kanıtlamak için kendime hiçbir şey yapmadan bekliyorum. Rotterdam'da, sokakta yatarken bir gece, bir grup skin-head gördüm. Bana doğru geliyorlardı. Ben yerimden kalkmasam yanımdan geçip gideceklerdi. Ama sarhoştum. Yüzümde, kaburgalarımda patlayacak tekmeleri hissetmeyeceğimden emindim. Ve kanımın dudağıma karışan tuzlu tadını özlemiştim... Bildiğim Arapça birkaç küfür ettim. Sekiz kişiydiler. On altı bacak saydım... Rotterdam'da o gece o kadar sıkılıyordum ki, kendimi dövdürttüm.

Bir gün yine Kayra'yla ismini hatırlamadığım bir kasabada dolanıyorduk. Hiç paramız kalmamıştı. Sokaklarda geziyor, kaldırımlarda oturuyorduk. Batı Avrupa ülkelerinin benzer kasabalarında nefret edilmek için bütün özelliklere sahiptik. İnsanlar bize uzaktan bakarak, birbirlerine kasabaya şeytanların indiğini söylüyorlardı. Kendimi o kadar garip hissettim ki, tamam, dedim. Her şey bitti! Buraya kadar. Ben teslim oluyorum. Dünya düzenine, insanlara bedenimi teslim ediyorum... Kayra'yı orada bırakıp kasabanın tek karakoluna girip yüksek sesle, "Beni tutuklayın! İşte geldim!" diye bağırdım. Hakkımda hiçbir suçlama yoktu. Beni dışarı atmaya çalıştılar. Direndim. Karakoldaki sıradan bir kasabalının kaşını patlatınca anladılar beni kapatmaları gerektiğini. Üzerimde hiçbir kimlik olmadığı için yabancılar bürosundan birini yolladılar. Genç bir kadın. Uzun, kızıl saçlı. Bacaklarını ellemeye çalışırken bileklerimdeki kelepçeler fazla soğuk gelmiş olacak ki çığlık atarak kaçtı. Beni yine tıktılar sekiz kişilik hücreye. Sabah çıkacaktım mahkemeye. Kendini suçlu sanan yedi geri zekâlının hiçbiri de benimle konuşmaya cesaret edemedi. Odanın ortasına, yere yattım... Ve o kadar güzel uyudum ki rüyamda çocukluğumu bile gördüm... Dünya beni taşıyordu. İnsanların düzeni bana bakıyordu. "Bu güzel işte!" dedim kendime. Ne ölmeme, ne de öldürmeme izin verirlerdi. Ne de aç kalmama.

"İnsanlar..." dedim fısıldayarak. "Taşırlar insanları. Kundaktayken, tabuttayken. Hep taşıyacak birileri olur. Bazıları dostluktan, bazıları cepteki paradan, bazıları da içinde bulundukları sistem bir gün onlara da taşınma sırasının geleceğini söylediği için, taşırlar insanı..."

Ve ben taşıyordum. İçimdeki Kinyas taşıyordu. Ağzımdan köpükler, kulaklarımdan kanlar çıkıyordu... Uyandığımda bir hâkimin odasındaydım.

"Bırakın beni! Dinlendim" dedim.

"Altı ay!" dedi. "Yatacaksın."

"Yatarsam kalkamam!" dedim.

"Biz seni uyandırırız" dedi.

İşte böyle girdim Hollanda'nın en boktan hapishanesine, saldırı ve devlet memuruna tacizden... Arnavutlarla dolaştım. Codein sattım. Altı ayı sağ bacağıma işledim. Çıktığımda Kayra'ya "Haydi gidelim. İşimiz var" dedim. O da sağda solda sürtmüştü bu süre boyunca. Hapishanenin duvarına işedim. Sonra da gittik çalıntı bir Opel Ascona'yla...

Uyuyamıyorum. Uyandırmazsam Kayra'yı, aylarca kalabilir o yatakta. Ama daha üç ay var sabaha. Tıpkı okul yıllarındaki tatiller gibi...

Ailem çok uğraştı benim iyi bir eğitim alabilmem için. Bir sürü okula gittim. Sürekli taşınmalarımızın bir hediyesi. Önceleri okul bana iyi geldi. Öğretmenler bana ölümü unutturabiliyordu. Ama sadece birkaç yıl sürdü kürsüdekileri önemsemem. Sonra anlamamaya başladım okulu. Neden bir sınıfta toplanıp, bir kişinin dediklerini dinleyip not alıyoruz, diye düşündüm. Eğer bu soruyu sormasaydım çoktan uluslararası politika lisansımı tamamlamış olurdum. Midem bulanmasaydı kâğıt ve kalemden, kitaplardan, doktora bile yapardım. Bir zamanlar hayal ettiğim gibi bir devlet adamı olurdum. Ama benim, her zaman için hatam çok soru sormam oldu. Bu huyum çok meraklı olmamdan değil, yanıtları bilemeyişimdendi. Bana yöneltilen sorulara yine sorularla yanıt verebiliyordum ancak. Süründüğüm üniversitelerde herkes heyecanla dört beş yıl sonrasını düşünerek anlatılanları dinlerken, ben amfinin sıralarına hikâyeler yazdım evimin kapısının üst kilidinin anahtarıyla... Terk ettim okulu. Belki hâlâ bir yerlerde kayıtlarım duruyordur ve yoklama kâğıtlarına "yok" yazılıyorumdur. Ve belki de benim için söylenecek en yerinde kelimedir. Ben yokum! En azından yokmuşum gibi dönsün dünya diye nefesimi bile tutmuştum bir zamanlar. Bendeki erken yükselişin ve daha hayatın yeni öğrenilmesi gereken yaşta bu noktaya varmış olmamın nedenini bilmiyorum. Belki de ben dünyadan daha hızlı döndüm. Hepsi bu. Gölgesinden hızlı silah çeken o çizgi film kahramanı gibi. Sonra, son olduğuna inandığım bir hale geldim. Kayra bana "Son yoktur" dedi. Ve o meşhur matematik örneğini verdi. Aslında Kayra her zaman benden çok daha gerçek oldu. Ne kadar saklasa da ispatlamaya çalıştığı şeyler vardı. Dünyanın matematik üzerine kurulu olduğunu düşünmemizi sağlayan bir sistemde yaşadığımızdan bahsederdi. Ve matematik denen bilimin var olmadığını kanıtlamak için düşünmeye başladı. Yanlış hatırlamıyorsam, Berlin'deki evinde oturuyorduk. Ve birden "Tamam!" dedi.

"Düşün! Bize, matematik dünyasının kurgusal ve sonsuz olduğu öğretildi. Bunu kabul ederim. 1'den sonra 2 gelir dendi. Bunu da kabul ederim. Ama sonra, 1 ile 2 arasındaki sonsuzluğu düşündüm. Peki o nereye gitti? İrrasyonel sayılar varken bir sayıdan sonra diğer bir tam sayı nasıl gelebilir? Eğer 1'den sonra virgül konursa ve bunun da kıçına sonsuz sayı konabiliyorsa 2 nasıl gelir? İşte! Soru bu! Yanıtsız bir soru. Ve işte matematiğin hatası! Dolayısıyla matematik yok. Onun üzerine kurulmuş dünya düzeni de yok... Ama ben anlayabilirim. Anlayabilirim bu sorunu. Ve o zaman ortaya yaklaşık sayılar çıkar. Yani hiçbir sayı tam değildir. Hepsi tama yaklaşır. Ama varamaz. Demektir ki, 1,999...9'u bize 2 diye yutturmaya çalışan bir dünyanın çocuklarıyız. Ve dünya da aslında tam gibi görünürken, aslında bir irrasyonellik harikası. İşte bunun için hayat yoktur. Olsa dahi o da irrasyoneldir! Yani anlamsızdır. Ne bir başlama nedeni, ne de bir oluş nedeni vardır. Evrende uçuşan kocaman bir irrasyonellik. Tabii ki dünyanın bir anlamı olması gerekmiyor. Belki de onu anlamlandıran üzerinde yaşayan akıl sahibi yaratıklardır. Ama onların da bizi getirdiği nokta ortada!"

İşte bu konuşması çok meşhurdur Kayra'nın... Anlattığına o kadar inandı ki kendisinin normal, diğerlerinin, bütün dünyanın anormal olduğuna o kadar inandı ki bütün hayatı reddetti ve akademik hiçbir ilişkiye girmedi. Kafasında yarattığı sorunun tek çözümü ilkellik ve cehaletti. Matematiği bilmemekti. Böylece insan doğal olarak, keşfederek rasyonelliğe ulaşacaktı. Karşısına birkaç yüksek matematikçi getirdim. Değişik formüllerle basit hayali problemini çözdüklerini iddia ettiler. Ama o gözlerini ve kulaklarını kapattı. Çünkü hayatın irrasyonelliğini meşrulaştırmıştı. Gerisi palavraydı. İlk duyulduğunda mantıklı gelebilecek düşüncesi aslında hayatının boşluğunu süsleyen ve bu boşlukta amaçsızca dolaşan bir adamın ciğerinden çıkan son çabaydı. Defalarca ona böyle bir çelişkinin olmadığını, kendisinden binlerce saat daha fazla konuyla ilgilenmiş kişilerin bir çözüm geliştirdiklerini; böyle bir sorunun varlığı kabul edilse dahi hiçbir şeyin değişmeyeceğini, insanların ilişkilerini matematiğin değil kendilerinin belirlediğini anlattım. Ama beni dinlemedi. Bir türlü anlayamadı, dünyada sadece kendisinin 1'den sonra 2'yi getiremediğini. Onun dışında herkes, bu işi güle oynaya yapabiliyordu.

"1, 2'nin nedeni değilse, benim de varlığıma bir neden aramam anlamsız olur" derdi.

Ben hayata değil, ölüme inandım. "Hayat yok ama ölüm var!" dedim kendime. Ve boşalmanın, seks ne kadar uzun sürerse o kadar zevkli olduğunu düşünerek, hayat ne kadar sürerse ölümün de o kadar muhteşem olacağına inandım. Ve elimden geldiğince hayatla sevişmemi uzatmaya çalışıyorum. Tek kurtuluşum bu.

Güneş yine yalamaya başladı perdeleri. Yine sabah oldu. Bugün çok yorucu olacak ve öldürülme ihtimalim fazla. Belki de bizim gibilerin elinde kalan son şey, salakça bir umut. Gelecek saniyelerin üstlerine binerek uçan olaylar bizi ayakta tutuyor. Bütün hayatımız boyunca beklediğimiz ve nereden geleceğini bilmediğimiz huzuru arıyoruz. Ve bitmek bilmez huzur arayışımız hayatta kalmamızı sağlıyor. Aslında yalan söylüyorum. Ben hiçbir şey aramıyorum ve beklemiyorum. Sadece duruyorum. Kaçanı da durduruyorum. "Durun!" diyorum. "Gitmenize gerek yok. Onlar size gelirler."

Geçmişten bahsetmenin bir anlamı yok. Bu geceden konuşmak, üstü açık arabanın konsoluna diktiğim mumun ışığında yazmak çok daha keyif verici. Buralarda, gecenin de kendine göre bir sıcağı vardır. Gündüzle rekabet etmez gece. Kulvarları farklıdır. Gecenin sıcağında çok hareket edilmediği takdirde ter yoktur. Bir fırının içindeymişçesine, vücudun her tarafı üçüncü derece yanık tehlikesiyle karşı karşıya değildir. Ama yine de insanın boğazını yakar, kurutur. Afrika'nın üç tanrısı, kum, okyanus ve güneş daha iyi anlaşırlar bu saatlerde. Birbirlerini rahat bırakırlar. Tabii büyük temizleyici medceziri saymazsak!

Yaklaşık bir saat önce geldik buraya. Liberyalılarla buluşma yerinden yüz metre uzağa araba park edildi. Ve Kinyas insanların paraya hep hak ettiğinden daha fazla değer verdiklerini düşündüğünden, Amerikan dolarını aşağılamak için prezervatif reklamı taşıyan bir torbaya koyup uyuşturucuyu almaya gitti. Buluşma noktasını durduğum yerden görebiliyordum. Ufak bir kulübe. Kapıyı görmekti önemli olan. Çünkü içeri girdiğinde ışık yoktu. Ve beş dakika geçmesine rağmen hâlâ bir silah sesi duyulmadığına göre bir tuzak da yoktu ve Liberyalılar daha gelmemişlerdi. Benim görevim, İgnace'dan satın aldığımız otomatik Beretta'yla bekleyip bir aksilik olduğunu anladığımda kapıdan ilk çıkana ateş etmekti. Hayatımız boyunca yaptığımız bütün planlar gibi bu da kötü ve çocukçaydı. Arabayı görmelerine imkân olmayacak şekilde, ağaçların arkasındaydım ama aksilik dediğimiz gelişmeyi nasıl ayırt edebileceğimi pek kestiremiyordum. Dolayısıyla o tarafa bakmaktan çok, dinlemeye başladım. Çünkü Liberyalı bir askeri gece, o istemediği sürece görebilmenin zaten imkânı yoktu. Hatta bir tanesi gırtlağımı kesmek için arka koltukta yatıyor bile olabilirdi. Ama böyle bir ihtimalden korkmayacak kadar da asildim.

Gözlerimi kapattım. Dinledim... Sahilden gelen ayak sesleri. Okyanusun hayatlarımızda yarattığı daimi parazit. Çok uzaklardan gelen bir cip sesi. Egzozu patlamış olmalı. Ve Kinyas'ın "Kayra!" diye haykırması...

Saat üçe geliyor ve Burkina Faso'ya doğru gidiyoruz. Gerçekten de, her şey fazla çabuk oldu. Kinyas'ın ismimi çığlığına karıştırdığını duyunca elimdeki kalemi fırlatıp kulübeye doğru koştum. Belimdeki silahı çekmiş kapıya doğru tutuyordum. Kapı hâlâ kapalıydı ve içeriden hiç ışık gelmiyordu. On küsur saniye sonra kapıyı sol ayağımla attığım bir tekmeyle açmıştım. Gördüğüm manzara, Kinyas'ın görüp görebileceğim en âciz haliydi. Bir sandalyede oturuyordu. Ve yanında ayakta duran biri, nasıl kavrayabildiğini anlayamadığım kısa saçlarından geriye doğru çektiği kafasının bedeninden kopmasını bekliyordu. Sağ tarafta duran ve kapının açılmasıyla bana doğru dönüp ateş etmeye başlayan adamsa büyük ihtimalle birkaç saniye önce elindeki pompalı tüfeği Kinyas'ın şakağına dayamıştı. İçeri ateş ederek girdiğim için sesler beni deli etmişti. İlk yere düşenin tüfekli olduğunu anladım. Diğer Liberyalıya döndüğümdeyse Kinyas biraz önce saçlarını tutan parmakları ısırıyordu. Ve adam can havliyle belindeki palayı çıkarmaya çalışıyordu. Üzerinde ateşli silah olmaması bir mucizeydi. Önce gördüklerim karşısında bende bir gülme isteği uyandı. Durumları çok komikti. Kinyas adamın parmaklarını dişleriyle sıkıştırdıkça, Liberyalı da kemerinin sağ tarafına astığı palayı sol eliyle almaya çalışıyordu. Bir adım attım. Ve kafasına doğrulttuğum tabancanın tetiğini çekmekse artık çok kolaydı. Kinyas'ın ağzından kanlar boşanıyordu ve durmadan yere tükürüyordu. Herhalde adamın serçe parmağını yuttuğunu falan düşünüyor olmalıydı. Biraz kendine gelmesini bekleyip arabadan bir flag getirdim. İki cesetli kulübede otururken anlatmaya başladı.

Adamlar içeride bekliyorlarmış. Ve Kinyas'ın bunu fark etmesine imkân olmadığını ikimiz de biliyorduk. Çünkü kulübenin toprak zemininde yatan askerler bir erkeğe dönüşebilmek için geleneksel efsanevi panter-adam eğitiminden geçmişlerdi. Nefeslerini dakikalarca tutabilir, gözleri kapalı dövüşebilirlerdi. İki yanaklarına da dağlama usulüyle yapılmış üç paralel çizgi bu hikâyeyi anlatıyordu... Ve Kinyas'ın sandalyeye oturmasıyla üstüne çullanmaları bir olmuştu. Bütün fiziksel güçlerine rağmen kafaları çalışmadığı için parayı genelde deri çantalarda görmeye alıştıklarından, Kinyas'ın elindeki torbaya bakmayı akıllarına getirmemişlerdi. Ve bozuk İngilizceleriyle paranın yerini soruyorlardı. İşte o anda ben ismimin haykırıldığını duydum. Onlar duydukları kelimenin bekledikleri yanıt olup olmadığını tartışıyorlardı büyük bir ihtimalle. Kayra'nın bir yer adı olduğuna hiç şüpheleri kalmamıştı ki, kulübenin kapısı kırıldı ve havada uçuşan mermiler eşliğinde ben girdim. Çıktığımda şarjör boştu. On altı mermi. Kulübenin bambu duvarlarında açılan kurşun deliklerinden dışarının kokusu geliyordu. Gana'nın kokusu. Adamların üzerini aradık. Tahmin edileceği gibi bizim için getirecekleri kokaini bulamadık. Ama daha değerli bir şey vardı. Kinyas'ı öldürüp parayı aldıktan sonra gitmeyi planladıkları başka bir yerde satacakları, yaklaşık beş kilo ağırlığında bir eroin paketi.

Bu kıyılarda herkes toptan işler çevirmeyi sevdiğinden eroini en azından birer kiloluk paketlere ayırmayı bile düşünmemişlerdi. Hâlâ sağ elinde pompalı tüfeği tutmakta olanın vücuduna bantlanmış olarak duruyordu... Liberyalılar kadar yaptıkları işle tek vücut olabilen başka bir halk tanımıyorum. Hiçbir şey için çanta taşımazlar. Bütün eşyalarını ceplerine, kıç deliklerine, kulak arkalarına ve şapkalarının altına koyarak paylaştırırlar... Tabii, beş kiloluk eroinin saflık oranı çok önemliydi ve kokain bekleyen Belçikalının böyle bir uyuşturucu karşısında ne tepki vereceğini de bilmiyorduk.

Bütün bunları düşünürken Abidjan'a varmıştık bile. Belçikalıyla buluşmamıza daha saatler vardı. Yamusukro'ya geçecek, oradan da Ouagadougou'ya gidecektik. Yamusukro'da çok güzel fahişeler olurdu. Birkaç tanesiyle sevişecek kadar zamanımız vardı. Abidjan'da Hôtel İvoire'ın lobisinde bir şeyler atıştırdıktan sonra yola çıktık...

Kinyas'la hiçbir zaman fazla konuşmazdık. Çünkü başkalarıyla kurabildiğimiz kolay diyalogları birbirimizle yaratmak çok zordu. Kendisini, uzaydan dünyaya düşmüşçesine yalnız hisseden bir adama ilgisini çekebilecek ne anlatılabilirdi ki? Dışarıdan bizi izleyen bir çift göz olsaydı, herhalde dünyanın en dengesiz insanları olduğumuzu düşünürdü. Yanımızda birileri varken sohbete hâkim olan, mutlaka konuyla ilgili en ilginç cümleleri kurabilen, kahkahalar atan, sosyal ilişkilerden haz alıyormuşçasına karşısındakileri dikkatle dinleyen adamlardık. Ama insanlar gittiği zaman, bir saniye içinde o karanlık halimize bürünür, biraz önce yaptıklarımızın hepsi de sevmediğimiz ama gerçekleştirmek zorunda olduğumuz işlermişçesine asgari düzeyde cümleler kurardık. O da ya diğerinin hatırlamadığını itiraf ettiği ortak geçmişimizden gelen bir anı ya da zihinlerimizden birinde kazma kürek zoruyla açtığımız yeni bir kapının bize gösterdikleri olurdu. Birbirimizin doğum gününü bilmez ve bundan gurur duyardık.

Bazen Kinyas'ı o kadar az tanıdığımı düşünürdüm ki, kullandığı arabada bir otostopçuymuşum gibi hissederdim. Bazen de sanki onun ağzından, hayal ettiğim Tanrı konuşuyormuş gibi gelirdi...

Beynimdeki tek soru, gözlerimi açtığımdan beri "Neden böyle bir yaratık haline geldim?" sorusuydu. Zaten hepimiz kendimizi sorduğumuz sorulara göre belirleriz. Tercihlerimiz sorularımızdan gelir... "Nasıl?" sorusunu soranlar, gerçek hayatın gerçek uğraşlarını en iyi öğrenenlerdir. Bilimle, sanatla, dünyayı "Dünya" yapan her branşla ilgilenirler. Siyasetçiler buradan çıkar. Çünkü kendilerinden öncekilerin nasıl yaptıklarıyla ilgilenip meşgul olmuşlar ve akıllarına başka bir soruyu getirmemişlerdir... "Kim?" ya da "Ne?" ile başlayan sorular ise fail arayan, yaratıcı, yok edici kişi ya da olay araştıran insanların hayatlarını çizer. Alın yazısı varsa bunu bir de yazan vardır. Doğa varsa Tanrı vardır. Çocuk varsa anne ve baba vardır. Ve bu insanlar dinle ilgilenirler. "Nasıl?" diye soran ve dünya burjuvazisini oluşturanların aksine gerçek hayattaki işlerle ilgileri asgari düzeydedir. Çeşitli dinlere mensup olurlar. Ve sorularını kutsal kitaplarına yöneltirler. Burjuvaların hukuk kitaplarına yönelttikleri gibi... Ve en sonunda, sorularına "Neden?" sözcüğüyle başlayanlar gelir. Sonunda diyorum, çünkü aralarında kronolojik bir sıralama olduğu gerçektir. İnsan önce hayatta kalmış sonra inanmış ve en son reddetmiştir. "Neden?" sorusu ise ne hayatı, ne de yaratıcıyı merak eder. Merak ettiği tek konu kendisidir. Ve kendisiyle o kadar ilgilidir ki, soruyu soran kişi içinde iyiliğe yatkın birçok özellik barındırmasına, hiç tanımadığı bir insanın hayatını kurtarmak için kendisininkini tehlikeye atabilecek olmasına rağmen yakın çevresine, sırf "kendisi" olduğu için acı çektirecek kadar bencildir. Filozoftur. Düşünür. Nedenleri merak eder. Elinden geldiğince de erişir. Ama tek sorun, elindeki nedenlerle ne yapacağını bilememesidir. Nasıl'ı soran, bildiklerini kullanarak hayatını kazanır. Kim'i soran tanrısını bulur ve tapar. Neden'i soran ise nedenleri bulur, bir süre savunur sonra unutur. Başka nedenler bulur, onları da savunur ve unutur. Ve böyle gider. İsmi: insanoğlunun önlenemez değişimi. Varlığına farklı nedenler bulmaktır, insanı ilerleten. Ancak "Neden?" sorusunu soranlar içinde bir azınlık, buldukları ilk nedene takılıp kalır. Onda ısrar eder. Değiştiremez, unutamaz. Ve bütün insanlık ilerlerken o azınlığın mensupları sabit kalır. Ya yok olurlar ya da bütün dünyayı ve barındırdığı farklı nedenleri reddederek yaşarlar... Ben Kayra, bu noktadayım. Hayatı reddetmek noktasında. Tek bir varlık kaldı reddini gerçekleştiremediğim. O da kendim. Ve Kinyas beni uykumdan uyandırıp silahı doğrultmasaydı, kendimden de vazgeçebilirdim. Çünkü yıllardır bunun için hazırlanıyordum. Bildiklerimden, gördüklerimden, tespitlerimden, teorilerimden, yeteneklerimden, hatta beş duyumdan vazgeçebilirdim. Eğer kaldırmasaydı beni, Grand Hôtel'in 454 numaralı odasının çift kişilik yatağından...

Yamusukro şehri karşımızda, büyük bazilikasıyla yatmış, bizi bekliyor. Buralarda bir otel olacaktı. Evet, işte sol tarafta. Karşısında da sabaha kadar açık bir Lübnan restoranı, içinde de melez fahişeleri. Sabaha az var. Biraz içki, biraz seks. Tek ihtiyacımız bu. Belki biraz da uyku...

Kadını odamdan kovduktan sonra, bu otele ilk kez yirmi bir yaşımdayken geldiğimi hatırlıyorum. O zaman da pahalıydı buranın kadınları. Hâlâ öyleler. Ama Üçüncü Dünya'da sayısız amatörün içinde gerçek profesyoneller bulmak o kadar zor ki, istenilen her para değersiz kâğıtlara dönüşüyor, benim elimden onlarınkine geçerken. Televizyonda hâlâ yirmi dört saat boyunca tekrar tekrar yayınladıkları, otelin videosundan odama kadar gelen porno film. Bazı şeylerin hiç değişmediğini görmek güzel. Aynı dünyada yaşadığımızı hatırlatıyorlar bana. Dünyadaki tek değişmeyen olmak büyük yalnızlık çünkü. Ve böyle birkaç destek iyi geliyor. Yalnızlık denizinin o pürüzsüz, akıntısız yüzeyi biraz da olsa bulanıyor. Çok uzaklarda biri sanki yüksek bir kayadan kendini bu suya bırakmış gibi oluyor. Böylece o kadar da yalnız olmadığını düşünüyorsun. Küfrediyorsun kendine. Tırnaklarınla elde ettiğin yalnızlığının bozulacağını düşünerek yaşamak en büyük ihanet. Ama sonra kendini düşünüyorsun. İhanet edilecek kadar var mısın?

"Boş ver!" deyip yorganı çekiyorsun kafana. Uyumuşsun. Artık ne Kayra var, ne Kinyas, ne de hayat...

Rüya. Su gibi. Her şekli alan, geçmişi olmayan. Uyanıyorsun. Terlemişsin. Dudağına şakaklarından uzanan tuzlu su hatırlatıyor rüyanı. "Su!" diyorsun. "Tek gerçek!" Sonra tekrar uyuyorsun.

Aslında ne, kim, nasıl, neden sorularından artakalan, dünyanın dibindeki pisliğin içinden gelip yeryüzüne çıkmış, kendine satıcı arayan bağımlı gibi dolanan o soru var aklında:

"Ne fark eder?"

"Hiçbir şey!" diyorsun. Yeniden uyumak için gözlerini kapatırken.

Gerçekten hızlı bir geceydi. İşte böyle geceler sayesinde nefes alabiliyorum. Dünya üzerinde böyle geceler de yaşanabildiği için kendimi vurmuyorum. Rusya'da Amerika'dan daha çok olduğu iddia edilen yüzlüklerle dolu bir torba, fil sürüsünü uyutacak kadar eroin ve yanımda yatan sarışın bir zenci. Daha ne isteyebilirim ki? Tabii yirmi dört saat boyunca kanımdan hiç çıkmamış olan alkolü de selamlamayı unutmamalıyım. Biraz önce Kayra'nın sesini duydum. Fahişeyi kapı dışarı ediyordu. Başlamıştır rüyalarını saymaya. Onun da ölmesini engelleyenler, işte o rüyalar. Uyku, hissederek yapabildiği son iş. Elinde kalan son huzur. Rüyaları ise yeryüzünde bir türlü arayıp da bulamadığı evi. Ben ev aramadım hiçbir zaman. Hiçbir yeri, bir gün geri dönmek için terk etmedim. Ama o, ev fikriyle kendini rahatlatırdı. Yolculuğu, gecesi ne kadar kötü geçerse geçsin dönebileceği ve hiçbir şey olmamış gibi kendisini bekleyen bir evin olması, hayatındaki bütün tehlikeli işleri yapabilmesini sağlıyordu...

Ama bir gün, çok kötü bir şey oldu. Yazdığı kitabı yeni bitirmişti. Evet, Kayra çok iyi bir yazar olabilirdi. Eğer bu kadar nefret etmeseydi mürekkepten ve bu kadar uyumasaydı... Gerçeği anlatmakla başlamış, gerçeküstüne geçmiş sonra her ikisini de bir kenara itmişti kitabında. Ne gerçeğin üstü, ne de gerçeğin altı ilgilendiriyordu onu. İkisinin de dışındaydı elli dört sayfalık kitabı. Ve çok içmişti o gece. Dünyanın en iyi kitabı ve tek kitabı olduğuna inandığı hikâyeler bütününü bitirmesini kutluyordu. Ben bir iş için dışarıdaydım. Döndüğümde, alevler iki katlı evi sarmış ve gökyüzüne cehennemin resmini yapıyorlardı. Hatta bir ara, alevlerin arasında şeytanı bile gördüm. Kayra'ysa elindeki konyak şişesiyle karşı kaldırıma oturmuş, olanları seyrediyordu. Başka birinin cenazesini izler gibi. İtfaiye yangını söndürmeye uğraşırken, onu alıp oradan uzaklaştırdım. Ve bugüne kadar konuyla ilgili hiç konuşmadık. Bir sonraki gün, yangından kurtulmuş eşyaların olup olmadığına bakmaya gittiğimde birkaç itfaiye görevlisi gördüm evin çevresinde. Bana, sigara izmaritinden çıkmış bir yangın olabileceğini söylediler. Ve yanmamış en ufak bir eşya yoktu.

Kayra'nın evi, dünyada yazılabilmiş en iyi kitap artık küllerden oluşan bir kaleydi. Ve bu külden kaleyi devirmem için sadece üflemem yetti...

Kayra o günden sonra yazmadı ve hiçbir yere evim, demedi. Ama eminim ki, o evi rüyasında görüyor her gece. Yaşadığı yorucu ve nedensiz hayatı bitirip gözlerini kapatıyor. Ve evinde açıyor gözkapaklarını. Hiçbir şey değişmemiş. Onu bekliyor. Yaşarken, ayaktayken ne kadar kan kaybetmiş olursa olsun, düşünceleri onu ne kadar hasta etmiş olursa olsun, uyuyup kapısından girdiği evinde içkisini içerken, hep özlemini duyduğu ve uyanıkken asla kavuşamayacağını bildiği huzuru yaşıyor. Belki de kendini mutlu bile hissediyor. Ve dünyanın en iyi kitabını, bütün insanlığın kabulleneceği o kutsal kitabı yazmaya devam ediyor rüyasında. İşte bu nedenle uyuyabilmek için her gece, Kayra öldüğünü hayal ediyor. Bir daha uyanmamak için rüyasından. Ve evi artık uykusu olmuş bir insanın yanında ben, Kinyas, o kadar uzağım ki dönülecek mekânlara.

Tabii, herkes gibi benim de bir ailem vardı ve onların da değişik yerlerde değişik evleri oldu. Ama insan kendini ev sahibi olarak görmedikten sonra yüzlerce evin tapusunda ismi yazsa neye yarar? Otelleri sevdim. Kiralık odaları. Terk edilmiş binaları. Tavanı yüksek evleri... Ben misafir olmayı seçtim.

Şimdi de, yanımda yatan güzel kalçalı kadının misafiriyim. O kadar derinden uyuyor ki, uyandırırsam ölür, diye düşünüyorum. Afrika'nın bütün kadınları gibi o da çok yorgun. Çalışmaktan, yürümekten, sevişmekten...

Uyumadan dinlenmeyi çok küçük yaşlarda keşfettim. Gözlerim kapalı ne kadar uyumadan kalabileceğimi test ediyordum. Ve uyanık kalmanın tek yolu hayaller kurmaktı. Gözkapaklarımı araladığımda, normal bir uyku sonrasından çok daha fazlaymış gibi görünen bir dinlenmişlik buluyordum kendimde. Benim hatam bu oldu. Hayal etmeye çok ufakken başladım. Artık hayal edecek pek bir şey bulamıyorum. Belki çok meşgulüm. Belki de yeteneklerim köreliyor. Ve dinlenme seanslarım artık eskisi kadar rahatlatıcı geçmiyor. Eskiden kendimden geçerdim. Kendimi çiğneyip geçerdim. Ama şimdi, bedenim çelikten bir duvar gibi. Kırıp geçmenin imkânı yok. Cahilleştikçe sertleşiyorum. Demek ki yükselişimmiş benim görünmezliğime neden. Demek, zihnimden bir dev yaratmammış beni şeffaf yapan. Kayra haklıymış. Gerçekten de hikâyenin sonuna geliyoruz. Ve çok yükseklerden düşeceğiz. Unutuyoruz. Hissetmiyoruz. İstemiyoruz. Yaptıklarımız, daha çok eski alışkanlıklar. Konuşmalarımız, elli kelimelik bir bulmaca. Çok fazla tanıdık hayatı. Şimdi kusma zamanı! Ama her tükürdüğümüz pislik, yanında bizden bir parça da götürüyor...

Kin'in Yas'ından eser kalmaz bu gidişle. İsmim Ahmet olur. Pierre olur. İnsanın hayvanından eser kalmaz bu gidişle. Mesleğim işçilik olur. Politikacılık olur. Hayatın ölümünden eser kalmaz bu gidişle. Evim uyku olur. Kinyas rüya olur...

Yarın uzun bir yol var. Ama alışveriş bugünkünden çok daha kolay olacak. O kesin. Ne de olsa, çatal bıçak kullanmasını bilen bir adamla iş yapacağım. Ve saçı sarı olduğu halde boya olmayan bir adam. Hâlâ kolonicilik ruhu taşıyan yaşlı bir domuz. Yıllar önce, açlıktan ölmek üzere olan bir adamın elinde kalan son varlığını, pasaportunu satmasına aracılık ederken tanımıştım bu Belçikalıyı. Bakirelerle yatan, Afrika'nın dünyanın vajinası olduğuna inanan bir adam. Ülkesinde yaşayamayacak kadar vahşi, burada mutlu olamayacak kadar medeni... Hiçbir yere ait olmayanları iyi tanırım. Her yere aitmiş gibi davranırlar. Ama uyuyabilmek için yapmayacakları şey yoktur. Yalanlarını kendilerine unutturmak için... Bu adam on dört yaşındaki kızlarla sevişir. Başkası sıtma olur. Ama gündüzleri Noel Baba gibi gezerler ait olmadıkları mahallelerde, duygularından zerre kadar anlamadıkları insanların arasında... Ahlak çoğunluğun görüşüdür, toplumsal sözleşmedir, derler. Ve geceleri o çoğunluk yoktur. Ve o sözleşmenin altına bastıkları parmaklarını çok daha başka işlerde kullanırlar. İşte bu Belçikalı da, söz konusu sürünün bir ferdidir. Daha ölmeden vücutları çürümeye başlamış olanların sürüsü... Kokain yerine eroini görünce biraz zorluk çıkarmaya çalışacaktır.

Çünkü amacı malı Capetown'da pazarlamak olduğu için eroinin çok para etmeyeceğini ve kendisini boşuna tehlikeye attığını söyleyecektir. Ama bu da kendi türüne has olan yalanlardan birisidir. Pazarlık yapmayı bilmeyen, kendisini kazıklamış olanları taklit etmeye çalışan bir adamın yalın yalanları... Biraz konuşuruz ve sonra ikna olmuş gibi görünüp parayı verir, gider. Şüpheci yapısı ikna olmaya elverişli değildir. Onun gibi adamlar annelerinden bile şüphe ederler. Çünkü onların da bir zamanlar on dört yaşında ve bakire olduklarını bilirler. Güneş odanın perdelerini dövmeye başladı. Dokuz saat sonra Ouagadougou'da randevumuz var. Café Ajax'ta. Mélina isminde bir travestinin işlettiği küçük bir bar. Paris'te ünlü bir kadın kuaförü olmayı düşlerken, Burkina Faso'nun en kötü mahallesinde bar sahibi olmuş bu homoseksüel aslında sempatik bir yaratıktır. Kızıl peruğu ve giydiği taytlar onu daha çok sirklerde çalışanlara benzetir. Ama Mélina güvenilirdir. Rüşvetini aksatmaz. Kimseyle başı derde girmez. Kötü bira ve şarabın verildiği barı, aslında yasal olmayan alışverişler için bir hipermarket görevi görür. Mélina'nın işi kasiyerliktir. Komisyonunu alır ve "İyi günler!" diler. Başka bir şey dileyemeyeceğini kendisi de bildiği için. Çünkü oraya gidenlerin hayatlarında değişebilecek şeylerin sayısı çok azdır. Her tebessümleri yanlarına kâr kaldığından, iyi bir gün onlara hayat boyu yeter. Bense o iyi günü çok uzun zaman önce geçirmiş olmalıyım ki tekrar onun dileklerine ihtiyaç duyuyorum. Hatta o kadar uzak ki o iyi gün, tarihini hatırlamıyorum bile. Ben dünü de hatırlamıyorum...

Bir sabah hayallerimden uyanıp hiçbir şey hatırlamayacağım. İşte o günü bekliyorum yeniden doğmak için ama o kadar çok var ki ölmeden reenkarnasyona...

Yanımdaki, dünyanın en sahte sarışını ve en çıplak kadını hâlâ uyuyor. O da biliyor günün acısını. O da uyanmak istemiyor. Ama ben gittikten sonra otelin sahibi gelip, bir aileyi polis zoruyla kirayı ödemedikleri için evlerinden atar gibi uykusundan uyandıracak. Çantasına bir haftalık içki parasını koyuyorum. Biraz da yeni saç boyaları alabilmesi için. Ve voltalarıma başlıyorum. Uyuyamadığı için atom bombasını icat etmiştir, diyorum içimden, resmini yıllar önce bir ansiklopedide gördüğüm adam için. Ben de uyuyamadığım için yürüyorum odanın içinde. Pencereden kapıya. Beş adım. Pencerenin orada dönüşümü yaparken rüzgârımdan perde havalanıyor. Kapının beyazı gözümü alıyor. Yürüyorum. Kilometrelerce yürümüşüm gibi geliyor bana attığım her adım. Sanki dünyayı yürüyorum ufacık odada. Ben uyurgezerim, diyorum. Seyri filmenam. Hem hayal ederim, hem yürürüm. Ufacık bir odada volta atarken –ki dört volta sonrasında güzergâhı ezberlediğimden kapatırım gözlerimi– Meksika'dan Çin'e giderim. Oradan da cennete. Sonra Kanada'ya. Oradan da cehenneme. Bavula gerek yok. Kendimi götürmem yeter. Tanımam yeter, gittiğim yerlerden ve insanlarından iğrenmem için. Benim ilacım böyle küçük odalardır. Böylesine atılan voltalardır. Beş adımda aşılan denizler, beş adımda tırmanılan dağlardır. Perdenin havalanışı okyanustaki kasırgadır. Kapının beyazı Alaska'nın karıdır. Sarı duvarlar Sahra Çölü'dür.

Kinyas'ı yanımda götürdükten sonra her yer aynıdır.

Asfaltın güneşin altında eridiği bir saatte, 1968 model İmpala'nın arka koltuğundayım. Cebimde, otelin resepsiyonundan çaldığım bir sürü kalem var. Şehirlerarası insan taşımacılığı yapan ve otobüslerden daha ucuz olan station wagon eski Peugeot'ların yanından hızla geçerken camlara yapışmış suratlar görüyorum. Neden dünyanın başka bir yerinde doğmadıklarını kendilerine soran suratlar. Albert'le buluşmamıza iki saat var. Ve bu gidişle tam zamanında Mélina'nın barında olabiliriz. Radyoda Alpha Blondy çalıyor. Her coğrafyanın kendine göre ağıtları var, diyorum içimden. Belli ki Kinyas yine uyumamış. Gözlerinden kan akıyor. O da uykusunu alamadan öleceklerden biri. Bütün bu işler bitse, parayı alıp haritanın öbür taraflarına gidebilsek çok iyi olacak. Çünkü bıktığımı fark ediyorum. Boğazlı kazaklarımı özledim. Soğuğu özledim.

Küçükken, bir arkadaşımla kızak yapmıştık. Gördüğümüz her yokuştan kendimizi aşağıya bırakırdık. Benim Kayra olmam için hiçbir neden yoktu. Kimse bana tecavüz etmedi dokuz yaşımdayken. Kendiliğinden geldi acılarım. Yerleştiler içime. Sonra alıştım ve kabullendim. Sanki dünyada başka türlü bir hayat yaşanamazmış gibi... Ben ki saplantılardan nefret ederdim, şimdi taşlaşmış bir pislik haline geldim. Aynı kıyafetleri giyen, aynı müziği dinleyen, aynı şeyleri düşünen... Acaba yazıyor mu Kinyas arada bir? Yoksa vaz mı geçti ölümsüzlük hayalinden? Ama beni yazarken görüyor. Sormuyorum. İlgisizlik daha iyi. Kendimi dinlemeye bu kadar alışmışken, bir de onun ağzından dökülen, yarısı beyninde kalmış karmaşık cümlelerini çözemem. Üstüne yazı yazdığımız her kâğıdı arabanın bagajına koyacağımızı söylemiştik. Ama benimkiler dışında hiçbir şey yok. Zaten hikâyemi tamamlamasına da ihtiyacım yok. Benim hiçbir şeye ihtiyacım yok. Dışarıda geçirdiğim tek bir gün bana yeter, hayatımın geri kalanını delirmeden karanlık bir hücrede geçirebilmem için. Saniyeler aylar olur. Dakikalar yıllar olur. O bir günü yirmi yıl, otuz yıl düşünebilirim. Ve beş yıl da unutmak için harcarım. Bir yirmi yıl da tekrar hatırlamak için, o günü düşünürken düşündüklerimi. Seksen iki yaşımda öleceğim ben. Bir kadın söyledi. Daha çok var. Bu aralar kapatsalar beni, en az iki yüzyıl da cehennemde düşünebilirim yeryüzünde yaptıklarımı...

En azılı paranoyaklarla yarışabilecek kadar kendimi kışkırttığım günlerin birinde, cehennemde dünya üzerinde üzülmelerini istemediğim iki insan olan anne ve babamın yaptığım bütün pislikleri dev bir ekrandan seyredebileceklerini hayal ettim. Tabii ben de yanlarında. Bakışlarının tonlar çeken ağırlığının altında bir böcek gibi ezilmek için. Ve kalpleri ile beyinlerinin arasından çıkan, benden istedikleri halde nefret edememelerinin sesi kemiğin etten ayrılma sesi. Kasaplarda duyulanlardan... On yıl önce bir Kurban Bayramı'nda, yapacak adam bulunamadığı için siyah bir koç kestim. Daha önceki yıllar gördüklerimi hatırlamaya çalışarak, boğazına dayayıp çektim bıçağı kendime doğru, boynuzlarından tutup boynunu kırmaya çalışarak. Mucize. İlk denememdi ve hayvan anında öldü. Birkaç titreme. Sonra hiçbir şey. Ama o ses! Deriyi yaran bıçağın ve boyun kemiğinin kırılma sesi. On yıl takip etti beni. Ve şimdi artık, anne ve babamın benimle ilgili daimi hayal kırıklıklarının da sesi var. İşte o hayvanın ölümle karşılaştığında vücudundan gelen ses! Eğer hatıralara sesler ilave etmezsem uçup giderler. O seslerle anımsamak dünyayı. Gereken bu.

Dokuz yaşıma kadar kendi adımı fısıltıyla söyleyemedim. Korkardım. Neden bilmiyorum. Yankılanırdı ismimin bütün sessiz harfleri kafamın içinde. Sonra alıştım korkmaya. Çok geç alıştım ben yaşamaya.

"Kinyas, şurada dur da, içecek bir şeyler alalım."

Birkaç flag. Mélina'ya kadar idare eder. Alkolik bile olamadım, diye düşünüyorum... Daha gidecek bir saatlik yol var. Asfalt bitti. Toprak başladı. Albert ismindeki Belçikalı beklemeye başlamıştır bizi. Her yere önceden giden dedektif ruhlu bir adamdır... Yazamıyorum. Kafamdaki binlerce düşüncelerden birini yakalayıp, terbiye edip cümlelerle hayat veremiyorum. Belki de bu yazma fikri hiç de iyi değildi. Beni iyileştirecek hiçbir şeyi hiçbir zaman sevmedim zaten. Oysa yazabilirdim milyonlar satacak bir kitap. İnsanları korkutmadan, sadece hazmedebilecekleri kadar, uykularını kaçırmayacak hikâyelerle dolu olan. Ama hayatım boyunca o kadar çok yalan söyledim ki bunu bir de yazı üstünde yapmak çok iğrenç geldi. Bir gün her şeyi yalanlayabilmek için iz bırakmaktan korktum hep. Yaptığım kötülüklerin kanıtlarını dünyadan kazımak için çok uğraştım. Bu yüzden benim cehennemim, Kayra'nın yaşadığına dair kanıtların ortaya çıktığı bir sahne olurdu. Benim cehennemim, bana yeniden Kayra'yı gösteren bir tiyatro oyunu olurdu... Ama ben oradan da kaçardım. Cehennemi de kundaklardım!

Kabul etmeliyim ki, altı milyar insanın yerine düşünüyorum. Altı milyar insanın adına yaşıyorum. Ben öldüğümde altı milyarı da ölmüş olacak. Şimdilik hayattayım. Korkmaya gerek yok! Günahlarınızı ben unuturum. Siz işlemeye devam edin...

Artık müziğin de bir önemi kalmadı benim için. Kim bilir medeni dünyada neler yapılıyordur bu konuda, şu sıralar? İnsanları gözlerini kapattıracak kadar etkileyen, dans ederken birbirlerine kayıtsızca sürtünmelerini sağlayacak ne şarkılar söyleniyordur bir yerlerde. Ama benim için hepsi yapıldı. İlk başlarda sonsuzmuş gibi gelen notalar kombinasyonunun yüzyıllık bir ömrü olduğu ortaya çıktı. Resmin sınırı fotoğraftı. Müziğin sınırı da makinelerden çıkan sesler oldu. Her uyuşturucu kendi tarzını yarattı. İnsanlar beyinlerini uyuşturma yöntemlerine göre sınıflara ayrıldılar. Hepsi kendini kandırdı. Benim kandıracak kimsem yoktu. Çünkü kanmış olarak doğmuştum!

Bir buçuk litrelik bira şişesinin toprak yolda kırılma sesi egzozunkine karıştı. Ouagadougou'ya giriyorduk. Yollar kalabalıklaştı. Binaların boyu uzadı. Pantolonluların sayısı çoğaldı. Hiçbir şey modernleşmenin önünde duramıyordu. İlkellik yakında hepimiz için güzel bir anı olacak. Çok özleyeceğiz onu. Basitlikten tekrar doğacaktık oysa ve o kapıyı da kapatıyoruz. Üstüne de bütün insanlık oturuyor... Elmas tüccarları, köle tacirleri, uyuşturucu pazarlayanlar hep olacak. Ama modern hayatın gerektirdiği şekilde. Bütün dünyada tek bir para birimi hüküm sürecek. Tek bir dil. Avrupa'da da yapmak istedikleri bu değil mi zaten? Elli yıl öncesine kadar birbirlerini boğazlayanları aynı dilde konuştur-

57

mak! Hiçbir şey değişmeyecek. Sadece eskiden birbirlerine ettikleri küfürleri anlamıyorlardı. Artık son derece iyi anlaşacaklar bu konuda. Birbirlerinden daha çok nefret edecekler. Ve yine birbirlerinden çaldıkları paranın kendi paralarına göre ne kadar ettiğini hesaplamalarına gerek kalmayacak. Hepsi bu. Gece ile gündüzü değiştiremedikten sonra, neye yarar alfabeyi her yerde aynı yapmak? Ve bütün dünyanın aynılaştığı gün bile ortalıkta gezinen benim gibi adamlar olacak. Bozmak için bütün makineleri. Soymak için bütün bankaları. Kimyevi maddeler yerine şarabı tercih etmek için orada olacaklar. Ouagadougou'ya gelip gangsterclik oynamak için kilometreleri parçalayacaklar. Sistemin kurtardığı insan hayatlarına değer vermeyecekler. Rimbaud'nun şiirlerinden fışkırmışçasına, o kadar güzel konuşacaklar ki çevrelerinde binlerce insan toplanacak... Bazıları da susmayı tercih edecek. Dünyaya sahip olabilecekken açlıktan ölecekler. Ve ben onların arasında geri döneceğim. Gördüklerimi yeniden görmek için. İnsanlardan bir kez daha iğrenmek için. Kendimi yine yarı yolda kaybetmek için.

Şehrin hatırladığımız sokaklarında küçük bir gezinti. Pazar yerini andıran, arı kovanı kadar kalabalık şehir merkezi. Ve dışına doğru kirli caddeleri. Bunlardan birinde Mélina'nın yeri. Albert diye bir ölümlü içinde. Kanımızı emmek için can atan. Ama bizim kansız olduğumuzu bilmeyen. Damarlarımızda kanın yerine gözyaşının aktığını bilmeyen bir adam. Birazdan gözlerimizin içine bakıp bize yalanlar sıralayacak. Eğer daha önceden duymadığım bir şey söylerse dudaklarından öpeceğim...

İşte güzel travestinin barı. Kinyas adamın orada olup olmadığını kontrol etmek için içeri girecek. Tabancamda hiç mermi kalmadı. Peki Kinyas'ınkinde var mıydı? O gece, bütün bunları başlatan gece, yüzüme doğrulttuğu silahta mermi var mıydı? Evet hatırlıyorum. Bana sarı sarı tebessüm eden kurşunları. Ama belki de hayaldi onlar. Belki de ondan çok yazmak istediğim için, ben beynimde yerleştirdim o mermileri silahın topuna. Belki de ben hayal ettim her şeyi. Kinyas'ı, silahı, Liberyalıları, eroini, kendimi...

"Adam orada mı? Tamam. Geliyorum."

Café Ajax, en yükseği üç katlı binalardan oluşan bir mahallede on yıldır hiçbir yere gitmeden durur. Müşterilerini bekler. Kırk yaşlarındaki Mélina burayı ilk başlarda ameliyat parasını biriktirmek için çalıştırmış. Anlatılanlara bakılırsa iyi işler yapmış ve Meksika'ya gidip cinsiyetini değiştirecek kadar para toplamış. O zamanlar, daha kadın kıyafetleriyle gezmiyormuş ortalıklarda. Yanında o günlerden beri çalışan iriyarı adamı kendisine sevgili yapmış. Çok fazla konuşmayan ama bedeniyle her işi yapabilecek kadar yetenekli bir dev. Ve hâlâ bu Dieudonné ismindeki adamla birlikte olduğu söylenir, Mélina'nın. On yıl uzun bir zaman. Sadakat sadece kadın ile erkek arasında olmaz... Ve yeterli parayı bulunca Mélina düşünmeye başlar kendini, ameliyatı, Dieudonné'yi. Tam olarak nedenini kimsenin anlamadığı bir şekilde vazgeçer kafeyi kapatıp gitmekten. Belki de korkar. Erkekliğe dönüş yolunu kapatmak istemez. İşte o sıralar kadın kıyafetleri içinde abartılı peruklarla dolaşmaya başlar. Önceleri herkes yadırgar, alay eder ancak dev sevgili bu olayların belli bir sınırı aşmasını engeller. Ve her travesti gibi, Mélina da artık gösterişli, çarpıcı bir kadın görünümünde gündelik işlerini yapar.

Hiçbir travesti bir ev kadını olmak için giymez eteği. Amaç en güzel kadın olmaktır...

Arabayı kafenin önüne park ettim. Kayra arabada kaldı. Binanın önünde başka araba yoktu. Mélina kamyonetini hep yan sokağa bırakırdı.

"Sarhoşlardan korkuyorum" derdi. "Arabayı parçalarlar. Para verirken o kadar çok küfrediyorlar ki, intikam almak isteyeceklerinden korkuyorum."

İçeri girdim. Sol tarafta bar. Sağ tarafta masalar. Ve hepsi içeri doğru uzanan büyükçe bir salonun içinde. Mélina ortalıklarda yok. Dieudonné barın arkasında. Gülümseyebildiği kadar gülümsedi beni görünce. Bir defasında, bu devle tam sekiz kişiye karşı dövüşmüştük. Ve o kadar şiddetli bir kavgaydı ki karşımdakilerden birinin kolundan ısırarak bir parça et koparmıştım... Kafamı sağa çevirip kafenin güneş tarafından istila edilmemiş köşelerine bakınca Albert'i gördüm. Önünde viskisi ve ayaklarının yanında da siyah bir çanta vardı. Silahını büyük ihtimalle girişte Dieudonné'ye teslim etmek zorunda kalmıştı. Mélina'nın barına sadece Kayra ve ben silahlı girebilirdik. Çünkü kabul etmek gerekirse, Mélina Kayra'dan hoşlanıyor ve bizi rahatsız etmemesi için Dieudonné'ye gerekli talimatları veriyordu. Albert önündeki bardağın içindeki buzun hızla erimesini seyretmekle meşgul olduğundan beni görmemişti. Geri döndüm. Kapıya yürüdüm. Kafamı uzatıp Kayra'ya seslendim. Sonra içeri dönüp kafede sadece üç kişi olmasına rağmen, sanki kalabalıktan sesimi duyuramıyormuşum gibi bağırarak "Bir flag getir!" dedim Dieudonné'ye. Şaşırmayı önce azaltmış, sonra tamamen bırakmış olan barın arkasındaki dev kafasını hayretle kaldırıp baktı. Neden bağırdığımı anlamamıştı. Ve hemen sonra şaşırmayı bıraktığını hatırlayıp kendini sakinleştirdi. Kafasıyla, tamam anlamına gelen bir işaret yaptı. Benim yüksek sesle içki istemem Albert'i de uyandırmıştı. Korkak ve alkolik gözlerle bana bakıyordu. Ona doğru attığım her adımda viski bardağını biraz daha sıkıyordu. Yüzümde bir gülümsemeyle yanına gittim. Yan masadan bir sandalye çekip karşısına oturdum.

"Nasılsın? Hâlâ çok içiyor musun?" dedim.

Herhangi bir maddeye bağımlı olan ve daha sohbetin ilk basamağında söz konusu maddeyle ilişkisi sorulan her adam gibi, nefret etti benden... Annem bir alkolikti. Ama hiçbir zaman belli etmeyenlerden. İçki içerek sadece kendine kötülük yapanlardan. Kahve fincanında votka içenlerden. Ve ben alkoliklerden nefret ettim...

"Fena sayılmaz" dedi dişlerini gıcırdatarak.

Dieudonné masaya flağı bıraktığı anda içeri Kayra girdi. Ve Dieudonné'nin yanından geçerken belli belirsiz bir selam verip bir bira söyledi kendisine. Gerçekten de birbirlerini hiç sevmiyorlardı. Ama yine de birbirlerine girmelerini engelleyen arada çok insan vardı. Gizli çekişmelerinin nedenini tam olarak bilmiyordum. Birkaç tahminim vardı. Ama onlar da Mélina konusuyla ilgili mantıksızca varsayımlardı. Aslında birbirini az tanıyan iki insanın arasındaki nefret ilk defa tanık olduğum bir durum değildi. Bazen tesadüfler böyle gerektirir. Cümlelerin hepsi duyulmaz. Her şey yanlış anlaşılır, çözülmesi çok zor bir nefret iki adamın arasına gelir ve oturur...

Kayra benden daha nazik davranarak Albert'e elini uzattı ve titreyen beyaz, kemikli et parçasını sıktı. Çizgi filmlerdeki abartılı el sıkışmalarına benzemişti. Kayra sıkıca kavradığı eli hızlı hareketlerle on santim aşağı, on santim yukarı sallamış ve bırakmıştı. Ve zaten bizim beraber iş yapmak için fazla genç ve hareketli olduğumuzu düşünen Albert, bu davranışlarımızdan sonra kendini daha da kötü hissetmişti.

"Eroin!" dedim.

"Efendim?" dedi.

"Eroin! Kokain yok. Yanımda çok temiz beş kilo eroin var. Ve fazla zamanım yok."

Afallamıştı. Söylediklerimi anlamamış gibi yüzüme bakıyordu. Sonra Kayra'nın gözlerinden bir tasdik alma ihtiyacı duymuş olmalı ki, dönüp ona baktı.

"Ben sana kokain demiştim. Müşterim onu bekliyor. İnan bana, benim de çok zamanım yok!" dedi.

Sinirlenmeye başlamıştım. Karşımdaki sübyancı bunakla sabaha kadar böyle sohbet edebilirdik ama ben istemiyordum.

"Albert, lütfen bizi ve kendini yorma. Kokain için anlaştığımız parayı ver, beş kiloyu al. Kendi ölümünü, elçiliğinin haftalık basın raporunda, cehennemden okumak istemezsin herhalde!" dedim.

Susmuş, dinliyordu. Ben bağırıp çağıracağını, tehdidim karşısında sinirden delireceğini sanıyordum. Ama Afrika onu da eğitmişti. O da öğrenmişti, on kez düşünüp bir defa konuşmayı. Devam ettim sessizlikten yararlanarak:

"Yanındaki çantayı Kayra'ya doğru ittir. O da sana arabadan malı getirsin. Ben üç tane buzlu viski söyleyeyim. Ve hep beraber kolay ve kazançlı işimizin şerefine içelim."

Hareketsiz, beni seyrediyordu. Sanki burada değilmiş gibi. Yoksa bu herif kendi mi çekecekti uyuşturucuyu? Her şeyi beklerdim yaşlı Avrupalıdan... Biraz daha korkutmak gerekiyordu. Fısıldayarak konuşmaya başladım. "Biliyor musun Albert, duyduğuma göre, Dieudonné ile Mélina o işi ancak bir şekilde yapabiliyorlarmış. Mélina ölü taklidi yapıyormuş ve Dieudonné ancak o zaman tahrik olabiliyormuş. Bir düşünsene, senin gibi gerçek bir beyaz centilmenin cesediyle karşılaşınca kim bilir neler yapar! Bana sorarsan, öldükten sonra bile canın yanar!"

Son cümlem biraz daha etkili olmuştu. Dieudonné'nin katlanamadığı bir beyaz varsa o da Albert'ti. Ve bir an için kendi cesedine barın arkasında, siyah ayı tarafından tecavüz edildiğini hayal etmiş olacak ki bardağındakini bir dikişte içti, sağ ayağıyla çantayı Kayra'ya doğru iterek "Benimki sek olsun" dedi.

Kayra çantayı alıp dışarı çıktı. Umduğu şeyi içinde bulmuş olmalı ki otuz saniye sonra elinde bir torbayla içeri girdi. Çanta yoktu. Büyük ihtimalle bagaja koymuştu. Belki de arka koltuğa atmıştı. O kadar tedbirsiz bir adamdı ki bir çocuğa tutması için vermiş bile olabilirdi. Kendi ailesinin mücevherlerini, çok iyi korunan bir kasadan çaldığı günden beri hırsızlığın hiçbir güvenlik sistemi tarafından engellenmeyeceğini düşünürdü. Ve ilginçtir; önlem almadan yaptığı hiçbir işte de şimdiye kadar soyulmamıştı. Zaten üstü çizik dolu, eski bir çantanın içinde bu kadar çok paranın olduğunu, yakınlarından geçen kimsenin de aklına gelmezdi... Torbayı Albert'in yanına bıraktı. Sinirli hareketlerle torba açıldı. Paket delindi. Tadına bakıldı. Ve Belçikalının keyfi yerine geldi. Ben de kendimi iyi hissediyordum. İlk evini satan bir emlakçı gibiydim.

"Kolay para!" diyordum kendime. "Dünyayı döndüren bu."

Sattığım uyuşturucu onlarca over dose'dan ölüme, yüzlerce tutuklanmaya neden olacaktı dağıtıldığı noktalarda. Hatta bir kısmından herhangi bir Avrupa devleti yararlanıp polis operasyonlarında kullanacak ya da metadon yapıp bağımlıları tedavi edecekti. Politikadan daha pis bir iş değildi yaptığımız.

Viskiler gelince kadehlerimizi kaldırıp birbirimize baktık ve içtik. Kayra bara girdiğimizden beri konuşmamıştı. Büyük ihtimalle, Dieudonné'ye oturduğu yerden nasıl zarar verebileceğini düşünüyordu... Bu kudurmuş hayatta aslında böylesi ufak alışverişlerden başka yapacak daha ilginç pek bir şey yoktu...

Kayra üç yıl tıp okudu. Gerçek bir doktora dönüşebilirdi ama stetoskoptan o kadar nefret etti ki her şeyi bıraktı. İnsanların kalp atışlarının sesi ona saniyeleri hatırlatıyordu. Saniyeler de hayatı ve zamanı... Bir daha Albert'i görüp görmeyeceğimizi bilmiyordum. Yanında duran torbanın içindeki paketi satınca ömrünün sonuna kadar rahat edebilirdi. Elçilikteki işinden ayrılır ve hayalini kurduğu, okyanusun dibindeki evlerden birini alıp içini on üç yaşındaki kızlarla doldurabilirdi. Beş yıl sonra onlarla artık eskisi gibi sevişemeyeceğini de biliyordu, ama yine de çevresinde dolaşmaları, Albert'i gençliğin içinde tutacaktı... Torbadakileri satınca gençliğini satın alacaktı. Bir gün, bana seks yapamayacak hale geldiği zaman eroine başlayacağını söylemişti. Ama dikkatli ve planlı davranacaktı. Yeryüzünde geçirebileceği süreyi hesaplayıp bu zaman içinde damarlarına sokacağı doz sayısını belirleyecekti. Ve o an sahip olduğu para dozlara yetecek kadarsa eroine başlayacaktı. Albert düşeceği yeri hesaplayanlardandı. Batı Avrupa asaleti uyuşturucu krizlerinde köpürmesini engellerdi. O da, kendi ülkesi vatandaşlarının bir özelliği olan muhasebeci gözüyle bakıyordu hayata. Dünyanın en bilinçli eroinmanı olabilirdi. Tabii bütün bunları yapabilmesi için içkiyi bırakması gerekirdi. Ancak yine de Belçikalıların cimri yapısına uygun olarak, iyi ya da kötü sahip olduğu hiçbir şeyi bırakamazdı. O kadar çok adam vardı ki çevresinde, bıraktığı anda alkolikliğini havada kapacak olan! Ne de olsa bu eski koloniler Avrupalıların vitriniydi. Ve alkolsüz bir Albert'i kimse tanımazdı. Kayra kalktı ve bara doğru yürüdü. Dieudonné'yle bir şeyler konuşuyorlardı. Ben de Albert'e elçiliğin orada işlerin nasıl gittiğini soruyordum. O sırada, çok tanıdık ve gırtlaktan gelen, incelmeye çalışan ama başaramayan bir ses, kapıdan girerek içerideki herkese "Merhaba kızlar!" dedi. Bütün ihtişamıyla ve aksesuvarlarıyla Mélina'ydı içeri giren. Önce Kayra'ya sarıldı. Sonra Dieudonné'yi öptü.

"Biliyorum. Beni özlediğiniz için geldiniz. Bütün kıtada benimki kadar güzel kalçalar bulamadığınız için dönmek zorunda kaldınız, değil mi?" dedi, masamıza doğru uçarcasına yürürken. Yüksek topuklu ayakkabıları inanılmaz ses çıkarıyordu. Sanki birden bir klaket şovuna başlayacak gibiydi. Albert'le aynı anda ayağa kalktık. Ne de olsa, orada burada biraz eğitim görmüş ve görgü kurallarını öğrenmiştik. Albert, Mélina'nın uzun, takma tırnaklı elini öperken, "Bayan Régina, neden bu kadar güzelsiniz?" diyerek iltifat etmeye çalıştı. Elçilikten öğrendiği kadarıyla Mélina'nın soyadı Régina'ydı. Ve kıyısından da olsa Belçika devletinin bir memuru, eski bir kolonici olduğunu göstermek kendisine büyük zevk veriyordu. Ben de bordo ojeli tırnaklar taşıyan parmaklardan nasibimi aldım. Aslında iyi biriydi Mélina. Buradaki herkes iyiydi. Bardaki beş kişi Afrika'nın biraz da özetiydi. Dışarıda dolaşanlar bizim biraz farklı tonlarımızdı, hepsi bu...

"Lütfen otur. Bir şeyler içelim" dedim. "Seni özledik. Albert'le ufak bir işimiz vardı. Ve burada buluşmaya karar verdik. Böylece seni de görürüz diye düşündük. Birkaç gün önce Rose'un pansiyonundaydık. Seni bekliyor. Hiç uğramıyormuşsun. Unutmadan söyleyeyim, Moctar ölmüş. Evet, duyunca biz de çok üzüldük. Askerler yapmış. Bir gece para istemeye gelmişler. O da vermemiş. Döve döve öldürmüşler. Çok yazık!"

Mélina o kadar dikkatle dinliyordu ki beni, söylediğim her cümlenin karşılığını yüzündeki ifadelerde görebiliyordum. Konuşmam bittiğinde gözleri dolmuştu.

"Piçler! Biliyordum bir gün böyle bir şey yapacaklarını. Buraya da geliyorlar bazen. Ama Albert sayesinde pek rahatsız edemiyorlar. Neyse, seni biraz yorgun gördüm. Uyumuyorsun yine değil mi? Zaten bu gece sizleri uyutmaya da pek niyetim yok. Benimlesiniz. Kayra, sen de uyumayacaksın! O güzel rüyalarını başka zaman görürsün. Çünkü bu gece, o rüyalardan birini gerçekten yaşayacağız. Misafirim olacaksınız."

Kayra'ya baktım. Kafasını sallıyordu yüzündeki çocuksu gülümsemesiyle. Gerçekten de onun şu halini gören, aklından geçenlerin binde birini bile tahmin edemezdi. Sahip olduğu beden ve yüz o kadar sıradandı ki düşüncelerinin bir insanın varabileceği son noktada ip atlıyor olmalarına ihtimal vermek çok zordu. Arkaya doğru taranmış uzun saçları, çenesine kayan bıyıklarıyla daha çok her gün sokaklarda karşılaştığımız kadın satıcılarına benziyordu. Onu gülerken görünce, ben bile bir saniye için gerçekten mutlu olduğunu, birazdan tamamen istediği bir şeye kavuşacağını düşündüm. Ama bir mikrokamerayla sırıtan ağzından içeri girilseydi, beynine doğru çıkılsaydı ve o an hayal ettikleri görüntülenebilseydi yüzyılın en vahşi filmi çekilmiş olurdu. Çünkü büyük ihtimalle mikrokameranın çektiği kısa metrajlı filmde Kayra bana doğru yaklaşıyor. Belimden silahı çekiyor. Dönüp Dieudonné'ye ateş ediyor. Sonra sağ elinin uzanabileceği yerdeki masanın üstünde duran içki şişesini Mélina'nın kafasına geçiriyor, bütün bunları yaparken ağzının içinde tuttuğu viskiyi masadaki çakmaktan çıkardığı alevin ortasına tükürüp ilkel bir alev makinesiyle Albert'in yüzünü yakıyor, yerde ağlayan ve kafası kanayan Mélina'nın üstünden atlayıp Albert'in yanındaki torbayı alarak bana doğru dönüyor ve ben daha istemeden cebinden bir sigara çekip bana atıyor, masada duran Mélina'nın mentollü sigaralarından birini aldıktan sonra Albert'in yüzünden yakıp, "Gidelim" diyor olurdu. Ama elindeki kadehi Mélina'nın teklifini kabul ettiğini göstermek için kaldırıp gülümsemekle yetiniyordu.

Dışarıda bir, içeride binlerce Kayra vardı. Ve o kadar uzun yaşayacaktı ki hepsine bir gününü ayırabilirdi. Her gün bir yenisiyle tanışıyordum. Tabii elini sıkan Kinyas da dünkünden farklı bir adam oluyordu. Bunun için birbirimizden sıkılmıyorduk. Her gün değiştiğimiz için. Ama gerçek adlarımızı hatırlayamadığımız gün de gelecekti. O gün, dost olduğumuzu da unutacaktık.

Sonunda herkes gitti. Kafenin üst katındaki odalara çekildiler. Dieudonné de son temizlikleri yapıyor... Güneş doğmaya yüz tuttu... Gece gerçekten de Mélina'nın dediği gibi geçti. Hafta sonu olduğu için Afrika'nın suyunu içen beyazlar da gelmişti. Ve çok kalabalıktı. Mélina'nın yanına aldığı ve yetiştirdiği genç travestiler de vardı. Neredeyse bir tanesiyle yukarı çıkacaktım. O kadar güzeldi ki! Son anda fark ettim. İçimden güldüm ve "Boş ver" dedim, bana sürmeli gözleriyle bakan çocuğa. Bütün gece reggae çaldı. Mélina şarkı söyledi. Albert'e güzel bir fahişe bulundu. Kinyas'ı son gördüğümde sarışın ve uzun bacaklı bir İngiliz'le dans ediyordu. Nereden öğrenmişse, çok güzel tango yapıyordu. Reggae eşliğinde tango yapabilen tek adamdı. Herkes sarhoştu. Hatta bir ara, Albert'in satmayı planladığı uyuşturucuyu dağıtmaya başladığını sandım. Yaşlı adamı hiç bu kadar mutlu görmemiştim. Herkes çocuklar gibi eğleniyordu. Kinyas beni İngiliz'in bir arkadaşıyla tanıştırdı. İsmini şimdi hatırlayamadığım bir havayolu şirketinde çalışıyormuş. Ne iş yaptığımı sordu. Devlet başkanının danışmanı olduğumu söyledim. İnanmadığı kesindi ama ben de inanmasını özellikle istemiyordum. Bir ara yukarı çıktık kadınla. Ve kızıl saçlarını okşadım. Gerçekten de çok güzel göğüsleri vardı. Sonra aşağı indim. Eğlence devam ediyordu. Eğlencenin yemek yerine geçtiği bir ülkedeydim. İki gündür ağızlarına tek bir lokma atmamışlar ile fazla balık ve ananastan kusanlar birlikte dans edip şarkı söylüyordu. Komünizmi Slavlara değil, buralardaki insanlara sormak gerek, diye düşündüm... Kimsenin arasında en ufak bir fark yoktu. Hepsi aynıydı. Bir daha birbirlerini hiç görmeyecek, gördükleri takdirde de birbirini tanımayacak olan insanlar sevişti. Birbirlerini sevdiklerini söylediler.

Hatta evlenme teklif edenler bile oldu. Bir kadeh viski karşılığında...
Uyumak için, birbirlerinin kollarında mucize aramak için odalara
çıktılar. Ve eğlence oraya taşındı. Yataklara. Mélina'nın kolunda da bir
beyaz vardı. Ve onu gerçekten kadın sanmıştı. Yukarıya beraber çıktık-
tan on dakika sonra adamın koşarak panik içinde aşağı inmesini bek-
ledik. Ama inmedi. Gördüğü hoşuna gitmişti belli ki! Ufak bir fazlalık
sadece daha da çok heyecan katmaya yarardı işe. O da öyle düşündü
herhalde. Sonra kafe gittikçe boşaldı. Ve geriye Dieudonné ile ben kal-
dık. Kinyas da büyük ihtimalle İngiliz kadına, dünyanın sekizinci hari-
kası olduğuna inandırmaya çalışıyordu. Yaşadığımız hayatı bir başkası
yaşasa mutlu olurdu. Dünyayla bir sorunu olmazdı. Ama benim tek
düşündüğüm, tonlarca C-4'ü dünyanın merkezine koyup bir karpuz gi-
bi parçalanmasını seyretmekti. Belki de tek sorun şuydu: biz ne istedi-
ğimizi bilememiştik hiçbir zaman. Ve dolayısıyla her şeyi deniyorduk.
Belki görünce istediğimiz, uğruna yaşadığımız şeyi hatırlarız diye.
Evet, Dieudonné de yukarı çıktı. Mélina ve beyazın yanına gidiyor-
dur herhalde. Bu şekilde saatlerce oturabilirim. Kızıl saçlı yukarıda.
Kinyas'ın da odadan çıkmasına daha çok var...
Üniversitede okurken politikayla ilgilenmiştim. Aslında çok önceleri-
ri başlamıştım konuyu düşünmeye. On üç, on dört yaşlarında komü-
nist eğilimlerim vardı. Onların muhalif tarafları hoşuma gidiyordu.
"Marx and Engels! God and Angels!" dönemimdi bu.
Sonra Bakunin'e geldi araştırılma sırası. Anarşizmi ezberledim. Bü-
tün düşünürleriyle sıra faşizmdeydi. Hitler, Mussolini, Machiavelli...
Hepsini okudum. Sonra kafamda konuyla ilgili bazı düşünceler oluştu.
Ne Bodin, ne Tocqueville, ne de Montesquieu! Hepsinin de aptal olduğu-
nu düşünüyordum. Hele Platon ismindeki dünyanın okuma yazma bilen
ilk faşisti! Hepsi de üzerinde fikir bile yürütemeyecekleri bir konuda,
insan yönetmek, halk yönetmek hakkında yazmışlardı. Unuttukları o
kadar çok şey vardı ki. İnsanın içinde patlayan volkanları es geçmişler-
di. Dünyada ideal bir düzen kurulamayacağını anlamamışlardı. More en
azından çocuk kitaplarına benzer boktan hikâyeleriyle, ideal dünya ko-
nusunda kendini tatmin etmişti. Ama diğer büyük düşünürler, insanla-
rı kavrayamayacaklarını kavrayamadıkları için yetersiz teorileriyle ko-
mik duruma düşmüşlerdi... Onlardan ve bütün politik metinlerden nef-

ret etmem fazla uzun sürmedi. Anarşistler biraz daha sempatik gelebilirlerdi bana, eğer daha gerçekçi olsalar ve kendilerini barışçılarla aynı görmeselerdi... Ve zamanla içimde büyüyen en büyük korku belli bir gruba dahil olmaktı. Benim birkaç müzik grubum vardı. Ben onlara dahildim. Gitar çalıp şarkı söylerdim. Ancak sayıca kalabalık bir teşkilatın üyesi olmak utanç verici geliyordu bana.

On sekizime girdiğimde artık hiç düşünmüyordum politikayı ve çeşitli felsefelerini. İnsanların icadı, kolay ve acısız bir sömürü yoluydu politika. Tıpkı bütün diğer insani kurumlar gibi. Para gibi. Hepsi bu. Fazla heyecanlanmamak gerekiyordu. Gerektiğinde lehte kullanılmalı, oyunun içinde ayrı bir oyun kurulmalıydı. Ben de öyle yaptım. Faşist, demokrat, fundemantalist, anarşist, komünist, saltanat taraftarı. Hepsi oldum. Ve hepsinin karşılığını aldım. Huzur. Biraz huzur ve rahat bırakılmak için Black Panther'lerle bile aynı fikirde olabilirdim. İlkesizlik bana sihirli geldi. Prensipsiz yaşamak. Rahatını bozmamak için açlıktan ölmeyi tercih etmek. Dilsiz taklidi yapmak...

Ülkemde yaşarken pavyonlara giderdim. Her zaman param vardı buzlu bademe verecek kadar. Bolşeviklerin torunlarıyla düşüp kalkmaya yetecek kadar. Kendimi iyi hissederdim pavyonlarda. Diana isminde bir Beyaz Rusyalı kızla iki ay birlikte yaşadım. Geceleri çalışıyordu. Gündüzleri birlikteydik. Onu kurtaracağımı düşünüyordum. Ama kim kimi kurtarabilmişti şimdiye kadar? Beni kim kurtaracaktı? "Kurtuluş" dedim. "Ankara'da bir mahalle." Fazlası değil. Belki bir de Bob Marley'in en iyi şarkısı. Daha fazla düşünmeye gerek yok. Adı her yerde, kendisi yok! Kurtulmaya gelmiyoruz dünyaya. Daha da saplanmak için buradayız. Dibine kadar. Onun için çürüyor bedenlerimiz ölünce. Mısırlılar uğraşmış efendileri kurtulsun diye. Ama nafile. Çaresi yok. Kurtuluşu beklemek yararsız. Gelmez çünkü. Kontenjan dolmuş. Biz daha çok kötülüğün sınırlarını zorluyoruz. Ne kadar iğrenç olabileceğimizi araştırıyoruz. Kinyas ve ben bir deneyin parçalarıyız. İnsanoğlunun çekebileceği acı ve yapabileceği tiksinti veren davranışlarının sınırını saptamak için yapılan bir deney. Belki de bu yazılanlar da yapılan deneyin raporudur... Sonuçsa sınır olmadığıdır. Tek sınır, nefesin alınıp verilemediği noktadır. O seviyeye gelene dek ne kadar acı çekersen, ne kadar kötülük yaparsan senin sınırın budur. Doksan yaşındaki şirin nineler dünya üzerinde yaşayan en kötü insanlardır ve aynı zamanda en çok acı çekmiş olanları... Gerisini düşünmeye gerek yok. Mucizeler bitti. Doğmak yeterince mucizevi. Başka bir tane daha beklemek aptalca. Ölmek de ikincisi. Bunların arasında da hiçbir şey yok. Kimse beklemesin... İnsanlar düşmeye başladı yuvalarından. Albert indi aşağıya. Kendine bir viski koydu ve bara oturdu. Kahvaltısıydı bu. Bana selam vermemişti. O da anlamıştı konuşmanın önemsizliğini... Gerçekten de konuşularak yapılmayacak iş yoktur. İhtilaller çıkartılabilir, birileri âşık oldurulabilir ve hatta intihar ettirilebilirdi. Konuşarak her şey yapılırdı. Ve bana çok komik geliyordu. Birisinin ağzından çıkan, üç yüz kilometre uzakta doğmuş başka birine hiçbir anlam ifade etmeyen kelimeler dünyayı yönetiyordu. Bir sürü harf, ses, cümle, tiyatro, şarkı sözü... Kendinizi öldürtmeniz için bir grup manyağın arasına dalıp hepsinin annesine oral seks yaptırdıktan sonra kırbaçlamak istediğinizi söylemeniz yeterli olurdu. Ve ağzınızdan kopan sözleri yanlışlıkla söylemiş de olabilirdiniz. Diliniz sürçmüş olabilirdi, o insanların lisanlarına hâkim olamadığınız için cümleyi yanlış kurmuş da olabilirdiniz. Ama yok! Karşınızda ağzınızdan çıkan her sese bir anlam vermek için yanıp tutuşan bir geri zekâlı sürüsü varken böyle bir ihtimal olamaz onlar için. Kelimelerle ne kadar çok yapılacak şey var. Biraz uğraşmak yeter dünyanın bir yarısını diğer yarısına satmak için. Ve çok aşağılık bir durum. İletişim diye bir şey yok. Fazla iyimser bir kavram. Hayatı renklendirmek için. Kim bilebilir kimin bir lafı inanarak söylediğini. Ya deliyse konuşan. Ya ne dediğini bilmiyorsa. Ya bir yalancıysa... Bütün bu nedenlerden dolayı Kinyas'la hâlâ anlaşabiliyorduk. Söylenen binlerce kelime arasında hissedilerek telaffuz edilenleri seçip alabiliyorduk çünkü. Hissedilerek söylenenler yalnız gelmezler. Önlerinde ve arkalarında bir sürü anlamsız cümle olur. Önemli olan hepsini elekten geçirip doğru olanları bulmaktır. Geriye sadece hareketler kalır. Davranışlar. Harcanan kelimeler dışında kalan her şeydir, insanlık denilen yaratıklar tarihi. Söylenmeyen her şeydir. Akıllarda uçuşan bütün kavramlardır. Dile getirilemeyen nefretten büyüğü yoktur. Dile getirilemeyen aşk gibisi yoktur. Bu dünyada en gerçek ilişkileri Akdeniz erkekleri, dillerinden zerre kadar anlamadıkları Kuzey kadınlarıyla yaşar. Tek bir kelime yoktur arada. Tek bir uluslararası yazısız anlaşmalardan akan işaretleşme yoktur. Tek diyalog bedenler arası kurulandır. Sertleşmiş göğüs uçları ve benzer belirtiler yalan söylenmesini engeller... Konuşarak bir yere varılamaz. Birazdan Kinyas gelecek. Mélina'yla ve diğerleriyle vedalaşıp gideceğiz. Hiç çalışmadan bir yıl yaşayabilmemize yetecek kadar para var yanımızda. Aslında civarda okyanusa açılan pencereleri olan bir ev bulup yıllarca hiçbir şey yapmadan da oturabiliriz. Ve üstelik kaçınılmaz sonumuz olan zihinsel ölümümüze de büyük yardımcı olur... Ama biliyorum, izin vermeyecek insanlar rahatça kendimizi yok etmemize. Arkadaş olacaklar. Âşık olacaklar. Sırdaş kesilecekler başımıza. Robinson'un bile yanına Cuma'yı veren dünya, üzerinde yaşayan bütün insanları tanıştırma gibi hastalıklı bir saplantıya sahipken uzak kalmamız çok zor olacak gündüzün ve gecenin seslerinden... Ve o yeri bulana kadar gideceğiz Kinyas'la. Benzin bitene, nefesimiz tükenene kadar değil! O yeri bulana kadar...

Uzun bacaklı İngiliz ile Kinyas merdivenlerden indiler. Bara yaslanıp içkilerini söylediler. Kinyas, önümdeki kâğıt kalemi görünce yanıma gelmek için adım atan kızın kolunu tutup kulağına bir şeyler fısıldadı... Mélina'yı bekliyorduk vedalaşmak için. Aslında hemen çıkıp gidebilirdik, ama ikimiz de Kıta Avrupası terbiyesi aldığımız için, ev sahibemizin elini öpmeliydik gitmeden. Zaten sarışın travestinin de yanımıza gelmesi fazla uzun sürmedi. Hemen hemen herkes gelmişti. Ama birisi eksikti. Geceyi geçirdiğim kızılı göremiyordum... Onu öldürecek kadar dövmemiştim oysa. En son bıraktığımda burnundan süzülen birkaç damla kanla ağlayarak yatakta yüzükoyun yatıyordu. Yastığın birine sarılmıştı. Şimdi hatırladım ona neden vurduğumu... Hayır, hatırlamıyorum. Önemli değil... Gözlerinin çevresi renk mi değiştirmişti de onun için mi inmiyordu? Yoksa kendini öldürmekle mi meşguldü? Çevreme baktım. Kimse yokluğunu hissetmiyordu. Ben de unutmaya başladım. Kadını kemerimle bağladığımı, Kinyas'ın silahıyla yarım saat boyunca Rus ruleti oynadığımızı ve hepsinden önce bana âşık olduğunu söylediği anı...

Ölümü oyuncak haline getirdiğim zamanlarda nefes alırken çektiğim hava boğazımı tahriş etmiyordu. Oynayabildiğim bir tek o kalmıştı. Aslında yalan söylüyorum. Bütün dünya vardı karşımda oynayabileceğim. Ama ben ölümü seçiyordum. Çünkü hakkında tek bir fikir bile yürütemediğim ama adını bildiğim aklımdaki tek şeydi. Ve insan yeni oyun arkadaşları arıyor. Tanımadıklarıyla oynamak. Daha heyecanlı. Onu da tanıyayım, bırakırım peşini. Fazla sürmez, ondan da nefret ederim. Ben Kayra, yaşayan en karmaşık ruhum. Ülkemin ulusal marşındaki gibi "Hangi bilim, hangi güç beni çözecekmiş, şaşarım!"... Ruhumdaki düğümler fazlasıyla sıkı. Kimsenin onları çözecek kadar ince tırnakları yok. Bense çoktan vazgeçtim tırnaklarımı uzatmaktan. Kendimi bilmeyi bıraktım. Ölümü bilmek ve anlayabilmek bile daha kolay. Yanıtı olmayan bir soru olarak geldim dünyaya. Ve sorusu olmayan bir yanıt gibi de gidiyorum.

Bütün bunları planlayanları bir bulsam! Bir bulsam bu hayatların müsveddelerindeki elyazılarının sahiplerini!.. Birileri pişman olmalı beni hayal ettiğine.

"Tekrar görüştüğümüzde daha da güzelleşeceğini biliyorum Mélina. Seni arayacağız. Ve eğer bir gün, biz bir yere yerleşirsek, sen geleceksin misafirimiz olmaya. Ciao!"

İngiltere ilginç bir ülkedir. Hayat tarzlarıyla, para harcarken yaptıkları tercihleriyle, insanları Kıta Avrupalılarından çok farklıdır. Komik üniformalı polisleri, Victoria Dönemi'nden kalma binaları ve fahişeleriyle, belki de Avrupa'nın bir Üçüncü Dünya ülkesine benzeyen tek coğrafyasıdır. Büyük bir çoğunluk baskıcı para sisteminin altında sürünürken, küçük sayıda bir insan grubu da melon şapkaları ve şemsiyeleriyle bankaların içinde günlerini geçirir. Gençleri cahil kalmaya yeminlidir, ama toplum ve devlet de onları bu cehaletten söküp çıkarmaya, medenileştirmeye yemin etmiştir. Otoriteye başkaldırı ve resmi kıyafet nefretinde Fransız gençliğiyle yarışırlar. Tabii kabul etmek gerekir ki mücadeleleri hayli kansız ve sıkıcı denecek kadar heyecansızdır. Büyük mitinglerde bile devrimci grup ile polis karşı karşıya geldiğinde arada en az on metre kalır. Mesafe, aradaki on metre, Robin Hood geleneğine kadar uzanır. Görünüşleriyle şiddeti çağrıştıran ama kötülükten korkan gençler, polise yumurta ve tehdit dolu bakışlar atmakla yetinirler. Polis de sevecen gözükmesine rağmen iyilikten korkar. Ve bu şekilde birbirlerinden asgari düzeyde kan alarak yaşarlar.

Bütün dünyanın kültürel rakibidir İngiltere. Kuzeye gittikçe kültür geriler ve şiddet, kıyafetlerden silahlara geçer. Ulster Volunteer Force, Angry Brigade, King Mob, İrish Republican Army gibi örgütler İngiliz'e aslında bir vahşi olduğunu hatırlatır. İngiltere hep büyük oynar ama kaybeder. Deniz, adama kendisini ölümsüz hissettirir. Ve İngiliz kibiri buradan gelir. Belfast'a kadar gider. Çelik yelekliler plastik patlayıcılara kafa tutar. Hem zaten sağdan direksiyonu dünyaya ihraç etmiş bir kültür ancak bu kadar mücadele edebilir kendi iğrençliğiyle...

Ve yalnızlığa mahkûm İngiltere'nin Anna ismindeki vatandaşıyla geceyi iyi kötü yuttuktan sonra, sabaha karşı yan odadan gelen seslerle irkildim. Bir kadın ağlıyordu. Hıçkırıkları rüyalarımı bozuyor ve gidip kafasını koparmak istiyordum. Anna'yı müthiş bacaklarıyla yatakta bırakıp koridora çıktım. Seslerin geldiği odanın kapısının önünde durdum. İçimden saymaya başladım. Bir, iki, üç... Kapıyı açıp içeri girdim. İlk gördüğüm, üzerinde kırmızı lekelerin olduğu çarşafa sarınmış ve kalçalarını her inlemesinde titreten bir kadındı. Odada başka kimse yoktu. Geldiğimi fark etmeyecek kadar çok ses çıkarıyordu. Ondan daha çok gürültü yapabileceğimi göstermek için yüksek sesle "Kes sesini!" dedim. Ama o susmadı. Tek yaptığı, yüzünü bütün vücuduyla bana doğru döndürerek ve gözlerimin içine bakarak ağlamaya devam etmekti. Kadının yüzü felaket görünüyordu. Yatağın kırmızı lekelerinin suratının dağılan kısımlarından akan kandan kaynaklandığını anladım. Sol gözü kapanmış, iki yanağı da morarmış, ağzının kenarları ve burnu kandan kıpkırmızı olmuştu. Manzaraya bir de akmış makyaj eklenince kadın pasaklı bir ressamın paletine benzemişti. Birden bu kadar kırmızıyı, siyahı, pıhtılaşmış kanı görünce kadını döveni bulup aynısını ona da yapmayı, böylece birbirlerine benzeyeceklerinden daha iyi anlaşacaklarını düşündüm. Yerde duran viski şişesini alıp kadının yanına, yatağa oturdum.

"Korkma" dedim. "Sana yardım edeceğim. Şunu içmeye çalış. Yüzünü kim dağıttıysa şimdi uzaklarda olmalı. Ağlamayı da bırak!"

Kadını daha önce bir yerlerde gördüğümü düşündüm. Çıkardığı seslerin vahşiliği yavaşça azaldı ve en sonunda sustu. Birkaç yudum içkiyi benim yardımımla içti. Ben hâlâ onu nerede görmüş olabileceğimi düşünüyordum. Gerçekten de hiçbir zaman yüzleri hatırlama konusunda iyi olmadım. Benim işim daha çok numaralar ve adreslerdi. Yüzlerin hepsi birbirine benziyormuş gibi geliyordu bana. Bir zencinin beyazları, bir beyazın sarı ırktan olanları birbirine benzetmesi gibi. Tabii onların bir özrü vardı. Ne de olsa farklı ırklardandılar. Ama ben de bütün insanlıktan farklıydım. Farklı bir ırktandım. Onlar gibi görünsem bile, beynim onlarınki gibi çalışmıyordu. Dolayısıyla bütün insanlar aynıydı benim gözümde. Hepsi de aynı cinsten köpekler gibiydi. Farkları tasmaları, ayakkabılarıydı...

Ama kadını bir kez görmüş olmama rağmen hatırladığıma göre onu belirgin yapan bir şeyler olmalıydı.

"Şimdi daha iyisin" dedim.

Ağzından belirsiz sesler dışında bir cümle çıkmıyordu. Banyoda bir havluyu ıslatıp geldim. Yüzünü silmeye başladım. İnliyordu her dokunuşumda. Hâla çarşafa sarılmış şekildeydi. Ama artık yatmıyor, yatağın üzerinde oturuyordu. İri göğüsleri vardı, çarşafın inceliğini zorlayan. Yüzündeki değişik renkleri saymazsak artık daha normal görünüyordu. Ve sakinleşmişti. Sigarası olup olmadığını sordum. Koltukta duran çantasını gösterdi. Kıtaya her yeni düşen ve sert sigara içenlerin yaptığı gibi o da, kendi kullandığı markayı aramaktan kısa bir süre sonra vazgeçmiş, herhangi bir dükkânda kolaylıkla bulabileceği en ağır tütünlü sigara olan Kraven-A'yı tercih etmişti. Paketten iki tane aldım. Birini ona verdim. Diğerini kendim yaktım. Ve sigarasını yakarken, Zippo'nun üzerindeki yazı odayı aydınlatan abajurun ışığıyla bir an için parladı. Ve o an kadını Anna'nın bana tanıştırdığını, benim de, kolundan tutup Kayra'nın yanına götürdüğümü hatırladım. Tahmin etmeliydim işin içinde ikimizin olduğunu. Acıya önem vermeyen her adam gibi o da çok gaddar olabiliyordu. Karşısındaki kan döken, ağlayan insanların acılarını aşağılamaya başladığı günden beri böyleydi. Çünkü o dünyanın bütün acısını çektiğine inanıyordu. Ve birkaç hafta sonra yok olacak morluklar Kayra'ya hiçbir şey ifade etmiyordu.

"Anlat" dedim. "Ne oldu?"

Sigarasından üç nefes daha çekip, en zor durumlarda bile çirkin görünmek istemeyen her kadın gibi elleriyle saçlarını düzelttikten sonra odaya girdiğimden beri ilk defa anlamlı sayılabilecek kelimeleri birbiri ardına dizerek konuşmaya başladı.

"Aşağıda beni tanıştırdığın adam... İçki içtik. Bana devlet başkanının danışmanı olduğunu söyledi. Afrika'ya daha yeni geldiğim için buraları anlatmasını istedim. Ve o da anlattı. Sonra o kadar güzel konuşuyor ve benimle o kadar ilgileniyordu ki üç aydan beri süren yalnızlığımın sona erdiğini düşündüm. Ondan çok hoşlandım. Elleri çok güzeldi. Hareketleri... Gözleri... Sarhoş oldum. Yukarı çıktık. Odaya girdik. Kendime, çok şanslısın, diyordum. İnanılmaz nazik ve baştan çıkarıcıydı. Birkaç kadeh daha içtikten sonra sevişmeye başladık. Yaklaşık bir saat sürdü. Sonra kalktı ve dışarı çıktı. Döndüğünde elinde bir tabanca vardı. Bana yapacakları aklımın ucundan bile geçmediği için ben hâlâ onu aileme nasıl tanıştıracağımı düşünüyordum. Yatağa oturdu. Gülümseyerek bir oyun oynayacağımızı söyledi. Ben hâlâ silahı düşünmüyordum. Tabancanın içindeki mermileri boşalttı. Ve bir tanesini tekrar yerleştirdi. O an korkmaya başladım 'Ne yapıyorsun?' dedim. 'Oyun oynuyoruz' diye yanıt verdi. Yolunda gitmeyen bir şeyler vardı. Beni iyiliğine o kadar inandırmıştı ki, ani gelişen olaylar karşısında şaşkınlıktan felç olmuştum. Ama korkum daha da artınca yeniden hareket edebildim. Giyinmek ve gitmek için yataktan kalkmaya çalıştığımda kolumdan tuttu. 'Gitmeyeceksin! Seninle hayatın provasını yapacağız' dedi. Söylediğinden hiçbir şey anlamadım. Kolumu kurtarmaya çalıştım. Ve bana tokat attı. Ben daha ne olduğunu anlamadan, ellerimi kemeriyle karyolanın demirine bağlamıştı. Korkumdan bağıramıyordum bile. Ama o çok sakindi. Silahın namlusunu ağzına soktu. O an gözlerinin güldüğünü görebiliyordum. Ve tetiği çekti. Mermiyi bulamamıştı. Sonra tabancanın topunu çevirerek... 'Şimdi sıra sende. Ben hâlâ hayattayım çünkü. Kazanan, diğerini gömer ve gider' dedi. Artık ne yapmak istediğini anlamıştım. Bağırmaya, yardım çağırmaya başladım. Ağzımı fularımla bağladı. Yaptıklarına hiçbir anlam veremiyordum. Bir dakika içinde gerçek bir canavara dönüşmüştü. Silahı alnıma dayayıp tetiği çekti. Sonra yine kendi ağzına. Ve bu korkunç olay dakikalarca devam etti. Ben korkudan çıldırdıkça o rahatlıyordu. Çekilen her tetik onu daha da sakinleştiriyordu. Ve büyük bir şans eseri, mermi namluyla aynı hizaya gelmiyordu. Çok korkuyordum. Ağlıyordum. Kendini öldürsün diye dua ediyordum! Sayısını hatırlamadığım kadar çekilen tetikten sonra silahı sinirli bir şekilde masanın üstüne attı. Ve bana dönüp... 'Evet. Artık kutsal olduğuna inanabilirsin. Ve her kutsal insan gibi sen de çileni doldurmalısın. Seni bir azize yapmalıyım' dedi. Ve beni yumruklamaya başladı. O kadar çok vuruyordu ki acıyı bile hissetmiyordum. Sadece sarsılıyordum. Hiçbir şey düşünmeden ona bakıyordum. Ve birden durdu. Bayılmak üzereyken ellerimi çözdü. Fuları çözdü. Bağıracak halim kalmamıştı. Sadece ağlıyordum. O da sessizce... Giyindi. Ve yanıma gelip saçlarımı okşadı. Şişmiş dudaklarımdan öptü. 'Ben de sana âşığım' dedi. Ve gitti."

Kayra bunu ilk kez yapmıyordu. Daha önceleri de birkaç kadınla benzer oyunlar oynamış ve ölüm gelmediği için onları dövüp bırakmıştı. Aklımı kurcalayan tek şeyse bugüne kadar kimsenin ölmemesiydi. Tabancanın içine mermi koymuyor muydu yoksa?.. Kadın tekrar ağlamaya başlayınca ve bin bir küfür eşliğinde bir sinir krizine kapılınca onu yine sakinleştirmeye çalıştım. Tekrarladığım tek cümle şuydu: "O hasta. Çok hasta. Ne yaptığını bilmiyor. Hayata geldiği için senden özür diliyorum. O çok hasta..."

Birkaç yudum viskiden sonra gözlerini kapattı. Ve her büyük sinir krizinden sonra gelen uyku, kadını da alıp götürdü. Yatağa bir tomar para bıraktım. Sonra, böyle durmalarının onu daha da üzeceğini düşünüp çantasına koydum paraları. Uyandığında her şeyin eskisi gibi olacağını hayal ettiğinden, çok derin uyuyordu...

Odadan çıktım. Anna'nın yanına gittim. Uyuyordu. Gece ve alkol yine her şeyi örtmüştü. Kimse yan odadaki kadını duymamıştı. Zaten geceleri sağır olur insanlar. Gündüz gördüklerini görmezler. Duyduklarını duymazlar. Gecenin vahşiliği doğaldır. Görmezden gelinir. Yadırganmaz... Benim de uyumam gerekiyordu. En son ne zaman gözlerimi kapattığımı hatırlamıyordum...

Kendime geldiğimde sabah olmuştu. Hep olurdu zaten. Büyük bir sürpriz değil. Sabahları erken kalkıp gitmem gereken okul yıllarında bile bir çalar saatim olmamıştı. Hep nefret ettim çalan, garip sesler çıkaran saatlerden. Oysa o kadar güzel uyanma biçimleri vardır ki...

Anna'yı uyandırıp aşağı inmemiz gerektiğini söyledim. Yan odadaki kadından da hiç ses gelmiyordu. Belki de uyanmış, hiçbir şeyin değişmediğini görmüş ve yeniden kendini uykuya bırakmıştı. Güzelleşmek için kadınların yapmayacağı şey yoktu ve unutmak için de uyumak ideal di. Anna'ya, olanlardan hiç bahsetmedim. Eğer öğrenseydi canımız çok sıkılırdı. Bağırıp çağırmaya başlardı ve uykunun büyük sessizliğinden sonra yüksek, tiz çıkan bir kadın sesini kaldıramazdım. Giyindik, aşağı indik. Bir ara, arkadaşına bakmak istedi ama rahatsız etmememiz gerektiğini söyledim.

Aşağıda Kayra hiçbir şey olmamış gibi içki içiyor ve yazıyordu. Sarsılması mümkün olmayan bir ruha sahipti. En büyük sarsıntıyı zaten kendisini tanımaya başladığı gün yaşamıştı. Albert bardaydı. Anna'yla yanına gidip sohbet ettik. Mélina da bir süre sonra geldi. Kayra'yla hiç konuşmadım. Ona kızgın değildim. Onu anlıyordum. Ben her şeyi anlıyordum!

Sıkıcı bir vedalaşma. Anna'ya verilen sahte bir adres ve telefon numarası. Café Ajax'ı terk ediş...

Olanlar anlaşıldığında bize karşı büyük bir kin doğacağından uzun bir süre dönemezdik buraya. Büyük ihtimalle, elçilik aracılığıyla Anna ve arkadaşı Kayra'yı şikâyet edeceklerdi. İngiliz olmanın avantajları bu konuda iyi işlerdi. Polis, asker bizi aramaya başlayacak ve havaalanına haber verilecekti. Bizim karşılığımızda Afrika halkı kölelikten bir defa daha kurtulacak, bir defa daha vahşilik günlerine veda edip beyazlarla el sıkışacaktı. Özgürlük savaşları için iyi bir karşı cepheydik. Ama bilmedikleri konu bizim de çok paramızın olmasıydı. Ve para Afrika'da güneşi bile satın alabilirdi. Yanımızdaki yeşil banknotlarla, biraz pazarlıkla, Burkina Faso'nun adalet bakanını alabilirdik. İngiliz Elçiliği'nin dayak yemiş bir vatandaşına bu kadar paha biçeceğini sanmıyordum. Hatta kafası biçilmiş bir İngiliz için bile, bizim kurtulmak için vereceğimiz kadar para dökebileceklerini sanmıyordum.

Uygar dünyanın sigorta poliçelerinde bile insanın değeri bir yere kadardır. Daha fazlası yoktur. Kiloya göre hesaplarlar!

Artık bizi bekleyen kimse yoktu, kendine bizi çeken. Tam tersine, ittirenler vardı. Buralardan ayrılmamız için bizi zorlayanlar. Zaten hep öyle olmuştu. Mesleğimiz sorulduğunda kaçaklık, diyebilirdik. Kovalamak başkalarının işiydi. Pek konuşmasak da, ikimizin de Atlantik'in öbür kıyısına geçmek istediğini biliyordum. Ve belki de hiç bilmediğimiz, tanımadığımız topraklarda sonumuzu beklemek için uygun bir yer bulabilirdik. Öncelikle Abidjan'a geri dönmemiz ve orada bir transatlantik bulmamız gerekiyordu... Biz de öyle yaptık. Kayra'ya kadına yaptıklarıyla ilgili sorular sormadım. Birbirimize uzun zamandır soru sormuyorduk. Diyaloglarımız daha çok macera filmlerinde rastlanabilecek türdendi. Vücut hareketlerine dair fiiller kullanıyorduk daha çok. Al! Tut! Koş!.. Uzun tiratlar başkaları içindi. Hiçbir numarayı yediremiyorduk birbirimize.

Abidjan'da Café des Sports'un önüne park ettim arabayı. Grand Hôtel'in caddesinde çoğunlukla beyazların gittiği ve çok lezzetli pizzaların yapıldığı Looping ismindeki bir Fransız'ın yeriydi. İçeri girdiğimizde Looping masalardan birinde içki içiyordu. Yanına gidip oturduk. Birkaç konuşmadan sonra pepperonni ve siyah zeytinli pizzalarımızı yedik. Kayra da, ben de bu İtalyan yemeğini çok seviyorduk. Bir defasında, daha Avrupa'da yasal bir şekilde dolaşma hakkımız varken sırf pizza yemek için San Remo'ya gitmiştik. Dünyanın en lezzetli pizzasını yiyeceğimizi düşünüyorduk. Ama girdiğimiz gösterişli restoranda önümüze koydukları pizza o kadar tatsızdı ki, bir daha herhangi bir bölgeye has bir yemeği o bölgede yememeye yemin ettik. Zaten hep böyledir. Bir ülkenin vatandaşı başka bir ülkede kendi vatanına daha çok yaklaşır. Önceleri doğduğu topraklarda sahip olmadığı yöresel özellikleri başka yerlerde daha çok benimser. Türk, Almanya'da daha çok Türk'tür. Ve mantısına, dönerine daha çok özen gösterir. Patlıcan dolmasını hiç yapmadığı gibi ülkesiyle arasındaki mesafeyi tabaktan çıkan kokuyla yok etmek istercesine hazırlar. Vatan özlemi, yemeklerin lezzetinde, bulunulan ülkenin insanlarına duyulan nefrette gizlidir. Dağdan gelip bağdakini kovmak, dağa hasrettendir!

Café des Sports'dan ayrıldıktan sonra limana sürdüm arabayı. Limanı çevreleyen sokaklardan birine girip ayaküstü CFA Frangı aldık. Birkaç yüz dolar bozdurduk. Buralarda döviz alım satımı bir sanat gibi icra edilir. Kaçak olarak yapılan iş, polisin gözü önünde büyük bir gizlilik içinde bitirilir...

Sokağa arabayla girersin ve yavaş gidiyorsundur. Kaldırımlarda duran ve dönen tezgâhın parçası olan adamlar işaretlerle kendilerinden para almanın daha kârlı olduğunu anlatırlar. Tipini beğendiğini ya da daha önceden tanıdığını çağırırsın. Araba gitmekteyken arka koltuğa atlar. Ve asıl patronun olduğu yeri tarif eder. Söz konusu mekâna gelince dolarını ya da frangını verirsin. Ve adam gözden kaybolur. Artık bekleme zamanıdır. Verdiğin parayla oradan yok olma ihtimali yüzde ellidir. İhtimali düşürmek için yapılması gereken tek şey arabaya alınan adamı verdiğin para kadar adam öldürebileceğine inandırmaktır. Parayı alıp kaçma numarası, zaten sarışınlara yapılır. Turist olmak gerekir kazıklanmak için...

Dünyada aslında iki ırk vardır. Dolandırılanlar ve tecavüz edilenler. Beyazlar dolandırılır. Onun dışındaki renklerinse ırzına geçilir aynı beyazlar tarafından. Böylesine bir döviz ya da yerel para alımında gerçekleştirilen küçük boyutlu dolandırıcılık, o ülkenin kadınlarından yeraltı ve yerüstü zenginliklerine kadar her şeyine sahip beyazların göz yummak zorunda kaldıkları bir durumdur. Sosyal patlamayı engelleyici bir görevi vardır. Beyaz adamın tecavüz edilenler için uydurduğu başka bir katlanma yoludur. Geri kalmaya mahkûm olan ülkenin insanı, beyazdan çarptığı parayla yetinir. Sokakta uyumasının, kız kardeşini satmasının, şehrin beyaz semtlerine adım atamamasının bedelidir bu. Uygarlığa köle olmanın maaşıdır. Kuzey Avrupa politikacılarının övdüğü sosyal adalettir. Ve dolayısıyla turizmi Üçüncü Dünya ülkelerine bırakmıştır medeniyet. Irzına geçtiği halklara karşılığını verebilmek için! Böylece rahat uyurlar geceleri. Vicdanları zencilerden, Kızılderililerden, Uzakdoğululardan, Araplardan korunur böylece... Bu ufak kazıklamalar bir zırhtır yüzyılın imparatorlarının vicdanlarına.

Yeterince CFA Frangı aldıktan sonra limana gittik. Girişteki polise biraz para verip içeri girdik. Ve gemilerin önlerinde dolanmaya başladık. Değişik tonajlarda yük gemileri vardı. Temel Reis'in dirseklerinden bileklerine kadar giden şişmiş kol parçasının bir çizgi film abartması olmadığını anladık. Yıllarca sadece dirseklerinden aşağısını çalıştırmış ve ilk görüldüklerinde sakat ya da bilinmeyen bir hastalığa yakalanmış oldukları sanılan gemi ve deniz adamları, limanın her yerini kaplamışlardı. Kara kıta ülkelerinin limanlarına has bir kargaşa kulaklarımızı zehirliyordu. Temel Reislerin arasından sıyrılarak limanın müdürlük binasına girdik. Demirlenmiş olan gemilerin listesini aldık. Bir şişe JB karşılığında. Dünyanın dört bir yanına giden gemiler vardı listede. Avrupa'ya gidemezdik. Belge adına elimizde tuttuğumuz kâğıtlar o kadar komikti ki gümrük ve sınır polisleri görse kahkahalarla gülerlerdi. Hatta Kayra'nın elinde sadece, Afrika'ya adım attığı gün vurulduğu aşıların yazıldığı, havaalanındaki doktor tarafından imzalanmış bir kâğıt vardı. Üzerinde yazan isim çoktan silinmişti. İnandırıcı hiçbir kimliğimiz yoktu. Aslında biraz para karşılığında istediğimiz ülkenin pasaportunun sahtesini yaptırabilirdik. Ama zaman yoktu. O kadar alışmıştık ki kimliğimiz sorulduğunda para göstermeye. Bize, en az Afrika kadar paranın kimlik yerine geçebileceği bir kıta gerekiyordu.

Listedeki on yedinci gemi Cassandra ismindeki Meksika bandıralı ve Veracruz'dan kakao getirip Abidjan'dan ananas ve muzla dönen bir transatlantikti. Gemi önce Veracruz'a, oradan da Miami'ye gidecekti. Veracruz'un bize tek çağrıştırdığı şey, küçükken en sevdiğimiz skate board markası olan Santa Cruz'du. "Tamam" dedik. "Bu gemiyle Meksika'ya gideceğiz."

Görevlilerle iki duble viski içtikten sonra gemiyi bulduk. Gerçekten de meyve sandıkları bir grup adam ve bir vinçle gemiye taşınıyordu. Kafasında elli kiloluk bir ananas sandığı taşıyan adama elimizden geldiğince İspanyolca konuşarak, geminin kaptanını nerede bulabileceğimizi sorduk. Adam da, şu an limanın çevresindeki barlardan bir tanesinde, büyük ihtimalle fahişenin biriyle içki içiyor olabileceğini söyledi...

Miguel da Silva ismindeki kaptanı Chez Barnee'de içki içerken bulduk. İriyarı, açık tenli, yaşı belli olmayan, sarışın, sakallı bir adamdı. Yanındaki iki kadın kendisine eşlik ediyordu. Kesinlikle Meksikalı değildi. Kesinlikle ayık değildi. Barmene bir şişe Jack Daniel's söyleyip adamın yanına gittik. Konuşmak istediğimizi belirttik. Ters ters baktı suratımıza ama önüne barın en pahalı viskisi bedava gelince yumuşayıp sırıtmaya başladı. Kendisiyle özel olarak görüşmek istediğimizi uygun bir dille anlatınca barın karanlık masalarından birine, içkiyi alıp oturduk...

Adam bir İngiliz'di. Gemi, Smith Co. İsmindeki bir şirkete aitti. Kanadalı ve İngiliz iki firmanın ortaklığında kurulmuş bir nakliyat şirketi. Tabii karşımızdaki sarışın adama Miguel da Silva ismi hiç de uymuyordu. Ve uyumsuzluğun nedenini öğrenmemiz de uzun sürmedi. İçtikçe gevezeleşen bir adam olarak, yarım saatte neredeyse bütün hayatını anlattı. Aslında fazla karmaşık değildi hikâyesi.

Essex'te doğmuş. Dublin'de bir süre yaşamış. On sekiz yaşında da, Londra'da dönemin en vahşi terör örgütlerinden birine girmiş. Söylediğine göre sırf eğlenmek için. O zamanlar Punk Ada'yı kasıp kavurmakta. Ve Miguel de birden kendini müzik dinleyiciliğinden yerel teröristliğe geçerken bulmuş. "Situationist Mother Fuckers" adındaki örgüt tamamen şiddeti ön plana çıkaran ve sağlıklı hiçbir politik görüşü olmayan bir anarşistler topluluğu olarak Miguel'i bir sünger gibi beş yıl boyunca içinde tutmuş. 1981'de bir pub'ı bombalayıp üç kişinin ölmesine ve on sekiz kişinin de yaralanmasına yol açınca örgütü parasal olarak destekleyen bir işadamı Miguel'i adadan kaçırıp Hindistan'a, Bombay'a getirmiş. Ve sahte bir pasaport, sahte bir isimle uygar dünyaya bir daha dönmemek üzere kaçış. Hatta bir ara, Brezilya'da yaşayan ünlü kaçak soyguncu Ronnie Biggs'le birkaç iş çevirmiş. Ve on küsur yıldır denizlerde gezen bir adam olmuş Miguel da Silva adıyla. İngiliz sisteminin eğitemediği vahşilerden biri olarak dünyayı gezmiş...

Aslında bizim ona anlattığımız hikâye de bundan daha karmaşık değildi. Bir uyuşturucu işine karıştığımızı, hiçbir yasal belgemizin olmadığını ve Atlantik'in öbür tarafına bizi geçirdiği takdirde bir ayda kazandığı paranın beş mislini kendisine verebileceğimizi söyledik. Şişe bitmeye yakındı. Gözlerinden, tereddüt ettiği tek konunun para olduğu anlaşılıyordu. O kadar para bizde var mıydı acaba? Miktarın yarısını çıkarıp Kayra masaya koydu. Ve ona doğru ittirdi. Parayı saydı. Kafasını kaldırıp bize baktı...

Elindeki kadehi bizimkilere vurarak, "Cassandra'ya hoş geldiniz!" dedi.

Gemi üç gün içinde kalkıyordu. Ama bizim ortalarda gezinmemiz doğru olmazdı. Onun için bizi gemiye götürmesi gerektiğini ve demir alana kadar da orada kalacağımızı söyledik. Ayağa kalktı. Kapıya doğru yürüdük. Artık yüzünü daha iyi seçebiliyordum. Bıraktığı sakalın altında çözemediğim ufak bir leke vardı. Hayır bu bir leke değil, bir dövmeydi. Sağ yanağının alt tarafında, dikkatli bakıldığında görülen üç harf vardı yan yana. SMF... İçimden, "İşte!" dedim. "Geçmişinden kurtulamayan biri daha."

Gemiye girdik. Yük taşıyan adamların yanlarından geçtik. Bize kabaca gemiyi anlattı. Ve kendi kamarasının yanındaki boş olanı gösterip "Burada kalacaksınız! Eskiden bir yardımcı kaptanım vardı. Bu kamarada kalırdı. İntihar etti. Çocuklara söylerim, bir yatak daha koyarlar. Ben kadınlarıma dönüyorum. Fazla ayak altında dolaşmayın! Yüzünüzü beğenmedikleri için sizi yolculuğun üçüncü gününde denize fırlatacak adamlarla dolu bu gemi" dedi. Sonra da çıkıp gitti. Ben yatağa uzanırken, Kayra gemiyi dolaşacağını söyledi. "Tamam" dedim.

Artık Cassandra ananas ve muzların yanında bizi de taşıyordu. Kinyas ve Kayra'yı. Dünyanın en yalnız adamlarını... Dünyanın sonuna, dünyadan önce giden adamları...

Cassandra. İçinde elli iki Meksikalısıyla hayli eski bir gemiydi. Paslanmış güvertesi ve keskin kakao kokusunun burunları hissizleştirdiği depolarıyla hiç de böylesine uzun bir yolculuğu yapabilecekmiş gibi durmuyordu. Kinyas'ı kamarada bırakıp çıktıktan sonra geminin kıçına doğru yürüdüm. Burası çok kalabalıktı. Sandıklar taşıyan adamlara çarpmamaya çalışarak aralarından geçtim. Birbirleriyle pek konuşmayan bir sürü Meksikalı ya da benim öyle olduklarını düşündüğüm, hayatları yüzlerini eskitmiş ama kaslarını geliştirmiş adamlar...

Güney Amerika'nın tek bir açıklaması vardır. Bütün bu insanlar, bu ırk aslında iki kandan gelir. Anneleri Kızılderili. Babaları İspanyol. Kendileri de iki kanın arasında kaybolmuş, doğumları istenmeyen çocuklar. Tecavüz çocuklarının torunları.

Tabii bu bizim için iyi bir başlangıç değildi. Biz onlara benzemiyorduk. Ve Cassandra'da tehlike daha gerçekti Afrika'dan. Çünkü Afrika'da insanlar hayatın değeri olmadığı için kolayca ve hiç çekinmeden öldürürler. Ama bu gemidekilerin ve geldikleri topraklardaki insanların biraz daha farklı oldukları kesindi. Gözlerinde bir hırs yatıyordu. Dünyanın anasını düzme hırsı. Atalarının belirsizliği, Avrupalıların kendilerine yüzyıllar boyunca çektirdiği acılar bir katiller sürüsü yaratmıştı. Gözlerinde daha çok zevk için işkence, tecavüz edebilecek, öldürebilecek bakışlar vardı. O an, zencilerden farklı olduklarını anladım. Siyah adam kaderine boyun eğmiş beklerken çekik gözlü, esmer adamlar dünyanın bir bölümünün sahip olduğu zenginliklerden haberdar ve bunların hiçbirinden payını alamadığı için de kızgındı. Sakatlanmış atalarına, acımasız Avrupa'ya kızgınlardı. Ve intikam planları yapıyorlardı.

Tabii Afrikalıdan daha çok gözlerini açmış olmalarının asıl nedeni,

82

dünyanın sahibinin komşusu olmalarıydı. Amerika ve şişko Amerikalılar... Onların birkaç yüz kilometre kuzeyde yaşadıkları hayatı biliyorlardı. Sırf fahişelerle dolu evlerine eğlenmek için geldikleri zaman tanımışlardı Kuzey'in çirkin insanlarını. Kendi açlıklarının sorumlularını. Amerika'nın en büyük hatası olmuştur hep, Meksika gibi bir ülkeyle sınır paylaşması. En büyük hatasıdır aç bıraktığı adamın kendi vitrininin önünde gezmesine izin vermesi. Ve bir an meselesidir adamın yerden bir taş alıp, o vitrini yerle bir edip, içeri dalıp ilk gördüğü sarışına saldırması... O gün de gelecek. Ancak şimdilik bekliyorlar. Birbirlerine mallar satıyorlar. Harvard öğrencilerini kokain bağımlısı yapıyorlar. Los Angeles'ta İspanyolca okullar açtırıyorlar...

Ama yakındır Güney Amerika'nın Kuzey'i yutma günü! Çünkü fazla sinirliler. Ve hiçbir gizli servisin gücü yetmez bunları sakinleştirmeye. Ne uyuşturucu, ne alkol! Hiçbiri işe yaramaz. Zaten bunların içinde doğduklarından önemsemezler...

ABD'nin sonu beklendiği gibi Japonya'dan, Avrupa'dan ya da silahlanan ve deliren kendi halkından gelmeyecek. İşte şu an meyve sandıkları taşıyan, diğer Üçüncü Dünya ülkeleri halklarının aksine nefreti öğrenmiş esmer adamlardan gelecek.

Yük taşıma işi akşama kadar sürdü. Güneş battığında gemideki uğultu renk değiştirmişti. Artık kasaların sesi, bağırışmalar, ağır yüklerden dolayı hızla alıp verilen nefeslerin gürültüsü kalmamıştı. Kararmakta olan hava biraz olsun sessizliği de yanında getirmişti. Biraz önce vahşice yüklerin altına giren adamlar şimdi kümeler halinde oturmuş, sigaralarını ve kokusunu hemen tanıdığım ganjalarını içiyorlardı. Aralarında pek bir konuşma yoktu. Yorgunluktan olsa gerek, diye düşündüm. Ben de biraz uzaklarında korkuluğa dayanmış, sigaramı çiğniyordum. Kimse ilgilenmiyordu benimle. Hiçbiri geminin güvertesinde ne yaptığımı merak etmiyor gibiydi. Miguel'le birlikte gelirken gördüklerinden, kendileri gibi çalışmaya gelmediğimizi anlamışlardı. Belki de onun arkadaşları olduğumuzu düşünüyorlardı. Doğrusu bunu tercih etmezdim. Çünkü elli iki adama hükmeden ve deniz üstünde aylarca ilerleyen bir makinenin içindeki tek sarışının arkadaşı olmak kulağa pek hoş gelmiyordu. Kaptanlarının kafasını kestikten sonra dizlerinin üstünde sektiren miçoların hikâyesini duymuştum. Biliyordum mavi yolculukların nerelerde bitebileceğini. Ve böylesine bir linçten hiç hoşlanmayacağımı düşündüm.

Denizde tek bir kıvılcım yeterli olurdu. Çünkü okyanusun böyle bir özelliği vardır. İnsanı delirtir. Karayı unutturur. Ve tabii ki karadaki değerleri de: Ahlak, iyilik, insaniyet gibi. Ve bir canavarlaşma başlar. Gemi içindeki sayı ne kadar çoksa canavarlaşma o kadar şiddetli olur. Kalabalık ölümdür. Gemide hangi türden insanın olduğunun da hiçbir önemi kalmaz. Eski bir faşistin dediği gibi: "Bir hamal ya da bir profesör. Çok şey fark eder!.. Kırk hamal ya da kırk profesör. Ne fark eder!" Bir araya gelince yüzen bir adanın üzerinde fazla ses çıkardığı için yanındakini gırtlaklamak çok doğal gelir insana. Birkaç metre altında birbirlerini yutan balıkları düşünürsün ve bunun normal olduğu kanısına varırsın... Su zehirlidir! İnsanı ilk çağlardaki haline geri götürür. Zaman makinesidir okyanus. Kanunlardan önceki zamanı hediye eder. Sahil güvenliklerse umutsuz bir çabadır. Kıyıdan fazla uzaklaşamayan. Medeniyetin kolu bir yere kadar uzanır. Daha ötesinde ilkel çağlar başlar. Yalnızsındır yüzen demirin üstünde hiç olmadığın kadar. Kas konuşur. Silah söyler. Herkes dinler. Hepsi bu. Ne para kalır, ne aile...

Bugüne kadar yazıp İmpala'nın bagajına koyduğum sayfaları önce yanıma almayı düşündüm. Kinyas'ın ise hâlâ yazıp yazmadığını, yazıyorsa bile kâğıtları nerede tuttuğunu bilmiyordum. Merak da etmiyordum doğrusu. Aklıma İstanbul'da tanıdığım, hapisten yeni çıkmış bir seyyar köftecinin birbirleriyle dalaşan taksicileri sakinleştirmek için söylediği o sihirli söz geldi:

"Herkesin kendine göre bir şeyi var."

Öyle bir laftı ki kimse hayır diyemezdi. Rıza ismindeki adam cinayetten yattığı on iki yıl içerisinde bu yatıştırıcı cümleyi keşfetmişti. Ve bununla herkesi barıştırabilirdi! Hatırlıyorum da, bana sayısız hapishane hikâyesi anlatmıştı. Sonra vuruldu. Kim tarafından belli değil. Zaten bir önemi de yok. Mermiler tetiğe basanın kimliğine göre saplanmaz ete. Bir kemiğin arkasından koşturan köpek gibi giderler. Soru sormazlar. Can almaları içgüdüseldir. İmal edilme gayeleri bunu emreder...

Evet, ben de yüksek sesle tekrarladım:

"Herkesin kendine göre bir şeyi var."

Kinyas'ın yazılarını ne yaptığını bilmeme gerek yok. Ben kâğıtları bagajda bıraktım. Arabayı da Looping'e. "Geri geleceğiz" dedik. Umurumda değildi. Biliyorduk arabayı satmayacağını, çaldırtmayacağını, hiçbir zaman bagajı açmayacağını. Café des Sports'un önünde bekleyecekti bizi İmpala. Looping ölene kadar pizza yapacaktı ve hiçbir yere gitmiyordu. Ama biz gidiyorduk başka bir toprağa pizza yemeye... "Belki bir gün dönerim" dedim kendime. Hâlâ kimse benimle konuşmuyordu. Yolculuğun ne kadar süreceğini bilmiyordum. Herhalde bir ay kadar sürer, diye düşündüm. Ne önemi var. Kara ya da deniz. Hayatı, ben yaşadıktan sonra! Bir ara gemiden limana geçtim. İçki almak için. Yirmi dörtlük bir kasa flag. Kinyas için de beş Jack Daniel's. İlk hafta biteceklerini bile bile getirip güverteye koydum, adamların ortasına. Onlar benimle konuşmazsa, ben onlarla konuşurum. Zihnim bedenimden ve dünyadan milyonlarca kilometre uzakta da olsa ayağımın bastığı yerdeki her şeye hâkim olmalıyım, diye düşündüm hep. Gerçek deha budur. Farklılıkları yüzünden itilip kakılan bir geri zekâlı olmak utanç vericidir. Yapılması gereken kalabalığın arasına karışmaktır. İnsanların arasına gömülmek. Ancak o zaman linçten kurtulabilirim. Benimkisi bir tür hastalık belki de. Yersiz bir ukalalık, bir saplantı. İki dünyaya da hâkim olma isteği. Hayale ve gerçeğe... Tabii kabul etmeliyim ki bu tutku tamamen geçmişe ait.

Kaybetmekte olduğum alışkanlıklarımdan dolayı ve gerçekleştirmeye çalıştığım zihinsel ölümüme doğru adım adım ilerlediğim için çevremi saran gemicilere, geçmişin kırıntılarını kullanarak kısa bir konuşma yaptım. Konuşmamın geneli İngilizce'ydi. Ama iki yıl boyunca gördüğüm İspanyolca derslerinden artakalan birkaç kelimeyi de araya sıkıştırmayı ihmal etmedim.

"Beyler! İsmim Kayra. Arkadaşımla beraber, kaptanınızla bizi Veracruz'a kadar götürmesi için anlaştık. Afrika'dan ayrılma zamanımız gelmişti. Ve sizin doğduğunuz toprakları tanımak için büyük bir istek uyandı içimizde."

Hâlâ dinliyorlardı. Kimse saldırmamıştı. Anladıkları kadarıyla dinliyorlardı.

"Biz gazeteciyiz. Ve yaptığınız işin zorluğunun da farkındayız. Dolayısıyla Cassandra'da sizleri rahatsız etmeden yolumuzu tamamlayacağız. Ancak dostluğunuzu da kazanmak isteriz. Çünkü sizin gibi deniz adamları belki de bu dünyanın yükünü taşıyanlarsınız. Ve şimdi de viskilerimi sizinle paylaşmak istiyorum."

Ayağımın dibindeki Jack'lerden birini alıp açtım. Ve sağlam bir yudum aldıktan sonra en yakınımdakinin eline tutuşturdum. Kimseden bir ses çıkmıyordu. Anlayamadığım homurtular geziniyordu. Ama konuşmam onları biraz rahatlatmıştı. İhtiyaçları vardı bizi tanımaya. Cömert iki gazeteci...

Şişeler elden ele dolaşmaya başladı. Bazıları içmeden önce şişeyi bana doğru kaldırarak şerefime sarhoş olacaklarını anlatmaya çalışıyordu. Ve etrafımdaki kalabalıktan, yarım ay şeklindeki gruptan bir adam çıkarak önüme geldi. Miamili bir mafya lideri aksanlı İngilizcesiyle, "Ben Juan. Ve Cassandra'da olduğunuz için mutluyuz" diyerek elimi sıktı.

Evet, ilk adımı atma işinin birileri tarafından yapılması gerekiyordu. Ya Kinyas tanışacaktı bakır derili vahşilerle ya da ben. Ama bu işlerde daha iyi olduğumu bildiğim için böyle bir girişimde bulunmuştum. Olan beş şişe Jack'e oldu. Kinyas da flag içecekti artık. Ufak rüşvetim işe yaramıştı. Çevremi iyice sarıp sırtıma dostane vuruşlar, elimi sıkmalar oldu. Hepsi bir ağızdan konuştuğu için hiçbir şey anlamıyordum. Sadece gülümseyerek başımı sallıyordum. Görüntüm en az onlarınki kadar ürkütücü olduğu için beni kendilerine yakın görmüşlerdi. Hele sol gözümün üstündeki bıçak yarası bizi daha da yakınlaştırmıştı. Ancak çevremdeki dostça gruptan, iyi bir karşılama dışında, başka bir hava da yayılıyordu. Kendilerini sempatik göstermeye çalışan insanların içlerindeki vahşi ruhun kokusuydu ve bana şöyle söylüyordu: "Gemimize bindin. Bize viski verdin. Ama içki bitince ne olur, onu bilemeyiz. Çünkü, biz söz vermeyiz. Yol uzun ve senin şişelerin sayılı. Seni ve arkadaşını öldürme hakkımızı daima saklı tutacağız. Bunu bil!"

Sonra kalabalık yavaşça dağıldı ve denizin üstünde hafif hafif sallanan geminin güvertesine yayılıp konuşmamı yapmadan önceki resmi yeniden çizdi. Hayat hiç devam etmediği kadar devam ediyordu. Flag kasasını kamaraya götürdüm. İçeri girdiğimde Kinyas'ı önündeki kâğıda bir şeyler karalarken gördüm.

"Tamam. Hallettim" dedim. "Birkaç günlüğüne rahat bırakırlar bizi. Ama daha sonra ne olacağı hiç belli olmaz!"

Kinyas'ı kamarada bırakıp tekrar dışarı çıktım.

Sandıkların arasından geçerek geminin burnuna geldim. Rutubet sinüslerimi otoban gibi yapmıştı. Nefes alabiliyordum. Yanıma aldığım flagı açıp içmeye başladım. Geminin durduğum tarafında kimse yoktu...

Düşündüm her şeyi. Kaybettiklerimi... Bir gece, çok sarhoşken değer verdiğim nadir insanlara nasıl hakaretler yağdırıp gittiğimi düşündüm. "Bitiyorum" dedim kendime. Belki de bittim. "Peşimi bırakmayan sıtmadan önce ben kendimi öldüreceğim" dedim. Asla bir kurşunla değil. Asla bedenime zarar vermeden. Bir "squat" haline gelmiş zihnimdeki düşüncelerle öldüreceğim kendimi. Bir gün o kadar yükseleceğim ki, bir gün o kadar isteyeceğim ki beynim duracak. Dünya duracak! Bir resimli roman kahramanı gibi, bir karikatür gibi hayaller içinde yaşayan adamın ölümü de hayali olacak. Ancak bedenim bu dünyada kalacak. Sürüklenecek her yere. Ama beynim öldükten sonra hiçbir önemi yok. Kabul etmeliyim ki bir insanın ideal adına seçtiği böylesine garip bir amaç hayli anlamsız gelebilir birilerine. Ama şu an için seçtiğim tek yol bu.

Bedenimden önce ölmek!

Grenoble'da yaşarken elli iki sayfalık bir kitap yazmıştım. Bilgilerim varabileceği son noktadaydı. Artık yediklerimi kusmanın zamanı gelmişti. Ben de satın aldığım daktilonun başına oturup hiç ara vermeden önümde ne kadar kâğıt varsa, hepsini ağzına kadar doldurup kitabı bitirdim. Müsveddesiz bir kitaptı. Fransızca'ydı. Yazıp yazabileceğim en iyi cümlelerdi, hikâyelerdi. Ama büyük bir hata yapmıştım. O kadar kendime özgü yazmıştım ki birçok cümlenin ancak yarısı kâğıdın üstündeydi ve kıçlarında da bir sürü üç nokta... İnsanların bitirmelerini beklemiştim cümlelerimi. Fazlasıyla kopuk bir yazıydı. Kâğıtları bir zarfa koydum ve Fransa'nın en büyük yayınevine yolladım, üzerine Grenoble'daki adresimi yazdıktan sonra.

İki ay geçti ve o adresten taşındım. Bir yanıtın gelip gelmediğini bile öğrenemedim. Ve ilgilenmedim. Hatta yazdıklarımın bir kopyası bile yoktu bende. Ama dediğim gibi, en büyük hatam insanlardan cümlelerimi bitirmelerini beklemekti. Hayatımın belli bir dönemine kadar hep böyle yaptım zaten. Gözlerinin içine baktım beni bilsinler diye. Kadınlardan bunu bekledim. Birisi gelip, "Evet, ben seni tanıyorum" desin diye bekledim. Ve o kadına âşık olacaktım. Sırf bu sihirli gün için bir sürü diyalog hazırlamıştım kafamda. Ama sonra anladım ki böylesine insanlar yoktu. Olsalar bile kitap okumuyorlardı. Kimseyi tanımıyorlardı. Düşünmeye başladım. Temel olarak bir yaratıcıyı kabul ederek. "Benden" dedim. "Bir tane yollamış yeryüzüne. Çiftleşip çoğalmamam için. Sadece bir tane. Altı milyarda bir! Çoğaldığımız takdirde yapabileceklerimiz yaratıcının mantığına aykırı olacağından, cehennemi dünyaya taşıyacağımızdan, gece gündüze kavuşacağından sadece bir tane yollamış benden..." Sonra Kinyas'ı fark ettim. O teorimi bozuyordu. O da benim gibiydi. Bana benziyordu. Ama o kadar inatçı oluyorum ki bazen, Kinyas gerçeğini de çocuksu teorime uydurdum. İşte, diyordum. Belki bir kişi değil, iki kişiyiz. Ama ikimiz de aynı cinsiyetteniz. Mutlak güç hâlâ çoğalmamızı istemiyor...

Aslında çoğalma hikâyeleri biraz düşünüldüğünde hayli ilginç noktalara varılabiliyor. Din kitapları temel alındığında ve bu kitaplara inananların sayısının dünya nüfusunun yarısından fazlasını oluşturduğu göz önünde bulundurulduğunda bazı mantıklar yürütülebilir. Din kitapları ilk insandan söz eder. Âdem'den. Bunu kabul edebilirim. Ve kaburgasından türemiş Havva'yı anlatırlar. Bunu da kabul edebilirim. Mucizeler dinlerin ana motorlarıdır ne de olsa. Ancak üreyerek çocuk yapmalarını ve o çocukların da kendi aralarında üreyerek çoğalmalarını kabul edemem. Bir an için bütün bunların doğru olduğunu düşünsek bile ortaya şöyle bir tablo çıkar: İlk insan Âdem ve Havva ve onların çocukları normal insanlardı. Ancak torunlar pek de öyle olamazlar. Akraba evliliğinin ürünü olan torunlar normallikten anormalliğe geçmeye başlamışlardı. Ve kuşaklar boyunca sürerek bugüne kadar geldi söz konusu çoğalma. Anormallik katılaştı ve normal olarak algılanmaya başladı. Kardeşler arası ilişkilerden meydana gelen çocukların yarattıkları kuşak sakat olarak dünyada yaşamaya başladı. Ve bugün düşündüğümüzde, ilk insanın belki de altı parmaklı, dört kollu, üç bacaklı olduğunu söyleyebiliriz. Bunlardan emin olmasak dahi, bizden kesin olarak farklı olduklarını söyleyebiliriz. Gerçek şu ki, dünyaya binlerce yıldır hâkim olan insanlık, din kitapları esas alındığında, sakat bir ırktır. Hastalıklıdır. Kardeşlerin birbirleriyle çiftleşmesinden üremiştir. Ve diğer bir gerçekse, dünyaya gelen, bilimin hasta olarak nitelendirdiği çocukların, otistiklerin, spastiklerin ve sakat olarak tanımlanabilecek insanların aslında Âdem ve Havva gibi görünebilme, gerçek atalarımız olma ve insanın ilk yaratıldığı biçimde olma ihtimalidir.

Tabii kurduğum düşünceler zinciri tamamen bir noktadan çıkan ve sadece zaman öldürmek için tarafımdan uydurulmuş bir fikirler bütünüdür. Kendi hastalığıma bulduğum bahanelerdir. Beynimin kemirilme seslerini bastırmaya yarayan melodilerdir... Bütün bunlar sadece bir şey içindir. Anormal, normal, iyi, güzel, kötü, çirkin ve benzer sıfatların var olamayacaklarını kanıtlamak. Tabii böylesi bir kanıtı sadece ben görüyorum. Ama belki bir gün başkaları da hisseder. Başka insanlar da benden sonra anlarlar mevcut insan ırkının sakat olduğunu. Anlarlar belki de, delilerin dünyanın gerçek efendileri olma ihtimalini...

Dalgaların sesini bu kadar net duyabildiğime göre saat çok geç olmuş, diye düşündüm. Gerçekten de geminin kıç tarafından gelen sesler kesilmişti. Sanki gemi terk edilmiş gibiydi. Sanki sadece ben vardım dev kayığın içinde. Kinyas hâlâ ortalarda yoktu. Kamaraya doğru yürüdüm. Ve dünyanın benden artan kısmına imparatorluğunu kuran eski dostumla karşılaştım. Elimde iki şişeyle...

"Uyumak istedim. Ama yine uyuyamadım. Gittikçe daha az uyuyorum. Uyusam bile rüya görmüyorum. Hiçbir şey görmüyorum" dedi.

Biraz önce oturduğum geminin ucundaki sandıklara doğru yürürken "Biliyorum. Ben senin yerine de uyuyorum" dedim.

Kasaların üstüne oturduk. Şehirden gelen sesleri dinledik. Bunlar medeni şehir seslerine benzemezdi. Otobüs, tramvay gürültüsü, polis, ambulans, itfaiye sirenleri yoktu. Sadece insan sesleri, şarkılar. Çok uzaklardan gelen, ancak gözümüzü kapattığımız zaman duyabildiğimiz hayvan sesleri... Kinyas denizin üzerindeki bir dubayı gözleriyle hipnotize olmuş gibi takip ederken, "Üç gün hiç çıkmadan kalabilecek miyiz acaba gemide?" diye sordu. Ve ekledi:

"Çok uzun bir yolculuk olacak ve ben karadan ilk defa bu kadar ayrılmış olacağım. Aslında limana kaçıp biraz poker oynasak, kadınlarla sevişsek pek fena olmaz..."

Haklıydı. Cassandra'da hareket anını beklemenin ve Café Ajax'ta olanlardan dolayı saklanmanın da pek bir anlamı yoktu. Çünkü bizi bulmaları çok zordu. Ve şehrin merkezine fazla yaklaşmadığımız sürece civarda rahatça gezebilirdik. Bizler volta atmaya, çocukken odalarımızda herkes uyuduktan sonra adımlarımızı saymaya alışmıştık ve şimdi de bedenimizi nakletmeden oturmaktan rahatsız oluyorduk. İkimizin de ortak paranoyasıydı bu. Aynı yerde uzun süre durmak, oturmak korkutucuydu. Bizi kovalayan birilerinin olmamasına rağmen yakalanacağımızı düşünüyorduk. Yakalanıp parça parça edileceğimizi, saçlarımızın kirli ellere dolanıp yerlerde sürükleneceğimizi... Neden kaçtığını bilmemek en kötüsüdür. Hayali düşmanlarla savaşan Don Quijote'nin adı bu yüzden dört bir yanda uçuşur. Bizi takip eden yoktu. Ama biz hep sırtımızı duvara veriyorduk, oturduğumuz yerden kapıyı görmeye gayret ediyorduk. Bizi büyürken kimse mutsuz etmemişti ama yine de herkesten nefret ediyorduk. Nefsi müdafaa bile değildi yaptıklarımız, düşüncelerimiz. Başımızı büyük belalara sokmadığımız zamanlarda kimse ölümümüzü arzulamamıştı. Hayatımızdaki tek gerçek nefsi müdafaa intihardı. Bedenimize ve hayatımıza saldıran aklımızdaki düşünceleri yok etmekti. Hayatımızı bizim dışımızda kimse mahvetmemişti. Ve biz o intikamın peşindeydik. Beynimizi öldürmenin peşinde...

"Haydi çıkalım buradan. Dolanalım biraz" dedim.

Limanın yakınlarında bir bara gidip sabaha kadar poker oynadık. Ve sabahın ilk terini seviştiğimiz kadınların yüzlerine döktük. Sonra kamaramıza dönüp gündüzü uyuyarak geçirmek üzere sert yataklarımıza yattık. Kinyas gözlerini kapatırken ben bir kâğıt kalem alıp yazmaya başladım:

"Cassandra. İçinde elli iki Meksikalısıyla..."

Dev bir çelik ve demir gürültüsüyle uyandım. Yataktan fırlayacaktım ki bütün eklemlerimin, artık herhangi bir parçama ek olmaya dayanamadıklarını söylercesine ağrıdıklarını hissettim. Başım çatlayacak gibiydi. Kamara boştu. Hatırladığım tek şey, bir ara başucumda duran şişeye uzanıp biraz içtiğimdi. Sabah ne kadar geç geldi, diye düşündüm. Mekanik sesler fazlalaştı. Ve birden, gemi asıl görevi olan yüzmeye başladı. İnanmıyordum. İki gün boyunca uyumuştum. Tam iki gün! Ben Kinyas iki gün boyunca uyumuştum. İmkânsız gibiydi ama olmuştu. Kayra bir şeyler karalarken gözlerimi kapattığımı ve en geç bir saat sonra tekrar açacağımı düşündüğümü anımsadım. Ama yıllardan beri ilk defa uyumuştum. Hem de gerçekten.

Ağrıyan ve uzun süre yere paralel kalmaya alışık olmayan vücuduma rağmen anın tadını çıkarmaya çalıştım. İsmini yazmayı öğrenmiş bir çocuk gibi. İlk defa yapabildiğim bir şeyi tanımaya çalıştım. Rüya görüp görmediğimi düşündüm. Tekrar gözlerimi kapattım...

Ve bir helikopter gördüm. Tantie Rose'un sahiline, kumları havaya kaldırarak inen bir helikopter. İçinden bej pardösüsüyle çıkan bir adam. Saçları pervanenin rüzgârından dolayı dağılan ama tam olarak hiç bozulmayan bir adam. Babam. Sonra görüntü buğulandı ve yok oldu...

Bir zodiac botun içinde eskiden kayak yaptığım Cortina d'Ampezzo'daki pistten aşağı kaydığımı gördüm. Pistten çıktım. Kontrol edemediğim sarı bot bir uçuruma doğru ağaçların arasından geçerek sürüklenirken, birazdan öleceğimi düşündüm. Ve botun burnunu içgüdüsel bir hareketle kendime doğru çekerek, durmak için havaya kaldırdığımı gördüm. Ama çok geçti. Bir saniye boyunca havada uçurumu terk ettikten sonra hareketsiz kaldım ve düşmeye başladığım anda bembeyaz oldu her yer. Ne kadar acısız bir ölüm! Yaşarken yeterince acı çektiğim için bu bir hediye olmalı, diye düşündüğümü hatırladım... Ve bunlara benzer birkaç rüya daha... O sırada kapı açıldı ve Kayra'nın kafası göründü. "Uyandın demek! İki gündür yatıyorsun. Öldüğünü sandım. Haydi kalk! Gidiyoruz. Demir aldık. Miguel'e hasta olduğunu söyledim" dedi ve çıktı. Yavaşça yataktan doğruldum. Üstümde iki gün önce giydiğim kıyafetler vardı. Flagdan iki yudum aldım. Ve ayağa kalktığım zaman duvara asılı aynada kendimi gördüm. Çok kötü görünüyordum. Oysa ben dinlenmiş bir adam suratı bekliyordum. Rahatlamış. Uykudan geçmiş biri. Ama hayır, berbat görünüyordum. Eğer yüzümde tebessüm eden bir taraf görmüş olsaydım aynaya baktığımda, eğer dinlenmek diye bir şey olduğunu görseydim, derhal gemiden çıkar, yüzerek limana döner, sahilde bir ev satın alıp ölene kadar uyurdum içinde... Ben uyumadığım için kimseyi uyutmuyordum. Ama yatakta geçirdiğim iki gün, uğruna koşturduğum dengesizliklerden kurtulmama yetmemişti. Büyük ihtimalle vücudumun bana bir oyunuydu. Günlerdir sadece birkaç saat uykuyla yetinmeye çalışan bedenimin beynimden intikamı. Çok yorgun düşmüştü. İhtiyacı olan uykunun ilk taksidini benden söke söke almıştı.

Uyumamamın nedeni uykuyu anlamamamdı. Kendinden geçmeyi tanımlayamıyordum. Sonra tekrar kendine gelmeyi. Belki de korkmuştum hep uyumaktan. Uyuyan insanların üzerine abanan âcizlik de iğrendirmişti beni. Onlar gibi görünmek, onlar kadar zayıf ve yalın olmaktan da korkmuştum. Uyuyan bir katil ile uyuyan bir azizin farkı olmadığından... Evet, rüya görmüştüm. Kâbuslar. Görüntüler. Sesler. Ama ayıkken umutsuz olan birinin uykusunda rahatlamayı beklemesi de gülünçtü. O an, biraz daha uzaklaştım kendimden, dünyadan. Uzaya fırlatılan köpek gibi. Denizin dibindeki dalgıç gibi. Bir ölü kadar uzaklaştım hayattan. Kendimde nefret edecek yeni bir şey bulamıyordum uzun zamandır. Ama işte karşıma çıkmıştı. Ve ben nefret edilecek olanı kolayca tanırım. Bedenime hâkim olamamıştım. Günlerce aç kalabilirdim. Ama uykusuzluk insan olduğumu, zavallı olduğumu hatırlatmıştı bana. Ve midem bulandı. İçimde büyük patlamalar oldu. Tam olarak neye kızdığımı bilmiyordum. Ama çok sinirlenmiştim. Her şeyi yakmak istedim. Kayra'yla hakkında konuştuğumuz zihinsel ölüm yolculuğumuzda geriye atılmış bir adım. Vazgeçemediğim şeyler olduğunu hatırlamak çok yıpratıcıydı. Amaç bunları asgariye indirmekti. Yemek, su, oksijen... Ama uyku! O da nereden çıkmıştı şimdi? Zaten saydığım üç şeye olan insani bağımlılığım hayatım boyunca mutlu olmamı engellemişti, şimdi de uyku zorluyordu zihnimi. "Bırakacağım" dedim. "Her şeyi. Hepsini. Kendimi." Gözlerim açık öleceğim. Uyurmuş gibi değil. Midem boşken öleceğim. Boğazım kupkuruyken. Hiçbirine ihtiyacım yok... Büyük oynuyordum çünkü. Tanrılığa oynuyordum. İnsan olmamaya...

Sonra yavaş yavaş sakinleştim. Nabzım dörtnala koşmayı bıraktı. Su içerek kendimi sarhoş ettiğim, beynimi uyuşturduğum günleri düşünerek rahatlamaya çalıştım. Dedim, bu uyku bendeki son insanı yüzdü. O da öldü. İki gün boyunca acı çekti ve öldü. Artık yok. Bedenimle vedalaşmama çok vardı ama ben yine de onunla en azından belli bir süre görüşmemeye karar verdim. Onunla ilgilenmemeye. Onu küçümsemeye. Bedenim dünyayı temsil ediyordu. Ve nefret ettiğim her şey ondaydı. Güzellik, güç, kızgınlık... Son kez aynaya bakıp "Görüşürüz" diyerek dışarı çıktım.

Yürümüyor, uçuyordum. Konuşmuyor, düşünüyordum. Dokunmuyor, hissediyordum. Görmüyor ama biliyordum.

Havadaki rutubet daha da artmıştı. Koşuşturan, bağıran adamlar her yerdeydi. Dalgaları yarmaya başlamıştı Cassandra. Veracruz'a gidiyorduk. Aktarmasız. Şimdiyse Kayra'yı bulmak gerekiyordu. Önce geminin kıçına doğru gittim. Orada yoktu. Sonra burnuna yürüdüm. Orada da yok... Yanımdan geçenler benimle ilgilenmiyordu. Gerçekten de bir hastalığım olduğunu düşünüyorlardı herhalde. Çabuk yayılmıştı haber. Paslı gemiler de kolonilere ya da ufak mahallelere benziyor, diye düşündüm. Daha bir şey yapmadan, haberdar olan bir sürü insan...

Zaten böyle başlamadı mı düşünmek, hayal etmek? İnsanların haberdar olamayacağı, hakkında fikir yürütemeyecekleri tek şey insanın kafasının içinde koşturanlar. Ve çevrenin tepkilerinden duyulan kaygıdan dolayı dünyanın en hayalperest kişileri en iyi komşular oldular. Susmayı öğrendikleri için. Normal olanı kafalarında çizip ona göre hareket ettiler. Dünyanın başını ve sonunu düşündükleri ortaya çıkmasın diye.

Kayra'yı Miguel'le konuşurken dümenin orada buldum. Miguel bana yakınlık göstermek istercesine elimi sıkıp benim için kaygılandığını ve şimdi daha iyi olduğumu umduğunu söyledi. Çok konuşuyordu. "İyiyim. Daha iyiyim. Yorgunluktan olmalı!" dedim. "Biz de, arkadaşınızla kaçakçılık hakkında konuşuyorduk!" dedi.

Kayra gazeteci olduğumuza inandırmak için ona sorular sormuştu ve anlattıklarının bir kitapta yer alacağına inanan emekli terörist büyük bir zevkle yanıtlar veriyordu. Bulunduğumuz yerde iki kişi daha vardı. Makinelerin başında düğmelere basıyor, göstergeleri kontrol ediyorlardı. Mekaniği hiç anlamıyordum. Bütün bu mekanizmaları uzun zaman önce terk etmiştim. Teknolojinin ilerlemesi hiçbir şey ifade etmiyordu bana. Uçan bir arabanın icat edildiğini öğrenince kendimi daha iyi hissetmeyecektim. Bilgisayarlarla olan ilişkim, sekiz yaşımdayken elimdeki hesap makinesini tersten tutarak "leblebi, gebe, bebe" kelimelerini yazmaktan ibaretti...

Kayra'nın Miguel'i gazeteci olduğumuza nasıl inandırdığını düşündüm. Gerçekten de herhangi birine inandıramayacağı hiçbir şey yoktu. Kafasını koparmaya gelen aç bir kaplanı bile, etinin onu zehirleyeceğine ikna edebilirdi. Uyuşturucu işine bulaşmış iki haydudun gazeteci olduğuna birisini inandırabilecek başka kimseyi tanımıyordum. Kim bilir neler anlatmıştı. Konuşmaktan nefret eden ama aynı derecede güzel ve etkileyici konuşan biriydi Kayra. İnsanları kendi silahlarıyla vuran bir uzaylı. Doğru zamanda dünyaya gelmiş olsaydı, sıkıntıdan, bir peygamber ya da büyük bir siyasi lider olabilirdi. Konuştuğu lisanın sözlüğündeki bütün kelimeleri kullanarak uzun cümleler kurardı eskiden. Ama artık o da kaybediyordu yeteneğini. İstediği de buydu... Sahip olduğumuz alışkanlıklar farklıydı Kayra'yla. Ben uykuyu bırakmaya çabalamıştım. O da bir gün konuşmaktan vazgeçecekti. O günün de yakınlarda geleceğini bildiğinden, gerektiğinde elinden geldiğince konuşuyor ve söylenebilecek her sözü kafiyeli cümlelere dökebiliyordu. Yalan söylemek ve inandırmak içine işlemişti. Damarlarında bile yalan akıyordu. Ama bunu öğrenmeye mecbur kalmıştı. İçindeki gerçeği fark ettiği gün, o kadar korkmuştu ki gömüldükleri yerden çıkmasınlar diye üstlerine fazladan toprak atılan ölüler gibi kendi gerçeğinin üstüne de tonlarca yalan atmıştı. Ve şimdi, yavaş yavaş tırnaklarıyla kazıyordu.

Yığdığı yalanları kürekliyordu. Gerçeğe ulaşabilmek için. Kendine ulaşabilmek için...

Bir defasında, hastalık geçirmiş bir zenci olduğuna karşısındaki sıradan adamı inandırmıştı. O kadar detaylı anlatmıştı ki geçirdiği hastalığı, o kadar çok teknik terimler kullanmıştı ki tıp terminolojisi yetmemiş, metafizik kuramlarına geçmişti. Ve neredeyse ben bile onun eskiden bir zenci olduğuna inanacaktım... İşte bütün bunlardan kurtulmaya çalışıyordu. Ya kendisi bırakacaktı yalan söylemeyi ya da çevresinde konuşmak, yalan söylemek için tek bir adam bile bulamayacağı yerlerde yaşayacaktı. Böylece sadece kendiyle konuşacaktı. Ama o zaman bile belli bir süre kendine yalan söylemeye devam edeceğinden emindim. Sadece doğumu ve ölümü gerçek olan bir adamdan ne beklenilebilirdi ki?.. Ben de fazla bir şey beklemiyordum zaten.

Kayra ile Miguel'i orada bırakıp, biraz daha dinleneceğimi söyleyerek yanlarından ayrıldım. Tekrar kamarama döndüm. Ve bir plan yapmaya başladım. Miguel'i öldürüp, mürettebatı da ikna edip korsancılık oynama planı. İsyan planı. Neden bunu düşündüğümü bilmiyordum. Dar koridorlarında biraz iri birinin sıkışma tehlikesi geçirebileceği yaşlı gemiyle denizlerde, okyanuslarda dolanmak, karşımıza çıkanlara saldırmak bir an için iyi bir fikir gibi geldi. Sonra ne kadar yorucu olacağını düşündüm. Vazgeçtim gemiyi ele geçirmekten. Zaten ölümün üzerinde yüzüyorduk...

Kâğıdı ve kalemi başucumdaki yere çakılı sehpaya bıraktıktan sonra başımı yastığa koydum. Yavaşça gözlerimin kapandığını hissettim. Bir şarkıyı hatırladım. Anadilimden bir şarkıyı.

"Gözlerim kurşun gibi..."

İçeri girdiğimde Kinyas yeniden uykuya dalmıştı. İki gün yetmemişti uykusuz dostuma. Bin defa vazgeçip bin defa yaptığımız her şeyde olduğu gibi yine iradesiyle alay etmişti. Uyumuştu tekrar. Yüzünde acı bir ifade vardı. Canı yanıyordu. Uyuduğunun farkındaydı. En kötüsü de bu, diye düşündüm. Uyurken bile kendinden tamamen geçememek... İki gün önce Kinyas'ı kamarada bırakıp çıktıktan sonra Miguel'le karşılaştım. Gözleri şişmişti. Sarhoşluğunu atmaya çalışıyordu üstünden ve aynı zamanda da sağa sola emirler savuruyordu. Yükleme tam olarak bitirilememişti ve adamlar ilk gördüğümüz zamanki kadar çalışkan ve istekli görünmüyorlardı. Ağır hareketlerle limana inip gemiye çıkmaları Miguel'i deli ediyordu. Yanına gittiğim zaman beni fark edince, "Hepsi geri zekâlı bunların! Ben olmadan hiçbir işi yapamıyorlar. Çocuk gibiler. Tembellik içlerine işlemiş. Sen, benim kamarama git, ben de birazdan gelirim. Konuşuruz biraz. Gerçek bir beyazla konuşmayalı uzun zaman oluyor. Bıktım artık melezlerden ve salaklıklarından" dedi.

Kamarasının büyüklüğü bizimkinin iki katıydı. Bir çalışma masası, bir yatak, sağda solda boşalmış birkaç içki şişesi ve kitaplar. Kitaplardan birini aldım. Marquis de Sade'ın biyografisiydi. Miguel'le bağdaştırmak biraz zordu, böylesine cinsel hayali ve dünya görüşü yüksek birini. Ve tam kitabı yatağın üstüne fırlattığım anda kaptan içeri girdi. Hâlâ küfrediyordu. Gerçekten sinirlenmişti. Elinden gelse gemiyi tek başına yüzdüreceğini, tayfalarını denizdeki balıklara yem etmesi gerektiğini söylüyordu. Sonra birden benim de orada olduğumu hatırlamış gibi yüzüme bakıp, "Demek, sen bir gazeteci yazarsın" dedi.

"Evet, evet" dedim.

Kapının arkasındaki küçük buzdolabından iki bardak ve beyaz şarap çıkardı. Bardakların temiz olup olmadıklarını kontrol etmek için yuvarlak pencereden süzülen ışığa doğru tutup baktı. O an, aynı hareketi Afrika'da dönen sahte paraları kontrol etmek için defalarca yaptığım aklıma geldi. Ve her ışığa tuttuğum banknotta, insanların da gerçekliğinin bu şekilde anlaşılamıyor olmasına şükrettiğimi hatırladım...

Emin olunca temizliklerinden, daha önceden açılmış şişenin mantarını söküp kadehleri doldurdu. Karşılıklı iki koltuğa oturduk. Piposunu da yaktı ve artık konuşmaya hazırdı.

"Evet... Kayra, ilginç bir isim. Bir Arap ismine benziyor. Esmerliğin bir Avrupalı olmadığını söylüyor ama çölden de gelmiş bir halin yok. Söyle bakalım! Bu boktan dünyanın neresindensin?"

İyi bir soruydu. Turistlerle tanışmak için Hello'dan sonra söylenen ilk cümleydi önüme atmış olduğu "Nerelisin?" sorusu... Elli bin şekilde yanıt verilebilirdi. Gazeteci olmadan önce hafızamı kaybettiğimi ve gerçekte hangi ülkeden geldiğimi bilmediğimi, kendimi bir şekilde Afrika'da bulduğumu söyleyebilirdim. Ya da KGB ajanlarının eskiden, Sovyet Sovyet'ken yabancı ülkelerde tanıştıkları ve saflarına çekmeye çalıştıkları, hem bir ortak nokta olsun, hem de hatırlanması kolay olsun diye karşılarındaki adamla aynı ismi taşıdıklarını söylemelerini örnek alarak, ben de bir İngiliz olduğumu söyleyebilirdim. İngiltere'yi herhangi bir İngiliz'den daha iyi biliyordum. Viskilerin dinlendirildiği fıçıların hangi ağaçlardan yapıldığından, Lordlar Kamarası'nın oluşumuna kadar üzerine romanlar yazabileceğim bir sürü bilgi vardı kafamda. Ve Miguel'in can sıkıcı sorusunu sonunda yanıtladım:

"Kavala'da doğmuşum. Babam o sırada, Atina'daki İngiliz Büyükelçiliği'nde idari memur olarak görev yapıyormuş. Annem de Marika isminde bir Yunanlı. Evlenince ve ben doğduktan sonra bir süre daha Yunanistan'da kalıp Hollanda'ya gitmişler. Ve ben orada büyüdüm. Gazetecilik eğitimini tamamladıktan sonra, aileme daha fazla yük olmamak için bir dergide iş bulup muhabir olarak dünyayı dolaşmaya başladım. Önce Çin, sonra Pakistan, oradan da Afrika. Ve birkaç yanlış işe girdikten sonra sizinle tanıştım. Kısaca, işte benim hikâyem. Sizinki kadar heyecan verici olmadığı ortada tabii ki."

İkinci kadehleri doldururken, konuşmamın sonundaki iltifatı tatmin edici bulmuş olacak ki gülümseyerek, "Tabii, ama şu da bir gerçek; demek ki sen de bir yolcusun. Sürekli yolculuklar yapıyorsun. Ve inan, hayatta yapılabilecek en doğru iştir, bir yerden bir yere gitmek. Zordur tabii. Aile kuramazsın. En kötüsü, ne bir kadına âşık, ne de bir adama dost olabilirsin. Ama gidersin ve iyi hissedersin, tanıştığın her yeni insanla, yediğin her yeni yemekle" dedi.

Tam benim nefret ettiğim tipik yarı turist, yarı gezgin ağzıyla konuşuyordu. Yol, yeni yemekler, yeni insanlar... Hiçbir boka yaramayan bir sürü şey. Herkes, karşımda piposuyla geviş getiren adam gibi olsaydı şehirler olmazdı. Kimse bir yerde üç aydan fazla kalmazdı. Ama onunla aynı fikirdeymiş gibi görünmek de zor değildi. Hele o heyecanla hikâyesini anlatırken, benim de heyecanlanıyormuş gibi yapıp cümlesini bitirmesini beklemek için ağzıma götürdüğüm kadehi lafı bitene kadar havada tutmak hiç de zor değildi. Yalan ancak ayrıntılarla gerçek olur! Birini kandırmanın en iyi yolu ayrıntılardır. Tabii bu ayrıntıların sayısı arttıkça, daha sonra hatırlanması gerekenlerin de sayısı artar. Ama birine bir hikâye ancak bütün ayrıntılarıyla anlatılmalı, yoksa inanmaz.

"Tabii, işimin sevdiğim tarafı da bu. Yolculuk yapmak. Yeni yerler görmek. Yeni kültürler edinmek. Üzerinde yaşadığımız dünyayı ancak böyle tanıyabiliriz, değil mi? Dediğiniz gibi birçok şeyden vazgeçmek gerekiyor bu tarz bir hayatı yaşamak için ama kazanılanlar kaybedilenlerin yanında o kadar fazla ki bir süre sonra insanın aklına bile gelmiyor yerleşik hayatın avantajları."

Kendisini bu kadar iyi anladığıma sevinmişti. Ve uzun zamandır ihtiyacını duyduğu sohbet arkadaşını bende bulmuştu. Aslında Miguel'in hayatı, davranışları, sakalının altında saklanan dövmesi pek çok insana ilginç gelebilir, belki de belli bir hayranlığa yol açabilirdi. Çünkü güneşin vura vura bronzlaştırdığı güçlü adam bağırarak gür bir sesle konuşuyor, adamlarına emirler yağdırırken son derece korkutucu olabiliyor ama kafasını çevirip başka biriyle konuşurken de, demin nefret kusan kendisi değilmiş gibi, nazik ve yumuşak cümleler çıkarabiliyordu ince dudaklarının arasından. İlkokul öğretmenleri gibi. Bir dakika boyunca gürültülerinden çıldırdığı çocuklara tiz ve yüksek sesle bağıran, bir saniye sonra da dünyanın en şefkatli insanı olduğunu kanıtlamak istercesine, fısıltılı bir sesle diğer ders konusuna geçileceğini söyleyen öğret-

98

menler gibi. Bazı meslekler insanı şizofrenliğe iter. Gardiyanlık, polislik, askerlik, politikacılık... O kadar zordur ki, yapılan işi hayattan ayırmak. Kişinin karakterinden söküp atabilmesi. Hele çalışma saatleri sonunda gündelik hayata maruz kalmaları, otoritesiz ve üniformasız. Delirmelerine nedendir bütün bunlar.

Miguel bana yolculuk yapmanın insanoğluna katacağı değerleri anlatmaya devam ediyordu, kontrollü ses tonuyla: "Yol! Gitmek. Uzaklaşmak. Doğduğun yerin çok uzaklarında ölmek. İnsanı insan yapan bunlar. Tanrı bile gitmemizi istiyor. Bu yüzden dünyayı bu kadar büyük, insanları bu denli küçük yaratmamış mı? İngiltere'den ayrıldıktan sonra kendimi çok kötü hissediyordum. Adadan ilk çıkışımdı ve bindiğim geminin güvertesinde ayaklarım titriyordu. İngiltere'nin dışında oksijen olduğunu bilmiyordum. Bir Fransız'la tanıştım o gemide. Bir ressam. Çok gençtim o zamanlar. Kimse benimle ilgilenmiyordu. Ben de kimseyle. Ama o Fransız bana dostluğunu sundu. Hikâyeler anlatırdı. Adını bile duymadığım yerlerdeki insanların hikâyelerini. Ve bir gün, bana bir kitap verdi. 'Bu senin kutsal kitabın olacak!' diyerek. İngiltere'de yaşadığım trajik olaylardan ötürü kimseye güvenim kalmamıştı. Ne kitaplar, ne sanat, ne insanlar... Hepsinden korkuyordum. Kafam karmakarışıktı. Hayatımı nasıl mahvettiğimi düşünüyordum sürekli. Daha ben nereye gittiğimi bilmezken, yeni tanıştığım Fransız, okumam için beş yüz sayfalık bir kitabı elime tutuşturuyordu. Bir hafta geçti. Kapağını açmadığım kitabın yazarının kim olduğuna bile bakmamıştım. Sadece ismine bir göz atmıştım. Ve bir gece güvertede yatarken o kadar kötü hissettim ki kendimi, o kadar korktum ki gerçek hayattan, çevremdekilerden, kitabı aralamaya karar verdim belki unutturur bana ölümüne neden olduğum insanları, terk ettiğim dostlarımı diye. Fransız bir yazarın İngilizce'ye çevrilmiş kitabıydı. Beş günde gözümü kırpmadan çok az uyuyarak bu dev hikâyeyi çiğnedim. Ve hazmettim. Son sayfayı da bitirdikten sonra gözlerimi kapattım... Daha iyi hissetmiyordum. Hayır! Ama ilginç bir duygu keşfetmiştim derinlerimde. Gitme duygusunu. Giderken duyulan hazzı. İnsanlardan kopmanın zevkini. Dünya üzerindeki insanların hepsi Kuzey Yarımküre'de toplansa, sadece ben Güney Yarımküre'de kalsam yine de dengenin bozulmayacağını bilmenin zevkini keşfettim. İnsanlıktan çıkışımı

kutladım bir şişe şarapla. Sonra da ruhumun en alt çekmecesinden çı-
kan yeni duyguya boyun eğerek kitabı Atlas Okyanusu'na savurdum.
Yazar Louis-Ferdinand Céline'di. İsmiyse *Gecenin Sonuna Yolculuk*... Ve
ben de oraya gidiyordum. Gecenin sonuna... Artık rotam belliydi!"
Bütün bunları anlatırken, Miguel sanki o günleri yaşıyormuşçasına
heyecanlanmıştı. Gözlerinin beyazı içkiden ve duygu yoğunluğundan
pembeleşmişti. Bir tiyatro oyunu gibi izliyordum karşımdaki yarı ente-
lektüel, yarı barbar adamı...
    Bir kitap. Sadece yazı, cümleler ve noktalama işaretlerinden oluşan
kâğıtlar bütünü. Matbaadaki makine yağlarının hâlâ sayfalarında koktu-
ğu bir kitap! Nasıl bir insanı bu kadar etkileyebilir? Gülüyordum içim-
den. Alay ediyordum her zamanki gibi kendisine bir baş ucu kitabı ya-
ratmış olan bu adamla... Gecenin sonuna yolculuk. Ne kadar saçma! Beş
yüz sayfa okumaya gerek var mı, gecenin sonuna gitmek için? "Benim"
dedim içimden. "Benim gece. Benim son. Benim yolculuk." İçinde doğ-
muşum gecenin. İçinde doğmuşum sonun. Yolculuk yaparak varmama
gerek yok. Ben hep oradaydım. Geceyi ben bitirdim. Ancak başkaları
kıçlarını kaldırıp gelebilir yanıma ve girerler gecenin sonuna. Benim
krallığım orası. Gecenin başlangıcını bilmem ama sonu bana ait!..
    Ancak tabii, söylenen her kelimenin hissedildiği duygusal bir payla-
şım karşısında kayıtsız kalmak da, gemi üzerinde geçireceğimiz geri
kalan günlerde belli bir tehlikeyle yatıp kalkmamıza neden olabilirdi.
Ve eminim, karşımda oturan dev cüce, hayatının nedeni olarak bildiği
kitabı aşağılık bir paçavra olarak gördüğümü bilse, yine aynı kitaptaki
insan hayatının değersizliği saçmalığından esinlenerek boğazımı çalış-
ma masasının üzerindeki mektup açacağıyla kesebilirdi. Vahşi bir ente-
lektüel kadar boktan bir şey yoktur! Hele hele felsefesini Nietzsche'den,
Schopenhauer'dan ya da adını bilmediğim, toplumdışılığı zekâ pırıltısı
sanan herhangi bir salaktan alan düşünce adamı ise gerçek bir skandal-
dır! Gecenin sonunu yazmak için orayı bilmek gerekir. Ölümü yazmak
için ölmek gerekir!
    Benim yazdığım ise bir kitap değil. Bir hikâye hiç değil! Bir felsefe ya-
zısı diyenleri ise, soğukkanlılıkla vurabilirim... Bu yazılanlar öksürük şu-
rubunun kutusundan çıkan prospektüsten farksız. Bir tatil köyünün bro-
şüründen ya da nüfus planlamasıyla ilgili bir kitapçıktan farkı yok. Kul-

lanma kılavuzu. Yazmaya zamanım olsaydı ansiklopedi yazardım. Romanlar, elleri nasırlaşmamışlar için. Daktiloyla sevişenler için. Edebiyat, içki içtikten sonra sarhoş olup, sızmadan önce önlerindeki peçeteleri karalayanlar için!

Hiçbir zaman din kitaplarından daha fazla okunmayacağı bilinirken, hikâyeler uydurmanın ne anlamı var?..

"Anlattıklarınız çok ilginç. Gerçekten okumak isterdim o kitabı. Hiç böyle düşünmemiştim! Yolculuğun bir felsefesi olabileceğini bilmiyordum."

Ve bunlara benzer birkaç cümleden sonra geminin daimi sallantısı ve içtiğim kötü şarabın etkisiyle kendimi iyi hissetmediğimi söyleyerek Miguel'den izin istedim...

Kamarasından çıkarken, içimden bin bir küfür geçiyordu birbirlerine çarpmadan. Kimseyi dinlemek istemediğimi, yalan söylerken ne kadar zorlandığımı, eskisi kadar konuşmalara hâkim olamadığımı fark ettiğim için sinirden terlemiştim. Kinyas'ın uyuduğunu düşünerek rahatsız etmek istemedim. Ve yürüdüm. Güverteye doğru. Geminin burnunda yedi adımlık voltalar atmaya başladım. Yürüdüm. Veracruz'a kadar... Yedi bin adımda vardım Meksika'ya...

Bir ay? İki ay? Bilmiyorum. Ne kadar geçti? Yolculuk ne kadar sürdü? Bilmiyorum. Tek bildiğim havanın sıcak ve rutubetli olduğu, bir yatakta uzandığım ve beynimin her hücresinin ayrı ayrı çatladığı. Bir otel odası olmalı burası. Beyaz duvarlar. Birkaç zevksiz röprodüksiyon. Mini bar ve iki deri koltuk. Kayra dışarı çıkmış olmalı. Belki de beni buraya bırakıp gitmiştir. Belki dönmez bir daha. Çok yorgunum...

Tam olarak bana ne olduğunu, nasıl buraya geldiğimi hatırlamıyorum. Kulaklarımda düzenli tiz bir ses... Gemi, Miguel, sandıklar, okyanus... Hepsi bu. Başımın döndüğünü, midemin bulandığını hatırlıyorum. Toparlanmalıyım. Ayağa kalkmalıyım. Başım dönüyor ilk denememde. Karanlık oluyor her yer. Tekrar yatıyorum. Yastığın ıslaklığına bakılırsa çok terlemişim. Sol tarafımda odanın ahşap panjurlarla kapanmış penceresi var. Tahtaların arasından gündüz sızıyor, araba sesleriyle. Demek ki bir şehrin içindeyim. Peki hangisi? Hangi ülke? Çok yavaş hareketlerle, demin yaşadığım baş dönmesini engellemeye çalışarak yataktan kalkıyorum. Ayaklarımı sürte sürte cama doğru gidiyorum. Pencerenin iki kanadını da açıp panjurları da dışarı doğru itiyorum. İkinci kattayım. Kafamı dışarı çıkardığımda yürüyen insanları, bağıran arabaları görüyorum. Çok fazla gürültü var. Yeniden terlemeye başlıyorum. Kafamı yavaşça sol tarafa çevirince, göz hizamda yarım metre büyüklüğünde bir "D" harfi görüyorum. Otelin isminin yazdığı, binanın duvarına çakılmış dev bir panelin üzerindeki neonlu harflerden biri. Yukarıdan aşağı okumaya çalışıyorum. Gözlerim oynadıkça acıyor. Ateşim olmalı. Ve içeriden gelen, kapının kilidinde bir anahtarın dönme sesini duyduğumda "Hotel Trinidad" ismini okuyabiliyorum. Kafamı içeri sokup kapıya dönüyorum. Gözlerimle silahımı ve paraları koyduğum çantayı arıyorum. Kapının ardından çıkacak adam herkes olabilir. Çantamı göremeyince büyük bir umutsuzluk ve yorgunlukla sadece olanları seyretmekle yetiniyorum. Kapı açılıyor. Ve yüzünü ezbere bildiğim bir adam, elinde bir sürü paketle, gülümseyerek bana bakıyor.

"Sonunda ayağa kalktın demek! Bu güzel. Ama daha dinlenmen gerek."

Paketleri yere bırakıp içki şişelerini buzdolabına yerleştirirken devam ediyor konuşmaya.

"Sana kinin buldum."

"Kinin mi? Kayra, hiçbir şey hatırlamıyorum. Ne oldu bana?" derken, yorulduğumu fark edip koltuklardan birine oturuyorum. Kayra da hâlâ yüzünde tuttuğu gülümsemeyle kendine bir viski açıp oturuyor karşıma.

"Sakin ol! Fazla dramatik bir şey değil. Sıtma! Yolculuğun başladığı günü hatırlıyorsundur belki. İşte o gün sana bakmaya geldiğimde terlediğini ve titrediğini fark ettim. Sıtma başlıyordu. Hemen gemide kinin aradım. Ama yoktu. O orospu çocukları kinin taşımıyorlardı. Kendileri nasırlaştıkları için ihtiyaç duymuyorlardı. Birkaç kutu ilkel ilaçla tedavi etmeye çalıştım seni. Daha doğrusu hayatta tutmaya. Ateşin otuz dokuz buçuğun altına düşmedi. Ve bilincini bir türlü yerine getiremiyordum. Sadece nefes alıp titriyordun. Tam bir buçuk ay yattın! Sürekli sayıkladın, ağladın. Öleceğini düşündüm. Ama dayandın. Aynaya bakarsan, görürsün. On beş kilo vermişsindir herhalde. Kinin olmadan, sıtmaya ancak bu kadar dayanılabilirdi... Buraya dün geldik. Veracruz'a. Bu odayı tuttum... Ölmemen bir mucize. Miguel ve gemisi, normalde bugün Miami'ye doğru gidiyor. Açık denizdeyken Cassandra birkaç kez batma tehlikesi geçirdi. Yüzlerce arıza çıktı. Ama o da dayandı."

"Anlıyorum" dedim. "Peki ya limana giriş, pasaport işleri?"

"Çok zor olmadı. Miguel'in sürekli birlikte iş yaptığı polislere biraz para verip sahte belgeler hazırlattım. Ve yakında pasaportlarımız da gelecek. Mecbur kaldım pasaport yaptırmaya, çünkü burası Afrika'dan biraz daha medeni. Elimizin altında birkaç kâğıt olması işimize yarar. İki Fransız olarak girdik Veracruz'a. Ve şu anda Fransız pasaportları hazırlıyorlar bizim için. Sana seçtiğim ismi duyunca bana biraz kızabilirsin. Michel Defleur! Bundan daha aptal bir isim yoktur herhalde. Tabii benimkini saymazsan. Louis Perrot! Madem ayağa kalktın, istersen yıkan ve tıraş ol. Spaghetti western'lerdeki desperado'lara benziyorsun. Ben de sana kinin hazırlayayım."

Sendeleyerek yürüdüm. Banyoya girdim. Aynada kendimi görünce bir buçuk ayın her gününü sırtımda hissettim. Ve silik de olsa birkaç sahne geldi gözümün önüne. Sürekli sallanan bir kamara. Tavana asılı bir gaz lambası, konserveler... Tıraş olup yıkandıktan sonra Kayra'nın yanına geldim. Hazırladığı ilacı içtim. Çok bitkin hissediyordum kendimi. On kişiye karşı aylarca kavga etmiş gibiydim. Bütün kaslarım acıyordu. Yüksek ateş bedenimi mahvetmişti. Ama birden aç olduğumu fark ettim.

"Bir pizza. Bir pizza yesek!" dedim.

Kayra paketinden çıkardığı siyah bir gömleği giymekle meşguldü. "Ateşinin tekrar çıkmasını istemem. Hafif şeyler yemelisin ama yine de dönüşünü kutlamak için birkaç dilim yiyebiliriz."

Bana da kendi zevkine uygun kıyafetler almıştı. Onları giydim. Uzamış saçlarımı bir an önce kestirmem gerektiğini düşünerek aynaya son kez baktım... Eğer sıtmadan ölseydim çok üzülürdüm. Beni boktan bir mikrop öldürmemeliydi. Çıplak gözle görülebilmeliydi beni ölüme sürükleyecek katilim. Şanslı olduğumu düşündüm. Bir Kinyas ne kadar şanslı olabilirse o kadar...

Otelin resepsiyonundaki adam, sağlığımın daha iyi olup olmadığını sordu. Dün geldiğimizde çok kötü görünüyordum herhalde. Büyük ihtimalle Kayra'nın sırtında... Lobide turistler vardı. Amerikalılar. Bir aile... Anne, baba, üç çocuk. Çocuklardan biri on sekiz yaşlarında hayli seksi bir kız. Siyah saçlı. Kayra resepsiyoniste bir pizzacı sorarken, ben de sabit bir şekilde karşımdaki genç kıza bakıyordum. Beyaz teninde gezinen ellerimi düşündüm. Biz de kız için ilginç bir manzaraydık. Tarihi yerleri görmeye gelmiş ailesiyle gezmekten sıkılmış ve bizi süzmeye çoktan başlamıştı. Ondan gerçek bir kadın yaratabilirim, diye düşündüm. Ve dışarı çıktık. Kayra bir cip kiralamıştı.

Sokaklarda yürümeye başladık. Fakirler, zenginler, sakatlar, güzeller. Her yerde aynı. Kaldırımlarda yürüyorlardı. İşlerine gidiyorlar, birbirleriyle konuşuyorlar ve şehri omuzlarında taşıyorlardı. Kendimi daha

iyi hissediyordum. Kinin işe yaramaya başlamıştı. Benim yön duygum
yoktu ama Kayra iyi koku alırdı. Bir pizzacının önünde durdu. Şehrin
en pahalı restoranlarından biri olmalı. İçeri girdik.
Pepperonni ve siyah zeytin. Dört kişilik bir pizza. Dilim dilim yedik.
Kayra sonunda tabağından başını kaldırıp bana baktı.
"Yavaş ye! Boğulacaksın. Ateşin çıkacak... Neyse, otelden ayrılmamız
gerek. Bir ev kiralayacağım deniz kenarında. Pasaportlarımız gelince ta-
şınırız. Bu şehirde bir süre kalalım. Biraz dinlenmek istiyorum. Gemi be-
ni de yordu. Bir iki İnka'yla yatmadan gitmemek gerek buralardan. Lobi-
deki kızı gördün mü? Bu akşam aramızda yatması için ikna edeceğim
onu. Belki annesini de getirir!"
"Nasıl istersen. Burada kalabilirim. Benim için fark etmez. Dediğin
gibi bir eve taşınsak çok daha iyi olur. Bir süre başımızı belaya sokmaz-
sak da iyi olur. İki büyük yatak alacağım. King size! Çok rahat olacak.
Sonra yeni bir silah. Pizza yapmak için bir fırın. Bir buzdolabı. Ve lüt-
fen, bu utanç verici cipten kurtulalım. Gerçekten de hiç anlamıyorsun
arabalardan. Virajlarda devrilen cipleri hiç duymadın mı?.. Büyük bir ev
istiyorum. Salonunun tavanı yüksek. Verandası olmalı. Ve bir de kasa.
Parayı koymak için."
"Tamam ama kafamda bir plan var. Devlet başkanını öldürmeyi dü-
şünüyorum. Çok iyi bir plan yapıp bu Meksika denilen yerin en kıdem-
li politikacısını öldüreceğiz. Sonra da gideriz buradan."
"Olur. Öldürürüz. Ama senden üç ay istiyorum. Dinlenmeliyim bi-
raz."
Garson dev pizzayı iki kişinin yemiş olabilmesine inanamıyordu. Keş-
ke müşteriler hep onlar gibi olsa, diye düşündüğünü duyabiliyordum...
Bu geri zekâlıların dilini konuşmaya hiç niyetim yoktu. Zaten doların
geçtiği her yerde İngilizce konuşabilirdik. Parayı ödeyip kalktık.
Dışarı çıktığımızda, bir adam yanımıza yaklaşıp sahte Rolex satmak
istedi. Ben yorgundum. Gidip arabaya oturdum. Kayra hiçbir şey söy-
lemeden adamın suratına bakıyordu. Sonra iki elini adamın yanakların-
na götürdü. Tutup kendine çekti. İki yanağından da öpüp geri bıraktı
elindeki suratı. Satıcı daha ne olduğunu anlayamamıştı ki, sanki bir
şeyler eksik kalmış gibi tekrar iki eliyle kafasını kavrayıp bu sefer de al-
nından öptü. Ve arabaya bindi. Dikiz aynasından adamın hâlâ orada

durduğunu ve gitmemizi seyrettiğini gördüm. Biz turist değildik. Bir hata yapmıştı. Ve Kayra bir turiste benzetilmekten nefret ederdi. Bunu ima eden birinin dahi boynunu kırabilirdi. Ve deminki anlamsız hareketi de sırf sinirini kontrol altına alabilmek için yapmıştı... Sahil yoluna girdik. Okyanus, kumsal, fahişeler, evler... Üç saat arabayla gezdik. Sokaklarla tanışıyordu Kayra. Bir şehrin yollarını bilmezse kendini çıplak, kapana kısılmış gibi hissederdi. Eğer yolları bilmezse ne kaçabilir, ne de kovalayabilirdi. Sadece kaybolurdu. Ve şu evlerin arasında kaybolmak onu utandırırdı. Çünkü doğuştan kayıp biri olarak insanların yarattığı taştan şehirlerde de bir kez daha kaybolmaya dayanamazdı. Ben ilgilenmezdim bu işlerle. On dakikalık bir yolu iki saatte alabilirdim, yanlış sokaklara saptığım için. Ve sıkılmazdım bundan. Hep aynı sözü tekrarlardım kendime: bir şey aramayan asla kaybolmaz! Ve ben aramıyordum. Ne bir adresi, ne de birini... Çocukken Suriye'de yüzlerce kez kayboldum. Sokaktakiler beni tanımıştı. Biri mutlaka elimden tutup beni eve götürürdü. Ailem boynuma adresimizin yazılı olduğu bir kart asmıştı. Ben sadece onları düşündüm hayatım boyunca. Sadece, o iki yarı insan, yarı meleği. Dokuz ay boyunca beni vücudunda taşıyan kadını, pisliğimi temizleyen insanları. Defalarca insanlar beni rahatlatmak için, "Düşünme bu kadar. Seni yaparken sana sormadılar. Madem yaptılar, ilgilenecekler, katlanacaklar tabii ki!" dediler. Bense sakince dinlediğim sevimsiz konuşmayı bitirmek için söylenileni kabulleniyormuş gibi gözükürken sadece şunu düşünüyor olurdum:

Bilemezlerdi benim geleceğimi. Onlar bir çocuk istediler ama ben geldim! Dünyaya en az değeri veren insan. Onlar normal bir çocuk istediler, eğitim görüp, meslek sahibi olacak, gururlanacakları. Ama ben geldim. Bilemezlerdi bir canavarı büyüttüklerini. Onların suçu değil. Ve benim onlara acı çektirmem vicdanen yasal değil. İşte bu yüzden sadece onları düşündüm. Başka kimseyi değil. Ölmelerini arzuladım. Benim dönüştüğüm adamı görüp üzülmemeleri için. Ailemin evindeki yatak uyuyabildiğim nadir yerlerden biriydi. Ama ben kan kustum oraya. Bilemezlerdi...

Annem bilemezdi dünyanın sonunu doğurduğunu...

Otele döndüğümüzde akşam olmuştu. Kayra iğrenç cipiyle şehir turuna devam edecekti. Ben odaya çıktım. Kendime bir kadeh beyaz şarap koydum. Uzun zamandır şarap içmemiştim. Aklımdan bir saniye içinde yüzlerce fikir ve görüntü geçiyordu. Kendimi öldürme fikriyse her dakikada bir kez, tekrar tekrar aklıma geliyordu. Her seferinde değişik bir tarzda hayal ediyordum sonumu. Tabancayı ağzıma sokup ateşlesem her yer kirlenirdi. Camdan aşağı bıraksam kendimi, ölmeyebilir, sakat kalabilirdim. Hatta yoldan geçen birinin üstüne bile düşebilirdim... Bir kadeh şarap daha. Ölümümü düşünmekten vazgeçtim. Ateşim yoktu. İyi hissetmenin nasıl bir şey olduğunu bilmediğim için iyileşip iyileşmediğimi anlayamıyordum... Geçmişi düşündüm. Yüzler, isimler... O kadar çok unutmuştum ki. Sanki dün doğmuş gibiydim! "Acaba hep beş yaşında kalan bir çocuk, yeryüzünde otuz yıl geçirince yetişkin bir insan gibi düşünmeye başlar mı?" diye sordum şarap şişesine. Gereksiz fantezim, unuttuklarıma karşılıktı. "Eğer hatırlayamıyorsam geçmişi, daha görmediklerimi düşünürüm" dedim. Ama hiçbir şey kalmamıştı düşünecek...

İnsan tercih eder. Öğrenmek ve mantığını çözmek arasında bir tercih yapar. Öğrenen insan her şeyi ezberler. Şarkı sözlerini, kitap isimlerini, büyük düşünürlerin doğum ve ölüm tarihlerini ezberler. Mantığını çözmeye çalışansa hayatın işleyişini kavramaya uğraşır. İsimlerin, tarihlerin bir önemi kalmaz. Birkaç temel bilgi yeter sanatın, hayatın mantığını çözmek için. İkinci gruptakiler hatırlamazlar. Sadece nedenleri bilirler. Ama hatırlamazlar aktörleri. Ben de hatırlamıyorum filmleri, sanatı, davranış bilimindeki teorisyenleri, din kitaplarındaki kahramanları... Bazen bembeyaz bir ekran hayal ediyorum. Gözlerimi açtığım zaman gördüğüm lekesiz bir beyazlık. "Hayat" diyorum. "İşte bu! Bembeyaz. Hiçbir şey yok üstünde, altında. Zihnim bembeyaz. Bildiğim her şeyi unutmuşum. Tereddüt ettirecek bir bilgi kırıntısı bile yok kafamda. Sadece iç organlarım var derimin altında. Tek bir düşünce yok..." Ve birden, sokakta ateş isteyen bir ses, güzel bir çift bacak, birkaç nota beni o beyaz hücreden çıkarıyor ve bir renk kaosunun içine bırakıyor. Küfrediyorum iradesizliğime. Küfrediyorum insanlığıma. O kadar çok renk var ki içine düştüğüm çukurda, her yer kararıyor ve simsiyah oluyor gözlerimi açınca gördüğüm hayat... Aslında gözlerim kapalıyken iyi bir insan oluyorum ben. Hiçbir şeyi fark edemeyen, duygularından yoksun, bitkisel hayatta olan... Aralamaya başladığımda gözkapaklarımı, başlıyor cehennem tiyatrosu! Oysa otopsisi yapılmış bir bedeninki kadar boş bir beyinle ne kadar mutlu olurdum, diye düşünüyorum. Bir yerlerde ölü doğmuş bir çocuk olduğumu biliyorum. Sadece yaşıyormuş gibi yaptığım için iki ayağımın üstünde duruyorum... Şarap şişesi yeşil ve boş. Odadan çıkıp aşağıya iniyorum. Biraz yürümek istiyorum. Bir halk düşmanı gibi, çok tehlikeli bir terörist gibi karışıyorum insanların arasına. Yarım saatlik bir yürüyüşten sonra otele döndüğümde, lobide Amerikalı kızı bir kitap okurken buluyorum. Sanki yıllardır tanışıyormuşuz gibi yanına gidip kitabını elinden alıyorum. Şaşırmakta kararsız, yüzüme bakıyor. "Gel" diyorum. Geliyor. Odaya çıkıyoruz. Öpüyorum ensesini, dudaklarını. Bana sorular soruyor yatakta.

"Sus!" diyorum. "Lütfen. Şu an, dünya üzerinde konuşanları düşün. En az altı milyar insanın yarısı konuşuyor. Bir şeyler anlatıyor. Ne büyük bir ses! Ne büyük bir gürültü! Dinle! Çin'de üçüncü çocuğunu aldırmak için doktora yalvaran kadını, Macaristan'da dilenen adamı, Kanada'da karşısındaki erkeğe kur yapan erkeği. Duy bunların hepsini. O milyarlarca insanın hep birlikte konuşarak yarattıkları korkunç gürültüyü dinle!"

Duymaya, dinlemeye çalışıyor. Ama daha bir milyon insanı bile gözünün önüne getiremediğinden, milyarlarcasının çıkarabileceği gürültüyü de hayal edemiyor. İyi niyetli. Ama yetmez.

"Lütfen, sen de katılma bu gürültüye" diyorum. Çıkıp gidiyor deli olduğumu düşünerek on sekiz yılın verdiği bütün saf kibiriyle...

Ama ben duyuyorum o milyarlarca insanın sesini. Hatta bütün konuşmaları ayrı ayrı duyabiliyorum. Milyarlarca değişik tondan ses. Dünyanın dönme sesini bile duyabiliyorum. Beynim milyarlarca parçaya ayrılacakmış gibi sızlıyor. Kulak zarlarım birbirine değiyor. Seslerden çıldırıyorum. Ellerimle kapatıyorum kulaklarımı yatakta kıvranarak. Yetmiyor! Yastığı kafama bastırıyorum. Sıkıştırıyorum kafamı yatak ile yastığın arasına. Ama gitmiyor sesler. Yeni doğan çocukların ağlamaları, mayına basan askerin çığlığı, taksi çağıran kadının bağırışı... Düşüncelerimi bile duyamaz oluyorum. O kadar çok ses var ki!..

Sonra gittikçe azaldıklarını fark ediyorum. Önce milyarlar milyonlara düşüyor. Sonra binlere, yüzlere... Yan odada sevişen çiftin inlemelerini duyuyorum sadece. Onlar da yok oluyorlar detone ve diyaframdan gelen çığlıklarıyla. Bir tek, aklımda volta atan düşüncelerin ayak sesleri kalıyor geriye. Vücudumun işleyişini duyuyorum. Kanımın akışını, midemdeki asitleri. Kinyas'ı duyuyorum... Ve onlar da, teker teker siliniyorlar kulaklarımdan. Gergin yüzümün kasları çözülüyor. Bütün sesler bittiğinde kendimi sessizliğin içinde buluyorum. Mutlak sessizliğin. Peşinde de beyaz bir perde. Bembeyaz bir oda. Sessiz ve beyaz. Hayat gibi...

Kapı açılıyor ve içeri Kayra giriyor. Gözlerim kapalı olduğu için uyuduğumu düşünerek sessizce soyunup yatağına yatıyor. Onun uyumak için fazla zamana ihtiyacı yok. Gözlerini kapatıp hiç var olmamış olduğunu hayal ederek kendinden geçiyor. Yataktan yavaşça kalkıp sehpanın üzerindeki mektup kâğıtlarından birinin üzerine yazıyorum. Elimde bir kalem yok. Kirletmek istemiyorum beyaz kâğıtları. Görünmez bir mürekkeple yazıyorum sonsuz beyazlığın üstüne. Var olan tek şeyi yazıyorum. Bu hayatta var olan tek şeyi: "..."

Miguel'den ve ağzından ismini düşürmediği, çoktan ciğeri toprağa karışmış Céline'inden bıkmaya başlamıştım ki Veracruz limanına demir attık. Kinyas'ın yaşıyor olması bir mucize gibiydi. Ölümü herkesten çok arzulayan, intihar eğilimleri fazlasıyla gelişmiş ve kendine zarar vermeyi ibadet haline getirmiş bir insanın bedeninin hayatta kalmaya çalışması çok büyük bir çelişkiydi. Sağlıklıyken aldığı her nefes boğazını yakarken, o aynı nefesi bin bir güçlükle içine çekmek için ağzını kocaman açışını görmek, bana bir kez daha Kinyas hakkında pek bir şey bilmediğimi düşündürdü. Zaten bizim gibi insanların dayanıklılığı çok anlamsız ve iğrençtir. Parazitler gibi dünyanın üzerine yapışmış olan bizler, ölümsüzlüğe en yakın olan kişileriz. Ve bizim yanımızda, hayatlarında birçok amaç taşıyan ideal insanlar böcekler gibi dökülürler. Belki de dünya üzerindeki en gerçek adaletsizlik...

Miguel bir buçuk ay boyunca konuştu. İçinde bir entelektüel beslediğini göstermek istercesine, on altı yaşımdan beri kapağını açmadığım kitapların yazarlarından alıntılarla süsledi söylevlerini. Céline denilen romancıyı Batı sanatı ve edebiyatının tanrısı ilan etti. Ben kabul ettim. Ne de olsa Miguel'in gemisindeydik...

Bir buçuk ay boyunca sallandım. Mürettebatla bir sorun yaşamadım. Pek konuşmuyordum onlarla. Vahşetlerini Amerika'ya saklıyorlardı. Yolculuğun tek heyecanı, aşçının yamağına sarkan birinin linciydi. Adamı dövüp bir depoya kapattılar. Tabii genç tecavüzcü yerde kıvranırken çevresinde oluşmuş ve tekme yağdıran zincirin halkalarından biri de bendim. Yanımdakilerin omuzlarına tutunarak birkaç tekme de ben fırlattım, kendi kanında boğulmak için dua etmeye başlamış olan adamın kafasına. İki gün sonra unutuldu her şey. Ve aşçı yamağının kalçaları başkalarının da ilgisini çekmeye başladı. Bu sefer kimse linç girişimde bulunmadı çünkü yamağı düzenlerin sayısı ahlakçılık oynayanlarınkini geçmişti. Kanıksanmıştı çocuğun kalçalarının lezzeti. Ama ilk hareketi yapıp dişleri paramparça olan adam, tabuyu yıkan kişi olarak, bütün insanların günahlarına karşılık çarmıha gerilmiş İsa gibi, yolculuk boyunca hücresinde tutuldu.

Ben bunlar olup biterken Miguel'i dinliyor ve seyrediyordum. Kinyas'ın ateşini düşürmek için ilkel metotlar uyguluyordum. Eğer ölürse ne olabilir, diye düşünüyordum, Miguel bana bininci kez, *Gecenin Sonuna Yolculuk* isimli kitabın ana karakteri Bardamu'yü anlatırken. Gerçekten, Kinyas o üzerinde yattığı dar demir yatakta ölseydi ne olurdu acaba?..

Bir zamanlar benim de dostlarım vardı. Gerçek dostlar. Ağızlarından çıkacak sözleri merak ettiğim dostlar... Sonra anlayamayacakları kadar kötü oldum yanlarında. Daha doğrusu, kontrolüm altında giden ilişkilerimizin bazı anlarında Kayra'nın gerçek yüzünden birkaç parça gösterme hatasını yaptım. Bazen yüksek dozda alkolün yüzünden, bazen de yüksek dozda sıkıntının. Dostlarımın yarısı korktu, yarısı da iğrendi. Acıyanlar da vardı birkaç tane ama onların dürüst olduklarını düşünmüyorum, çünkü olsalardı beni çözmeye çalışarak, sahip olduğumu varsaydığım sorunlarımı anlamak için çabalarlardı. Aslında acıdıklarını söyleyenler de iğrenenlere dahildi. Sonuçta teker teker yok oldular. Adresler, telefon numaraları yok oldu. Geriye Kinyas kaldı. Arada bir dediğimi dinleyen tek insan. O da yok olursa ne olur? Kayra kalır. Kinyas'ı düşünüp gözyaşı döker yalnızken... Kayra kalır. Kinyas'ı rüyasında görür iki yıl... Kayra kalır. Kinyas'ın ölümünden on yıl sonra ne yüzünü hatırlar, ne yaşananları, ne de konuşulanları... Kinyas gider. Kayra kalır. Bu kadar basit olduğu için hiç sevemedim dostlukları, aşkları.

Romeo ve Juliet'in yaptıkları gibi beraber ölmeyi tercih edenlerin sayısı çağımızdaki kadar az olmasaydı, belki inanırdım ben de sadakate. Ama bir insanı gömmek dostluğunu, aşkını da gömmek olduğundan ve aynı insanın içini doldurup bir heykel gibi evin en güzel yerine koymak da pek kullanışlı olmadığından, yapacak bir şey yok. Fazla bir tercih imkânı yok. Canlıların birbirlerini öldürüp yemelerini ana hareket edinmiş ekolojik sistem ne kadar faşistse, öleni gömmek de o kadar canavarca. Doğanın gereği faşistlik. Güçlünün zayıfı yemesi faşizan ve doğal. Ölüyü gömmek de dostluk, aşk gibi kavramları yalanlayan en büyük doğa geleneği. Ki bu gelenek hayatta kalana unutmayı emrediyor. Unutmak için toprağa gömmeyi. Yoksa kokutuyor cesedi. Çürütüyor gözlerinin önünde artık nefes almayan dostunu, sevgilini... İnsan, insan olmaya geliyor dünyaya. Kesinlikle bir tercihi yok. Hiçbir şeyi seçemeden de gömülüyor toprağa. Yerin iki metre altındayken de bin bir böceğe lunapark oluyor daha önce bin bir dudağın öptüğü bedeni... Ölenleri unutuyoruz. Yas tutmak bir hayal. İnsan ve doğa. Bonnie ve Clyde gibi... Biraz geç yatmak yeter bütün bunları görmek için, dostluğun ve aşkın sapkın bir komünistin diyeceği gibi, ama benim bambaşka bir anlamda kullanacağım, "kapitalist bir icat" olduğunu anlamak için...

Eğer bir önemi olsaydı gittiğim yerlerin, tanıştığım insanların, yaptığım uzun konuşmaların, hepsini teker teker dökerdim önümdeki kâğıtlara. Farkım kalmazdı Balzac'tan. Hiçbir farkım kalmazdı Céline'den. Ağır bir dille yazılmış, özenle seçilmiş sıfatlarla dolu tasvirler kaplardı bu sayfaları. Ölümlerini gördüğüm insanların dudaklarının kalınlığından, üzerlerindeki paçavraların dokumasına kadar her ayrıntıyı anlatırdım. Ama ben doğanın bana emrettiğini yapıyor ve unutuyorum. Bütün fazlalıkları unutuyorum. Şekilleri hatırlamıyor ve önemsemiyorum. Tek önemsediğim ve yazmaya değer bulduğum, olayların mantığı. Başka bir şey öğrenmedim ben hayattan. Belki gelecek sefere! Düşük bütçeli filmlerin vazgeçilmez konusu reenkarnasyona has bir dilekle, belki gelecek sefere, diyorum. Ancak şimdilik, dikkat etmiyorum karşımdakinin gömleğinin temizliğine, rengine...

Kendi görünüşümse farklı bir konu. Saatlerce saçlarımı geriye doğru tarayabiliyorum hiç sıkılmadan. Bıyığımı ince bir makasla şekillendirirken biliyorum insanlara ürkütücü geldiğimi. Biliyorum beni yazdıklarında sayfalarca tasvir edeceklerini. Ama ben ilgilenmiyorum bütün bunlarla. O kadar çok mürekkep israfı var ki dünyada! O kadar çok haybeye doldurulmuş kâğıt var ki! Okumayı ve yazmayı öğrendiğim güne lanet ediyorum. Pişman olabilseydim, bu ikisini yapabildiğime olurdum. Eğer okuyamasaydım kimsenin ne düşündüğünü bilemezdim. Dünyanın döndüğünden habersiz olurdum. Ve her şeyi kendim keşfederdim. Cehaletimi bilemek harika olurdu. Ve tırnaklarımla kazıyarak öğrenebildiğim çok az ama bir o kadar da keskin ve kesin bilgiyle ölür giderdim. Kafamda hiçbir kuşku olmazdı. Sadece kesinlikler cirit atardı bedenimde. Hak ederek elde ettiğim, sadece düşünerek ulaştığım kesinlikler... Ama artık çok geç bütün bunları düşünmek için. Yola çıktığım yeri göremeyecek kadar uzaktayım. Evimin kokusunu unuttum. Gaspçı bir korsan gibi dolanarak şehirleri bağlayan yollarda, en iyi bildiğim şeyi yapıyorum: düşünüyorum...

Kinyas'ı, bulduğum boktan bir otele yerleştirdikten sonra şehri dolaşmaya başladım, kiralık bir ciple. Biraz marihuana aldım, ateşi yiyince çıtırdama sesini duymayı özlediğim için. Kısa süreliğine de olsa alkolün ağır kadehlerinden kopmak için. Sahilde bir yer buldum. Gecenin herhangi bir yerinde ama kesinlikle sonunda değil! Çocukluğumun ilkel uyuşturucusunu ciğerlerime yollamaya başladım. O eski günleri hatırlamaya çalıştım. Müzik dinlediğim günleri ve şarkıları, dumanını göğe yaydığım cannabis sativa'yla süslediğim geceleri...

Âşık Veysel ve David Bowie. Yere yatmış gökyüzüne bakarken, sadece üçümüzün anladığı bir dilden konuştuklarını hayal ederdim. Veysel toprağı anlatırdı. Antik çağların Yunan bir filozofun Arkhe'yi bulduğunu düşünmesi gibi toprağın hükümdarlığını anlatırdı. Ekmeğini yediği toprağa gömülmenin nasıl bir duygu olduğundan bahsederdi. Ve cesedinden var olup torunlarını doyuracak olan ekmeğin gücünün sırrını anlatırdı. Bowie ise değişimi söylerdi. Değişmenin sihrini. "Changes" ismindeki şarkısını fısıldardı kulaklarımıza... Ben dinler ve seyrederdim. On dört yaşımda ve sarhoş. Dinlerdim Bowie ile Veysel'in doğaçlamasını. Sonra uyurdum.

"Gidin" derdim. "Görmesinler sizi. Ben sizi, bir gün hatırlarım elbet. Elbet yakalarım beni sizi. Siz gidin..."

Yıllar geçti ve hatırlıyorum. Onlar yine konuşuyorlar aralarında. Bazen kısa melodiler duyuluyor ağızlarından saçılan. Ama artık pek bir anlam veremiyorum söylediklerine. Anlayamıyorum ağızlarından dökülen kelimeleri. "Büyüdün!" diyorum kendime. "On dört yaşının hayalet arkadaşlarını tanıyamıyorsun artık..."

O zamanlar hâlâ bir umudum vardı. Bedeli karşılığında mutlu olabileceğimi düşünüyordum. Ancak büyüdüm artık. Dünyayı versem Tanrı'ya, damlasını vermez bana mutluluğun. İsmim Kayra. Kader demek. Tanrı'nın ya da mutlak bir enerjinin hayatları programlaması demek. Ne büyük bir güç!

Yine o yaşlardayken herhangi bir işle meşgulken birden durur ve kimsenin önceden tahmin edemeyeceği nedensiz bir hareket yapardım. Ve o her şeyi bileni şaşırttığımı düşünürdüm. Hatta yapacaklarımı düşünmemeye bile çalışırdım, zihnimin okunuyor olma ihtimalini göz önüne alarak. Tabii ki hayali değirmenlerle savaşmak gibiydi. Ölmeyenlerle mücadele etmek gibi. Anladım bir yangın merdiveni olmadığını. Hayatın arka kapısı yoktu. Gizlice sigara içilen karanlık bir boşluğu bile yoktu. Her şeyi bilen, her şeyi bilmeye devam ediyor ve bana gülüyordu.

Ve bir gün, yakın bir arkadaşımın ağabeyinin superposé av tüfeğini alıp civardaki en yüksek binanın çatısına çıktım. Helikopterlerin tepesine inebildiği gökdelenlerden birisiydi. Fişeği yerleştirip gökyüzüne kaldırdım namluyu. Dürbünden bulutları gördüm. Bir ara, bulutlar bir surata benzedi. Keskin bakışlı bir yüz çizdi havada. İki devasa göz oldu, uçuşan beyaz ve gri bulutlar... Tereddüt etmedim. O iki gözün arasına yolladım silahın içindeki bütün nefretimi ve korkumu. Yapacaklarımdan korktuğum için beni sürekli izleyeni öldürdüm. Görmesin yeryüzündeki en insanlıkdışı insanı diye. Her şeyi bileni öldürüp yalnız kaldım. Tüfek patladı. Bulutlar hareketlendi. Gözler şekilsizleşti. Surat yok oldu. Ve Tanrı'nın kanı aktı. Üç gün yağmur yağdı. Ben, benim hayatımı bileni yok ettim. Geriye kaldı milyarlarca Tanrı! Diğer insanlar varlıklarını fark etmeden ölecekler ya da izleyenleriyle göz göze gelip onunla ya da onsuz yaşamaya karar verecekler.

Artık kimse bilmiyor beni. İzlemiyor yaptıklarımı. Hiçbir tanrının ilgi alanına girmiyorum. İlginç değilim hiçbir güç için. Kurtuluşu olmayan bir ruh gibi. Freni patlamış bir kamyon gibi! Hiç ilginç değil. Yapacak bir şey yok önümden çekilmek dışında. Yokuş bitene kadar. Büyük çarpışmaya kadar. Hızlandıkça ağırlaşan bir kamyon. Bu yüzden dostsuz kaldım. Daha fazla ezmemek için ruhlarını, sevebileceklerimin...

Miguel'i bana yardım etmesi için ikna etmek zor değildi. Kendi kendine arkadaş olmuştu benimle. Ben hiçbir şey yapmamıştım. Sadece söylediklerini onaylamış ya da anlattığı hikâyeler ve bunlardan yola çıkarak vardığı teoriler karşısında sessiz kalmıştım... Yolculuğun son günlerinde, pasaporta ihtiyacımız olduğunu ve daha önemlisi, Meksika'ya girişimizin sağlanmasının gerektiğini anlattım. Yardımını esirgemezse çok mutlu olacağımı belirttim. Eski teröristlik ve kaçakçılık günleri aklına gelmiş olacak ki büyük bir heyecanla açıldı gözleri. Gözbebekleri titriyordu bana tanıdığı polisler olduğunu, rüşvet karşılığında limandan çıkabileceğimizi anlatırken. Belki eskiden olduğu gibi sağda solda patlatılacak bomba planları kadar heyecanlı değildi ama yine de belli bir organizasyon gerektiren mütevazı bir yasadışı eylemdi bizi kaçak olarak Meksika'ya sokup sahte pasaportlar hazırlatmak. Benden fazla heyecanlanmıştı. Ne de olsa, onun gözünde arkadaşım ve ben pis işlere bulaşmayacak kadar nazik ve entelektüeldik. Kendisi her şeyi ayarlamaya hazırdı, gençliğini biraz olsun yeniden yaşamak için.

Gemi limana demirleyince, fırlayıp bahsettiği polislerle konuşmaya gitti. Geri döndüğünde de çok büyük olmayan bir para karşılığında bize geçici belgeler ayarladığını ve aynı polislerin başka adamlara aracılık yaparak pasaport çıkarttırabileceklerini söyledi. Hiçbir komisyon almayacaktı Miguel. Gezginler arası bir centilmenler yardımlaşmasıydı bu iş. Üçüncü Dünya'da medenilerin birbirlerini kollamalarından ibaretti dostane çabası. İstediği parayı, üstüne araba kiralaması için bir miktar daha ekleyerek verdim. Kinyas'ın adım atacak hali yoktu. Ateşi biraz düşmüş ama hâlâ kendine gelememişti.

Akşama doğru limana indik. Kinyas'ı iki miçonun yardımıyla cipe taşıdım. Polislerin hazırladığı ve üzerlerinde Fransız isimlerimizin yazdığı belgeleri alıp bir hafta içinde fotoğraflarımızla dönerek pasaportlarımızı da halletmek üzere Miguel'le vedalaştık. Miguel'i tekrar görme ihtimalim çok azdı. O da biliyordu bunu. Elimi sıkarken biliyordu yüzündeki tebessümün gemiye döndüğünde yok olacağını. Korkunç kaptana dönüşeceğini. Çünkü eğer bunu yapmazsa, eğer benimle konuştuğu gibi konuşmaya kalkışırsa adamlarıyla, fazla değil bir hafta sonra aşçı yamağının yerini alırdı. Ruhunun reyonlarından birini, bilgelik reyonunu kapattı ve vahşi deniz adamı bölümüne döndü. Elimi bırakıp son bir kez "İyi şanslar!" diledikten sonra...

Polisler, herhangi düşük maaşlı devlet memurları gibi liman, havaalanı ve karayolu sınırı üçlemesinde, kendilerini yitirip yozlaşarak para karşılığında üniformalarını bile kiralayabilecek cinstendi... Kiralamak diyorum çünkü asla satmazlar. Altın yumurtlayan tavuğu kesmeye benzer... O konuda bir sorun yoktu. İyi tanıyordum bu cinsi. Hem de çok iyi. Yasadışı hizmetlerine biçtikleri fiyatın kriterlerini, gerçekleştirdikleri yolsuzluğu ahlaken meşrulaştırma çabalarını iyi biliyordum. Yabancısı değildim benzer alışverişlerin... Basit düşünmek gerekir böyle durumlarda. Her devlet memuru aslında bir süpermarket işletir oturduğu makamın koltuğunda. Satabilecekleri bellidir. Fiyatlarda pazarlık söz konusu değildir, çünkü monopol vardır.

Kinyas cipte yarı baygın yatarken Miguel'in hediyesi olan bir şişe JB'yi paylaştık polislerle. Açgözlü diyemeyeceğim onlar için. Ya da fırsat düşkünü. Sadece resmi sıfatları sayesinde gelişmiş bir yan sektör... Verdiğim para, normalde yöre halkının kanını dondurduğunu tahmin ettiğim bakışlarını samimiyet ve sevecenlikle doldurmuştu. Benden tek ricaları, iki üç gün sonra birer fotoğraf getirmemiz ve bu süre içinde de ortalarda pek dolaşmamamızdı. Pasaportlar büyük bir zanaatkâr tarafından hazırlanacak, doğum tarihlerimiz, anne, baba isimlerimiz tamamen o kişinin hayal gücüne bırakılacaktı. Ancak sadece, yeni alacağı arabanın aksesuvarlarını seçen ve ne istediğini çok iyi bilen, hırslı bir işadamı gibi davranarak sahte isimlerimizi belirttim. İsteğim kabul edildi. Meksika'da çok sayıda Fransız vardı. İki tane daha olması pek dikkat çekmeyecekti... Ve üstelik, alkolün midelerine çok yakıştığı şirin polisler, ülkeden çıkmak istediğimiz zaman tekrar kendileriyle görüşmemizin yararlı olacağını da söylediler. O an, aklıma ülkelerindeki bürokratik hırsızlıklardan dolayı can çekişen zavallı yöre köylüleri geldi. Ve gür bıyıklarıyla dudaklarını örten bu adamların cezalandırılmalarının gerektiğini düşündüm. Eğer skandal yaratacak boyutta bir suikast gerçekleştirirsem ve arkamda ülkeye limandan, karşımda geniş geniş oturan adamların sayesinde girdiğime dair ipuçları bırakırsam, kendileri, aileleri, hatta rüşvetlerden nasiplendiklerini tahmin ettiğim komşuları bile hayatlarının geri kalan kısmında cehennemi acılar yaşarlar ve tırnaksız parmaklarına hücrelerinin loş ışığında bakarken bugünü hatırlarlardı.

"Her şey için teşekkür ederim sizlere!" diyerek kadehimi kaldırdım.

İyi bir anlaşma yapmış tüccarlar gibi yudumladık viskilerimizi. İşte böyle atıldı Meksika devlet başkanını öldürme fikrinin temeli. İki polise şahsen işkence ederken üstüm kirlenmesin diye. Bu işi memurluğunu

yaptıkları devlet üstlensin diye! Tabii hareketim, sokakta konuşmak iste-
nilmeyen biriyle karşılaşmamak için atılan devasa bir tura benziyor. So-
rulabilir hangisi daha kolay diye. İki dakika selamlaşmak mı, yoksa üç ki-
lometre fazla yürümek mi? Söylemeliyim ki ben zaman sıkıntısı çekme-
dim hiç. Hele sabır konusunda asla! Üstüm kirlenmesin diye, birinin
burnunu kesmektense uzaktan bir devlet başkanına ateş etmeyi tercih
ederim...

Hotel Trinidad şehrin merkezindeydi. Gürültülü sokaklardan birin-
de. En büyük odayı tuttum. Kinyas'ı bir kominin yardımıyla odaya ta-
şıdım. Afrika'dan çok uzaktaydım. Ama otelin Abidjan'daki Grand Hô-
tel'e benzerliği rahatsız ediciydi. Zaten bu yüzden yolculukları bir umut
olarak görmekten uzun süre önce vazgeçmiştim... Yolculuk yapmanın
koşu bandında adım atmaktan farksız olduğunu anladığım için...

Resepsiyondaki adamın kaypaklığı, kominin aynı zamanda peze-
venklik yaptığını ima etmesi, odaya içki getiren garsonun bana her tür-
den uyuşturucuyu bulabileceğini açık açık anlatması. Bunların hepsini
daha önce de görmüştüm.

Dünya üzerinde bir yerden uzaklaşmanın imkânı yok. Uzaklaşılan
tek şey stillerdir. Hayatta ancak stiller değiştirilebilir. Başka bir şey de-
ğil. Coğrafya, çocuklara ergenliklerini unutturacak bir derstir. Başka bir
boka yaramaz. Aslolan hayat stilidir. Ve görünmez köprüler vardır dün-
yada bir ülkeden diğerine giden. Aynı stil hayatı dünyanın her yerinde
bulabilmek bir tesadüf değildir. Nasıl bir junkie her yerde dozunu bula-
bilirse, benim gibi biri de bastığı her toprakta kadın, silah ve uyuşturucu
teklifleriyle karşılaşır...

Eskiden hayata farklı bakanlar bulurlardı beni. Gerçek entelektüel-
ler, anarşistler, nihilistler... Mıknatıs gibi çekerdim toplumun dışında
yaşamayı seçmiş Robinson Crusoe'ları. Ama şimdi, seyrek de olsa be-
nimle karşılaştıklarında başlarını önlerine eğiyorlar, bakışlarımızın ke-
sişmesini engellemek için. Çünkü anlayabildikleri kadar anlıyorlar be-
nim artık uzun, alkollü, yüksek sohbetlerden eyleme, gerçeğe geçtiği-
mi. Ve korkuyorlar. Çünkü onların oynadıkları oyun, günün üç saatini,
içlerinde bağırıp çağıran anarşiste ayırıp geri kalan zamanında normal
bir insan gibi yaşamaktan ibaret. Çok azı söylediklerini yapar. Çok azı
gece anlattığını gündüz yaşar. Bunlar daha çok düşünsel kurt adamlar-

dır. Barış ve anarşi işaretlerini sokaktaki bir kadın heykelinin iki göğsüne çizenler bu salaklardır işte. Coşarlar insan hayatının değersizliğini anlatırken. Ama daha sonra işkence gören bir teröristin haberi karşısında, en çelik hümanist kesilip insan haklarından dem vururlar. Çelik hümanistler çelik kapı taktırırlar evlerine, adlarına methiyeler dizdikleri kaosun, devrimin geldiği gün kedilerine bir zarar gelmesin diye. Sağdan nefret ederken soldan da etmeyi unutanlardır bunlar. Kişisel muhalefetlerine bir kalabalığın fikrini eklemekten zevk duyarlar. "Sola daha yakınım!" derler utanmadan. Gölgesiz yaşayamazlar, yalnız kalmaktan ödleri koptuğu için. Yakın olmazlarsa herhangi bir tarafa, yok olacaklarını düşünürler. Açık deniz adamlarının yanında karadan uzaklaşamayan dubalar gibi dururlar.

Dünya üzerinde faşistin ne kadar iğrenç bir tarihçesi varsa, komünistin de o kadar saf, kötü bir geçmişi vardır. Ne de olsa ikisini de insan icat etmiştir! Hele günümüz kapitalizminin patronu Yahudiler ile zamanın Yahudisi Marx'ı düşündüğümüz zaman, Yahudilerin de Hıristiyanlar kadar ikiyüzlü darı gibi her yerde biten yaratıklar oldukları anlaşılabilir. Eğer geçmeseydi Kuran-ı Kerim'in üstünden onlarca kuşak, ben inanırdım yazılanların hepsine. Ama inanmıyorum o onlarca kuşağın dürüstlüğüne. O onlarca kuşağın dinlerine sadakatle bağlı olduklarına inanmıyorum! Çünkü insanı tanıyorum. Çünkü kendimi tanıyorum. Canı öyle çektiği için, duaları değiştirecek her dinden kuşaklar tanıyorum. İnsan dokunduğu her şeyi kirletmiştir bugüne kadar. Dinin kendini bundan koruması o kadar uzak bir ihtimal ki! Kimse gelip anlatmasın bana insanın iyiliğini, din kitaplarını. Ben sadece mucizeleri kabul ederim. Onlara inanmak, insan zekâsının kötü tarafından çıktığı belli olan yazılara inanmaktan daha kolay. Kızıldeniz'in yarıldığına, gerektiğinde kadının dövülebileceğinden daha çok inanıyorum. Çünkü mucize bana daha temiz geliyor. Ne birinin çıkarına, ne de bir başkasının zararına binlerce yıl önce bir denizin yarılmış olması. Ya da bir mağara girişinin örümcek ağıyla kapatılması.

Ama o, Adam Smith'in ekonomi için söylediği ancak bu konuya da uyan "gizli eli" öyle bir hissediyorum ki dört kadınla yatılan aynı yatakta. Öyle hissediyorum ki o kirli insan elini, Yahudi'nin, Protestan'ın para kazanma hırsında. İnanılanın bu dünya dışından gelmesi gerekir beni benden alabilmesi için. İsmi fark etmez. Tanrı, Allah, Jah... Her neyse, benden olmamalı! Bendeki çıkarcılığı, kıskançlığı, hırsı onda da gördüm mü, soğurum yazdırdıklarından. Ama ben bilirim ki yine insandır onları ortaya serpiştiren. O kutsal kitaplara kanlarını karıştıran. İnanırsam bir gün boyun eğerim iyiliğe. Ama matbaadan çıkmış bir kitaba inanmamı beklemek, zekâmla alay etmek dışında, benden insanın kötülüğünü de unutmamı beklemek olur. Tanıdığım o iğrenç türü de unutursam bir gün, inanırım elbet yazılanların hepsine...

Dürüst olalım... Dinler ve Tanrılar! Hepsi ben ölünceye kadar.

Okyanus. Sörf yapan birkaç çocuk. İki katlı beyaz bir evin verandası. Bir haftadır dışarı çıkmadım. Tam olarak iyileşmeyi bekledim. Fazla uyumadım ama yine de dinlendim. Uykusuzluğum geri döndü diğer alışkanlıklarım gibi. Otelden ayrıldıktan sonra Kayra'nın bulduğu eve taşınmak kendimize yaptığımız bir iyilikti. İstediğim gibi az mobilyalı, yüksek tavanlı bir sahil evi ve kapının önünde 850 lik BMW. Kim demiş para her şey değildir diye?

Kendimi iyi hissetmeye başladım. Başım ağrımayı günler önce bıraktı. Bir hafta boyunca hiçbir şey yapmadan evin değişik odalarında oturdum, yattım. Kayra genelde dışarıdaydı bu süre içinde. İki gün önce bir adamla geldi. Adam fotoğrafımı çekti ve gittiler. Döndüğünde elinde iki Fransız pasaportu ve bir sürü evrak vardı. Yaşadığımızı kanıtlayan, sahte de olsa resmi belgeler... Eve kadınlar getiriyordu Kayra. Bazıları birkaç gün kalıyordu. Bazen ağlama sesleri duyuyordum yattığım yerden. Yine dövüyordu Kayra kadınlarını...

Şimdiyse yalnızım serin evde. Sağ elimde bir dilim pizza ve solumda bir kalem. Rüzgâr bir yanağımdan diğerine geçerken yazıyorum önümdeki kâğıda... Kayra'nın devlet başkanını öldürme fikrini daha konuşmadık. Ama eminim, fikrini değiştirmemiştir. Fikir değiştirmeyecek kadar uzun yaşayacağını sanmıştır zaten hep. Aslında arabayla civarda birkaç tur atsam biraz daha güç toplarım. Kayra'ya siparişini verdiğim Browning de gelip kasama girdi. Sahip olduğumuz para bu gidişle bize en fazla üç ay daha yeter. Çünkü harcamalarımız on kişilik obur bir aileninkinden fazla. Dün saçlarımı kızıla boyadım. Çok kısa ve kızıl. Kabul etmeliyim ki sıkıntıdan yaptım bunu...

Dinleniyorum... Ama para için yeni bir iş çevirmek gerekecek. Belki de ölürüz ve gerek kalmaz. Ya da zihinsel ölümüm beklediğimden önce beni bulur ve bir tımarhaneye kapatılırım, bedenimle ne yapacaklarını bilemeyen insanlar tarafından... Aslında Kayra'nın suikast işi gayet ilginç bir fikir. Neden böyle bir işe girmek istediğini bilmiyorum. Büyük ihtimalle de hiçbir zaman öğrenemeyeceğim. Ve bunun bir önemi de yok. Tek bildiğim, onun da benim gibi, arada bir rahatlamak için sağdan soldan bulduğu kâğıtlara bir şeyler karaladığı. Ve bu yazma işi zihinsel ölüm yolculuğumuzun önündeki büyük bir engel, çünkü uyanık tutuyor beynimizi. Hatırlamak zorunda kalıyoruz kendimizi. Ve hâlâ hatırlayabiliyorsak, hâlâ devrik ya da dik cümleler kurabiliyorsak, daha zamanın gelmediğine işarettir. Daha çok var demektir, hiçbir şeyi düşünmeden ölümü beklemeye. Belki de boşaltmak için zihnimizi yazıyoruz. Ve yazılacak bir şey kalmadığında ölmüş olacak içimiz. O gün gelene kadar bildiklerimizi dökeceğiz otellerden çaldığımız mektup kâğıtlarına...

Dalgaların üstünde sörf yapan bir çocuk var. On küsur yaşlarında. Kaymaktan öteye uçuyor suyun üstünde... Spor yapardım ben de. Herkes gibi kıyısından köşesinden bulaştım vücut eğitimine. Kayak, aikido, tenis. Sonra çözemedim rekabeti. Puanlamaları anlayamadım. Servis atarken çıkarılan seslerden iğrendim. Çocuklara tecavüz edenler de böyle sesler çıkarıyorlardı. Anlamamaya başladım en kısa sürede bitiş noktasına varmayı. Acele etmeyi öğrenemediğim için herhalde. Sadece arabaları hızlı kullandım. O da makinenin gereği olduğu için. Hep hayal ettim, 210'la giderken ani bir şokla araba kullanmayı unuttuğumu. Mümkün müdür, diye düşündüm. Fransa turuna çıkmış bir bisikletçinin dengesini son kilometrede kaybetmesi ve bisiklet sürmeyi unutması. Benim sorunum buydu! Eğer gözlerimi kapatabilseydim kadınları öperken, sormazdım sorularımı. Eğer terlemekten zevk alsaydım, hissetmeseydim kaslarımı Roland Garros'da final oynardım. Tenis topunun tüylerini yanağıma sürtmekten zevk almasaydım, Wimbledon'da oynardım...

Spor. Rekabet. Fair play. Kimin için? Yunanlıların uydurduğu olimpiyatlar, savaşacak gücü kalmamış olanları ayakta tutmaya yarayan bir tür uyarıcı. Evine altın madalyayla dönenin ülkesi patlamış bombaların altında. Ne fark eder! Sporcuyuz. Yasal mücadele! Yasal dövüş! Yasal vahşet! Yasal sömürü! Spor!

Tek spor sekstir. Herkes kazanır. Hepsi bu...

BMW... Üç harfin açılımı ne olursa olsun tercih ederim Carlos San-
tana'nın verdiği yanıtı. "Black Magic Woman" şarkısını hatırlarım
BMW'ye binince. Almanlara Hitler'den kalan dayanıklılık ve hız mira-
sını taşır bu araba. Mercedes daha çok Hindenburg'u hatırlatan bir kra-
liyet yanlısı havasındadır. Bunaklar içindir. Evlerinin yolunu unutsalar
bile araba götürür refleksleri yok olmuş adamları. Hindenburg yaşasay-
dı Mercedes'e binerdi. Hitler ise geceleri gizlice çıkar, şu an evin önün-
de duran arabayla Berlin sokaklarında köpekleri korkuturdu. Mussoli-
ni'nin Ferrarisi de Arap şeyhleri için. Fazla gösterişli. Çöl çadırına ya-
kışacak kadar kırmızı...

Ailem bana bir araba almıştı. Sağını solunu çarptım. Hak etmediğim
bir lüksü bana sundular. Hiçbir şeyi hak etmediğimi düşünmek uçu-
rum gibi bir aşağılık kompleksi mi? Bilmiyorum... Büyük baş bir bur-
juva olarak yaşamak bana göre mi? Emek. Sermaye. Bölmüşler kendi-
lerince dünyayı ikiye. Biri diğeri olmadan yaşayamayan iki ayrı sürü.
Eğer kabul edersen hayatı geldiği gibi, bulursun kendini cephelerden
birinin içinde. Kafanı kaldırsan göreceksin oysa hepsinin kuru gürültü
olduğunu.

Dünyanın çevresinde tur atıp yaz mevsimini kovalayan profesyonel
sörfçüler, kaslı vücutları ve güneşten rengi açılmış saçlarıyla, şu aralar
Hawaii'de sörflerinin wax'lanmış fiberlerinin üstünde akrobatik hare-
ketler yaparken, ben üzerlerinde kaydıkları suyun hareketini seyredip
pizza yiyorum. Gerçek akrobasi, benim seyrettiğim. Suyun hareketi!
Bir orkestra şefi gibi ellerimi, kollarımı hareket ettirsem ve dalgaların
bana itaat ettiklerini düşünsem belki biraz zaman geçer... Ama ilk defa
görmüyorum okyanusu ben. Kimseyi dinlemediğini iyi bilirim, şam-
panya benzeri köpüklü ateş suyunun. Şu an tek isteğim Kayra'yı da öl-
dürüp birileri beni bulana kadar bu evde kalmak... Ben mi dünya için
önemliyim, yoksa dünya benim için mi? Yoksa biz de emek ve sermaye
gibi miyiz?.. Kıyamet günü için kasko yaptırmak istesem BMW'ye ne
kadar prim isterler acaba?.. Emin olmamak hiçbir şeyden, tereddüt et-
mek aynadaki görüntüden, doğal bir uyuşturucu gibi. Muz kabuğu ya
da kurbağa sırtı yalamaya benziyor. O kadar tereddüt ediyor ve şüphe

ediyorsun ki fazla düşünmekten uyuşuyorsun. Bütün ihtimalleri hayal ediyorsun. Bütün sonuçlarıyla. Birileri buna halüsinasyon diyor. Oysa hayatın kendisi "halüsinojen." Oksijenin kendisi uyuşturucu. Öyle bağımlısı olmuşuz ki birkaç dakikalık eksikliği öldürüyor... Her aldığım nefes boğazımı yakıyor... Ben çok zor yaşıyorum. Doğumumdan beri ölüm döşeğindeymişim gibi yaşıyorum... Onun için bir restoranda oturunca masayı kendime doğru çekiyorum, sandalyemi oynatmadan. Çünkü hasta olan benim. Her şey bana göre düzenlenmeli. Ben gitmem. Onlar gelsin! Zaten kimse kimseyi çağırmıyor. Kimse kimseyi kovmuyor... Beynimdeki düşünce tarlasında zıplayarak gezdiğim için pek bir anlamı yok yazdıklarımın... Maupassant'nın meşhur baş ağrıları, Proust'un hassas bünyesi, Kinyas'ın zalim sıtması... Yalnızlık moda olsun, renklerini ben seçeyim! Sadece kendi sesim yankılanıyor duvarlarda. Yıllardır hiçbir şey yapmıyorum. Hiçbir şey başaramıyorum. Başarıyı, iki elimi havaya kaldırıp yerimde zıplamayı çok uzun zaman önce bıraktım. Tek başarım ölmek olacak. Çok güzel öleceğim. Mükemmel öleceğim. Bütün doğa kanunlarına uygun "conventionnel" bir ölümüm olacak. Bunu düşünerek yaşıyorum. Suyun üstünde sektirdiğim bir taş gibi en fazla yedi kez titreyeceğim. Sonra da bitecek. Düşüncelerine susturucu takılmış bir insan olsaydım eğer korkardım ölümden. Ama o kadar uzağım ki sessizliğe...

Belki de yardım istemeliydim bir terapistten. Ruhumu iyileştirecek birinden. Bir bilim adamından. Ne kadar komik olurdu bürosundan kendimi iyi hissederek çıksaydım. Bana verdiği tavsiyelere inanıp uygulamaya çalışsaydım ne kolay olurdu. Bana bir hastalık ismi verip reçete yazsaydı. "Manic depression!" deseydi. Ben, "Hendrix'in bir şarkısı o!" deseydim. Sonra da sekreterin vizite ücretlerini koyduğu masasının çekmecesinden paraları alıp kaçsaydım, sekreter güzelse dudaklarından öpüp...

Yıllar önce Afrika'da yaşarken, iki Liberyalıyla tanışmıştım. İkisi de firar etmiş askerdi. Biri subay, diğeri er. Sahip oldukları tek şey silahları ve kirli kıyafetleriydi. Benden yardım istediler. Ama önce anlattılar her şeyi...

ABD Liberya'daki resmi orduya yılda dört yüz milyon dolar yardım yapıyordu. Bu parayla Liberyalılar, ABD'den silah satın alıp komünist gerillalara karşı savaşıyorlardı. ABD'nin kazancı silah sanayiinin dönmesi oluyordu. Silah fabrikalarındaki işçilerin boş oturmalarını engellemekti amaç. İşsizliği önlemek için, iç ekonomideki istikrarı devam ettirmek için kendilerinden binlerce kilometre uzaklıktaki insanların birbirlerini öldürmeleri son derece normal geliyordu Amerikan devletine. Ve benden yardım isteyen iki asker de, her birinde bir milyon dolar olan iki çuval parayı çalıp sınırı geçmişti. ABD'nin parasının küçük bir bölümü saptanan hedefe hizmet etmekten uzaklaşmıştı. Tabii olay duyulduğu andan itibaren bütün Batı Afrika bu adamları aramaya başlamıştı. Ve tabii ki CIA de koşuyordu parasının peşinden. Abidjan'ın merkezindeki parkta bir ağacın dibine gömmüşlerdi çuvallarını. Sonra da benim yaşadığım kasabaya gelmişlerdi, içlerinde her an öldürülebilecekleri korkusuyla. Çaldıkları paranın bir özelliği, dolarları derhal harcamaya başlayıp kaybolmalarına engel oluyordu. Oysa onların tek kurtuluşu, parayla Amerika'daki, tam olarak Washington'daki akrabalarının yanına gitmekti. Anlaşıldığı gibi ABD, askerler amaçlarını gerçekleştirseler dahi parayı o topraklarda harcayacaklarından, bu işten de kârlı çıkıyordu. Zaten bazı zamanlar böyle olur. Bir ülke öyle büyür ki dünyanın neresinde olursa olsun, yapılan her ticaretten, her işten komisyonunu alır...

Neyse, paranın can sıkıcı özelliği şuydu: banknotlar siyah bir tortuyla kaplıydı. Ve tortuyu sadece belli bir miktar para ve Liberya ordusuna ait subaylık belgeleriyle ABD Büyükelçiliği'nden alınan bir sıvıyla çözmek, paraları temizlemek mümkündü. Para ancak sıvıya batırıldıktan sonra kullanılabilir hale geliyordu. Bütün bu önlemler, Amerikalı kimyagerler tarafından icat edilmiş ve parayı Liberya ordusu dışında başka kimse kullanmasın diye uydurulmuş bir işlemdi. İki askerden daha zekice olanı, yanlış hatırlamıyorsam ismi Bobby'ydi, benim hiçbir örgütle ya da devletle ilişkim olmadığını ve kendilerine zarar vermeyeceğimi anlamıştı. Dolayısıyla olanca açıklığıyla anlatmıştı başlarından geçenleri. Tabii çaresizliğin ve alkolün etkisi de büyüktü sırlarının ortaya çıkmasında. Benden istedikleri bir miktar paraydı. Ne kadar olursa. O parayla birkaç banknot temizleyecekler ve sonra ellerindeki kullanılabilir parayla tekrar çözücü sıvı alıp daha fazla banknot yıkayacaklar, böylece iki milyon doları kendilerine servet yapacaklardı. Tereddütsüz, bana yardımım karşılığında paranın yarısını, bir milyon doları teklif ettiler.

Gerçekten de durumları çok ilginçti. Toprağa gömülü iki milyon dolarları vardı ama açlıktan nefesleri kokuyor ve palmiyelerin altında uyuyorlardı. İhtiyaçları olan tek şey birkaç bin dolardı. Çaresizliklerinin farkında oldukları için, her an bir örgüt tarafından öldürülmekten korktuklarından böylesine cömert bir teklif yapıyorlardı. Ve ben, o zamanlar kara kıtaya daha yeni gelmiştim. Cebimde yüz elli dolar kadar para vardı. Ve para bulabileceğim yerleri henüz keşfetmiş değildim, çelik kafeslerin olmadığı hayvanat bahçesinde. Aslında bütün hikâye, cebimdeki son parayı almak için uydurulmuş, hayal gücü dolu bir kazıklama yöntemi de olabilirdi. Ama ben çok fazla sıkılıyordum. Bütün tekliflere açıktım. Yüz dolar koyup bir milyon almak, dolandırılma ihtimaline karşın hayli çekici ve kolaydı. Kendilerine sadece bir yüzlük verebileceğimi söyledim. Buna bile razı oldular...

O gece, Bobby ile arkadaşı açık havada, ben bambu kulübemin içinde hayaller kurduk... Sabah kasabanın çıkışında buluştuk. Aramızda on metre mesafe bırakarak otobüs durağına yürüdük. Onları öldürmeye gelmiş herhangi bir aptal tarafından öldürülmek istemiyordum. Birbirimizi tanımıyormuş gibi ayrı koltuklara oturup Abidjan'a vardık. Şehrin kötü bir mahallesinde, kadın satılan bir motelinde oda tuttuk. Ve üçümüz de odaya çıktık. Subay olan, kendine birkaç düzgün kıyafet ayarlamış ve temizlenmişti. Milyarda bir şansa oynuyorduk. Amerikalıların adamı tanımamalarına ve sıvıyı vermeleri mucizesine yatırmıştım paramı. Solüsyonu aldıktan sonra parka gidip banknotlar alacak ve geri dönecekti. Er benimle kalacaktı. Bir nevi rehin olarak. Yüz doları verdim ve subay gitti. Biz de kapalı devre porno yayın yapan televizyonu açıp seyretmeye başladık. Hiç konuşmadan...

İlk yarım saat korktum. Birden yanımdaki adamın koşarak odadan çıkmasından ve yüz dolar kazanmanın zevkiyle aşağıda ortağıyla buluşmasından. Ama öyle olmadı. İkinci yarım saat, birden kapının açılıp hiç tanımadığım ve bizi takip etmiş olabilecek insanların içeri girip paranın yerini söyletmek için işkence yapabileceklerinden korktum. Bu da olmadı... Daha sonra korkuları paylaştık yanımdaki erle. O da terledi, ben de. İki milyon dolar gibi büyük bir paranın döndüğü böylesi bir işe yirmi dört saatten az bir süredir tanışan insanların birlikte girmesi, sadece güvensizlik ve korku doğurmuştu. Saat ilerliyordu ama subay ortalarda yoktu...

Akşamüstü beşe doğru kapı çalındı. Ve tıpkı bizim gibi korkmuş, terlemiş olan subay gözüktü. Elinde bir zarf ve aseton şişesine benzer bir kutuda az miktarda sıvıyla. Yüz dolara ne alabildiyse o vardı şişede. Resepsiyondaki adamdan plastik bir tabak aldık. Amerikalıların sıvıyı adamı tanımadan vermiş olmaları rüya gibiydi. Ve bizi milyonlara götürecek işlem başladı. Sıvıyı lavabonun içine koyduğumuz tabağa boşalttık. Zarfın içinden gerçekten de anlattıkları gibi simsiyah dokuz banknot çıktı. Artık inanıyordum çaresiz insanlara. Ancak paraya ulaştıktan sonra beni devre dışı bırakma ihtimalleri de küçümsenmeyecek kadar fazlaydı. Dokuz banknotun dokuz yüz dolar olarak bize geri dönmesi gerekiyordu. İlk parayı sıvıya batırdık. Sihirli ve kimyevi bir şekilde tortular, siyah lekeler uçuşmaya başladı. Ve birkaç saniye sonra elimizde ıslak bir beş dolar vardı. Birbirimize baktık. Plan işliyordu. Ama beş dolar çıkmıştı. Bobby diğerlerinin kesinlikle yüzlük olacağını söyledi. Ve diğerleri de yavaşça dolara dönüştü. Islak paraları banyonun fayans duvarına, aynanın yanına yapıştırıyorduk kurusun diye...

Ve büyük felaket gerçekleşti: Toplam kırk yedi dolar! Son banknotun da bir yüzlük olmadığı ortaya çıkınca, er olan zaten gün boyu düşük tansiyonla beklemiş olduğu için daha fazla dayanamadı, yaşadığı büyük hayal kırıklığının şiddetiyle yere yığıldı. Bayılmıştı. Bobby'nin ise gözlerinde yaşlar birikmişti. Çok kızgın ve çok üzgündü. Bense sadece seyrediyordum... Kırk yedi dolarla elçiliğe gidilemezdi. Zaten yüz dolarla gitmiş olmak şüphe çekiciydi çünkü oraya en az bin dolarla gidilip yarım litreye yakın sıvı alınıyordu. Heyecandan hiçbirimizin aklına paraların sadece köşelerini temizleyip kaçlık banknotlar olduklarına bakmak gelmemişti. Bendeki son elli dolarsa hiçbir şeye yetmezdi...

Odanın parasını ödeyip dışarı çıktık. Binanın önünde birbirimize baktık. Bir vahşiden çıkabilecek en şerefli sesle kırk yedi doların yarısını teklif etti bana Bobby. Tabii ki kabul etmedim. Ne yapacaklarını sorduğumda, silahları ve toplam dört kurşunlarıyla birilerini soymayı düşündüklerini söylediler son çare olarak. Onları Abidjan'daki o kötü mahallede bırakıp terminale gittim. Grand-Bassam otobüsüyle kaldığım kasabaya döndüm. Kulübeme girdim. Yatağa uzanıp güldüm bütün olanlara. Sonra da bir saat civarında uyudum... Ne Bobby'yi, ne de ismini bilmediğim o eri bir daha gördüm. Öldürüldüler mi, yoksa bir işe girip para mı biriktirdiler, yoksa birilerini gasp edip milyonlarca dolarlarını kurtarabildiler mi? Bilmiyorum. Belki de hayalini kurdukları Washington şehrinde güzel bir evde oturuyorlardır şimdi. Belki de almışlardır iki milyon dolarlarını. Hayatları pahasına çaldıkları o parayı. Ama belki de hâlâ sürünüyorlardır sokaklarda bu iki milyon dolarlık adamlar. Kim bilir...

Bazen düşünüyorum, Abidjan'daki o parka gidip bütün ağaçların dibini kazmayı, bulurum belki para çuvallarını diye. Ama sonra vazgeçiyorum. Çünkü her şeylerini, bütün hayatlarını yirmi küsur yaşlarında, iki milyona değişmiş adamlara böyle bir acıyı veremem, diye düşünüyorum. Umarım şu an harcıyorlardır paralarını. Amerika'ya kazık atabilmiş nadir adamlar...

Aslında bütün hikâye sendikalarla başı derde girmesin diye, o zamanki ABD Federal Hükümeti'nin Afrika'da bir iç savaş çıkarmış olma ihtimalini de gözler önüne seriyor. Kanıtlanırsa, başları elbet belaya girer. Ama ne fark eder? Kapitalizm bu değil mi? O iki hırsız asker çaldıkları parayı, yine Amerika'da harcamayacaklar mıydı? Yine dönmeyecek miydi o paralar Amerika'ya? Yapacak tek bir şey yok. Mükemmel bir sistem kurmuşlar kuş beyinli Amerikalılar. Ne olursa olsun tek kazanan onlar. Dünyanın en iyi tüccarları. Ahlaktan bu kadar uzaklaşabilmiş tek tacirler sürüsü. Ahlakla aralarındaki mesafe bir dünya rekoru. İyi Hıristiyanlar. Amerikan rüyası. Üçüncü Dünya kâbusu! Tortuların altındaki dolarlar. Pisliklerin altından çıkan Amerika.

Biraz kazılsa toprak görünür aslında. Biraz kaldırılsa dünyanın kabuğu görünür gerçek var olan çıplaklığıyla... Görünür o muhteşem yazı. Dev harflerle. Bütün kıtaları kaplayan ve hepsinin altına kazınmış olan: MADE IN USA...

Uzun yürüyüşler yapıyordum sahilde. Kilometrelerce yürüyordum. Fazla düşünmemek için iyi bir yoldu. Bedenim yoruluyor ve kalbimin atışları hızlanıyordu. Yorgunluğumun yanında, bir de, sadece üç günde bir yemek yemeyi alışkanlık haline getirmiştim. Üç günde bir, üç öğün. Tabii ki sert rejimim bunaltıyordu vücudumu. En az besinle, en çok enerji kaybını sağlamaya çalışıyordum fazla düşünmemek için. Çünkü eğer düşünmeye başlarsam yeniden, hemen hemen huzurlu sayılabilecek hayatımın tekrar bir kovalamacaya dönüşeceğini biliyordum. İçimdeki şeytanları zapt etmenin yolunu bedenime benzer acılar çektirmekte bulmuştum. Çok az yiyecek ve kilometrelerce yürüyüş...

Meksika'ya gelişimizin dördüncü haftasıydı. Tek yaptığımız, arada bir Kinyas'ın sokaktan topladığı kadınlarla sevişmekti. Kinyas eski uykusuz günlerine dönmüştü. En fazla iki saat uyuyor sonra da sabaha kadar gözlerini okyanusa dikip verandadaki koltuğunda oturuyordu. Onun beslenmesi daha farklıydı. Litrelerce alkol ve dilimlerce pizzayla dolduruyordu kendini. Bazı günler hiç konuşmadan geçiyordu. Tek kelime etmeden birbirimize. Bu, romanlardaki meşhur fırtına öncesi sessizliğe benziyordu.. Seyrek olarak çıkılan araba turları vardı. Genellikle sabaha karşı çıkıyorduk. Şehrin her şeye rağmen uyumaya yüz tuttuğu saatlerde. Birkaç saat dolandıktan sonra eve gelip oturuyorduk... Kinyas silahını temizleyip içkisini içiyordu. Ben de bitmek bilmeyen yürüyüşlerime çıkıyordum. Yorgunluktan bayılmak istiyordum. Açlıktan kendimi tüketmek istiyordum. Kendimi kesip yemek. Ne kadar dayanabileceğimi merak ediyordum. Ama bir şey olmuyordu. Bir şekilde eve dönüyordum. Bir gün aralıksız tam on altı saat yürüdüm. Ayaklarımın altı yara olmuştu. Su toplayan yerler parçalanmıştı. Ama bayılmamıştım. Ne aç-

lıktan, ne de yorgunluktan. Gerçekten de, hayatım boyunca hiç bayıl-
madım ben. Uyudum, evet. Sıtma krizlerimde yataktan çıkmadım gün-
lerce ama hiç bayılmadım yolda yürürken. Ne de mide kanaması geçir-
dim. Aslında, bu kadar patlayan volkana, kafamda kopan fırtınalara en
azından bir asabi ülser yakışırdı. Ama olmadı. Sonra anladım ki nasır-
laşmış meğerse ruhum. En azılı paranoyağa taş çıkartacak kadar kaygılı
olsam da, alışmış buna iç organlarım. Ruhsal sorunların organik hale
dönüşme eşiklerini çok büyütmüşüm farkında olmadan...
    Üniversite yıllarım gerçekten çok zor geçti. Tıp eğitimini almak asla
bir tutku olmadı. Hiçbir şey tutku olmadı. O kadar zor geliyordu ki oku-
la gitmek. Binaya girip hangi amfide hangi dersin verildiğini öğrenmek.
O kadar yorucuydu ki anlatılanları dinlemek... Uzun zaman hiçbir şey
yapmadan, öyle ya da böyle üniversite hayatımın devam etmesine izin
verdim. Ne onlar beni okuldan atıyorlardı, ne de ben onları terk ediyor-
dum. Sabah evden çıkıp geziyordum sokaklarda. Hayatımın en çok si-
nemaya gittiğim dönemidir... Sonra dönüyordum eve. Tabii bir hataydı
daha ilk gününde okulu bırakma kararını vermemek. Sürünerek gittim,
geldim. Ne bir arkadaşım vardı, ne de sağlığını sorduğum birisi. Ailele-
rinde doktor koleksiyonları olan bir sürü tuhaf adam ve kadın. Küçüm-
sedim hepsini. Okulu, öğrencilerini, kitaplarını, kalemlerini... En büyük
hatamdı ilk günden bırakmamak. Çektiğim her acıya dayanabileceğimi
düşünüyordum. Dayandım. Üç yıl! Sonra bir gün, birisi hararetli bir
şeyler anlatırken amfiden çıkıp gittim. Ne okul, ne diploma. Yanımdaki
üç yıllık acıyla! Arkama dönüp bakmak boynumu ağrıtacağından gözle-
rimi son bir kez çevirmedim bile faşist mimarili okulumun binasına. Fa-
şist diyorum çünkü çok az penceresi vardı ve kırkların başında inşa edil-
mişti. Penceresiz bir okul. Ray Charles'ın evi gibi...
    Ve böylece insanların yarattığı bir kurumdan son kez ayrılmış ol-
dum. Bir daha da medeni hiçbir kuruma dahil olmadım. Bir gün bile
çalışmadım takım elbiseyle. Tek bir iş sınavına girmedim. Askere git-
medim. Benden önce temeli atılmış hiçbir düzene dahil olmadım. Her-
halde bir zamanlar kimliğini taşıdığım ülkenin vatandaşlığından da çı-
karmışlardır beni, bir bakanlar kurulu kararıyla. Ya da tecil ediyorlar-
dır askerliğimi belki bir gün dönerim diye. Ve ülkemden sonra ailem
de bırakmıştır herhalde beni. Kendilerinden çok sevdikleri oğullarının

ölmüş olduğunu düşünmek daha rahatlatıcı geliyordur sevgili aileme. Silmişlerdir defterlerinden. Düşünmemeye çalışıyorlardır beni. Hatırlamıyorum kaç yıldır uzakta olduğumu onlardan? Beni bu dünyada gerçekten seven iki insanı da görmüyorum yıllardır. Konuşmuyorum, mektup yazmıyorum. Fotoğraflarıma bakıyorlar mıdır? Peki ya sesimi? Hatırlıyorlar mıdır?.. Benim yapmak zorunda olduğum bir tercih vardı. Onları çok üzmek ile daha çok üzmek arasında... Eğer kalsaydım yanlarında aynı şeyleri yapardım. Eğer kalsaydım yanlarında ya tımarhaneye ya da hapishaneye girerdim. Ziyaretime geldiklerinde saçlarını bembeyaz görürdüm. Ama şu durumda beni bilmiyorlar. Ölü mü? Diri mi? Ne yaptığımı bilmiyorlar. Hiçbir fikirleri yok. Ve benim medeni dünya tarafından, kurumları aracılığıyla cezalandırılmamı seyretmelerinden iyidir, diye düşünüyorum. Aslında evi ilk terk etmeyi düşündüğümde sahte bir ölüm tasarlamıştım. Öldüğüme tamamen İnandıracaktım herkesi. Büyük bir şok. Birkaç yıl gözyaşı. Sonra alışılan bir yokluk olacaktı. Ama planın işlemesi çok zordu. Bilmiyorum neden fazla uğraşmadım gerçekleşmesi için. Sadece gittim...

Annesiz, babasız, vatansız bir çocuğun doğuştan sahip olduklarına ulaşabilmek için bir insanın çekebileceği en büyük acıları çektim... Keşke hepsi ölseydi. Herkes ölseydi. Görmeselerdi beni. Dünyaya böyle bir canavarın geldiğine tanık olmasalardı. Keşke doğmasaydım... Sadece kötülük ve acı yaydım etrafıma. Bazen hiç tanımadığım insanların, kendiminkini tehlikeye atarak hayatlarını kurtardım. Ama bu kutsal görünen işi bile yapmamı sağlayan tek bir şey vardı. Ne hayatını kurtardığım insanın canına verdiğim değer, ne de bir kahraman olma isteği. Sadece kendi hayatıma değer vermediğim ve çok sıkılıyor olduğum içindi. Benim gözümde eski bir dost farksızdı dünyanın en vahşi canisinden!.. Nasıl herkesi öldürebilirsem, yine herkesin de hayatını kurtarabilirdim canımın pahasına...

Ne okul, ne ülke, ne aile. Hiçbir şey kalmadı. Tabii unutmadan, en büyük sosyal kurum olan dinle de ilişkimi çoktan kesmiştim. Sadece oruç tutmak tamamen bana göredir. Hepsi bu... Hatta verilmiş her şeyi reddetmek adına cinsiyetimden de vazgeçebilirdim. Ne erkek, ne kadın. Kabul etmeliyim ki bunu başaramadım. Belki âşık olmadım hiçbir zaman ve kimseyi sevmedim, ama sonsuz kez seviştim kadınlarla... Bütün bunları daha hafif olmak için yaptım. Her an yolculuğa çıkmak isteyebilecek birinin bütün eşyalarını atıp en gerekli olanlarla dolanması gibi. Ben de sıyrılabildiğim her şeyden sıyrıldım daha uzağa gidebilecek kadar hafif olmak için. Ama olmadı. Terk ettiğim her şeyin ağırlığı binle çarpılıp, beynime yerleşti. Hafiflemek bir tarafa, daha da ağırlaştım. Söküp attıklarım tonlarca kâbus olup döndüler bana...

Okulda sıranın üstüne kolunu koyup onun içine de kafasını gömen bendim. Ders aralarında sınıftan çıkmadan sigarasını yakıp oturan yine bendim. Belki bir doktor olup insanların nabzını dinleyebilirdim. Ama hayatın ve insanoğlunun kalp atışını duydum, hiçbir doktorun duyamayacağı kadar. Ben dünyayı dinleyen yetmiş beş kiloluk bir stetoskop oldum...

Yaptığım yürüyüşlerin birinden dönüyordum sabaha karşı. Kendimi daha çok yormak amacıyla kumun içinden yürüyordum. Sahil evlerinin ve denizin ortasından. Kumsalı kuşatan villaların birinin önünden geçerken, verandasında bir ışık olduğunu fark ettim. Daha önceki geçişlerimde bu evin hiçbir yaşayanı yokmuşçasına bütün pencereleri kapalı olurdu. Ama şimdi, ampule üşüşen sineklerden korkmayan biri verandanın ışığını yakmıştı. Ve cılız ışığın altında bir adam oturduğu yerden masaya ayaklarını uzatmış, önünde bir şişeyle yönünü seçemediğim bir tarafa bakıyordu. Durdum. Beni görmüyordu. Sahil karanlıktı. En yakın yakamoz Batı Afrika'daydı. Şişenin şeklini çözmeye çalışıyordum. Buralarda satılan hiçbir içkiye benzemiyordu. Sade, yıllar önce ülkemde birkaç damla suyla karıştırıp içtiğim ispirtonun şişesine benziyordu. Ve tabii ki ispirto rakı şişesine konurdu. Üstünde "TEKEL" yazan, dore kapağıyla rakı şişesine. Ve gördüğümün de bir rakı şişesi olma ihtimali hayli azdı. Ama yine de o tarafa doğru birkaç adım attım daha net görebilmek için. Yüzünü çok iyi seçemediğim adam da beni görmüş olacak ki ayaklarını masadan indirip geldiğim yöne doğru bakmaya başladı. Bu hareketi benden korktuğuna işaretti. Kendini savunmasına da, kaçmasına da müsait bir pozisyon almaya çalışmıştı. Ve iki adım sonra masanın üzerindeki şişeyi bütün açıklığıyla gördüm...

Bu, en son ne zaman boğazımdan geçirdiğimi tamamen unuttuğum rakıydı! Tekel'in meşhur "Yeni Rakı" etiketli şişesi! Artık hiç şüphem kalmamıştı. Çok eski bir tanıdığı görmüş gibi kumları savura savura yürüdüm verandaya doğru. Adam da, karanlıktan çıkan bana karşı önlem olarak ayağa kalkmıştı. Siyah uzun saçlı, esmer biriydi. Hiç tereddüt etmedim, sol ayağımı verandanın ilk basamağına atıp anadilimde "Merhaba!" derken. Ve bu garip tesadüfe hâlâ inanamayan adam da ister istemez ağzından belirsiz bir "Merhaba" çıkardı.

"O kadar uzun zaman oldu ki şu şişeden içmeyeli! Paylaşır mısın benimle?" dedim, hiç davet beklemeden sandalyelerden birini çekip otururken. Hâlâ inanmıyordu, gecenin kör bir saatinde Türkçe konuştuğuna sahilden gelen bir adamla, ülkesinden binlerce kilometre uzakta.

"Bir dakika!" deyip eve girdi.

Elinde bir kadehle geri döndüğünde içeride olduğu süreyi iyi değerlendirmiş, kendini hazırlamış ve inandırmış olacak ki, "Türk'sün demek" dedi. Eh, aptalca da olsa, bu da bir tepkiydi tabii. Ben "Sayılır" derken, o kadehe birkaç buz atıp çok iyi bildiğim anason kokulu içkiyi boca etti üstüne.

"Eyvallah. Haydi sağlığına!" deyip, bardağına hafifçe vurup diktim kafama. Genzimden uçup giderken en son karşılaştığım Türk'le başımdan geçenleri hatırladım. Nairobi'ye turist olarak gelmiş olan, çok zor bir anımızda bizi kazıklayan ve Kinyas'la ağzını burnunu kırdığımız adamı hatırladım. Hatta Kinyas adama tecavüz etmek istemiş, ama çok sarhoş olduğu için bunu yapamamıştı.

"Yeni mi geldin? Seni daha önce görmedim buralarda" dedim. Rahatlamıştı artık. Korkulacak bir şey yoktu. Ne de olsa birbirinin sağlığına rakı içmiş iki insandık.

"Evet, daha dün geldim. Türkiye'den. Tatil için geldim. Daha doğrusu, kafamı dinlemeye. Bu evi kiraladım. Sen ne yapıyorsun? Burada mı yaşıyorsun?"

Düzgün konuşuyordu ve işin ilginç yanı söylediklerinde bir samimiyet hissetmemdi. Sadece Kinyas'la yalnızken anadilimizde konuşurduk. Hoşuma gitmişti bas bir sesten duyduğum cümleler.

"Aslında, ben de tatilde sayılırım" diye başladım konuşmaya. Nedendir bilinmez! Herhangi bir yalan söyleme ihtiyacı hissetmiyordum karşımdaki adama.

"Bir ay önce Afrika'dan geldim. Daha doğrusu kardeşimle geldik.

132

Batı Afrika'da araştırmalar yapan bir petrol şirketinde çalışıyorduk. Sonra da işten ayrılıp buraya geldik. Burada da çok iyi şirketler var. Onlarla görüşüyoruz. Eğer anlaşabilirsek yerleşeceğiz Meksika'ya." Tabii ki hayatta yaptıklarıma dair doğruları söyleyemezdim. Karşımda oturan, hiç tanımadığı biriyle rakısını paylaşan güleç yüzlü adamı korkutmak istemezdim gerçeklerle.

"İki yüz metre ileride bir ev kiraladık. Oradayız biz de. Peki sen ne iş yapıyorsun? Yalnız mı geldin?" diye devam ettim. Hem ikinci kadehlerimiz dolduruyordu, hem de anlatıyordu.

"Evet, yalnız geldim. İstanbul'da tekstil işindeydim. İyi de kazanıyordum. Ama yapmak istediğim iş bu değildi. Ben de verdim istifamı. Bir süre boş oturduktan sonra tatile çıkmanın bana iyi geleceğini düşündüm. Aslında bir kitap yazmak istiyordum. Ve ihtiyacım olan da rahatça yalnız kalabileceğim bir yerdi. Uçağa atlayıp geldim. Evi kiraladım iki haftalığına. Kitabıma burada başlamayı düşünüyorum."

Esmer adamın dürüstlüğüne ve açıklığına daha da inanmıştım. Çünkü ilk kitabını yazmaya çalışan hiç kimse bunu açık açık söylemezdi. Sanki ayıpmış gibi gizler ve ancak basıldıktan sonra "Ben yazdım!" derdi. Ama adam bana her şeyi anlatmıştı...

O gece, sabaha kadar konuştuk. Meksika'dan, Türkiye'den, tatillerden, kitaplardan, rakının kokusundan, tekilanın tadından bahsettik. Ve güneş doğduğunda Türkçe'de unuttuğum kelimeleri bile kullandığımı fark ettim. İçine kuru nane atıp içtiğim litrelerce rakıyı hatırladım. Ve sandalyeden doğrulup da, tekrar görüşme dileklerimizi birbirimize tekrarlarken, "Kusura bakma. Daha adımı söyledim. Ben, Kayra Kara" dedim.

O an aklıma gelmişti bu soyadı. Biraz fazla roman kahramanı ismi gibiydi ama olsun, yine de akılda kalacak kadar tuhaftı.

Ve elimi sıkarken yine o huzurlu sesiyle, "Memnun oldum!" dedi.

"Ben de Hakan Günday..."

Eve gelip yatağa uzandığımda çevremde uçuşan anason kokularıyla, Hakan denilen adamı düşündüm. Ona bir zarar vermemeliydik. Devlet başkanı suikastı gerçekleşirse canı yanardı sırf bizimle tanıştığı için. Ve ne Kinyas, ne de benim kadar kolay kaybolabilecek birine benziyordu. Sadece dinlenmeye ve kendi deyimiyle, biraz uzaklaşmaya gelmiş amatör bir yazardı...

Akşama doğru uyandığımda rakının tadı hâlâ dudağımdaydı. Ve onu da yalayıp içime attıktan sonra aşağı kattan gelen seslere doğru yürüdüm. Kinyas yanında üç kadınla büyük kanepede oturuyor ve bir şeyler anlatıyordu. Yarı İngilizce, yarı İspanyolca. Yine bir yerlerden bulup eve fahişeler getirmişti. Biraz önce hepsinin de sevişmekten çıktıkları kadınların yarı çıplak olmasından belliydi. Ve tabii ki şehla gözlerinden. Buzdolabından süt alıp yanlarına gittim. Küçük bir tanışmadan sonra Kinyas, "Bu gece ne yapıyoruz, biliyor musun? Kokain içiyoruz bu güzel kadınlarla. Sonra da şehre inip iyi müzik yapılan bir yere gidiyoruz" dedi.

Elimdeki süt şişesini gösterip, "Sence kokainmana benzer bir halim var mı?" dedim. "Hem iyi müzik dediğin şey salakların dokuz ayrı ebattaki gitarlarla yaptıkları boktan Latin müziği!"

Kinyas beni dinlemiyordu bile. Kadınlara anlattığı hikâyenin devamını getiriyordu. Verandaya çıkıp oturdum. Eskiden bir yere gitmek istemediğimi anlatmak için böylesi uzun cümleler kurmaz, kadınları kollarından tutup dışarı atar, masadaki kokaini de elime alıp havaya doğru üflerdim. Ama şimdi, bütün bunları yapmak için içimde olması gereken kızgınlığı bulamıyordum. Ben kızgınlıktan değil, sıkıntıdan kavga ederdim. Aslında Kinyas'ın yaptığında hiçbir yanlış yoktu. O sadece son kalan paramızla iyi zaman geçirmek istiyordu. Hepsi bu. Nasıl olsa bir gün tamamen yalnız kalacaktı. Kadınsız. İçkisiz. Zihinsel ölümle tanıştığında her şey bitmiş olacaktı. Evden kaçmaya hazırlanan bir çocuğun dışarıda aç kalacağını bildiğinden, son akşam yemeğinde boşalmış tabağını doldurması için annesine ikinci kez uzatmasına benziyordu yaptığı...

Sonra, peşinde koştuğumuz ve bize kendisini yakalamamıza izin vereceğini bildiğimiz o ölüme daha çok zaman olduğunu düşünerek döndüm yanlarına. Saatlerce oturup içki içtik. Kinyas ve kadınlar birkaç gram olan kokaini hazmettikten sonra herkes eğleniyormuş gibi bir görünüm kazandı. Ben dahil. Tek sohbet konumuz seksti. Hatta bir ara herkesin birden soyunup işe başlayacağını düşündüm ama olmadı.

Gece çoktan gelmiş ve çevremizde pek insan olmadığından sadece bizim seslerimiz yankılanıyordu dalgalara çarpa çarpa. O kadar alışmıştım ki denizin sesine. Ritmik olarak karaya çarpması, kırılması. Bunlar olmadığı takdirde uyuyamayacağımı düşünüyordum. Elim, kolum gibi bir parçam olmuştu şu son birkaç yıldır, okyanusun toprakla buluşma çığlığı. Kadınlar makyajlarını tazelemeye gittiklerinde Kinyas'a birkaç cümleyle tanıştığım adamı, Hakan'ı anlattım.

"Zararsız" dedim. "Yazmaya gelmiş, bu kadar uzaklara!"

"Sanki kafası burada daha iyi çalışacakmış gibi!" dedi Kinyas.

Haklıydı. Kulağını seslere kapatmayı bilmeyen, şehirde sanki ıssız bir adadaymışçasına yaşamayı bilmeyen biri nasıl yazabilirdi ki? Gerek var mıydı, birkaç satır yazı için bu kadar yol yapmaya? Evinin tuvaletine kilitlese kendini, orada da dinleyebilirdi içindeki sesleri. Sifonu da çekerdi her beş dakikada bir, okyanusu duymak için...

Kadınlar döndü. Artık herkes çıkmaya hazırdı. Yolda içmek için de bir şişe tekila alıp arabaya yürüdük. Kısa bir süredir kullanıyor olmamıza rağmen, alındığında hiçbir hasarı olmayan makinenin kaportasında irili ufaklı göçükler oluşmuştu daha şimdiden. Tabii ki tamamen benim eserimdi hepsi de. Bazen bir kaldırıma, bazen de bir taşa çarptığım için arabanın alt kısımları siyah renginden sıyrılmış, griye çalmaya başlamıştı. O kadar dikkatsiz kullanıyordum ki, takla atmış arabamın içinde sıkışıp kalmamış olmama hâlâ şaşırıyordum. Ve Kinyas içinde kalan son tahammülsüzlükle bu huyumdan nefret ediyordu. Kullandığım her aleti bozma, kırma alışkanlığımdan.

Tam sağ stop lambasının altında yeni fark ettiği bir göçüğü görüp söylenmeye başlamışken, bize doğru koşan bir adam gördük. Adamı tanımam uzun sürmedi. Kinyas içine girmiş kaportaya bakıp küfrederken, adam yanımıza gelip nefes nefese bir halde, "Gittiğinizi gördüm. Onun için koştum. Sizi görmeye gelmiştim" dedi. Bu hafif terlemiş, esmer adam komşumuz Hakan'dı.

"Haydi!" dedim. "Gidiyoruz! Arkası küçük ama sığarsınız. Biraz eğleneceğiz. Meksika'ya sadece yazmaya gelmedin herhalde."

Sanki davetimi bütün hayatı boyunca beklemiş gibi büyük bir neşeyle kabul etti. Ne kadar çabuk seviniyor, diye düşündüm. Bizim bütün kötülüklerimizin yanında bir çocuk gibiydi. Kinyas bana ve arabaya verdiğim zarara küfretmekten bıkmış, direksiyona çoktan geçmişti,

Hakan'ın, tanışmak için uzanan elini sıkmayıp ufak bir baş selamıyla geçiştirdikten sonra. Kinyas'ın gerçek haliydi bu. Birileriyle tanışmak için gelmemişti dünyaya, hele sempatik olmak için asla! Arabanın arka koltuğuna dört kişi kucak kucağa oturdular. İster istemez fazlasıyla tanışmışlardı bir dakika içinde. Hatta Hakan mükemmel bir aksanla İspanyolca konuşuyordu. Bir tekstilci için fazla iyiydi aksanı.

Şehre doğru yola çıktık. Kinyas aldığı alkol ve kokaine rağmen dağılmadığını kanıtlamak istercesine kullandığı BMW'yle yapılabilecek bütün hızı yapıp yanından geçtiğimiz diğer arabaları birkaç santim uzaklarından sıyırarak ortalama 180'le gidiyordu. Bu konuda, Kinyas'la tam zıttık. Ben çok sarhoş olduğum zamanlarda trafiği aksatacak kadar yavaş kullanır ve çevreyi seyrederek giderdim. Zevkini alırdım. O da zevk alıyordu. Ama ezdiği şeritleri tek bir çizgi olarak görmekten. Çevresindeki ışıkları birbirine yapıştırıp uzun neonlar yaratmaktan. Kadınlar Hakan'dan çok hoşlanmış olacaklar ki durmadan konuşup kahkahalar atıyorlardı...

Sonunda Devo isimli bara geldik. Burası daha çok bir açık hava diskoteğiydi. İçeri girince müthiş bir kalabalıkla karşılaştık. Hakan'dan, günlerden cumartesi olduğunu öğrenince anladım manzaranın, yöredeki insanlar için bir hafta sonu çılgınlığı olduğunu...

Gecenin uzak saatlerine kadar içip konuştuk. Sesimiz kısıldı. Sanki Kinyas da, ben de geçmişe dönmüştük. Böyle gecelerden zevk aldığımız zamanlara. Hakan durmadan bir şeyler anlatıyordu kendi hayatına dair. Duyduğum kadarını dinliyordum. Devo'dan çıktığımız zaman hepimizin kafasında da tek şey vardı. O da seks! Kinyas yine bir macera filmi dublörü gibi arabayı uçurarak bizi eve getirdi...

Birlikte içilen son bir kadeh. Ve gecenin şerefine kaldırılan bardaklardan sonra odalarımıza çekildik. İsminin Laetitia olduğunu söyleyen kadın Hakan'la odalardan birine girdi...

Gözlerimi açtığımda saat öğlene geliyordu. Yanımdaki kadın gitmişti. Sessizlik her yerdeydi. Aşağı indiğimde, Kinyas ile Hakan'ı konuşurlarken buldum. Kadınlar yollanmıştı. Hakan beni görünce geçirdiği gece için teşekkür etti. Söylediklerini hisseden adamlardandı. Ve artık kendini yazmakla meşgul edeceğini, dolayısıyla belki bir daha bizi görmeye gelemeyeceğini söyleyerek, Türkiye'deki adresini ve telefonunu verdi. Tabii üzmemek için konuğumuzu, kabul ettik verdiklerini. Umurumuzda olmadığını söyleyemezdim, yaşadığı yerin. Hele yaşadığı apartmanın bir isminin olmasıyla daha da az ilgileniyorduk. Üstüne kendisiyle ilgili bilgileri yazdığı kâğıdı cebime koyup ne zaman isterse gelebileceğini söyledim. Sonra da gitti...

Yine yalnız kalmıştık Kinyas'la. Saçlarını daha yeni kestirdiği için kafatasının rengini net bir şekilde görebiliyordum. Buzdolabından, Hakan'ın bir ara evine gidip getirdiğini öğrendiğim rakı şişesini aldım. İki bardağa doldurup birini Kinyas'a uzattım. Birkaç saniye birbirimizin gözlerinde gerçek Kayra ile Kinyas'ı aradıktan sonra kadehlerimizi havaya kaldırdık. Neye içeceğimizi bilemeyecek kadar insanlıktan çıkmıştık. Sağlığa? Şerefe? Dostluğa? Hayata?.. Birkaç saniye daha kadehlerimizi havada tutup birbirimizi iskeletlerimize kadar soyduktan sonra acı acı tebessüm edip diktik kafamıza rakılarımızı, hiçbir şey söylemeden. Uğruna içebileceğimiz hiçbir şey kalmamıştı! Alkolizmin ve hayalini kurduğumuz zihinsel ölümün ilk belirtisi, diye düşündüm ikinci kadehleri doldururken...

Bütün dünya uyuyor. Bütün hayvanlar, bitkiler, adına insan denmiş yaratıklar. Hepsi. Toprak bile uyuyor. Dolunay var. Her şeyi hipnotize etmiş olan dolunay. Bir ben ayaktayım. Bir ben uyumuyorum! Bir ben kıvılcım çıkartmıyorum yatağımda dönerek. Kayra uzun boylu fahişeyle, fazlasıyla normal olan ve buralarda ne yaptığını tam olarak çözemediğim rahatsız edici bir yalınlığa sahip Hakan da Laetitia'yla odalarında. Benim kadınım da uyuyor...

Devo denilen kulüpten geriye kalan sesler var kulaklarımda. Yeni dünyanın elektronik müziği. Yetmişlerin Woodstock'ı, doksanların Rave'i! Değişenlerin yanında tabii ki uyuşturucular da var. "Plastik müziğe polyester extasy'ler!" Buralarda bile içkiyi sadece bizim gibi yaşlılar içiyor. Tekila medenileşmiş Meksika gençliği ve kan emmeye gelmiş yabancılar için hoş, geniz yakıcı bir anı olarak kalmış. İçkinin modasının geçeceği aklıma gelmezdi. Ama o da olmuş. Artık sarhoşluk drajelerde saklı. Birbirlerinin sağlığına yutuyorlar haplarını. Ne fark eder? Hiç! Danslar değişir. Kıyafetler, içkiler değişir. Ama bir şey kalır geriye: sabah olunca kalkılıp gidilecek işler, okullar...

Bin yaşında gibiyim. Uyusaydım daha az yaşlanırdım. Bin yıl yaşamış gibi. On bin kez kadınlarla yatmış gibi. Artık yorulduğumu hissediyorum. Attığım adımların yavaşladığına tanık oluyorum. Bir gün o kadar yavaş yürüyeceğim ki, duracağım! Yakında o da olacak. Devo'dan dönerken defalarca yolun sağındaki uçuruma sürmeyi düşündüm arabayı. Dakikada bin kez düşündüm. Havada birkaç saniye arabanın içinde asılı kalmayı. Ne kadınlar, ne yeni tanıştığımız adam, ne de Kayra! Hiçbiri aklıma gelmedi. Camım açıktı. Tek düşündüğüm, okyanusa doğru süzülürken camdan girecek rüzgârdı. Gözlerimi kapatıp rüzgâ-

138

rın yüzümü dövmesini hissedecektim. Çok yaklaştım bu sefer. Ama yapmadım. En derinimden bir ses "İhanet bu!" dedi. "Neye, kime ihanet?" dedim. "Kinyas'a!"... Ve vazgeçtim... 210'la giderken daracık yolda karşıma çıkacak bir kamyonun sileceklerini böğrüme saplanmış göreceğimi umarak sürdüm arabayı. Altına ağ gerilmiş bir ipin üstüne yürür gibi...

Ne ölüm, ne de hayat! Hiçbiri kovalamıyor beni rüyalarımda. Hiçbirinin eli bana değmiyor. Çünkü ellerim ceplerimde hiç olmadıkları kadar. Varlığıma nedensizlikten delirdim ben. Hiçbir nedeni kendime yakıştıramadığımdan. Hepsini giydim. Hiçbiri olmadı. Hepsi dar geldi. İnansaydım herhangi birine, uğruna gerekirse dünyayı kan gölüne çevirirdim. Okyanuslar kırmızı olurdu. Pıhtılaşmış kanlardan siyah dağlar yükselirdi. Ama inanamadım. Bir türlü inanamadım... Bütün hayat bir illüzyon. Benim gibi, Kayra gibi...

Bir adam tanımıştım. Gerçek bir uykusuz. Kırk yaşlarındaydı. Prag'ın eski ve loş sokaklarında gezerdi. Rutubet kokan bir adam. Sabaha kadar jazz dinler, cin içerdi. Üstünde hep uzun, gri bir kürk olurdu. Kulüp kapanınca evine gider, soğuk bir duş alır ve kürkünü giyip insanların işlerine gittikleri saatlerde sokaklarda gezmeye başlardı...

İspanyol asıllı bir trompetçi vardı her gece gittiği jazz kulübünde. Âşıktı ona. Sololarını dinlerken gözleri zevkle açılır, müzisyen ve trompetiyle muazzam bir aşk yaşadığının hayalini kurardı. Ve heteroseksüel olan İspanyol'u bir gün kandırdı. Birlikte yaşamaya başladılar... Uyurken onu seyretmek cenneti seyretmekle aynıydı kürk giyen adam için. Sonra bir gün, uyuyan trompetçinin üzerine benzin döküp yaktı. Kimse öğrenemedi neden yaptığını. Binlerce tahmin yürütüldü. Polislerin arasında elleri kelepçeli yürürken, omuzlarına attığı kürkü vardı üstünde. Kimse bilemedi çılgınlığının nedenini. Ama ben bildim. Uykusuzluktan rüyalarını ayakta görüyordu. Ve sevgilisini rüyasında yakmıştı. Çıkan dumanlar diğerlerine gerçek gelmişti. Hepsi bu...

Bütün bu olaylardan önce, o her gece gittiğimiz kulüpte vahşi bir piyano doğaçlaması dinlerken kulağıma eğilip, "Hiç düşündün mü Kinyas, hayatın bir rüya olabileceği ihtimalini?" diye sormuştu. Ben düşünmüştüm. Her şeyi. Anlamıştım rüya olmadığını. Rüya olamayacak kadar olağanüstü bir hayatın olduğunu görmüştüm.

Dışarı çıkmalıyım, diye düşündüm. Bir duş yaptım... Arabaya bindim ve şehre doğru gitmeye başladım. Hızlı kullanmadım bu sefer. Acelem varmış gibi davranmaktan bıktığımdandır belki de. Birkaç kilometre sonra, yolun sağından yürüyen üç adam gördüm. Buralarda ne bir ev, ne de başka bir bina vardı. Zifiri bir sessizlik ve zifiri bir karanlık. Yavaşladım. Onlar da yavaşladı. Dönüp baktılar. Farların arkasındaki bana. Arabadan indim. Büyük ihtimalle civardaki bir köyde yaşayan çiftçilerdi. Biraz sarhoşluk vardı üzerlerinde. Hiç konuşmadan yürüdüm adamlara doğru. Elleri ceplerinde, durmuş bana bakıyorlardı. Yol soracağımı sanıyorlardı herhalde. Bana en yakın olanın sakalı vardı. Aramızda iki metreden az bir mesafe kalmıştı...

Ağzımı kapatıp burnumdan nefes aldım. Sağ ayağımı yere sağlam basıp sol bacağımla kasıklarına bir tekme attım. Diğerleri ne olduğunu anlayamamıştı. Tekmelediğim adam olduğu yerde dizlerinin üstüne çöktü. Biraz gerisinde ve çaprazında olana da yere çökenin dizlerinin toprağa değdiği anda bir yumruk attım. Şakağına gelmişti. Üçüncü adamsa artık bir kavganın içinde olduğunun ve böyle giderse kendisinin de bir darbe alacağının bilincine geçen beş saniye içinde varmış olacak ki korumasız olan sağ tarafıma, boynuma bir yumruk attı. Şakağına vurduğum kendine gelmişti. Ve o da mideme vurdu. Sakallı hâlâ yerde kıvranıyordu. Yaklaşık beş dakika boyunca birbirimize vurup, tekmeler attık. Bir ara üçü de yerdeydi. Galiba attığım kafanın etkisiyle adam diğerinin üstüne düşmüştü. Ve onların o bir anlık yerdeki durumlarını görünce çalışır durumda bıraktığım arabaya binip geri vitese taktım. Elli metre öyle gittim. Sonra da arabanın burnunu evin yönüne çevirip gaza bastım. Geri geri giderken kafamı arkaya attığımdan adamların ne yaptıklarını göremedim. Birkaç ses duydum yalnızca. Birkaç bildiğim küfür. Ve arabayı döndürüp dikiz aynasından baktığımda, karanlığın içinde elli metre uzaktaki insanları aramanın yararsız olduğunu anladım. Tamamen simsiyahtı dikiz aynası. Hiçbir ışık. Hiçbir hareket. Her şey bitmişti! Sadece BMW'nin motorunun, dakikada dört bin kez attığı turun sesi. "İşte!" dedim Prag'daki kürklü adamı düşünerek, "Yarın sabah bütün bu olanları rüyamda görmüş olma ihtimalim olacak mı?" Aslında olmalı, diye düşündüm. "Kavgalarımın ve nedensiz şiddetimin bir rüya olma ihtimalini beynimde tutmalıyım" dedim kendime. "Yoksa gündüz yaşayamam. Kötülüğüm bir rüya olmalı! Acımasızlığım bir rüya olmalı ki, bundan yıllar önce annesine sımsıkı sarılan Kinyas gerçek olsun!.."

Eve döndüğümde hava aydınlanmıştı. Ve salonda misafirimiz Hakan oturuyordu. İçeri girince kanayan burnumu gördü. Yerinden fırlayıp neler olduğunu, yapabileceği bir şeyin olup olmadığını sordu.

"Hiçbir şey yok!" dedim.

Yüzümü yıkayıp tekrar salona indim. Hakan'ın oturduğu kanepenin karşısındaki koltuğa kendimi bıraktım.

"Peki ne yazacaksın sen? Bu hayatta yazacak kadar ilginç ne buldun?" diye sordum.

Demin gördüklerinden etkilenmemiş gibi davranmaya çalışarak yanıt verdi.

"Bilmiyorum. Şimdilik pek bir fikrim yok. Daha çok hikâyeler. Değişik hikâyelerle ilgileniyorum. Mesela İstanbul hikâyeleri."

"Değişik hikâye var mıdır? İstanbul'un ne farkı var buradan?"

"Olmaz olur mu? İstanbul devasa bir şehir! Her yanı hikâyeyle kaplı. Gazetelere bakman yeter nasıl kaynadığını görmek için. İnsanlar delirmiş gibi! Ve aralarında çok ilginç hayatlar yaşayanlar var. Onları yazacağım."

Hakan konuşurken, yüzüme bir tebessümün oturmuş olduğunu fark ettim. Bir ara "İstanbul neresi? Hangi insanlar? Hikâye nedir?" gibi sorular sormayı düşündüm. Ama yanıtlar öylesine acemice ve sıkıcı olacaktı ki vazgeçtim...

"Bak Hakan. Biz iyi insanlar değiliz. Evimize daha fazla gelme! Bizimle görüştüğün sürece başın derde girer. İstersen kadınlardan birini sana veririm. İstediğin kadar yanında kalır. Parasını ben öderim. Ama gelme bir daha buraya! Ülkeye dön! Ve bizi unut! Hiç tanımamışsın gibi. Var olduğumuzu hatırlama!"

Böylesine kesin ve herkesin anlayabileceği açıklıktaki cümleler karşısında Hakan'ın yüz ifadesi değişmişti. Kendimize haksızlık ettiğimi düşünüyor olmalıydı. Neden diğer insanlardan daha tehlikeli olabilirdik ki? Biz de aslında sıradan insanlardık onun için. Biraz değişik hayatları olan ama normal. Hikâyelerinde anlatabileceği türden.

"Böyle düşünmene üzüldüm. Ama eğer istediğin buysa, tabii ki gelmem sizi görmeye. Sadece Kayra bana, ne zaman istersem evinize gelebileceğimi söylemişti."

"Kayra çok hasta bir insandır. Bir psikiyatrlar ordusu bile onu iyileştiremez. Ne söylediklerine, ne de anlattıklarına inan! Hatta kulaklarını tıka! Hepsini unut! Sana her ne dediyse."

İyice kafası karışmıştı. Ama geleceğin yazarı olarak serinkanlı gözükmek zorundaydı. Devam ettim ben.

"Şimdi seninle, birazdan gidip evinden getireceğin rakıdan birkaç kadeh içeceğiz. Sonra da Kayra uyanacak ve sen bizimle vedalaştıktan sonra gideceksin. Hırpalanmamış bir beden ve ruhla."

İtiraz etmek istedi. Anlamadı bahsettiğim görünmez tehlikeyi. Ortada hiçbir sorun yoktu ki! Güzel bir gece geçirmişti yeni tanıştığı, ülkesinin insanlarıyla. Ama eğer varsa, altıncı hissi tarafından uyarılmış olacak ki yarı kızgın, yarı üzgün bir ifadeyle, "Peki!" deyip gitti.

On dakika sonra elinde rakı şişesiyle döndü. Teşekkür ettim kadehleri doldururken. Ve aramızdaki tatsız havayı bitirmeden önce, söylemem gereken ve gerçekleşme ihtimalinin olduğunu düşündüğüm konuyu açtım.

"Son olarak da Hakan, ki artık bu konuyu bir daha açmayıp başka şeylerden bahsedeceğiz, eğer yazmayı düşündüğün hikâyelerinin birinde bizim isimlerimiz geçerse ya da burada yaşadıklarınla ilgili en ufak bir cümle olursa, dünyanın neresinde olursam olayım, şehrine gelir ve sen uyurken boğazını keserim! Ve belki de bütün konuşmalarımızın içinde hatırlaman gereken tek ayrıntı bu."

Bütün bunları söylerken üstümdeki gömleği hafifçe sıyırıp Browning'in kabzasını göstermiştim. Ve gördüğü şey, herhangi bir harekete kalkışmasına ve o anda üstüme atlamasına engel olmuştu. Ne de olsa kaybedeceği çok şey vardı. Ve her aklı kaybedecekleriyle dolu insan gibi, içine silah karışan bir kavgayı göze alamazdı. Ama yine de sesini terazilemeye çalışarak sert bir tonda konuşmayı da ihmal etmedi.

"Merak etme! Sizden bahsetmem! Ne yazılarımda! Ne de birine! Ve sakin ol. Unutma ki, biz ülkemizden çok uzaklarda iki Türk'üz!"

Bunu sevmiştim. Çünkü son derece kendinden emin ve serinkanlıydı. Kesin cümlelerdi bunlar. Aslında aramızda bir centilmenlik sözü veriyor gibiydik. O bir daha evimize gelmeyecek ve kimseye bizden bahsetmeyecek, biz de onu kendi cinsinden insanların cehennemine –ki biz orada yaşıyorduk– çekip içine almayacaktık. Anlaştığımızı düşünerek artık bana daha az rahatsız edici gelen Hakan'ın elindeki kadehe benimkini vurup rakıyı buzlarını çiğneye çiğneye içtim. O da anlamıştı her şeyin unutulduğunu. Rakısını içip bardağını masaya koyarken sordu:

"Peki, sen hiç uyumaz mısın?"

"Uyurum elbette!" dedim. "Hatta rüya bile görürüm. Senin gibi. Herkes gibi..."

Artık zamanı geldi. Artık acı zamanı. Şiddetin şiiri duyulmalı. "Cash from Chaos" günlerindeki gibi. Kargaşa başlamalı. İnsanlar ağlamalı. Dünya, üstündekileri kusturacak kadar hızlı dönmeli. Perde aralanıp içeriye kanın soğuk kokusu yayılmalı. İftiralar, takipler, tahminler, tehditler, intikam yeminleri megafonlardan evlere sızmalı. Görünmez adamların barbecue partilerinde Üçüncü Dünya ülkelerine biçtikleri kefen yırtılmalı. Arkasında hiçbir teşkilatlı güç bulunmayan parmak, tetiği çekip tek başına bir insanın sahip olabileceği bütün deliliği göstermeli. Uyuyan halkların yataktan düşme zamanı geldi. Gözkapaklarının jiletlerle kesilmesinin zamanı. Ebedi uykusuzluk zamanı. Şimdi suikast zamanı...

Yıllar önce ortaya atılmış bir fikir etrafında toplanan, büyük sapkınlıklar içinde birbirleriyle ilişkiler kuran dünya üzerindeki değişik terör örgütlerinden hep nefret ettim. Ve savundukları ne olursa olsun attıkları sloganlarından daima iğrendim. Kalabalık bir terör örgütünü herhangi bir bürokratik düzenden ayırmanın anlamı yok. Hiyerarşi zaten doğada da var. Bir de insanların hayatına sokmaya ne gerek var?

Benden yirmi yaş büyük bir kumarbaz tanımıştım. İstanbul kaldırımlarının altında farelerle at yarışı oynardı. Gündüzleri altılı, geceleri barbut. Annesinden kalmış bir ev kirasıyla oynardı kunduz kumarını. Kendisi kahvelerde yatardı bu aşkından. Taşınsa evine, açlıktan değil ama kumarsızlıktan ölürdü. Tanıdığım süre zarfında çok para verdi altılıya. Barbutta bileği sağlamdı ama beygire şeytanı tutmuyordu. Ama o da her adrenalin bağımlısı gibi vazgeçemezdi nal seslerinden. Ve her kaybettiği yarış sonrasında, her yattığı ayak sonrasında, yirmi küsur yıldır atlara oynayan ve her hırtlığını bildiğini düşünen adam yanındakine dönüp kendisinin de çözemediği bir duyguyla, herkesin duyacağı şekilde, "Bir bokluk var bu işte!" derdi. Tutturan acemiler köşelerinde kıs kıs gülerken, bilmezlerdi adamın dünyanın en doğru laflarından birini ettiğini. Bir bokluk var bu işte! Türkçe'nin sihri yine karşımızda. Anlatamazsın böylesi muammalı bir konuyu ikizi gibi benzeyen tek bir kelimeyle başka bir lisanda. Bokluk her şeyi ifade ediyordu. Daha doğrusu bilinmeyen her şeyi. Ne kadar hesap yapılırsa yapılsın, karanlık kalacak tarafı. Yarışların ardında dönen dolapları. Her şeyi! Ve o ne zaman bu lafı etse ben de yüksek sesle tekrarlardım.

"Bir bokluk var! Ama sadece bu işte mi? Asıl bokluk hayatta var. Bir bokluk var bu hayatta!"

Hesabın da, dikişin de tutmadığı bir hayat bu, diye düşünürdüm. Bilmediğim o kadar çok şey vardı ki o zamanlar. Hepsine bokluk deyip geçiyordum. Çözemediğim, beş duyumla algılayamadığım bir şey. Bir bokluk var bu hayatta! Ve söylerken o kadar farkındaydım ki, o bokluğu hiçbir zaman çözemeyeceğimin. O kadar uzaktım ki ne olduğunu anlamaktan. Tanımlayamadığım ama hayatımı çökerten her şeydi bokluk. Bir bokluk var! Ama ne?..

İşte suikast işi de bu soruyu sordurtacak Meksika halkına. Anlamayacaklar hiçbir şeyi. Üstlenen elli kişi olacak. "CIA yaptı" diyecek komünist gerillalar. Kimse bilemeyecek. Yüzlerce tutuklama olacak. Belki birileri itiraf bile edecek. Ama halk soracak, bağıracak sokaklarda "Bir bokluk var bu işte!" diye...

Aslında, şimdi düşünüyorum da, bu yanlış kurulmuş bir cümle. Gerçekçi olalım. Bu işte, hayatta bir bokluk yok. Çok iyimser bir yaklaşım olurdu. Ki ben benzer yaklaşımları Pollyanna'ya rüyamda tecavüz ettikten sonra bıraktım... Bu işin, bu hayatın kendisi bir bokluk. İçinde yüzüyoruz. Yanlış anlaşılmasın! Kötü, acı verici, şu ya da bu olduğu için değil. Bilinmediği için! Mükemmel hayatlar da gördüm. Sabah yataklarından kalkmak için sabırsızlanan mutlu insanları da gördüm. Konu bu değil. Konu bilinmeyenler, anlaşılamayanlar. Etrafımızda dönen görünmez dümenler. Belki Tanrı. Belki de daha insani bir teşkilat. Her şeyi düzenleyen. Kim bilir? Hayata ve ölüme hâkim olanlar bilir...

On üç yaşımdayken aldığım bir defterin ilk sayfasına, işaret parmağımdan akan kanla "Sanat yaşarken ölmektir!" diye yazmıştım... Ölme-

ye doğanlar sanatçıdır. Öleceklerini bile bile doğanlar! Kendileridir hey-
kel, müzik, resim, sinema. Hiçbir şey yapmadan da sanatçı olunur. Hiç-
bir şey üretmeden. Sadece hayatı bir sanat haline getirerek de sanatçı
olunur. Kabul etmeliyim ki ben öyle biri oldum. Bilimi yok varsaydım.
Sadece sanat kaldı geriye. Ve belki bir sanatçı olarak değil ama bir sanat
eseri olarak yaşadım. Şimdi de bir sanat eseri olarak kimsenin anlam ve-
remeyeceği bir iş yapacağım. Üzerinde yattığım toprağın sahibini, Mek-
sika denilen ülkenin seçimle işbaşına gelmiş devlet başkanını öldürece-
ğim. Öğrensinler hayatta hiçbir şeyin seçilemeyeceğini...
    Adamın ailesi ağıtlar yakar aylarca. Ama Ölüler Günü'nü kutlayan
bu esmer insanlar bilirler ölene verecekleri değeri. Ölü bir devlet baş-
kanının pek bir farkı yoktur yaşayanından. Konuşmaması tek fark! Bir
de makam arabası yok. Ama bunun yerine bir anıtmezarı var. Yetmez
mi? Toprak fakiri, katili örten toprakla aynı ama olsun. Üstünde altın
tozları da olur belki. Çürüyen etine altın karışır ölü liderin. Elmasla gö-
merler belki. Belki de petrolle. Hatta kara elmas kömürle. Fark etmez.
Ya inanırsın ya inanmazsın! Ruh var mı? Kemikleri sızlar mı birilerinin
toprağın altında? Bunları bile bilemedikten sonra neden yaşanır? Hiç
anlamıyorum. Herkesi öldürsem de yalnız mı kalsam acaba şu dünya-
da? Bir bokluk var ama...
    Her zamanki gibi tabii ki "There's no plan! That's the plan!" yolun-
dan gidilecek. Veracruz'a geliyormuş devlet başkanı dedikleri dokuz
eyaletin efendisi. Ölümüne geliyormuş. Belki de çok iyi bir insandır.
Belki de çok insandır. Ama ne fark eder? Ben de insanım. Ben de iyi-
yim. Ben onun için de yaşarım!.. Veracruz'a bir kutlama yapmak için
geliyormuş. Gazetede okudum. On altı gün sonra. Gelsin. Hayatı değiş-
sin. Meşhur edeceğim onu. Uluslararası bir üne kavuşacak...
    Çok sarhoşum. Kalemimden çıkana hâkim değilim. Hiçbir şeye hâ-
kim değilim. Hukuk okumadım...
    İçimde büyük bir nefret var. Herkese yetecek kadar. Üçüncü Dünya
Savaşı'nı çıkartacak kadar. Herkesi öldürecek kadar. Dünyanın havasını
indirecek kadar! Bunları yazacak kadar... Nereye kadar? Ölene kadar!..
    Saat 14.36. Dört saattir aralıksız içiyorum. Scotch. Beynimi uyuştur-
mak için. Bitmek için. Yok olmak için. Uyuyup evime dönmek için...
Bir Kanas almam gerek. Bir tüfek. Suikast tüfeği. Eğer tabancayla vu-

rursam kaçamam. Ama uzaktan ateş etmek tam bana göre. Tabancayla ateş edersem ikinci mermiyi de ağzıma yollamam gerekir. Kanas işimi görür. Uzaktan, çok uzaktan. Tek bir el ateş. Bir mermi. Burnunun biraz üstüne. Çığlıklar. Panik. Terlemiş korumalar. Terlemiş Meksika... Kinyas'ı en son ne zaman gördüm? En son ne zaman ona bir şeyler anlattım? Bana en yakın olması gereken et yığınını en son ne zaman karşıma alıp kendimi ve olan biteni anlattım? Hiçbir fikrim yok. Hiçbir şey hatırlamıyorum. Alkolün bir oyunu olsa gerek. Bir şeylerin oyunu olması gerek. Eğer ortada bir oyun yoksa çok kötü! Hiçbir maddenin etkisi olmaksızın unutabiliyorsam her şeyi, ne kalır geriye? Ne kalır? Eğer doğduğumu bile hatırlamıyorsam...

Evet. Kinyas geldi ve karşıma oturdu. Bana bakıyor. Anladı masanın üstündeki şişelerden fazlasıyla içtiğimi. Anladı benim de uçabileceğimi. "Kayra, ben gitmek istiyorum. Afrika'ya dönmek istiyorum. Yapacak bir şey kalmadı burada. Bataklık gibi burası. İçine çekiyor her şeyi!" dedi, elinde bir kadeh scotch...

Bir sigara yaktım. Camel. Burada bulunuyor bu tütün... Kaçacak bir yer kalmadı. Gidecek bir yer kalmadı. Ölüm kaldı. Görmediğimiz bir o kaldı. Ölüm ve sonrası. Eğer varsa... Geçtiğimiz, maruz kaldığımız bütün sınavları düşünüyorum. Bütün mücadeleleri. Sorular. Yanıtlar. Yarışlar. Çalışmalar. Uykusuz geceler. Ezberlemeler. Anlaşılamayan konuları beyinlere gömmek. Diri diri!.. Bilmiyorum ben. Hiçbir şey. Ezberledim zamanında. Herkes gibi. Ama unuttum hepsini. Hiç büyümedim. Hep sınıfta kaldım. Hayatta kaldım. Terfi edemedim. İlerleyemedim. Gerilemedim. Felçli gibi oturdum. Hep aynı yerde. Hep aynı zamanda. Vücudumun çıkarabildiği bütün sıvıları tanıdım. Kan, gözyaşı, ter... "Ölmüşüm, haberim yok!" derdim, eğer biraz daha kuvvetli olsaydım. Geniş bir çukur. Derin mi derin. Toprağın içinde bir oyuk. Yerim orası. Gömsem kendimi. Bitse her şey. Sonuna gelsek filmin. Kopsa film! Fark etmez bizim için. Yeter ki derine, çok derine gömsünler bizi. On dakika uğraşsak nefes almak için, sonra da yorulup "Eyvallah!" desek ölüme. Bitse her şey. Öyle bir çığlık atsam ki dünya çatlasa! Altı milyar insan sağır olsa! Tanrı sağır olsa! Ben sağır olsam! Kör olsam! Görmesem hayatı! Bitse her şey... Çok sarhoşuz. Çok. Absinthe, votka, scotch, rakı ve Kayra...

Korkunç sarhoşluğumun ve içinin bir şelale gibi boşandığı satırların üzerinden üç gün geçti. Sızdıktan sonra ilginç rüyaların tatları damağımda uyandım. Kısa bir duş. Bir dilim pizza. Ve artık yavaş yavaş bir harabeye dönüşen salona indim. Evi kiraladığımda bütün odaları büyük bir titizlikle temizletmiştim. Beyaz duvarlarda bir tane toz yoktu. Şimdiyse odalarda içki şişeleri, pizza kutuları, kadın iç çamaşırları... Tam bir bataklık. Salonda attığım her adımda ayağım eğilip bakmak istemediğim bir şeyi eziyor... Kinyas ortalıklarda değildi. Arabanın anahtarı sürekli koyduğumuz yerde olmadığına göre kendini yine dışarı atmıştı. Verandaya çıktım. Kaç gündür Meksika'da olduğumu hatırlamak çok zor. Ama elli metre uzağımdaki denize hiç dokunmadığımı biliyordum. Afrika'nın batı sahilinden atılan cesetlerin, pisliklerin, acıların buralara vurmadığı kesindi. Oysa ben öyle olduğunu sanıyordum. Güney Amerika'daki sefaleti Afrika'dan okyanusun getirdiğini düşünüyordum. Ama öyle değildi. Buradakiler de hiç üşenmeyip kendi sefaletlerini yaratmakta gecikmemişlerdi... Gerçekten de okyanus dünyanın en büyük mezarlığı. Sadece Bermuda değil, her yeri Şeytan Üçgeni. Denize doğru yürürken aklımdan bunlar geçiyordu...

Ayaklarımı yalatmaya başladığımda okyanusa, üstümdekileri çoktan çıkarmıştım. Suya girmekse fazlasıyla kolay oldu. Eski bir dost gibi uzun uzun kucakladı beni. Ölçüsüz hareketleriyle istemeden zarar veren iri kıyım bir dost gibi savurdu köpüklerinin arasına. Birkaç yudum aldım eşsiz sudan. Genzim yandı. Ama şimdiye kadar on binlerce insanı boğmuş dalgalardan bir tanesini yiyip bitirdiğimi düşününce kendimi iyi hissettim. Görüş mesafemin içinde kimse yoktu... Yapayalnızdım...

Sudan çıkıp kuma sırtüstü yattım. Masmavi bir gökyüzü. Gözlerimi kıstım önce, bakamadım. Vazgeçtim görmekten. İndirdim gözkapaklarımı. Karanlık ama gecelerdeki gibi değil. Gündüzün aydınlığı sıkışmıştı gözkapaklarım ile gözlerimin arasına. Yalnızdım. Ve bir hayvan kadar huzurluydum...

Yıllar önce, okuduğum kitaplardaki, seyrettiğim filmlerdeki yalnız insanlara özenirdim hep. Yalnızlara. Konuşacak kimsesi olmayanlara. Sonra hayat beni buralara getirdi. Tabii ayaklarımın azımsanamayacak yardımıyla. Ve artık o roman karakterlerinden biri oldum. O kitaplardaki yalnızlığı çok gösterişli bulurdum. Aynı zamanda da korkutucu.

148

Kendime "Bu kadar yalnız kalınabilir mi?" diye sorardım. "Sosyal hayvan insan, dayanabilir mi kimsesizliğe?" Ama artık biliyorum yalnızlığın korkulacak bir yanı olmadığını... Tabii bunu ruh sağlığı yerinde ve içlerinde tek bir kişilik taşıyanlar için söylemiyorum. Sözüm benim gibi içinde binlerce ruh taşıyanlara, Uzakdoğu efsanelerindeki canavarlar gibi yedi kafalı, tek bedenli insanlara. Ben hep kalabalık oldum. Şehrin uzağındaki bir semte giden, günün tek otobüsü kadar kalabalık. Tıkış tıkış! Herkesin üst üste olduğu bir otobüs kadar. Dolayısıyla iyi geldi bana yalnızlık. Kendime yeterince zarar veriyordum. Ve bir de dünyanın vereceği zararları ortadan kaldırmanın imkânı olmadığına göre, yoklarmış gibi davranarak yalnızlığı seçmek en doğrusuydu...

Yalnızlık kurşun geçirmez. Dostluk, aşk, aile geçirmez. Hiçbir şey geçirmez. Dışarıdan sokmadığı gibi içeriden de çıkartmaz. Cerahat yapar. Antibiyotiğini de kendinde besler. Yeter ki nerede olduğu bulunsun... Ruhun nerede olduğunu düşünürüm bazen. Vücudumun neresinde? Sonra karar veririm. Ruhum, bedenimin bittiği yere kadar...

Gözlerimi açtığımda güneş batıya çoktan yayılmıştı. Birkaç saattir kumun üzerinde yatıyor ve uyku ile hayal arasında mekik dokuyordum. Ayağa kalkıp, vücuduma yapışmış kumlara çöldeki dostlarından daha şanslı olduklarını hatırlatıp onlardan kurtulduktan sonra kıyafetlerimi topladım. Eve döndüm. Verandadan salona geçtiğimde, Kinyas'ı araba jantı genişliğinde bir pizzanın önüne oturmuş buldum. Ziyafete katılmak için fazla nazlanmadım. Oturdum karşısına Kinyas ile pizzanın...

Sekiz yaşından beri oynadığımız bir oyun vardı. En kısa zamanda ne kadar uzunlukta düşünce zincirleri kurabildiğimizi birbirimize göstermemize yarıyordu. Genelde terapilerde, aptal röportajlarda oynanan bir oyun. Biri diğerine bir kelime söyler. Karşıdaki o kelimenin kendisine düşündürdüğü başka bir kelimeyi söyler. Ve yanıt olarak da ilk başlayan, duyduğu kelimenin çağrıştırdığıyla devam eder. Ve böyle devam eder. Hafif bir değişikliğe uğratılmıştır oyun tarafımızdan. Normalde sürekli aynı kişi sorar ve diğeri yanıtlar...

Pizzamın son parçasını da ağzıma attıktan sonra bir yudum votka alıp arkama yaslandım. Ve oyunu başlattım:

"Gazoz."

Kinyas kafasını kaldırdı. Oyunun başladığını anlamıştı. Düşünmesi fazla uzun sürmedi. Elinde tuttuğu pizza diliminin ucundaki zeytini dudaklarının arasına götürürken, "Kaynak" dedi. Kaynak. Kıvılcım. Işık. Güneş. Ay. Neil Armstrong. İnsanlık için büyük bir adım! Ay'a hiç gidilmediği ve bütün dünyanın seyrettiği o meşhur ayak basma sahnesinin bir stüdyoda çekilmiş olduğu dedikoduları. Ve doğruysa, bunu başarmış, inanılmaz bir hayal gücüne sahip olan isimsiz yönetmen. Duvardaki saat otuz dört saniye daha eskimişti, yanıt ağzımdan çıktığında. "Yönetmen."

Kinyas önündeki Absolut'u yudumlayıp bir sigara istedi benden. Bütün bunlar zaman kazanmak içindi. Biliyordum. Ama yine de oyun devam ediyordu. Yerimden kalkıp ceketimin asılı olduğu iskemleye yürürken, yanıt arkamdan yakalayıp saldırdı.

"Milk."

Bu yanıt fazlasıyla basit olmuştu. Fazla düşünememiş ve kötü bir karşılık vermişti kelimeme. Eğer iki kelime arasındaki bağı karşıdaki anlayabiliyorsa, kötü bir puandı. İlk kelimeme verdiği yanıtın tabii ki doğadaki kaynakla bir ilgisi yoktu ama bu sefer çözebilirdim yönetmen ile milk'in arasındaki ilişkiyi. Yönetmen. Kubrick. *Clockwork Orange.* Ve filmin "Milk Bar" sahnesindeki milk! Çözmüştüm. Ve çözdüğümü anlaması için yüksek sesle tekrarladım gittiği düşünsel yolun mola yerlerinin isimlerini. Aramızda mutlak bir dürüstlük olduğu için yalanı komik bulurduk. Yetersiz ve zayıf. Onun için zorlanmadan gittiği yolun söylediğim yerlerden geçtiğini kabul etti. Ve oyunu kaybetmiş oldu. Belki de oynamak istemediği için böylesine kolay bir yanıt vermişti. Hırs taşımayan insanlar için çok zordur oyun oynamak, rekabete girmek. Dolayısıyla ben de yendiğime sevinemiyordum. Zaten oyunumuzda kazanan da yoktu. Düşünmekten yorgun düştüğü için kaybeden vardı. En kısa zamanda düşünülebilecek her şeyi düşünmek gerekiyordu. Ve karşıdaki sorduğu takdirde de son kelimeden, ağızdan çıkan kelimeye kadar giden düşünceler yolunu açıklayabilmek... Aramızdaki güvenden ötürü sormuyorduk artık bazı kelimelere nasıl varıldığını. Doğrusu pek de merak etmiyorduk. Tabii zamanla oyunun boktanlaşması da bundan kaynaklanıyordu. Çizilen güzergâhlar sorulmadığı için hileli yanıtlar verilebilirdi. Ama bu da alınması gereken bir riskti. Ölüm riski olmasına rağmen hâlâ yaşadığımıza göre, diğeri hayli önemsiz kalıyordu tabii ki!

İkimizin de her zamanki gibi yapacak bir işi yoktu. Hiçbir iş yapmayan adamlardık. Hiçbir işi olmayan. Eskiden müzikle ilgilenirdik. Hatta profesyonelce diyebilirim. Adını bilmediğim enstrümanlar çalardı Kinyas. Ama şimdi içkiden şişmiş parmaklarımız hiçbir perdeye, tuşa sığamayacak kadar sağır. Perdesiz enstrümanlara daha yakın hissederdik kendimizi. Sınırları daha geniş olduğu için. Ama kaldırıp duvara fırlattığımız anda parçalandığına göre onların da bir sınırı vardı tabii ki...

"Paraya ihtiyacımız var!" dedim Kinyas'a. "Bir yerlerden para bulmalıyız. Gün geçtikçe kasadaki yankı artıyor."

Kinyas da farkındaydı. Üstelik artık Meksika'dan da sıkılmıştı. Gidip İnka ya da Aztek tapınaklarını görmeyeceğimize göre yapacak pek bir şey kalmamıştı buralarda. Ama paraya ihtiyaç vardı. Uyuşturucu satarak kazanamazdık. Kimseyi tanımıyorduk Meksika'da. Hiçbir bağlantımız yoktu. Dolayısıyla başka bir iş bulmak gerekiyordu. Belki kadın satabilirdik. Ama o işte de istediğimiz parayı kazanamazdık. Herhangi bir zengini ya da bir yeri soymak en iyi fikirdi. Kinyas da bu düşündüklerimi hissetmiş olacak ki konuşmaya başladı.

"Bir yerleri soymamız gerek! Eğer buradan gitmek istiyorsak, eğer sen suikastını gerçekleştirmeyi hâlâ istiyorsan bir yerleri soymalıyız. Veracruz'daki Citibank olabilir. Ya da başka bir yer. Dün sen uyurken, şehre doğru gidiyordum. Yolda bir bar gördüm. İçeri girdiğimde pek insan yoktu. Bir beyaz yanında üç kadınla eğleniyordu. Bir süre sonra tanıştık. Amerikalı; sahilde, yakında bir evde kalıyormuş. Kızıyla tatile gelmiş. Bilgisayar işinde. Harcadığı paraya bakarsan, hayli zengin olmalı. Kızını kaçırıp para isteyebiliriz bence. Eminim bankasındaki hesabında birkaç milyonu vardır. Ve bunlardan birini kızına karşılık verebilir herhalde!"

Bu iyi bir fikirdi. Herhangi bir yeri soymaktan daha kolaydı.

"Tamam!" dedim. "Bu akşam o bara gidip adamla sohbet eder, evinin yerini öğreniriz. Sonra birimiz gider, kızı bizim eve götürür. Barda kalan da, belli bir süre sonra adamı eve davet eder. Ve kızını bizim evde görünce istediğimizin ne olduğunu anlar, anlamazsa anlatırız. Sabaha kadar bizimle kalırlar. Sabah olunca da bankaya gidip parayı çekeriz."

Yine çok aptalca bir plandı. Ama zekice planların işlemediğini de biliyorduk bu aptal dünyada...

Biraz pizza ve Absolut'la geceyi getirdik. Silahlarımızı temizledik. Ve bir Amerikalının kendine yakın hissedebileceği kadar zevksiz giyinip çıktık. Kinyas'ın bahsettiği bara doğru giderken neden hiçbir zaman heyecanlanmadığımızı düşündüm. Öyle bir işe giriyorduk ki, yakalandığımız takdirde Meksika'nın Ortaçağ hapishanelerinde ömür boyu yatabilir, bir Amerikalının parasının ırzına geçtiğimiz için de CIA'nın işkencelerine maruz kalabilirdik. Ama en ufak bir adrenalin sızıntısı yoktu beyinlerimizde. Kinyas da, ben de başka şeyler düşünüyorduk. Ben ayak parmaklarımı düşünüyordum. Marilyn Monroe'nun ayağındaki altı parmağı hayal etmeye çalışıyordum...

Barın önünde arabayı park ettik. İçeri girdiğimizde Kinyas'ın anlattığı gibi ortalıklarda pek insan olmadığını gördüm. Burası sahil evlerinde oturanlar için açılmış, kadınların satıldığı, ufak bir plaj barıydı. "İron Like a Lion in Zion" parçası çalıyordu, Bob Marley'in. Amerikalıyı bulmak zor olmadı. Güneşten kavrulmuş kırmızı teni, beyaz seyrek saçları, omzuna astığı para çantası ve altın kaplama olduğunu tahmin ettiğim çerçeveli gözlükleriyle yanındaki iki kadınla birlikte barda oturuyordu. Meksika'dan anladığı buydu. Bu aptal bara gelip kadınları ellemek ve tekilayla sarhoş olmak. Gündüz de güneşin altında çırılçıplak yatmak. Amerikalılar da olmasa para kazanamayız, diye düşündüm. Bizim gibi insanlar için banka vazifesi görüyorlardı. Paraları bütün dünyadan toplayıp onları almamız için tutuyorlardı.

Adamın masasına yürüdük. Kinyas elini uzattı. Ve gürültülü bir sesle konuşmaya başladı. Sanki çok eskiden tanışıyorlarmış gibi adamın elini hararetle sıktı. Beni İtalyan bir işadamı olarak tanıştırdı. Bu İtalyan oyunlarında en sevdiğim isim Julius'tur. Kinyas da bunu bildiği için beni göstererek, "Julius Caesar!" dedi. Sahte olduğu gün gibi aşikâr bir isme inandığı için milliyetinden dolayı suçlayamayacağım Amerikalı elimi sıktı ve masasına oturduk. İsmi Michael Goldman'dı. Sarhoşluğun ilk basamaklarını hızla tırmanıyordu. Kendi dilini aksansız konuşan birilerini bulduğu için mutlu olmuştu. Bir şişe tekila söyledik. Masaya üç kadın daha davet ettik. Amerikalı cömertliğimiz karşısında daha da memnun olmuştu. Müziğin sesini bastırmak için bağıra bağıra konuşuyor ve içiyorduk. Aldığı alkolün etkisiyle çenesi düşmüş ve bize, Meksikalı kadınlarla ilgili fantezilerini anlatmaya başlamıştı daha tanışmamızın birinci saatinde. Ve ben bir an için ellili yaşlarda olan Amerikalıdan ne kadar nefret ettiğimi fark ettim. İğrenç bir yaratıktı. Bizimle ses tellerini gererek konuşurken elleri kadınların bacaklarının arasında alternatif bir turistik Meksika gezisi yapıyordu. Evinin, barın hemen yanındaki villa olduğunu öğrendik. Kızından hiç bahsetmiyordu tabii ki. Meksikalı kadınlar konusuyla aynı masaya gelmeyecek kadar özeldi kızı. Ama eşinden boşanmış olduğunu anlattıklarından çıkarabildik. Okulların kapanmasını fırsat bilip kızıyla birlikte tatile çıkmışlardı. Ve akşamları kızını yatırdıktan sonra seks ve alkol peşinde koşmakla meşgul oluyordu. Biraz daha sohbet ettikten sonra ayağa kalkıp uykum geldiği için eve döneceğimi söyledim. Michael, gecenin daha yeni başladığını belirterek, kalmamı istedi. Gülümsedim bu sözleri karşısında.

"Haklısın! Gece yeni başlıyor. Ama uykum geldi" dedim.

Barın hemen yanında bir villa vardı. Amerikalının evi. Sahile indim. Verandaya girdim. Pencerelerde ışık yoktu. Salona açılan kapıyı yavaşça ittim. Kilitli değildi. Büyük ihtimalle buralarda da kimse kilitlemiyordu veranda kapısını, Afrika'daki gibi. Çünkü kimse kimsenin çocuğunu kaçırıp fidye isteme planları yapmıyordu. Salon bizimkine benziyordu ama daha temiz ve genişti. Hiçbir şeye çarpmadan yürüdüm. Mutfağı geçip merdivenleri tırmanmaya başladım. Üst kata çıktığımda bir koridordaydım. Sol tarafta üç tane kapı vardı. İlkini sessizce açtım. Sol elim tabancanın kabzasındaydı. Odada tek kişilik bir yatak vardı ve boştu. Silahı çıkardım belimden. İkinci odaya girmek üzere koridora çıktığımda bir gölgeyle karşılaştım. Demek ki aşağıda bir şeylere çarpmış, odanın kapısını da gürültülü bir şekilde açmıştım. Aramızda yarım metre vardı. İkimiz de durduk. İki saniye. Ve gölge hareket etmeden boğazından sağ elimle yakalayıp tuttum. Ve demin çıktığım odanın içine çektim. Birkaç çığlık. Birkaç gereksiz karşı koyma çabası. Işığı açtığım anda boynundan tuttuğum karaltıyı da yatağa doğru fırlattım. Ve artık her yer Edison'un marifetiyle aydınladığında, ayakta ve elimdeki silahla, yatakta şok geçiren on altı yaşında siyah saçlı, üstünde sadece tişört olan bir kıza bakıyordum. Doğrusunu söylemek gerekirse ben daha çok küçük bir çocuk bekliyordum. Ama karşıma kadınlığa yol alan bir genç kız çıkmıştı.

"Sus!" dedim. "Sus! Sakın ses çıkarma!"

Kız yatakta kaskatı kesilmiş ve yaşadığı heyecanın etkisiyle çoktan bağırmayı kesmişti.

153

"Sana zarar vermeyeceğim! Sakın korkma!" dedim.

Boşuna konuşuyordum. Onun korkması ve benim de zarar vermem için binlerce neden vardı oysa! O an, yataktaki kıza bakarken içimden yükselen en ilkel çığlıklara yenik düşmeye başladım. Korkudan felç olmuş vücudunun karşısında ceketimi çıkardım. Silahımı doğrultmuştum yüzüne. Tam olarak ne düşündüğümü hatırlamıyorum. Ama derinden haykırışların ve kontrolsüz kas reflekslerinin eşliğinde Amerikalının kızına tecavüz ettim. Sonra da kolundan tutup hıçkırıklarını duymazdan gelerek, evden dışarı çıkardım. Artık tek bir ses bile gelmiyordu kızın ağzından. Tamamen uzaktı her şeyden. Hiçbir şey düşünemiyordu. Aklından o kadar çok şey geçiyordu ki bir renk paletinin hızla döndürüldüğünde ortaya çıkan manzara gibi bembeyazdı bütün zihni...

Arabaya bindik. Eve doğru sürdüm. Artık ağlamıyordu. Bence nefes bile almıyordu. Yaşadıklarının gerçek olmadığını düşünüyordu. Dünyadan daha büyük bir şokun üzerinde oturuyordu...

Evin önüne geldik. Kolundan tutup kapıya götürdüm. Anahtarı aramak gereksizdi çünkü biz de kilitlemiyorduk kapılarımızı. Kaçırılacak bir çocuğumuz yoktu. Sadece açtım. Henüz Kinyas ile kızın babasının daha gelmemiş olduğunu gördüm. Kıza kanepeye oturmasını işaret ettim. Ben de karşısına oturup silahımı sol göğsüne doğrulttum. Beklemeye başladık. Ne o bir şey soruyordu, ne de ben konuşuyordum. Titriyordu korkudan ve belki de yaşadıklarından dolayı bu sıcak havada üzerine abanan soğuktan.

Yarım saat sonra kapı açıldı. Ve Kinyas göründü. Gülüyordu. Arkasından da kahkahalar duyuluyordu. Ki bu kahkahalar üç saniye sonra kesildi. Bitti. Yok oldu. Yerini gür bir çığlık aldı. Kinyas adamın sol şakağına bir silah dayamış, sakin olmasını söylüyordu. Çok sakin. Hiç olmadığı kadar. Bir insan, bir Amerikalı ne kadar sakin olabilirse o kadar. Şakağına dayanan soğuk çeliğe itaat etmek zorundaydı. Hayata değer verenlerin, ileride güzel günler yaşayacaklarını düşünenlerin en büyük kaygısı olan ölüm, boyun eğmesini emretmişti. Sakin oldu. Derin nefesler alıp sarhoşluğunu attı, nabzını düzenledi. Ve gidip kızının yanına oturdu, ellerimizdeki tabancaların namlularıyla göz göze gelmemeye çalışarak. Ve o da kızına uyup titremeye başladı. Birbirlerine sarıldılar. Sonra birden bizim de orada olduğumuzu hatırlayarak ayrıldılar birbirlerinden. İkisi de bana bakmaya başladı. Gözlerimin içine. Gözlerimin içi başka yerlerde başka suçlar işliyordu oysa. Belki annemin rüyasında, belki de bir fotoğrafın üzerinde!

Kinyas geldi ve yanımdaki koltuğa oturdu, elindeki silahın namlusunu panik içindeki baba ile kızdan ayırmayarak. Gülümsüyordu. O an aklıma pop art döneminin meşhur "All right!" sözü geldi. All right! Ne eksik, ne fazla! Ve konuşmaya başladım:

"Bir milyon dolar. İstediğimiz bu. Sabaha kadar beraberiz. Saat dokuzda, yanımda gördüğün adamla bankaya gidecek ve parayı çekeceksiniz. Kızın burada kalacak. Parayı getireceksiniz. Ve kızınla beraber gideceksiniz."

Amerikalı para lafını duyunca birden bildiği bir konudan bahsedildiği için üzerindeki paniği silkeleyip kendine geldi. Artık titremiyordu. Bir tüccara dönüşüyordu, meşhur hikâyedeki adamın kurt olması gibi. "Yok! Benim o kadar param yok! Lütfen! Benim o kadar param yok! Lütfen bırakın bizi!"

Kinyas sözü devraldı.

"Bizim de paramız yok. Siz de bizi bırakın. Parayı ver ve gidin."

Michael ağlamaya başlamıştı. Kızsa sabit bir şekilde bana bakıyordu. Hâlâ yatakta benimle mücadele ediyordu. Bildiği en kesici aletle doğramak istiyordu bütün vücudumu. Nefreti o kadar büyüktü ki, onu görüyor ve duyuyordum. "Yarışalım!" diyordum içimden. "Kim daha çok nefret edecek Kayra'dan! Haydi! Kim daha çok isteyecek Kayra'nın ölmesini?.."

Kafasını ellerinin arasına almış, hem ağlayan hem de içinde bulunduğu durumdan nasıl çıkacağını düşünen Amerikalı, çaresizliğinin boyutunu kavramış olacak ki başını kaldırıp gözlüğünü düzeltti.

"Tamam" dedi. "Ancak bir milyon dolarım yok. Sekiz yüz binim var. İnanın bana! Doğruyu söylüyorum! Başka param yok!"

Eğer teknolojiyle, bilgisayarlarla yakın ve samimi ilişkiler kurmuş olsaydık kesinlikle bu kadar zorlanmazdık. Herhangi bir bankada hesap açıp markalarını bilmediğim laptoplardan birinin yardımıyla parayı hesabımıza aktarabilirdik. Ve böylece ortada ne bankaya gitmek, ne de ikisiyle geçirilecek bir gece kalırdı. Ama biz daha çok eski moda gaspçılardık. Hâlâ Jesse James teknikleri kullanıyorduk. Gözle görülen, elle tutulan paralara inanıyorduk. Günümüzde büyük bir ilkellikti, ama zaten biz de medeni olduğumuzu iddia etmiyorduk. Yirmili yaşlarının başlarında bütün kurum ve devlet dosyalarından çıkmış insanlar olarak ekranda bizim olduğu varsayılan bol sıfırlı paralar bize mutluluk kadar uzak gelirdi... Daha çok plastik torbalarda nakit taşıyan taraftaydık. Zaten banka ve bankacılık sektörü insanoğlunun yarattığı en öldürücü zehrin evi olduğu için bilgisayar veznedarlara güvenmemizin imkânı yoktu... Para, banka. Morfin, şırınga. Kurşun, şarjör...

Kinyas adama inanmış gibi yapıp "Tamam" dedi. Belki de artık sıkıldığı için aşağılık pazarlıktan, kabul etmek ihtiyacı duymuştu.

"Tamam. Sekiz yüz bin. Sabaha kadar buradayız. Daha altı saat var. İsterseniz uyuyabilirsiniz."

Tabii ki son sözü tamamen bir alaydı. Değil uyumak, gözlerini kırpmak bile istemiyorlardı. Her an parmaklarımızın uyuşup tetiğe dokunmasından korkuyorlardı. Sürekli açık gözleri böyle bir ana tanık olmak istiyordu. Uykuda ölmek istemiyordu Amerikalı. Ölümünü görmek istiyordu. Görmeden inanmayan bir tüccardı o da bütün diğer ticaret adamları gibi...

Kinyas oturduğu yerden kalkıp mutfaktan soğumuş iki dilim pizza getirdi. İki de bira. Önlerine koydu. Önceleri tereddüt eden baba, kaybedeceği tek şeyin, uğruna yıllarca çalışıp tasarruf ettiği parası olduğunu düşününce, bir dilim pizzayı alıp kızına verdi ve yemeye başladılar. Onları bağlayabilirdik. Ama evde bir ip olduğunu sanmıyordum. Hem zaten çok zor olurdu üst kata çıkıp aramak. Belki bir külotlu çorap bulabilirdim ama yine de zordu...

Ve uykum geldi. Kızın babasına, kendisine yaptığımı anlatmasını beklemiştim ama bir türlü ağzını açıp konuşmuyordu. Oysa ben Amerikalının bu felaketi de duyup kalp krizi geçirmesini istiyordum. Ama belli ki kızın bir şey söylemeye niyeti yoktu. Saklayacaktı belki de hayatı boyunca, olanları. Belki de hiç evlenemeyecekti! Hiç kimseyle yatamayacaktı bir daha!..

Kinyas'ın uykusuzluğu sonsuz olduğundan ben yatabilirdim. Kalktım.

"Yarın görüşürüz. Bir yere gitmeyin. Burada buluşalım" dedim...

Yatağıma uzandım. Gözümün önüne şu an aşağıda hayatının en büyük duygusal şokunu yaşayan kızın vücudu geldi. Bakışları, boynu, dudakları. Dişlerimizin çarpışma seslerini duydum yeniden... Sonra aklıma bambaşka bir şey geldi. "Cehennem!" dedim. "Marquis de Sade'ın acıyı övdüğü gün bitti!" Uyandığımda Kinyas yanımdaydı. Camın arkasında gece olduğuna göre saatlerce uyumuş olmalıydım. Yerimden fırlamak istedim. Kız. Para. Babası. Banka... Sonra vazgeçtim... Gözlerimi son bir kez kapattım. Kızın dirsekleri, göbeği, "Değil sadece G noktasını, bir kadın vücudundaki bütün alfabeyi bulurum ben!" diyen eski bir dostun yüzü, Kinyas'ın odanın kapısını yavaşça ardından kapaması... Ve uyku hükümdarlığının Ortaçağ kalelerindekilere benzeyen ağır ağır inen kapısı. Dev zincirlerin sesi... Sonra hiçbir şey...

"Ne yapmak istediğini bilmiyorsan, ne yapmamak istediğini düşün!" demeye çalıştım kendime uzun yıllar boyunca. Böylece ihtimalleri eleyerek bir ideal, bir amaç bulabilirdim. Hatta hayatın ne anlama geldiğini bulur, sözlüklere geçmesini sağlardım.

Ailemle yaşadığım o günleri düşünüyorum bazen. Değişik evlerdeki değişik odalarımı. Birçok kez fazlasıyla sarhoş girdiğim yatağımı. Duvarlarımdaki posterleri. Dağınık kitaplarımı, ders notlarımı. Benimle yaşıt Grundig müzik setimi, gitarlarımı, bağlamamı. Kimsenin göremeyeceği yerlere kurşunkalemle odamın duvarına yazdığım mikroskobik harflerden oluşan cümlelerimi. Plaklarımı... Herkes yattıktan sonra uykusuzluğu yeni yeni keşfeden bir çocuğun gece siyahtan laciverde dönene kadar kulaklıkla müzik dinlediğini, penceresinden vücudunun yarısını çıkarıp korka korka sigara içtiğini hatırlıyorum. Ülkemdeyken yat borusu sabah ezanıydı. Onu duyunca paniğe kapılırdım. Çok geç kalmışım, derdim. Bir an önce uyumalıyım. Bazen de aileden biri gecenin ortasında uyanırdı. Ben nefesimi tutardım. Duyulmasın hiçbir şey! Anlaşılmasın uyuyamadığım! Anlaşılmasın herkes uyurken benim odamda çıplak ayakla volta attığım! İçimden söylediğim Rezillos şarkılarının eşliğinde... Ben o kalp çarpıntılarını çok sevmiştim. O korkularımı. Uykusuzluğun en güler yüzlü tarafıyla tanıştığım dönemi... Bir iki saat gözlerimi kapatır. Annemin beni okula gitmem için uyandırmasını beklerdim. Dünyanın en iyi uyanan adam taklidini yapan bendim. Yıllarca sürdü bu gece tragedyası. Genellikle dörde dört olan odalarımda tahmin edileceği gibi yapacak fazla iş yoktu karanlıkta. Üstelik en önemlisi sessizlikti...

Sessizlik. Yataktan kalkmak için yorganı üstümden atmak bile beş dakikamı alırdı. Hiçbir şey ses çıkarmasın! Bütün eşyalar sussun! Gözlerimi fazla açmazdım o gecelerde. Sadece pencereden dışarı bakarak sigara içtiğim zamanlar hariç. Sonra pencereden içeri giren buz gibi havadan üşüyüp yatardım. Gözlerimi kapatıp hayallerime dönerdim. Dizlerimin üstüne çöküp, avuçlarıma kumlar doldurup ellerimi havaya kaldırdığımı sonra da asla üşütmeyen ama sürekli yüzümü okşayan rüzgârın parmaklarımın arasından dökülen çölü havaya savurduğunu hayal ederdim. Kuma gömülü olduğumu hayal ederdim. Önce büyük bir çukur açar, içine girerdim. Sonra üstüme tülbent inceliğinde bütün vücudumu kaplayan bir kumaş örterdim. Çevremdeki kumlarla önce ayak ve bacaklarımı sonra gövdemi gömerdim. En sonunda da örtüyü yüzüme çekip dışarıda kalan tek kolumla biraz daha kumla kendimi tamamen gömer ve bu işi yapan kolu da geldiği yere, yani yumuşak kumun içine saplardım. Gözlerim kapalı olurdu. Sanılanın aksine serin olurdu kumdan kozam. Çölün bir parçası olurdum. Ne bir insan, ne de bir canlı. Sadece çölde bir kum tanesi. Kumlar vücudumun şeklini ıslak alçı gibi almış olurdu. Neredeyse kumlar ile bedenim arasında havanın bile olmadığını düşünürdüm. Balıkadam kıyafeti gibi sarardı kumlar beni. Çok küçük nefesler alırdım. Nabzım yavaşlar ve aldığım o cılız oksijenin her zerresini fakir bir çocuğun bulduğu ekmek parçasını kırıntılara bölerek saatlerce yemesi gibi kalbim de zevkini çıkararak içine çekerdi. Yeryüzündeki en güvenli yerde olduğumu düşünürdüm. Hatta dünyanın dışında bir yerde gibiymişim gelirdi bana. Bildiğim en rahatlatıcı duyguydu. Bir insanın hissedebileceği en büyük huzur kaplardı içimi. Çölde bir kum tanesi. Çöle gömülü bir çocuk! Hiçbir şey istemeyen. Her şeyden korkan, hayattan midesi bulanan bir çocuk. Ve beklerdim orada öleceğim günü. Birilerinin gelip, "Sen öldün. Haydi gel!" demesini. Çünkü yapacağı hiçbir şeyi olmayan bir çocuktum.

Çölde gömülü ölümü beklemek. İşte bunu hayal ederdim gözlerim kapalı, bütün insanlar uyurken. Onlar kontrol edemedikleri rüyalar, kâbuslar görüyorlardı. Ama ben istediğimi yaşıyordum o gecelerde. İstediğim her şeyi. Gözlerimi açtığımda bedenimin her milimetrekaresine dokunan o kumların serinliğini hâlâ hissediyor olurdum. Hayallerimde kendimi gömdüğümde güneş batıya yatmaya yüz tutmuş olurdu. O öyle bir zamandı ki kum gün boyunca güneşin sıcağını almış ama yavaş

yavaş kendine gelmeye, soğuğa doğru yol almaya başlamış olurdu. Serinliği kanımın akışını yavaşlatır, dünyada, evrende sadece benim olduğumu düşündürürdü. Sadece ben! Başka kimse yok. Sadece bir zihin! Düşünceler, görüntüler, konuşmalar, kahkahalar. İçinde hepsini barındıran bir zihin. "İşte!" derdim kendime, "dünya artık o üzeri kalabalık toprak parçası değil. Dünya işte bu! Zihin. Dünya benim zihnim! Dünya benim aklım. Hayatsa çöle karışana kadar var. Kendimi gömmemden cesedimin kum tanesine dönüşmesine kadar geçen bekleme süresi. Düşünme süresi. Hayat bu! Düşünmeye ayrılan zaman. Kendimi kumların içine saplamış şekilde nefes alarak yattığım süre. Hepsi bu. Kum tanesi olana kadar aklından geçen her şey. Başka bir şey değil..."

Hayalimden sonra sabah olurdu genelde. Ve hâlâ gömülü olduğunu hayal ettiğim yüzümü banyodaki aynaya tuttuğumda aklımda tek bir cümle olurdu:

"Hayat. Hayat sensin! O kadar. Büyütülecek bir şey değil."

Bugün, yine dünyanın yüzde doksanında ahlaksızlık ve suç sayılacak işler yaptım. Kabul etmeliyim ki bunlar iş değildi. Sadece oldular. Oyunun başaktörüydüm... Sabaha kadar Amerikalı baba ile kızın karşısında, elimde tabancamla oturdum. Bana yalvardılar, sorular sordular, küfürler ettiler, her şeyi söylediler. Hiç konuşmadım. Sadece yüzlerini seyrettim. Çerçevesiz bir televizyon ekranını seyreder gibi. Yüzlerindeki gözyaşlarının, ter damlalarının kurumuş yollarına baktım...

Sabah geldiğinde ikisini de dışarı çıkardım. Arabanın bagajındaki çekme halatını alıp Michael'a kızını buzdolabına sarılmış bir şekilde bağlattım. Çok rahatsız bir duruştu... Ve o an aklıma eskiden seyrettiğim "İ SPY" dizilerinden çıkıp gelen bir fikir yürüdü. Evde ilaçların olduğu bir dolap vardı. Daha önce hiç dokunmadığımız. Michael'ı da çekme halatına bir çöp torbasıyla bağladıktan sonra gidip dolabı açtım ve içinde umduğum şeyi buldum. Bir şırınga. Daha önce de evin içinde insülin görmüştüm. Bizden önceki kiracı kendine bu kapsülleri sürekli şırıngalıyor olmalıydı. Banyoya geçip şırıngaya su çektim. Aşağı indim. Tabii ki Michael bağladığım yerden kurtulmuş ve kızını da çözmeye çalışıyordu. Ama beni görünce durmak zorunda kaldı. Çok pişman olmuştu, tezgâhın üst çekmecesinde duran büyük et bıçağını almadığına. Tabii varlığından haberdar olsaydı daha da pişman olurdu!

160

Geri çekildi elleri havada. Sol elimde tabanca, sağımda şırınga. Daha
kız ve Michael ne olduğunu anlamadan iğneyi kızın kalçasına saplayıp
suyu yollamıştım vücuduna. Tabii, hareketim zaten gergin olan havada
başka bir panik rüzgârı daha estirdi, okyanusa bakan pencereleri olan
mutfakta. Bağırışmalar, çığlıklar. Onlardan daha çok bağırarak, iğne-
nin ucundakinin bir zehir olduğunu, iki saat içinde panzehiri enjekte
etmezsem kızın öleceğini anlattım. Bunları söylerken gülmemek için
kendimi zor tutuyordum. Sözler tamamen yıllar önce seyrettiğim dizi-
deki aktörün repliğiydi. Ben yalan söyleyemem, taklit ederim. Ortada
telaffuz edilmiş ne bir zehir ismi vardı, ne de inandırıcı herhangi bir
şey! Şeffaf bir sıvıyla dolu büyük şırınga ve benim Hollywood tarzında-
ki kötü adam konuşmam...

Cümlemi bitirir bitirmez artık ne düşüneceğini bilemeyen Amerika-
lılar daha da heyecanlanıp tamamen bir histeri krizine kapıldılar. Kızın
kafasına bir torba geçirip sesini kıstım. Adamı da ittirerek evden çıkar-
dım. Önce onun evine gidip gerekli belgeleri aldık ve bankaya telefon
ettirdim. Çekeceği miktarı hazırlamaları için. Sonra da arabaya binip
yavaşça gitmeye başladık. Arabayı yılın babası kullanıyordu. Ve 60'ı ge-
çerse kendisini öldüreceğimi söylüyordum. Ve Michael daha da deliri-
yordu. Çünkü kurtarması gereken bir hayat vardı. Kızının hayatı! İki
saat içinde!

Birkaç polis kontrolünden durdurulmadan geçtik. Büyük bir şanstı.
Kabul ediyorum. Bankanın önüne gelince bir psikoloğun ses tonunu
taklit etmeye çalışarak en sakinleştirici bakışlarımla kızını unutmama-
sını, herhangi bir yanlış harekette bulunmadan parayı alıp hayatlarını
kurtarmaları gerektiğini söyledim. Zaten Michael'ın bütün enerjisi yok
olup gitmişti. Aklı o kadar karışıktı ki, gözü sürekli saatinde "Tamam!
Tamam!" diyordu...

Bankaya girip müdürün odasına geçtik. İlk defa Michael beni şaşırt-
tı. Son derece sakin bir şekilde Meksika'da bir ev alacağını ve acelesi ol-
duğunu anlattı adama. Şimdiye kadar dolandırarak kazandığı her dola-
rın cezasını çektiğini çoktan kabullenmiş, kendini paradan ve günahın-
dan arındırmaya çalışıyordu...

Yarım saat sonra para geldi. Bankanın hediyesi bir çantanın içinde.
Ben yakın bir dost olarak Michael'a "İstersen bir say" dedim. O an beni

en çok öldürmek istediği an oldu. Çünkü geriye sadece elli dakika kalmıştı. Ama yine de teklifimi kabul etmek zorunda kaldı. Makinede sayılması on bir dakika sürdü, bütün paranın. Artık damarlarında sadece panik akıyordu Michael'ın. Müdür aslında anlayamadığı bir şeylerden şüphelenmeye başlamıştı. Acelemizi anlamıyordu. Durumu kontrol altına almak için, "Acele etme Michael. Daha zamanımız var. Emlakçı bekler" dedim, paraları çantaya yerleştirirken titreyen elleriyle... Tokalaşıp ayrıldık. Ama önce, müdüre bankasına yakınlarda büyük miktarda bir para yatıracağımı söyleyip birkaç broşür aldım. Bankadan dışarı adımımızı attığımızda, Michael bana anadilinin en seçkin küfürlerini etmeye başladı. Arabaya binip eve doğru yol almaya başladık. Bu sefer ben kullanıyordum. Beş dakikada şehirden çıktık. Sol elimde Michael'a dönük bir silah ve sağ elimde direksiyon. Artık Michael kendini toparlamış, Tanrısına iki şey için dua ediyordu. Birincisi kızına zamanında yetişmek, ikincisiyse silahlı soygunun, yaptırdığı sigortalardan birinde yazıyor olması. Bir şırınganın ne kadar etkili olabileceğini öğreniyordum ben de. Şehirden on dakikalık mesafeye geldiğimizde dudaklarını o kadar çok hareket ettirip garip fısıltılar çıkarıyordu ki, hiç kullanmadığım radyoyu açmak zorunda kaldım. Trini Lopez söylüyordu. Şarkıyı ilk defa duyuyordum...

Evin önüne geldiğimizde altı dakika kalmıştı iki saatin dolmasına. Kapıyı açtım. Michael koşarak mutfağa girdi. Kızına her şeyi hallettiğini, kurtulacaklarını söylüyordu yüksek sesle.

"Her şey bitti!" cümlesini bitiremeden ağzı kanla doldu. Kimse ağzında bu kadar kan varken konuşamazdı. Ağır vücudu ensesinde bir delikle yere serilirken kızın tiz çığlığı sahneyi tamamladı. Kendisi demişti "Her şey bitti!" diye. Ben de yardımcı olmuştum iddiasının gerçekleşmesine. Ensesine yarım metreden ateş etmiştim. Ve artık tetik çektiğim zaman silah patlamasını duymuyordum. Duyduğum tek şey, Fransız bilardosundaki beyaz topun ikinci kırmızıya da çarptığında çıkan sesti. İyi bir sayının sesiydi kulaklarımdaki. Yerdeki Michael'a baktım. Evden ayrılmadan önce kafasına geçirdiğim torbayı babasının çekip çıkardığı kızla aynı anda kafalarımızı kaldırıp birbirimize baktık. Ve şarjörde sırasını bekleyen mermiyi de kızın sol şakağına sapladım. Ayakta ölmüştü. Çift kapılı Westinghouse marka bir buzdolabına sarılmış şekilde ölen ilk insandı. Buzdolabında açılan deliği kızın kafası arkaya yattığında görünce, beyaz eşya garanti sürelerinin ortalama ne kadar olduğunu hatırlamaya çalıştım...

Sonra da salona geçip birkaç dilim pizza yedim. Soğuk pizzalar. Mikrofırını Kayra bozduğu için kullanamıyorduk. Bir gün, nasıl işlediğini merak edip içini açtığından tamamen hurdaya dönmüştü. Ve tabii ki bütün makineyi dağıtmasına rağmen yine de çözememişti bir buçuk dakikada pizzayı kaynatabilen, pepperonni'lerin üstünde kabarcıklar yapan mekanizmayı. Mecbur kalıyorduk biz de artık soğuk pizzalar yemeye. Bu kadar sıcak bir günde bir şeylerin soğuk olması gerekiyordu. Tabii mutfaktaki, artık nefes almayan ve biraz sonra elimdeki pizza kadar soğuk olacak vücutları saymazsak! Bir mikro daha bulup atabilirdim içine bir kol, ne olacağını görmek için ama çok uğraşmam gerekirdi. Kalkıp kendime bir duble votka koydum. Eskiden beni gerçekten sevmiş bir kadının sözleri aklıma geldi:

"Daha çok erken! İçme!"

Ve benim kendisine verdiğim yanıtı düşündüm. Hep aynı yanıt.

"Şu an saat bir yerlerde gece yarısını geçti bile!"

Ve mutfaktakiler aklıma gelince bu cümle biraz değişip yeni bir hal aldı.

"Şu an, bir yerlerde iki insan doğdu bile!"

Yeri bu kadar çabuk doldurulabilen başka bir canlı bilmiyordum. Belki bir de böcekler!.. Artık Kayra'nın uyanmasını beklemekten başka yapacak bir şey yoktu. Cesetlerle ilgilenmek zorundaydık. Çünkü yıllardır içinde yaşadığımız tropikal iklimde, kalbi atmayan et çok çabuk kokmaya başlardı. Aslında Kayra'yı uyandırmak için bir ara yanına gittim ama öylesine dalmıştı ki yatağının derinlerine, vurgun yemesinden korkup vazgeçtim. Salona inip kanepeye uzandım. Bir ara kendime bir dövme yapmak istedim. Sağ koluma bir yazı yazacaktım.. Sonra çok uğraşmam gerekeceğini düşünerek bu fikri de bir başka zamana erteledim... Beklemeye başladım...

Herkes film seyretmiştir benim gibi. Ve biraz olsun görmüştür hiçbir şey yapılmayan sahneleri. Kamera karşısındaki aktörlerin bile umutsuzca yönetmenleriyle göz göze gelmeye çalıştıkları sahneleri. Ne bir hareket, ne de bir kelime. Böylesine anlar ölü olanlardır. Hiçbir şey yapılmaz. Hiçbir hareket yoktur. Okuyucu da, seyirci de hikâyenin kahramanıyla birlikte sıkılır beklerken. Bu anlara en iyi örnek *Blues Brothers*'da Belushi ile Aykroyd'un asansörde yavaş yavaş, aşağılık bir müziğin eşliğinde binanın vergi tahsilatı yapılan katına çıkmalarıdır. O an herkes bekler. Asansörde durulur. Aslında bazen işe yarar bu ufak teneffüsler. Hele işler genelde hızlı gidiyorsa. Durup düşünmeye yarar. Ama tabii söylediğim benim için geçerli değil. Çünkü ben zaten sürekli düşünüyorum. Hiçbir şey geçerli değil benim için. Bütün kurallar, hayat tarzları, ideolojiler geçersiz bana. Hepsi. Provizyonu bitmiş bir kredi kartı kadar geçersiz bu dünya! Bir makasla kesilip iptal edilmesinin zamanı çoktan gelmiş. İptal edilmeli. Bir an önce! Sağlam bir elektrikli testere bulsunlar bana. Ben yaparım. Keserim dünyayı ortasından. Fazla sürmez! Birkaç yüzyılda biter işim. Benim zamanım var nasıl olsa. Hiçbir yere gitmiyorum. Mutfağında iki ceset olan bir evin salonunda siyah deri bir kanepede uzanmış, yatıyorum...

Ama garip bir sessizlik var. Okyanusun sesi yok. Aylardır, belki de yıllardır bir saatin saniyeleri gibi duyduğum ve gece gündüz sürekli orada olduğunu bildiğim okyanusun sesi yok. Yerimden kalkıp okyanusun hâlâ dışarıda olup olmadığına bakmak istiyorum ama çok yorulmuşum. "Eğer kolumda saniyelerinin fazlasıyla ses çıkardığı bir saat taşısaydım onu da belli bir zaman sonra duymazdım" diyorum kendime. "Korkulacak bir şey yok. Dalgalar bir yere gitmedi." Okyanus buharlaşmadı! Sadece kulaklarım alışmış şarkısına. Biraz dinlemem yeter yeniden duymam için köpüklü suyun ıslığını...

Ve yavaş yavaş çok uzaktan bana doğru yaklaşan bir arabanın motorunun hırıltısı gibi duymaya başlıyorum denizin ayak seslerini. Tabii bunlar ağır ayak sesleri. Hem de çok ağır. Büyük bir yaratığın ayak sesleri. Çocuk havuzuna benzeyen Akdeniz'in acemi iç çekmeleri değil! İçine transatlantikleri alan bir suyun gittikçe yükselen fısıltısı... Büyüyor. Büyüyor! Her yeri dolduruyor. Bütün boşlukları. Ve yıllar önce ilk defa Afrika'da karşılaştığımızda beynime uğultularını miras bırakmış sese dönüşüyor. Okyanusun nefes alıp verme sesi. Rahatlıyorum yeniden duymaya başlayınca...

Sağ kolumda küçük kırmızı noktalar var. Pıhtılaşmış kan damlaları. Gidip tuzlu suda yıkanmak iyi olur, diye düşünüyorum. Ama neye yarar? İçimde bu kadar çok kan akarken derimin üzerindekileri temizlesem ne fark eder?..

Ben, Kinyas, dünyaya düşünmeye geldim. Her şeyi hayal etmeye geldim. Çektiğim ve çektirdiğim bütün acılar, beni havada tutan balonu şişirmeye yarıyor. Ben hiçbir şey bilmiyor ve hissetmiyorum. Sadece hayalimde yaşıyorum dünyayı. Canlarını aldığım insanları tanımıyorum. Hatırlamıyorum. Yeni hayaller kurup unutuyorum ölmeden önce attıkları o fısıltılı çığlığı... Ben uçurumdan aşağı yuvarlanan ve düşerken önüne gelen her şeyin varlığına son veren bir kar parçasıyım. Çığ olup düşüyorum şehirlerin üstüne. Dünya yuvarlak değil! Dünya bir tarafı yukarıda olan oval bir tepsi. Hepimiz kayıyoruz. Gümüş bir tepsiden düşüp kırılan kristal bardaklarız. Ruhum kayıyor. Ayağım kayıyor. Ama çok küçük yaşlarda kayak öğrenmiş bir çocuk gibi kimseye çarpmadan hayatının slalomlarını atan biri de değilim. Daha çok, kaba bir kızağın üstünde önüne çıkan herkesi deviren, huzur bozucu bir kayak pisti katiliyim. Bir de tabii ne istediğini bilenler var! Ufak yaşlarda, büyükleri geleceğe dair planlarını sorduklarında tereddütsüz yanıtlar veren ve de söylediklerini gerçekleştirenler var. Her şeyi ama her şeyi kontrol etmeye çalışanlar. Doğan güneşe hükmetmeye çalışanlar. Onlar da kişisel başarıları ve bundan kaynaklanan mutluluklarıyla yeterince aşağı kaydıktan sonra télé-ski'lere, télé-siege'lere binip tekrar yukarı çıkıyorlar. Tepsiden kopmamak, tamamen düşmemek için bütün paralarını ve enerjilerini tırmanmaya harcıyorlar. Düşüşlerini geciktirmek tek amaçları. Tepsinin üstünde geçirdikleri her saniye seksten daha fazla zevk veriyor bu homo-economicus'lara. Kavgalar ediyorlar, politikacı, işadamı, bürokrat, doktor, sanatçı oluyorlar. Meslekleri télé-ski'leri! Aileri télé-siege'leri! Hangisi doğru? Doğru diye bir şey var mı? Dünya bir karambol ve kimseye çarpmadan yürümeye çalışmaktansa kollarımı daha da açarak herkesi devirmeyi tercih ediyorum... Delilik bulaşır. Emperyalisttir! Belki bir sanatçı gibi eserlerim yok. Beni yaşatacak kütüphaneler, müzeler yok ama çarptıklarımın hafızaları var! Sadece hafızalarda yaşayan bir sanatçı. Gözle görülür, kulakla duyulur hiçbir şey üretmeyen ama hafızalara tecavüz eden bir sanatçıyım ben. Devirdiklerim çocuklarına, dostlarına hatırlayabildikleri kadarını anlatacaklar ve böyle sürecek. Ta ki bütün insanlar tepsiden kayıp parçalanana kadar. Kuşaktan kuşağa hafızalardan geçecek bir sanatçıyım. Çamura hayat veriyorum ben. Heykel yapmıyorum. Notalardan eserler yaratmıyorum. Benim hammaddem bu dünya. Şekil veriyorum ona ellerimle. Ve bırakıyorum insanlara. Hafızalarında var olacak ve geceleri kâbuslarında hatırlayacakları bu devasa, devasa olduğu kadar da geçici sanat eserini yapıyorum. Domino taşlarına ilk fiskeyi vuran benim. Her şeyi devirip onlara şekil veren adam. Sanat eserim bu dünya. Öldürdüklerim ve yaşattıklarımla dolu olan dünya. Sadece hafızalardayım. Başka bir yerde değil! Ne bir plastikte, ne bir çelikte, ne de bir kâğıdın üzerinde!.. Her şeyi bilmekten çok uzağım. Her şeyi hissetmekse imkânsız. Ama her şeyin farkındayım. Ve bütün dünyayı hatırlıyorum. Bir yerlerden hatırlıyorum. Ne hayattan önce bir ölüm var, ne de ölümümden sonra hayat! Kinyas'tan sonra bir Kinyas yok! Ama Kin de var, Yas da! Onlar hep var. Ta ki bütün şehirler, okyanuslar tepsiden düşüp kırılana kadar...

Mutfaktaki baba ile kızı ne yapacağımı düşünmek istemiyorum. Aptal planlar, insani projeler Kayra için. "Ben hareketlerimin sonucu ne olur?" diye soramıyorum kendime. Çünkü hesaplamayı bilmiyorum... Bir gün öldürüleceğime eminim. Bir gün sıkıntıdan ya da yorgunluktan karşı koymayarak beni öldürmelerine izin vereceğim. Doğal nedenlerle ölmeyecek kadar doğa düşmanıyım. Topraktan nefret ediyorum. Attığım her adımda bugüne kadar içine gömülmüş ve karışmış milyarlarca yaratığı düşünüyorum. Ölümün üstünde yürümeyi sevmiyorum. Ve dünya aklıma sadece bunu getiriyor, içine gömdüğü milyarlarca ölüyle. Birinin burnu, diğerinin ayakları. Bunların üzerine basarak gidiyor milyarlarca insan işine, okuluna. Hepimizin bastığı yerde bir ceset var. Hepimizin altında bir ölü var. İnsanlık gömdüğü yakınlarının üzerinde yürüyor. İnsanlık ölümün üstünde duruyor. Koşuyor, spor yapıyor...

Ve artık insanlık bir karar vermeli. Ya cenazelerde ağlamayacak ölülerine, ya da üzerine basmayacak, sevdiklerinin cesetlerinin beslediği toprağın!

Üst kattan bir kapı sesi. Kayra uyandı. Yürüdü banyoya doğru. Su sesi. Her zaman yaptığı gibi lavabo deliğini tıpasıyla tıkayıp suyla doldurdu. Aynada kendine, gözleri gözlerinde baktı. Ve lavabo yeterinde dolduğunda yüzünü yavaşça suya sokup durdu. Bekledi. Gözlerini açıp su-

yun içindeki kabarcıkları gördü. Nefes almadan yaşayabilseydi kalırdı
o şekilde sonsuza kadar. Ama bu sadece uyanmak içindi. Kafasını kal-
dırıp iki eliyle saçlarını arkaya götürdü. Birkaç saniye daha baktıktan
sonra kendine lavabonun tıpasını çekip merdivenlere yürüdü. Aşağı in-
di. Mutfağa girdi. Buzdolabının açılma sesi. Birkaç şişenin çarpışması...
Büyük ihtimalle cesetlerin üzerinden atlayıp mutfaktan çıktı. Elinde bir
şişe süt ve bir şişe birayla.

"Sonunda uyanabildin! Tanıdın mı mutfaktakileri?" dedim.

Yüzünde bir tebessümle geldi ve karşıma oturdu. Ve her zamanki gi-
bi görüntüsüne dayanamadığım, sadece kokusundan bile kusmak iste-
diğim sabah kahvaltısına girişti. Bardağın içine biraz süt, üstüne biraz
bira sonra birkaç yudum daha süt. İki bilek hareketiyle karıştırıp bir di-
kişte bitirdi iğrenç kokteylini.

"Demek ikisini de öldürdün!" diye söze başladı. "Elli yaşlarında
Amerikalı bir işadamını ve okulda ders olarak okuduğu İspanyolcasını
ilerletmesi için buraya getirdiği bakire kızını öldürdün... Hiç şaşırma!
Evet, bir bakire! Neyse, parayı almışsın. Artık ne yapacağımızı konuş-
mamızın zamanı geldi. Bu insanları birkaç gün içinde aramaya başlar-
lar ve polis hemen tepemize biner. Gitmemiz gerek. Ama önce cesetler-
den kurtulmalıyız. Sonra da yok oluruz."

Bekâret konusunda daha çok ayrıntı isteyebilirdim ama daha önem-
li konular konuşuyorduk.

"Peki senin suikast işi ne olacak?" diye sordum.

"Şimdilik bunu erteleyeceğim. Daha doğrusu, öldürülen devlet baş-
kanının milliyetinin bir önemi yok. Gideceğimiz herhangi bir ülkede de
yapabilirim bunu. Yeter ki bir devlet başkanı olsun!.. Nereye gideceğimi-
zi düşünelim asıl! Güney Amerika'nın iyice içine girip ananas ve muz ye-
meye devam mı edeceğiz, yoksa kuzeye gidip New York'ta sanat galeri-
si mi açacağız? Ve en son olarak da geldiğimiz yere yani Afrika'ya dö-
nebiliriz!"

Evet, gerçekten de yapabileceklerimiz bunlarla sınırlıydı. Avustralya
ya da Asya'nın doğusuna gidebilirdik. Ama bilmediğimiz yerlere git-
mekten sıkılmıştık. Biz turist değildik. Ve yerel mutfaklar ilgilendiğiği-
miz en son şeydi. Üstelik bir fotoğraf makinemiz bile yoktu. Ameri-
ka'ya gitmek ilginç olabilirdi. Ama orada da, saat çok fazla iyi işliyordu.

Bizim gibi geri kalan bir yelkovan ile akrebi derhal bulur ve o meşhur federal hapishanelerine yüzlerce yıl yatmak üzere yollarlardı. Belki de içlerinde kimsenin adlarını bilmediği katil sıvıları barındıran şırıngalarını konuşturup idam ederlerdi. Eyalet halkının işsiz bölümü bizim için Beyaz Saray'a kadar yürürdü. Madison Square'de öldürülmememiz için gösteriler yaparlardı. Ve en önemlisi, hapishanelerinde idamlık olmanın zevkini çıkarıp isyanlar başlatabilirdik, her ne kadar derimizin rengi tutmasa da, içimizin renginin bir olduğu zenci kardeşlerimizle!.. Ancak her caddesinde bir pizzacı bulunuyor da olsa, şehirleri kokuyordu. İnsanları kokuyordu. Herkes kokuyordu Amerika'da! Chanel No 5'ten soya yağına kadar! Ve benim midem bulanırdı orada...

Yüzümü buruşturdum bunları düşünürken. Güney Amerika, Arjantin, Peru, Yağmur Ormanları. Oralar da kokuyordu büyük ihtimalle. Sonra düşündüm de, aslında kokan o ülkeler değil, mutfaktaki cesetlerdi! Ve onlardan kurtulana kadar da sağlıklı düşünmemin imkânı yoktu.

"Önümüzde en fazla iki gün var. İki gün içinde gideriz ama mutfaktaki cesetlerle ilgilenmemiz gerek."

Aynı şeyleri tekrarlamaya başlamıştım. Çözüm bulana kadar da devam edecektim tekrarlamaya! Ama yanıt Kayra'dan geldi.

"O iş için havanın kararmasını bekleyeceğiz. Ya parçalara ayırıp gömeceğiz ya da hiç dokunmadan, Amerikan pasaportlu vücutlarını asitle eriteceğiz."

Yanlış hatırlamıyorsam, altı yıl önce de buna benzer bir durumda kalmıştık. Ve bir an önce bulunduğumuz yeri terk etmemiz gerekiyordu. İşlediğimiz birkaç suç ve bizi bir türlü bırakmayan kadınlarımızdan ötürü kaçmamız gerekiyordu. Ve çözüm olarak, tamamen parasız olduğumuz için gecenin en siyah olduğu bir anda yataklarımızdan gizlice kalkıp sahilden yürümeye başlamıştık. Sınır yirmi kilometre uzaklıktaydı. Ve biz yürüyorduk karanlık bir kumsalda rutubete bata çıka. Sekiz saat yürüdük. Hava aydınlandığında sınıra gelmiştik. Ve her yer asker kaynıyordu. O kadar çok üniformalı insan vardı ki, sınırın diğer tarafına geçemeyeceğimizi anlamamız uzun sürmedi. Ve ikimiz de büyük atletler olmadığımız için koşarak ormanda izimizi kaybettirme fikrine yanaşmadık. Yola çıkıp yataklarımızın olduğu yöne doğru giden arabalardan birini durdurup bindik. Birkaç kilometre sonra asker kontrolünde durduruldnk. Üzerimizdeki belgelerin süreleri geçtiği için arabadan indirilip yol kenarındaki bambudan yapılmış karakola sokulduk. Karşımıza da rütbesini kimsenin çözemeyeceği bir asker oturdu. Zaten Üçüncü Dünya ülkelerinde rütbe yoktur. Tanrı ve kulları vardır! Bizim casus olduğumuzu iddia etmeye başladı. Her şeyi, her suçlamayı bekliyorduk ama casusluk ithamı bizi bile şaşırtmıştı. Tabii ki karşımızdaki bıyıklı askerin komik suçlaması tamamen rüşvet almak için, tarafından, hayal gücüne sığınıp uydurduğu saçma bir hikâyeydi. Ama bizde kesinlikle para yoktu. Cebimde sadece Solingen bir ustura vardı. Üstümüzü aramadıkları için daha varlığından haberdar değillerdi. Kayra askere en nazik biçimde çok büyük bir parayı ancak bizi serbest bıraktıkları takdirde getirebileceğimizi söylüyordu. Üstelik bir rüşvet değildi vermeyi teklif ettiği. Karakolda geçirdiğimiz güzel zamanın karşılığı olan ücretti. Kayra bütün rüşvetleri değişik ambalajlara sokmaktan hoşlanırdı. Çünkü hepsinin hak edilmiş paralar olduğunu düşünürdü. Rüşvetin yasallaşması için dernek bile kurabilirdi, eğer dünyanın herhangi bir yerindeki herhangi bir belediyeye kayıtlı olsaydı! Ama asker sadece sözde olan bir paraya inanmıyordu. Dışarıda askeri bir cip, kontrol noktasında dört asker daha vardı. Benim tek düşündüğüm usturayla karşımdakinin boğazını en sessiz şekilde kesip silahını almak ve dışarıdakileri de öldürüp ciple kaçmaktı. Ve artık planı uygulamaya kesinlikle karar verdiğim ve yavaşça elimi bermudanın yan cebinin kapağına götürdüğüm anda içeri bir kadın girdi. Bu Amonka'ydı! Kaçtığımız kadınlardan biri. Daha sonraları ise defalarca birlikte olduğumuz. Bizi bir şekilde bulmuştu. Askerle yerel dillerinde konuştular. Çantasından komik bir miktar çıkarıp verdi. Asker de razı olup daha fazla bizi tutmanın kendisi için de iyi olmayacağını düşünerek gidebileceğimizi ama bir daha karşısına çıkmamamız gerektiğini söyledi. Biz de razıydık karşısına çıkmamaya. Kayra iki gün boyunca yataktan çıkmayarak borcunu ödedi Amonka'ya.

Ve hayatımızda ilk ve son kez bir işe girip çalışmaya başladık. Kasabanın yakınlarındaki Fransız bir firmanın deniz suyu arıtma tesisinin kanal açma işinde. On gün boyunca kazmalarla toprağı deldik. Sonra bir gece, şantiye müdürünün kasasındaki paraları alıp iki hafta önce zorladığımız sınıra gittik. Bu sefer, rüşvete yetecek parayla. Ve altımızda bir Peugeot 205'le. Sınırı geçtik, adam başı beş yüz dolara.

Hiçbir şey değişmedi sonra. Sınırın öbür tarafı da aynıydı. Kadınlar, kum, güneş, sıtma. Hiçbir şey değişmedi. Amonka'nın bizim için hissettikleri bile değişmedi! Dünya boşuna dönüyordu. Kaza yapıp ters dönmüş bir arabanın boşa dönen arka lastiği gibi! Hiçbir işe yaramıyordu. Belki bir palmiye yaprağı bağlansa ilkel bir vantilatör yapılırdı. Ama dünyaya ne bağlanırsa bağlansın, durmadan dönmesi yararlı bir hale getirilemezdi...

Hava kararana kadar evde oturduk. Az sayıdaki eşyamızı çantalarımıza yerleştirdik. Parayı ufak torbalara yerleştirip bagaja koyduk. Mutfaktakileri de gömmesi daha kolay olur diye bir baltayla ikiye ayırıp çarşaflara sardık. Ve evin bahçesinin dört ayrı köşesine gömdük. Amerikan Konsolosluğu'nun haftalık basın bülteninde kayıp olarak kayda geçeceklerini düşünüp bir sigara içtim. Gitmeden, eve benzin döküp yakabilirdik. Ama yapmadık. Benzine araba için ihtiyaç vardı. Arabaya da gitmek için! Artık tamamen bir hurdaya dönmüş olan BMW'ye binip geceye doğru yola çıktık. Yönümüz belliydi. En karanlık olan tarafa gidiyorduk. Gecenin en karanlık yerine. Güneşin attığını düşündüğümüz turun tersini atıyorduk. Dikiz aynasında birkaç ışık vardı. Açık camdan içeri giren, okyanusun rüzgârla savrulan damlacıkları yüzüme çarpıyordu. Radyoda ise Tom Jones'tan "I'm Coming Home" çalıyordu. Coming home... Bulsak o evi, biz de döneriz bir gün belki...

İlkellik mıknatıs gibidir. Dev bir mıknatıs. Biz istemesek de, vücu-
dumuzdaki demir ona doğru gider. Beynimize işlenmiş bir ilkel insan
dövmesiyle doğarız. Yemek, uyumak, bağırsaklarımızdakileri çıkar-
mak dışında yaptığımız her şey fazladandır. Üremek dahil. Geriye ka-
lan her şey uydurulmuştur. Dünya uydurulmuştur! Caddeler, evler,
giysiler... Her şey. O üç eylem dışındaki her şey! Aşk, siyaset, tıp, savaş.
Bunların hepsi insanoğlunun boynuna astığı aksesuvarlardır. Teker te-
ker hepsinden kurtulunur ve üç ana eyleme dönülürse insanlık kendi-
ni hatırlayacaktır. Bunların yerine getirilebildiği dev bir yatakhane ol-
malıydı dünya...

İnsandan ve bütün canlılardan iğreniyorum. Kendimdense nefret
etmekten yoruldum ve bu konuda hiçbir şey hissetmiyorum. Oksijen-
le alışverişi olan her yaratık midemi bulandırıyor. Gözkapaklarımı
derime kaynak makinesiyle yapıştırmak istiyorum. Bir canlı daha
görmemek için! Ellerimden, ayaklarımdan korkuyorum. Kalabalık-
lardan korkuyorum. Tek isteğim, bütün düşündüklerimi içinde barın-
dıran beynimi bedenimden yırtıp uzay boşluğuna fırlatmak. Bedenim
olmadan, sadece ve sadece var olduğumu bana hatırlatacak olan zih-
nimin uçmasını istiyorum. Buna ruh diyenler de var. İlgilenmiyorum
isimlerle. Sadece hiçliğin içinde bedensiz bir zihin olmak istiyorum.
Sadece bir düşünce olarak var olmak! Tek aklıma gelen bu, yaşama
acımdan kurtulmak için. Sonsuz hiçlikte yüzen bir düşünce. O kadar!
Ölmek mi gerek bunun için? Belki evet. Belki hayır. Ölünce tamamen
yok olma ihtimali de var. Düşüncenin de, zihnin de gömülüp çürüme
ihtimali. Onun için ben hâlâ nefes alıp verebiliyorken gerçekleştirece-
ğim zihnimi yok etmeyi. Bedenim yokmuş ve üzerinde durduğum

dünya sonsuz bir hiçlikmiş gibi var olacağım... Sadece bir zihin. Çevresinde de yiyen, yediklerini boşaltan, uyuyan bir et! Kinyas sürüyor arabayı. Ben gidiyorum. Yol konuşuyor. Biz dinliyoruz. Meksika radyoları o kadar can sıkıcı ki teybi çıkarıp fırlattım. Artık tek bir nota müziğe, son heceleri kafiyeli iki cümleye bile dayanamıyorum... Ben yazdım şarkı sözü. Utanmadan da bestelere oturttum kelimeleri. On altı şarkı yaptım. Hepsi bir hikâye anlatıyordu. Hepsinin de bir başı, bir sonu vardı. İRS isminde bir grup kurmuştum. "İdentités Remarquables!" Çaldık bir süre, Adolphe Sax'ın o muhteşem enstrümanının yardımıyla hayat buldu şarkılarımız. Ama hiçbir zaman gerçek bir müzisyen olamadığım için daha çok gösteriyle ilgilendim. Sahne gösterisiyle. Konserde yanımda şarkı söyleyen solistin beyaz tişörtünün üzerine sprey boyayla anarşi işaretini çizerdim. Eğlenceli günlerdi. O zamanlar daha müziğe inanıyordum. Davul bana hâlâ bir şeyler anlatabiliyordu. Ve yine o zamanlar, müziğin nasıl dünyaya gelmiş olduğuna dair bir teori geliştirdim.

Öncelikle bilinmesi gereken, ortaya çıkan ilk enstrümanın vokalden de önce, ritmi yaratan davulun olduğudur. İcadıysa şu şekilde gerçekleşir...

İlkel insan bir gece, mağarasında yatarken kulağını yere dayamış, uyumaya çalışır. Ancak tam sessizliği yakalamışken kulağıyla kafasını dayadığı taş arasında bir ses duymaya başlar. Korkup derhal kulağını taştan çeker ve ses kaybolur. Sonra tekrar kafasını yan çevirmiş şekilde taşa yatırdığında sesin yeniden geldiğini fark eder. Tekrarlanan bir sestir duyduğu. Eşit aralıklarla tekrarlanan kısa bir ses. Bu insan kalp atışını duymuştur. Ve insanın maymundan geldiğine dair en büyük kanıt olan taklit yeteneği devreye girer. İki cismin çarpışmasının sonucu olduğuna kanaat getirdiği sesi, eline aldığı bir taşı yere vurarak kulağından çıkan ritme uydurur. Bir süre kalp atışına uygun olarak yapar. Sonra kafasını yerden kaldırır ve sadece elindeki taşı aynı hızda yere vurmaya devam ederek nabzını taklit eder. Buradaki tek müzikal unsur tekrardır. Tekrar ritimdir. Ve ritim kulağın içinde duyulan kalp atışıdır. Daha sonra ilkel ses hızlanarak, yavaşlayarak başka ritimlere yol vermiştir. Ve insan tekrarlanan çarpışma seslerinin çeşitliliğinden günümüz davullarına gelmiştir. Hatta günümüz "drum'n'bass" stilini icat etmiştir...

İşte müziğin hikâyesi! Müzikle uğraştığım o günler ve daha önceleri o kadar çok gruplarla ilgileniyordum ki hafızamda hatırı sayılır bir arşiv yüklenmiş duruyordu... Ama artık bitti. Şu an sadece kalp atışımı dinliyorum. En sevdiğim ve tek dinlediğim grup: atardamarlar! Mükemmel bir orkestra. Hiç nazlanmadan çalıyorlar. Kaprissiz. Ben ne zaman istersem... Kinyas arabayı sürüyor. Ben gidiyorum. İkimizin de nereye gidildiğine dair tek bir fikri bile yok. Kasabalara giriyoruz. Çıkıyoruz. Sokaklarda kayboluyoruz... Bildiğimiz tek şey tekerleklerin döndüğü. Hava yine çok sıcak. Ve aklıma o an gelebilecek en aptal fikir geliyor. Hava o kadar sıcak ki cabriolet bir arabayla gitmenin çok daha iyi olabileceğini düşünüyorum. Fikrimi Kinyas'a söylediğimde önce bir düşünüyor. Aslında düşünmüyor, sadece öyle görünmek için birkaç saniye susup yanıt veriyor.

"Tamam. Balta bagajda mı?"

"Evet" diyorum. "Amerikalıları kestikten sonra bagaja atmıştım."

Konuştuğumuz sırada sokaklarından geçtiğimiz kasabadan çıkıyoruz. Birkaç kilometre sonra anayoldan ayrılıp bir tarlaya giriyoruz. Karşımızda simsiyah bir orman. İlk ağaçlara gelince yavaşlıyor ve ormanın birkaç metre içine girip duruyoruz. Motor sustuğunda sadece böceklerin sesi kalıyor geriye. Tek bir ışık yok çevrede. Sadece gökyüzündeki birkaç gün kadar eskimiş dolunay aydınlatıyor ıssız yeri. Arabadan inip bagajdan baltayı alıyorum. Ön camlar açık. Kinyas'a bakıyorum "Lütfen buyrun!" der gibi eğilerek sol kolunu genişçe açıyor. Ve daha fazla beklemeden arka camın ortasına vuruyorum baltayla. Kırılmıyor ama tamamen buzlanıyor. Sonra birkaç darbe daha ve cam arka koltuğa parçalar halinde iniyor. Cabriolet arabamızın ilk evresi tamam. İki üç darbede de Kinyas sağ ve sol kelebekleri patlatıyor. Şimdi en zor kısım olan tavanı koparmak gerekiyor. Hem de en az zararla! Bunun için birkaç saat uğraşıyoruz. Alman sanayisine bol bol küfrederek. Tavanın bağlantılı yerlerini kopardığımızda geriye bir araba gövdesi, çatlak bir ön cam ve eğrilmiş çerçevesi kalıyor. Sonuç görüntü açısından bir felaket. Ellerimiz kan içinde. Her yer cam kırıklarıyla dolu. Ama araba artık bir BMW cabriolet! Belki kuşe kâğıda basılmış otomobil dergilerindekiler kadar iyi durumda değil ama yine de bir BMW 850 cabriolet!.. Artık saçlarımın arasında ter ve rüzgâr birbirlerini kovalayabilir!..

Biraz dinlendikten sonra koltukları temizleyip yola çıktık. Artık savaş sonrası Pasifik Okyanusu'nda unutulmuş mayınlar gibiyiz bu arabayla! Yollarda pek kimse olmadığından dikkatini çekeceğimiz insan da yoktu ortalıklarda. Ama birazdan sabah olacak ve büyük bir şehre girdiğimiz takdirde el yapımı cabriolet arabamızdan dolayı polis tarafından durdurulacaktık. Onun için birbirimize itiraf etmesek de ne yapacağımızı düşünüyorduk. Nereye demir atacağımızı hesaplamaya çalışıyorduk parmaklarımızla. İki saat daha gittik hiç konuşmadan. Sadece çevremize bakınarak. Ve artık güneşin sahneye çıkma hazırlıkları başladığında mutlaka bir yerlere sığınmamız gerektiğini düşündük. Her zamanki gibi son ana kadar plan yapmayıp aceleyle verilmiş bir karar çizecekti kaderimizi.

Anayolda giderken Kinyas, "Ona kadar bir sayı söyle" dedi. "Bir!" dedim. İkimiz de solaktık. Yolun solundaki ilk toprak yola girdi. Yol bir tepeye doğru gidiyordu. Güneş arkamızda kalmıştı. Ve biz daha karanlık olan, tepenin bize bakan yamacına sadece sağ farın aydınlattığı yoldan gidiyorduk. Birkaç kilometre çorak arazinin ortasındaki yolda ilerledikten sonra arabadan hırıltılar gelmeye başladı. Sert bir titreme. Ve motor durdu. Dumanlar çıkıyordu arabadan. Kesinlikle aldığımızdan beri yağına, suyuna bakmadığımız için büyük ihtimalle bütün mekanizmayı yakmıştık. Eşyalarımızı alıp yürümeye başladık. Yamaca doğru. Neden bilmem ama bizi çeken bir şey vardı, gittikçe güneşin sayesinde rengi açılan tepede. Üstünde ağaç yoktu. Çok büyük bir kaya parçası gibi duruyordu. Sanki çok yükseklerden atılmış ve üzeri de bir usturayla dümdüz edilmiş gibiydi. Çevresindeki düzlük, tepenin buraya başka bir yerden geldiğini düşündürüyordu bize.

Yürüdük. Terlemiştik. Hiç konuşmadan. Hızlanan nefeslerimizin sesi. Yürüdük. Dönüp arkama baktığımda arabayı hâlâ görebiliyordum. Bundan nefret ettim. Çok yürüdüğümü sanıp, dönüp arkaya baktığımda, başlama noktasından hiç de o kadar uzaklaşmadığımı görmek dünyanın en iğrenç duygularından biriydi. O kadar sinirlendim ki elimdeki çantalara aldırmadan koşmaya başladım. Yamaca doğru. Ben koştukça uzaklaşıyordu tepe. Ben koştukça, kovaladıkça kaçıyordu her şey. Çıplak elle balık avlamaya benziyordu yaptığım. Ağzımdan soluyordum. Terliydim. Koşuyordum. İçimdeki bütün nefretle. Bugüne kadar yakalayamadığım her şey için koşuyordum. Ellerimin arasından kayıp gitmiş her şeyin peşinden! Lokomotif gibi atan kalbim ağzımdan düşecek gibiydi. Kafamı sağa çevirip yere tükürdüğümde sanki ciğerlerimi de tükürdüm. Koşuyordum bütün vücudumla. Elimdeki çantalar bacaklarıma, gövdeme, birbirlerine çarpıyordu. Kafamı geriye atmış, gözlerimi kısmıştım. Yamaç gözümün önünde bir aşağı, bir yukarı gidiyordu. Titriyordu bütün tepe. Bütün dünya! Bir türlü yaklaşamıyordum. Bağırmaya başladım.

"AAAAH!"

Koşuyordum. Bütün dünyayı yakalamak için. Her şeyi! Herkesi!.. Ve bu çabaya dayanamayan bedenim kendini toprağa bıraktı. Biraz yuvarlandıktan sonra yerde sırtüstü yattım. Çantaları hâlâ bırakmamıştım. Düşerken alnımı vurmuş olmalıyım. Islak ve sıcak bir sıvı sızdı saçlarımın arasından şakağıma doğru. Gökyüzü artık maviydi. Güneş tahtına geçip tacını devralmıştı... Hiçbir şeye yetişememiştim. Hiç kimseyi yakalayamamıştım. Hayat yine kayıp gitmişti... Parçalanmış ceketimin iç cebinden bir sigara çektim. Ve bir ölü gibi vücudumu hiç oynatmadan durdum. Gözlerimi kapattım. Ağzımda sigara. Bir mucize istedim. Bir tane. Ya şimdi ya hiç!.. Ve gözlerimi tekrar açarken içime çektiğim nefeste nikotin de vardı. Kinyas eğilip ağzımdaki sigarayı ateşlemişti. Mucize gerçekleşmişti... Derin bir nefes çektim. Kinyas da kendini yanıma bıraktı.

Artık ikimiz de adını bilmediğimiz yassı bir tepenin yamacının yakınlarında, kırmızı bir toprağın üzerinde, ellerimizdeki sekiz yüz bin dolarlık torbalarla sırtüstü yatıyorduk. Çok zor günler yaşıyorduk. Çok zor yaşıyorduk. Çok zor...

Sigaranın külleri toprağa karıştıktan ve filtresi de havada birkaç takla atıp yanıma düştükten sonra, doğrulup olduğum yerde oturdum. Çevreme baktım. Ve karşımda da güneşten, toprağının renginden ötürü kızarmış, binlerce oyuğu olan dev bir kaya vardı. Ayağa kalkıp çantaları teker teker kontrol ettikten sonra yamaca doğru yürümeye başladım. Artık içimde hiçbir kızgınlık yoktu. Çok sakindim. Eğimi yükselen zeminde zorlanmadan yürüyor ve tepeye tırmanıyordum. Kinyas da arkamdan geliyordu. Yüz metre civarında tırmandıktan sonra sol tarafımda büyük bir oyuk fark ettim. Önünde ufak taşlar vardı. Bir mağara girişine benziyordu. Bir jeoloğun sözleri aklıma gelmişti:

"Her taşın bir hikâyesi vardır. Jeolog ise taşın masalını anlatandır!" Düşüp kendimi parçalamak istemediğim için dikkatli adımlarla sol tarafa doğru yürümeye başladım. Sağımda yamaç, solumdaysa artık bulunduğum yükseklikten ötürü tehlikeli olmaya başlamış mütevazı bir uçurum vardı. Bütün ağırlığımı yamaca doğru vererek ayaklarımın zor sığdığı küçük patikadan yürüyüp oyuğun önüne geldim. Kafamı içeri uzattığımda, güneşin aydınlattığı kadarıyla, geniş olduğunu tahmin ettiğim bir mağara keşfettiğimi anladım. Güneş ışıklarının ulaşamadığı yerler tamamen karanlık ve biçimleri hakkında fikir yürütülemeyecek kadar belirsizdi. Oyuk, bir insanın geçebileceği yükseklikte ve eni de bir metre civarındaydı. İçeri adımımı atıp elimdeki çantaları bıraktım yere. Dönüp Kinyas'a baktım. Ve elimle gelmesini işaret ettim. Kesinlikle rutubet yoktu. Kupkuru bir yerdeydim. Benzininin bitmediğini umduğum çakmağımı ceketimden çıkarıp yaktım. Ve karanlığa doğru bir adım daha attığımda, gerçekten de bir tünel görünümündeki oyuğun büyük ve uzun olduğunu anladım. Yere oturup Kinyas'ın gelmesini bekledim.

Fazla uzun sürmedi bekleyişim. Önce elindeki çantalar ve plastik poşetler girdi mağaraya. Sonra da kendisi. Mağaranın girişinde öylece durmuş içeri bakıyordu. Güneş bütün vücudunun çevresinden taşmıştı. Altın bir zırhla sarılmış gibiydi. Kinyas, simsiyah bir mağaranın ağzında altın sarısı bir ışığın içinde duruyordu. O saniye, bu görüntü, bu manzara. Hiçbir fotoğrafçının yakalayamayacağı mucizevi sahne. Bana tek bir şey düşündürdü: Kinyas'ın kutsallığını! O bir azizdi. Gerçek bir aziz! Belki de bir melek. Benim için yollanmış koruyucu bir melek! Sonsuz gibi gelen saniyeler boyunca durdu o şekilde. Altın külçesinin ortasındaki siyah bir leke gibi. Sonra yavaşça hareketlendi siyah gölge. Sağ elinde bir ateş belirdi. Bir adım attı bana doğru. Çakmağını yakmış, yürüyordu. Büyülenmiş gibiydi, sadece bir an için seçebildiğim gözleri. Ve mağaranın içine doğru yürüdü. Önümden geçti. Devam etti. Mağaranın karanlığına karıştı. Çakmağın ışığı duvarların siyahlığına fazla dayanamadı. Ve tünelin içinde yok oldu. Her şey bir hayal gibiydi. Neyin gerçek olduğunu anlayamıyordum...

Ne kadar zaman geçti bilmiyorum. Önce ayak sesleri, sonra duvarlarda birkaç ışık damlası. Ve en sonunda da karanlığa alışmış gözlerimin beynime verdiği elektronik sinyalin açılımı, yani Kinyas.

"Tünelin ucunda kilise büyüklüğünde bir oda var. İnanılmaz bir yer! Tavanından sızan binlerce ışık var. Günün bütün ışıkları. Taşın deliklerinden çıkan ve odayı aydınlatan projektörler gibi. Bunu görmelisin!" Oturduğum yerden kalktım. Söylediklerine pek bir anlam verememiştim. Gözümün önüne gelmiyordu eksik Türkçesiyle betimledikleri, ama Kinyas'ı bile etkilediğine göre sihir, tepenin sihri devam ediyor olmalıydı. Çakmağımı yaktım. Bir an için üzerindeki "TAEDİUM VİTAE" kelimeleri parladı ve Kinyas'ı takip etmeye başladım. Önüme bakarak yürüyordum düşmemek için. Ve Kinyas "İşte!" diyene kadar tünelin bittiğini ve bahsettiği yere gelmiş olduğumuzu anlamadım...

Kafamı kaldırdığımda gördüklerime kesinlikle inanamadım. Kalbimin atışı hızlandı. Birkaç ter damlası alnımdan çıkıp dünyayla tanıştı. Baktığım şey daire şeklinde, yaklaşık yirmi metre yüksekliğinde duvarları olan ve her yeri, tavandaki binlerce küçük delikten sızan binlerce ışık huzmesinin yarattığı binlerce sarı ufak noktayla dolu bir mağaraydı. Burası bir cami, bir kilise, bir sinagog değil, dünyanın en ilkel ve en doğal ibadethanesiydi! Dev mağaranın içine birkaç adım attım. Ve ışık noktalarının vücudumda gezmeye başladıklarını hissettim. Kafamı kaldırıp olduğum yerde dönmeye başladım. Binlerce ışık çizgisi, havada asılı ışıklı sopalar. Ellerim çarpıyordu ama kırmıyordu onları. O kadar güçlü bir andı ki, o kadar kendimden geçmiştim ki, o kadar uzun zamandır gördüğüm bir şeye şaşırmıyordum ki beynimdeki düşüncelerin her biri volkanlar gibi patlamaya başladı! Olduğum yerde, gözlerim tavandaki ışık bahçesinde dönerken, kulaklarımdan, ağzımdan, burnumdan, bütün zihnimin lavları akıyordu. İçimde patlayan her şey akıp gidiyordu. Başım dönmeye başladı. Sendeledim. Elimden düştü çakmağım. Ve ben de bıraktım kendimi peşinden. Bir şelalede yıkanmış kadar temiz hissediyordum. Kötülüğün, dünyanın ne olduğuna dair en ufak bir fikri olmayan yeni doğmuş bir bebek gibi.

Kinyas gelip, ceketimin cebinden bir sigara alıp yaktı. İkimiz de hayatımızda gördüğümüz en bizi bizden alan yerdeydik. Hayalini daha kurmamış olduğumuz nadir yerlerden biri. Yattı sırtüstü yere.

"Ölene kadar burada kalacağız. Açlıktan ve susuzluktan ölene kadar! Burası filmin bitmesi için en uygun dekor."

Söylediği her kelime yankılanıyordu leopar derili duvarlarda. Vücudumun üzerindeki parlak noktalara bakıyordum. Tavandan duvarlara ve her yere düz çizgiler çeken güneşin bu kadar parçaya bölünebildiğine inanamıyordum. Sonsuza kadar yatabilirdim burada. Bütün mağara bin yıl sonraki bir depremde üstüme yıkılana kadar. Çevremi örümcek ağı gibi sarmış ışık çizgileri kefenim olana kadar. "Ölene kadar!" dedim, fısıldayarak. Kinyas'ın duyacağı yükseklikte. İncitmek istemedim. Bizden binlerce yıl önce tanışıp birlikte yaşamaya karar vermiş güneşi ve içine girdiği dev kayayı. Tavanda gördüğüm dünyanın en muazzam sevişmesiydi. Güneş ışığının taşla sevişmesi! Doğudan batıya giden, güneşin doğuşundan batışına kadar süren mucizevi bir sevişme...

Üç gün boyunca geceleri çok soğuk olan mağaramızda dolarları yakarak ısındık. Eşyalarımızın arasındaki iki şişe konyağı içtik. Karnımız acıktı. Dışarı çıkıp anayola yürüdük. Otostop çektik bir çiftçiye. Kamyonetinin arkasında dört saat yol aldık. İlk kasabada indik. Gördüğümüz ilk bara girip nerede pizza bulabileceğimizi sorduk. Barmen kendilerinde olduğunu söyledi. Pepperonni yoktu. Margaritaya da razıydık. İki margarita, iki de bira! Soğuk! Çok soğuk... "Ölene kadar!" demiştik. Ama ölmedik!

Barda oturan kadının iri göğüslerine bakarken birden bir şey fark ettim sağ elimde. Hareket eden sarı bir ışık noktası. Gözlerimi çevreleyen derinin gerildiğini duydum. Kinyas'a baktım. Yüzündeki acı tebessüm eşliğinde elindeki çatalıyla yukarıyı gösteriyordu. Çatalın dişlerinin baktığı yöne kaldırdığımda gözlerimi, barın tahta çatısından sızan ve elime kadar uzanan güneş ışığını gördüm. Tekrar Kinyas'a baktığımda ikimiz de uzun zamandır atmadığımız kadar dürüst kahkahalar atıyorduk. Mucize bizimle gelmemişti. O muazzam büyü bizi takip etmemişti. Hiçbir şey peşimizden gelmemişti. Mucize bizdik! İçimizdeydi. Her şey bizdeydi! Mucize, sihir, o eşsiz sevişme! Hep bizim zihnimizdeydi. Mucize gitmiyordu bir yere. Biz gidiyorduk. Mucize bizdik. Kinyas ile Kayra! Ellerinde her zaman sarı ışık noktalarının dans ettiği adamlar... İki bira daha istedik.

"Soğuk olsun. Çok soğuk!"

Bu dünyadan gelip geçmiş en büyük edebiyat üstadının dediği gibi, "Ölüm tek ilham kaynağıdır." Bu yarı yazar, yarı tanrı adam hakkında saatlerce düşünebilir ve konuşabilirim. Ancak beni engelleyen iki nokta var. Birincisi üstadın söylemiş olduğu şu söz: "Kitaplarımı asla okumam. İlgilendirmiyorlar beni. Edebiyata büyük bir yeteneğim var ama ona inanmıyorum." Diğeri de benim hiçbir gerçeği kabullenmiyor oluşum...

Yirmi bin dolara yakın para yaktım. Üç gece boyunca uykusuzluğumu rahatsız etmemek için. Yine de üşüdüm. Amerika, banknotlarının malzemesinden bile çalıyor olmalı. Bir yirmilik en fazla dört dakika dayanıyor. Harcaması bile daha uzun sürer. Paranın aslında güzelliği bu. Yaktın mı yanıyor, tuvalet kâğıdından farksız! Ama birine uzattın mı, soru sormadan alıyor. Para sistemini, alışveriş düzenini kurmuş olan insanları bulup, bütün dünyanın manevi liderleri olarak kabul edip dev heykellerini dikmek gerek! Üstelik sadece birkaç ülkede değil, bütün dünyada. Para işi çok iyi işlemiş, hiç açığı olmayan bir dolandırıcılık numarası gibi. Yani sokak arasında çıkmış ve milyarlara bulaşmış koca bir yalan, gerçekle alakası olmayan bir dedikodu gibi. Ama her kim bunu ilk düşündüyse tekerleği bulandan, trampayı bulandan daha akıllı değildi belki ama ondan daha insan ve kurnazdı. İsterdim parayı icat etmiş olmayı. Dünya üzerinde insan elinden çıkmış en etkileyici şey. İklimlerden, depremlerden, güneşten ve benim durumumda soğuktan daha etkili. Köşesine verdiğin anda alevin sarısını, banknot meşale gibi...

Bu konuyu düşünüyordum, yüzyıllarca kendisini keşfetmemizi beklemiş olan dev oyuğun içinde. Kayra uyumuştu. Süzgece benzeyen tavandan artık güneşin ışığı değil, gecenin soğuğu ve karanlığı giriyordu.

Sadece kafamı kaldırdığımda deliklerden birinin içinde bir ışık, beyaz bir ışık, bir yıldız gördüğümü sandım. Hepsi bu. Gerisi karanlık... Gündüz cennet. Gece cehennem! Şehirlerden farklı olarak, burası sadece geceleri cehennem.

Kaç yaşındaydım? Hatırlamıyorum. O büyük üstadın yazdığı dünyanın tek gerçek kitabını okuduğumda. On dört yaşlarımdaydım, yanılmıyorsam, onun hakkında bir eleştirmenin yazdıklarını hatırlıyorum.

"Eğer gerçekten inansaydı yazdıklarına, çoktan intihar etmiş olurdu. Scatologie taraftarları için bile okunduktan sonra hazımsızlık yaratabilir bu kitap!"

Hiçbir şey anlamamıştı. Ne yazardan. Ne de kitabından!

Üstadın ölümü doğduğunda başlamış ve dünyada görülmüş en uzun süren intihar olarak tarihe geçmiştir. Bugüne kadar yaşamış insanların arasında ölümü en acılı olanıdır. Çünkü yaşayarak ölmüştür. Yaşayarak intihar etmiştir. Yazarak. Hiç durmadan. Kitap yazması kendisi için fazla tehlikeli olmaya başladığında ise mektuplar yazmıştır. Binlerce sayfa! Sanki her biri farklı bir insanın kaleminden çıkmış binlerce mektup... Bazıları silahla, bazıları siyanürle, bazıları çatılarından atlayarak. Bazıları da yaşayarak! Ki sonuncusu en acı veren ve en yavaşıdır. İnsanın canı o kadar yanar ki birkaç yıl sonra hiçbir şey hissetmemeye başlar. Ama ufak bir hata, ufak bir çabuk ölüm arzusu bütün acıları yeniden başlatır. Ve beyin kabuğunu nasırlaştırmak yine yıllar ister. Üstadın intiharı ve yeryüzündeki can çekişi altmış sekiz yıl sürmüştür. Ben de baharda doğdum onun gibi. Yüzünü işlettim vücuduma. Kayra dışında dinlediğim tek isim. Belki de dostsuzluğuma bir çare. Yaşasaydık aynı zamanda belki de acırdı bana, küçümserdi. Hatta bir yerde, kaygılanırdı benim ve hayatım için. Belki de burnunu kırardım hoşuma gitmeyen bir laf ettiği için. Kışkırtmayı en sevdiği spor haline getirdiği için düşerdim tuzağına. Sinirlenirdim belki de. Belki de öldürürdüm onu kendi ellerimle...

Böylesi daha iyi. O benim dostum. Sessiz. Hareketsiz. Her zaman benimle. Derime yapışmış yüzüyle. Yaşasaydı, derdi bana:

"Oğlum, bana iyi bak! Bir üstada benziyor muyum? Ben yazıyorum, sen okuyorsun. Büyütme bunu."

Yalnız bir çocuğun yarattığı hayali arkadaşı gibi. Konuştum birkaç

180

yıl onunla beynimde. Sonra büyüdüm. Anladım konuşulacak bir şey olmadığını. Onunla benim, birbirimize anlatacağımız herhangi bir şeyimiz yoktu. Ağır kurşun yaraları almış ölmekte olan iki düşman askerinin birbirlerine dokunmadan yan yana yatmaları gibi. Hiç konuşmadan... Birbirimize en ufak yardımımız olamazdı. Yaşayarak intihar etmeyi seçenlere yardım edilemez... Bir stil meselesi. Ya ağzına soktuğun bir 38'lik ya da ölene kadar kendini oksijenle zehirlemek. Seçersin ölümünü! Çocuk oyuncağı kalır kendini asmalar, over dose'lar, altmış sekiz yıllık intiharların yanında. Gotik katedrallere benzeyen bu dev ölüm anıtlarının gölgelerinde kaybolur, yerde yatan ensesi delik cesedin yanı başındaki depresif intihar mektubu...
Hepinizi seviyorum. Benim için üzülmeyin! Yalvarışlarından farklıdır katedralin duvarlarında yazanlar. Değil sadece dostların, ailenin üzülmesi, bütün dünyanın ağlaması için yazılmışlardır. Gözyaşlarından okyanuslar taşsın diye. Binlerce mektup! On binlerce müsvedde sayfası doldurulur. Bütün dünya üstat öldükten sonra, yaşadığına pişman olsun diye yazılır o satırlar. Altmış sekiz yılda intihar eden, altmış sekiz yıl boyunca da intihar ettirir!.. Bir stil meselesi. Hayat ve ölüm üzerine bir stil. İçeriğin zerre kadar önemi yoktur. Ne anlatıldığının, ne yapıldığının en ufak bir değeri yoktur. Sadece stil vardır.

Katilin kurbanını öldürmesi değil, kafasını kesip kesmediği hatırlanır!

Önce bilgiyle, sonra düşünmeyle gelen, insanın kendini üstün görmesi, diğer bütün konuşan yaratıkları ilk bakışta yargılaması belli bir yaşa kadar devam eder. Sonra bir gün fark edilir hiçbir canlının anlaşılabilecek kadar basit olmadığı. İçine kapanık bir çocuğun sınıf arkadaşlarını pompalı tüfekle katlettiğini okursun gazetede. Orta yaşlardaki başarılı mühendisin bir çocuk gibi evinden, ailesinden kaçtığına tanık olursun. Yargılar isabetsiz hale gelir. Çözdüğünü ya da uyanışından yatağına dönüşüne kadar bir gün boyunca neler yaptığını tahmin ettiğini sandığın insanları aslında ne kadar az tanıdığını fark edersin. Ve yıllarca sadece kendini çift hatta daha fazla sayıda hayat sahibi gördüğünden, şaşırırsın bir benzerini başkalarının da yapabilmesine. Hatta senden yüz kitap daha cahillerin aklından geçenleri okuyamadığın için utanırsın kendinden. Oysa onlara benzememek için hiçbir iş yapmamış, hiçbir inanca ve amaca sahip olmamışsındır. Sadece gözlem ve eleştiri vardır hayatında. Ama on sekiz yaşına kadar son derece normal, başarılı, popüler bir çocukluk geçirerek gelmiş bir gencin kendini asmasına tanık olunca, bir yudum bile yükselememiş olduğunu anlarsın. "Seni anlıyorum!" demek büyük bir yalandır. Kocaman bir yalan. Kimse kimseyi anlayamaz ve tanıyamaz dünyada... Var olan en sağlam zırh insan vücududur. İçindekileri en iyi saklayan kasa odur. Koridorlarında birikenlerin kokusunu bile yaymaz dışarıya. Deliliğinin kokusunu, anormalliğinin kokusunu duyamazsın yanında gazete okuyan adamın, otobüs durağında. Sadece gördüklerin vardır. Beş duyunun algıladığı kadar anlarsın aileni, sevgilini, çocuğunu. Dolayısıyla herhangi bir şeyi, birini anladığına, ama gerçekten anladığına emin olmak, sarıldığında arkasında ellerini kavuşturabilecek kadar o şeyi ya da kimseyi anlamak olağanüstü bir durumdur. Ve çok zaman isteyen söz konusu olağanüstü ilişki için olağanüstü bir insan olmak gerekir.

Dünyanın en iyi üç gitaristinden biri, enstrümanına dair sadece şu kelimeleri söyler:

"Gitarı ve gitar müziğini anlayabilmekteyim."

Varılabilecek son noktadır anlayabilmek. En üst derecede bilgi gerektirir. Bahsettiğim virtüöz benim ülkemdendir...

Kim bilir belki ben de anlarım kendimi. Anlayabilirim varlığımı. Ya da hepsinden vazgeçtim. Belki bir gün, ben de anlayabilirim suyu, ateşi, toprağı, havayı... Yanlış anlaşılmasın! Ders almak değildir anlamak. Tecrübe asla! Kıyasla da varılmaz bu noktaya. Sadece anladığının farkında olmaktır gereken. Kim bilir belki ben de derim bir gün, "Kinyas'ı ve Kinyas hayatını anlayabilmekteyim." Ancak sanmıyorum. Ne o kadar sabrım var, ne de anlamaya merakım... Ölümlü olduğunu unutamadıktan sonra ne gereği var anlamanın? Tutunsan da âşıklarına, zincirlesen de kendini dostlarına yine de gömülürsün toprağa. Gerekirse hepsiyle beraber gömerler. Firavunlara yaptıkları gibi. Anlayan şöyle der:

"Anlayamasaydım da ölecektim. Daha çok anlamak yormayacak tabutumu taşıyanların kollarını. Çünkü ne daha ağır oldum, ne daha büyük!"

Ebeni ve ebenin... anlayabilmekteyim. Ne güzel!

Üç gece boyunca mağaranın bütün havasını içimize çektikten sonra kendimizi önce bir kasabada arkasından da tekrar Veracruz'da bulduk. Bir yere dönmekten hep korkmuşumdur. Oysa şehir tamamen terk ettiğimiz şekilde duruyordu. Ben her zamanki gibi, üçe üç bir hücrede bile kaybolabilecek kadar çevreme ilgisiz olduğumdan, kolumdan tutup kalacağımız yere götürmek yine Kayra'nın işi oldu...

Bir otelin kapısından girdik. Kıyafetlerimiz çok kirli ve görüntümüz oldukça ürkütücüydü resepsiyonda duran şık otelin şık kadın çalışanı için. Fransız'dık. Pasaportlarımız verildi. Ufak ama can alıcı sorulara yanıt verildi. Samsonite valiz seti olmayan her yabancıya sorulacak türden... Hotel Ritz. İki oda. Yan yana... Duşun altında geçen saatler. Birkaç kadeh votka. Kıyafetlerimi yıkanmış ve ütülenmiş olarak getiren kadına sunduğum iğrenç teklif. Büyük sürpriz. Onun da kabul etmesi! Ve en sonunda da, kapının açılıp içeriye simsiyah Kayra'nın girmesi. Birkaç kadeh votka daha... Bir araba için resepsiyonu arıyoruz. En pahalısı! Ne varsa getirin! Aslında Kayra da, ben de her an kapının kırılıp odaya polislerin dalmasına hazırız. Her nedenden dolayı olabilir. Sahil evinin halini görünce bayılan emlakçı ya da Michael ve kızını, akrabalarının Meksika'ya kurban vermek istemeyişleri. Ya da daha önceden işlenmiş cinayetler, satılan uyuşturucular, tacizler, ödenmemiş park cezaları, küçükken kardeşleri ağlatma... Bütün bu nedenlerden dolayı İnterpol'ün heyecanlanıp peşimize düşmüş olma ihtimali... Hepsi mümkün...

Telefon! Araba hazır. Asansörde temizlikçi kadınla karşılaşıyoruz. Gözlerini kaçırıyor... Lincoln. Kırmızı! Kayra rengi görünce birkaç adım geri atıyor. Midesi bulanmış olmalı. Çiftçinin mavi kamyonetini saymazsak, yıllardır siyah olmayan bir arabaya binmediğimizdendir herhalde bulantısı. Dolaşmaya başlıyoruz motorun sesini dinlerken. Bir bar biliyorum yakınlarda. El Coyote.

Önünde duruyoruz. İçeriden sesler geliyor. Latin müziğinin bunaltıcı ritimleri. Muhteşem bacaklar barın kapısında. Kayra'yı görünüşünden dolayı, yine kirli işlerden zengin olmuş bir işadamı sandıklarından, uzun süre geçmiyor gelip yanına konuşmaları için. Çünkü Kayra'nın doğal kokusunda vücuduna işlemiş para kokusu da var. Ve o bacaklar bu kokuyu herkesten iyi alıyor. Ben içkimi içerken insanları seyrediyorum. Burada yaşasaydım, karşı kaldırımda "El Road Runner" isminde bir yer açardım, diye düşünüyorum... Amerikalıya benzemeye çalışan genç borsacılar, işkadınları, şık fahişeler, kokainman zenginler. Hepsi burada. Melezliklerine bakmadan medeniyetçilik oynuyorlar.

Barmene bir şişe Absolut Citron'u önüme koyması gerektiğini anlatırken, burnumun beş santim yakınına bir sigara geliyor. Sigarayı ucunda görünen tütününden filtresine kadar takip ettiğimde, hayatımda gördüğüm en güzel dudaklar tarafından ısırıldığını görüyorum. İlk defa bir sigaraya özeniyorum.

Simsiyah uzun saçların perdelediği siyah gözler. Yakmam gerek, diye düşünüyorum. Sigarayı. Saçlarını. Barı. Meksika'yı! Kayra'nın barın üzerinde duran çakmağıyla yakıyorum hepsini. Fark edilmeyecek kadar küçük bir baş sallanmasıyla teşekkür ediyor siyah saçlı kadın. Barmenden bir bardak daha isteyip ikisini de dolduruyorum. Askılı elbisesinden fırlamış incecik kolu uzanıp kadehe sarılıyor. Kadeh olmak istiyorum. Birbirimize bakarak ilk yudumlarımızı alıyoruz. "Eğer bardakta ruj izi kalırsa bu gece onunlayım" diyorum, votkayı yollarken içime. Ve evet, artık dört dudak var karşımda. İkisi bardakta. Konuşmuyoruz. Birbirimize söyleyeceğimiz bir şey yok. İnsanlara bakıyoruz. Kayra'nın çevresindeki üç kadına attırdığı yüksek sesli kahkahalar rahatsız ediyor bizi. Siyah saçlı kadınla tamamen tezattayız, üstümüzdeki kıyafetler açısından. Siyah saten kumaştan askılı gece elbisesi, topuklu ayakkabıları ve dekoltesinin herkesin en az birkaç dakika ona kilitlenmesine neden olduğu bir kadın. Ve üzerinde "Bruce Lee is Me!" yazan bir tişört, artık giyilmekten birkaç beden asla yeniden küçülemeyecek kadar genişlemiş olan kot pantolonla, eski günlerin anısına, ayağındaki "Three Stripes" Adidaslarıyla bir adam. Ama yine de aynı şişeden içiyoruz ikinci kadehlerimizi. Hızlı içiyor. Bunu çok seviyorum. Bir kadının iyi içki içmesi kadar seyretmesi zevkli bir gösteri yoktur. Tabii söz konusu kadın anneniz ya da büyükanneniz değilse! Yanan çemberin içinden atlayan kaplanları seyretmek gibidir bu gösteri. İçki kadehlerinin içinden geçen kadınlar. Melek gibi olurlar. Sarhoşlukları, kendilerinden geçmeleri asil bir zarafet içinde büyüler seyredenleri...

Kayra kolundaki sarışınla gelip karşımızda duruyor. Her zamanki gibi aldığı litrelerce alkolle, kelimelerine kelimeler katarak durmadan hikâyeler anlatıyor. Tabii ki bana değil!

"Gitme zamanı" diyor. Bir şişe de yol için alıyor. İki saattir bana tek kelime etmemiş ama yanımdan da hiç ayrılmamış kadının elinden tutup Kayra'yı ve sarışınını takip ediyorum... Arabayı kullanırken, arkadan bir ses tarif ediyor yolu. Hangi kadına ait olduğunu anlayamıyorum. Ama siyah saçlınınki olmasını istemiyorum. Çünkü bardağın üzerinde gördüğüm dudaklardan çıkıyor olmamalı duyduğum çatlak ses. Her şeyinin güzelliği orantılı olmalı. Şaşırtmalı beni doğa mükemmelliğiyle... Birkaç cadde sonra, kapısında büyük kalabalık olan bir yerde duruyoruz. Burası bir diskotek. Bir gece kulübü. "Şişeyle giremezsin!" diyor kapıdaki en az yüz kırk kiloluk adam bana. Kotumun arka cebinden on tane yüzlük çıkarıp uzattığımda, müteşekkirliğini bizimle beraber içeri girip, kalabalığı yarıp birkaç genci piste en yakın masadan kaldırarak, bizi de oraya yerleştirerek gösteriyor. Birkaç dakika sonra bin doların etkisi hâlâ devam ettiğinden, masaya içki şişeleri doluyor ve büyük ihtimalle çıkabilecek bir kavgada on kişinin birden kalça kemiğini kırabilecek irilikte bir zenci başımızda beklemeye başlıyor. Koruma, kulübün bir ikramı. Amerikalı baba ile kızın bir hediyesi! Amerikan hükümetinin başarılı ekonomi politikalarının ve emperyalizmin hediyesi! Bütün hediyeleri kabul ediyorum. Kayra da benden farksız. Noel ağacının altındaki bir hediyenin paketi gibi açıyor şampanyanın mantarını ve masanın altından sarışının eteğini...

Kayra konuşuyor kadınların kulaklarına. İkisinin de yüzlerine tebessümler yerleştiriyor. Kendisi gülmese de! Zaten içten güldüğünü hiç görmediğimi düşünüyorum, o kadınlarla konuşurken. Aklındaki tek şeyin, onlarla sevişip dövüşmek olduğunu bildiğim için gülmesini de beklemiyorum. Sarışın kadın, isminin Cecilia olduğunu söylüyor, başına neler geleceğini bilemeyişinin verdiği rahatlıkla ellerini Kayra'nın bacaklarının birleştiği yerde gezdirirken. Konuşmayanlar biziz. Siyah saçlı kadın ve ben. Biz yine seyretmekle yetiniyoruz. Dans edenleri. Tuvaletlerde çektikleri kokain yüzünden burunlarını kaşıyarak yürüyen kadınları...

Elektronik müzikten seksenlerin parçalarına kadar her şey çalınıyor. Bir ara, Depeche Mode'dan "I want somebody" adlı şarkıyı duyuyoruz. Dans etmeye başlıyoruz siyahlı kadınla. Omzunda ufak bir dövme var. Bir "+" işareti. Sol omzunda. Gördüğümü fark ediyor. Bütün bedeni bedenime yapışmışken, çenesi omzumdan ayrılıp boynuma değiyor. Dudakları kulağımda. Üç harf çıkıyor şarkının sözlerine karışan, o muhteşem ağızdan. Üç harf. Duyuyorum söylediğini. Ama ben anlamıyorum. Hiçbir şey! Bilmiyorum. Daha ne kadar yaşanacağını. Neyin zevk, neyin acı verdiğini. Üç harf. "HIV." Sonra tekrar bırakıyor, siyah ipekle kaplı başını omzuma. HIV+! Azrail ayağıma geldi, diye düşünüyorum. Hiç beklediğim gibi korkunç değilmiş. Aksine, şeytanın bir oyunu olsa gerek. Bütün günahlar gibi gözlerin görebileceği en güzeli yollamış canımı almak için. Daha sıkı sarılıyorum ölümüme. "Hoş geldin!" diyorum. "Zamanıydı. Zamanı gelmişti! Seni bekliyordum. Öldür beni. Eğer yapabilirsen. Yapamazsan ben seni öldürürüm." Bütün negatif hayatımdan, fotoğraf negatiflerindeki karanlığın hüküm sürdüğü hayatımdan sonra bir pozitif tarafından öldürülmek ancak şeytanın aklına gelir! Daha çok sarılıyorum. Saçları bütün nefesimde. Ölümü soluyorum burnumdan. Ellerim sırtında kavuşuyor. Neonlarla, beynimde bir yazı yazılıyor yanıp sönen.

"Ölümü anlayabilmekteyim!"

Gerçekten de anlıyorum. Onunla dans ediyorum. Kokusunu ezberliyor, belini okşuyorum. Dudaklarına dudaklarımı değdiriyorum...

Şarkı bitiyor. Martin Gore susuyor. Başka şarkılar geliyor. Yavaş. Hızlı. Ama benim kalbim hep aynı ritimde atıyor. Ölümün ritminde. Çevremizdeki havalara sıçrayan bütün kadın ve erkeklerin aksine biz hâlâ "I want somebody" için dans ediyoruz... Kayra'nın nerede olduğunu bilmiyorum. Gözlerim kapalı. Kendimi ölümüme sunmaya hazırlıyorum. İsmini sormadığım, hiçbir soru sormadığım kadın duruyor birden. Ve elimden tutup masaya götürüyor beni. Çok sıkı tutuyorum elinden. Bırakmasın beni! Çok aramış olmalı Kinyas'ı...

Çıkıyoruz Deus ismindeki diskotekten. Arabayı kullanıyorum. Bir an önce kavuşmak için ölümün ilk yudumuyla, çatlak dudaklarımı ıslatıyorum kırmızı ışıkta. Siyah kadını öpüyorum. Belki de ışık bana bir şey anlatmaya çalışıyor. Düşünmem için zaman kazandırmaya çalışıyor. Ama dinlemiyorum, görmezlikten geliyorum. Bütün hayatım boyunca yaptığım gibi. Hiçbir şey duymuyor ve görmüyorum. Dinlemiyor ve bakmıyorum.

Otelin önüne geliyoruz. Kayra sarışını kolundan tutup götürüyor.

Hava hâlâ sıcak. Ama fazla değil. Gerektiği kadar. Arabaya yaslanıp duruyoruz bir süre yan yana. Aynı anda kafalarımızı çevirip birbirimize bakıyoruz. Gözleri son kez soruyor hazır olup olmadığımı. Ölümü hazmedip edemeyeceğimi... Ben onun kadar iyi anlatamıyorum derdimi gözlerimle. Dudaklarımla yanıt veriyorum sorusuna. Kimseyi öpmediğim gibi öpüyorum. Hayatı öpmediğim gibi öpüyorum ölümü... Sabaha kadar, o uyuyana kadar defalarca sevişiyoruz. Bir ayin gibi. Gösterişli bir tören gibi. Çok yavaş. Çok hızlı. Hiç durmadan. Bütün ölümünü, taşıdığı bütün acıyı içime çekmeye çalışıyorum. O kadar alıyorum ki kendime ölümü, ona bir şey bırakmıyorum uykudan başka... Uyuyor. Çırılçıplak. Omzundaki dövmeyi okşuyorum, yara izleriyle dolu parmaklarımla. Ona âşık değilim. Hediye ettiği ölüme âşığım...

Güneş döverken odanın kalın perdelerini, gözlerimi kapatıyorum. "Ve artık zamanı geldi!" diyorum. "Artık uyuyabilirim." Ölümün bedenime ağırlığından olsa gerek! Uyuyabilirim. Çünkü uyanık kalmak için hiçbir nedenim kalmadı. Düşünecek bir şey kalmadı geriye. Artık rüyalar var. Kendiliğinden gelen düşler. Uyku var. Bütün yorulmuş olanlar ve yapacak bir şeyleri olmayanlar için. Bütün bitmişler için. Uykularında yeniden doğanlar için. Herkes için var. Herkese yetecek kadar! HIV...

Önce alnımdaki ter damlalarını hissettim. Sonra sırtıma yapışmış çarşafı. Gözkapaklarımı günün ışığı aralamaya çalışıyordu. Yenildim. Açtım. Uyandım. Beyaz bir tavan gördüm önce. Bir şarkının sözleri geldi aklıma.

Bu sabah gözlerimi açtığımda, tavandan kireçler yağmaktaydı kar misali, yatağıma.

Karşı duvarda, İsviçrelilerin milli sporu olan saat 14.46'yı gösteriyordu. Siyah saçlı kadın çoktan gitmiş olmalıydı. Yastığına dokunduğumda elimin sırtıyla fazla soğuk geldi. Beni öldürüp gitmişti. Yapacak bir işi kalmadığından gitmişti. Sokaklarda gezenlerden daha da ölümlüydüm artık... Yataktan kalkıp pencereyi açtım. Kafamı dışarı çıkarıp bakmaya başladım. İnsanlara. Arabaların ön camlarından görünen, oturdukları için sıyrılmış kısa etekli kızların bacaklarını seyrettim. Sonra çantamdan usturamı alıp sağ omzuma bir çizgi çektim. Derin.

Yatay bir çizgi. Beş santimlik çekecektim ama elim ayarsızdı, biraz daha uzun oldu. Acıdan yüzüm buruştu. Lavabo kırmızı oldu. Nefesimi tutup bir de dikine çizdim. Çok kan aktı. O halde aşağı, resepsiyona inip bir kaza olduğunu söyledim. Telaşlandılar. Bir komi beni arabaya bindirip yakınlardaki bir kliniğe götürdü. Durmadan konuştu. Ben sadece İspanyolca "Kaza! Kaza!" diyordum. Çok bahşiş almıştı benden. Ödeme zamanıydı. İnip, ilk gördüğü beyaz önlüklüyü kolundan tutup getirdi. Bir odaya girdik. Başladılar dikmeye. Vücudumdaki kaçıncı dikiş bunlar, diye düşünürken ağladığımı hissettim. Gözlerimden yaşlar boşanıyordu. Yağmur gibi. Acıdan, ölüme daha da yaklaştığımdan, siyah saçlı kadını bir daha asla göremeyeceğimden, her şeyden. Ağladım. "Tamam" dediler. "Bir hafta sonra gel, alalım dikişleri."

Bir hafta! Bir hafta sonra bulabilir miyim kendimi? Nerede olurum bir hafta sonra? Kayra gibi yanımda katil bir doktor varken dönmem buraya...

Otele giden yolda arabanın arka koltuğunda, bir ay sonra omzuma yerleşmiş olacak "+" işaretini düşündüm. Hayatımın pozitif yanı. Ölümün pozitif yanı!..

Resepsiyondaki kız çok korkmuş, bozuk İngilizcesiyle ne olduğunu soruyordu.

"Yok bir şey" dedim. "Bir pizza yollayın odama. Pepperonni ve siyah zeytinli. Dört kutu da bira."

Benim geçmişe dair hatırladıklarım hayli pusludur. Tarihleri, isimleri, yüzleri çabuk kaybederim. Hafızam daha çok polaroid bir fotoğraf makinesine benzer. Ama hayatımın bir bölümünü, içimde doğan bütün güneşlere ve dolunaylara rağmen normal bir insan gibi yaşadığımı biliyorum...

Benim de bir zamanlar, akşam saatlerinde yemek masasının etrafında toplanıp birbirlerine ekmeği uzatırken, günlerinin nasıl geçtiğini anlatan bir ailem vardı. Ben de gündüz ya da gece ne yapmış olursam olayım, elbet dönerdim o masaya. Ve o dönemler şimdi hayli uzak ama birkaç hikâye var aklımın köşelerine sıkışmış olan...

Her zaman, o meşhur Neil Cassady gibi dolanmadım tabii ki. Benim de normal sayılabilecek günlerim oldu. Hatta insanlara ilgi bile duydum bir aralar. Bazı kızlarla özellikle ilgilendiğimi hatırlıyorum. Ve o anlarda hâkim olamadığım bir refleksim vardı. Bu refleks, o zamanlar adını koyamadığım, sevgiye, aşka birkaç metre uzaklıktaki duygular besleyebileceğim herhangi bir kızı, kendisine ilgi duyduğum müddetçe tek uğraşım haline getirmemden ibaretti. İnsanların birbirlerine âşıkken gündelik hayatlarına devam etmelerini anlayamıyordum. Böylesi bir hareket bana ihanet gibi geliyordu. Kötü sahnelenmiş bir piyes gibi. Sanki bir insana değil de, bir koltuğa âşık olunuyormuş gibi! Ben gece gündüz hissettiklerimi, kızı, birlikte neler yapabileceğimizi, ona neler anlatabileceğimi düşünürdüm. Düşünmediğim zamanlarda da bunları gerçekleştiriyor olurdum. Belki de obsesif kişiliğimden kaynaklanan bir tavırdı. Tabii korkup kaçan onlarca kız oldu böyle davrandığım için. O kadar kolay hayatımı onlarla doldurabiliyordum ki mönüdeki tatlıdan çok, tek başına ve sürekli yenilen bir ana yemek gibi oluyorlardı. Soruyorlardı bazen.

"Benimle değilken ne yapıyorsun?"

İlk önceleri utanıyordum, "Hiçbir şey" demeye. Sonra açıkça söylemeye başladım:

"Ben hiçbir şey yapmıyorum. Bazen sen farkına varmadan evini gözetliyorum. Seni takip ediyorum. Buluşma yerimize sabahtan gelip dokuz saat bankta oturarak seni bekliyorum..." gibi itiraflarda bulunmaya başladım. Gözlerindeki o dehşeti hâlâ anımsayabiliyorum. İçlerini büyük bir korku kaplardı itiraflarımı duymaya başladıklarında. Karşılarında tanıdıklarını sandıkları adamın, sokakta yanlarından geçen herhangi biri kadar deli olma ihtimalinin farkına varırlardı. Aşkın, sevginin, ilişkinin ya da adı her neyse kontrolden çıkması genellikle buğulu gözlerle söylenen "Görüşmesek daha iyi olur..." sözleriyle noktalanırdı.

Âşık oldukları halde okullarına, işlerine giden, sanki hiçbir şey değişmemiş gibi davranan insanlardan hep iğrenmişimdir. Midemi bulandırır vasat sevgililer. Tabii, aslında onları da anlamak gerek! Ait oldukları burjuva sınıfının bir gereği olarak kontrolsüz hareketin en büyük düşmanı olmaya mecbur bırakılmışlardır. Kontrolsüzlük, anormallik, farklılık, bütün bunlar korkutucu gelir burjuvaya. Hatta Léon Bloy'un yazdığı gibi:

"Burjuva ilk gelen olmaktan utanç duyar! Bir davete ilk gelen olmak kadar çirkin bir şey yoktur."

İlk gelmek anormal olan her şeyi yapmakla eşdeğerdir. Ne ilk, ne son! Ortalarda bir yerlerdedir vasat sevgililer de. Kimya formülleri gibidir dengeli hayatları; dostlukları, sevgili ve aile ilişkilerini, iş denklemlerini her sabah yataklarından kalkarken yeniden kurarlar. Sağlıklı hayatın sırrı sağlam kahvaltıda değil, sağlam bir günlük programdır... Karıştırılmamalı hiçbir şey! Hepsinin yeri ayrı. Utanmadan, özgürleşme adına, "Koyun gibi olma!" sloganları atarlar. "Sürüden ayrıl! Gel bizimkine katıl!" Ama bizde bir de, her koyun kendi bacağından asılıyor. Tek medeni tarafımız da bu...

Denge, insanoğlunun icat ettiği en vahşi kavramdır! İp cambazının kendini en iyi hissettiği an, kendini ağa bıraktığı andır oysa. Sırat köprüsünden, beslenmeye kadar denge her yerdedir. Dünyanın en sağlam alarm sistemi. Bütün dengesizlere karşı. En ufak harekete, yanlışa duyarlı... Oysa hayatlarının belli dönemlerinin her saniyesini aşka verebilenlerse gerçekten yaşarlar. Sadece sevgilileri ve kendileri. Başka hiçbir şeyle ilgilenmezler. Yüzde yüz aşk! Dengesizlik, gerçek duygusunun ve gerçeğin tek kapısıdır. Dengeyle hiçbir yere varılmaz. Ancak düşmeyi bilenler köprüden, karşıya yüzülerek de geçilebileceğini öğrenir. Belki cennete, belki ipin gerildiği karşı tarafa varılır dengenin sonucunda, kabul ediyorum. Ama düşmemek için verilmiş mücadelelerin acısı ve tedirginliğiyle...

Tabii bütün bunlar eski günlerde kaldı. Uzun zamandır böyle bir ilgi hissetmiyorum kimseye karşı. Ve artık denge ile dengesizlik de bir şey ifade etmiyor. Çünkü ikisi de ayakta duranlar için. Ben uzun zamandır yatıyorum, bedenim yürüse de. Benim düşme kaygısı taşımama imkân yok. Ve kendimi, zihnimi ilgilendiğim konulara eşit şekilde bölmem için daha da az nedenim var. Çünkü zihnim o kadar kalabalık ki uzaktan siyah ve boş gözüküyor. Zamanım o kadar çok ki bir şelale gibi akıyor, efsanevi Rodos heykelinin bacaklarının arasından geçen gemiler gibi. Bir yerlerde duymuştum: "Sonuncu da ilk olacak olandır." Eğer bugüne kadar herhangi bir sıraya girseydim anlardım ne demek istediğini. Ama ne ilk, ne orta, ne son...

Biz iki kişiyiz. Kayra ve Kinyas. Yan yana duruyoruz. Soldan başlarsan Kayra, sağdan başlarsan ben ilk olanım. Biz iki kişiyiz dünyada. Sıraya girmiş olsak bile zamanında, satmışız yerlerimizi birkaç şişe votkaya. Yan yana duruyoruz. Zihinlerimiz yatmış. Ne ilk var ne de son! Ne denge var, ne de bir ajanda!

"There's no plan. That's the fuckin' plan!"

Bütün bunları düşünüyordum yatağımda. Kapı açıldı. İçeri Kayra girdi. Elinde bir pizza kutusu ve biralarla. Komiyle karşılaşmış olmalı kapıda. Elindekileri masaya koyup yanıma uzandı. Bir sigara yaktı. "Anlat!" dedi. "Ne yaptın omzuna? Otelin müdürüyle konuşmasaydım polis çağıracaktı. Nasıl oluyor da kendine bu kadar kolay zarar verebiliyorsun? Bir makine değil ki vücudun. Böyle istediğin gibi biçemezsin kendini... Anlıyorum. Yukarıya, dünyaya geldiğin gibi gitmek istemiyorsun ama bu yaptığın da fazla tehlikeli."

Kendi söylediklerine kendi gülmeye başlamıştı. Devam ediyordu konuşmaya.

"Belki de cennet ve cehennemin var olma ihtimalini düşünüp suratını ve bedenini tanınmaz hale getiriyorsundur. İşlediğin suçlardan ötürü yerin garanti cehennem olduğundan! 'Ben Kinyas değilim' diyebilmek için, cennete kapağı atmak için yapıyorsundur belki de bütün bunları. Eğer böyleyse sana bir tavsiyem var. Hem daha acısız. Estetik ameliyat! Belki kandırırsın yukarıdakini, cennetin kapısını bekleyenleri. Ama unutma ki, oralarda ben de olacağım; planını bozmak için yüksek sesle, 'Kinyas, ateşin var mı?' diye bağırmak için meleklerin ortasında. Unutma ki biz asla cennete giremeyiz. Kafanı bedeninden ayırıp ayrı ayrı sokmaya çalışsan da kendini, almazlar seni içeri. Sen, Baudelaire'in bahsettiği kötü tohumsun. Sen, cehennemin üzerine kurulduğu arsanın hissedarı olacak kadar kötüsün. Şeytan bu yüzden göz yumuyor yaptıklarına ve seni hayatta tutmaya çalışıyor, bütün oynadığın ölüm oyunlarına rağmen. Ölüp de onun yerine göz koymaman için!"

Ne kadar çok konuşmuştu... Söyledikleri eğlenceliydi. Dinlemesi kolaydı. Aslında bir doğruluk payı da vardı anlattıklarında. Hâlâ hayatta olmanın bilimsel ya da mucizevi bir açıklaması yoktu. Tesadüfler eseri de değildi. Birilerinin işine geliyordu hayatta olmam. Hepsi bu. Sözü her yere geçen birilerinin. Hayatta kalışımı birileri organize ediyor olmalıydı. Ve organizatörler benimle karşılaşmamak için her şeyi yapıyorlardı. Sakat doğmuş bir bebeğin yanına, sadece onu beslemek için giden anne babalar gibi. Çamurdan yarattığı insanoğlunun içinden birinin hâlâ çamur olarak kaldığını görmek korkutuyordu yukarıdakileri. Çamur kadar şekilsiz, yararsız, pis bir yaratık istemiyorlardı ayak altında. Ne de olsa cennet de, cehennem de insanlar içindi. Hâlâ çamur olanlar için değil! Ne Tanrı, ne de şeytan. İkisi de kirletmek istemiyordu elini, beni hükümdarlıklarına sokarak. Belki çözüm olarak, soğumamış çamurumdan birkaç insan yaratıp geri yollamayı düşünüyorlardı. Belki de suyla karıştırıp yok etmeyi. Hakkımda konuştuklarını duyar gibiyim. Tartıştıklarını. Benimle ne yapacaklarını bilemedikleri için sinirlendiklerini...

"Bu adamın yeri kesinlikle cehennem! İşlediği on küsur cinayet var. Yüzlerce hırsızlık! Tonlarca gözyaşı eder. Tanıdıklarına çektirdiği acıları saymıyorum bile. Zerre kadar sevgi yok içinde. Hiçbir inanç ve değer bilmiyor, tanımıyor. Kesinlikle cehenneme gitmeli!"

"İlk bakışta haklısın ama hayatını kurtardığı insanlara ne diyorsun? Mutluluktan sarhoş ettiği kadınlara, fazlasıyla pahalı hediyelerle yüzlerini güldürdüğü fakirlere, hiç tanımadığı insanlar için kanlı kavgalara atılmasına ne diyeceksin? Neredeyse yeryüzünde senin yerine çalıştı bazı zamanlar. Noel Baba'yı kıskandırdı çocuklara verdikleriyle. Bence yeri senin yanın, yani cennet. Oraya gitmeli!"

Ve konuşmaları böyle sürüp gidiyordur... Konuşuyorlardır günlerce... Ama ikisi de biliyor ki benim yerim onların tahtlarının ortasındaki boşluk. Kulaktan kulağa oynamalarını sağlayacak ortadaki adam. İkisinin evi de benim yerim değil. Ben ancak bahçelerini ayıran duvarın üstünde oturabilirim. Yerim orası. Şeytan ile Tanrı'nın tam ortasında! Ne yakın, ne uzak. İyilik ile kötülüğün kesiştiği bir nokta yoktur. Yan yana dururlar birbirlerine dokunmadan. Ve dokunmadıkları yerde ben varım. Ne iyiyim, ne kötü. Ne kutsalım, ne şeytani. İkisine de değmeden oturuyorum. Onlar yokmuş gibi yaşıyorum. Zaten komşularımı hiçbir zaman sevmedim. Onlarla da ilgilenmiyorum. Bazen çocuklarının topları kaçıyor benim boşluğuma. Gelip konuşuyorlar benimle, değişip değişmediğimi görmek için. Anlıyorlar ki hâlâ çamurum. Hâlâ sıcağım, soğuyup insan olmamışım. Çünkü bedenimden akan kan sıcak tutuyor içimdeki toprağı...

Ama onlar da alışmıştır artık. Onlar da sıkılmıştır pişman olmaktan benim yaratıldığıma. Kestirip atmak için akıbetimin pazarlığını, biri diğerine şöyle söylüyordur:

"Boş ver. Ne yaparsa yapsın, elbet soğur! Elbet insan olur! Bizden daha çok var olacak değil ya!"

Soruyordur karşısındaki de.

"Emin misin?"

Barmene uzattığım peçetenin üzerinde "crack" yazıyordu. Eğilip okudu. Kafasını kaldırdığında göz göze geldik. Tamam, der gibi başını hafifçe salladı. Peçeteyi geri çekip alnımdaki teri sildim. Yanımdaki kadın bütün vücuduyla bana yaslanmıştı, kalabalığın içinde yürüdük. Masamıza oturup çevreme baktığımda Kinyas'ı esmer bir kadınla gördüm. Konuşmadan ayakta duruyorlardı. Ellerinde içkileriyle. El Coyote ismindeki bar, Moskova metrosu kadar kalabalıktı. İçtiklerimiz oranında bizimle ilgilenen garsona tek bir parmağımı göstermem yetti yanıma gelmesi için. Yedi tane yüzlük çıkarıp barmeni işaret ettim. Parayı aldı, yürüdü ve kayboldu insan yığınının arasında. Cecilia ismindeki sarışın biraz crack istemişti. Alışverişi onun için yapıyordum. Ben ilgilenmiyordum uyuşturucuyla. Hiçbiriyle. En hafifinden en sertine kadar. Canımı sıkıyorlardı. Ritüel haline gelmiş, vücuda nüfuz ediliş sahneleri midemi bulandırıyordu.

On bir yaşımdayken Frankfurt'a ailemle tatile gitmiştim. Ve kaldığımız otelin koridorlarında yürürken hafif aralık bir kapı görmüştüm. Daha da aralayıp kafamı içeri sokmak zor olmadı on bir yaşındaki bir çocuk için. İçeride beni bekleyen manzara kaldırabileceğim bir görüntü değildi. Yerde dizlerinin ve ellerinin üzerinde duran bir adam ve sağ topuğuna iğne saplayan bir kadın gördüm dört saniye boyunca. Sonra koştum koridorlarda. Odamızı bulana kadar koştum. Bilmiyordum o zamanlar, adamın bütün damarları çatladığı için son çare olarak topuğundan vurdurduğunu. Büyük ihtimalle eroindi şırınganın içindeki. Ve insanın, kimyasına böylesine boyun eğmesi, hatta önünde diz çökmesi bana iğrenç gelmişti...

Laudanum kullanan bir kadın tanımıştım. Sıvının etkisiyle sokak-

larda dolaşırken defalarca dövmüştüm onu. Uyandığında benden ve lu-
udanumdan nefret etsin diye. Ama yüzündeki morluklara rağmen ba-
na daha da çok bağlandı. Junkie'ler hep iğrendirmiştir hassas midemi!
Yanımdaki Cecilia sadece eğlenmek istiyordu. En basit haliyle. Gar-
son elinde bir paketle geri dönüp avucuma sıkıştırdı. Beş yüz dolar da-
ha çıkarıp verdim hizmetinin karşılığında garsona. Parayı alırken kula-
ğıma fısıldadı birkaç kelime. İnce bir sesi vardı.
"Arkadaşınızın yanındaki kadına dikkat edin. AIDS!"
Paranın karşılığı gelmişti. Verdiği bilgi önemliydi. Tabii önemser-
sen. Dünya da önemlidir! Tabii önemsersen...
Bir süre sonra çıktık bardan. Deus adındaki bir kulübe gittik. Kin-
yas'a hiçbir şey söylemedim. Bütün yol boyunca düşündüm ne yapaca-
ğımı. Ve hayatta tek önemsediğim insana, ölümüyle kol kola gezdiğini
söylememeye karar verdim. Eğer bilmiyorsa, hep beklediği mucize ger-
çekleşmiş olacaktı. Hayatı hoyratça yaşayanların beklediği o mucize.
İyisi kötüsü olmaz mucizenin. Zaten haberdarsa kadının hastalığından,
gereği yoktur müdahale etmenin... Göz yumdum kendini ölümün elle-
rine bırakmasına. Hatta bir ara ölmesini bile istedim. Hemen şimdi!
Ölsün! Ben de Afrika'ya dönüp, Grand Hôtel'deki odama gidip yatağı-
ma yatayım, hiç kalkmamacasına...
Kulüpten çıkıp Ritz'e geldik. Odalarımıza çekildik. Cecilia diskonun
tuvaletinde crack'ın hepsini tüketmiş ve çoktan metabolizmasını kimye-
vi bir gökkuşağının üstünde kaydırmaya başlamıştı. Kendini yatağa bı-
raktı... Bir saate yakın, kadın ve erkeğin birbirlerine verebilecekleri tek
gerçek şeyi paylaştık, bin bir çığlığın eşliğinde. Sonra sıra bir erkeğin, er-
kek ya da kadın herkese verebileceği ikinci gerçek şeye geldi. Koltuğun
üzerindeki pantolonumun kemerini sıyırdım sessizce. Crack ve seksin
etkisiyle gezegenler arasında turlar atan Cecilia'yı rahatsız etmeden. İki-
miz de çıplaktık. Gözleri kapalı, yarı uykuda yüzükoyun yatıyordu "Qu-
een Size" yatakta. Çantamda benzer seremonilerim için sürekli bulun-
durduğum koli bandını çıkarttım. Kendini tamamen basit hayallerine bı-
rakmış olan Cecilia'nın sağ elini alıp öptüm. Sonra da yatağın demirine
bantladım. Tam olarak fark edememişti. Gözlerini aralayıp tekrar kapat-
tı. Tekila crack'la birleşince fazlasıyla ağırlaşmıştı. Beyni ıslandığı için
ağırlaşmış bir süngere benziyor olurdu, o an hemen bir tomografi çekil-

seydi. Yatağın soluna geçtim. Ve aynı şeyi sol eline de yaptım. Ayak bilek-
lerini birbirine bağladıktan sonra yatağın ayaklarına kadar uzatıp koli
bandını, yattığı yere sabitledim çıplak vücudunu...
Aklıma kamusal amaçlı reklamlar geldi.
"Arkadaşlarınızla dışarı eğlenmeye çıkınca biriniz içmeyecek ve dö-
nüşte arabayı kullanacak. İyiliğiniz için!"
İşte ben, o içmeyendim! Daha doğrusu içip de sarhoş olmayan. De-
ri kemeri gezdirdim topuklarından ensesine kadar. Rüyalar fazlasıyla
karartmıştı Cecilia'nın gözlerini. Hissettiklerinin hepsi beynindeydi.
Vücudu ve sinirleri beynine hiçbir duyguyu iletmiyordu. Ayağa kalkıp
çantasını açtım. Kadın çantalarının iç tasarımını bildiğimden dudağın-
daki kırmızı ruju bulmak zor olmadı. Ve tekrar yataktaki bedene dön-
düm. Boş bir tuval gibi beni bekliyordu. Aslında çok ilginç şeyler yaza-
bilirdim, kendine geldiğinde silmeye kıyamayacağı. Gerçek yüzümü
ortaya çıkaracak uzun bir cümle. Onu bir azize yapabilirdim. Ama ak-
lımda sadece şu vardı. Bir kürek kemiğinden diğerine, başladım yaz-
maya. Yazarken gülüyordum... Yaptığım işin anlamsızlığı, nedensizliği
beni bana unutturuyordu. Ve ben unuttuğum zaman iyiydim.
"Nush ile yola gelmeyeni..."
Aşağısına geçtim sırtının.
"Etmeli tekdir."
Tekdir etmiş miydim acaba bu kadını? Ben etmemiş olsam da o an-
lamalıydı. Bilmeliydi benim tamamen Raison d'Être'ini kaybetmiş bir
insan olduğumu. Hatta hem Raison'umu, hem Être'imi ayrı ayrı kaybet-
tiğimi. Sol kalçasından topuğuna kadar devam ettim yazmaya.
"Tekdir ile uslanmayanın..."
Geçtim sağ bacağa.
"Hakkı kötektir!"
Evet, Cecilia bir televizyon yarışması kazananlarının hak ettiği ka-
dar ödülünü hak etmişti. Onun payına kötek düşüyordu. Yatağın sağ
tarafından ayağa kalktım. Elimdeki 42 beden siyah deri kemeri havaya
kaldırıp seyrettim birkaç saniye. Tekrarladım yazdığımı yüksek sesle en
derin tondan. Ve indirdim kemeri çıplak sırtına. Sonra bir daha. Bir
daha. Ağzındaki bant zorlanmaya başlamıştı. Attığı çığlıklar belki uza-
ya yayılıyordu ama ne yan odadakileri, ne de resepsiyondakileri uyan-

dırabiliyordu. Üzerindeki iki cümlenin her harfi için bir defa vurdum. Yazı yavaş yavaş yerini pembeliklere, kırmızılıklara bırakıyordu. Acının renkleri güle oynaya geziyordu melez teninin üzerinde. Yaptığım resim fırçayla değil, kemerleydi. Kemerin izleriyle çizmiştim Cecilia'nın sırtına Kayra'nın ruhunu. Defalarca vurdum... Ölmesini istemiyordum. Kimse ölmesin! Hepsi benim var olduğumu bilsin! Beni tanıdıklarına pişman olsunlar!.. Bayılmıştı acıdan. Gergin boynu yapıştı birden yastığa. Artık bir kum torbası gibiydi. Zamanında, parçaladığım okuldaki kadavralardan biri gibiydi. Gerçi, onların özenle mikroplardan arındırdığım birkaç iç organ parçasını yemeğime katıp yemiştim o zamanlar. Ama yataktaki kadın daha çok dövülmek içindi. Üzerinde kemerle resim çalışmak için...

Her şey bitti. Yanına uzanıp uyudum. Gözlerimi açtığımda hâlâ baygındı. Bantları kopardım. Uyandırdım. Tam olarak hatırlamıyordu gece olanları. Ama canı çok yanıyordu. Çarşaftaki kanların kendine ait olduğunu görünce tizden bir çığlık attı. Tam on bin dolar verdim susması ve zaten hatırlamadığı bir geceyi unutması için. Artık sırt dekolteli elbiseler giyemeyecek olmasının bedeli! Hiçbir şey anlamadı. Giyindi. Birine anlatırsa onu öldüreceğimi söyledim. Gözyaşlarını silip gitti. Her şeyi sildi ve gitti. Tekrar uzandım yatağa...

Aklıma ağabeyimle oynadığımız oyunlar geldi. Gözlerimi kapattım. Ağabeyimin beni ne kadar çok sevdiğini düşündüm. Ben, düşüp kolumu kırdığımda, beni nasıl kucaklayıp koşarak hastaneye götürdüğünü hatırladım. Evden kaçmadan önce odasının kapısını açıp uyuyan ağabeyime uzun uzun baktığım, kısık sesle "İyisin sen. Çok iyisin ağabey. Affetme. Unut beni!" dediğim geceyi düşündüm...

Tekrar gözlerimi açtığımda aklıma Kinyas geldi. Gece boyunca kollarında ölüm aradığı kadının yüzü geldi. Ve benim kendisini uyarmamış olduğumdan dolayı suçluluk duymam gerekirdi. Ama hiçbir şey hissetmiyordum. Hiç... Hissetmemek bir şey, bilmemek başka. Zihinsel ölüm bilmemekten geçer. Farkında olmamaktan.

Duş alıp tıraş oldum. Giyinip geçtim Kinyas'ın odasına. Yattım yanına. Islak saçlarım yastıkta lekeler bıraktı. Konuştuk biraz. Birkaç hikâye anlattık birbirimize, cennet ve cehennem hakkında. Sonra da toparlanıp çıktık otelden. Bir daha dönmemek üzere. Arabayla dolaştık saatlerce. Günlerce...

Artık gerçek gitme zamanı gelmişti. Dilini sevmediğimiz ülkeyi terk etme zamanı gelmişti. Burada yeterince oyalanmıştık. Yeterince insanın canını acıtmıştık. Büyük ihtimalle polis de bizi aramaya başlardı yakınlarda. Belki şüpheli olarak değil, ama en azından Amerikalıların kaybolmalarıyla ilgili tanık olarak. Ama bizim hiçbir mahkemede tanıklık yapacak halimiz yoktu. Şimdiden sayfaları kirlenmiş pasaportlarımızla herhangi bir resmi kurumun karşısına çıkabilecek durumumuz da yoktu. En ufak araştırmada her şey ortaya çıkabilirdi. Ve daha kötüsü, gerçek kimliğimizi ve nereden geldiğimizi asla anlayamayacakları için bizden daha da nefret edeceklerdi. Çünkü resmi kurumlar tanımlayamadıkları her şeyden çok korkar. Eğer herhangi bir devlet, karşısına çıkan canlı hakkında bir bilgi kırıntısına sahip değilse, deliye döner. Kendini tecavüze uğramış gibi hisseder. Otorite sadece bilinenler üzerinde kurulduğu için, bilinmeyen her şey doğal düşmandır...

Ve dolayısıyla Meksika'da bir hafta daha geçirmek gerçekten tehlikeli olacaktı. Bir an önce terk etmek gerekiyordu esmer insanların ülkesini. Batıl inanç konusunda Afrika'dakilerden hiç de geri kalmayan Meksikalıların kokusu burnumu zorlamaya başlamıştı...

Ancak hangi yolla ayrılacaktık ülkeden? Arabayla çok tehlikeliydi. Sınırları geçmemiz hemen hemen imkânsızdı. Güney Amerika, gördüğümüz kadarıyla medenileşme sürecindeydi ve üst katlarında oturan ABD'nin etkisiyle yasadışılıkla, rüşvetle büyük bir mücadeleye girişmişti. Sınırları birkaç bin dolar vererek geçmek pek mümkün gözükmüyordu. Deniz yoluyla buralardan uzaklaşmaksa özellikle Kinyas'a işkence gibi gelecekti. Cassandra, deniz yolculuğuyla ilgili bütün iyi düşüncelerimizi eritip bitirmişti. Artık denizin üstünde çalkalanmak istemiyorduk. Can simitleri görmekten bıkmıştık. Yeterince öğrenmiştik deniz adamlarının neye benzediklerini. Tabuttan daha büyük olmayan kamaralarda, karanlık deliklerde dönen dolapları yeniden yaşamak istemiyorduk... Geriye sadece havayoluyla gitmek kalıyordu. Herhangi bir uçağa atlayıp yok olmak. Aslında bu en zoruydu. Çünkü en sıkı kontroller havaalanlarında yapılanlardı. Ne de olsa, belli bir uluslararası standardı yakalamak zorundaydı en fakir ülkeler bile. Ve kendilerini beğendirmek için zenginlere, didik didik ararlardı boktan gümrüklerinden her geçen adamı ve bavulunu...

Karar verilmişti. Uçakla gidecektik bütün engellere rağmen. Yarım milyon dolardan fazla paramız vardı... Ancak şimdi de sıra nereye gideceğimizi düşünmeye gelmişti. Herhangi bir Üçüncü Dünya ülkesi mi, Avrupa mı ya da turistik bir okyanus adası mı? Neresi?..

Arabanın içinde uyuyorduk. Sadece yemek almak ve doğal ihtiyaçlarımızı karşılamak için çıkıyorduk. Hava soğuk olmadığı için uyunabiliyordu arabada. Kinyas'la pek tartıştığımız söylenemezdi, gideceğimiz yer konusunda. Onun kafasında daha çok bedeninde cirit atmaya başlamış olan ölüm vardı. Hiçbir zaman ELİSA testini yaptırmayacağını biliyordum. Hiç bilemeyecekti HIV+ olup olmadığını. Ama böyle bir ihtimalle yaşamak ona sihirli geliyor olmalıydı. Her an hastalığın nüksedip birkaç hafta içinde ölebileceğini bilmek büyülemişti gözlerini. Karar vermek daha çok bana düşüyordu. Ve benim de aklımın en ücra köşesinde fazlasıyla hastaca bir fikir vardı. Önceleri bastırdım davetsiz misafirimi. Sonra yavaş yavaş kavurmaya başladı bütün zihnimi. Hastalıklı diyorum çünkü hem çok tehlikeli, hem de ruhlarımız için çok yıpratıcı olabilirdi. İkimizin de sınırları dahilinde doğmadığı ama dilini anadilimiz yaptığımız, yazarken alfabesini kullandığımız ülkeye son bir kez dönme fikriydi beni kasıp kavuran. Yıllardır ayak basmadığımız, terk ederken bin bir gece masalarındaki bin bir acıyı arkamızda bıraktığımız ülkeye geri dönmekten bahsediyordum. Orada ne kadar kalacağımızın bir önemi yoktu. Önemli olan, o toprağa geri dönmekti...

Türkiye'ye dönme fikrinin nereden çıktığını bilmiyorum. Sadece geldi ve zihnime yerleşti. O kadar. Birkaç gün Ankara'da, birkaç gün İstanbul'da dolanmak istiyordum. Sağını solunu bildiğim, bir zamanlar yaşadığım iki şehir. Ve yeniden o sokaklarda yürümek istedim. Hepsi bu...

Ülkeye dönme konusunu Kinyas'a ilk açtığımda yüzünde alaycı bir ifade belirdi. İnanamıyordu, her zaman için daha gerçekçi olan benim, kendimizi aslanın ağzına atma fikrini benimsemiş olmama. Ve gülmeye başladı. O kadar saçma geldi ki oraya geri dönmek! O kadar uzak geldi ki, üzerinde ailelerimizin yaşayıp yaşamadığını bile bilmediğimiz topraklara geri dönmek! Kinyas da, ben de ailelerimizin durumunu bilmiyorduk. Biz evlerinden kaçmış insanlardık. Yok olmuş insanlar. Bir

sabah uyanıp bakıldığında yataklarının boş olduğu fark edilen çocuk-
lardık. Ve ailelerimizin, bizi tanıyanların gidişimizi nasıl karşılamış ol-
duklarını bilmiyorduk. Belki de, erkeklerde daha sık görüldüğü için ka-
çışımızın şokuna dayanamamış olan babalarımızdan biri kalp krizi ge-
çirerek ölmüştü. Belki de annelerimiz, bir gecede beyazlaşmış saçlarıy-
la evlerinde oturuyorlardı. Annem ağabeyimin muhtemelen evlendiği
kadından olmuş torununa bir şeyler satın alıyordu belki de şu an... Kin-
yas'ın bir kız kardeşi vardı. Kendisinden altı yaş küçük. Hayal meyal ha-
tırlıyordum suratını. Çok severdi beni. Bana hep, "Keşke sen ağabeyim
olsaydın" derdi...

Kinyas bir süre alay ettikten sonra, ülkeye dönüş fikrimle ciddi ol-
duğumu ve zihinsel ölümümüzden önce belli bir zaman o toprak üs-
tünde zaman geçirmenin ilginç olacağını anlattım. Aslında bir yolculuk
değildi yapacağımız. Tamamen acı dolu olacak bir hac anlamındaydı.
Kendimize yapacağımız en büyük kötülüktü, kaçarak terk ettiğimiz ül-
keye geri dönmek. Ama ben bunu da yapmak istiyordum, çekmediğim
çile kalmasın diye. Kinyas'ı uzun süren bir konuşma sonunda ikna ede-
bildim büyük dönüşümüze.

"Great Escape. Great Return!"

Ağlamak için gidiyordum. Etimin parçalanışını görmek için gidi-
yordum. Ruhsal hayatımla alay etmek için, bildiğim her şeyle mücade-
le etmek için dönüyordum. Ne kadar dayanabileceğimi, ne kadar du-
yarsız olduğumu anlamak için gidiyordum, sokaklarında tesadüfen ba-
bamı görebileceğim ülkeye... Tabii artık tek sorun sınırlardan geçmek-
ti. İkimizin de unuttuğu ülkenin havaalanlarında yapılması gerekenleri
atlatıp şehirlere bulaşmak. Pasaportlarımızın durumu çok kötü değildi.
En azından Meksika'dan çıkabilirdik. Ama Türkiye'de başımıza neler ge-
lirdi? Onu bilmiyorduk. Bir Fransız olarak İstanbul'a inmek hayli ilginç
olabilirdi...

Mexico'ya vardığımızda, şehir uyanmaya yüz tutmuştu. Havaalanın-
daki büroda çalışan adamla beraber açtık tezgâhını.

"İki bilet" dedim. "Sigara içiyoruz. Ve İstanbul'a gidiyoruz!"

Bir gün sonrasına verdiler bileti. O gece havaalanının içindeki çelik
banklarda yattık. İlk defa ciddiye alıyorduk bir yolculuğu. Yüzleşmemiz
gereken geçmişimiz, ailelerimiz, ülkemiz bizi bekliyordu uçağın inece-

ği yerde. Üç kişilik banka uzanmış yatarken, çok gerilere gittim... Geçmişin tek ilham kaynağı haline geldiğini görmek üzücü, ancak zaten düşüncelerime hâkim olabilseydim, şu an yüksek tavanlı bir havaalanı salonunda değil, kurmuş olduğum huzurlu ailemle iş dönüşü sohbetimi evimin salonunda yapıyor olurdum...

Metal sesli anonsları duymamaya başladığım anda, kendimi on altı yaşımda ve o zamanlar oturduğum evin balkonunda buldum. Saat sabah dokuza geliyordu. Korkunç bir rüya görmüş ve daha fazla uyuyamamıştım. Çok kişisel bir kâbustu. Eli baltalı katiller tarafından kovalandığım kâbuslar hiç görmedim zaten. Gördüğüm rüya Kinyasların evinde geçiyordu. Evde annesi, babası, kız kardeşi ve birkaç arkadaşı vardı. Kinyas'ın gittikçe bozulan sosyal hayatını fark ettiklerinden, beni de durumunun tek sorumlusu olarak gördüklerini düşünüyordum. Konuyla ilgili ettikleri tanıklık, bundan emin olacak kadar bilgi sahibi olmalarına yeterdi. Kinyas'la her görüşmemizden sonra ikimiz de daha önceden değer verdiğimizi sandığımız birkaç şeyden vazgeçiyorduk. Bazen bir arkadaş, bazen de bir eşya... Rüyamda, evin bütün odalarına girip çıkarken, Kinyas'ın annesi ve babası da beni ayrı ayrı yanlarına çağırıp konuşuyorlardı. Asaletlerinden zerre kadar bir parça eksiltmediklerinden, dünyanın en küçük ama en acı verici iğneleriyle dolu cümleler çıkıyordu ağızlarından. Kinyas da evdeydi. Hatta saçlarını sarıya boyamıştı. Ve ben, kendimi bundan da sorumlu hissediyordum. Hiçbir şey yapmadan evin içinde geziyor ve ailesinin bana çektirdiği işkenceyi seyretmekle yetiniyordum. Sanki bana, "Evet. Senin yüzünden. Ben senin yüzünden üzüyorum ailemi" der gibiydi. Daha fazla uyuyamadım, her gözümü kapattığımda geri gelen görüntüler ve konuşmalar yüzünden... Ve evimizin balkonuna çıktım. Babam şehir dışındaydı. Ağabeyim o aralar üniversiteyi başka bir şehirde okuyordu. Hayatım boyunca anne ve babama sigara içtiğimi itiraf etmedim. Defalarca bütün anlayış dolu girişimlerine rağmen, defalarca sağda solda paketler görmüş olmalarına rağmen kabul etmedim asla sigara içtiğimi. Benim için katlanılamaz bir durumdu. Onların yanında sigara içmektense ölmeyi tercih ederdim. Eğer dokuz yaşında bir şeyi yapmıyorsan, sırf yaşlandığın için yapma hakkını nasıl bulabilirsin ki!

Ve o sabah, bir gece önce çok içkili vaziyette eve gelip montumu yere attığım ve içinden fırlayan paket halıyı sigaralarla suladığı için annem yüzünü hafifçe ekşitmişti. Rüyayla başlayan sıkıntı ekşi bir anne yüzüyle devam ediyordu. Giyindim. Saçlarımı daha yeni uzatmaya başlamıştım. Birkaç defter alıp evden çıktım. Evin yakınlarındaki bir sinemada, her karesini ve neredeyse bütün repliklerini ezberlediğim *Blues Brothers* oynuyordu. 12.30'da bir seans vardı. Sinemanın yanındaki McDonald's'ta bir double cheeseburger yedim. Filmin başlamasına daha bir saat vardı. Dışarı çıkıp tam bir sigara yakmıştım ki yanımdan birisi geçti. Birkaç saniyeliğine fark ettiğim yüzü hatırlıyordum bir yerlerden. Üç dört yıl önce, sürekli beraber gezdiğim oğlandı, biraz önce yanımdan yürüyen. Sonra nedendir bilinmez, aramamıştık birbirimizi. Darwinist dostluklar! İşlevini kaybedince yok olanlardan...

Dönüp bakmaya cesaret edemedim. Ne konuşabileceğimi bilmiyordum. Aslında tam olarak, kesinlikle konuşmak istemiyordum. Kimseyle. Ve 12.30'a kadar, o oğlanın da filme bilet almamış olması için kadere yalvardım. Yalnız kalma isteğim gökdelen gibiydi. İçinde kırk sekiz neden barındıran kırk sekiz daireli bir gökdelen! Neyse ki ortalarda yoktu eski arkadaşım, salona girdiğimde. Filmi seyretmektense, salondaki diğer iki kişi gibi karanlığın, yalnızlığın, sıcak bir yerde kimseyle konuşmadan oturmanın tadını çıkarıyordum. Bir ara Jake, Elwood'la konuşurken ağzına, dudaklarına dikkat ettim. Sadece ağzına bakıyordum. Hangi harfi nasıl çıkardığını çözmeye çalışıyordum. Hangi harflerde dilini nasıl hareket ettirdiğini bulmak için inceliyordum. Sonra kısık sesle harfler söylemeye başladım. Yavaşça söylüyordum. Ağzımın içindeki hareketin her aşamasını anlayabileyim diye. Sessiz harfler için çok değişik manevralar gerekiyordu. Sonra birden, aslında bunun ne kadar zor olduğunu düşündüm. Harfleri telaffuz etmek için yapılan onca kas hareketi çok zor ve karmaşıktı. Bütün bunları nasıl öğrenmiştim? Nasıl ezberlemiştim? Hiçbir fikrim yoktu. Çıkarabileceğim sayısız değişik seslerin içinde sadece yan yana gelince anlamlı olabilenleri nasıl keşfetmiştim? Bütün bunları düşünürken, genelde sessiz olan birçok harf söylüyordum ağır ağır. Yalnız sesim fazla çıkmış olmalı ki, üç sıra önümde oturan adam iki kez dönüp baktı. Ayağa kalktım. Dışarı çıktım. Geçmişten gelen çocuğun çevrede olup olmadığına bakıp bir sigara yaktım. Kendimi çok karmaşık hissediyordum. İçime baktığım zaman gördüğüm hiçbir şeyi anlamıyordum. On dakika önce harflerin telaffuz edilişlerini ve bunu nasıl öğrenmiş olabildiğimi düşünmüş olmama inanamıyordum. Yararsız, gündelik hayatla hiçbir ilgisi olmayan bir konuyu kırk dakika boyunca nasıl düşünebilmiştim? Bunları kendime tekrarladıkça yüzüm buruşuyor ve midem bulanıyordu. Tamamen anormal düşünceler içinde olduğumu fark etmek canımı yakıyordu... Sonra birden, uzun zamandır okula gitmediğimi düşündüm. Ailemin benden tek beklentisini gerçekleştirmiyor ve yalan söylüyordum. Daha da kötü hissettim. Birkaç kez bağırdım yüksek sesle. Kısa süren "A" harfleriydi bunlar. Acıdan mı yoksa başka bir nedenden mi, bilmiyorum. Başım ağrımaya başlamıştı. Gözpınarlarımda yaşların biriktiğini hissediyordum. Dakika dakika delirdiğime tanık oluyordum. Her saniye beynimin kapıları açılıp hızla kapanıyor, hücrelerine birbirleriyle ilgisiz yüzler, olaylar, isimler giriyordu. Ayakta zor durabiliyordum. Belki titremeye bile başlamıştım. Kendi kendime, organik nedenleri olması gereken hastalık belirtilerini nasıl yaşatabildiğime şaşırıyordum. İnsan kendi başını isteyerek ağrıtabilir mi? Midesini bulandırabilir mi? İsteyerek ölebilir mi? Sadece düşünerek hepsi yapılabilir mi?..

Artık tamamen delirmeye başladığımı ve ilk defa düşüncelerimin gerçekten kontrolden çıktığını hissettiğim anda, bir el sağ omzuma değdi. Büyük bir uykudan uyanmış gibi sıçrayarak döndüm. Elin sahibi annemdi. Gözlerimin büyük misketler kadar açılmış olduğunu tahmin edebiliyordum. Ve aynen şöyle bir konuşma geçti aramızda:

"Ne yapıyorsun burada oğlum? Dersin yok muydu senin bu saatte?"

"Merhaba anne. Vardı da, öğretmen bizi erken bıraktı. Bir iki kitap almamız gerekiyormuş. Onlara bakmaya gelmiştim. Sen nereye gidiyordun?"

"Biraz alışveriş yaptım, eve dönüyordum."

"Gel benimle, istersen."

"Yok. Ben yoruldum. Döneyim artık, sen bak kitaplarına."

Ve gitti. Sokağın köşesini dönmesini bekledim arkasından bakarak. Sonra da yıkıldım dayandığım duvarın dibine. Nasıl tam deliliğin içinde yüzdüğümü düşündüğüm bir anda, böylesine çabuk ve hatasız bir şekilde normale dönebiliyordum? Nasıl olabiliyordu? Neden anneme, "Ben çok kötüyüm. Kendimi kötü hissediyorum. Belki de deliyim!" dememiştim? Demiyordum! Birkaç dakika boyunca olanları düşündüm ve sonra hayatımın en büyük hatalarından birini yaptım. Çömeldiğim yerden kalktım. Dükkânın vitrininde saçımı düzelttim ve gittim...

Eğer kabullenmemiş olsaydım o gün içimdeki deliliği ve normal hayata ani dönüşü, bugün kurmuş olduğum ailemle Monopoly oynuyor olurdum. En büyük hatam sigara içtiğimi inkâr etmem gibi, delirdiğimi de inkâr etmem oldu. Beynim bir et parçası olarak dayanamadı bu delirmelerime ve ani geri dönüşlerime. Kaldıramadı genişleyip daralmaları. Ya deli olduğumu itiraf edip tedavi edilmeliydim ya da normal olduğuma kendimi ikna etmeliydim. Bir tercih yapmam gerekiyordu. Ben ikisini de seçtim. Yani hiçbirini! İkisiyle de yaşayabileceğimi düşündüm. Ancak kararım geleceğim için çok büyük ve belirleyici bir hata oldu. Sürekli kilo alıp veren bedenlerdeki sarkmalar, çatlamalar, zihnimin, bilincimin sınırlarıyla sürekli oynamamdan ötürü beynimde oluştu. Geri dönülemez bir noktadaydım o günden birkaç ay sonra. İki değişik Kayra'yı kabul etmiştim. Ve ikisiyle de başa çıkabileceğimi düşünüyordum. Tabii hayatımın ikinci büyük hatası da fazla nazlanmadı ortaya çıkmak için. Hesaba katmamıştım o her şeyi dışarıdan seyreden üçüncü Kayra'yı. Hiçbir duyguya, fikre dahil olmayan Kayra'yı unutmuştum. İçimde bir stadyum dolusu adam vardı. Ve ben saymaya daha yeni başlıyordum.

Birinci Kayra, ikinci Kayra, üçüncü Kayra...

Bu arada, bizden kesinlikle beklenmeyecek olan son derece mantıklı bir iş gerçekleştirmiştik. Kabul etmeliyim ki, onayladığımız bir ilişki değildi kurmuş olduğumuz, ama ülkeye sorunsuz girmek için şarttı. İsviçre'den ve özellikle ABD'den nefret ettiğim için, zamanında Yahudilerden mesleği biraz olsun öğrenebilmiş Almanların bir bankasının Frankfurt şubesine, Mexico'daki başka bir banka aracılığıyla paramızı transfer etmiştik. Yanımıza da birkaç bin ayırmıştık. Bütün işlemlerimizi sahte pasaportlarla yapabiliyor olmamıza şaşırıyordum tabii ki. Ama banka müdürlerinin nakit para karşısında verebilecekleri taviz de hemen hemen sınır tanımıyordu. Miguel da Silva'ya şükran borçluy-

duk. Dünya üzerindeki kaçakların dayanışması, istediğimiz bir yolcu-
luğu gerçekleştirmemize yardımcı olacaktı. Sahte isimli dostlar yine de
en gerçek dostlar oluyordu. Her şeyleri sahte olduğundan, en azından
sayesinde pusulalarını kaybetmeyecekleri gerçek bir şeye ihtiyaç duyu-
yorlardı. Diğer sahte adamlara yaptıkları! Uçak önce Londra'ya, oradan
da İstanbul'a inecekti. Ruhsal olarak bizi nasıl etkileyeceğini bilmiyorduk
yolculuğumuzun. Ama bedenleri-
mize neler yapabileceğini az çok tahmin edebiliyordum. Belgelerin
sahteliği ortaya çıktığı takdirde Türkiye'de büyük sorunlar yaşayabilir-
dik. Önce bir süre hapis, sonra askerlik ve sonra belki bir süre daha ha-
pis. Gazetelerde, televizyonlarda çıkan fotoğraflarımız ve yüzlerimizi
hatırlayan, bizimle bitmemiş hesapları olan bütün insanların üzerimi-
ze koşması. Tam bir felaket! Sadece iki şehre gidiyorduk. İstanbul ve
Ankara. Bizim için en tehlikeli olanlarına...

Uçağımızın kalkış anonsunu ilk duyan tabii ki Kinyas oldu. Çünkü
uyumak gibi bir alışkanlığı yoktu. Son zamanlarda hareketleri normal-
de olduğundan daha da tuhaflaşmıştı. Şizoid yapısı daha da kemikleş-
miş ve gözlerine yansımıştı. Aslında tam bir şizoid değildi. Tam anla-
mıyla bir şizofren olacak kadar da gerçekten ve dış dünyadan kopmamış-
tı. İki psikolojik vaka tanımı arasında duruyor ve çevresine bakıyordu.
Kendisine böylesi sıfatlar taktığımı öğrense, en iyi ihtimalle, kollarımdan
birini kırardı...

Ondaki tuhaflaşmayı ilk kez, birkaç gün önce gittiğimiz barda his-
settim. Çevresindeki kalabalığa fırlattığı bakışlar tuzağa düşürülmüş
vahşi bir hayvanınkiyle aynıydı. Kendisini kuşatılmış hissediyordu.
Ellerini nereye koyacağını bilemiyor, yanındaki kadınla göz göze gel-
memeye çalışıyordu. O kalabalık çok fazla gürültülüydü Kinyas için.
Agorafobisi olan herhangi bir geri zekâlı paranoyaktan dostumu ayı-
ran unsursa, içinde bulunduğu rahatsız edici ortamı terk etmek arzu-
sunun yerine, kendisini bu kadar ürküten, öfkelendiren insanları yok
etme, öldürme isteğine sahip olmasıydı. O gece, yeterince cephaneyle,
bardaki ve diskodaki bütün insanları öldürecek kadar yalnız kalmak
istiyordu. İnsanlarla iletişim kurmayı unutmuştu. Uzun zamandır
kimseyle birkaç cümleden fazla konuşmuyordu. Ve içine girdiği, in-
sanların birbirlerini süzdükleri kalabalıklarda ise kendini daima fazla-

dan hissediyordu. Ağızlardan çıkan hiçbir sözü dinlemediği halde, söylenen en masum kelimeyi bile kendisine edilmiş bir küfür gibi algılayabilirdi. İçinde büyüyen ve bugün ölçüsüz bir dev haline gelmiş Kinyas başka hiçbir isim ve insanı kabullenemiyordu. Yer kalmamıştı hiçbir tanışmaya, hiçbir kalabalığa. Maruz kalabileceği hiçbir kaçamak bakışa...

Aslında kendine hâkim olmaya çalışıyordu. Birkaç metre ötede kahkaha atan insanların kendisi hakkında konuştuklarını ve bu yüzden kafalarını patlattığını hayal ediyor ama yapmıyordu. Onun sorunu kulaklarıylaydı. Çok fazla duyuyordu. Söylenmeyenleri dahil her şeyi! Uykusuzluktu kulaklarının hassaslığının nedeni. Halbuki çevresindekiler o güzel yüzünü beğeniyle seyrediyor ve ilginç tavırlarını bir çeşit seksüel hayranlıkla izliyorlardı. Kimsenin bir alıp veremediği yoktu Kinyas'la. Ama telaffuz edilmeyen her sözü duyduğu için sinirleniyordu. En büyük ve tek düşmanıydı kendisinin. Kendisinin arkasından konuşacak tek insandı yeryüzündeki.

Tabii bunlar benim görebildiklerimdi. Aklından geçenleri tam olarak anlayamazdım çünkü ben uyuyabiliyordum. Uykusuzluksa, bana Venüs kadar uzak bir gezegendi... Kimsenin bilmediği kuralların işlediği uykusuzluk felsefesi. Her uykusuzun kendine ait teorilerle dolu bir evreni vardır. İçinde hiçbir misafir bulundurmayan bir evren! Yaşarken ölmeyi, ölerek yaşamayı sadece uykusuzlar bilir. Gözlerinin altında biriken her küçük torba gördükleri hayallerle doludur. O her torbada ayrı bir hayal saklıdır uyanıkken görülen. Gerçek dünyayı küçümsemek hatta reddetmekse kendiliğinden gelir. Yatağı olmayan insanların birilerini dinleyecek kadar sabrı yoktur çünkü. İnsanın kendine verebileceği en acılı cezadır uykusuzluk. Dayanılması en zor olanıdır.

Bu nedenle ellerim ceplerimde, uçağın merdivenlerine doğru yürürken, Kinyas'ın ayaklarına batan küçük cam kırıklarını hissettim içimde. Attığı her adımda tabanlarının ve ruhunun derisini yırtan hayat kırıkları... Böyle bir insandan sosyallik beklemek, Tanrı'nın yüzünü göstermesini istemek kadar safça olurdu. Ama üzülmüyordum ben hiçbir şeye. Ne cam kırıklarına, ne de gözlerinin altındaki torbaların şişkinliğine. Hepsi de ödediği bedelin taksitleriydi. Zihinsel ölüme doğru atılan adımların hayatın üstünde bıraktığı izler. Bedenine büyük ihtimalle girmiş ve yerleşmeye çalışmakla meşgul olan hastalık bile hafif kalırdı kendisine yaptıklarının yanında...

Uçakta önüme gelen bütün içkileri içiyor ve daha da çok getirmesini istiyordum zenci hostesten. Birinci sınıfta uçuyorduk. Aslında içmek istemiyordum ama yine de kadehleri art arda boşaltıyordum. Aşırı miktarda ve sürekli hazmetmekle meşgul olduğum alkol beni gerçekten yormaya başlamıştı. Eskisi kadar hareketlerime hâkim olamıyordum içkiliyken. Ve en kötüsü, hafızamda ufak delikler açıyordu elimden düşürmediğim içkiler. Hiçbir zaman tatlarından zevk almamıştım içkilerin. Sadece aklımı dinlendiriyordum ama artık işe yaramıyordu. Kinyas da, ben de çok fazla başkalarını yıpratacak işler yapmıştık içimizde alkoller karışmışken. Bu değildi beni rahatsız eden. Sadece artık yoruyordu. O kadar...

Seksen yaşındaki beş kişinin hayatları boyunca tüketebilecekleri kadar içki yutmuştum. Ve yavaş yavaş zamanı geliyordu terk etmenin. Alkolü de terk etmenin. Her şeyi terk ettiğim gibi! Her şeyin yanından gizlice kaçtığım gibi onu da bırakacaktım. Ve bu uçak yolculuğu bizim gibi iki eski sevgilinin birbirlerini gördükleri son liman olacaktı. Yıllardır her an çevremde olan renkli, renksiz şişeler yok olacaklardı uçaktan indiğimde. "Ölü birinin içkiye ihtiyacı yok" dedim içimden. Kinyas'ın AIDS'li bir kadınla isteyerek yatmasına benziyordu içkiyi bırakma kararım...

İçkiyi bırakıyordum. Daha da sarhoş olmak için. Hayattan sarhoş olmak için! Hiçbir ekrana sığmayan hayatın kendisinden sarhoş olmak için... Hostes gelip önümdeki boş kadehi alırken son derece ılık bir sesle, bir tane daha isteyip istemediğimi sordu. Kafamı yavaşça kaldırdım. Önce ilk üç düğmesini iliklememiş olduğu beyaz gömleğinin altındaki dantelli sutyenin taşıdığı biçimli göğüslerini gördüm. Saniyenin onda biri kadar, siyah tenin üzerindeki beyaz iç çamaşırının güzelliğini düşündükten sonra siyah gözleriyle karşılaştım.

"Hayır, teşekkür ederim. Bu kadar yeter."

Alkolle ayrılmamız böyle oldu. Yeterince içmiştim. Yeterince, hayatın gerçek sarhoşluğundan kaçmıştım. Artık sıra şişelerden kaçmaya gelmişti. Şimdiye kadar rakıyı suyla, viskiyi buzla karıştırır gibi hafifletmek için hayatı da içkiyle karıştırmıştım. Ama artık hayatı sek içmenin zamanı gelmişti. Babamın, "Artık büyüdün. Kendine de bir rakı koy!" dediği akşam geldi aklıma. Biraz daha büyümüştüm. Hayatı ve dünyayı sek içecek kadar!..

İlk dakikalar biraz başım döndü ama sonra alıştım. Suratıma çakırkeyif bir tebessüm yerleşti. Aldığım her nefeste beynim uyuştu. Yürürken ses çıkaran aklımdaki düşünceler, parmaklarının üzerinde balerinler gibi uçuşmaya başladılar. Başlamıştı hayat sarhoşluğu. Elbet bunun da koması vardır. Ben ona da girerim. Kalmam üç beş kadehte. Boş şişeleri duvarlara fırlattığım gibi, dibini görmeden bırakmam hayatı da!

Ve nefesimi tuttum. En derine, en dibe inebilmek için. Bıraktım kendimi hayat okyanusuna. Beni dibe çeken zihnimin ağırlığıydı. Ve dibe daha çok vardı. Ama gidiyordum. Yavaş yavaş. Ayaklarına beton dökülmüş bir mafya kurbanı gibi... En derine. Dünya yuvarlak. Hayat da öyle. En derini aynı zamanda da en yükseğidir hayatın. Nereden baktığına bağlı. Nerede doğduğuna. Doğduğun yerden ne kadar uzaklaştığına bağlı. Elindeki şişede ne kadar hayat kaldığına bağlı...

İstanbul. Taksim. The Marmara isminde bir otel. Ve altıncı katında, ülkelerine ancak Fransız pasaportlarıyla girebilmiş iki adam. Silahsız ve sıradan iki turist. Gece, saat iki civarı. Günlerden belki perşembe. Ama emin değilim...

Yürüyüş zamanı. Önce meydanda birkaç tur. Sonra meşhur İstiklal Caddesi. Gündüzün kalabalığı yok ama yine de omuz atacak kadar adam var. Şimdiden pişmanım İstanbul'a geldiğime. Medeniyetten daha kötü bir şey varsa, o da medeni olmaya çalışan bir medeniyetsizlik... Yoldaki birkaç sarhoşla birbirimize ters ters bakıp küfürleşiyoruz. Fazla uzatmadan aşağı doğru yürümeye devam. Kesinlikle hiçbir sorun çıkarmamalıyız. Hiçbir resmi üniformalıyla başımız derde girmemeli. Başbakanın ya da cumhurbaşkanının şu aralar kim olduğunu bilmiyoruz. İlgilenmiyoruz. Sadece yürüyoruz. Binaları ve insanları seyrederek. Son bir yıldır gittiğim ve ayak bastığım her yer bir öncekinden daha da sıkıcı...

Açık bir büfeden at yarışı bülteni alıyorum. Bir şişe de rakı. Yanında da, kokusunu asla unutamadığım bir paket Maltepe. Sadece birkaç tane içip atacağım... Galatasaray Lisesi'nin önünden çark ediyoruz. İlk gece için bu kadar yeter. Dönüş yolunda biraz önce küfrettiğim üç adamı görüyorum. Kayra ceketinin iç cebinden çıkardığı usturayla üzerlerine yürürken, karşıdan tramvay raylarının üstünden lastiklerine hiç acımadan gelen bir polis arabası görüyoruz. Mavi siren! Vazgeçip devam ediyoruz. Tekrar meydana çıktığımızda, bir zamanlar hayat öyle gerektirdiği için, bir hafta boyunca sabahladığım ve banklarında yattığım parka doğru bakıyorum. Birkaç adım atıp gitsem mi o bankları görmeye derken vazgeçiyorum...

Otele dönüp odalarımıza çıkıyoruz. Kayra uyumaya başlarken ben şişeyi açıyorum. Gecenin ve geçmişin ilk Maltepesini yakarken pencereyi açıyorum. Dışarı baktığımda, tek düşündüğüm, bir an önce buradan gitmek. Dayanamıyorum şehirlere. Araba seslerinden, kalabalıktan ya da bir çöl tutkunu olmamdan dolayı değil, içine girdiğim bir şehri havaya uçurmak istediğimden dolayı gitmeliyim diyorum... Çok âşığı var İstanbul'un. Paris ve New York gibi. Çok bağımlısı var... Eski, yeni. Binalar, yokuşlar. Hiçbir şey ifade etmiyorlar bana. Hatıralarım beynimde benim. Betonun üstünde ya da ahşap bir evin avlusunda değil! Tek tavan gökyüzüdür. Gerisi her yerde aynı. Mimarlık bilimdir. Sanat değil. İnşaatlarında kullanılacak demir çubukların kalınlığı aynı olduktan sonra binalara âşık olmanın pek bir yararı yok. Şehirler, hele İstanbul gibi ölçüsüzce büyük olanlar, hayvanat bahçesinden farksız. Üstadın dediği gibi:

"Kaldırımlar güzel. Ama bir de üzerinde yürüyen şu insanlar olmasa!"

Kimseyi görmek istemiyorum. Kimseyle konuşmak istemiyorum. Birkaç saat sonra gün başlayacak. İki yüz metre uzağımdaki pavyonlarda çalışan on dört yaşındaki Çingene kızlar uyumaya gidecekler, üvey babalarını uyandırmaktan korkarak yavaşça baş uçlarındaki sehpaya hasılatlarını bıraktıkları eve. Bütün bunları biliyorum ben. Hepsini. Olan biten her şeyi. O pavyonların birkaç yüz metre uzağında, kokusunu aldığım uyuşturucunun mazgallarından çıkıp şehre yayıldığı gece kulüplerinde birbirlerine ifadesizce bakışlar fırlatan kızları da biliyorum. Seyrettikleri "avant-garde" filmlerin sahnelerini yaşamaya çalışanlar ile küçük yaşta çocuk çalıştırmaktan başına tiner belasını sarmış ilkel sanayi ülkesinin cüce cellatlarının yan yana yürüdüklerini de biliyorum. Ve hiçbir şeyin değişmediğini görüyorum. Her şey sanki ben gittikten sonra donmuş gibi. Tek değişmeyen değişimin kendisidir, diyen bunağın hayattan haberi yok!

Birkaç ata baktım bültende. Tanıdık bir iki jokey ismi. Sonra koydum bir kenara. Susuz, buzsuz, ılık rakıyı şişesinden hafif hafif yudumlarken Kayra'yı bırakıp gitmek istedim...

Kendime deliliğimden bir şato yapmıştım. Mermerden bir şato. Kurtulmanın imkânı yok. Tek yaptığım ölümü beklemek.

Elim titremeye başladı. Nefes alışlarım hızlandı. Dışarı çıkmalıydım. Geceye, İstanbul'a dönmeliydim. Mutlaka beynimi kemirmemi engelleyecek bir şeyler vardı orada, beni bekleyen. Belki bir kavga, belki bir fahişe, belki bir bardak çay, belki de bir damla deniz... Meydanın yükü hayli hafiflemişti aşağı indiğimde. Artık tamamen, gidecek yeri olmayanlar vardı çevrede. Sabahı bekleyecek olanlar. Hızlı adımlarla kol kola yürüyenlerse eğer sarhoş değillerse bu saatte bir tımarhanede ne aradıklarını soruyorlardı kendilerine. Kaldırımda birkaç dakika hareketsiz durduktan sonra görünmez bir el tarafından parka doğru çekildim. Karanlığa doğru yürürken bir Maltepe daha yaktım. Meydanın, elindeki termos ve plastik bardaklarla çay dağıtan emektarı dolanıyordu ortalıklarda, kimseye çarpmamaya çalışarak. Herhangi biriyle göz göze gelmek ya da tilki uykusundan uyandırmak mayına basmak kadar ölümcül olabilirdi...

Parka girdiğimde bankların değişmiş olduğunu gördüm. Çok kalabalık değildi üzerleri. Yıllar önce bıraktığımdan biraz daha temiz ve aydınlıktı park. Küçük rakı şişesini yanımda taşıyordum. Yaşlı bir kadının karşısındaki banka oturup içmeye başladım... Çok sarhoş olmak istiyordum. Dünyanın bütün içkilerini içmek istiyordum. Bir yerlerde düşüp kalmak. Yere yapışmak... Aklımdan geçen görüntülerin hızı, dünyanın bütün otobanlarındaki radarları çatlatacak kadar fazlaydı. Ülkeye geri dönmek hiç de iyi bir fikir değildi. Kayra'yla aynı kulvarda koşmuyorduk. Kötülüğümüzün, hayata kör bakışımızın nedeni aynı değildi. Onun acısı ve acımasızlığı romanlardaki gibiydi. İnsani bir tarafı yoktu. Kayra olmasının, içinde beslediklerinin dışında gözle görülür bir nedeni yoktu...

Geçmişe gidelim. Ailesindeki her birey, onun tek bir tebessümü için hayatlarını feda edebilirdi. Bulundukları şehirlerin en iyi okullarına yolladılar. Alabileceği en iyi eğitimi vermeye çalıştılar ve kesinlikle başardılar. Kaprislerine, ukala tavırlarına ve anormal isteklerine göğüs gerip göz yumdular. O kadar iyi yalan söylüyordu ki ailesinden bile yıllarca her şeyden nefret ettiğini saklayabildi. Eğer anlasalardı bir gün Kayra olacağını, eminim kanlarının ve paralarının son damlasına kadar oğullarını iyileştirmek için savaşırlardı. Dört kişilik ailenin içinde herkesin birbirine saygı duyduğu, birbirini incitmekten korktuğu bir cennet vardı. Ve bütün bunlara, olabilecek en sağlıklı aile ortamına rağmen Kayra delirdi. Ve onları terk etti. Gözünü kırpmadan. Eminim Kayra gittiğinde, hayatlarının en büyük şokunu yaşadılar. Çünkü en terk etmeyecek, en mutlu gibi görünen kişiydi Kayra o ailede... Kimse öğrenemedi gidişinin nedenini. Ve ben yine biliyorum ki, yeryüzündeki meleklerden kurulu ailesi, sahip oldukları sınırsız bağışlayıcılıklarına uygun olarak, Kayra'nın kendilerini terk etmesinin nedenini yine kendilerinde aradılar. Bilemezlerdi çocuklarının doğadışı bir yaratık olduğunu. Yaşamış olduğu normal çocuk ve genç hayatıyla kendilerini yıllarca kandıran bir tiyatrocuya annelik, babalık yaptıklarını bilemezlerdi...

Gelelim bana... Benim durumum Kayra'nınkinden çok farklıydı. Belki sadece başlama noktamız aynıydı diyebilirim. Tanıştığımız zaman, ailelerimiz hemen hemen benzer şekillerde yaşıyor ve bizi büyütüyorlardı. Ama bugün bile Kayra'ya anlatmadığım, kimseye de anlatmayı hiçbir zaman düşünmediğim olaylar olmaya başlıyordu ailemde. Öncelikle, Kayra'yla sürekli iletişime girmeye, düşüncelerini öğrenmeye çalışan ve onun yalanlarını büyük bir saflıkla, ilgiyle dinleyen bir anne baba yoktu bende. Benim ailem dışarıdan çok mutlu ve her şeye sahipmiş gibi görünürken, içeriden bakıldığında, daha çok bürokratik bir kurumu andırırdı. Birbirimize güzel sözler sıralardık ancak bunun yapılması gerektiğini bildiğimiz için yapardık biraz da. Yaşım büyüdükçe ve gözlerim açıldıkça yolunda gitmeyen bazı şeylerin olduğunu anlıyordum. Annem babamla isteyerek evlenmemişti. Farklı hayatlardan gelmişlerdi. Uzun lafın kısası, bir sabah uyandık ve annem yoktu. Herkese "Tatile gitti" dedik. Bir ay sonra döndü. Babamda ruhsal darp izleri yarattığı için bu küçük kaçış hikâyesi nedeniyle, annemi öldürmek istedim birkaç yıl. Sonra geçti. Ve dört beş mevsim sonra yeniden, birbirleriyle konuşmayan ama çok mutlu olan aile yapımıza geri döndük. Mutlu bir dilsizler ailesi! Ben umursamadım. Eğer bir insan, babasının hıçkırıklarını umursamazsa hiçbir şeyi umursamıyor demektir! Yani Kinyas tek başına Kinyas olmadı aslında. Birkaç sponsoru vardı arkasında. Çekirdek ailesi, boktan geceler...

Bunları neden yazdığımı bilmiyorum. Hatta tekrar okuduğumda şu son birkaç satırı, ne kadar düzensiz, basit ve sıkıcı yazdığımı fark ediyorum. Belki de nedeni şimdiye kadar anlattıklarımın içindeki en doğru hikâye olmasındandır. O günler ve o ailevi olaylar aynı bu basit ve zevksiz cümleler gibiydi... Hayat kadar duru ve çıplak. Ne eksik, ne fazla! Belki de ailemi düşünürken dönmüşümdür o günlere, o yaşlarıma. Onun için bu kadar dürüstçe anlatmışımdır, ilk soygununu sorguda polise anlatan hırsız gibi. Ne kadar ilginçtir ki, bazı anılar insanı nerede olursa olsun, alır götürür her şeyin başladığı yere. Eve! Herkesin bir şekilde bir evi olmuştur. Ve her şey orada başlar. Kapılarının kilitlenmesinin hoş görülmediği o evlerde. Samimiyetin bozdurulup harcanabileceği o evlerde. Herkesin, birbirini dinlediği ama duymadığı bir evi olmuştur elbet!

Rakı bitti. Maltepe hafifledi. Meydana döndüm. İlk gördüğüm taksinin önüne atladım.

"Yürü!" dedim. "Sarıyer."

Bir ara durdurdum arabayı. Konyak için.

"Yok! Artık cep kanyağı satmıyoruz" dedi adam.

İnanamadım.

"İyi, bir ufak rakı ver o zaman" dedim.

Devam ettik. Bir şey arıyordum aslında. Yol üstünde. Üzerinden geçtiğimiz sahil yolunun bir yerini hatırlamaya çalışıyordum. Zamanında çok sevdiğim, kendimi rahat hissettiğim bir yer vardı buralarda. "Ama nerede?" diye söylenirken "Dur! Burada dur!" dedim şoföre. Arabadan inip kaldırıma çıktım. Gelen geçen yoktu. Beyaz parmaklıkların üstüne oturdum. Rakının kapağının dişleri teker teker kırıldı dayanamayıp sarhoş ellerime. Sonra tam öpüşecekken "Dur!" dedim kendime.

"Önce şerefine kaldır şişeni."

Şişeyle beraber kafam da kalktı yukarı. Tek gördüğüm, havada asılı simsiyah bir gökkuşağı. Lacivert gecenin içinde tam üstümde başlayan ve karanlığın derinine doğru incelip yok olan simsiyah bir gökkuşağı... Boğaz'ın köprüsünün tam altındayım. Tam ortasında. Eskiden olduğu gibi. Bulmuştum yerimi. Bazen buraya o kadar sarhoş gelirdim ki köprüyü bir uzay gemisi olarak görürdüm. Devasa bir uzay gemisi. Meşhur "Enterprise" benzeri. Gelmiş İstanbul'a. Belki istilaya, belki sevişmeye! O beni ilgilendirmez. Ama öyle güzel duruyordu ki şu bütün ressamların kariyerlerinin bir döneminde muhakkak denedikleri perspektifiyle. O kadar büyük ki gecenin lacivderinin içinde. İnsan eli değmemiştir,

diyorsun kendine. Olsa olsa, atmosferin öbür yakasından gelmiştir...
Ömür uzatır o köprünün gece duruşu. Yarım litre rakıdan sonra tam
ayarlayıp karanlık kuşağın ortasına oturduğunda... İstanbul'un tek ne-
feslik yeri burası. O da ancak bu saatte. Gerisi palavra! Doğa, cami, ki-
lise, saray, manzara, Marmara. Hepsinin var oyuncak maketi. Ama bu
köprü aşağıdan öyle kutsal ki, gece! Yaptığı puta tapan adama hak ver-
memek mümkün mü? Bu muydu Japonların yaptığı? İyi çalışmış Shin-
to'cular! Çirkin ama zeki. Cüce ama çalışkan. Muhafazakâr ama dina-
mik. Çiş ama bok. Disiplinli porno koleksiyoncuları Japonlar. Tepem-
deki uzay gemisini yapmışlar. Enterprise! Neydi Türkçesi? Evet. Atıl-
gan! Tercümanı bulsak da sarılsak. Tabii "Firma" fazla kapitalist olurdu.
Sosyal devletin sosyal TRT'sine "Şirket" de olurmuş ama o da fazla li-
beral. Zaten Mr. Spock'ın kulaklarının sivriliği müstehcen bulunmalıy-
dı. Dul hanımların tahrik olma ihtimali yüksekti o yukarıya doğru in-
celen, sert kulakları görünce. Ve bir devlet televizyonu seyredip tahrik
olmak. Ne korkunç!..
       Amerikalılara mahsustur başkanlarıyla ilgili cinsel fanteziler kur-
mak. O ülke dışında biraz zor, televizyonda politikacıları izlerken mas-
türbasyon yapmak!
       Aslında her televizyonun içinde bir kamera var. Her evde de bir ka-
mera. Ve televizyonu seyredenin hayatı çok uzaklarda bir yerde seyre-
diliyor başka bir televizyonun ekranında. O seyredenlerin hayatları da
başka bir yerde, başka bir televizyonda oynuyor. Hayatlar sıkıcı olunca
bildiğimiz programlar, filmler, reklamlar devreye giriyor. Ama televiz-
yonlar kapanınca kameralar çekmeye başlıyor içlerine hayatları. O ha-
yatları Eskimolar seyrediyor! Eskimoların hayatını da İspanyollar. Her
televizyonun içinde bir kamera var. Ve artık izlenmek istemiyorsa insa-
noğlu, artık müzedeki bir resim, akvaryumdaki bir balık gibi seyredil-
mek istemiyorsa, artık hücredeki bir mahkûm, suikast tüfeklerinin
dürbünlerindeki bir hedef gibi takip edilmek istemiyorsa kırmalıdır te-
levizyonunu. Aşağı atmalıdır camından. Zemindekiler yukarı fırlatma-
lıdır televizyonlarını. Biter böylece onun hayatını buna, bunun hayatı-
nı şuna seyrettirme dönemi. Hep bu casus uydular. Onların işi! Tepe-
mizde dolanıp duran. Altı milyar paranoyak yaratan işte bu uydular!
Perdeleri açık oturmasın kimse. Asla!..

Şu an, bana benzeyen biri başka birinin tüfeğinin üzerine geçirdiği dürbününden izleyip kendine şöyle fısıldıyor olabilir: "Evet, ona kadar sayacağım." Eğer hareket etmezse vuracağım." Ya da "Beş dakika içinde başını kaşırsa ateş edeceğim." Eğer gerekli malzemem ve yeterli sabrım olsaydı ben yapardım çünkü. Oynayabilirdim, açık perdeli evlerde oturan insanların hayatlarıyla onlar farkında olmadan, uzun menzilli, susturuculu bir tüfekle... Namlu ne kadar uzarsa insan o kadar acımasızlaşıyor!.. Bugün televizyonda ölenler biz değildik. Ne güzel!..

Artık sadece düşünmek yetmemiş, yüksek sesle de konuşmaya başlamıştım. Karşımda duran görünmez adama el kol hareketleriyle, vurgusu yerinde cümlelerle anlatıyordum aklımdan geçenleri. Televizyonu, dürbünlü tüfeği, köprü altının sihrini. Tabii arkamda gecenin trafiği yavaşlamış olsa da sürüyordu. Kaldırımda önümden geçen yoktu ama. Ve tam ben yeni bir konu üzerinde yeni bir söyleve başlamak üzere boğazımı temizliyordum ki korkunç bir ses kopup sağ kulağımdan girdi, sol kulağımdan çıktı. Giderken beynimde bıraktıkları bile yetti, oturduğum yerden sıçrayarak kalkmama ve sesin nereden geldiğine bakmama. Yola dönüp baktığımda asfalta yatmış bir motorun üzerindeki adamla, bin bir kıvılcım eşliğinde bana doğru kaydığını gördüm. Motorlarla yapılan çok akrobatik harekete tanık olmuştum. Ama gördüğüm onlara benzemiyordu. Boş yolda bana doğru kayan ikili, en sonunda kaldırıma çarparak ayrıldılar birbirlerinden. Adam öyle bağırıyordu ki sanki motor vücudunun bir parçasıymış da, kopmuş gibi geldi bana...

Bütün bu olan bitenden herhangi bir yara almamak için birkaç adım attım geriye. Önce çevreye baktım. Yolun iki tarafı da karanlık. Adam kendi düşmüş. Kimse itmemiş. Canı çok yanıyor olmalıydı. Anlamsız sesler çıkarıyordu kan tükürüklerinin arasında. Elimdeki şişeyi atıp yanına gittim. Yerde yatarken bacağını tutmaya çalışıyor ve gözlerini örtmüş kaskının altından beni belli belirsiz görüyor, yardım çağrısı olarak yorumlayabileceğim hareketler yapıyordu. Biraz ötede asfaltın ortasında yatan motosiklete yürüdüm. Ön tekerleği hâlâ dönüyordu. Sonra durdu. Kaldırıp kaldırıma çıkardım. 250 cc'lik bir makineydi. Tekrar adama yöneldim. Kollarının altından tutup sürükleyerek kaldırıma oturttum. O sırada bir araba geçti. Sadece bir iki saniye için fren lambalarını gördüm. Durmaktan vazgeçmiş olacak ki, kırmızılar yok olup karıştılar karanlığa. Adamın kaskını çıkardım. Her yeri kan içindeydi. Elleri, parçalanmış pantolonundan fırlamış bacağı, alnı... Kesik kesik küfürler etmeye başladı. Nefesini bunlara harcıyordu. Onunla ne yapacağımı kesinlikle bilmiyordum. Başka şeyler vardı aklımda. Montunun yüzlerce fermuarından birini açıp bin bir güçlükle bir telefon çıkardı ve bana uzattı. Tek hatırladığım numara polisinkiydi. 155.

"Alo! Bir kaza oldu. Tam yeri tarif edemem. Beşiktaş'tan Sarıyer'e giden yol. Sahil yolu ve köprülerden birinin tam altında. Adam yaralı. Çabuk birilerini yollayın!"

Telefonu demin içinden çıkardığı cebe koyup fermuarı çektim. Hâlâ aynı ritimde gidiyordu. Bir inleme, bir küfür. Bir inleme, bir küfür... Motorun yanına gittim. Çok hırpalanmamıştı. Birkaç yeri orijinal şeklinden farklıydı ama idare eder, diye düşündüm. Adamın önüne gelip diz çöktüm. Bir iki saniye öylece baktık birbirimize. Bilinci sadece küfürlerle ve acıyla doluydu. Önce sağ elimi kaldırdım. Sonra vazgeçip bu işi solla yapmaya karar verdim. Sağ elimle montunun yakasını kavradım, son bir kez alnından süzülen kanın kirpiklerine karışmasını seyrettim ve sol yumruğumu şakağı ile elmacık kemiğinin birleştiği noktaya vurdum. Kafası bir kuklanınki gibi geri gidip geldi. Yavaşça yere bıraktım. Artık yarısı kaldırımda, yarısı yolda yatıyordu adamın.

Bayılmıştı. Motora binip Beşiktaş'ın aksi yönü olduğunu bildiğim tarafa doğru sürmeye başladım. İşte bu güzeldi. Elim biraz zonkluyordu. Ama olsun! Yüzümü yalayan rüzgâr. Hafif bir ürperti veren soğuk. Bütün yakamozların karışmış ve akmış suluboyalara benzemesi. Hepsi iyiydi. Yirmi dakika kadar gittikten sonra geldiğim yöne döndüm. Motorla volta atıyordum. Bir süre sonra köprüyü gördüm havada, aşağısında da bir karaltı. Yavaşlayınca adamın hâlâ bıraktığım şekilde yattığını gördüm. Kırk beş dakikaya yakın bir süredir burada yatıyordu. Ve ne bir araba, ne de bir polis, kimse yoktu başında. Yanında durup yüzüne baktım. Hâlâ kendinde değildi. Aslında birkaç taksi geçiyordu arada bir. Ve ilginç olan, hiçbirinin de durmamış olmasıydı. Medenileşmenin bedeli. Yerde yatanlarla ilgilenmemeyi öğrenmek. En sonunda bir taksi durdurup şoförle beraber taşıdık adamı arka koltuğa. En yakın hastaneye. Bir sürü gevezelik. Bir sürü soru. Haybeye konuşmalar... Acil servis. Kırık bacak, üç parçalanmış kaburga ve bir çatlak burun. Sonuncusu benim işim olabilir mi? Belki de tam kestirememiştim yumrukladığım yeri. Sabaha kadar beyaz duvarları seyretmekten artakalan zamanımda hastabakıcılar, hemşireler ve nöbetçi doktorlarla boğuştum. Benimle konuşanların bilmediği şeyse, bir Rus kadar sarhoş olduğumdu. Ayakta duruyor ama söylediklerini anlamıyordum. En az iki kez tekrarlamaları gerekiyordu söylediklerini.

Sabah dokuz gibi cep telefonunun rehberinden "EV" yazan numarayı aradım. Ufak bir çocuk.

"Merhaba. Anneni çağır."

Geldi.

"Kocanız kaza geçirdi. Hastaneye gelin. Adı mı?"

Yanımdan geçen birine sorup öğrendim hangi hastanede bulunduğumuzu. Yarım saat sonra küçük bir oğlan ve annesi ağlamaklı suratlarla düştüler. Kocasının montunu soğuk koridordan korunmak için giydiğimden, tanıyıp yanıma geldi. Hikâyenin özeti. Kabul ettiğim onlarca teşekkür. Hatta beni biraz hırpani görmüş olmalı ki biraz para teklifi.

"Hayır. Teşekkür ederim. Motor orada kaldı. Polise haber verdik. Ne yaptılar, bilmiyorum."

Biraz daha teşekkür. Ve veda zamanı... Bütün sarhoşluğum uçup gitmişti buharlaşmış gibi. O kadar rakıdan geriye hiçbir şey kalmamıştı. Çok kızgındım, hastaneden ayaza çıkarken. "İşte böyle bir şehir burası" dedim kendime. "Sarhoş bile olamıyorsun. Olsan bile ayıltıyor birileri! Eğer kör ya da sağır değilsen İstanbul'da sarhoş olamazsın..."

Bir taksiye atlayıp "The Marmara" dedim. Otelin adını hâlâ hatırlıyor olmam kendime olan güvenimi tazelemişti!

"Son birkaç gün. Sonra Ankara'ya gitmeliyim. Bataklık burası. Ve bataklıklarda yolu sadece domuzlar bulur. Sadece onlar kokusunu alır sağlam zeminin. Ve takip edersin iğrenç hayvanı, yere gömülmemek için. Camdan gördüklerim, hepsi birkaç domuzun peşinde! Gömülmemek için şehrin dibine, iğrenç domuzların şekilsiz ayak izlerini takip ediyorlar."

Fısıldıyordum arabanın arka koltuğunda, tabii ki yine kendime. Biraz yüksek sesle söylemiş olmalıyım ki dikiz aynasında kesiştiğimiz bir çift göz, "Ne dedin ağabey? Anlamadım" dedi.

"Yok bir şey! Sigaran var mı?"

Radyoda tok sesli bir kadın gazetelerden manşetleri okuyordu. Dinlemiyordum. Kadını. Şoförü. Kimseyi!

Resepsiyondaki fazla makyaj yapmış genç kadına Fransız aksanlı İngilizce'yle, odama en kısa zamanda bir pizza yollamasını söyledim.

"Bir saat sonra" dedi.

Bir saat uygun. Belki biraz uyurum. Asansöre bindim. Üstünde "STOP" yazan düğmeye basmak istedim. Hem de çok. Beni ne tuttu, bilmiyorum. Yapmadım. Sanki o düğmeye basınca bütün dünya ve hayat duracakmış gibi geldi. Her şey donacakmış gibi! Biraz düşünmek ve dinlenmek için iyi bir mola olurdu. Her şeyi düşünebileceğim ama o sırada hiçbir şeyin değişmeyeceği, zamandan çalınan bir zaman. Ama basmadım düğmeye. Belki daha yeterince sıkılmamıştım koşturmaktan ve mola hakkımı daha sonraya saklamak istemiştim. Belki de sadece asansörün duracağını bildiğimden! İstemedim hayal ettiklerimin gerçek olmadığını görmeyi. Hiçbir şeyin, birkaç dakikalığına da olsa sözümü dinleyip olduğu yerde kalmayacağını görmek istemedim...

Odama girdim. Yatağa yattım. Kapattım gözlerimi. Uyumam gerek. Bir şekilde uyumalıyım. Az ya da çok. Bugüne kadar yaptığım her şeyi, doğumumdan itibaren hatırladığım her şeyi, sadece hayal etmiş olduğumu düşünerek endorfin salgılamaya çalıştım beynime. İşe yaradı...

Kapıya vuran yüzüklü parmakların sesini duyana kadar uyudum. Ya da uyuduğumu hayal ettim. Bilmiyorum...

Bir akıl hastanesine yatmalıyım. Benimle uzmanlar ilgilenmeli. Ölene kadar orada kalmalıyım. Belki bir klinik. Orta Avrupa'da, ormanın içinde bir klinik...

Pizzada fazlasıyla donmuş yağ tadı vardı ama yine de idare etti... Bir gün, Kayra'yla o kadar çok pizza yemiştik ve pizza o kadar ağırdı ki, yarım saat boyunca kusmuş ve gün boyunca bozulmuş sindirim sistemimizin hıçkırıklarını dinlemiştik. Pizza dilimlerinin üstünde yumurta sarıları vardı. Yükü tonlar çeken dilimler. Bu yediğim o yumurtalının yanında diyet kola gibi kalır. Benim hayatımın yanında bütün hayatlar diyet kalır!.. Yağlar vücudumda değil, beynimde. Fışkırıyorlar her kıvrımından ve üstünde de bir sürü yumurta. Yağda yumurta. Rejimlerle aram hiç iyi olmadı. Çünkü günleri bilemedim. Hangi günü yaşadığımızdan haberim olmadı. Oysa rejimler takvimler olmadan yaşamazlar. Hiçbir rejimi sevmedim. Ne siyasisini, ne kepek ekmeklisini! Yüz kişi arasında fark edilecek kadar yakışıklı olduğumu biliyorum. Konu bu değil. Konu beynimin kolesterolü. Herkes kalp krizi geçirir, benimkisi tıp tarihine geçecek. Beyin krizi!

Uyandı tabii Kayra da herkes gibi. İlk yarım saat nerede ve hangi ülkede olduğunu keşfetmeye çalıştı. Uzun saçlarını yıkadı. Her telini teker teker taradı... Ve benim odama geldi. Sonra aklına birden bir şey gelmiş gibi, kalkıp mini barı açtı. İçinden, en azından günün saatine uygun bir bira beklerken, süt kutusunu çıkarıp masaya koydu. Pizza ve süt.

"Bu ne şimdi?" der gibi baktım yüzüne.

"İçki içmiyorum artık. Bir daha hiç içmeyeceğim. Artık bir yerlerden alkol alırken kendine göre al" dedi.

"Ne yani? Tamamen mi bıraktın?"

"Evet, kesinlikle!"

Aslında konuyla ilgili uzun uzun tartışabilirdik. Ben verdiği kararın nedenlerini sorabilirdim. Ama kendimi yorgun hissettim. Böyle bir konuşma çok kelime gerektiriyordu. Sağlam cümleler. İkinci hecelerine basılması gereken kelimeler. Bir sürü şey... Ağzımdan sadece anlamsız bir "Tamam" çıktı. Sütün bıyıklarında biriken damlalarını elinin tersiyle silerken, "Bugün çok işimiz var!" dedi.

"Öncelikle bir araba bulmalıyız. Sonra birkaç kadın. Ayrıca, yaşadığından emin olmak istediğim birini görmeye gideceğiz."

"Umursadığın birileri var mı bu şehirde?" diye sordum, bir refleks gibi.

"Alp'i unuttun mu? Madem buralardayız. Onu görmeden gidemeyiz herhalde, değil mi?"

İsmini söylediği zaman hatırladım Alp'i. O adamı. Tanıdığım en tembel adamı. Hiçbir işi olmayan, hiçbir şey yapmadan oturan adamların ileri gelenlerinden biri. Sadece konuşurdu Alp. Anlatırdı. Yalanları ve hikâyeleri Kayra'nınkilerle kafa kafaya giderdi. Oturduğu yerden insanları kahkaha tarlasından dehşetin yuvasına kadar her yere götürüp getirirdi. Konuşmanın kılavuzuydu. Onu son gördüğümde annesinin öldüğünü söylemişti. Ve bunu söylerken, artık evde yalnız kalacağı için gözleri parlıyordu. Yanlış hatırlamıyorsam, Paris'te karşılaşmıştık. Bir bursla gelmişti Fransa'ya. Ve bedava okumaya hak kazandığı okula adımını atmadan döndü. Yerini bile öğrenmedi okul binasının. Paris'te kaldığı dört ay boyunca bildiğim kadarıyla evinden çok az dışarı çıkmıştı. Tabii, eminim döndüğünde sorulan sorulara, Fransız vatandaşlığına geçmiş birinden daha iyi yanıtlar vererek anlatmıştır Paris'i. Gerçek bir türün tanıdığım tek örneği. Gerçek bir boşluk adamı. İçinde hiçbir şey beslemeyen. Kendine ait hiçbir düşünce taşımayan bir karbon kâğıdı. Lastik gibi! Hayat ne verdiyse o vardı elinde. O kadar. Seksten nefret eden, içki içmeyen bir adam. Bütün zamanını evine gelen insanlarla konuşarak geçirirdi. Hiçbir teknoloji ürününü ve iyi hafızalı insanları sevmezdi. Çünkü söylediklerinin kaydedilmesi ya da hatırlanması fikri onu iğrendiriyordu. Sadece içinde bulunduğu an için konuşur ve sözlerinin unutulmasını isterdi. Dünyanın en uçucu ve iz bırakmayan işiyle uğraşıyordu. Tabii yaptığına bir iş denirse! Konuşmak, hep konuşmak. Söz bittiğinde de Alp de biterdi. Bir tiyatro oyunu gibi. Ağzının kapanması perdenin inmesiyle aynı. Konuşmadığı zaman Alp de yoktu. Hatta beynini off'a getirip oturduğunu söyleyebilirim, sustuğu zamanlarda. Kayra'yla beraber çok uzun zamandır tanıyorduk Alp'i. Büyüyünce ne olacağını merak ederdik...

İyi fikirdi gidip onu bulmak ve dinlemek. Ağızdan çıkan sözcükler kadar hafif ve ölümlü olan bu adamın ne halde olduğunu öğrenmek iyi fikirdi... Alp hikâye anlatırdı. Arada bir de, kıssadan hisse ahkâm keserdi hayata dair.

"Üçüncü Dünya ülkelerinde insanlar arabalarını, kamyonlarını boyarlar, üzerlerine resimler çizip, yazılar yazarlar. Çünkü Üçüncü Dünya ülkesi insanı bindiği makineyi icat etmemiştir. İcat etmediği için de yakın hissetmez kendini. Sahibi gibi görünmesi, karakter kazanıp kişileştirilmesi gerekir arabanın. Kullandığı her ithal makineye isim takıp sadece kendine has şekil ve yazılarla damgalaması, Üçüncü Dünya'nın asla yok olmayacağını gösterir. Birileri, sahip olduğu aleti boyamaktan vazgeçene kadar da yok olmaz!..

Kadın suratını boyar. Çünkü suratı kendisine değil, güzelliğini takdir edecek olan erkeğe aittir. Kimse kendi yarattığı bir boku boyamaz!.."

Ve buna benzer ahkâmlar sürüp giderdi. Anlamlı, anlamsız herhangi bir sonuca çok seyrek varan, yüksek sesle fikirler yürütmekten ibaretti yaptığı. Aslında beni daha çok yaşadığı hayat ilgilendirirdi. Ne de olsa, ortalıkta onun gibi çok geveze vardı. Ama hiçbiri hayatını sadece çene çalmaya resmi olarak indirgememişti. Tembelliği felaket boyutlara varıyordu. Evinden çıkmadan aylarca salonunda yaşayabiliyordu. Babasının emekli milletvekili maaşıyla geçiniyordu. Evet, babası bir milletvekiliydi. Kim demiş babalarımızın oğullarıyız diye?

Yemek faslını bitirdikten sonra resepsiyonun bankosuna yaslandık. Ben önümde duran turistik broşürlere bakıp bir iki "escort" servisi ararken, Kayra da otelin ortak çalıştığı kiralama servisi broşüründen araba seçiyordu. Ehliyetimizi Fransa'da unuttuğumuzu söyleyip kira ücretinin iki katını teklif ederek resepsiyondaki adamı ikna etmiştik. En sonunda bir Ford Mondeo'da karar kılındı. Bir saate yakın lobide bekledikten sonra araba geldi. Şimdi sıra Kayra'nın burnuna güvenip yollarda süzülmeye gelmişti. Alp'in evini biraz da olsa hatırlıyordu. Çıktık yola. Asya tarafında olduğunu hatırlıyordum ben de. Çok uğraştık ama doğru yolu bulduk. Ve Bağdat Caddesi'ne varıldı. Deniz tarafındaki sokaklardan birisi. Girdik hepsine sırayla. Apartmanı hatırlıyordu Kayra. Tabii bütün binalar yenilenmiş, hiçbir zaman aradığımız yeri bulamayacağımızı bağırır gibiydiler. Girdiğimiz beşinci sokağın sonlarına doğru hâlâ bıraktığımız gibi duran apartmanı bulduk. Arabadan inip girdik.

Asansör yok. Dördüncü kattaki tek kapı. Teras katı. Alp'in evi. Kapıyı çaldım. Ses yok. Bir daha çaldım. Artık gitmeyi düşünüyorduk ki içeriden yere sürünen ayak sesleri geldi. Ve Alp'in sesi.

"Ne var?"

"Aç kapıyı!"

En kötü güvenlik önlemiyle bile yarışamayacak kadar gereksiz bir soru. Ve içinde her tür tehdit olan bir yanıt. İkna olmuştu ki, kilitteki anahtarın dönme sesini duyduk. Böylesine bir "Aç kapıyı!" emrini dinlemiş olması, Alp'i aslında mazoşistlere yaklaştırıyordu. Onu iyi hayal edebiliyordum, lateks bir body'nin içindeki sadist sahibesinin emirlerini yerine getirirken.

"Bir hafta boyunca kıçında bu çakmakla gezeceksin!"

"Tamam."

Yapacak daha iyi bir işi olmayan adamın yanıtı ve bedeniyle oyunu... Açılan kapının ardında eski arkadaş Alp duruyordu. Üstünde bir şort ve tişört. Ayağında terlikleri. İçeriden gelen arabesk bir şarkının sözleri. Birkaç saniye baktı yüzümüze. Kımıldamadan. O zaman içinde kim olduğumuzu hatırladı. Tam sarılacaktı ki, kendisinin kim olduğunu da hatırladı ve kuru bir "Hoş geldiniz" çıktı ağzından. Sonra sanki kendisi de evinde misafirmiş gibi arkasını dönüp salona doğru yürüdü. Takip ettik haliyle ev sahibimizi. Rutubet ve ter kokuyordu. Hem de çok fazla. Etrafta birbiriyle ilgisiz yüzlerce eşya vardı. Salona geçtik. Oradan da terasa. Alp büyük beyaz salıncağa oturup hafiften sallanmaya başladı. Biz de karşısındaki iki tahta şezlonga oturduk. Bize bakıyordu sanki ilk kez görüyormuş gibi... Tek bir soru. Sadece bir tane. Kayra sordu:

"Nasılsın?"

Bacaklarını iki kişilik salıncağa uzatıp sağ kolunu sırtını dayadığı demire yaslayıp sol kolunu da salıncağın kenarına koydu. Birkaç saniye çevreyi seyretti. Ve başladı konuşmaya:

"Seni Kinyas en son Fransa'da görmüştüm, Paris'te. Ama Kayra, seni en son ne zaman gördüğümü hatırlamıyorum. Neyse, önemli değil. Çok zaman geçti sonuçta görüşmeyeli. Paris'ten ayrılmamı biliyorsunuz herhalde. Zaten çok fazla anlatılacak bir tarafı da yok. Neden bana verdiklerini hâlâ anlayamadığım o bursla, şu an ismini yanlışlık yapmamak için telaffuz etmediğim okula giriş hakkı kazanmıştım. Ama Paris'te okuldan biraz uzakta bir ev kiralamıştım. Yani ben uzak olduğunu düşünüyordum. Okulun nerede olduğunu hiç öğrenemedim de!.. Neyse, kaldığım ev çok güzeldi. İki odalı, geniş balkonlu bir ev. Eiffel'i ya da Seine'i görmüyordu ama yine de iyiydi manzarası. Bir avluya bakıyordu. Üç apartmanın kapısının açıldığı bir avluya... Yüzyılın başından kalmış bir bina... Evet, neyse. Birkaç parça eşya vardı evi tuttuğumda. Bir yatak vardı salonda. Bıraktım valizlerimi yere. 'Şöyle bir uzanayım. Yol yorgunluğu ne de olsa' dedim. İşte, dört aya yakın yatmışım. Sonra yatağın yayları bozuldu. Rahatsız oldum. Okuldan attılar herhal-

222

de bu arada. 'Ülkeden de atılmadan kendim giderim' dedim. Arkadan kelepçelenmiş elleriyle, kollarından yanındaki iki polis tarafından tutulan mahkûmun bir omuz hareketiyle, birkaç saniyeliğine de olsa, otoritenin elinden her şeye rağmen kurtulması gibi. 'Bırakın! Ben yürürüm!' diyen idam mahkûmunun darağacına gittiği bir sahne gibiydi, benim de memlekete dönüşüm... Geldiğimde annemi çoktan gömmüşlerdi. Kanser. Göğüs kanseri. Babamı zaten biliyorsunuz. O da kanserden gitmişti. Tabii bir iki palavracı uzaktan akraba çıkıp söylenmeye başladı. İşaret parmağımı kapalı dudaklarıma götürüp susturdum hepsini... İki ay geçti. Her şey iyi gidiyordu. Fazla bir şey yapmıyordum. Resim yapmayı da bırakmıştım ama eve giden gelen çok oluyordu. Geçiyordu zaman bir şekilde... Bir yıl sonra gelen gidenin arasında üniformalı birilerini gördüm. Dediler, 'Askerlik!' 'Tamam' dedim. Zamanı gelmiş. Devletin resmi uyandırma servisi. Adamı hayatının bir yerinde uyandırıyorlar. Kapıyı kilitleyip gittim askere. Tam on altı ay! Er Alp. Gaziantep Islahiye. Oraya da alıştım. Çarşı izninde kendime dövme yaptırınca biraz zor günler yaşadım, ama geçti. Sırtıma kendi portremi çizdirdim bir Arap'a. Fonda da siyah bir ejderha olsun istedim. Ama Arap hayatında ejderha görmediği için, daha çok bildiği yırtıcı memeli bir hayvana benzeteceğinden vazgeçtim. Bana biri gelip ejderha çizmemi istese sırtına, ben çizerdim. Ben gördüm ejderha. Filmlerde gördüm. Rüyamda da bir iki kez. Rodeo yapıyordum kırmızı bir ejderhayla... Neyse, bir gün bir kâğıt verdiler elime. Dediler, 'Bunun adı teskere. Git artık!' 'Tamam' dedim. Topladım valizi, bindim otobüse. Geldim eve. Çatı akıyordu. Kiremitler uçmuştu ben yokken. Her yer su içindeydi. 'Dayanırım' dedim. Ama yatağımın da ıslak olduğunu görünce çok sinirlendim. O kadar sinirlendim ki elimdeki her şeyi fırlatıp yatağı bir metre sağa ittim. Daha kuru bir tarafa. Bir süre sonra kesildi akıntılar. Eve gelip gidenler, 'Artık yağmur yağmıyor, yaz geldi' dediler. 'Olur mu?' dedim. Güvercin ve martı bokuyla doldu delikler. Kurumuş pislikle sıvandı çatı... Neyse, bir gün, bir televizyon getirdi misafirimden biri. Anten taktı terasın arka tarafına. Doğum günümdü herhalde. Çok kanal vardı. Bir de uzaktan kumanda. Her düğmenin ucunda bir program, bir film... Çok eğlenceli. Hepsini seyrettim. En kötü programları bile. Adını duymadığım yerlerin hava raporlarını bile. Hepsini!

Birkaç ay böyle sürdü. Bir reklam filmi seyrederken, o iki dakikalık işi yapmak için uğraşan yüzlerce kişinin hummalı çalışmasını düşünüyordum. Zaman geçiyordu. Sonra televizyonu getiren adam geldi. Herhalde bana bir nedenden dolayı kızmıştı ya da başka birisinin doğum günü vardı. Aldı televizyonu, anteni, gitti. Televizyondan boşalan yeri seyrettim üç beş gün. Duvarı. Ama çok eğlenceli değildi. Hep aynı program. Bazen belgesele benzeyen bir şey çıkıyordu. Böceklerin hayatı. Özellikle hamamböceklerinin duvar hayatı. Ama ben daha önce seyrettiğim için sıkıldım o programdan... Bir ara, aklıma kadınlar geldi. Hani göğüsleri bizimkilerden büyük olanlar var ya? İşte onlar! Dedim, 'Bir tane olsa bu evde belki iyi olur. Bana bakar...' Aslında ben de bakıyordum kendime aynada. Ama zamanla o da kirlendi, göremedim kendimi. Bir kız vardı eve gidip gelen. Daha doğrusu bir kadın. Benimkinden beş yıl daha eski nüfus cüzdanlı. Gelip gidiyordu. Sonra gelip gitmemeye başladı. Hiç gitmedi. Hep oturdu. Çatının onarımını yaptırdı. Etrafı temizledi. Erkekler getirip yan odada sevişti. Daha önce evlenip boşanmış. Herhalde fahişelik yapıyordu. Ama yalan söylemeyeyim. Tam bilmiyorum! Evin yeri çalışma yerine yakındı herhalde. Sonra bir gece, birileri kapıyı kırıp içeri girdiler. Kadını yaka paça dışarı çıkarıp götürdüler. Üniformaları yoktu. Ben iyi niyetliydim. Adamların kadını pazarlayanlar olduğunu düşünmedim. 'Ben konsomatrisim' diyordu kadın. Ne de olsa Paris'ten gelmişim. Az çok Fransızcam var. Kaldığım evin kapıcısıyla iki üç sefer, birkaç kez de havayolları bürosundaki kadınla pratik yapma fırsatım olmuştu. Konsomatris! Yani consommatrice. Yani tüketici. Bir yanıt vermem gerekiyordu. 'Hepimiz öyle değil miyiz?' dedim... Kapıyı yaptırmak çok zordu. Her ay babamın maaşını yakınlarda bir bankamatikten çekiyorum. Yürüyüş oluyor. Biraz alışveriş yapıp dönüyorum. Her çıktığımda caddeyi, sokağı değişmiş görüyorum. Çok hızlı dönüyor dünya. Her neyse, kadın gittikten sonra biraz sıkıldım ama geçti. Birkaç kez tuvalin başına oturdum. Aldım elime fırçaları. Sonra baktım tuvale. 'Ulan' dedim. 'En iyi resim bu işte!' Pürüzsüz, hatasız. Daha iyisini yarılsam yapamam. Attım bir imza sağ alt köşesine. Tarih de koydum yanına amatörler gibi. İleride, sergimi dolduracak resimlerden biri oldu. Koydum diğerlerinin yanına. Tabii, onlar da hemen hemen buna benziyorlardı. Vurguladıkları fikir aynıydı. Tek fark tarihlerdi. Ben ölünce çok para edecek bunlar. Belki birkaç kişinin daha ölmesi gerekebilir ama bir gün çok değerli olacaklar. Mükemmel tuvaller! Desenlerde hiç hata yok. Çünkü desen yok. Mükemmel boş tuval resimleri!.. Bir gece evde parti düzenledi birileri. Alt kattaki ihtiyar gelip ikaz etti üç kez. O gece, bir adam geldi, yanıma oturdu. Anlayamadığım bir sürü terimle dolu konuşmalar yaptı. Sevgilisi olmamı istedi. 'Tamam' dedim. Üç ay kaldı evde. Sonra herhalde sıkılmış olacak ki, gitti. Bir sanatçıydı. Heykeltıraş. Televizyonu vardı. Fazla konuşuyordu. Bana göre fazla entelektüeldi. Bir sürü şey biliyordu. Ve daha da kötüsü, bildiklerini başkasına da öğretme arzusuyla yanıyordu. Sonra kül oldu. Ama televizyon kaldı. Almadı yanına, giderken. 'Oh!' dedim. 'Sonunda! Sonunda televizyon bana kaldı.' Ama uzaktan kumandası yoktu. Kalkıp yanına gitmek gerek. Ben de günde bir defa kanal değiştiriyordum. Televizyonu açarken. Programlar değişmiş, daha hareketli olmuş. Bir müzik kanalı bile var. Hep şarkı çalıyor. Şarkılara uygun da kısa metrajlı filmler gösteriyor. Zaman geçiyordu. Artık böcek belgeseli yok! Bir süre sonra gelip gidenler kesildi. Büyüdüler herhalde. Gelmediler. Yalnız kaldım. Konuşmayı özledim. Kendi kendime konuşmayı sevmem. Söyleyeceklerimi daha önceden bildiğim için zevki yok. Neyse, aslında birisi gelmişti o zamanlar. Nüfus memuruymuş. Sayım varmış. Bir sürü soru sordu. Gitti. Diyecektim, 'Kal biraz, konuşalım.' Ama çok ciddi bir yüzü vardı. Çekindim. O yalnızlık döneminde bir boş tuval resmi daha yaptım. Bu sefer çok uğraştırdı beni. Birkaç gecemi aldı. Oysa uykumu almalıyım ben. Yoksa gündüz hayalet gibi oluyorum. En az sekiz saat! Uyumadan bahsetmişken, yataktan çıkmama rekoru kırdım. Guinnesse'e bakmadım ama rekorun bir ay olduğunu düşündüm. Ve otuz iki gün yataktan kalkmayarak dünya rekorunu kırdım. Tabii tanıklık yapacak resmi görevliler yoktu, ama olsun. Yalnız, içlerine tuvaletimi yaptığım, sonra da fırlatabileceğim en uzak noktaya attığım torbalar çok pis koktular. O otuz iki gün içinde de, mutlaka sekiz saatlik uykumu almaya gayret ettim. Yataktan ayaklarımı sarkıtıp yere bastığımda bütün vücudumda karıncalanmalar oldu. Kalkınca biraz sendeledim. Ama sonra alıştım. Her başarının bir bedeli vardır. Kolay mı dünya rekortmeni olmak? Değil... İki hafta sonra televizyon bozuldu. Ve bu sefer karar verdim. Büyük bir karar. Üstüme bir şeyler giydim. Televizyonun fişini prizden çektim. Yüklendim, dışarı çıktım. Zaten para çekme ve alışveriş zamanım da gelmişti. Uzun bir yürüyüşün sonunda bulduğum tamirciye bıraktım televizyonu. Bir hafta sonra gel, al! dedi. Toptan ihtiyaçlarımı alıp on torbayla döndüm eve. Bir dahaki para çekme zamanı gelince çıktım dışarı. Aklıma televizyon geldi. Sevindim tabii. Hatta bir ara koştum tamirciye giderken. Dedim, 'Ben geldim. Verin televizyonu.' Adam dedi: 'Çok geç! Bir ay geçti. Masrafı çok yüksekti. Gelmeyeceğini düşünüp sattık.' Beni kandırıyor olabilirdi ama doğru olma ihtimali de vardı. Belki de bir ay içinde geri alınmayan bütün televizyonlar kanunen satılmak zorundaydı. 'Tamam' dedikten sonra adama, dükkândan çıktım... Sonra insanlar yine gelmeye başladılar. Eskiden gelenlerin kardeşleri, bir ufak boyları. Yeni bir televizyon aldım. Birkaç kez yıkandım. Ve siz kapıyı çaldınız... Nasıl mıyım? İyiyim. İyi. Fena değil!.. Kalkıyor musunuz? Konuşsaydık biraz daha... Neyse, peki, tamam. Sonra görüşürüz... Tamam..."

Altımızdaki Mondeo'yla yaptığımız, İstanbul'da yapılan herhangi bir dolaşma değildi. Daha çok Hollywood'un ünlü mahallelerinde yapılan rehberli turistik gezilere benziyordu.

"Sağ tarafınızda, Kayra'nın yıllar önce tribünlerinde Galatasaray taraftarı altı kişi tarafından dövüldüğü Ali Sami Yen Stadı'nı görebilirsiniz. Sol tarafınızdaysa, Kinyas'ın anılarını banklarında taşıyan Gülhane Parkı'nı görebilirsiniz."

Alp'in terasından ayrıldıktan ve hâlâ tanıdığımız adam olarak kaldığından büyük bir huzurla emin olduktan sonra, direksiyonu Sultanahmet'e çevirdik... Biz İstanbul'un görülmeye değer yerlerini bilmeyiz. Biz dünyanın muhteşem, harika yerlerini bilmeyiz. Harika yerler yoktur çünkü. Harika insanlar vardır! Biz onları tanır ve hatırlarız. Kokularını alırız...

Koku gittikçe yoğunlaşıyordu Sultanahmet civarının sokaklarına daldıkça. Burada Mümtaz vardı görülmesi gereken. Ne bir lakap, ne bir soyadı, sadece Mümtaz. Elli yaşını çoktan devirmiş olduğunu tahmin ettiğim beyaz saçlı, on yaşında Kars'tan İstanbul'a değil, Sultanahmet'e gelmiş ve halı işine girmiş Mümtaz. Halı işiyle beraber bir türlü rakının kokusuna alışamamış olduğu için hapiste yattığı dönemde bulaştığı esrardan hiçbir zaman kurtulamamış olan Mümtaz. On sekiz yaşımdaydım onu tanıdığımda. Ve tamamen bir tesadüftü karşılaşmamız. Ancak Tenten'in başına gelebilecek türden bir tesadüf. Kinyas Mümtaz'ı bilmez.

Yılı bilmem ama mevsimin yaz olduğunu bilirim. Ve Sultanahmet çok sıcaktı o yıl. Halılardan kalkan tozların bulutunda bile serap görülürdü. Bir pavyon aramasında, üzerindeki kelebek yüzünden, nezaretten on dört saat sonra çıkmak üzere taş odaya adımımı attığımda içe-

ride üç kişi daha vardı. Önce beni bir tarttılar loş ışıkta gözlerinin se-
çebildiği kadar. Kapana kısılma öykümü geleneğe uygun olarak anlat-
tıktan sonra öğrendim bu üç adamın birlikte bir yün deposunda esrar
içerken basıldıklarını. Yaşları bana geçkin gelmişti. Ama hepsi de kırk-
larının ortasındaydı. Mümtaz cebinden çıkarıp, bana uzattığı sigarayı
kırıp yarısını da kendine yaktı. O gece sabaha kadar konuştuk. Kimse
kimseyi anlamıyordu. Herkes başka bir şey anlatıyordu. Ama yine de
iyiydik. Zaten dillerden dökülen hikâyeler o kadar farklıydı ki kimse
fazla deşmiyordu konuşulanları. Sabah beni bıraktıklarında ceketim
üşüyen Mümtaz'ın sırtındaydı. Yakışmıştı da siyah pantolonuna.

"Bir hafta sonra gel dükkâna. Al ceketini" dedi.

"Eyvallah" dedim.

Sağda solda sürttüm bir hafta. Sona Mümtaz'ın halı dükkânının kapı-
sından içeri girerken buldum kendimi. Önüme ilk çıkan insana patronu
sordum. Birkaç güvenlik sorusundan sonra geniş dükkânın dibine doğ-
ru yürüdük. Mümtaz ortalarda yoktu. Ne bir kapı, ne bir şey. "Nerede
olabilir bu adam?" derken kendime, önümden yürüyen erken yaşlanmış
çocuk yerdeki kilimi ayağıyla ittirip altındaki demir kapağı kaldırdı. Bir
merdiven ve ışık sızıntısı.

"Geç ağabey, Mümtaz Baba aşağıda."

İndim basamakları. Gözlerim yarı karanlığa alıştı. Burası yukarıda-
ki dükkân genişliğinde bir bodrumdu. Yerlerde, duvarlarda yüzlerce
halının olduğu bir depo. Çok keskin kokular dolanıyordu etrafta. Bur-
numu parçalayacak kadar. Havayla hiç tanışmamış onlarca ipek halı ve
üzerlerindeki desenleri kendi zevkine göre şekillendirmiş rutubetin
kokusu. Ve tabii ki, kendilerine ziyafet çeken mikroskobik hayvanların
iplikleri kemirme sesi. Uzaktaki duvara sırtını vermiş, yerde oturan
adam Mümtaz'dı. Oturduğu sedirin önünde pirinç bir mangal vardı. Ve
birkaç gaz lambası da ellerinden geldiğince karanlığı öldürmeye çalışı-
yordu. Yürüdüm. Mangalın önüne gelince Mümtaz beni hatırladı.

"Geç bakalım şöyle. Otur. Aç mısın?"

"Yok, sağ ol! Nasıl kurtuldun bu kadar çabuk?"

"Biz kurtulacağız ki onlar yakalasın! Yoksa işsiz kalırlar. İstemem
polisin boşta gezmesini."

Ve sardığı esrarlı sigaraları teker teker yuvarladıktan sonra, o gece dükkânda yatabileceğimi söyledi. Kendisi de orada kalıyordu. Dükkânın üstüne küçük bir ev yapmıştı. Ben depoda yatacaktım. Ve yaklaşık iki ay boyunca o depoda uyudum. Mümtaz uyumuyordu. Sabaha kadar esrar çeker, gündüz halı işleriyle uğraşırdı. Ben de birkaç meselede yardımcı oluyordum. Gümrükte bekleyen birkaç parça için Kemal diye birinin ağzının burnunun kırılması gerekiyordu. Sonra ufak bir depo soygunu. Ve buna benzer önemsiz işler. Aslında bu görevleri verebileceği adamları vardı Mümtaz'ın. Bana ihtiyacı yoktu. Bende başka bir şey buluyordu. O da anlattığım hikâyeler...

Geceleri gaz lambasının ışığında, ilk sigaradan mangalın közündeki son acı kahveye kadar anlattığım hikâyeler. İnadına iyi anlatıyordum ben de. Dinledikçe kendinden geçiyor, gözünde canlandırıyordu adını söylediğim yerleri. Fransa'yı, İtalya'yı, insanlarını tekrar tekrar anlattırıyordu. Ve hikâyelerim, paylaştığım esrarının ve deposunun fiyatıydı. İyi ödüyordum. Bütün ayrıntısıyla, bütün sokaklarıyla çiziyordum uzaklardaki şehirleri halıların üzerine. Sonra tıp eğitimimi gördüğüm ülkeye geri dönme zamanı geldi. Ve ayrıldım oradan. Aslında o aynı yılda okula gitmemeye başladım. Dönmeseydim de pek bir şey değişmeyecekti. Eğer dönmeseydim belki de o Acem, Azeri, Ermeni halılarının bin bir renkleri arasında, renklerini aldıkları bin bir kök arasında hâlâ esrarımı ciğerime yolluyor ve iki nefes arasında Mümtaz'a katedrallerin girişlerindeki dev heykelleri anlatıyor olacaktım... Yaklaşık iki ay süren, hiç ara vermeden edilen laflarla dolu ve bir kiloya yakın esrarın tüketildiği bir dostluk faslı...

Ve şimdi Mümtaz'a dönüyoruz. İsterim ona yine bir yerlerden bahsetmeyi. Hayatında, neredeyse hiç Sultanahmet'ten çıkmamış beyaz saçlı adama. İstanbul'u tanımayan ve Kars'ı da sadece seyrek de olsa rüyalarında hatırlayan adama.

Sokağına girdiğimiz zaman dükkânını görünce rahatladım. Çünkü iflas ihtimali her zaman fazlaydı. O aralar, bana yürüttüğü ticarette batmaması bir mucize gibi geliyordu. Sabaha kadar esrar çekip avucuna doldurduğu suyu yüzüne çarptığı anda, gecenin hayali zengin Mümtazından halı taciri, kabadayı Mümtazına dönüşerek üstünde durulması çok zor bir ipte koşuyordu. Herhangi bir maddeye bağımlı olanların herhangi bir işyerini yönetmesi ihtimali sıfıra çok yakındır. Hele Sultanahmet gibi bir çakallar bahçesinde! Ama demek ki başarmıştı Mümtaz...

Tabela aynı isimle yenilenmiş, vitrin spotlarla ışıklandırılmış, çok daha göz alıcı hale gelmişti. Arabada gelirken Kinyas'a birkaç kelimede anlatmıştım Mümtaz'ı. Halılarının üzerinde Çingene kadınlarla nasıl seviştiğini. Zamanın durduğu ve hatta hiçbir anlam taşımadığı o depoda dumanın bütün oksijeni yediği geceleri...

Arabadan inip yürüdük. Vitrine bir göz attım. Makine halıları. Taklit Çin halıları. Benim zamanımda hiçbiri yoktu. Makine halısı satmak meydan tarafındakilerin işiydi.

"Yardımcı olayım. Buyrun içeri. Çeşitlerimiz çok!"

Kafamı çevirdiğimde kapıda, yıllar öne bana deponun kapağını açan çocuğun artık erkek olmuş halini gördüm. Tanımak zor olmamıştı. Rengi beyaza çalan sarı saçlarından hatırlamıştım. Üstündeki parlak saten gömleği, rugan ayakkabılarıyla tam bir klasik geçiş yapmıştı tezgâhtarlığa, çıraklıktan.

"Tabii! Yardımcı ol bakalım" dedim.

Girdik içeri. Dükkân hayli değişmişti. Çok daha temizdi ve tam anlamıyla turistlerin ağızlarının suyunu akıtacak bir Doğu dekoru her yerdeydi. Genç adam, bana nasıl bir şey aradığımı sorarken ve anlaşılmayacak kadar hızlı halı çeşitleri sayarken, "Mümtaz" dedim. "Burada mı?"

Oğlan duraladı. Herkes Mümtaz Baba derken benim ona ismiyle hitap etmem garibine gitmiş olmalı, diye düşündüm. Ama yanıldığımı çabuk anladım. Ve karşımdaki, görüntüsüyle hızlı Sultanahmet delikanlısı birden ilk tanıdığım günlerdeki gibi üstü başı kir içinde, boyundan büyük halıları yüklenip deponun daracık merdivenlerini tırmanan çocuğa dönüştü.

"Mümtaz Baba geçen yıl vefat etti ağabey..."

Sustuğumu görünce devam etti.

"Ağustos ayında. Tanır mıydın ağabey?"

"Tanımadın mı beni Cezmi? İki ay depoda yatmıştım, bundan on bir yıl önce. Sen o zaman dokuz on yaşlarındaydın. Geceleri bize börek taşırdın meydandan."

Ve haliyle, genç beyni süratle çalışıp söylediklerimi birkaç saniyede hatırladı. Sarılıp öptü... Çaylar geldiğinde başladı anlatmaya.

"İşler çok iyiydi. Mümtaz Baba büyütmek istedi. Arif diye bir adamla dükkân açacaktı Laleli'de. Büyük bir halıcı. Ama Arif yaramazın tekiydi. Çok uyardılar Mümtaz Baba'yı. 'Bu herifle ortak olma' dediler. Dinlemedi. Sonradan öğrendik ki Arif karı satarmış, hap satarmış. Her boka karışırmış. Ama herifte bir çene vardı ağabey, Allah seni inandırsın, geç karşısına iki saat dinle, film seyretmiş gibi olursun. Tam pezevenk! Velhasıl, açtılar dükkânı. Altı ay sonra Arif'in kazıkladığı iki adam dükkânı basıp ikisini de vurdu. Arif yaralandı, Mümtaz Baba öldü. Ben aşağıdaydım. Silah sesini duyup koştuğumda Mümtaz Baba yerde yatıyordu, yanında da Arif vardı. 'Anlat' diyordu Arif'e. 'Anlat ulan, eşşeoğlueşek!' Arif, 'Ne anlatayım Baba?' dedikçe o bağırıyordu. 'Anlat ulan! Cehennemi anlat! Yabancı kalmayalım oralarda...' Ambulans gelmeden öldü ağabey."

Cezmi'yle vedalaşıp çıktık. Kinyas'a verdim arabanın anahtarını. Kendimi iyi hissetmiyordum. Dünyayı, İstanbul'u, Sultanahmet civarı dışında her yeri hikâyelerden öğrenmiş Mümtaz Baba ölmüştü. Gördüğüm en sağlam esrarcı. Cahil beynini anlatılanlarla doldurmuş ve her şeye inanmak gibi bir çocuk saflığına sahip olan Mümtaz Baba ölmüştü demek! Son sözleri beni hiç şaşırtmamıştı. Arif denilen herif oracıkta cehennemi de anlatsa, bahsetse sokaklarından dinleyecekti Mümtaz Baba. İnanacaktı. Her şeye inanan adam ölmüştü. Artık hikâyeciler kime anlatacaklardı palavralarını? Artık kim, esrar dumanının arkasında dinledikçe keyiflenecekti?..

Dinlemek ve inanmak en zorudur. Anlatmak ve uydurmaktan daha zor. Olağanüstü bir saflık ister. Kulak ile beyin arasında tertemiz bir yol ister. Var mı dünyada böyle bir insan? Kaldı mı Mümtaz Baba'dan sonra yerini alacak böyle bir palavra hayranı? Ölmekten değil, gideceği yeri bilmemekten korkan, öbür taraf hakkında birkaç kelime de olsa duymamış olmaktan korkan bu adamı bir an için özleyeceğimi düşündüm...

"Sıra kadın bulmaya geldi. Tabii göreceğin başka birileri daha yoksa!" deyince Kinyas, hafif hafif dağılmaya başladı özlem sisi. Her kavşakta açıldı, çözüldü bulut. Birkaç semt sonra tamamen kalktı. Ne özlem kaldı, ne Mümtaz Baba. Özleseydim kendimi özlerdim! Bir sigara yakıp, "Haydi kadın bulalım!" dedim...

Ve dolanmaya başladık yine, bilmediğimiz sokaklarda. Hormonlarımızın emrettiği yerleri bulmak için kırmızı ışıklara aldırmadan gidiyorduk. Hava kararmaktan uzak, iş dönüşü saatini bekliyordu zenci

tarafını göstermek için. Laleli'ye geldiğimizde bir sokak arasına araba-
yı bırakıp yürümeye başladık. Caddedeki kalabalık koşuşturup duru-
yordu. Buralarda boktan bir deri mont fiyatına üç kadın bulunduğun-
dan, cebimizdeki parayla mütevazı bir harem kurabilirdik. Fazla sür-
medi Doğu'nun da Doğusu şivesiyle gençten bir adamın yanımıza ya-
naşıp "Abi karı lazım mı?" diye sorması. Bizimle beraber caddenin
aşağısına doğru yürürken çeşitleri saymaya başladı. Bu noktada bir şe-
yi fark ettim: Anadilimizi sadece yıllardır birbirimizle konuştuğumuz
için Kinyas'la Türkçe'nin farklı bir çehresini kullanmaya başlamıştık.
Ne gelişen dilden, ne sokak aralarında gün bulan terimlerden haberi-
miz vardı. Argomuz on yıl öncesine aitti. Doğal bir şekilde birbirimiz-
le konuştuğumuz Türkçe dışarıdan hiçbir etkiye maruz kalmadığın-
dan, ilk duyulduğunda insanlara biraz garip gelebiliyordu. Kelime da-
ğarcığımız zengin sayılmamakla beraber, mevcut dilde olmayan, tara-
fımızdan icat edilmiş sözcükleri de içeriyordu. İki kişinin sadece ken-
di aralarında konuşarak, dil darbeleriyle şekillendirdikleri bir Türk-
çe'ydi konuştuğumuz lisan. Sokakların bizi pek anlamadığını hissedi-
yordum. Bir aksan bozukluğumuz yoktu. Asla! Ne olursa olsun, ana-
dilinin orijinal aksanını bozanlardan hep nefret etmişimdir. Ülkesin-
den uzakta doğup büyüdüğü için dilini döndürememeyi kendine hak
görenlerden iğrenmişimdir. Kesinlikle bir özrü yoktur, ağzı yaya yaya
Türkçe konuşmanın. Bir insan ya bir dili konuşamıyordur ya da doğ-
ru aksanla konuşuyordur. Ortası yoktur! Bizse sadece başka bir zama-
nın Türkçesini konuşuyorduk. Hepsi bu. İşimize yaramayan kelimeler-
den arındırdığımız bir Türkçe...
　　Yanımızda yürüyen pezevenk kâhyasıyla beraber ara sokaklardan
birine girip önümüze çıkan ilk binanın kapısından içeri daldık. Aslın-
da tam bir dalış diyemem. Rehberimiz dahil, hepimizin üzerini özenle
arayan iriyarı adam yavaşlatmıştı bizi kapıda... Sonra kırmızı halı kaplı
dar bir merdiven. İki kat yukarısı. Ve gündüz de müşterisini bekleyen
bir pavyon. Masa örtülerine bakıldığında dördüncü sınıf olduğu anla-
şılan bir pavyon. Kırmızı, mor ışıklar. Yüz ifadelerinin zorlukla seçile-
bildiği bir aydınlık ayarı. Zemini aynayla kaplı küçük bir dans pisti. Al-
tı masa. Duvar dibinde yan yana üç loca. Ve nihayetinde, sadece kadın-
ları uzaktan seyretmeye yetecek kadar parası olanlar için bir bar. Tabii

ki müşteri başına, pavyon dolduğunda bile iki tane düşecek sayıda papyonlu katiller ya da garsonlar...

Artık işleri devralma zamanı. Şivesi Şark, stajyer pezevengi aradan çıkarma zamanı. Cebimden biraz para çıkarıp avucuna sıkıştırdım ayaküstü.

"Haydi sen işine bak! Biz buluruz yolumuzu."

Harcayacağımız paradan komisyon alacaktı ama verdiğim para yetmiş olacak ki nazlanmadan kayboldu, yanımıza gelen papyonlu katillerden birine kaş göz yaptıktan sonra... Gündüz zamanı geceyi yaşatmaya çalışan bir müessese. Papyonluyu takip edip bir locaya yerleştik.

"Bir ufak rakı, beyazpeynir, kavun, sarı tuzlu leblebi arkadaşa, bana da bir portakal suyu!" dedim. Sonra vazgeçip, "Müdürün burada mı? Çağır bakalım" dedim.

Bir iki şey mırıldandı ağzının içinde sonra kayboldu pistin yanındaki kapıdan geçip... On dakika sonra parlak takım elbiseli bir adam gelip dikildi başımıza.

"Buyur kardeş! Hoş geldiniz" dedi.

"Hoş bulduk. Bak birader, bize mekânındaki en güzel iki kadını yolla. Üç dört saat yiyip içeceğiz. Sonra da kadınları alıp gideceğiz. Yarın da sabahtan yollarız sana."

Şimdi böyle bir teklif karşısında, herhangi bir pavyon müdürünün ya da yöneticisinin yapması gereken ilk hareket papyonlu katillere bizi dışarı attırmaktır. Çünkü dışarıya kadın taş çatlasa iki saatliğine, o da karşıdaki otele verilir. Tabii bu Laleli için geçerli. Ankara'da ise neredeyse imkânsız gibidir. Gittiği yer, kiminle ne yaptığı mal iadesi açısından sorun çıkmaması için belli olmak zorundadır. Pavyon kuralları fazlasıyla yöreseldir. Her şehrin, hatta her mahallenin kendine göre gelenekleri vardır. Eskişehir'de iki parmak birayı, Ankara'daki bir ufak rakı parasına verirler. Ama buz badem orada ikramken, İstanbul'da en pahalı mezedir. Hepsinin de kendilerine göre geliştirdikleri kazıklama yöntemleri vardır. Kadın satmak kolay değil! Bir çeşit sanattır, pavyona gelmiş memurun bütün maaşını cebinden adisyon tabağına kaydırmak... Laleli'de geceyi geçirmek için bilinmedik bir yere kadın götürme lafı, tanımadık bir sima tarafından edildiğinde küfür gibi gelir. Tabii ben bütün bunları, başımda duran şişkodan daha önce düşünmeye başlamış olduğumdan, ağzımdan çıkan her kelimenin hemen sonrasında sol elimdeki para destesinden beş banknot alıp geçiriyordum diğer elime. Lafım bittiğinde hayli para biriktirmişti sağ elimde. Saymadım ama bir cumartesi gecesi, iddiasız dekorlu pavyonun çıkarabileceği paranın biraz fazlası vardı. Amerikan Doları'nın dayanılmaz cazibesiyle! Sanki eski bir dostmuş gibi paraları önce masanın üstüne çıkarıp incelemesine izin verdim sonra da bir şey söylemesini beklemeden, ceketinin bana yakın olan yan cebine soktum desteyi. "Haydi bakalım!" diyerek de konunun bittiğini belirttim. Tabii artık iş değişmişti. Kapıdan girerken yabancı bir yüze sahip olan ben, babasından çok hatırlanacaktım şişko tarafından.

"Tabii ağabey, siz keyfinize bakın!" dedikten sonra gitti...

Ortalıkta hiç kadın yoktu. Hatta tek müşteri bizdik. Portakal suyumdan bir yudum alırken iki kadının arasında gözüktü şişko.

"Ağabey, tanıştırayım. Nadja, İrena."

Ne kadar değişik isimler iki Slav için! Kadınlar bütün sahte cilveleriyle oturdular yanımıza. Kırıtarak gülerlerken şişko sordu:

"Ne alalım bayanlara?"

Dedim, "Memleketlerinden uzak bunlar, aç bakalım en iyi votkanı."

Tabii ki kısa diyaloğumuzu, gül ve kadınlar tarafından açılmadan yerine başka bir müşteriyi soymak için konacak olan sigara alışverişi takip etti. Parayı peşin verdiğim için kendimi, önceden çuvalla banknot döküp bir hafta boyunca domuz gibi yiyip içilen tatil köylerinin birinde hissettim... İçeriğinin orijinalliğini Kinyas'ın kontrol ettiği Smirnoff da gelip kadehlere paylaştırıldıktan sonra başladık konuşmaya. Birkaç değerli kâğıt da hizmet eden masanın papyonlusuna. Herkes mutlu. Hayvanlar doydu! Çiftliğe huzur geldi!

Kinyas'ın biraz Rusçası vardı. Ben tek kelimesini anlamam Slav dillerinin. Kadınlar gerçekten Rusya'dan gelmişlerdi. St. Petersburg'dan. Eğer Rusya meşhur boz ayı ise bunlar da ayının kıçıydı! İrena'yla İngilizce, Türkçe, Almanca hayat hakkında konuşuyorduk. Kadınlar gerçekten de güzeldi. Şişko aldığı parayı hak etmişti. Fahişelik yakışıyordu vücutlarına ve ahlak anlayışlarına. Beyaz ırkın en iyi örneklerinden iki kadın vardı karşımızda. Onlar da rahatlamışlardı. Uzun zamandır bizim kadar eli bol adamlar gelmemiş olmalıydı. Elimiz, kolumuz şimdilik fazla dolanmıyordu da masanın altından. Ve en önemlisi, yanlarında, sokakta görseler dönüp ikinci kez bakacakları bir adam olan Kinyas oturuyordu. Zaten Kinyas'ın doğal yeteneklerinden biri fahişeleri kendine âşık etmekti. Kinyas'ın yakışıklılığı, kadınsı yüz düzgünlüğü fahişelere kendilerini hatırlatıyordu. Onunla sevişirken, bilinçaltlarında kendilerine yapılan sistematik ticari tecavüzün intikamını alıyorlardı. Bir an için, sevgilileri olduğumuzu bile hayal etmiş olabilirlerdi. Votkadan terlemeye başlayan yanakları kırmızı ışığın altında daha da pembeleşmişti. Geriye tek bir problem kalıyordu. O da sözlerinden hiçbir şey anlamadığımız arabesk şarkının kulaklarımıza verdiği rahatsızlık... Arabesk Orhan Gencebay'dır, Müslüm Gürses'tir. Gerisi palavra! Sid Vicious'un Punk'ın vücuda gelmiş hali olması gibi... Müzik işini de hallettik. Sahip olduklarını tahmin ettiğim, arada bir gösteriye çıkan revüler için bulundurdukları Rus şarkılarını çalmalarını söyledim. Artık arkama yaslanıp rahatlayabilir, her şeyi unutabilirdim...

İçki içmesem de, beynime görünmez eller masaj yapıyormuş gibi sakinleştiğimi hissedebiliyordum. Pavyonların benim üzerimde böyle etkileri vardı. O kadar acıyla, hayal kırıklığıyla, şiddetle, tacizle ve bütün bunların tam zıttı olan kahkahalarla, tatlı sarhoşluklarla, güzel sözlerle, eğlenceyle doluydu ki hayatın bütün çelişkilerini içinde barındırıyor ve para karşılığında seyredilen bir gösteri olarak sunuluyordu... Konuştuğumuz konular tahmin edileceği gibi fazlasıyla komik ve sadeydi. Tam olarak kimse kimseyi anlamıyordu. Söylenen her laf havada asılı kalıyordu. Ama kadınlar içkinin etkisiyle, kendilerine has feminen sarhoşluklarıyla, ağzımdan çıkan anlamlı, anlamsız her kelimeye gülüyorlardı. Masaya bir ufak rakı, bir ufak votka ve iki şişe şampanya, daha doğrusu ucuz köpüklü şarap geldi sırasıyla. Ben portakal suyunda ısrar etmekte kararlıydım. Kinyas her zamanki gibi, önüne ne gelirse susuzluktan kıvranıyormuş gibi içiyordu. Hiç ara vermeden. Alkole olan direncinin nedenini okulda kalsaydım mutlaka incelemek isterdim... Ve bunları düşünürken aklıma, vücudunda bir süredir taşıdığı mikroskobik ölüm geldi. Ve onun yanında, beyin hücrelerini yok eden, damarlarını tıkayan, karaciğerini eski bir arabanın hava filtresine dönüştüren şişelerce alkolün hiçbir değeri kalmıyordu...

Kadınlar artık tamamen alkolün pençesine düşmüşlerdi. Aslında normalde çok içmemeleri patronlar tarafından tembihlenen bu insanlar, ne-

dense bugün bütün sınırlarını zorlamışlardı. Belki de bugün tatil günleriydi. Mesai dışında içiyorlardı bizimle! Neyse, kaldırdım hepsini...
"Haydi!" dedim. "Gidiyoruz."
Şişko koşup yanıma geldi.
"Abi, ne tarafa götüreceksin bayanları? Bir yanlışlık olmasın! Ben de patrona hesap veriyorum. Aman ha!" dedi.
Dönüp durdum.
"The Marmara'ya. Yarın öğlene doğru veririm taksi paralarını, dönerler evlerine."
Tabii ki kadınların dönecek bir evleri yoktu ama şişko yalan söylemeyecek kadar çok para taşıdığımı bildiğinden her şeyi kabul etti. Geldiği gibi. Fazla soru sormadan. Biraz yüz bulsa daha da para isteyecekti ama gelecek sefere saklıyordu beni yolmayı. Ürkütmeyelim deveyi! Benzeri bir özlü söz beyninde tenis oynuyordur. El sıkışıp ayrıldık...
Kadınlar, saat daha erken olduğu için başka bir yere gitmek istiyorlardı. Ama benim öyle bir niyetim yoktu. Biraz dolandıktan sonra otelin önüne geldik. Tabii kadınların meslekleri ilk bakışta anlaşılıyordu. Ama biz de iki Fransız turisttik! Durmadan para harcayan iki garip turist. Görmezden gelmeye çalıştılar kadınların bacaklarını, duymamaya çalıştılar sarhoş kıkırdamalarını. Kinyas'ın iki koluna girmiş, arkamda dururlarken... Resepsiyondaki kadından anahtarları aldım. Ve iki şişe şampanya ile meyve istedim. Bu gece, benim için meyve ve meyve suyu gecesiydi. Tabii biraz midem bulanmıştı anlamsız diyetimden. Ama sürekli elinde bir bardak ya da şişe taşımaya alışmış biri için elleri ceplerinde gezmek de kolay değildi...
Ve tam o sırada aklıma Cezmi geldi. Bir türlü kapının dışına koyamadığım insanlığım ve Mümtaz'ın anısı beni böyle bir düşünceye itmişti. Eğer İstanbul denen şehirde, Mümtaz gibi esrar içebilecek adam kalmadıysa ben vardım. Kinyas'a odalarına çıkmalarını söyleyip otelden ayrıldım...
Cezmi'yi dükkânda buldum. Bir saat sonra on tane dolu dolu sigara geldi. Tam çıkıyordum dükkândan, dönüp o an üzerine bastığım kilimin parasını sordum.
"Ne yapacaksın ağabey, kilimi?" dedi Cezmi.
"Sen parasını söyle."

Ufak bir kilimdi. Gümrükten yıllar önce kaçak geçirilmiş olanlardan. Renkleri çok solmuştu. Cezmi'nin bütün ısrarına rağmen fiyatının iki katı olarak tahmin ettiğim bir parayı bıraktım masasının üzerine. Çıktım dışarı, gazeteye sardığı kilim kolumun altında. Otele dönüp Kinyas'ın odasına girdim. Votkanın da etkisiyle iyice rahatlamış ve iç çamaşırlarıyla kalmış kadınlarla oyunlar oynamaya başlamıştı Kinyas. Birbirlerini öpmelerini söylüyordu. Ellerini alıp, vücutlarının üzerinde belli noktalara koyup, geri çekilip bir Playboy fotoğrafçısı ciddiyetiyle seyrediyordu... İrena'yı elinden tutup o haliyle koridora çıkardım. Ve aynı kattaki diğer odaya girdik.

Kilimi gazeteden çıkarıp camın yanına yere serdim. Bu Mümtaz için! Sonra duvara yaslanıp oturdum üstüne. Cebimden çıkarıp Cezmi'nin sigaralarından birini yaktım. İrena bulanık beyniyle, kokusundan anlamış olacak ki sigaranın tütün dışında taşıdığı maddeyi, yataktan bir yastık alıp attı kilimin boş kalan yerine, sonra da oturdu yanıma. Başını omzuma dayayıp sessizce oturdu. On altı yaşındaki sevgililer gibi yan yana, bacaklarımızı uzatmış oturuyorduk. Konuşacak bir şey yoktu. Ve ikimizin de istediği hayale dalmasına izin verdim. Ne ben onun acılarını, ne de o benimkileri anlayabilirdi. Rahatsız etmedik birbirimizi. Öylece oturup camdan göründüğü kadarıyla şehri ve gökyüzünü seyrettik. Açık mavi satenden iç çamaşırları vardı İrena'nın. İri göğüslerini kaplayan duru bir sutyen. Ve üzerine oturduğu, nazik poposunu kilimin pisliğinden ve tüylerinin sivriliğinden koruyan yastığı ise tahtıydı. Rus çariçesinin tahtından farkı yoktu. İrena'nın da Rus çariçesinden! Slav ırkına has hatasız profilinin, kararmış havanın kararttığı odada çizgileri mükemmeldi. Kendisine doğru çektiği bacakları, küçük ayakları. Hepsi güzeldi. Hak ediyordu fahişeliği. Ama belki daha iyi bir müşteri portföyüyle çalışmalıydı...

Yarın dönmek zorunda olduğu şişkonun yerini düşünmemeye çalıştığı belliydi, çektiği her nefesten sonra sigaranın kızaran ucunu seyrederken. Kimse hiçbir yere dönmek istemiyordu o odada. Daha fazla ilerlemek de istemiyorduk. Orası iyiydi. Ne ileri, ne geri... Çünkü şimdiye kadar attığımız her adımda, tabanımız da, beynimiz de yanmıştı. İleriye ya da geriye yaptığımız her hareket hataydı. Mayın tarlasındaki temiz tek noktada hareketsiz durmaya benziyordu bu. Yıkılana, sıkılana kadar duracaktık hareket etmeden. Acı çekme korkusuyla, ikimiz de parmağımızı kıpırdatmaktan çekiniyorduk... O odaya İrena nereden gelmişti, ben nereden gelmiştim? Nasıl buluşabilmiştik hayatımızın tek acısız yerinde? Bilmiyorum. Tek bildiğim, iki sevgili gibi sabaha kadar seviştiğimiz. Belki de aşk yaptık, demeliyim... Yastığa kapaklanmış yüzünü seyrederken yataktan kalktım. Uyuyordu çok derinlerde. Koltuktaki pantolonumun kemerini çektim yavaşça. Yatağın yanına geldim. Çırılçıplak iki insan. Biri uyuyor, üstünü rüyalarla örttüğü vücuduyla. Diğeri, insan ırkının en güzellerinden birini seyrediyor, üzerinde organik olmayan tek madde, siyah deri kemerle... O an çok uzun sürdü. Çok uzun. Kemerin gümüş tokası sallanmaya başladı havada. Gözlerim kısıldı. Vücudum ter kusmaya başladı. Ama birden tokanın çizdiği daireler küçüldü. Ve her şey durdu... Banyoya gittim. Aynada kendime baktım. Uzun uzun. Bütün yüzümü ve vücudumu inceledim. Dikişleri, dövmeleri, yaraları. Kemeri iki elimle tutup göğsümün hizasına getirdim. İlk hareket kendiliğinden geldi. Rüzgârın kuru bir yaprağı havalandırması kadar kolay oldu. Kapatmam gerekirdi belki gözlerimi ama inadına seyrettim kendime yaptığım zulmü. Kemerle sırtıma vuruyordum. Gittikçe sertleşen ve gürültülü olan savurmalarla boynumun bir solundan, bir sağından vuruyordum sırtıma. Her darbeden sonra sırtımın daha da kızardığını görür gibiydim. Derimin zorlandığını hissediyordum. Acıdan dudaklarımı ısırıyor, gözlerimden akan yaşları çenemden düşürmek için ani kafa hareketleri yapıyordum. Ve bütün bunların yanında, sanki gözlerim başkasına aitmiş gibi, olup biteni izliyordu. Bu raddeye nasıl geldiğimi soruyordu gözbebeklerim. Nasıl Kayra bu hale geldi? Yeni açılmış bebek gözleri gibi soruyorlardı. Anlamıyorlardı bu nefsi tahribatın nedenini. Anlamıyordu gözlerim ellerimin sırtıma, siyah deri bir kemerle çektirdiği acıları. Kimse bir şey anlamıyordu. Kimse! Artık, anlam taşıyanları yiyip bitirmiştik. Mantıklı, neden-sonuç ilişkileri içinde gelişen her şeyi öldürmüştük. Geri dönüş yoktu...

Babasının kucağında annesine öpücükler gönderen Kayra'nın fotoğrafını çeken makine, şimdi de bir otel odasında sırtını kamçılayan Kayra'yı resmediyordu. Ne müthiş bir yol, diye düşündüm. Ne kadar uzak bir mesafe. Nereden nereye! Gerçekten gerçeğin dışına. Çok uzun bir yol. Daha gidecek bir yer kaldı mı? Daha yol var mı? Asfalt biteli çok oldu, toprak yoldan patikaya geçeli de yıllar oluyor. Gidecek bir yol kaldı mı?

Bundan daha acı verecek olanı, kol ve bacaklarımın dört ayrı ata bağlanmışken birinin havaya ateş etmesi mi?

İstanbul-Ankara yolu. Bolu Dağı'nı biraz önce aştık. Mondeo'yu verip bir Opel Omega aldık. Aslında uçakla gidebilirdik ama uçmaktan yavaş yavaş iğrendiğimi fark ettim. İstemiyordum bir havaalanından başka bir havaalanına gitmeyi. O kadar yıpratıcı hatıralarım vardı ki o lanetli, yüksek tavanlı, çelik binalarda, belki de dayanamayacağımı hissettim iki tanesini daha görmeye... Yol, her zamanki gibi kayıp gidiyordu altımızdan. Sanki biz duruyorduk ve şehirler bize geliyordu. Arabayı kullanan Kayra'yı seyrettim birkaç saniye. Hiç konuşmadan sadece yolun iki tarafının birleştiği noktaya gözlerini dikmiş, halıcıdan aldığını söylediği esrarlı sigaralarından birini içiyordu. Sağ eli el freninin üstünde, sol elinde sigara. Bomboş yolda otomatik vites rahatlığıyla direksiyonu sol diziyle idare ediyordu. Ve o an düşündüm. Yanımda oturan adamın aslında ne kadar garip ve itici bir yüz ifadesinin olduğunu. Kendisine hiç yakışmayan uzun, siyah saçları. Çirkin profili. Astérix ile ülkenin aşırı milliyetçilerini ortak bir noktada buluşturan bıyıkları. Çok çirkindi. Sadece gözleri! Sadece onlar bu vücuda ve yüze ait değillermişçesine mükemmeldi. Kayra'nın tek Kayra olduğu yer gözleriydi. Gerisi sahne kostümü ve kendine biçtiği aksesuvarlardı. Bazen ondan tam anlamıyla nefret ediyordum. Dengesiz düşünceleri, bütün dünyayı tanıdığını sanması, sürekli olarak en büyük acıları çektiğini iddia etmesi... Hepsi de ilkokul müsamerelerindeki yapmacık rollerden fırlamış gibiydi. Kendini yaşayan her canlıdan farklı bir yere koyması ve buna bir sürü gerekçe bulması koca bir yalan gibi geliyordu. Söylediği hiçbir şeyi gerçekten düşünmüyor olduğunu biliyordum. Tabii ortada yaptıkları vardı. Yaşadığı hayat. Terk ettiği onca şey ve varmak istediği zihinsel ölüm. Ama benim de bunlara dair bir fikrim vardı. Kayra, aslında son derece normal bir insan olabilirdi. Eğer güzel olsaydı. Sadece yakışıklılık da değil, normal bir hayat yaşamak için gerekli olan yeteneklere de sahip değildi. Tembeldi. Şimdiye kadar hiç çalışmamış ve çalışmanın insanlık dışı olduğunu savunmuştu. Ama gerçekte yapabileceği bir iş olmadığı için çalışmamıştı. Sadece düşünen ve zarar veren bir yaratık haline gelmesi, gerçekte her insanda olan doğal yeteneklere sahip olmamasından kaynaklanıyordu. Dürüstlük, çalışabilmek, söylenenleri dinlemek, biraz olsun hissedebilmek gibi yeteneklerden bahsediyorum. Onda bunların hiçbiri olmadığı gibi, ayrıca denediği zaman da başarısız olacağını bildiği için, şu an gittiği yolu tercih etmişti. Yolsuzluğu. Yaptığı her hareketin insanlığın arayıp da bulamadığı doğrulukta, mükemmelden öte ilahi özellikte olduğunu düşündüğünden, beni sıkıyordu. Yeteneksizliği, dünyanın tek gerçek kitabı diye yazdığı hikâyenin kötülüğü, yazdığı şarkı sözlerinin hamlığı ve uğraştığı her alanda daima vasatın altında eserler ortaya çıkarmış olması, onu var olan her şeyi reddetmeye itmişti. Dünyanın en büyük eserlerini ortaya koymuş oldukları herkesçe kabul edilmiş sanatçı ve edebiyatçıların sahip olmaları gereken ukalalığa ve "Artık durabilirim! Her şeyi bırakıyorum" diyebilme hakkına, hiç hak etmediği halde kendini layık görüyordu. Ve beni kızdırıyordu. Da Vinci'nin delirmeye, cehalete geri dönmeye, kendisini tüketmeye hakkı vardı. Ama gözle görülen hiçbir başarıya imza atmamış Kayra'nın kendisine yakıştırdığı tarzı bana çok aptalca ve kötü niyetli geliyordu...

Sürekli olarak yükselmekten ve düşmekten bahsederdi. Genellikle barlardaki kül tablalarını kullanarak yaptığı bir benzetme vardı. Yuvarlak kül tablasını yan tutar ve masaya dik duran yuvarlağın en aşağısındaki bir noktayı zihnin bembeyaz ve ölü olarak doğduğu an olarak gösterirdi. Aynı zamanda cehaletin de en üst noktası. Sonra parmağını yavaşça kül tablasının yukarısına doğru götürürken, aldığı eğitimden, zihinsel gelişiminden bahsederdi. Ve yuvarlağın en üst, cehalet noktasının tam karşısına düşen noktasında en başarılı olduğu, her şeyi öğrendiği, en iyi eserlerini verdiği, zihnini hiç olmadığı kadar canlı olduğu anın gerçekleştiğini söyleyip, o noktadan itibaren istemli bir düşüş ve zihin ölümünün olduğu noktaya geri dönüş için bütün hayattan yavaş yavaş vazgeçtiğini anlatırdı. Ama hiç kimse, ben dahil, Kayra'ya belki de daha en üst noktaya bile varamamış olduğunun tereddüdünü yaşatamadık. Belki de zihni tam dolmamıştı. Ortaya koyduğu eserler zihninin patlayacak kadar yüklü olduğu noktaya kesinlikle uymuyordu. Güzel konuşuyordu ama dünyanın ve tarihin kabulleneceği herhangi bir iz yoktu ardında. Sadece o kendini en üste çıkmış görüyordu. Ve zamanı gelmişti düşmesinin! Bana çok kolay geliyordu tercihi. Fazlasıyla insani... Canı çalışmak istemediği için çalan, başarısız oyunlar yazıp kendisini kimsenin anlamadığını iddia eden adamlar kadar, gerçekte normal insanlardan daha ihtiraslı, dünyevi zevkler peşinde koşmalarına rağmen yakalayamayan adamlar gibi...

Sabit fikir halini almış üstünlüğü sadece zihinseldi. En azından, o öyle düşünüyordu. Ben uğraşmıştım oysa! Normal olmak için çabalamıştım. Üretmeye, uyumlu olmaya çalışmıştım. Dünyayla aynı hızda dönmeye. Yapabildiğim kadarıyla benim düşüşüm en üst noktadan değil, hiçbir yerdendi. Hiçbir zaman yükseldiğimi hayal etmediğim için – çünkü buna kanıt olacak herhangi bir şey yaratmamıştım – düşüşüm de bir boşlukta gerçekleşiyordu. Hiçbir yerden hiçbir yere düşüyordum. Kafamı kaldırdığımda, ucundan atladığım bir tramplen göremiyordum. Ama Kayra dünyanın ve altı milyar insanın üzerine kurduğu tahta bir tramplenden kendini boşluğa bıraktığını düşünüyordu...

Benzemiyorduk birbirimize. Hem de hiç! Sevmiyordum onu. Bazen çok rahatsız ediyordu beni. İçinde yarattığı gereksiz şiddet canavarından, kadınları dövmesinden, insanları kandırmasından çok uzaktaydım ben. Barok ve sahte bir kötülük yapıştırıyordu suratına. Hiçbir zaman sahip olmadığı bir duyarsızlık. Ve bunu da bütün dünyadan arındığı için yaptığını söylüyordu. Oysa değil dünyadan, daha çocukluğundan bile arınamamıştı. Her şey hâlâ aklında oturuyordu. Bütün insani tutkular, normal bir insanın başarısını yakalayamamanın ezikliği. Hepsi. Oscar'a layık bir oyunculuk sergiliyordu. Hiçbir şeyi gerçek değildi. Acıyordum aslında Kayra'ya. Başarısızlığına, kaybetmesine üzülüyordum...

Ufak bir şansı olsaydı. Birileri yazdıklarını, bestelediklerini beğenseydi bu hale gelmezdi. Dünyayı küçük gördüğü için kendini büyük sanıyordu. Tabii büyük bir göz yanılması söz konusuydu. Eğer dünya sandığı kadar küçük olsaydı, kaybolmamak için bu kadar uğraşır mıydı sokaklarında?

Onu düşünmemin nedeni benimle konuşmamasıydı. Benimle konuşmuyor ya da düşündüklerinin çok azını anlatıyordu. Ben inanamıyordum, bir zamanlar zihnini gerçekten en üst noktasına ulaştırabilmiş olmasına. İnanamıyordum kendini dünyanın en gerçek felsefecisi olarak hissetmesine. İnanmıyordum Kayra'ya ve yalanlarına. Ben sadece kendime inanıyordum. İçimde ağlayan, gülen adamlara. Çok defalar öldürmek istedim Kayra'yı. Ya da, zorla işe sokup bir işçi gibi çalıştırmak istedim. Ama olmadı... Hiçbir şey olmadı. Kimse durduramadı Kayra'yı. Ve artık imkânsız. Houdini'nin içlerinden çıktığı çelik kasalar kadar sağlam beyninin zarı. Değişmez artık içindekiler. Hayatın karşısındaki zayıflığı onu bir canavar haline getirdi. Bütün hikâye bundan ibaret. Gerisi, bir çift güzel göz tarafından söylenenler. Ama başına gelen sıfatlar ne olursa olsun, Kayra hep bildiğim o en ufak gündelik işleri yapabilmek için bile en az yarım saat düşünen Kayra olarak kalacak...

Hakkında düşündüklerimi kendisine birkaç kez söylemeye çalıştım. Tabii daha seçilmiş ve narin egosunu incitmeyecek kelimeler kullanarak. Ama hiçbir şey anlamak istemedi. Her şeyin farkında olduğunu iddia eden adam, daha kendisinin farkında değildi. Hatta bir defasında "İstersen dön!" bile demiştim. Ve gerçekten, ailesinin yanına yeni bir başlangıç yapmak ve bıraktığı yerden devam etmek için dönmesini istemiştim. Kontrolden çıkmış düşünceleri ile etrafa savurduğu kin dolu bakışlar beni çok üzmeye başlamıştı çünkü. Zihni, ölmek bir tarafa, bir balık kadar hareketli ve canlıydı. Bir kez daha istediğini gerçekleştiremeyeceğini düşünüyordum. Bir kez daha hayal kırıklığına uğrayacaktı. Hayatta doğrultabildiği tek rüyasını da canlandıramadığını görecek ve hiç yapmak istemediği bir işe başvurarak intihar edecekti... Ancak böyle bir durumda, büyük ihtimalle o kendini vurmadan ben ateş ederim, çünkü bütün dostluğumuz göz önüne alındığında bunu ona borçluyum. Acısından kurtaracak tek dostu benim bu dünyada...

Tabelada Ankara yazdığı zaman, ben de Kayra'yı düşünmekten çoktan vazgeçmiş ve kendimi dinlemeye başlamıştım. Ankara'da kimlerin olduğunu, nereleri hatırlayabildiğimi sıralıyordum kendime kısa cümlelerle. Ailemin, son bıraktığımda şehirde bir evleri vardı. Belki taşınmışlardır... Bilmiyorum. Düşünmek istemiyorum. Aslında ülkeye, kısa süreliğine de olsa dönmek çok berbat bir fikirdi. Hem rahat değildik,

243

hem de gittikçe arkamızdan kapıları kapanan bir hücreye giriyor gibiydik, her geçtiğimiz kilometrede. Anadolu'nun toprağı hiç olmadığı kadar hazırdı, bizim gibi asi evlatlarını yutmaya. Şimdiye kadar ne Kaygusuz Abdallar yutmuştu! Biz mi dayanacaktık karşısında? Bedenlerinden önce ölmeyi kendilerine hayal edinmiş iki yaşlı çocuk mu dayanacaktı Anadolu'nun çoraklığına?

Şehre girip önce bir tur attık yolları hatırlayabilmek için. Akşam olmuş, insanlar işlerinden evlerine dönmüşler ve caddeleri artık şeytanlara bırakmışlardı. Pek bir şeyin değişmediğini anladık ve Hilton'un önüne geldik. Tek oda, sekizinci katta...

Kendi kendime, Kayra'yla ilgili son birkaç saat içinde düşündüklerimin sonucunda ona kızdığımı hissediyordum. Halbuki bugünün diğer günlerden bir farkı yoktu ve Kayra beni sinirlendirecek en ufak bir harekette bulunmamıştı... Ama belki de yılların birikimi... Yüzüne her baktığımda, cinayetlerine bile değer vermeyen bir cani görüyordum. Sahte bir peygamber kadar yalancı, lunaparklarda üç kuruş için hileli oyunlar oynatanlar kadar düzenbaz...

Arabada kendisini profilden izlemeye başladığım andan itibaren içimde önüne geçilmez bir kıpırdanma başlamıştı. Belki yanılıyordum. Şu an banyodaki eski dostum, hiçbir şeyin farkında olmadan saçlarını yıkayan kan kardeşim, hiç de sandığım kadar yalancı değildi belki de. Ama yine de İngilizlerin dediği gibi, devenin belini kıran saman çöpü de düşmüştü hayvanın sırtına! O da Kayra'nın çirkin profiliydi.

İçeriden gelen su sesinden yararlanarak yatağın üzerindeki ceketinin iç cebinden bütün parayı aldım. Altı bin dolara yakın nakit. Sigara paketini de attım cebime. Sonra çevreme bakındım bir şey unutmamak için. Çantamı da alıp, yavaşça kapıyı açıp çıktım. Koridorun sağ ve sol uçlarına bakarken ardımdan kapıyı yavaşça çektim...

Asansöre binip resepsiyona indim.

"Bir notum var. Bana bir kâğıt verin" dedim karşımdaki adama, Türkçe'den de Türkçe. Bizi Fransız sandığı için şaşırmıştı. Koydu önüme bir kâğıt, bir de kalem. Gözlerinin içine baktım. Rahatsız olup çekildi başımdan... Verdiği kâğıdın üzerine siyah dolmakalemle, olabildiğince güzel bir elyazısıyla şu kelimeyi yazdım:

"Gidiyorum."

Sonra bir zarf istedim...

Birazdan Hilton'un lobisinde, Ankara'da, üzerine şu satırları yazdığım Hotel Ritz antetli sarı mektup kâğıtlarını ve resepsiyonistin verdiği mesaj kâğıdını beyaz zarfa koyup Kayra'ya yarın sabah iletmelerini söyleyeceğim. Kendisi hakkında düşündüklerimi bilmesi gerektiği için bu satırları okumasına izin veriyorum...

"Kayra, 'Ne kadar yalnızsan o kadar uzağa gidersin. Ne kadar terk edersen o kadar ölürsün!' demiştik. Hatırlarsın... Seni Abidjan'daki otel odanda gördüğün rüyalardan uyandırdığım için pişman değilim... Ama bil ki, zihnin cehennemindir. Sonsuza kadar yaşayacak. Senin gibi. Öldüğünde ise, sen orada olmayacaksın ne yazık ki!"

İkinci kitap

Kayra'nın Yolu

Orospu çocuğu kan kardeşim Kinyas gitti. Yok oldu. Buharlaştı. Geçen hafta bugün, Hilton'da komi bir zarf getirdi. Üstünde bir şey yazmayan. Açtım. Önce ufak bir kâğıt. "Gidiyorum." Kinyas uzun mesajları ve kelime harcamayı sevmediği için, ilk sözcük asıl yapacağı hareketi anlatıyordu. Gerisindeki kâğıtlarsa son yazdıkları. Benimle ilgili düşünceleri, tahminleri. Ama haraya girmeden yapılan ganyan tahminleri kadar tutmayan cinsten. Cassandra'dan itibaren yazdıklarını da yatağın yanına yere bırakmıştı. Okudum zarftakileri. Elim mini bara gitti. İçindeki viskiye. Geri çektim. İçkiyi bırakmıştım. Oturdum yatağa, midemde küçük bir bulanıklıkla. Asitler dalgalanmıştı. Küfretmeye gücüm yok. Öylece oturup karşımdaki boş duvara bakıyordum. Tabii bu bendeki ani değişimin yazdıklarıyla kesinlikle ilgisi yoktu. Hakkımdaki düşüncelerini sekiz yaşımdan beri biliyordum. Aramızdaki garip ilişkinin şekli böyleydi. Ben ondan ve hiçbir şeyden rahatsız olmazken, o dünyada sadece benden rahatsız olurdu. Birlikte geçirdiğimiz yıllar, duygusal olmaktan çok düşünseldi. Beni yatağa çöktüren konu, Kinyas'ı bir daha asla göremeyeceğimi tahmin etmemdi. Birçok kez birbirimizi yarı yolda bırakıp ortadan kaybolmuştuk. Ama yazdığı kısacık not ilk defa karşılaştığım bir şeydi. Birçok insan için, gidiyorum kelimesinin ifade edebilecekleri, Kinyas'ın anlatmak istediği kadar korkunç bir gerçeklik içermezdi. "Gidiyorum" derken "ölüyorum, gelmeyeceğim" demek istiyordu...

Cezmi'nin son sigarasını da yaktım, yatağa uzanıp. Artık anlıyordum. Kinyas bir daha asla geri dönmeyecekti. Eskiden birbirimizi kaybettiğimiz ya da bir krizin ertesinde terk ettiğimiz zaman, son görüştüğümüz yerde beklerdik tekrar buluşmak için. Bir defasında, Kinyas beni üç ay bir bankta beklemişti. Ben çekip gitmeden, oturup birkaç keli-

248

me ettiğimiz bankta. Ama birbirimize şöyle garip notlar, kesin sözler hiç yazmamıştık. Elyazısının düzgünlüğü yazdığı kelimeyi her açıdan ne kadar ciddiye aldığını gösteriyordu. Aslında elbet bir gün gerçekleşecekti ayrılığımız. Er ya da geç ayrılacaktı hayatlarımız. Ama böyle olmasını beklemiyordum. Çünkü bana sadece sinirlenip gitmiş olması fazlasıyla insani ve safçaydı. Sıkıldığı için terk etmiş olmasını tercih ederdim. Ya da uykusuzluktan kaçmış olmasını. Ama o toy bir genç gibi sadece kızmıştı bana. Varlığıma sinir olmuştu...

O gün yataktan kalkmadım. Kan kardeşimin ölümünü hazmetmem gerekiyordu. Bazıları yürüyerek, bazıları yatarak. Ben yatakta dönerek sindirdim Kinyas'ın yok oluşunu. Bir ara, koşarak aşağı inmeyi ve sokaklarda onu aramayı istedim. Ama bulduğum takdirde ne diyeceğimi bir türlü planlayamıyordum. Bir sürü kelime vardı kafamda. Ama birleştiremiyordum bir türlü, mantıklı cümleler var etmek uğruna. "Döverim" dedim ben de. "Vururum! Yere düşer. Tekme atarım." En azından bir iletişim kurmuş olurum, diye düşündüm... Ama vazgeçtim. Kinyas o kadar çabuk kaybolurdu ki şehrin sokaklarında, casus uydular bile bulamazdı onu, apartmanların gölgesinde yürürken... Sonsuz yalnızlığım eşsiz bir heykeldi artık. Hatasız bir anıt. Mermer bir başyapıt. Dünyanın sekizinci harikası! Sadece ben kalmıştım Kinyas'tan geriye. Sadece Kayra...

Gecenin soğuk sessizliği çöktüğünde midemdeki uğultular duruldu. Terlemem geçti. Hazmetmiştim Kinyas'ın kaybını. İşte bu kadar! Zaten daha ne kadar sürebilirdi ki? Ancak ailemi daha iyi anladım. Onlar belki de yıllarca, böyle bir günü tekrar tekrar yaşamışlardı. Kinyas gitti. Ben kaldım.

Saat dörde geliyordu. Güneşe az kalmıştı. Eşyalarımı topladım. Kinyas'ın yazdıklarını kendi yazlarımın yanına koyup çıktım otelden. Arabaya binip gitmeye başladım. Gölbaşı'na doğru çıktım "Kulu" yazıyordu bir tabelada. İsmi güzel ama kim gider? Benzin aldım. Devam ettim. Birkaç saat boyunca sanki Kinyas hâlâ yanımdaymış gibi konuştum arabada. Kendime itiraf etmediğim değil, farkında olduğum ama görmezden geldiğim bir duyguyla boğuşuyordum aslında. Üzüntüyle... Evet, çok üzgündüm. Sürekli maruz kaldığım üzerimdeki melankoli bulutunun yağmuru değildi. Herhangi bir insanın üzüntüsü kadar basit ve acı vericiydi. Kinyas yıllar boyunca yarattığımız tarihi ilişkimizi bir saniyede bitirmişti, doğanın seksen yılda büyüttüğü bir insanı bir saniyede öldürmesi gibi. Bir kez daha doğadan nefret ettim. Küfürlerim nükleer enerji karşıtlarına kadar giderken, Konya'ya geldiğimi fark ettim... Ülkeye dönmek büyük hataydı. İntihara eşitti. Konya'dan güneye indim. Mersin'e. Günlerce ortalama altmış kilometre hızla yol aldım. Herhangi bir polis kontrolünde durdurulmamam büyük şanstı. Ehliyetsiz bir turisttim. Ama umursamadım bu ihtimali. Durmadım. Yol aldım. Motorun sesi bütün kulaklarımın mekanizmasını doldurana, bütün beynimi motor yağıyla kavurana kadar... Mersin limanından bir yerlere gidebilirdim. Ama herhangi bir insanla selamlaşmak bile işkence gibi geliyordu. Ve limanda bir gemi bulmak için merhabadan fazlası gerekirdi. Antalya'ya doğru kırdım direksiyonu. Saatlerin akıyor ve hiçbir acıya rağmen durmuyor olması tek tesellimdi. Kemer'e vardığımda durdum ve arabadan indim...

Şimdi, Türkiz Hotel'in deniz gören bir odasının balkonunda oturuyorum. Bacaklarım sızlıyor. Günlerdir pedallara basmaktan... Denize girmek istiyorum. Yüzmek. Eskiden yaptığım gibi. Kilometrelerce. Dalgalarla dövüşmek... Biliyorum Kinyas'ı rüyamda göreceğimi. Ama istemiyorum. Uyumaktan korkuyorum. Kinyas'ın kâbusları! Belki de kan kardeşimin dediği gibi eve dönmeliyim. Hayatta olduklarını tahmin ettiğim ailemi görmeye gitmeliyim. Belki de vurmalıyım kendimi... Kinyas gitti, Kayra kaldı. Kinyas gitti, hayat kaldı. Bir el ateş etsem hepsi ölür mü? Kinyas, Kayra, hayat... Tek bir mermi... Yatağa uzandım. İlk defa zor uyumak. Gerçekten zor. Benim vicdanım hiç olmadı ki! Ne sızlıyor böyle içimde? Ne engelliyor kendimden geçmemi? Bazıları kolsuz doğar. Ben vicdansız gelmişim dünyaya. Vicdansızım.

Üç kez tekrarladım şu kelimeleri yüksek sesle, çocukken yaptığım gibi. Üç kez. Yanlış bir iş yaptığım zaman babamın bana kızacağını düşündüğüm günlerde korkumu silmek için söylediğim o sihirli sözleri tekrarladım:

"Hiçbir şey yok! Hiçbir şey yok. Hiçbir şey yok..."

Uyandığımda hava kararıyordu. Açık balkon kapısından içeri giren hafif bir rüzgâr üzerimdeki uykuyu titretmeye yetmişti. Bana da haliyle yataktan kalkmak düştü. Dünyanın üzerinde peydahlanmış hayata dönmek için giyinip dışarı çıktım. Çarşıda yürümeye başladım. Kuyumcuların önünden geçtim. Pek laf atan olmadı. Bir turistten çok, tanıdık bir Türk erkeğine benzediğimden olsa gerek, yanaşan olmadı dükkânların önünde duran çocuklardan. Otele dönüp, satın aldığım siyah şortu giyip plaja gittim. Akdeniz ismindeki suya daldırdım kafamı. Yüzdüm. Enine, boyuna. Karadan her zaman için daha güvenlidir ıslak çukur. Açıklarda bir yerde, kendimi sırtüstü suya bırakınca gözlerimi kapatıp, arada bir yüzümden geçen dalgalara aldırmadan düşünmeye başladım. Kinyas'ın gidişini, bundan sonra ne yapacağımı, zihinsel ölümüme giden yolu. Düşünülebilecek her şeyi... Her zamanki gibi, yaşayan en şüpheci beyinlerden birine sahip olduğumdan, bütün sorular özenle her açıdan incelendikten sonra yanıtsız kaldılar... Yarım saat kadar öylesine yattıktan sonra su yatağında, kıyıya çıktım.

Tekrar odamdaki yatağıma döndüğümde tek istediğim, içimden gelen bir ses duymaktı. Sadece bir ses. Ne olursa! Mide gurultusundan bir şiire kadar. Hepsi kabulümdü. Kendimi dinlemeye, duymaya çalıştım saatlerce. Elimden geleni yaptım. Ama hiçbir şey. Tek bir ses, tek bir fısıltı bile gelmedi kulaklarıma. Ne yapmak istediğini bilmemek kadar acı verici bir şey daha yoktur. Ne istediğini bilememek insana verilmiş en yırtıcı işkence türlerindendir...

Gecenin ortasında, hâlâ yatakta zihnimin uyanıp en derinden, gerçek bir emir yollamasını bekliyordum. Zihnimin kendisine seçtiği ölüm tarzını öğrenmenin zamanı gelmişti. Kinyas da yoktu artık. Ve ihtiyacım olan yalnızlığı hediye etmişti bana. Artık geriye sadece zihinsel ölümüme giden yolda ilerlemek kalmıştı. Ama bu yol nereden geçer, nerede başlar? İşte bunu bulamıyordum...

Öncelikle ülkeden çıkmalıyım, diye düşündüm. Burada fazlasıyla hafızamı canlı tutacak dekorlar vardı. Gideceğim yer, daha önce asla ayak basmamış olduğum bir yer olmalıydı. Evet, kesinlikle bilmediğim bir yer. Bana hiçbir şey hatırlatmayacak bir şehir, bir kasaba, her neyse... Ve böyle bir yeri bulduktan sonra bedenimi canlı tutacak, onunla ilgilenecek insanlar da bulmalıydım. Belki de işin en zor kısmı buydu. Kim öylesine sapkın bir teklifi kabul edebilirdi ki? Kim, kendi isteğiyle bitkisel hayata giren, beyin fonksiyonlarını durduran biriyle ilgilenmek isteyebilirdi? Tabii ki fakir birileri. Yeterince para karşılığında bu iğrenç görevi, ben ölene kadar yapacak birilerini bulabilirdim büyük ihtimalle... Bir ara, akıl hastanelerini de düşündüm. Herhangi bir ülkede, herhangi birine kendi isteğimle kapatıldığım takdirde neler olabileceğini düşündüm. Öncelikle, delilerle olmak beni uyanık tutardı. Fazlasıyla sistematik yürüyen bir kurumda, üstelik beni iyileştirebileceklerini sanan insanlarla dolu bir binada, zihnimi önce parçalayıp sonra tamamen yok etmemin imkânı yoktu... Meksika'daki mağarayı düşündüm sonra. Hayır, o da olmaz. Belli bir süre sonra doğal ihtiyaçlarım, gireceğim o sonsuz beyaz uykudan beni uyandırırdı. İhtiyacım olan beni üç günde bir besleyecek, altımı temizleyecek birisini ömür boyu kiralamaktı... Yerin bir önemi yok. Belki büyük bir ev, belki de bir kulübe... Fark etmeyecekti, gözlerimi kapattıktan sonra, duvarların genişliği. Tabii bütün bunları yapabilmem için çok para gerekiyordu. Fazlasıyla para. Ve hesabımdaki paranın, bedenimin gerektiği gibi bakıldığı takdirde, ortalama elli yıl daha var olacağı düşünüldüğünde, yetersiz kalacağı can sıkıcı bir gerçekti. Dolayısıyla son bir vurgun. Çok büyük bir vurgun şarttı. Bedenime elli yıl yetecek bir para. Herhangi bir ülkenin merkez bankasını soymak gerekebilirdi. Son bir çaba. Hayatla kurulacak son bir ilişki. Sonra her şeyi bitirebilir ve kapanan televizyonun ekranı gibi karartabilirdim zihnimi...

Öncelikle buradan ayrılmalıyım. Haritasını bildiğim bir yere gitmeliyim. Banka soyacak kadar kalabalık değilim ama çok büyük bir uyuşturucu satışı ayarlayabilirim. Belki yarım ton eroin. İşte bu yeter! Böyle bir iş için de Afrika'ya dönmeliyim. Her şeyin başladığı yere... Afrika! Dünyanın kara deliği... Herkesin ve her şeyin içinde kaybolduğu o gerçek Şeytan Üçgeni!

Kolay değildir yalnızlık. Öğrenilmesi gerekir. Tabii eşleri öldükten sonra otuz dört yıl evlenmeden yaşayan yaşlı kadınların yalnızlığı değil bahsettiğim. Daha çok benim gibi, kendini dünyada üzerinde yaşayan tek canlı olarak gören ve hisseden adamların yalnızlığından bahsediyorum. Böyle bir tercihin nedeni yıllarca düşünülse bulunmaz. Çünkü tek bir nedeni yoktur insanları reddetmenin. Uzun bir süreçtir. Dokuz yaşında başlar ve gerçekten yalnız kalana kadar devam eder. Yalnızlık paranın çektiği dostluklarla, fahişelerle bozulur arada bir. Sonra hepsi biter... Fahişelerin yalnız adamlar üzerindeki etkileri en az annelerinki kadar güçlüdür. Onlarla beraber boşluğu seyreder, içki içip konuşurlar. Son derece profesyonelce gelişen ilişkilerdir. İz bırakmazlar eğer bir mucize olup da, mesleğine ihanet eden bir fahişe yanındaki yalnıza âşık olmazsa...

Bir insanın yalnızlığı üzerine söylenecek o kadar söz vardır ki! O kadar büyüktür ki yalnızlık. O kadar kalabalıktır ki. Dünyayı dolduran canlılardan uzak bir hayat yaşamak ya da binlerce bedenin arasında olup hiçbirini dinlemeden ilerlemek. Hepsi de, yalnızlığın türleridir. Hapishanelerdeki tek kişilik hücreler, bazılarını delirtip kendi isimlerini bile unuttururken, bazılarını da Tanrı'ya dönüştürür... Ama ne olursa olsun, önemli olan tek şey pişmanlıktan arınmaktır. Kendini yalnızlık okyanusuna can simidi olmadan, boğulmak üzere bırakmış bir insan, içindeki dibe sürüklenirken devirdiği her metrede sonsuz huzuru hissetmeye başlamışken, eğer tek bir salise pişmanlık duyarsa yalnızlığından, tek bir salise tereddüt ederse tercihinden, işte o an kişinin felaketi başlar. Panik acıyı getirir. Bir kuş gibi suyun içinde süzülen vücudu çirkinleşir, gerilir, kıvrılır, kontrolsüzce kasılır. Ve tercih ettiği yalnızlığın içinde kaybolmaktan korkan insanın en büyük acısı olan deliliğin başladığı noktadır. Daracık, nefesin bile zor alındığı, yerin metrelerce altındaki bir dehlizde, tonlarca havayı hatırlayıp nefes almamaya ve kalp krizi geçirecek kadar büyük bir panik yaşamaya benzer...

İçine adım atıldığında, girdaba ayak uydurulur. Kendisine çeken dev hortumla uyumlu şekilde dönmek, yapılması gereken tek doğru harekettir. Kurumuş bir yaprağın lodosa boyun eğmesi gibi, insan da yalnızlığına boyun eğmelidir. Yalnızlığın çelikleşmiş iskeletine karşı çıkmaktansa, onda keşfedilmeyi bekleyen binlerce bilinmeyeni aramaya çalışmalıdır. Yalnızlık, insanın içindeki gizli mabettir... Benim yalnızlığım ise, hayatım boyunca ürkütücü bir hızla büyümüş ve sosyal denilebilecek bütün yeteneklerimi teker teker yok etmiştir. Bedenimin çevresinde yıllar boyu inşa etmiş olduğum ve yakında kapısını tamamen içeriden kilitlemeyi düşündüğüm yalnızlık katedralim, belki de şimdiye kadar başardığım tek iştir... Sorarlarsa, "Ne iş yaptın bu dünyada?" diye, rahatça verebilirim yanıtını:

"Yalnız kaldım. Kalabildim! Altı milyarın arasına doğdum. Ve hiçbirine çarpmadan geçtim aralarından..."

Kendimi toparlamalıyım. Hayalini kurduğum huzurdan kilometrelerce uzaktayım. Sıraya sokmalıyım düşüncelerimi. Mümkünse alfabetik bir sıraya. Eşyalarımı toplamalıyım. Sonra da Afrika. Öncelikle batısına ayak basmalı. Uçakla gitmeliyim. Fildişi Kıyısı, Gana ya da Liberya. Ve bütün bunları bir an önce yapmalıyım, yoksa yalnızlığımın ve düşüncelerimin içinde titremeye, korkmaya başlayacağım ve sonunda da küstahça, Larousse'da birkaç edebiyat adamı için yazdığı gibi delirerek öleceğim bu gidişle... Delirerek ölmek! Maupassant, De Nérval gibi. Kimse delirerek ölmez. Onlar frengiden öldüler. Ama deliliğe yakıştılar. "Ben Napolyon'um!" diyerek ölünmez... Larousse'un ilk ismi Pierre'di yanılmıyorsam. Pierre, biliyorum, uzun zaman önce öldün. Ama beni duyuyorsan iyi dinle! Ansiklopedilerin yalanlarla dolu. On yıllık acıları, uykusuzlukları, yetmiş yıllık dehaları iki satırda anlatman, bütün bunları yok etmenle eşdeğer. Öldüğümde karşıma çıkma!.. Neyse, daha önemli işlerim var benim... Yok etmem gereken bir dünya ve bir zihin var.

Swiss Air. Paris-Abidjan. Yeniden uçuyorum dev beyaz kuşun karnında. Çok zor olmadı ülkeden çıkmak. Önce İstanbul'a geçip birkaç gün sağda solda sürttüm. Laleli'deki otellerden birinde kaldım. Üç gece. Tabelasına bakmadım girip çıkarken. Geceleri sokaklarda, gündüzleri yatakta geçirdim. Ve her yanımdan geçeni gardiyana benzettim. Şehir fazlasıyla labirentleşmişti gözlerimde. İzlendiğimi düşünerek yürüyordum. Sürekli duvar kenarlarından, arkama her beş adımda bir dönüp bakarak. Adres soranlar, ateş isteyenler, kadın teklif edenler, dilenciler... Hepsinden öyle korkuyordum ki! Seyyar satıcılar, fahişeler, pavyonların önündeki çığırtkanlar... Sokakta kararsız bir şekilde beş yüz metre yürüyüp sonra geri dönüyordum. Başka bir caddeye çıkıyor, orada da birkaç adım attıktan sonra olduğum yerde kalıp otele doğru koşmaya başlıyordum. Gerçek yalnızlığın paniği içimde çok büyümüştü. Sadece yalnızlık da değil, sahip olduğum tek gerçeğe, zihinsel ölüme ulaşamayacağımı düşünmek beni deli ediyordu. Kapana kısılmıştım. İnsanları, hücremdeki dev fareler olarak görüyordum. Odamın kapısının arkasına iki sandalye yaslayıp uyumaya çalışıyordum...

Ve gözümün önünde, tanıdığım en tehlikeli adamın anlattığı bir hikâye canlanıyordu, o eskimiş çarşafın üstünde sağdan sola dönerken.

Almanya'da tanıştığım bir Macar. Béla isminde bir katil. Gerçek bir suçlu. Suçludan öte, kimyasından, doğasından dolayı adam öldüren tabanca kadar gerçek bir suç aletiydi Béla. Evet, kendisi bir suç aletiydi. İçinde iyilik adına hiçbir duygu yoktu. Ne merhamet, ne de aşk. Kesinlikle seksüel bir açlığı da yoktu. Sadece gasp vardı hayatında. Birilerinin çalışarak kazandığını onlardan zorla almak. Yaralayarak, öldürerek. Ve tanıştığımız o günlerde de kaçaktı. Karşılıklı oturup konuştuğumuz dört saatin sonunda ayrılmıştık. Ve ben, bir gün sonra fotoğrafını gazetelerde gördüm. Yakalanmıştı. Ömür boyu hapsi isteniyordu... Ve o dört saat içinde bana sadece bir hikâye anlattı. Sorum basitti. "Peki ya hayat? Onu ne yaptın bu arada?"... İnce kemikli suratından fırlayacakmış gibi duran soluk mavi gözleri, bir omzumun üstünden diğerine kadar gezdi. Hiçbir şey kokmuyordu. Ne ter, ne de bir parfüm. Hayatımda, şimdiye kadar tanımış olduğum tek gerçek katil. Bütün hayalperest psikoloji kitaplarında ve kriminoloji derslerinde tasvir edilen suça yatkın, geniş çene yapısı, kalın ense, kısa boyun ve dar bir alın sahibi, karikatür kötü tiplemesini yalanlarcasına bir balerin kadar narin duran vücudu ve kafatası ile derisi arasında asgari et taşıyan yüzüyle karşımda oturuyordu. Gözlerini diktiğinde gözlerime, emindi oturduğumuz barda kendisini rahatsız edecek kimse olmadığından.

"Sana çok iyi hatırladığım bir olayı anlatacağım" diyerek başladı konuşmaya, bozuk İngilizcesiyle.

"Budapeşte yakınlarında bir kasabadaydım. Bir kafede gazete okurken, içeri giren polislerden biri beni tanıdı. Silahını doğrultana kadar ben çoktan arka kapıdan çıkmış, kaçıyordum. Kasabanın daracık sokaklarında beni kovalamaya başladılar. Nereye gittiğimi bilmeden koşuyordum. Herkesi öldürebilirdim yakalanmamak için. Gerekirse kendi annemi bile! Ben hiç hapse girmedim. Ve girmemek için gerekirse dünyadaki bütün adalet bakanlarının boğazını kesebilirim... Evler seyrekleşmeye başlamış ve nefesim kesilene kadar koştuğum yolun çevresinde birkaç çiftlik görünmüştü. Bir tarlaya girdim. Karşıma çıkan her otu ezip önüme çıkan ilk binaya daldım. Bu bir ahırdı. Kapısından içeri girdiğimde, on sekiz yaşlarında genç bir kızla göz göze geldik. Çığlık atacaktı ki, belimden silahımı çıkarıp dayadım alnına. Kolundan tutup sürükledim ahırın üst katına. On dakika sonra elli tane polis sarmıştı çevremi. Bir tanesi durmadan konuşuyordu elindeki megafonla. Ama hiç durmadan. Sürekli bir şeyler anlatıyordu. Belki de eğer onu dinlemeyi bırakırsam kızı öldürürüm diye düşünüyordu. En sonunda, birkaç el ateşin ertesinde, aklı başında bir teklif getirdi geveze megafonlu: 'Béla, tam yarım saatin var. Yarım saat! Düşün ve karar ver. Yoksa içeri gireceğiz. Kızı bırakmazsan ve teslim olmazsan içeri gireriz. Otuz dakika! Düşün ve karar ver...'

Son kelimeyi de duyduktan sonra kızla birbirimize aynı anda baktık. Elimdeki silahın kabzasıyla, acısını bile duymadan bayılabileceği şekilde sağ şakağına vurdum. Böylesine önemli bir otuz dakikayı, aptal bir köylü çocukla geçirecek halde değildim... Ve kendimi samanların üzerine bıraktım. Emindim yarım saat içinde herhangi bir girişimde bulunmayacaklarından. Ben ki, on dört yaşımdan beri suç işliyor ve aranıyordum! Ben ki, on dört yaşımdan beri gördüğüm her üniformalıyı öldürmeyi düşünüyordum! O ahırda samanların üstünde yatarken baygın kızın yanında, biliyordum aynı üniformalıların beni koruduğunu. Yarım saatliğine her şeyden koruyacaklardı beni. Kendimden bile! Bütün dünyadan. Ve kaçmaktan, kovalamaktan, kemik çiğnemekten yorgun düşmüş bacaklarımın sızladığını hissettim. Çünkü hayatımda ilk defa durmuştum. İlk defa hareketin dışında bekliyordum. Tamamen dünyanın dışında geçirdiğim bir andı. Ve gözlerimi kapattığımda bütün kasabanın, arabaların, insanların, hayvanların durduğunu hissedebiliyordum. Gözlerimi açtığımda, havada asılı kalmış güvercinleri görebiliyordum. Yarım saatliğine Tanrı ya da her kimse bana gerçek özgürlüğü vermişti. Dünyanın en iyi korunan kalesinde bütün tehlikelerden uzak, var olan her şeyin durduğu bir zamanda yere yatmış küçük bir çocuk gibi hissediyordum kendimi. Ve benzer duruma düşmüş, yani rehine alarak kendini bir yere kapatarak polislerin verdiği sürenin dolmasını beklemiş her adamı ve kadını içimde hissettim. Hiçbir şeyi ve hiç kimseyi zerre kadar umursamayan ben, yarım saatliğine insan olmuştum. Ve işte hayatla o zaman tanıştım. Şiddetten ilk kez uzaklaşmış, kendimle yalnız kalmıştım. Saniyelerin geçmemesi için yalvarıyordum kolumdaki saate. İlk on beş dakika bütün bunları düşünerek geçti. Yanımdaki kız gözlerini açmaya başlamıştı ki, tekrar vurdum şakağındaki morluğun üzerine. Bu sefer tam bayılmadığı için kısa bir çığlık atmıştı. Ne de olsa on beş dakikadır insan olduğum için şiddet yöntemlerinin hafif de olsa hâkimiyetini kaybetmeye başlamıştım. Tekrar vurdum aynı yere, mümkün olduğunca ölçülü bir şekilde. Kafası tamamen kaybolmuştu samanların arasında. Durmak bilmeyen yelkovan beş çizgi daha ilerlemişti. Bir karar vermem gerekiyordu. Ya hayatımın geri kalanını burada, ahırda keşfettiğim içimdeki insanla, anne karnındaki kadar güvende hisseden çocukla geçirecektim. Dolayısıyla teslim olup cezamı çekecek ve ömrüm yeterse, çıktığımda on üç yaşımda çalışmış olduğum tek düzenli iş olan çobanlığa geri dönecektim. Ya da savaşa hiç olmadığı kadar devam edecektim. Bağırsaklarıyla ismimi yazacaktım toprağa, polislerin. Burunlarını ısırarak koparacaktım. Şeytanın boynuzlarını kırıp göğsüne saplayacaktım! Kalan beş dakikada beş yıllık düşündüm. Üzerimde otuz dört mermi vardı. Sağ elimde 7,65'lik bir tabanca. Ayağa kalktım. Dışarıdan metalik bir ses gelip kulağımın dibinde patladı, içeri atılan bir el bombası gibi: 'Son beş dakika! Béla, silahını bırak ve kızla dışarı çık!..' Gerçekten de bir operasyon ihtimalinde, beni öldürebilmek için köylü kızı da gözden çıkarmaya çoktan razı olmuş görünüyorlardı. Verdikleri yarım saat sadece içlerinde kalmış, kırık dökük bir medeniyetin sesiydi. Yapacaklarımı gözümün önünden geçirdim son bir kez. Ve geri sayım başladı... Cebimdeki çakmağı çıkarıp dört ayrı köşesinden, dev saman balyasını ateşe verdim. Kız yerde yatıyordu. Onunla ilgilenmiyordum zaten. Kimse de benimle ilgilenmemişti bugüne kadar. Alevler büyümeye başladı. Duman ahşap ahırın deliklerinden dışarı sızmaya başladığı anda dışarıdaki sesler de kalabalıklaştı. Polisler ne yapacaklarını yüksek sesle düşünüyorlar ve megafonu ağzına dayamış olan yüksek rütbeli, itfaiye çağrılmasını istiyordu. Dumanlar artık her yeri kaplamaya başlamıştı ki, aşağı indim. Polisler büyük ihtimalle ahırı kuşatmışlar ve bizim dışarı koşarak çıkmamızı bekliyorlardı. Aslında zamanında bir sis bombası atmış olsalardı da, aynı gelişme yaşanacaktı. Ama tahmin edemedikleri tek şey, benim aklımdan geçen mantıksız düşüncelerdi. Sadece Yunan tragedyalarında görülen türden mitolojik düşünceler. Üzerine bastığım yumuşak ve rutubetten ıslanmış toprağı, bulduğum bir kürekle kazmaya başladım. Her darbede, toprağı her harmanlayışımda, bütün dünyanın bana yaptıklarını, annemi, babamı düşünüyor ve daha da nefret edip hızlanıyordum. Ahşap bina çoktan dökülmeye başlamıştı. Ağzıma bağladığım fular beni biraz olsun, birazdan içeriyi tamamen kaplayacak olan dumandan koruyacaktı. Kazdım. Kazdım! Dünyayı deldim o sapı kırık kürekle! Birkaç dakika içine sığabileceğim bir çukur açmıştım. Vücudumu bükerek girebileceğim, dizlerimi yanaklarıma yapıştırarak sığabileceğim bir çukur. Bu arada, üst kattaki tahtalar teker teker düşmeye, ahırın çatısı çökmeye başlamıştı. Etraf cehennem gibiydi. Her şey yanıyordu. Samanlar, tahtalar, yukarıdaki kızın pembe kurdelası, ellerim... Gerçek bir cehennem!

Kendimi evimde hissettim. Ve itfaiyenin sireni çoktan süslemişti dışarıdan bakıldığında dramatik gibi görünen sahneyi. Oysa içeride gerçek bir bilimkurgu senaryosu canlandırılıyordu. Bir suçlu, cehennemin ortasında, günü geldiğinde tekrar dirilebilmek için kendi mezarını kazıyordu. Yerde bulduğum mukavva parçasından da, yuvarlayıp bir boru yaptım. Çukura girip çevredeki toprağı üzerime çektim, boruyu ağzıma dayadım, derin bir nefes çektim. Ve birkaç kol hareketiyle bütün vücudumu gömdüm. Toprak yavaş yavaş ısınıyordu. Yüzümde solucanların gezdiğini hissediyordum... Ve gördüğün gibi, işte karşındayım. O günden hatıra olarak sırtımda haça benzeyen dev bir yanık izi var. Ve tabii ellerim... İşte hayat, o yarım saatti benim için. O otuz dakika! Dünyanın bana tanıdığı o süre. Saklambaçta sayılan rakam gibi. Ben de saklandım otuzuncu dakikada. Yarım saat boyunca hayatı yaşadıktan sonra..."

İşte bu uzun konuşmayı hatırlıyordum. Kelimeleri çıkartırken ağzının aldığı şekilleri hatırlıyordum. O Laleli'deki otel odasında, hep bu hikâyeyi ve içindeki o otuz dakikayı düşündüm. Her anımda o yarım saati bulmaya çalıştım. Ama olmadı... Ve kendimi Swiss Air uçağının içinde buldum...

Yalnızlığın teknik desteği kulaklıklardan, Swiss Air hediyesi bir film müziği dinliyorum. Ennio Morricone'nin *İyi, Kötü ve Çirkin* için yaptığı, üçlü düello sahnesinin müziği. Mezarlık sahnesinin hafızaları dağlayan o melodisi. Ben hepsiyim. İyi, kötü, çirkin. Hepsi benim!..

Ailemle yaşarken, gittiğimiz şehirlerin mezarlıklarına uğrardım. Annem, babam beni birkaç saatliğine serbest bırakırlar ve turist olarak gelmiş olduğumuz şehrin sokaklarında kendime bir kız arkadaş bulacağımı düşünerek cebime biraz para koyarlardı. Ben de kaldığımız otelden fırlayıp ilk gördüğüm taksiye biner ve en yakın mezarlığa gitmesini isterdim şoförden. İspanya'da Plaja d'Aro'da, Fransa'da Gruissan'da, İsviçre'de Lugano'da ve daha adını hatırlayamadığım bir sürü şehirde, kasabada mezarlıkları gezdim. Bu tabii bayramlarda yapılan bir "kabristan ziyareti" gibi değildi. Ben kimseyi ziyaret etmiyordum. Sadece havasını solumak istiyordum mezarların, toprağın, mermerin. Mezar taşlarının üzerindeki yazıları okurdum. Altında yatanın nasıl biri olarak yaşadığını hayal etmeye çalışırdım. Tabii bir mezar taşının karşısında durmak, kitabı son sayfasından açmaya, filmin son karesini yakalamaya benziyordu. Ne olmuşsa olmuş, ne yapmışsa yapmış, buraya, bu mezarlığa gelmiş ve kendini gömdürmüştü... En azından kesin olan bir şey vardı bu hiç tanımadığım adamda ya da kadında. O da nefes almadan toprağın altında yıllarca durabiliyor olması, yani ölü olması. Bir fahişe ile bir rahibenin, bir cani ile bir polisin yan yana yattığı mezarlıklar bana, hayattaki tek gerçek, tek yalansız manzara olarak görünürdü. Ama hoşuma gitmeyen şeyler, içinde yine karşıma çıkan o insani kurnazlığı, ikiyüzlülüğü barındıran mezar taşı yazıları, dini sembollerdi. Yine devreye insanın yarattığı o tiyatro sahnesinin plastik dekorları giriyor ve ölümü dahi kendi çıkarına göre biçimlendiriyordu. Değil Tanrı'ya, kendine bile inanmamış bir insanın başına çakılan haçlarla, yıldızlarla, oyunun devam etmesini sağlıyordu. Sevmiyordum ben, o ölüme bile iyimserlik ve inançla bakan, acıyı şarap gibi tasvir eden yazıları. Ölümün de para gibi, yoktu dini. Çürüyen cesetlere bu kadar yüklenmek onları ancak daha da parçalardı. Yeraltı canavarlarından önce, o mezar taşı yazıları yemeye başlamıştı cansız bedenleri, gittiğim her mezarlıkta. Seslerini duyabiliyordum.

Kemerlerimizi bağladık. Palmiyeleri ufak camlarda gördük. Hosteslerin dizlerini seyrettik, karşımızda otururlarken. Siyah deriyi ne kadar özlemiş olduğumu fark ettim. Beş dakika sonra Abidjan havaalanına ineceğimiz söylendi, pilot tarafından. Yine güzel bir rakam çıkmıştı karşıma. Yine her şeyin durduğu bir zaman sayfası. Beş dakikalık bir mola. Béla'nın hikâyesindeki gibi... Şimdi düşünüyorum da, anlattıklarında birbirini tutmayan noktalar var. Hikâyenin birçok yerinden yalan kokusu geliyor. Daha önce sadece ne anlatmaya çalıştığını düşündüğümden, ilgilenmemiştim nasıl anlattığıyla. Ama yanan bir ahırın zeminine insanın kendini gömmesi ve bir boru yardımıyla nefes alarak hayatta kalması, öyle bir ahırın tamamen sönmesinin en az on saat alacağı düşünüldüğünde, bütün o süre boyunca çukurda kimseye yakalanmadan ve haşlanmadan kalmış olması inanması çok zor ayrıntılar. Ayrıca kendini gömme fikri fazlasıyla ortalarda gezen, ilginç görünmek için kolayca uydurulabilen türden bir düşüncedir. Ve insanoğlunun bu hastalığı o kadar üzücü ki! Sıradanlığını yaldızlı yalanlarla gizlemeye çalışması, iki boyutlu basit ruhunu üç boyutlu bir labirent gibi göstererek pazarlaması o kadar üzüyor ki beni... Evet, şimdi hatırlıyorum ilk nerede duyduğumu, kendini gömme işini. Kinyas anlatmıştı. Böylesine bir hareketin erdem sayılabilmesi için nedenler sıralamıştı. Ben kendime hayallerimden kanat yaparken, o rüyalarını dev bir matkaba çeviriyordu. Biri gökyüzüne, diğeri cehennemin dibine giden iki ayrı yol. İki tünel...

Düşünüyorum da, Kinyas'la yıllar süren yazışmalarımızın, yolculuklarımızın mantıklı bir açıklaması yok. Hiçbir zaman, belki de baktığımız bir bardak suyu bile aynı görmedik. Belki de sadece muhtaçtık birbirimize, hayatımızla oynayabilmek için. Güçlü değildik yeterince ve ihtiyacımız vardı o iki ayrı sesin yaratacağı coşkuya, yaptığımız bütün kötülükleri duymazdan gelebilmemiz için. Ama artık çok geç! Çünkü geçmişte kendilerini, akla gelmeyenleri yapmaya adamış iki adam vardı. Birbirlerinden sigara isteyen, güç isteyen. Oysa bugün, iki canavar var, kendilerine dünyayı dar gören. Değil aynı ipte durmak, aynı kıtaya bile sığmayacak kadar şişmiş iki beyin. Ama biliyorum, düşünmemeliyim Kinyas'ı. O bana mükemmel yalnızlığı hediye etti. Belki de zihnimi öldürebilmeme yardımcı olmak için. Benim için neyin iyi olduğunu, çıkarımın nerede olduğunu hiçbir zaman anlamayacak olduğum için aslında ilgilenmiyorum kimin bana yardım ettiğiyle... Şu an tek ilgilendiğim konu, hostesin derisi. Mavi mini eteği ve beyaz gömleği. Boynuna sardığı fuların altında atan, kimsenin görmediği ama her titreyişinde beni sağlam bir yumruk yemiş gibi sarsan o şah damarı... Ve o damarın atış hızına uygun bir manevrayla, çelik uçurtmanın tekerlekleri değdi Afrika toprağına... Uçağın kapısında, yine bir refleks olarak bakacağım bacaklarıma, acaba yanıyorlar mı diye. Ve yine güleceğim kendime, Afrika sıcağının ne olduğunu unuttuğum için...

"Abidjan'a hoş geldiniz! Dışarısının sıcaklığı 39 derece."

Sıtma krizlerindeki ateşimle aynı. İşte Afrika'nın değişmezliği, belki de beni çeken. Binlerce yıldır aynı kalarak en muhafazakâr kıta unvanını çoktan hak etmiş olmasıyla, belki de kucağında uyutabiliyor beni...

Eminim, kıyametten sonra da böyle olacak. Bugün olduğu gibi. Ne dev metropoller, ne teknoloji medeniyetleri! İşte bu kavrulmuş toprak kalacak dünyadan geriye. Öldüğümde bedenim buralara karışmalı, o günü görebilmek için.

Havaalanında, hatırlayabildiğim birileri var mı, diye bakmaya başladım çevreme. Ama hayır, gitmişler. Her zamanki gibi turlarla değil de kendi başlarına, buralara kadar gelme cesaretini göstermiş maceraperest turistleri dolandırmaya çalışan birkaç aşıcı genç var. Aşıcı diyorum çünkü Batı Afrika'nın birçok ülkesinin havaalanlarının uluslararası bölgesinde tropikal hastalıklara önlem olarak aşı yapılır. Tamamen mecburi bir uygulamadır. Ancak elinde iğneyle, kendisine doğru yaklaşan bir zenciyi gören turist, neler olduğunu çözemediği için büyük bir panik yaşar ve bir iki adım geri atar. Aşı karnesi yoktur, pasaport memuru kontrolden geçmesine izin vermez. Diğer yandan da sterilliğinden kesinlikle şüphe ettiği, altı santimetre boyundaki iğneyi ve şırınganın içindeki idrara benzeyen sıvıyı sallayan bir adam vardır. Zor bir tercih, yıl boyunca çalışıp bir haftalığına hayattan kopmaya gelmiş bir turist için. İşte bu noktada aşıcı devreye girer. Sempatik tavırları ve ağzından geldiğince aksansız konuşmaya çalıştığı Fransızcasıyla, sıcaktan ve anlayamamaktan tansiyonu düşmüş turiste yaklaşır. Ve karşısındaki medeniyet ürününü hiçbir acı yaşatmadan pasaport kontrolünün öbür tarafına geçirebileceğine ikna etmeye çalışır. Aşı yaptırmadan işi halledebileceğini söyler. Ve işaret parmağı ile başparmağı, meşhur pandomimci Marcel Marceau'yu kıskandıracak gerçeklikte para taklidi yapar. Ayaküstü kendini kurtarıcısına teslim etmiş kişi en büyük hatayı yaparak, daha değiştirmeye fırsat bulamadığı güçlü ülkesinin güçlü paralarından bir tomar çıkartır. Kafasındaysa, bu insanlıkdışı, Üçüncü Dünya ülkesi havaalanı eziyetinden bir an önce kurtulup broşürlerde gördüğü saydam denizlere ulaşmak vardır. Paraları gören aşıcı, en bol sıfırlı olanı alıp güler yüzünü bozmadan, biraz da sahtekârca doldurulmuş bir aşı karnesiyle döneceğini söyleyerek kalabalığa karışır. Parayla karşısındakinin iç çamaşırlarını bile satın alabileceğini düşünen medeni ürün, kendinden emin geçirir beklemenin ilk on dakikasını. Bu zaman içindeyse aşıcı aldığı parayı sol cebine koymuş, sağ cebinden de yerel bir miktar banknot çıkartarak pasaport kontrolündeki memura doğru yaklaşıyordur. Günün şartlarına göre, pasaport gişeleri açılmadan önce tartışılarak belirlenmiş miktarı polisin önündeki bankonun rafına rahat bir hareketle koyar. Ve iki saat sonra başka bir av için dönmek üzere havaalanından çıkıp yakınlarda bir yerde soğuk flagını açtırır...

Dönelim turistimize. Sabırsızlanmakta son derece haklı olan, bir nevi kendini hayvanat bahçesi ziyaretçisi gibi hisseden bu kişi, yarım saatin sonunda, parasını alanı bir haftalık misafirliği içinde bir daha göremeyeceğini anlar. Şu durumda böylesine komik ve basit bir aldatmaca tansiyonunu daha da düşürür. Bütün zencilerden, güneşten, Afrika'dan nefret eder. Tatilin zehir olmasına, kâbus olarak başlamasına tek bir adım kalmıştır. O da aşıcının çevirdiği dolabın son çekmecesi ve en acıyla dolu olanı. Bir ayağından diğerine ağırlığını vererek, bir metrekare içinde sabit duruşuyla polislerin dikkatini çeker. O kadar sesli pişman oluyordur ki herkes duyar! Yanına gidip aşı olması gerektiğini izah ederler. Tabii ki biraz önce rüşvet yoluyla söz konusu işlemden kurtulmaya çalışırken kazıklandığını anlatamaz. Elinden tutup biraz ilerideki revire kadar götürürler. Uzaktan altı santimetre gibi görünen iğne aslında çok daha küçüktür. Ve bütün malzemeler tek kullanımlık medeni standartlardadır. Aşıcı beş yüz metre uzakta flagını yudumlarken, normalde bir çocuğun bile canını yakmayacak iğnenin, nasıl olup da bir yetişkinin gözlerini sulandırabildiğini düşünür. Aşıyı doktor değil ama asıl bu dolandırıcı yapmıştır. Akla gelince uyutmayan türden, üstüne bastıkça kanayan cinsten bir yarayla çıkar gider turist havaalanından...

Bu sefer de, adını bile duymadığı, banyonun odayla aynı katta bile olmadığı bir otelin servis minibüsünün içinde bulur kendini. Kollarından, küçük çocukların çekerek bindirdiği kendisi gibi medenilerle yan yana oturmuştur. İçinde parası ve pasaportu olan makyaj çantasıysa çoktan şehrin sokaklarında sahibinden çok uzakta gezmeye başlamıştır... Küçük çocukların, minibüslere bindirmek için çektikleri kollar dolu olanlardır!

Grand Hôtel'in temiz odalarının birçoğunda kaldım. Otelin tek kötü yanı aynaları. Lunapark aynaları gibi. Fazla bakınca gözü bozar... Artık içmiyorum. Dokunmadım cüce buzdolabına. Aklımda sadece bir şey var. O büyük vurgunu yapmak. Hayatımın sonuna kadar yetecek parayı bulmak. Görüşmem gereken insanları nerede bulabileceğimi biliyorum. Ama Kinyas olmadan yanlarına gitmek tehlikeli olacak. Birisini bulmalıyım. Sözümü dinleyecek, yumruğu yemeden tekmeyi basacak kadar kötülükten anlayan birini... Eşyalarımı dolaba yerleştirirken, bir yandan da düşünüyordum. Ne kadar çabaladığımın farkındaydım. Ne kadar enerji tükettiğimin. "Harcama kendini!" derdi babam. Ama harcıyordum hepsini. Son damlasına kadar. İhtiyacım kalmayacak insanlığıma, zihnim sona erdiğinde... Bir ülkeden çıkmadan, sınıra yakın yerlerde ülke parasından kurtulmak için gereksiz eşyalar satın almak gibi. Eskileri fakire vermek gibi. Ben de içimde kalan son insani duyguları, davranışları dağıtıyordum sağa sola...

Tam balkonda oturup biraz okyanusla dertleşmeye karar vermiştim ki, kapı çalındı. Kimseyi beklemiyordum. Hiçbir şey de istetmemiştim odaya. Tedirgin oluyordum bu topraklarda. Bir silah bulmalıydım bir an önce.

Kapının ahşabı ile bilinmeyen birinin parmak kemiğinin çarpışması devam ediyordu. Ve açtım hızlı bir şekilde. Karşımda bir adam. Altmış yaşlarında, deri pantolonlu, sakallı bir zenci. Bana sırıtarak bakan Amidou Ali! Yaklaşık bir dakika boyunca inanamadım gördüğüme. İnanamadım karşımda durduğuna, canlı olduğuna. Ancak o güçlü kollarıyla sarılınca anladım, Amidou'nun gerçekten beni bulduğunu.

"Beni beklemiyordun değil mi?" diyerek konuşmaya başladı, yatağın yanındaki telefona yürürken. Ben hâlâ bir hayalet görmüş gibi seyrediyordum iri dostumu. İki şişe viski istedi resepsiyondan, sonra da yataklardan birine attı kendini.

"Evet, gördüğün gibi hayattayım. Öldüremediler beni. Hiçbir şey yapamadılar! Ben öldürdüm hepsini. Piçler! Bir Müslüman'la başa çıkılamayacağını anlayamadan öldüler."

Amidou, Amerikan pasaportu taşıyan bir Müslüman'dı. Hayatını, on altı yaşında inandığı dinine ve paraya adamıştı. Onu son gördüğümde, Afganistan'dan getirdiği bir ton afyonu sahil güvenliğe yakalatmamak için direniyordu. Direnişi son derece basitti. Elli roketatarı elli adamına ateşletiyordu, yolunu kesmiş hücumbotlara doğru. Ben o sırada, bir sürat motoruyla Amidou'yu karşılamaya gidiyordum ve gördüğüm manzara karşısında geliş hızımın iki katıyla dönmüştüm karaya...

New Orleans'taki Müslüman cemaatlerine daldıktan sonra ailesini terk edip Afrika'ya, o zamanların moda deyimiyle atalarının toprağına dönmek için yanıp tutuşmaya başlamıştı. İsmi Julian Khyle'dı. Ve bu, dedesini pamuk tarlasında çalıştıran adamın da ismiydi. Anlattığına göre, Afrika'ya gelmiş ve ismini Amidou Ali olarak değiştirmişti. Addis Abada'da birkaç yıl geçirdikten sonra sefaleti öğrenmiş, Afrikalıların kendi topraklarında birbirlerine yaptıkları vahşeti görmüş ve kafasında, her aradığını bulamamış adamda olduğu gibi, değişik fikirler ortaya çıkmıştı. Bunlardan bir tanesi, mensubu olduğu dini kendine göre yorumlamaktı. Bir diğeriyse, Anglosakson dünyasını –ki bütün kötülüklerden sorumlu tutuyordu onları– ne pahasına olursa olsun çökertmekti. İçki içerek, kadınlarla, hatta bazı durumlarda erkeklerle de yatarak dinini kendi hayatına göre biçimlendirerek yaşamaya başlamıştı. Ona göre, yaptıklarında hiçbir çelişki yoktu. Allah, kulunu mutlu görmek istiyordu. O da mutlu oluyordu!.. Diğer idealini gerçekleştirmenin yolunu ise beyaz adamı uyuşturucu bağımlısı haline getirmekte bulmuştu. Her zehirlediği beyaz, haçlı seferlerinden alınan bir intikamdı. Çünkü ilginçtir, gerçek bir tarihçi kadar entelektüeldi Amidou. Sadece okuma yazma öğrenecek kadar okula devam etmiş, ancak yasadışı faaliyetlerinden artakalan bütün zamanında da tarih kitapları okumuştu. Ve beyninde oluşan karma bir tarih, siyaset anlayışı onu en uçlarda seyreden görüşlere itmişti. Ama Amidou'yla bir ortak yanımız vardı ki, belki sadece bu bizi birbirimize çekiyordu. O da Türkçe'ydi! Yaklaşık yirmi yıl boyunca Afganistan ve İran'dan dünyanın dört bir yanına tonlarca uyuşturucu yolladığı ve bin bir türlü kirli işe aracılık yaptığı zamanlarda Türkiye'ye defalarca girip çıktığı için Türkçe'yi öğrenmek zorunda kalmıştı. Üstelik öğrendiği lisanın yanında, tarihe olan tutkusu, Anadolu'yu da araştırmasına neden olmuş ve o bölgenin kültürü, tarihi Amidou'yu kendine hayran bırakmıştı. Osmanlı İmparatorluğu'nu içinde hissedebiliyordu. Anglosakson dünyaya karşı açılmış savaşların önderlerini kendinde buluyordu...

İnterpol tarafından arandığını herkes biliyordu. Ve sürekli olarak ufak bir orduyla geziyordu...

Zenci dilinin hâkim olamadığı aksanını gizlemeye çalışarak konuşmasına devam etti. Ülkemden binlerce kilometre uzakta, Amerikalı, ancak kendini Müslüman sanan bir zenciyle, Orta Asya'nın en büyük uyuşturucu kuryelerinden biriyle Türkçe konuşuyordum... Ortak geçmişimizi birkaç cümlede tazeledikten sonra mevcut durumlarımıza döndük. Öncelikle, ikram ettiği içkiyi reddederek şaşırttım onu. Daha sonra da, yaptığım iş teklifiyle.

"Amidou büyük paraya ihtiyacım var. Bir daha asla, hiçbir işe girmememi sağlayacak kadar. Bana yardım et!"

Elindeki şişeyi bıraktı... Yaşlanmıştı Amidou. Yaşadığı, o her günü deprem gibi olan hayatı yormuştu yüzünü. Sözlerimi bitirdiğimde, odaya girdiğinden beri suratına asılı olan gülümseme silindi ve yok oldu. Tekrar yatağa uzanıp başladı konuşmaya, gözleri kapalı:

"Bak Kayra, burada olduğunu Koffi'den öğrendim. Bugün gelmişsin. O son afyon işinden sonra çok zarar ettim. Büyük patronlar bana kızdılar. Ve sonuçta, yaşadığım süre boyunca beni kovalayacaklarına yemin ettiler. Hiçbir ülkenin polisinden ya da gizli servisinden korkmuyorum. Onlar beni bulamaz. Ormana girersen hiçbiri bulamaz. Ama büyük patronlar, Kayra, ormanı yakarlar! Anlıyor musun?.. Üç yıldır gizleniyorum. Gittiğim yerlerde, en fazla iki kişi biliyor orada olduğumu. Ben, Afrika halkı için ölmüş biriyim. Ama büyük patronlar biliyorlar hâlâ bu boktan dünyanın oksijenini içime çektiğimi. Ve dolayısıyla hiçbir işe kalkışamıyorum üç yıldır. Müslüman dostlarımın yardımlarıyla yaşıyorum. Çok düşündüm Orta Asya'ya dönmeyi. Ruslara, Ermenilere karşı savaşmayı. Ama artık yaşlıyım ben, Kayra. Ve içimdeki o New Orleans serserisi uyanmaya başladı. Mücadelem bitti. Her geçen gün dedeme benziyorum. İçki içip şarkılar mırıldanıyorum. Böyle olmasını istemiyorum ama kendiliğinden doluyor bunlar içime. Beyazlardan o kadar nefret etmiyorum artık. Kendi ırkıma kızıyorum. Hak ediyoruz köleliği, diye düşünüyorum bazen. Bazen de kimyasal bombalar atmak istiyorum İspanya'ya, Portekiz'e, İtalya'ya keşfettikleri için Amerika'yı! Dünyanın en zengin gecekondu ülkesini yarattıkları için! Ben artık sadece birkaç şişeden sonra kadının göğüslerine başını yaslayıp uyuyan yaşlı bir adamım. Sanma ki gölgemden korkar hale geldim. Hayır! Sanma ki öldürülmekten korkuyorum. Sadece uykum var. O kadar. Ne beyazlar yok oldu. Ne zenciler hüküm sürdü. Hiçbir şey değişmedi. Çok inanmıştım tek bir insanın dünyayı altüst edebileceğine. Çok inanmıştım kendime, Allah'a. Ama olmadı. Dedemin sahibi bir beyazdı. Şimdiyse, dünyanın sahibi yine bir beyaz. Doların üzerindeki Franklin! Geriye sadece kafamdaki uğultular, patlayan bombaların sesi, kaçışan çocukların ağlamaları kaldı. Ve bütün bunları duymamak için içiyorum ben de. Sonra da uyuyorum. Çünkü yapacak başka bir şey kalmadı."

Amidou'yu dinlerken bir şeyler hissetmiş olmam gerekirdi. Onun için üzülmem, kendim için doğru adamı bulamamış olmaktan dolayı hayal kırıklığına uğramam gerekirdi. Ama hiçbiri misafir olmadı; ne beynime, ne de kalbime. Sadece dinledim. Gözkapaklarının üzerindeki zorlukla seçebildiğim damarların çizdiği resimlere anlamlar yüklemeye çalıştım, sıkılmamak için... Hayatını, herhangi bir ideali gerçekleştirmeye adamış ve başaramadığına yaşarken tanık olmuş her adam gibi Amidou'yu da bir zavallı olarak görüyordum. Mutsuzluğun nedeni başarısızlıktan gelmemeliydi, hele hayal kırıklığı asla gözyaşlarının nedeni olmamalıydı... Neden insanlar bir türlü anlayamıyorlar hayattan hiçbir şey beklememeleri gerektiğini, diye düşündüm. Neden binlerce kitap, film, şarkı, şiir umudu tek hayat kaynağı olarak göstermiş, diye düşündüm... Ve neden bu kadar içi boş bir duyguya, acımasızca cezalar yağdırabilecek bir arzuya hayran kalınır, diye düşündüm... Hiçbir zaman ümit etmedim. Umutla tanışmadım. Eğer mutsuzluk, istediğini bulamamaktan, hayalini gerçekleştirememekten kaynaklanıyorsa sıradanlaşır. Sadece adı kalır. Güler geçerim sınavlarında başarılı olamadıkları için ağlayan gençlere, sevdikleri terk ettiği için intihar eden kadınlara. Kolay mı bu kadar tanımak mutsuzluğu hayatın karanlığında? En anlaşıldığı noktada başlar bilinmezleri hikâyenin. Kolay mı hayat, daha zengin olamadığı için bir adamın ağlayacağı kadar?

Amidou'nun o bitkin ve sönük gözlerine bakarken içimden bağırmak, yanımda duran kül tablasını kafasına atmak geliyordu. "Sen" demek istiyordum, "sen büyük Amidou Ali! En vahşi örgütlerin saygı duyduğu adam! Sen mi benzeyeceksin dedene? Nereden biliyorsun bardağı taşırmak için sadece bir damla daha gerekmediğini? Nereden biliyorsun

Anglosaksonların çöküşünü seyredemeyeceğini? Eğer nefret ettiysen kendi ırkından da, patlatsana bütün dünyayı!" Ama ağzımı açmadım tabii, söylemedim bunların hiçbirini. Sadece dinledim. Bütün gece boyunca, bana ırklardan, Osmanlı'dan bahseden eski suçluyu dinledim... Ve yattığımız yerden şarkılar söylemeye başladık, hatırladığımız kadarıyla. Söyledik. Grand Hôtel dinledi. Belki iyi bir koro değildik ama mucizevi buluşmamız yeterince uyuşturmuştu beyinlerimizi. Ve sonra sesim tek kaldı lunapark aynalı odada. Beyaz adamın en büyük düşmanlarından yaşlı ayyaş Amidou uyudu... Böyle bir adam ne görür rüyasında? Beyaz köleler mi? Sanmam. Olsa olsa birkaç şişe daha... Derisine çizdirdiği bütün o unvanlar, aslında içindeki New Orleanslı küçük serseriyi çirkin bulduğu için. Ne İslam, ne beyazlar! Hiçbirini umursamamıştı belki de. Cehaletinin üzerine saf bilgiyi beton gibi dökerek doldurmuştu beynini dünyanın tarihiyle. Ama kendi tarihi yoktu içinde. O hiçbir yerdeydi. New Orleans'a dönmeyi bekleyen yaşlı bir zenci...

Elindeki boş şişeyi alıp üstünü örttüm yavaşça.

"İyi uykular Julian Khyle" dedim.

Sonra da ben sıramı savdım. Uyku sıramı. Kapattım gözlerimi. Sabaha, yanımdaki adamın uykuda geçirilmiş bir beyin kanaması sonucunda katılaşmış vücuduyla karşılaşmak dileğiyle. Mutsuzluğu o kadar çok kokuyor ve gürültü çıkarıyordu ki, ölmesini istedim... "Ve ben şanslıyım" dedim kendime. Çünkü ne gerçekleştirilebilecek şeyler hayal ettim, ne de rüyasını gördüklerimi gerçekleştirmeye çalıştım. Ben hayal etmek için hayal ettim. Başka bir şey yapamayacağımı bildiğim için. Hayat az çok bir yerlerden tanıdık geldiği için. Zihinsel ölümümse bir hayal olmadı hiçbir zaman. Sadece bedensel ölümümün yerine koydum onu. Tereddüt edemedim ne kadar zorlasam da, gerçekleşmeyeceğinden. Çünkü beynimin bir köşesinde hep bildim, bir gün düşünce santralımın tarafımdan fişinin çekileceğini... Kayra'nın zihni doğar, büyür, bilinir hayat tarafından, sonra da keskin tarafı saplanır artakalanına. O kadar! Ve bu yazılanlarsa böylesine bir zihinsel intiharın zabıtlarıdır. "Arıcılıkta ilk on adım" kadar yararlı olur belki. Belki de İncil'i olur, zihinlerini öldürmek isteyenlerin!

İnsan uyandığını nasıl anlar? Her gözlerimi kapattığımda söz veririm kendime, "Bu sefer tanık ol uyanışına" diye. Uyanışımın aşamalarını bilmek isterim. Ama olmaz. O kadar uzaktır ki o iki dünya! Milyonlarca kilometre mesafe vardır gözlerin kapamasından açılmasına. İnsanoğlunun ışık hızında gövdesini taşıma isteği boşuna. Boşuna ses hızında giden uçaklar. Çünkü hız zaten saklı doğamızda. Her sabah milyarlarca insan yaşıyor muazzam yolculuğu. Milyarlarca insan, gözkapaklarının üzerinde milyonlarca kilometre taşıyor. Tek bir hareketle uyku dünyasından gerçek dünyaya geçiliyor. Bundan daha hızlı gerçekleştirilen bir yol alma şekli var mı? Işık hızını alay konusu edecek kadar çabuk açılan gözler, gerçek dünyaya döndürüyor insanı. Ve kimse farkında değil, bedeninin sabahki yorgunluğunun, çok uzaklardan göz açıp kapayıncaya kadar gelmesinden kaynaklandığının. Kimse iki dünya arasındaki saat farkını hesaba katmıyor. Gözkapaklarının şeklinde olmalı uzay gemileri. Doğa göstermiş mükemmeli. Milyonlarca kilometreyi ışık hızında geçmemizi sağlayan gözkapaklarımız kapanır. Uyku evrenine geçilir. Açılırlar, gerçek bıraktığımız yerden devam eder. İnsanın en büyük hatası kendini seyretmemesidir. O kadar çok ilgilenir ki dekorla! Tanıyamaz bir türlü başaktörü. Sadece gözleriyle yolculuk edebilen bir insanın kendine tapması kaçınılmazdır. Sadece fark edebilsin yeter. Gerisi gelir.

Ve ben de herkes gibi o korkunç mesafeyi, gözlerimi açtığımda geçmiştim... Yanımdaki yatağa doğru baktığımda, hafifçe hareket eden bir vücut görmeyi bekliyordum. Ama sanki hiç açılmamış gibi örtü en düzgün biçimde duruyordu. Amidou gitmişti. Anlamıştık birbirimize yararımızın dokunmayacağını... Yataktan kalkıp bir an önce görmem gereken insanlara gitmeliydim. Bir araba kiralamalı, bir silah bulmalıydım. Ama öylesine zor geliyordu ki bütün bunlar... Masanın üzerinde odanın anahtarı vardı. Ve dikkatlice bakınca o an anladım, bu odanın Kinyas'ın gelip beni çıkarttığı oda olduğunu. Ve her şeyin başladığı, yazmaya başladığımız geceyi hatırladım. İlk başlarda kalemi elime iğrenerek alışımı, daha sonra kullandığım her kelimede, her harfte daha da hafiflediğimi hissettiğimi hatırladım. Ve gözümün önüne tek bir kelime geldi. Karanlığın içinden çıkıp gelen, büyük beyaz harflerle yazılmış tek bir kelime: "Faşistan"... Sözcük bana ait değildi ve çok eski bir tarihe dayanıyordu.

On üç yaşlarında olmalıydık. Ailelerimiz aynı sahil kasabasında tatillerini geçirdiklerinden, Kinyas'la beraberdik. Yürüyorduk, konuşuyorduk. Yüksek kayalardan denize elimizde bira kutularıyla atlıyorduk.

Birbirimize seyrettiğimiz filmleri, okuduğumuz kitapları anlatıyorduk. Çok güzel günlerdi. Ne kadar tehlikeli bir yolda olduğumuzun farkında değildik. Kasabadaki diğer çocuklardan uzak durduğumuz için zaman zaman kavga etmek zorunda kalıyorduk. O yaşlarda, insanlar doğallıklarını her şeye rağmen korur ve içlerindeki acımasızlığı daha kolayca ortaya serebilirler... Dolayısıyla sürekli birlikte gezen iki çocuktan diğerlerinin nefret etmemesi için hiçbir neden yoktur. Üstelik iki çocuktan bir tanesi, kasabadaki kızların çoğunu kendine âşık etmiş olduğundan, bizim suratımızda kalıcı hasarlar bırakmak çok yararlı bir iş olarak değerlendirilmeye başlanmıştı. Bir çeşit kamu ahlakının gereğiydi güzeli ve sessizi parçalamak. Ve biz de, elimizden geldiğince kendi ahlakımızı onlara öğretmeye çalışıyorduk. İlk başlarda seyrek giden, tartışmalarla başlayan kavgalar sıklaşmaya başlamıştı zaman içinde. Tabii bu gelişmede bir gece Kinyas'ın düşman çocukların bisikletlerini çalıp lastiklerini plajda yakmasının büyük payı vardı. Onun yaptağını kimse kanıtlayamıyordu ama heykelsi yüzü bütün çirkinlerin arasında "Suçlu benim!" diye bağırıyordu.

Ege Denizi'ne ev sahipliği yapan kasabada böylesine bir hareketlilik büyüklerin de dikkatini çekmeye başlamıştı. Ailelerimiz bizi karşılarına alıp en sıcak tondan en soğuğuna kadar her şekilde konuşarak, ne olursa olsun kötü çocuklara uymamamız gerektiğini anlatıyorlardı anlayabileceğimiz kelimelerle. Düşman grubun lideri konumundaki Kerem isimli çocuk ise sanki geçmişte annesine ya da kendisine herhangi bir zarar vermişiz gibi bizden umutsuzca nefret ediyordu...

Birkaç gün sonra, kasaba Kerem'in ağabeyinin öldürüldüğü haberiyle sarsıldı. Herkes birbirine bu işin nasıl olduğunu soruyordu. Bahçelerindeki çiçekleri sularken çevreye sıçratma davalarından birbirlerine küs komşular bile konuyu konuşmak için barışmışlardı. Kimse böylesine iyi bir dedikodu malzemesini kaçırmak istemiyordu. Ve sıcağın altında, tamamen hurafelerden oluşan hikâyeler anlatmak ne kadar da dinlendirici geliyordu kasaba insanlarına! Ortalıkta dönen söylentilerden sadece bir tanesi cenazeden sonra da ayakta kalabildi. Doğru olan kalmıştı geriye...

İstanbul Üniversitesi'nde öğrenci olan Kerem'in ağabeyi, aynı zamanda da devrimci yasadışı bir örgütün ileri gelen temsilcilerinden biriydi. Ve sokak kavgasında biri ciğerine, diğeri kalbine iki bıçak darbesi almış, ölçüsüzce açılan yaralardan ötürü hastaneye yetiştirilemeden ölmüştü... Ailesi ne kadar istemese de, cenazesine birçok değişik örgütten, pankartlı insanlar geldi... Biz olup bitenlerle ilgilenmiyorduk. Sadece olaylar karşısında Kerem'in alacağı tavrı merak ediyorduk. Bizimle uğraşmaktan vazgeçecek miydi?

Cenazeden bir hafta sonra, Kinyasların kiraladığı evin önündeki duvarda büyük beyaz harflerle yazılmış bir kelime göründü. Ucuz boyayla, özen gösterilmeden yazılmış bir yazı: Faşistan...

Kerem, yeryüzünde geçirdiği on dört yılın verdiği bütün hınç ve cehaletle kasabayı ikiye bölmüştü. Komünistan ve Faşistan. Duvarlarda hep bu yazılar okunuyordu. Her gece, bir yerlere daha yazılıyordu kelimeler. Sınırlar belirliyordu Kerem. Ağabeyini öldürenlerden yoktu farkımız, onun için. İçindeki nefret bize dönmüş, kendi de komik bir çerçevede de olsa ağabeyinin yerini almıştı, hiçbir siyasi faaliyette bulunmayan insanlardan oluşan sayfiye kasabasında. Çevresine topladığı ve sert cümlelerle saflarına çektiği çocuklarla kasabanın Komünistan bölgesinde hüküm sürüyorlardı. Ve tahmin edileceği gibi Kinyas ve ben de Faşistan bölgesinin askerleri oluyorduk. Bu çocukça savaş ve çaba bize gülünç geliyordu. Ancak işlerin boyutu büyüyünce, jandarma yazıları kimin yazdığını soruşturmaya başlamıştı. Tabii ki kimse Kerem'in ismini vermiyordu. Zaten kimse inanmazdı on dört yaşındaki bir çocuğun arkadaşlarıyla birlikte "Paris Komünü" benzeri hayaller içinde olduğuna! Kerem'in de böyle bir düşünceye sahip olacak bilgisi yoktu zaten. O sadece kime ve neye tam olarak kızdığını bilmediğinden böylesine bir işe girişmişti...

Ve bir süre sonra evlerimizden çıkamamaya başladık. Faşistan sınırını geçemiyorduk. Ailemizle bile gittiğimizde karşımıza üç beş çocuk çıkıp bizi mahvedeceklerini ima etmeye çalışıyordu hareketleriyle. Ya biz de savaş oyununa katılacaktık ya da umursamadan evlerimizin önünde oturup tatilimizi geçirecektik. Kinyas bu işi biraz daha ciddiye almış ve geceleri Komünistan'a girip duvarlara yazılar yazmaya başlamıştı. Karşı tarafta yirmiye yakın çocuk vardı. Biz sadece iki kişiydik. Sadece bir defasında linç girişiminde bulundular ve onda da kaçıp kurtulmayı başardık. Ama tek gerçek, bizim Faşistan'da yapayalnız bırakıldığımızdı. Kuşatılmış iki çocuktuk. Zehirlerini kendilerine akıtan akrepler gibi bizim de kendimizi yok etmemizi bekliyorlardı, kuşatmanın altında...

Günler geçti... Yazılanların üzeri renkli boyalarla kaplandı...
İki yıl sonra aynı kasabaya tatile geldiğimizde her şey çok değişmişti. Bizimle uğraşan çocukların bir bölümü çalışmaya başlamıştı. Kasaba
yakınlarındaki mobilya atölyelerinde. Geri kalanı da ilgilenmiyordu bizimle. Sadece Kerem'i göremiyorduk ortalıklarda. Komünistan'ın lideri
Kerem'i. "Gitti" dediler sorduğumuzda. "İstanbul'a gitti..." Hepimiz anladık onun ağabeyinin yerini almaya gittiğini. Ama alışkanlıktan olsa
gerek, evlerimizden fazla uzaklaşamadık. Geçemedik iki yıl önce çizilmiş sınırı... Belki çocukça yapılmış bir savaştı. Ama çevremize çizilmiş
daire, içimizde de beynimizi sıkmaya başlamıştı. Daralmıyordu çember.
İçinde yaşadığımız Faşistan'ın sınırları daralmıyordu. Ama her sabah
uyandığımızda, Kerem'in yazdığı bir yazıyı arıyordu gözlerimiz. Bizi
daha da kıstırdıklarını anlatan. Daha da yakınlaştıklarını söyleyen,
komşu evin duvarında bir Komünistan yazısı bekliyorduk. Ama gelmedi... Sadece biz öyle hissettik... İnsanların ileride bizi nasıl terk edeceklerine, yalnızlığa mahkûm edeceklerine dair bir işaretti bu. Biz anlayamamıştık o zamanlar ama kurulmuş olan tuzak buydu. Ölene kadar
toplumdan sürülmüş olarak yaşamak. Ölene kadar Faşistan'da yaşamaya zorlanmak!

Acı çektik bir süre. İstemedik kasabanın diğer tarafına geçememeyi,
büyüdüğümüzde de normal insanların arasına kabul edilmemeyi. Ama
alıştık. Sanki kendi tercihimizmiş gibi kabul ettik dışarıda durmayı.
Çemberi beynimizin etrafından çıkarıp boynumuza astık. Bedenimiz
gidemezdi, dolaşamazdı belki Komünistan'ın sokaklarında, insanların
arasında ama beyinlerimiz çoktan birer yarış arabası olmuştu kaldırımları toza bulayan. Faşistan ülkesinin iki yaşayanı olarak kaldık...

Şimdi biliyorum ki, bütün bu geçmişte olanları Kerem, Kinyas ve
ben hatırlıyoruz. Kerem bütün dünyanın efendisi olmak için çabalarken, biz hayali ülkemizde voltalar atıyoruz... Bebekleri kuvözde, fahişeleri kirli camların arkasında seyretmek. Hepsi aynı. Herkes birilerini
bir yere kapatıp seyretmek istiyor. Onun için popcorn satılıyor dünyanın her yerinde. Seyrederken yemesi zevkli olduğu için... Ve bizi de işte böyle kapattılar bir fanusun içine. Görünmez sınırları olan Faşistan
ülkesine sürdüler. Neden o günler aklıma geldi, bilmiyorum. Belki de,
artık bu sayfalarla paylaştığım için kırmışımdır sınırları. Ya da çimen-

toyla güçlendirmişimdir duvarları! Berlin Duvarı, Çin Seddi, Komünistan, Fasiştan...

Her duvarı tuğla tuğla, inşa edenine yedirmeye kararlı insanlar tanıdım ben. Midesi bulandığı için seyretmekten, televizyonuna ateş edenleri gördüm. Çünkü anlamışlardı. En büyük duvarın, televizyon ekranı olduğunu. Ne geçebilirsin öbür tarafa, ne de duyurabilirsin sesini. Dünyanın en yüksek ve sağlam duvarı, televizyon ekranı! Yataktan kalkmadan telefona uzandım. Koffi'yi çağırdım. On dakika sonra geldi... Yaşlı bir adamdı Koffi, koloniler zamanından kalma. Hizmet etmişti Avrupalı işgalcilere. Yeterince para verse şeytana bile hizmet ederdi bence. Bir araba istedim.

"Tamam" dedi. Para verdim. "Kalanını Amidou'ya götür" dedim.

Sessizce kabul etti. Konuşurken insanların gözlerine bakmamayı öğrenmişti daha küçük bir çocukken, sırtında Belçika milli marşı La Brabançonne'u çalan kırbaçların yardımıyla... Kabul etti ve gitti...

Bir saat sonra arabayla dolanıyordum sokaklarda. Café des Sports'a gidip bir pizza yedim. Looping'le yeniden konuşmak iyi geldi. Öğlen sıcağında içkisini yudumlayan Fransız, aslında Afrika'da tanıdığım en iyi insandı. Hiçbir zaman kimseye kazık attığını duymamıştım. Ve gerektiğinde herkese yardım ettiğini de biliyordum. Bir ailesi yoktu. Yirmi yıl önce, Marsilya'dan gelmişti. Asıl mesleği piyanistlikti. Jazz müzisyeniydi. Kendini iyi hissettiği zamanlarda, Saint-Germain-des-Prés'deki barlarda piyano çaldığı geceleri büyük bir hararetle anlatırdı. Ama neden bırakmıştı piyanoyu, Fransa'yı? Kimse bilmezdi. İmpala'nın arka tarafta durduğunu söyledi. Sadece lastikleri satmıştı. Ama araba duruyordu. Bagajında bana ait kâğıtlar olduğunu, onları alacağımı ve arabanın da kendisinde kalabileceğini söyledim. Beraber dışarı çıktık. Yazıları alıp Koffi'nin ayarladığı 1982 model Mercedes'in bagajına attım. Artık gitme zamanı gelmişti. Looping'e sarıldığımda şaşırdı. Genelde kuru bir el sıkışmasıyla idare ederdik. Ama karşımda duran iyi kalpli adamı bir daha göremeyeceğimi biliyordum. O da anladı. Lacivert Mercedes'e binip otomatik vitesli arabayı çalıştırdım. Uzaklaşırken dikiz aynasında Looping'e baktım. On metre gitmemi bile beklememişti. İçeri girmiş, kaybolmuştu. Halbuki isterdim, son kez bu adamın yüzünü, kızartma yağından kirlenmiş beyaz gömleğini ve pantolonunu görmeyi. Terk ettiklerimi dikiz aynalarında aramak artık acıtmıyordu beni...

Ve gaz pedalına yüklendim. 2800'lük motorun her beygirini ayrı ayrı kamçılamak için. İçimdeki insanlık enerjisinin bittiğinin, azaldığının farkındaydım. Konuşurken tökezliyor, dikkatimi fazladan harcıyordum. Zihnim, durmaya yakın olduğunun sinyallerini veriyordu. Ama son bir çaba. Son bir hareket gerekiyordu. İçimde kalan bütün insanlık kırıntılarını toplayıp birbirlerine yapıştırdım. Umarım idare eder, diye düşündüm. Tasarladığım iş çok zordu ve bütün yeteneklerime ihtiyacım vardı.

Şehirden çıkıp Yamusukro'ya doğru sürdüm arabayı. Birkaç polis kontrolü. Kiralık bir arabanın içindeki Louis Perrot isminde, daha mürekkebi kuramamış sahte ehliyetiyle bir Fransız. Tek merak ettikleri buralarda ne yaptığımdı.

"Bir otel" dedim. "Büyük bir yatırım! Gerekli görüşmeleri ve ön araştırmaları yapmak için buradayım. Bölge halkı için büyük bir fırsat."

Fazla üstelemediler. Sıcaktı çünkü. Çok sıcak. Gelecek sefere, birkaç bin CFA Frangı alırlardı nasıl olsa, makbuz karşılığında. "Tamam, geçebilirsiniz!" dediler...

Tabii bilmiyorlardı sayısını unuttuğum kadar insanın hayatını mahvettiğimi. Bilmiyorlardı annemi, babamı kahrettiğimi. Bunlar bir yerlerde suç olmalı! Bir yerlerde insanları hapse atıyor olmalılar, başkalarını öldüresiye üzdükleri, derin mutsuzluklara ittikleri için. Belki cinayetlerin değil ama intiharların azmettiricileri oldukları için cezalandırılması gerekir birilerinin. Ama daha keşfedilmediği için, bunu yapmış olanları saptayacak bir makine, kandaki alkole benzemediği için kötülük, bıraktılar beni de.

Bilemezlerdi ismimin Kayra ve beni hayatta tutanın ölüm olduğunu...

Boks, her zaman için seyretmeyi en uygun bulduğum spor olmuştur. Üçer dakikalık on iki raunt boyunca birbirlerini yumruklayan ağır sıklet adamları izlemek büyük bir gösteriye tanıklık etmektir. Karaciğerlerine, şakaklarına, alınlarına aldıkları darbeleri saymak, raunt aralarında ter ve kanın birbirine karıştığı anlarda, antrenörlerinin kulaklarına fısıldadıklarını dinlemeye çalışmalarını seyretmek beni hep dinlendirmiştir. Gerçek hayat ringde unutulur. Dünya iki kişiden ibaret kalır. İki düşmandan. Projektörlerin altında birbirlerini devirmeye çalışan iki dev, insanoğlunun özeti gibidir. Verilen mücadele, çekilen acı. Hepsi de insanın parçalarıdır. İnsan doğasına en uygun spordur boks. Larry Holmes, Joe Louis, Rocky Marciano. Bu isimler işin devleridir. Yumruk yemeyi en iyi bilenler. Vahşi insan doğasının en iyi örnekleri. Ringde yalan yoktur. Dolandırıcılık yoktur. Sahtekârlık, ikinci rauntta iyi yerleştirilmiş upper-cut'ın getirdiği knock-out'la cezalandırılır. Tabii bahsettiğim ideal durumdur. Oysa şu an görmeye gittiğim adam, bu gladyatör çarpışmasına entrikayı sokmuş ve gerçek hayatın bütün rezilliklerini böylesine saf bir kavgaya dökmüş biridir. Fernand ismindeki eski boksör, dünyanın çeşitli yerlerinde, daha çok Orta Avrupa'da, şikeli maçlar organize etmiş ve sonuçta kötü şöhreti boks çevrelerine yayıldığı için çareyi kendisini kimsenin tanımadığı Afrika'ya gelmekte bulmuş, gerçek bir boks düzenbazıdır. Kara Afrika'da birçok dövüş ayarlamış, kendi deyimiyle gösteriler yaratmıştır...

Fernand'ı benimle tanıştıran Kinyas olmuştu. Eski bir ağırsiklet olan Fernand, dazlak kafası ve yağ tutmuş kaslarıyla daha çok bir bar fedaisini andırıyordu o zamanlar. Kinyas'ı birkaç kez ringe çıkartmıştı. Hileli dövüşler. Sahte isimler, unvanlar...

Looping'in anlattığına göre Yamusukro'da bir boks salonu işletiyordu. Çocukları yetiştiriyor ve bahisli maçlarda para karşılığı izlettiriyordu fakir boksör adaylarını. Ama son zamanlarda işleri pek iyi gitmediği için canı çok sıkkındı Looping'e göre. Ve ben de bu adamla konuşmaya gidiyordum. Birbirimizden pek hoşlandığımız söylenemezdi ama beraber kazançlı bir iş yapabileceğimizi hissediyordum. Yumruklarından ve kaslarından çok beyninin pis taraflarını çalıştırmış olduğundan, bir şekilde kıtadaki bütün yasadışı işlerden haberi olurdu. Tanıdığı çok güçlü ve tehlikeli adamlar vardı Fernand'ın. Hayatta tek istediği, önceden galibini bildiği bir boks maçı seyretmekti. Ve tabii ki çuvalla para. Kimse zevk için düzenbaz olmaz...

Fernand'ı düşündükçe, insanoğlunun entrika kavramına ne kadar tutkun olduğunu anlıyordum. En temiz ve basit işleri bile ne kadar karmaşık hale getirebileceğini. Bu dünyada, iki adamın birbirine vurması kadar ilkel bir şey yoktu. Ama Fernand karıştırdığı binlerce numarayla devasa bir yalana çeviriyordu boksu... Ringi büyük bir firma yöneticisine has manevralarla dolduruyordu. İnsanın karmaşıklığa, sırlara, yalanlara olan bağlılığı, basitlikten vebadan kaçar gibi uzaklaşması son derece anlamsız geliyordu bana. Hayatlarını zorlaştırmak isteyenlerin bu çabalarına verdikleri isimse entrikaydı. İngilizce ve Fransızca'da "intrigue" diye söylenen bu kelimenin birkaç fonetik değişimle Türkçe'ye geçmiş olması kesinlikle bir tesadüf değildi. Ortada sınırı tanımayan bir hastalık, bir saplantı vardı. O da bin bir planla bin bir iş çevirmek...

Fernand'ı birkaç yere sorduktan sonra boks salonunda buldum. Burası eski bir kapalı spor salonuydu. Bir tarafında antrenman bölümü, diğer tarafında da dövüşlerin yapıldığı ring ile seyirciler için konulmuş tahtadan tribünler vardı. Ve salonun bir köşesinde ise kum torbalarının aldıkları her darbede kustukları tozdan korunmak için kendisine cam duvarların ardında bir oda yaptırmış Fernand oturuyordu. Boksörlerin siyah derilerinin ve terlerinin kokusundan gözün gözü görmediği antrenman salonundan geçip yine cam olan kapısını vurmadan girdim, kendisinin ofis diye nitelendirdiği yere.

Kısa bir nezaket girişinden sonra Fernand, kendisinden borç almaya geldiğimi sanmış olacak ki daha ben sormadan, işlerinin ne kadar kötü gittiğini, artık kimsenin eskisi gibi bahis yatırmadığını, başının İngilizlerle dertte olduğunu anlattı... Ben hemen konuya girmek için sözünü keserek başladım konuşmaya.

"Fernand, sen tanıdığım en büyük dolandırıcılardan birisin."

Bunun bir iltifat olup olmadığını anlayabilmek için gözlerini kısarak düşünmeye başladı. Devam ettim:

"Ve ben de birçok insanı tanıyorum. Tek yapmamız gereken büyük bir vurgun için sahip olduklarımızı birleştirmek. Sana çok paradan bahsediyorum!"

Artık konu ilgisini çekmeye başlamıştı. Ama yine de, durup dururken ortaya çıkıp kendisine bu teklifi yapmamın nedenini düşünüyordu. Rahatlatmalıydım herkesi kendi gibi sahtekâr sanan paranoyağı.

"Artık ufak işler yapıp bir orada, bir burada yaşamak istemiyorum. Son büyük bir para ve elveda!"

Gevşemişti biraz, gözlerini kısmaktan vazgeçti.

"Samuel Pinou isminde bir adam var. Ve sen, onu tanıyorsun. Eminim, bu aralar yine tonlarca silah satıyordur her yere. Bizim yapmamız gerekense, birkaç bin silahla dolu TIR'lardan üç beş tanesini çalıp kendi hesabımıza satmak."

Ve Fernand kalitesiz purolarından birini yakıp konuşmaya başladı. Aslında bana kızgındı. Daha doğrusu Kinyas'a. Çünkü biliyordum ki, Liberyalılarla yapılmış uyuşturucu işini Fernand ayarlamıştı. Ve hiç değilse belli bir komisyon alması gerekirdi. Ama yine de söylediklerim ilgisini çekmiş olmalı ki, yutkunup o yumuşak, büyük gövdesine ve kafasına yakışmayan sesiyle konuştu.

"Tamam. Bir an için Pinou'nun mallarını çalıp sattığımızı düşünelim. Sence harcadığın kaçıncı dolarda boynunu kırmaya gelir? Bahse girerim, iki saat içinde bulur bizi."

Söyledikleri ikimizin ve bütün Afrika'da kaçakçılık yapanların bildiği şeylerdi. Sadece tepkilerimi ölçmek istiyordu. Gözlerimde, ellerimde herhangi bir tedirginlik arıyordu. Belki de Pinou yollamıştı beni. Belki de bir tuzaktı! Emin olmalıydı.

"Ve dolayısıyla benim Pinou'ya karşı böyle bir işe girmem kesinlikle doğru olmaz. Fazlasıyla adamı var. Ve her yerdeler" diyerek devam etti.

Fernand kesinlikle haklıydı. Samuel Pinou, Amidou'nun karşılaşmak istemediği büyük patronlardan bir tanesiydi.

"Biliyorum Fernand. Hepsini biliyorum. Ama salonunda çevirdiğin çocukça oyunlardan ne kadar kazandığını da biliyorum. Yaşlanıyorsun, sevdiğin bir karın var."

Karısıyla üç gece durmadan sevişmiştim.

"Ve bu iğrenç yerde daha fazla kalamazsın. Cesur ol! Eğer her noktayı planlarsak, Pinou bizi yakalayamadan dünyanın öbür ucunda oluruz. Şimdilik, seni düşünmen için bırakıyorum. Esthelle'e anlat. Ve göreceksin, o da bütün riskine rağmen böyle bir iş yapmanın zamanının geldiğini söyleyecektir. Yarın yine geleceğim ve konuşacağız."

Her dolandırıcı gibi sırlarını anlattığı biri vardı, rahatlamak için. O da, su kadar güzel olan karısı Esthelle'di. Gördüğüm en açgözlü kadın. Kimse evlenmemişti onunla bu huyu bilindiği için. Ama Fernand'ın gözlerini kör etmişti muhteşem kalçası.

"Peki, düşüneceğim" lafını da duyduktan sonra çıktım salondan. Üzerime zavallı oğlanların, içlerinden birçoğunun başlarına alacakları darbeler yüzünden beyin travması geçireceğini bildiğim hileli maç boksörlerinin ter kokuları sinmişti.

Hôtel Boulevard'a yerleştiğimde güneş hâlâ var olduğunu hatırlatıyordu. İthalatçısının dolar milyarderi olduğu vantilatörü açıp yatağa uzandım. Önemli olan Fernand'ın kabul etmesiydi. Pinou'yu tanımasından yararlanarak, kaçak silahların nereden nereye ve ne zaman gittiklerini öğrenecektik. Üçüncü Dünya ülkeleri üzerinden geçen kaçak silah güzergâhı bizim gibi iki kişiyi daha zengin edebilecek boyuttaydı. Tek yapmamız gereken, doğru zamanda doğru yerde olmaktı. Silahları satmak ise kullanılmış araba satmaktan daha kolay olacaktı, beyaz adamın bütün pis işlerini üzerinde hayata geçirmek için seçtiği kıtada...

Birkaç ay önce kendimi böylesine bir otel odasında bulsaydım, kesinlikle resepsiyona telefon açıp yatağımı kadınlarla doldurmalarını söylerdim... Ama istemiyordum. Hiçbir kadına dokunmak istemiyordum. Ben farkında olmadan yaklaşan zihinsel ölümümün habercilerinden bir tanesiydi bu. Sessiz adımlarla yaklaşan hiçliğin emirlerinden biri. "Kadınlarla yatmaktan vazgeç!.." Kendimi toparlamaya, bunu gerçekten isteyip istemediğimi, emre boyun eğip eğmeyeceğimi düşünmeye çalıştım. Ama o da olmadı. Ne istediğimi, ne hissettiğimi düşünemiyordum. Sadece biliyordum. Dar bir koridorda yürümek gibi. Ve her adımda, arkamda bir kapının daha kapandığını duymak gibi... İçkiden sonra seks de yok olmuştu. O kadar istemiştim ki zihnimi parçalamayı, daha önceleri çok zor vazgeçebileceğimi sandığım insani zayıflıklarımdan, eski derisinden kurtulan bir bukalemun gibi kopuyordum. Bu, her sabah eksilmiş bir organla uyanmaya benziyordu. Bir hiç olmak için gelmiştim dünyaya. Ve ismini koyamadığım çark dönüyordu. Durdurmanın imkânı ise gözükmüyordu ufukta. Bir yudum alkolde kusacağımı biliyordum, sanki hayatım boyunca hiç içmemişim gibi. Biliyordum bir kadını öpemeyeceğimi, sanki bir erkeğin sevişmesi doğa dışıymış gibi... Uçaktaki hostesi gözümün önüne getirmek için uğraştım, derinlerde bir yerde kokusunu alabilmek uğruna, birkaç cinsel arzu kırıntısının. Ama en baştan çıkarıcı fotoğraflar bile yetmedi bana seksi hatırlatmaya. Mutlu mu oluyordum kaybolan yeteneklerimi gördükçe? Hayır. Çünkü tanımlayamadım şimdiye kadar mutluluğu. Ama huzurun, dalın kıpırdamadığı bir havada hissedilen o eşsiz durgunluğun ne olduğunu biliyordum. Ve aradığım, koridorun sonunda ister istemez bulacağım da buydu. Her şeyin durduğu an. O kadar duracaktı ki dünya, varlığını fark edemeyecektim. Denizin kumuna karışıp hareketsiz kalan balıklar gibi. Kendimi durduracaktım. İnsanların, hiç yaşamamış olduğumu farz etmeleri için. O kadar duracaktım ki, ölecektim...

Biraz uyumaya çalıştım. En azından zamanın daha hızlı geçmesini sağlar, diye düşündüm. Ama hatıralar zorlamaya devam ediyordu hafızamı. Asıl bunlardan kurtulmalıyım! Görüntülerden, seslerden, isimlerden... Geçmişi ve geleceği bu saniyede toplayabilirsem uyuyabilirim. Belki de basit bir matematik formülüdür. Gelecekten geçmiş çıkarsa şimdiki zaman kalır...

Gözlerimi açtığımda, yanımdaki yatakta bir karaltı gördüm. Kim olduğunu anlayamadığım için ve tabii ki en kötüsünü, yani beni öldürmek için gelmiş biri olduğunu düşünerek, üzerimdeki örtüyü fırlatıp ayağa kalktım. Beş altı saat uyumuş olmalıydım. Havanın kararttığı odayı aydınlatmak için tavanda asılı çıplak ampule elektriği yollayacak düğmeye bastım. Her şey beş saniye içinde olmuştu. Ve gördüğüm, son derece sakin büyükbaş bir hayvan gibi bana bakan Fernand'dı... Otelin sahibi odama girmesine izin vermişti. Öldürmeliyim o herifi, diye düşündüm. Fernand büyük ihtimalle bir süredir karanlıkta beni seyrediyordu.

"Ne yapıyorsun burada?" diye bağırdım, öfkemi gizleyemeden. "Sakin ol! Otel bir arkadaşımın. Açtı kapıyı. Seninle konuşmaya gelmiştim. Uyanmanı bekledim ve son bir kez düşünmek istedim kararımı." Hızlanmış nabzımı yavaşlatmak için banyoya girip yüzümü yıkadım ve çıktım.

"Gel! Dışarı çıkalım. Konuşuruz" dedim.

Yüzünden hiçbir şey anlaşılmıyordu. Esthelle'le uzun zaman önce yaptıklarımı öğrenmiş olsaydı beni çoktan öldürürdü. Uyanmamı beklemezdi. Giyindim, dışarı çıktık.

Fernand'ın Chevrolet kamyonetine bindik. Birkaç kilometre hiç konuşmadan geçti. Nereye gittiğimizi bilmemek beni sinirlendirmişti. Ama sormak da Fernand'dan şüphe etmek anlamına gelecekti. Boks salonunun önüne geldik. Durdurdu dev kamyonetini. Yıllar önce, safariye çıkma ümidiyle aldığını söylediği, üzerinde yedi tane projektör taşıyan bir canavardı kamyoneti. Ama gerçek safarinin insanlar arasında yapıldığını anlaması uzun sürmemişti.

Salona girdiğimizde, içeride kimse yoktu. Ben en azından birkaç kişi olmasını bekliyordum. Çünkü genelde, aileler çocuklarını sporcu yapmak isteyen beyazlara tamamen teslim ederler ve onlar da çalıştıkları yerde bir köşeye kıvrılıp uyurlardı. Demek Fernand, kendine parttime kum torbaları ayarlamıştı. Ringin etrafındaki tribünün ilk sırasına gidip oturdu. Salonu aydınlatan cılız floresanlar, Fernand'ı durduğum mesafeden bakıldığında kesinlikle kış uykusuna hazırlanan bir boz ayıya benzetmişti. Ben de yanına gidip oturdum. Yakılan sigaraların dumanı ışığa karıştı.

"Burada bizi kimse duyamaz. Bu benim için çok önemli! Çünkü bana değil ama Esthelle'e bir zarar gelmesinden korkuyorum. Teklifini çok düşündüm. Gittiğinden beri düşünüyorum. Kendimi düşündüm. Bu salonu... Artık boks işini yapmaktan yoruldum Kayra. Hem de, tahmin edemeyeceğin kadar çok. Yumruk sesleri. Kaburgası kırılan çocukların annelerinin ağlamaları. Bahisçilerin bağırışları. Hepsinden bıktım. Ve eğer mükemmel bir plan yaparsak, soygunu halledebileceğimize karar verdim... Evet, yapabiliriz! Pinou'nun silahlarını çalıp satabiliriz. Ve bunu o kadar ustalıkla yaparız ki, değil Pinou, Yüce İsa bile bulamaz bizi!"

Bunları söylerken gittikçe heyecanlandığını hissediyordum. Kendi kendini ikna etmişti. Belki de Esthelle eline alacağı tomarla parayı düşünerek, Fernand'ı terk etmekle tehdit etmişti. Nedeni ne olursa olsun, teklifimi kabul etmiş ve benden gelecek yanıtı bekliyordu. Birkaç gün önce kazıttığı belli olan kafasında biriken ter damlaları sabırsızlandığını söylüyordu hep bir ağızdan.

"Çok sevindim Fernand" diye söze girdim. "Doğru bir karar verdin. Şimdi elimizde neler var, bir bakalım! Senin Pinou'ya ulaşma imkânın var. Bende de, ikimize ve belki şu amatör boksörlerinden ayarlayabileceğin birkaç adama gereken silahlar var. Tek sorun, Pinou'dan malların sevkıyat şeklini öğrenmek. Tarihini, yerini. Satmak içinse ben Liberyalıları düşünüyorum. Ne dersin?"

Evet, artık dönüşü yoktu. Kesinlikle ileride çok yankı uyandıracak bir işe giriyorduk. Biliyorduk ki böylesine bir vurgunu gerçekleştirdikten sonra ikimizin de kıtada kalması neredeyse imkânsız hale gelecekti. Aslında Fernand, her zamanki gibi her şeyi önceden düşünmüştü. Gerçek bir dolandırıcı olduğunu kendine kanıtlarcasına sakinleşmiş ve emin bir şekilde konuşmaya başlamıştı, gömlek cebinden çektiği kötü puroyu yakarken.

"Bu aralar, Pinou Gana'da. İtalya'ya gidecek baz morfinle yüklü bir gemiyle ilgileniyor. Yarın onu görmeye gidebilirim. Şimdiye kadar hiçbir hatamı görmediği için beni kabul edecektir."

Gerçekten de Fernand her şeyi düşünmüştü. Belki de bu öğlen, kendisine konuyu açtığım anda kabul etmişti işi. Ama planı yapmak için zamana ihtiyacı vardı. Hepsi bu. Devam etti konuşmaya, o duymayı sevdiğim Güney Fransa aksanıyla.

"Gelecek hafta, Rus yapımı silahların Afganistan ve İran yoluyla Somali'ye geleceğini biliyorum. Ve TIR'lara yükleme yapıldıktan sonra da karayoluyla Kenya'dan başlayarak, bütün Orta Afrika'yı geçecekler. Biz devreye Gana'da gireceğiz. Pinou'nun batıdaki gücü doğuya göre çok düşük. Mallarının yolda başına bir şey gelmemesi için birileriyle işbirliği yapması gerekecek. Ve silahların korunmasını ben üstleneceğim. Paraya ihtiyacım olduğunu, adamlarımla hizmetinde olduğumu anlatacağım. Önemli olan Pinou'yu ikna etmek. Vereceği birkaç bin dolara ihtiyacım olduğuna inandırmak. Ve normalde Sierra Leone'den dağıtımı yapılması gereken silahlar asla Fildişi Kıyısı'ndan çıkmayacaklar çünkü daha Bouaké'ye gelmeden bütün şoförleri ve korumalarını öldüreceğiz... Gana sınırından Freetown'a iki günlük yol var. Yani iki gün kadar bir zamanımız olacak, Pinou malın teslim edilmediğini öğrenene kadar, silahları bulamayacağı bir yere götürmek için. Ve o bizi Fildişi Kıyısı'nda ararken biz burnunun dibinde, yani Liberya'da olacağız. Ve dediğin gibi, silahları işgal ordusuna satacağız. İşte bu kadar!"

Bu kadar kısa sürede böylesine çok bilgi toplayabilmiş olmasına gerçekten şaşırmıştım. Ve birlikte çalışacağım kişi konusunda doğru bir tercih yaptığım için kendimi kutladım. Yalnız en büyük sorun, Pinou'yu kandırmak, silahların çeşidini, adedini öğrenip bir an önce Liberyalılarla pazarlığa girişmekti. Tabii aklımdan geçenleri tahmin edebilecek kadar Afrika'da yaşamış biri olarak devam etti konuşmasına, sönmüş purosunu tekrar ateşledikten sonra.

"Yarın sabah Pinou'ya gidiyorum. Konuşuyoruz. Bütün bilgileri alıp geliyorum. Buradan on adam seçiyorum. Sen kendilerini vuramayacakları kadar basit tabancalar buluyorsun. Çünkü bu vahşilere fazla karmaşık bir silah versen, boşken bile seni, beni vurabilirler! Ben General İsac'la pazarlık için konuşuyorum. Sen de Greenville'de yaşayan o bunak Arap'la konuşuyorsun. Feridoun'la. Hangisi daha çok verirse ona satıyoruz. İki gün içinde satışları halledebiliriz. Geriye kalan tek sorunsa nasıl ortadan kaybolunacağı... Ve o aşamada, sevgili dostum, herkes kendi payına düşeni alıp özgür iradesiyle istediği yere buharlaşıyor. Ölmeden gidilen her yer olabilir! Ve asla nereye gideceğimizi birbirimize söylemiyoruz. Asla! Pinou dişlerimi sökerken, sana da aynısını yapması için adresini vermek istemem."

Tabii ki Fernand'ın son cümlesi tamamen kendi kıçını kurtarmak içindi. Yani benim yakalanma ihtimalimi düşünüyordu. Kendisi nasıl olsa, öyle bir durumda uyduracak birkaç ciltlik yalan bulabilirdi. Mesela Esthelle'i kaçırdığım için bu işi yapmak zorunda kaldığını söyleyebilirdi.

"Evet, haklısın. İzlerimizi kaybettireceğimiz yerleri birbirimize söylemesek daha iyi olur" dedim.

Tabii ki değil birkaç gece, birkaç ay dahi anlatsam içindeki gizlenmiş sonun, o kalın, yumruk yemekten buz torbasına dönmüş, dazlak kafasına asla girmeyeceğinden emin olduğumu düşünerek... Plan hazırdı. Fernand Kinyas'a göre çok daha standart bir insan olduğu için "There's no plan. That's the plan!" sloganı uygulanamazdı. Bütün ihtimallerin hesaplanması Fernand'ın gece, karısının kollarında rahatça uyumasıyla ilintiliydi...

Dönüşte fazla konuşmadık, çünkü hiçbir ortak noktamız yoktu planladığımız soygun dışında. Beni otele bırakıp kamyonetinin bütün ışıklarını yakarak uzaklaştı. Tepesindeki projektörlerle bir uçan daireye benziyordu. Chevrolet'si...

Otele girdim. Tam asansöre binecekken durdum ve resepsiyonda duran gözlüklü adama yaklaşarak, "Bir daha kim olursa olsun, asla odama benden habersiz birini sokmayacaksın!" dedim. Bir şeyler söyleyecek oldu. Elimi kaldırıp susturdum. Sonra da dönüp merdivenleri çıkmaya başladım. Bir yerlerde okumuştum, her basamak dört saniye hayat uzatıyormuş. Asansöre binerek intihar mı etseydim! Şu durumda, kırmızı et kadar tehlikeliydi asansör sağlığım için...

Vantilatörü çalıştırıp oturdum yatağa. Bir sigara yakmak için elimi gömleğimin cebine götürdüğümde, arada bir de puro olduğunu fark ettim. Fernand'ın anlaşmamızı kutlamak için verdiği bir hediyeydi. Uzun uzun koklamaya çalıştım, hiçbir güzel koku gelmeyeceğini bildiğim halde burnuma. Çünkü elimde tuttuğum kesinlikle Havana yaprağı değildi. Cimri Fernand'ın sağdan soldan topladığı kalitesiz purolarından biri. Yaktım. Art arda üç nefes çektim. Söndürdüm masanın üstündeki kül tablasında. Cebimdeki Kraven-A paketini çıkarıp birkaç saniye seyrettim. Logosunu resim kolundaki bir çocuk bile daha iyi çizebilirmiş, diye düşünerek buruşturup attım. Sigarayı bıraktım. Tekrar elime almamak üzere...

Yatağa uzanıp beyaz tavanı seyretme zamanı gelmişti. Ampulün aydınlattığı tavan, uzun süre bakıldığında, gözlerimin önünde hareket eden küçük siyah noktaların belirmesine neden oluyordu. Zihinsel yolculuğu düşünmeden önce son kez gerçek hayatla ilgili bir sorunu gözden geçirmek istedim. O da, neden uyuşturucu işi yapmadığımdı? Neden aklıma Pinou'nun silah kaçakçılığı gelmişti? Acaba herhangi bir uyuşturucu sevkıyatından daha çok kazanabilir miydim? Aslında sattığım maddenin benim için hiçbir değeri yoktu tabii ki. Ama sadece Afrika'ya gelirken uyuşturucu işi yapacağımı düşündüğümden, silah ticaretine dönmek kafamı karıştırmıştı. "Hayır!" dedim. "Silah ticareti iyidir. Ortalama, adam başı iki milyon dolar kalabilir. Ve bu parayı nakit olarak kendisine vereceğim her dürüst insan, yaşadığım müddetçe benimle ilgilenebilir..." Rahatlamıştım kafamda kesin bir plan olduğu için. Demek normal insanlar böyle hissediyor, diye düşündüm. Demek gece, kafalarını yastıklarıyla buluşturduklarında gözlerinin önüne gelen resimlerin gerçekleşme ihtimaliyle yüzlerine bir tebessüm takıyor ve çıkarmadan uyuyorlar. Ben de normal bir insan olabilirdim eğer sigarayı, içkiyi, kadınları ve hayatı bırakmamış olsaydım...

Uyandığımda, duvardaki saatin yelkovanı on tane tabanca bulmam gerektiğini söylerken, akrebi de söz konusu ufak cephaneyi nereden bulacağımı soruyordu. Yani başka bir deyişle saat ona geliyordu.

Cappuccino'mu içerken otelin bahçesinde, havaalanından gelen bir servis minibüsü gördüm. Otelin kapısının önünde durdu. İçinden ürkek adımlarla yaşlı bir beyaz çift indi. Yanlış duymuyorsam, Portekizce konuşuyorlardı. İster istemez güldüm. Çünkü büyük ihtimalle otelin odalarının deniz manzaralı olduğunu söylemişlerdi. Ama en yakın tuzlu su dört yüz kilometre güneyde kalıyordu. Kadın ağlamak üzereyken, adam da kalp krizini geciktirmeye çalışarak bağıra çağıra girdiler kapısından otelin. Ve ben de tam attığım kahkahayı tamamlıyordum ki, aklıma içeri giren beyaz yaşlıya çok benzeyen ve işime yarayacak başka bir beyaz geldi. Albert! Yaşlı dostum, Belçika Dışişleri Bakanlığı'nın utanç kaynağı Albert. Evet. Bana gereken adam oydu. Değil silah, Anvers'i ya da bütün Flaman bölgesini satabilecek bir adam. Resepsiyondan elçiliği aradım. Öğleden sonraları çalıştığı için hâlâ evinde sineklerle boğuşuyor olmalıydı. Evinin numarasını verdiler, akrabası olduğumu söyleyince...

Günde bir buçuk paketini devirdiği filtresiz Gitanes'lardan ötürü, daha çok yağlanması gereken bir kapı gıcırtısına benzeyen sesiyle "Kiminle görüşüyorum?" diyerek açtı telefonu.

"Ben Kayra. Ucunda beş bin dolar olan bir iş var. Yamusukro'da. Hôtel Boulevard'dayım. Telefonda anlatamam. Buraya gel, konuşalım" dedim.

Biraz durdu. Zorlukla aldığı nefesleri saydım. Ciğerlerine giden yol nikotin ve alkolden öylesine tıkanmıştı ki oksijen baloncukları kazma kürek yardımıyla yol açıyorlardı kendilerine. Ve köpek hırıltılarına benzeyen, telefonun öbür ucundan gelen işte bunun sesiydi. Kazma kürek gürültüsü.

284

"Tamam, gelmeye çalışırım."

Telefonu kapatıp tekrar bahçeye oturmaya gittim. Kamelyanın gölgesi hayli serindi sıcağa rağmen... Albert'i neden bir türlü emekliye ayırmadıklarını düşündüm. Belki de özellikle geri çağırmıyorlardı. Belçika kendini her türlü mikroptan korumaya çalışırken bir tane daha gelmesin diye. Belki de unutmuşlardı onu tropikal çölün ortasında. Bilmiyorum. Emin olduğum tek şey, Albert'in silah işini halledebileceğiydi. Ufak işlerde Albert'den daha başarılı biri yoktu. Aslında son kokain işi onun çapını fazlasıyla aşmıştı ama yine de bir şeklide, verilen her görevi yerine getirebiliyordu.

Bir cappuccino daha söyledim yarı çıplak garsona. Sıcağın altında, bu İtalyan kahvesini içmemin tek bir anlamı vardı. O da otelin soğutucularının çalışmaması. Sıcak bir portakal suyu içeceğime zaten sıcak servis yapılması gereken bir sıvı içmek daha mantıklı gelmişti. Ama beynime makul gelen, ter bezlerime akıl kârı gözükmüyordu. Sırılsıklam olmuştu bütün vücudum...

Oteldeki yarı berber, yarı kasaba saçlarımı omuzlarımın hizasında kesmesi gerektiğini, bıyıklarıma dokunmamasını yavaşça anlatıyordum ki içeri bir komi girdi. Bir beyefendinin beni bahçede beklediğini söyledi. Yirmi dakikada saçlarımı zor da olsa istediğim biçimde kestirip beyefendi olamayacak kadar ayyaş olan Albert'in yanına gittim. İçkisi sıcak olduğu için, buz olmadığı için ve hâlâ ölmediği için çıplak garsona bağırmakla meşguldü. Bir iskemle çekip oturdum. Gerçekten sinirlenmiş olmalıydı. Hiç nazikçe bir giriş yapmadı.

"Ne var? Ne istiyorsun? Umarım bu sıcakta boşuna dört saat araba kullanmamışımdır!"

"Öncelikle hoş geldin. Ve hayır, boşuna gelmedin. Sana 5000 dolar vereceğim. Sen de bana on tane tabanca getireceksin. Bu kadar. Başka bir şey istemiyorum senden. Tabii unutmadan, bir de çeneni tutup kimseye söylemeyeceksin silahları bana getirdiğini. 2500 şimdi vereceğim. Döndüğünde de bir tane daha alacaksın o 2500'den."

Kesin konuşmamdan ve masanın altından uzattığım nakitten dolayı sakinleşmiş, terlemesi biraz olsun durmuştu.

"Tamam. Nasıl tabancalar istiyorsun?"

Albert'in parayı aldıktan sonra olumlu bakan gözlerini, anlayış dolu bakışlarını seviyordum. En azından ne istediğini biliyordu. Paramı ver, dünyanın en tatlı ihtiyarı olayım!

"Kesinlikle fark etmez. Senin zevkine bırakıyorum. Laf aramızda, sana en çok kâr getirecek olanları seçebilirsin. Herhangi bir savaştan çıkmamış olsunlar, yeter. Çünkü onlar kesinlikle kötü kullanımdan dolayı üç mermiyi bile arka arkaya atmaktan âcizdir. Neyse, her tabanca için otuz tane de kurşun istiyorum. Söylememe gerek yok herhalde!"

Elindeki içkiyi bir yudumda bitirip, "Mélina'nın yerinde o kadını dövdüğün için İngilizler seni arıyor, haberin olsun! Ama onların dışında kimse ilgilenmiyor. Zaten İngilizler de saat beşe kadar arar. Çay saatine kadar! Neyse, yarın bu saatlerde istediklerinle buradayım" dedi ve külüstür arabasına binip gitti. İngiltere kraliçesini ben de, en az İRA kadar önemsemiyordum. Albert'in yaptığı onca tuhaf ve kazançlı işe rağmen neden hâlâ eski bir Honda'ya bindiğini anlamıyordum. Ne yapıyordu paralarını? Küçük bakirelere olan ilgisini bütün Batı Afrika biliyordu, ama yine de gösterişli bir hayat sürmesine yetecek kadar bir miktarın da artıyor olması gerekirdi...

Akşama doğru odama çıktım. Resepsiyondaki adam akşam yemeğini istersem odama getirebileceğini söyledi. Kabul etmedim. Farkında olmadan zaten düzensiz olan öğünlerimi azaltmış ve bire indirmiştim. Bir haftadır günde sadece bir kez yemek başına oturduğumu fark ettim... Bu sefer asansörle çıktım odamın katına. Tam doksan altı saniye kaybettim hayatımdan, yirmi dört basamağı tırmanmayarak. Yatağıma uzandığımda, vantilatörün ilk gün çok rahatsız eden gürültüsünü artık duymadığımı düşündüm. Sanki benim haberim olmadan benim dışımda bir varlık, bir güç zihinsel yolculuğumun sonunu hazırlıyordu. Bir çeşit, detaylardan sorumlu bir merci. Kesinlikle kontrol etmeye, hâkim olmaya çalışmadığım hareketler doğuruyordu bedenimden. Çevremdeki sesleri eskisi kadar iyi duyamıyordum. İnsanların benimle konuşurken bağırmalarını istediğim zamanlar bile oluyordu. Hatta bugün bir ara Albert'i duyamadığım için gayri ihtiyari dudaklarını takip etmeye çalışmıştım...

Tek bir öğün. Ve o öğünde de çok az yediğim için tuvaletle de pek bir ilişkim kalmamıştı. En azından seyrekleşmişti görüşmelerimiz. Terlesem bile eskisi gibi litrelerce su içmiyordum. Sanki bedenim programlanmış gibi, beni gittiğim yolda desteklediğini söylüyordu. Beynimin hiç ulaşamadığım bir bölümü, misyon yüklü bir merkez gibi zihinsel ölümümü kolaylaştıracak gelişmeler yaratıyordu. Her geçen gün yeni değişimler görebiliyordum kendimde. Ve işin ilginç tarafı, kesinlikle şaşırmıyor oluşumdu değişimlerin karşısında. Bütün bunların olacağını önceden biliyormuşçasına heyecanlanmadan, paniğe kapılmadan seyrediyordum kendimi. Duymamak bana doğal geliyordu. Sanki altı milyar insanın da benim gibi az duymaya başladığını düşünüyordum. Bana garip gelen bir farklılık yoktu. Kozasından çıkıp uçacağını bilen bir tırtıl kadar sakin karşılıyordum bedensel gelişimimi...

Çalan bir telefonu susturmanın en iyi yolu açmaktır. Açtım ben de. Fernand'ın sesi. Kahkahaları kelimelerin arasında.

"Oldu Kayra. Tamam. İşler yolunda! Pinou kabul etti teklifimi. Bir saat sonra salona gel. Orada buluşalım."

Hele böylesine bir haberi almak için telefonun ahizesini kaldırıp kulağa yaklaştırmak çok basit ve zevkliydi...

Kısa bir duştan sonra arabaya bindim. 1982 yılından beri fanı kendi etrafında döndüğünden ve imal edildiği ülkeden binlerce kilometre uzakta ve en az iki iklim geride olmasından ötürü Mercedes'ten çıkan sesler, daha çok bir ağlamaya benziyordu. Ya da sağırlaşmakta olan kulaklarımdan ötürü bana öyle geliyordu. Şehrin biraz dışarısındaki boks salonunun önüne park ettim. Siyah Chevrolet sahibine yakışan ölçüsüz büyüklüğüyle birkaç metre ileride duruyordu...

İçeri girdim. Önce tuhaf sesler duydum. Işığın olduğu tarafa bakınca, seslerin projektörler altındaki ringde Fernand ile bir adamın dövüşmesinden geldiğini anladım. Ancak ringin yanına geldiğimde fark ettiler orda olduğumu. Fernand son bir sağ kroşe çaktıktan sonra, karşısındaki yarı kalınlığındaki genç oğlanın koruma başlığıyla sarılmış kafasına, dövüşü bitirdiğini işaret etti. Aldığı ağır yumruklardan başlığına rağmen etkilenmiş genç boksör, nefes nefese yavaş adımlarla, iplere astığı havlusunu alıp ringden indi. Yanımdan geçip antrenman bölümüne doğru gitti. Fernand üstündeki terden sararmış atleti çıkarıp fırlattı yere. Sonra da, yaşından beklenmeyecek bir çeviklikle ringden aşığı atlayıp yanıma geldi.

"Nasıl? Pek kaybetmemişim formumu değil mi?" diye sordu gülerek.

"Hâlâ iyisin. Ama bebek için zararlı değil mi bu kadar hareket?" dedim, sarkmış göbeğine bakarak...

Ofisine gidip oturduk. Purosunu yaktı, havlusuyla kafasından fışkıran terleri sildikten sonra. O an Fernand'ın Sahra Çölü'nü susuz geçebileceğini düşündüm. O kadar terliyordu ki, terini içerek bin kilometre yürüyebilirdi kızgın güneşin altında. "Bu sabah, Gana'ya gidip Pinou'yu buldum. Sékondi'deydi. Beni görünce şaşırdı tabii. Aynı sana anlattığım gibi sevkıyattan haberdar olduğumu, paraya ihtiyacım olduğu için malın korunmasını Fildişi Kıyısı'nda garantileyebileceğimi söyledim. Önce hayli şüphelendi. Özellikle, böylesine büyük bir işten haberim olmasına sinirlendi. Nereden öğrendiğimi bilmek istedi. Ve bu merakı işime yaradı, çünkü Fildişi Kıyısı'nda herkesin yapacağı işi konuştuğunu, dolayısıyla silahların güvenli bir şekilde Sierra Leone'ye varabilmesi için mutlaka korunmaları gerektiğini söyledim. Aslında kendi adamlarına gördürmek istiyordu işi, ama hükümetle arası açıldığı için Fildişi Kıyısı'na bizzat girmek istemiyordu. Biraz daha ısrar edince beklemediğim bir kolaylıkla kabul etti. Ve tahmin et, ne oldu! Bana bu hizmetim karşılığında yetmiş bin Fransız Frangı vereceğini söyledi. O an, neredeyse Pinou'nun boynuna sarılıp yanaklarından öpecektim. Malını çalmam için üstüne para veriyordu geri zekâlı. Tabii yetmiş binin karşılığında bütün asker ve polis kontrollerinden geçecekti silahlar. Yani kendi hiçbir işe karışmayacak ve bütün yolculuğu organize edecektim, anlaşmaya göre. El sıkıştık... Detaylar ise şöyle: ayın on dördünde altı TIR girecek Gana'dan. Sınırı da biz halledeceğiz. Artık o yetmiş bin frangı sınırdakilere dağıtmam gerekecek..."

İşte bu noktada Fernand'ın, yine farkında olmasa da, dolandırıcılık hastalığı devreye girmişti. Emindim sınır geçişini Pinou'nun hallettiğine. Ama parayı sadece kendine almak istediğinden, bir saniye içinde böylesine bir yalan uydurmuştu. Ve bu yalanı da yetmiş bin frangı ağzından kaçırmasının getireceği zararı kapamak için söylemişti. Yirmi bin de diyebilirdi. Ama yetmiş bini benimle paylaşmak Fernand'a göre değildi.

"Fildişi Kıyısı'ndan Freetown'a kadar, anlaşmamıza göre ilgilenmem gerekiyor TIR'larla. Dolayısıyla konuştuğumuz gibi iki günümüz var, mallar sınırdan girdikten sonra satıp yok olmamız için. Yalnız tek bir sorun var! O da, Pinou TIR'ların içinde ne olduğunu öğrenmemi kesinlikle istemedi. Ve benim için malın ne olduğunu bilmemenin daha iyi olacağını söyledi. Malın ne olduğunu söylememesi Liberyalılarla pazarlık süremizi kısaltsa da, iyi bir haber, çünkü eğer boktan kalaşnikoflarla dolu olsaydı o TIR'lar, kesinlikle saklamazdı benden. Belki de füze rampaları vardır. Kim bilir?" Evet, artık sadece beklemek kalıyordu geriye. Beş gün vardı önümüzde. Ve sonra hayatımızın oyununu sahneye koyacaktık. Ne birkaç kilo toz satmaya, ne de Meksika'da yaptığımız gibi aptal bir Amerikalıyı baltayla kesmeye benziyordu. Kinyas'ın boğuştuğu Liberyalılardan bile tehlikeliydi Samuel Pinou. İsviçreli Yahudi. Orta Afrika'nın Al Capone'u...

Beklemeye başladık biz de o büyük günü. Esthelle, beni evlerine yemeğe çağırdı birkaç kez. Ama reddettim davetini. Kadınlarla ilgilenmiyordum. Tek istediğim, bir an önce ayın on dördünün gelmesiydi... Odamdan çok az çıktım. Albert'in getirdiği tabancaları, Fernand'ın adamlarına dağıtıp nasıl kullanacaklarını öğrettim... Vantilatörün rüzgârında yatakta uzandım genelde. Ve dört gün geçti. Dört gün daha yaklaştım zihnimin ölümüne. Bir karar vermemiştim, parayı alınca gideceğim yer hakkında. Ama en mantıklısı, Liberya'dan bir tekne kiralayıp kıyıyı takip ederek kuzeye çıkmaktı. Tek ihtiyacım bir ev ve içinde bana bakacak insanlardı. Bulması zor olmamalı, diye düşündüm, Hôtel Boulevard'daki odamda son kez uyumak üzere ışığı kapatırken. Yarın on dördü...

Başım ağrıyordu yataktan kalktığımda. Halbuki ne hastaydım, ne de içki içiyordum. Belki de yaşanacak büyük olayın arifesinde hissettiğim bir heyecanın göstergesidir başımın zonklaması, diye düşündüm. Ama böyle bir ihtimalin uzaklığına kendim bile güldüm. En net hatırladığım son heyecanlanmam, lisede bir fizik sınavına girmeden önce gerçekleşen sıkıntımdı. Sınavda gözetmenlik yapacak olan stajyer öğretmene bir önceki gece biraz kötü davranmıştım çünkü... Bir duş alıp saçlarımı taradım. Başımın ağrıması devam ediyordu. Sanki kafamın arkasına, ensemin biraz üstüne iki demir parçası yerleştirilmiş gibiydi. Hem ağırlıklarını, hem de verdikleri sert acıyı hissedebiliyordum. Ve o an aklıma geldi, ağrımın düşünmekten kaynaklanabileceği. Üniversitedeyken konuyla ilgili birkaç kitap okumuştum ama hiçbir zaman iyi bir öğrenci olmadığım için şimdiye kadar yaptığım tıbbi müdahaleler, Kinyas'ın sağını solunu dikmek, kendime iğneler yapmakla sınırlı kalmıştı... Ama uyanışımla beraber hissetmeye başladığım ve ılık duşun altında dinmemiş, hâlâ devam eden sancının nedeni gerçek hayata dair gösterdiğim son çaba olmalıydı. Beş altı gündür aklımda sadece silah işi olduğundan artık zihinsel yolun son kilometrelerine geldiğini düşünen beynimin bir bölümü yorulmuştu. Ve baş ağrım da onun ağlama sesiydi...

Giyinip dışarı çıktığımda, otelin lobisindeki saat dokuzu gösteriyordu. Fernand beni yarım saat sonra salonun önünde bekliyor olacaktı. Resepsiyondaki gözlüklüye, hesabı kapatacağımı söyleyip eşyalarımı kominin arabaya taşımasını seyrettim. Parayı ödedikten sonra daha tırnaklarını çıkarmamış güneşin altında boks salonuna doğru sürdüm arabayı...

Vardığımda bir toz bulutu içinde koşuşturan adamlar gördüm. Bun-

lar, ne tür bir belaya karıştıklarından kesinlikle haberdar olmayan ama-
tör boksörlerdi. Şimdiyse amatör katil ya da ceset olacaklardı. Bazı in-
sanlar hayatı hep amatörce yaşar. Belki de profesyonellikten iyidir. Bil-
miyorum, çünkü ne amatör olacak kadar bir ideale inandım, ne de pro-
fesyonel olabilecek kadar parayı hak ettim. Ben her zaman için sahte
ideallerimi hak etmediğim çalıntı paralarla gerçekleştirdim.

Arabadan inip sağa sola emirler yağdırmaktan kan ter içinde kalmış
Fernand'ın yanına gittim. Ben Esthelle'i ve o güzel kalçasını da buralar-
da göreceğimi sanıyordum. Ama ortalarda yoktu. Herhalde Fernand
onu gidecekleri yere önceden yollamıştı. Sevgili karısının, Grand-Bas-
sam'a kadar bütün beyazlarla yatmış karısının güvenliği için.

"Tamam Kayra. Herkes hazır! On adam ve üç araba. Sen yanına üç
çocuk al. Ben dört kişi alıyorum. Şu Volvo'ya da diğerleri binecek.
Önemli olan Pinou'nun Gana'daki adamlarına kesinlikle bir şey belli et-
meden sınırda malı teslim almak. Zaten planın gerisini de biliyorsun.
Haydi yola çıkalım! Eğer zamanından önce orada olursak daha iyi olur.
Kimse şüphelenmez."

Aslında şu an koca Afrika kıtasında, gerçekten şüphelenen sadece iki
kişi vardı. Öylesine şüpheliydiler ki, karşı taraftan gelecek en ufak tatsız
lafta bile bellerindeki silahları çekip ateşleyebilirlerdi. Aralarındaki gö-
rünmez gerginlik en üst safhadaydı. Bu iki kişi tabii ki, Fernand ve ben
oluyorduk. İkimizin de birbirimize zerre kadar güveni olmadığı için
merak ediyorduk malı ele geçirdikten sonra olacakları. Belki de yanın-
daki maymunlarına beni, Bouaké'yi geçtikten sonra derhal öldürme
emri vermişti. Ama belki de ben, Fernand'ın kum torbası boksörlerine
aynı iş karşılığında verdiği paranın iki katını vermiştim, patronlarının
boğazını kesmeleri için. İkimiz de konuşurken birbirimizin gözlerinin
içine bakıyorduk, birkaç saat sonra atılacak herhangi bir kazığın sinya-
lini görebilir miyiz diye...

Sonuçta arabalara bindik. Ve üç kalabalık konvoyumuz Abengo-
urou'ya doğru yol almaya başladı. Gerçekten de başlarına neler gelebi-
leceğini hiç kestiremeyen yanımdaki ve arkamdaki üç köylü çocuk ağız-
larını açmadan dışarıyı seyrediyorlardı. Onlar sadece hayatlarını biraz
daha parayla süslemek istemişlerdi. Öyle bir hayat yaşıyorlardı ki, çok
az miktarda bir para bile her şeylerini değiştirebilirdi. Bunun için bok-

su tercih etmişlerdi. Kırılan burunların, açılan kaşların, kapanan gözlerin hiçbir önemi yoktu, maç sonrası Fernand'ın avuçlarına sıkıştırdığı birkaç yüz frankla aldıkları bisikletlerin yanında... Hepsi de uzakları seyrediyordu, ta ki ben radyoyu açana kadar. Ve birden lacivert arabayı Alpha Blondy'nin sesi doldurdu. Fildişi Kıyısı futbol milli takımı için yazdığı "Allez les Eléphants!" şarkısını söylüyordu. Ve aralarındaki en büyüğünün on sekiz yaşında olduğu üç çocuk, bir refleks olarak önce kısık sonra da gittikçe yükselen bir sesle eşlik etmeye başladılar şarkıya. Palmiye tarlalarının arasında ilerlerken, güneş yükselmeye başlamış ve ensemizi kendisine mesken tutmuştu. Ve üç silahlı köylü çocuğu ile ben, Orta Afrika'nın en büyük gangsterlerinden birini soymaya değil de, pikniğe gidiyormuşuz gibi şarkılar söylüyorduk. İnsanın en zor, en acılı anında bile gülebilmesinin, birkaç kelime de olsa şarkı mırıldanmasının mümkün olması o kadar garip ki...

Abengourou'ya on kilometre kala plana uygun olarak, önümdeki Volvo durdu. Ve ben de arka koltuktaki çocuklardan birini indirdim. Dört kişilik grup yaşlı Volvo'yla yolun dışına çıkıp palmiyelerin arasında kayboldu. Motorlar çalıştı. Devam ettik. Başımın ağrısı hayli hafiflemişti ama tamamen geçmemişti. Ve belki de, zihnim ölene kadar geçmeyecekti...

Abengourou sınırdan üç kilometre uzaklıktaydı. Kasabanın sakinleri alışık oldukları araba konvoylarına benzer bir tanesi daha geçtiği için ilgilenmemişlerdi bizimle. Burası, Gana'dan kaçak sokulan her tür malın Batı Afrika sahillerine dağıtılmak üzere, içinden geçirildiği küçük bir kasabaydı. Burada yaşayanlar, gözlerinin önünden geçen milyon dolarlık mallarla dolu TIR'ları görüyor ama dokunamıyorlardı. Yukarıdan bakıldığında, sefalet bataklığının içinden geçen altın bir kordondu, üzerinden geçtiğimiz yol.

Sınıra geldiğimizde her zamanki gibi, yolun kenarında bambudan inşa edilmiş karakolun gölgesinde oturan askerleri gördük. Fernand'ın kamyoneti karakolun yanında durdu. Biz de arkasında. Çocuklar arabalarda beklerken Fernand ve ben askerlerin yanına gittik. Ufak bir selamlaşmadan sonra sarı bir zarf dört askerin en rütbelisine uzatıldı. Bunun içindeki miktarın yetmiş bin Fransız Frangı olmadığı açıktı. Sadece önceden Pinou tarafından ayarlanmış bir işte jest yapıyorduk askerlere. Tabii aynı zamanda Fernand'ın o yetmiş bin frank için söylediği yalanı doğru gösterme çabalarından biriydi. Dört askere de kötü purolarından ikram ettikten sonra bir tane de kendi yaktı. Bana uzattığında, "Kullanmıyorum. Bıraktım tütünü" deyince, sanki annesine küfretmişim gibi şaşkın bir ifadeyle yüzüme baktı. Anlayamamıştı böyle stresli bir zamanda verebilmiş olduğum kararı. Ve şaşkınlığının bir bölümü de, tütünü bırakmaya karar verecek kadar uzun, sağlıklı yaşamayı düşünüyor olmamdan kaynaklanıyordu. Demek ki, önümüzdeki iki gün içinde ölmeye niyetim yoktu! Dolayısıyla bir şeylere güveniyor olmalıydım. Yani Fernand'ı her an saf dışı bırakabilirdim. Dazlak şişko bütün bunları kafasından geçirirken, yolun Gana tarafında, ufukla birleşen noktasında toprak havalanmaya başladı. Toz bulutu büyüyerek yaklaşıyordu bize doğru...

Eğer Fildişi Kıyısı isimli ülkede avcıların, kaçakçıların, safari organizatörlerinin yaşamalarına izin verdikleri birkaç fil kalmışsa, bu yaklaşan mekanik mamutları görünce kendilerine çok yakın hissedeceklerdi. Yer sarsıldı. Otuz sekiz tonluk altı TIR göğü delen görüntüleriyle içinde bulunduğumuz ülke ile komşusunu ayıran ince metal çubuğun önüne kadar gelip durdular. Bir yerlerde, bütün bu seslerden ötürü bir hayvan sürüsünün korkup koşarken yön değiştirdiğini hissedebiliyordum...

En öndeki TIR'dan bir adam atladı yola. Yanımıza hızlı adımlarla gelip elimizi sıktı, her seferinde kafasını eğerek verdiği selamı da ekleyerek. Sonra Fernand'a dönüp, "Evet, bizim işimiz bu kadar. Yolculuk şu ana kadar sorunsuz geçiyor. Umarım siz de bir problem yaşamadan gideceği yere götürebilirsiniz malı. Bay Pinou size iletmem için bir zarf verdi. Her TIR'da iki kişi var. Şoför ve yardımcısı. Gerekmedikçe mola vermeyin. İyi şanslar!" dedi...

Evet, işte stilini sevdiğim adamlardan birisiydi karşımızda durup hiçbir gereksiz tanışma faslı yaratmadan direkt konuya giren zenci. Zayıf, uzun boylu, iki kolunun altında da 44'lükler taşıyan gerçek bir profesyoneldi. Pinou'nun güvendiği adamlarından olmalıydı. Belki de bu TIR'lara Somali'den beri eşlik ediyordu. Gerçekten sert biri olmalıydı. Ve büyük ihtimalle de aklından, karşısında dikilmiş dazlak şişko beyazın boşuna kiralanmış olduğunu geçiriyor ve patronunun bir hata yaptığını düşünüyordu. Böyle bir kızgınlığı varsa bile, bize belli etmeme konusunda gayet başarılıydı...

Yolu kesen demir çubuk havaya dikildi. İsmini hâlâ bilmediğimiz uzun boylu adam yolun kenarına yürüyerek iki kolunu da yukarı kaldırdı ve yüksek ama kısa bir ses çıkardı. Ve altı TIR'ın sağ kapıları aynı anda açılıp altı adam atladı toprağa. Hepsinin siyah gömlekleri ve pantolonları vardı. Ellerindeki kalaşnikoflarla neredeyse düzenli ordu askerlerini andırıyorlardı. Fernand'ın da bu gösterişli hareketlerin altında kalmaması için bir şeyler yapma zamanı gelmişti. Gömleğinin cebinden bir düdük çıkarıp içine üfledi. Bir an için, üzerindeki baskıya dayanamayarak delirdiğini sandım. Ama on saniye sonra bizim boksör çocukların arkamda yan yana dizildiklerini görünce Fernand'ın da kendi anlayışına göre karikatür bir askeri birlik çizdiğini anladım. Düdük sesine ayarlanmış askerler. İyi fikirdi aslında. Yaptığı işi ciddiye aldığını sanmalarını sağlayacaktı, Pinou'nun adamlarının. Uzun boylu bizimle tokalaşırken çıkardığı siyah gözlüğünü tekrar takarken, "Evet, artık TIR'lar sizin tarafa geçsin. Beni ve adamlarımı birkaç dakika sonra almaya gelecekler. Size iyi yolculuklar!" deyip sağ eliyle öndeki TIR'ın şoförüne ilerlemesini işaret etti. Motorlar çalıştı. Afrika kalktı, oturdu. Yerinden oynadı. Sırayla önümüzden geçip Fildişi Kıyısı topraklarının ilk kilometresinde sıralanmış şekilde durdular. Ve biz de askerlerle ileride görüşmek üzere vedalaştıktan sonra, Fernand ikinci bir düdük komutuyla altı adamını altı TIR'a yolladı. Sonra da Chevrolet'sine binip bastı gaza. Konvoyun en önünde Fernand gidecekti. Ben de hâlâ radyosunun açık olduğu ve içten içe bir reggae parçası çaldığı Mercedes'e bindim. Konvoyun gerisinden sorumluydum. Kadınlarda kalçalardan, konvoylarda gerilerden sorumluydum!

Ve sekiz araçlık sürü ilerlemeye başladı. Fernand 80'i geçmiyordu. Dolayısıyla kimse geçmiyordu. On beş dakika sonra, diğer çocukları bıraktığımız noktada olacaktık. Orada çocuklar Volvo'yu yolu kapatacak şekilde park etmiş olacaklar ve sanki arabada bir sorun varmış gibi davranacaklardı. Bütün konvoy duracak ve benimle birlikte Fernand ve şoförlerin yardımcıları arabalardan inecekti. Ben, ileridekiler Volvo'ya doğru yürürken, önümdeki TIR'ın şoför yardımcısını sırtından vurarak zincirleme cinayetleri başlatacaktım. Her şeyin bir anda ve çok çabuk olması gerekiyordu. Çünkü Fernand'ın sınırda şoförlerin suratlarına teker teker bakınca yüzü asıldığına göre, içlerinde belki de vahşiliğiyle meşhur olanları tanımıştı. Benim tabancamdan çıkacak sesi duydukları anda TIR'lardaki boksörler yanlarında oturan şoförleri vuracaklardı. Ve aynı anda da Fernand birden arkasına dönüp peşinden gelen yardımcıyı öldürecekti, Volvolu diğer dörtlü geriye kalan şoför yardımcılarını temizlerken. Teoride fena değildi plan. Sadece ortadaki dört yardımcıyı öldürmek, diğerlerine göre daha zor olacaktı. Volvo'dakilerin ellerini çabuk tutmaları gerekiyordu. Tutukluk yapacak bir silahı kaldırabilecek hafiflikte değildi on iki adamı on saniye içinde öldürmek...

Silah seslerinin boş vadide çok yankı yapacağını ama benim pek duymayacağımı düşünürken önümdeki TIR'ın stop lambaları yandı. Duruyorduk. Yirminci kilometreye gelinmişti. Şimdi, adamlarımız kendi ülkelerinde olmanın ve Fernand'ın patron olmasının getirdiği otoriteyle şoför yardımcılarına, inip neler olduğuna bakmalarını emredeceklerdi. Ben arabadan inmiş, ellerim ceplerimde, önümdeki TIR'ın sağ tarafından yürümeye başlamıştım. Gereken emirler verilmişti ki, sağ kapılar açılıp altı adam atladı toprağın asfaltı yuttuğu yola. Tabii ki Volvo'dakilerin ne numaralar çevirdiklerini olduğum yerden göremiyordum. Ama yine de bütün felaketi ben başlatacağım için rahattım. Yani ilk merminin namludan, kendi etrafında dönerek fırlayacağı anı sadece ben biliyordum. Hiç acele etmeden yürüdüm. İlk TIR'ı geçtim. Önümdeki yardımcıyla aramda yirmi metre civarında bir mesafe vardı. İkinci TIR'ı geçtim. En öndekiler Volvo'ya daha ulaşmış olamazlardı. Başımın arkası zonklamaya başladı. Ensem kilitlenmiş bir kasa kadar sert ve soğuktu. Bir an önce bitsin istedim. Başlasın ve bitsin! Ve çektim silahı, fazla kaldırmadan, iki kürek kemiğinin arasına saldım mermiyi. Adamın yere tamamen yapışmasına birkaç saniye kala sanki havai fişekleri atılıyormuş gibi birbirini kovalayan patlamalar duyuldu. Ben, ikinci ile üçüncü TIR arasına saklanmıştım ateş ettikten sonra. Başımı ikinci TIR'ın ön camına çevirdiğim anda kırmızı bir leke oluştu baktığım yerde. Şoförün beyninin infilak ettiği anda kafamı çevirmiş olmalıydım. Öncesini ya da sonrasını kaldırabilirdim ama aynı anda olması biraz midemi bulandırmıştı. Cama içeriden çürük bir domates atılmış gibiydi. Silah sesleri devam etti ve kesildi. TIR'ların motorları hâlâ çalışıyordu. Saklandığım yerden çıkıp yolun kenarına, oradan da ileriye doğru yürüdüm.

TIR'ların solundan gittiğim için ortaklıkta yatan ceset göremiyordum. Vahşi katliam sağ tarafta yaşanmıştı. Parayı simgeleyen ve birilerinin kendilerini gelip almasını bekleyen TIR'ların egzozlarından çıkan dumanlar gökyüzünü griye boyamıştı... Fernand'ı ağzındaki puroyu yakmaya çalışırken buldum. Beni görünce, "Tamam! Hepsi öldü" dedi. O da benim kadar umursamıyordu insan hayatını. O da benim kadar vicdansızdı. Tabii o, uzun uğraşlardan sonra kaybetmişti insanlığını ama ben zaten o tarafım eksik doğmuştum... TIR'lar yolun kenarına çekildi. Boksör çocukların dev makineleri kullanabiliyor olmalarına hayran kalmıştım. Cehaletin yaptıramayacağı iş yoktur, diye düşündüm. Koklayarak buluyorlardı vites kolunu ne tarafa ittireceklerini. İki adamımızla beraber ortada on dört ölü vardı. O iki çocuk da karşılarındakilerle aynı anda yemişti kurşunları. İşlerini yapmışlardı. Ama bitirdikten sonra hayatta kalınması gerektiği ayrıntısını unutmuş olmalılardı. On dört çukur kazıldı yolun iki yüz metre uzağında, Fernand'ın kamyonetindeki küreklerle. Ve ne bir dua, ne bir işaret. Gömüldü on dört adam sanki hiç doğmamışlar gibi.

Bouaké girişine yakın, TIR'lar boksörlere emanet edilerek, gizlendi palmiyelerin arasına. Ve telefon trafiği başladı. Dört adamın arasında. Birbirine zerre kadar benzemeyen Afrika'daki dört yabancı arasında. TIR'ların yükü Fernand'ın beklediği gibi fantastik silahlardan oluşmuyordu. Her birinde onluk sandıklara konulmuş bin M-16 vardı. Toplam altı bin M-16. Ve tabii ki merak ettiğimiz ama yanıtını ancak birkaç gizli servisin toplanıp bulabileceği soru, Amerikan silahlarının Rusya'dan buralara kadar nasıl geldiğiydi? İşin bu kısmını sadece merak etmekle kaldık... Dört adamın konuşması yani Fernand'ın General İsac'la, benim Feridoun'la pazarlığım bir süre sonra iki adamın konuşmasına dönüştü. Feridoun, İsac'tan daha çok imkâna sahip olduğu için bir M-16'yı 750 dolara alarak, toplam 4.200.000 dolar ödemeyi kabul etti. Ayrıca eski bir silah kaçakçılığı geleneği olarak, miktar yuvarlak hesaba çevrildi. Dört buçuk milyona. Üç yüz bin dolar, dökülen kan ve terlerin karşılığıydı...

Feridoun'la çalışmak çok sağlıklı bir karardı. Lübnanlı bütün batı sahilinde at koşturabiliyordu. Tanımadığı devlet bakanı, kral yoktu. Sınır geçişlerini birkaç saatte ayarladığını müjdeledi bize. TIR'larla yolculuk devam etti. Yedi yüz elli kilometreye yakın bir mesafe on küsur saatte alındı... Feridoun'un adamları TIR'ları, Sierra Leone'ye girdikten sonra teslim aldılar. Ve geriye üç araba kaldı. Fernand boksörlerin her birine 1000 dolar vererek ülkelerine geri yolladı. Artık sadece ikimiz kalmıştık. Pinou'nun silahlarının başına gelenleri öğrenmesine yirmi beş saat vardı...

Feridoun hastalık hastası bir adam olduğundan, yaptığı bütün işleri büyük bir titizlikle inceler ve gerçekleştirirdi. Kendisine ait bir otobüs firması vardı. Ve bu firmanın bodrum katına kurmuştu karargâhını. Hıristiyan'dı. Hıristiyan bir Arap. Gerçekten de Afrika'da her tipten insan bulunabileceğinin iyi bir örneğiydi. Daha önce bir kez karargâhına girmiştim. Önündeki para sayma makinesi ve ultraviyole ışıkla çalışan sahte para detektörüyle resimli romanlardaki kötü adamlara benziyordu. Gözleri aşırı derecede bozuk olduğu için kalın camlı gözlüklerinin arkasındaki gözbebekleri iki belirsiz nokta gibi selamlardı karşısındaki deri koltuklarda oturan misafirlerini. Arkasındaki bütün duvarı kaplayan Papa II. Johannes Paulus'un Vatikan'da yaptığı bir konuşma esnasında çekilmiş fotoğrafı, ofisine girer girmez ilk fark edilen ayrıntıydı. İkinci ayrıntı ise, Feridoun'un iki yanında duran ve Uzi taşıyan devler...

Kendisiyle bir sahte para satışı için görüşmüştüm. Anlaşamamıştık. Ama o adil davranarak beni öldürmemişti. Şimdiyse gideceği, harcanacağı yeri asla tahmin edemeyeceği bir parayı bana vermek üzere saymakla meşguldü. Feridoun'un dürüstçe çalıştığını herkes bilirdi. Milyonlarca insanın dünyanın bir yerlerinde birbirlerini kurşunlayarak öldürmelerine neden olsa dahi, çok gelişmiş bir ahlak anlayışı vardı. Üçüncü Dünya ülkelerinde geçen irili ufaklı her üç çatışmadan birinde kullanılan silahlar, Feridoun'un gemilerinin ambarlarını muhakkak bir süre işgal etmiş olduklarından belki de, kendine böyle bir inanç sistemi yaratmıştı. Yalan söylenmesinden nefret ederdi. Hele kendisine kazık atan birini, testislerini kesmeden bıraktığı hiç görülmemişti...

Bizden, bütün parayı temin etmek için on saat süre istemişti. Dört buçuk milyonu vermeyeceğinden korkmuyorduk. Fernand ile ben şu anda dünya üzerinde birbirimizden başka kimseden korkmuyor ve yine birbirimiz dışında da herkese güveniyorduk...

Feridoun'un otellerinden birine yerleştirildik, adamları tarafından. Ben bir ara otelden ayrılıp Greenville limanına gittim. Bir balıkçı teknesi ayarlamak zor olmadı. Yaşlı kaptan nereye gideceğimizi sorduğunda aklıma ilk gelen yer Gambiya oldu. Önce, "Hayır Gambiya değil, başka bir yere gitmek için kiralıyorum tekneni" demek istedim. Gerçekten Gambiya'ya gitmek istemediğimi düşünerek. Ama susmayı tercih ettim. Beş yüz dolar verip bir iki gün içinde geleceğimi, bir yere ayrılmadan beni beklemesini söyledim... Arabayla Greenville'in sokaklarında yerleştiğimiz oteli ararken, Gambiya fikrinin, zihinsel ölüm yolculuğumu düzenleyen zihnimin gizli bölmesinden gelen bir emir olduğunu kabul ettim. Böyle olmalıydı, çünkü Gambiya'ya adımımı atmamış ve sadece Banjul ismindeki sahil şehrinin adını duymuştum. Bana kalırsa Dakar'a doğru kuzeye gitmem gerekiyordu ama zihinsel ölümümün Banjul yakınlarında gerçekleşmesini istemişti demek ki, beynimin gizli çekmecesi...

Resepsiyondan sorduğumda Fernand'ın odasında dinlendiğini söylediler. Parayı almamıza sekiz saatten biraz fazla kalmıştı. Ben de kendi odama çıkıp yatağa uzandım. Feridoun misafirlerine iyi davranıp şımartmayı sevdiğini göstermek için mükemmel bir klima koydurtmuştu odalara. Afrika için fazlasıyla lükstü elektronik cihaz. Havada dönen iki tahta parçası da idare ederdi... Dinlenmek için gözkapaklarımı indirip düşünmeye çalıştım. Yirmi dört saattir uyumuyordum. Başım ağrımaya devam ediyordu. Hatta dozunu yükseltmişti. Kafatasımı içeriden yumruklayan mikroskobik adamlar olduğunu düşünüyordum. Öğleden sonra saat üçte Feridoun'un adamları gelip bizi alacaklardı. Paramızı almaya karargâha gidecektik. Feridoun için uykusuz kalmanın bir önemi yoktu. Zaten rahat bırakmayan alerjileri yüzünü kaynamış bir domates çorbasının yüzeyine dönüştürdüğünden, uyumayı aklına bile getirmiyordu. Güneşe alerjisi olan, Afrika'da yaşayan Hıristiyan bir Arap! Feridoun'da dünyanın bütün çelişkileri vardı. Ve duyduğu acılar yüzünden, yatakta yüzüstü dönmemek için kendini bağlattığı dedikoduları yayılmıştı... Sonuçta benim ondan daha çok uykum vardı. Ama uyumam demek, Fernand'a beni öldürme hakkını vermekle aynı anlama geliyordu. Tabii ki bedenimin zihnimden önce dünyadan ayrılmasını istemiyordum. Belki de uyuyabilmek için rahatça, saat üçe kadar öldürmeliydim Fernand'ı.

Evet, öldürmeliyim. Feridoun bu hareketime kızmaz. Kendi aramızda bir sorun bu. "Madem tek kişi kaldınız o zaman sorun da yok" der ve tüccar kafasıyla, kendine dokunmayan yılanları bodyguard olarak işe

298

almayı tercih eden biri olarak görmezden gelirdi cinayetimi... Ama ya
Esthelle? O da Feridoun kadar anlayışlı olabilir miydi kocasının ölümü
karşısında? Evet, belki evliliği boyunca onlarca adamla kocasını aldat-
mıştı ve hayatta kaldığı sürece de aldatmaya devam edecekti ama yine
de seviyordu o dazlak şişkoyu. Sevmeseydi çoktan kaçmış, yok olmuş-
tu. Belki de kazandıkları parayla gidecekleri yerlerde mutlu olacakları-
nı hayal ediyorlardı Fernand'la... Ayağa kalkıp gerindim. Belki de çocuk
yapmayı düşünüyorlardı. Ayakkabılarımı çıkarıp attığım için soğuk taş
koridorda yürümek güzeldi. Belki de Hawaii'ye gidip bir malikâne yap-
tırırlar. 28, 30, 32. Evet, burası. Esthelle çok sever herhalde Hawaii'yi!
Cennet gibi bir yer olmalı. Aslında birbirlerine yakışıyorlar... Üç hare-
ket: 32 numaralı, Fernand'ın kaldığı odanın kapısına bir el ateş. Sol aya-
ğımla parçalanan kilidin üzerine atılan bir tekme. Yataktan fırlamış ve
silahına uzanmaya çalışan Fernand'ın dazlak kafasının en parlak yerine
bir el ateş... Evet, çok mutlu olurlardı Hawaii'de, diye düşündüm, koşa-
rak yanıma gelen komiye, yerde yatan şişkonun beni öldürmek istediği-
ni, kendimi koruduğumu söyledikten sonra, odama uyumaya gider-
ken... Çıplak ayaklarımla serin taş üstünde yürüdüm. Bana tabii ki
inanmamış ama söylediğimi doğru kabul etmek dışında da bir çaresi ol-
mayan ve arkamdan beni seyrettiğini tahmin ettiğim komiye bağırdım:
"Beni iki buçukta uyandır! O saate kadar kimse rahatsız etmesin!"
Tek yapmam gereken gözlerimi kapatmaktı. Gidip getirmeme gerek
yoktu. Uyku kendi başına geldi...
Hayatım boyunca birkaç kapıyı tekme ya da omuz atarak kırmayı ba-
şarmışımdır. Genelde yumuşak bir ahşaptan yapılmış olan kapılar san-
ki bir Hollywood stüdyosundaymışız gibi, en fazla üçüncü yüklenişim-
de kırılmışlardır. Çoğu durumda, tek bir ses çıkar kapı kırılmasından.
Kilit kısmına vurulan darbe tek ve tok bir ses doğurur. Ama tabii, mut-
lak surette kapının arkasına geçmek için yanıp tutuşan kişinin akli den-
gesi yaşadığı bu stresten dolayı bozulmuşsa, darbeleri kapının ortasına
doğru kayacaktır. Ve bu durumda da, eli ya da ayağı hızlı bir şekilde ka-
pının öbür tarafına geçerek delikler oluşturacaktır. Söz konusu ufak de-
likleri birbirlerine bağlamaksa omuz darbeleriyle mümkün olabilir. Ta-
bii bunu yapmak için güçlü bir vücudun ve çok kızmış bir beynin yan
yana gelmesi şarttır. Ortalarından kırılan kapıların çıkardıkları ses ise

gerçekten de çoksesli oda müziğini aratmayacak türden kalabalık bir yapıya sahiptir. Kirişler, kilit, menteşeler, ahşabın kendisi. Ufak bir koro oluşturarak kısa bir konser verirler. İşte ben de böyle bir konsere davet edilmiş olmalıydım ki, odanın kapısını kıranların çıkardıkları ahenksiz sesleri duyabiliyordum yattığım yerden. Evet, böylesine akortsuz bir kırılma, parçalanma sesiyle uyanmak sinir bozucuydu ama sürdürdüğüm hayat tarzının gereklerinden biri, diye düşünerek kendimi teselli ettim. Kirişlerinden fırlayıp odanın ortasına kadar havalanıp düşmüş kapının üzerine dört ayak bastı. İki sağ, iki sol. Bunlar, ellerinde Uzileri olan siyah gömlekli iki zenciye aitti. Feridoun'un adamları oldukları kesindi ama neden kapıyı birilerine açtırmaktansa kırmayı tercih etmişlerdi? Belki de ben Fernand'ınkini kırdığım için aynı acıyı bana yaşatmak istemişlerdi. Görüyor musun kapı kırmanın ne kadar gereksiz, şiddet içeren bir hareket olduğunu? Anladın mı şimdi, bir daha yapmaman gerektiğini? demek istemişlerdi belki de. Ama tabii bunları sadece ben düşünüyordum. Onlar sadece Uzilerinin namlularını kapıya doğru çevirerek ve hareketlerini tekrarlayarak dışarı çıkmam gerektiğini belirtmeye gelmişlerdi. Namlu dilinden biraz anlayabiliyordum. Kendi silahımı yavaşça belimden çıkarıp yere bıraktım. Sonra da koridora çıktım. Omuzlarıma dokundurdukları namlunun ucuyla ne tarafa gideceğimi biliyordum. Sol omza bir dokunuş. Ve soldaki merdivenlere yöneliyordum hemen. Bu şekilde dünyayı dolaşabilirim diye, düşündüm. Uzaktan kumandalı bir adam olarak...

Sonuçta üç kişilik grubumuzu otelin önünde bekleyen bir Chrysler'e bindik. Ben hiçbir soru sormuyordum, onlar da henüz tek kelime etmiş değillerdi. Feridoun'a gittiğimiz ve bu adamların 14.30 randevumuza gelmiş kişiler olduklarından emindim. Ama kapı kırma, Uzi lisanı, bütün bunlar ne anlama geliyordu?.. Evet, Feridoun'un büyük otobüs garajına gelmiştik. Araba durdu. Bir ara şoförü ve yanımdakileri aynı anda nasıl öldürebileceğimi buldum. Sonra o kadar sevindim ki bulduğuma, heyecandan olsa gerek unutup onlarla birlikte arabadan inmek zorunda kaldım. Binanın içine girip asansöre bindik...

Feridoun'un niyetini tahmin etmenin imkânı yoktu. Bütün asansör yolculuğu boyunca o yaşlı Arap gibi düşünmeye çalıştım ama kesinlikle bir sonuca varmadım. Asansör kapısının iki kanadı sağa ve sola kayarken Feridoun'un karargâhına adım atmıştık. Karşımızdaki büyük holün sonundaki kapının arkasında, Papa'nın duvarlarından birini süslediği oda vardı. Kapının önüne geldik. Uzili adamlardan biri kapıyı çaldı. Dokuz saniye sonra kapı açıldı. Başka bir Uzili açıyordu kapıyı. Ve açıldıkça, durduğum yerden gördüğüm açı büyüyordu. Önce, geniş çalışma masasının arkasında oturan Feridoun'u gördüm. Ve yüzündeki kırmızı kabarcıkları. Ellerini masasının üzerinde birleştirmiş, bekliyordu. Sonra yanında, koltuğunun arkasına elini dayayarak ayakta duran başka bir adam. Bir beyaz. Ellilerinde. Ve bütün kapı kaybolduğunda gözlerimin önünden, ekranımın sağını süsleyen başka bir yaratık çıktı ortaya. Kendisine Esthelle denilen bir kadın. Kendi vücudunu satarak bir yere varamamış, başkalarınınkini de satmaya karar vermiş bir kadın. Bana bakarak gülümsüyordu deri bir koltukta oturan kırmızı elbiseli Esthelle...

İçeri adımımı attım. Uzili adamlar arkamdan kapıyı kapadılar. Çünkü bu odada, iki tane daha vardı bunlardan. Nasıl besliyor Feridoun bu kadar adamı, diye düşündüm. Belki adamları besleyebiliyor ama ellerindeki Uzilere yetecek mermiyi nereden buluyor? Tabii bu benim sorunum değildi. Benim sorunum, şu an taraflarından tepeden tırnağa süzüldüğüm iki adam ve bir kadının sessizliğiydi. Konuşmadıkları sürece de odadan çıkıp çıkamayacağımı bilemeyecektim. Tabii, Vatikan'daki evinin balkonundan binlerce kişiye konuşan Papa'nın da ne yazık ki sesi duyulmuyordu!

Ve sonunda, oda bir erkek sesiyle doldu. Feridoun'un ağız hareketleriyle uyuştuğuna göre konuşan o olmalıydı.

"Birisiyle tanışmanı istiyorum. Yanımdaki beyefendi Bay Pinou! Samuel Pinou!"

Evet, güzel. Gerçekten iyi. Söyleyecek pek fazla bir şey yok. Buharlaşıp havaya karışamayacağıma göre, sakin olup dinlemeliydim. Benimle hâlâ konuşuyorlarsa ölmüş de olamazdım!

"Ve dostum Pinou, senin ve arkadaşının kendisine büyük bir kötülük yaptığınızı söyledi. Bu durumda sözü kendisine bırakıyorum."

Bırak! İstediğin her şeyi bırak. Pinou'yu daha önce hiç görmemiş ama hakkında bir sürü hikâye duymuştum. O an bir ortak nokta yaratmak adına, ezberimde İbranice bir dua olmadığı için nefret ettim kendimden. Ve son derece hafif, şık görünen takım elbisesinin ardından konuşmaya başladı adamlarını öldürüp, silahlarını çaldığımız adam. "Yanılmıyorsam, isminiz Kayra. Fernand'ı severdim ama öldürdüğünüze üzülmedim. Sevgili eşi bize bu sabah, olanları anlattı. Kendisine minnettar olduğumu tekrarlamalıyım." Çok nazik gerçekten de. Ama ölümün nezaketi yok! "Sonuçta soygun planınız başarısız oldu. Sizinle ne yapacağımı, bu birkaç saat içinde düşünme fırsatım oldu. Hayatta kalmanızın mı yoksa ölmenizin mi benim için daha kârlı olacağını düşündüm." Esthelle kocasını öldürdüğüm için bana kızgın gibi görünmüyordu. Tam tersine içeri girdiğimden beri yüzüne yerleştirmiş olduğu tebessümü de koruyarak beni izliyordu. Herkes beni seyrediyordu. Pinou'nun kâr hesabının sonunu dinlemek için kulaklarımı yine ona çevirdim.

"Ve benim için bir iş yaptığınız takdirde size bu silah satışından düşen payınızın yanında hayatınızı da vermekte karar kıldım." Çok iyi bir karar. Bravo Pinou!

"Sizden, çok iyi tanıdığınızı düşündüğüm birini öldürmenizi istiyorum. Kendisi Afrika'ya geldiğinden beri huzurumuzu kaçıracak birçok işe karıştı. Ve bütün aramalarımıza rağmen bir türlü bulamadık. Sizin bulacağınızdan eminim. Aslında kişisel bir sorun. Söz konusu kişi kardeşimin oğlunun katilidir ve ben intikamımı almazsam itibarım bütün kıtada zedelenecektir. Bir buçuk yıldır izine hiçbir yerde rastlayamadık. Onu bulup öldürürseniz, iki buçuk milyon doların sahibi olarak hayatınıza devam edebilirsiniz."

Pinou'nun bir kardeşi ve onun da bir oğlu olduğunu ilk defa duyuyordum. Ölümümü başka birinin ölümüne bağlamış olmasına rağmen ilginç bir teklifti. O, uzun ve nazik konuşmasını sürdürürken benim tanıdığım insanların hangisinin böylesine aptalca bir iş yapmış olabileceğini bulmaya çalışıyordum. Aklımdan birçok isim geçiyordu. Kim olursa olsun öldürebilirdim... Looping dışında kimseye insani bir duygu beslemiyordum kıtada. Ama yine de bildiğim isimleri alfabetik sırayla geçirirken gözümün önünden, tam İgnace'den sonra Julian Khyle'ı düşünüyordum ki, karşımda durmadan konuşan ve sesini kafamda kıstığım adamın ağzından da birden yüksek sesle "Julian Khyle!" ismi çıktı. Aynı anda bulmuştuk öldürülecek adamı.

"Kendine Amidou Ali diyor. Gerçek ismiyle Julian Khyle. Amerikan pasaportu taşıyor. Gizlendiği yer konusundaki tek fikrimiz batıda olduğu bilgisinden ileri gitmiyor. Ve işin ilginç yanı, kardeşimin oğlunu öldürenin yanında başka birinin olduğunu da biliyoruz. Sürekli pasaport değiştiren, izinin bulunması çok zor olan genç bir adam. Kendisini suçlamıyorum ama eğer onu bulursanız Julian'a ulaşabileceğinizi düşünüyorum. Soyadını bilmiyoruz. Sadece Kinyas olarak tanınıyor."

Ben biliyorum soyadını. İsterseniz söyleyeyim!.. Aklım almıyordu Kinyas'ın böyle bir işe bulaşmış olabileceğini. Bir buçuk yıl önce Amidou'yla buluşup Pinou'nun kardeşinin oğlunu öldürmeye mi gitmişti? Bilmek istemiyordum. Ve biraz da nezaketsizce Pinou'nun sözünü keserek geldiğimden beri ilk defa konuştum:

"Bütün şartlarınızı kabul ediyorum. Amidou'yu bulabilirim. Bana üç gün verin. Size gözlerini getireyim! Üç gün sonra bütün parayı nakit istiyorum. Ve bir de, beni istediğim yere bırakacak bir tekne. Kinyas'ın Güney Amerika'da olduğunu duydum. Bulunması imkânsız, ama Amidou'yu şimdiden ölü bir adam olarak kabul edebilirsiniz."

On beş dakikadır altı kişinin bulunduğu geniş odada sadece ikimiz konuşuyorduk. Ve ikimiz de ayaktaydık. Ellerimi arkamda kavuşturmuş, ensemden girecek mermiyi beklerken böylesine bir teklifle karşılaşmıştım... Amidou'nun hayattan bekledikleri vardı. Dünyayı siyaha boyamak gibi. Siyah ırkı hükümdar yapmak gibi. Ama başarısız olmuş ve bunu her düşündüğünde kahrolarak geçiriyordu günlerini. Her ne kadar New Orleanslı yaşlı bir zenci mutsuzluğuyla içkiye, şarkılara ve tembelliğe sığınmış olsa da, içinde o başladığı işi bitirememiş olmanın kavurucu ateşi vardı. Tek bir mermi, bütün kaygılarını, anlamsız hayal kırıklıklarını, pişmanlıklarını yok edebilirdi. Ve biraz da barutla, Amidou'nun bütün acılarını dindirebilirdim...

Pinou'yla detaylar konuşuldu. Ben Abidjan'a dönecektim. Üç gün boyunca yakından takip edilecektim. Ellerimde Amidou'nun gözleriyle döndüğümde de paramı alıp gidebilecektim. Tabii göz çıkarma fikri benden çıkmıştı ve daha şimdiden midem bulanmıştı. Ne tür bir malzemeyle böyle bir işin yapılabileceğini düşünüyordum Bir tatlı kaşığı çok uygundu aslında... Feridoun sorunun böyle çözümlenmiş olmasına sevinmişti. Bütün bu işler bittiğinde, elinde iyi bir komisyon ve Esthelle adında bir vampir kalacaktı... Esthelle'le hiç konuşmadık.

Uzili adamlar beni otelime götürdüler. Kırılan iki kapının da yerine yenilerinin takılmış, kısa sürede ortalığın temizlenmiş olmasına neredeyse şaşırıyordum ki aklıma Feridoun'un temizlik hastalığı geldi... Bir duş alıp eşyalarımı topladım. Silahım ve elli iki mermi bana bir törenle teslim edildi... Mercedes'i çalıştırırken, ne kadar duyarsız olduğumu ve bu noktaya nasıl gelmiş olabileceğimi düşünüyordum. Bir süre önce beraber, kendi dilimden şarkılar söylediğim birini öldürmeye gidiyordum...

Yola çıktığımda, bir cipin arkamdan geldiğini gördüm. Bu cipi önümüzdeki üç gün boyunca defalarca göreceğimi biliyordum. Radyoyu açtım. Bob Marley, "My fear is my only courage" diyordu. Benim cesaretiminse nereden geldiği belli değildi. Hissetmediğim için cesur görünüyordum, içimdeki, yaşayan her şeyden uzak durmaya çalışan ve korkan adama rağmen... Başımın ağrısı artmıştı. Sakinleşmeye çalıştım. "Çok az kaldı" dedim. "Çok az kaldı Banjul'a gitmeye. Hepsi bitecek. Her şey sona erecek. Hiçbir şey kalmayacak. Uzay boşluğundaki bir astronot kadar kesin ve huzurlu bir şekilde söyleyebileceğim kapanış sözüm: hiçbir şey yok."

Grand Hôtel'in lobisinde Koffi bir adamla oturmuş konuşuyordu içeri girdiğimde. Beni görünce ayağa kalkıp yaklaştı. "Hoş geldin! Kalacak mısın?" diye sordu. "Evet" dedim. "İki gece yatacağım otelinde." Ve kulağına fısıldadım. "Amidou'yu çağır. Kendisine ihtiyacım olduğunu söyle. Bu akşam gelsin."

Aslında Koffi'nin Amidou'yu bulup bulamayacağından emin değildim. Belki de, Amidou çoktan ormana karışmıştı. Ama Koffi beni ağzından çıkan fısıltısıyla rahatlattı.

"Peki, kendisine iletirim. Ancak bu akşam gelebileceğini sanmıyorum."

Birkaç eşyamı odama çıkardım; gözlerimi yoracak aynalara bakmamaya çalışarak bir duş alıp yatağa uzandım. En son ne zaman yemek yediğimi hatırlamıyordum. Bu sabah? Dün? Bilmiyorum. Ve normalde, böyle bir durumda midem, içimde yaratacağı ufak bir eziklik hissiyle haber verirdi. Ama herhangi bir sinyal gelmiyordu bedenimin derinlerinden... Yerimden kalkıp balkona çıkmayı, biraz olsun okyanusa bakmayı istedim. Ama ağırlaşmıştı vücudum. Kalkamadım yataktan. Bir an önce Amidou'yu öldürüp paramı almaktan başka bir şey düşünemediğim için duyduğum sabırsızlık geçmeyen baş ağrımı daha da arttırıyordu. Bu baş ağrısının Banjul'da, içinde ölene değin kalacağım evi bulana kadar süreceğini biliyordum... Gerçek hayatla, somut olaylarla ilgili düşündüklerimden dolayı çatlıyordu kafatasım. Zihnimin bir bölümünün indirmek istediği kepengi diğer bölümü bir süre daha aralık tutmak için çabalıyordu. Ve iki bölümün çatışmasının bedelini de ben ödüyordum, başımdaki, uzun süre açık kalan spotların trafolarından gelen sürekli ve tekdüze gürültüye benzeyen sesle. Hayatı boyunca spor yapmamış birinin bir sabah uyanıp gün boyunca ağırlık çalışmaya başlaması sonucu, on beş gün süresince bütün kaslarının kâbuslar gördürtecek kadar acımasına benziyordu beynimin ağrısı... Uyuyabilirdim Amidou gelene kadar. Büyük ihtimalle Koffi'nin dediği gibi bugün gelemeyecekti. Çünkü eminim ki, ancak gece yarısından sonra haberi olabilecekti kendisini beklediğimden. Güneşin aydınlattığı sokaklarda Koffi'nin ona gitmesi imkânsız olduğundan tahminimce ancak yarın gece görebilecektim Amidou'yu. Böyle bir durumda kalsa, onun beni öldürüp öldürmeyeceğini düşündüm. Yanıt hemen geldi. Hiç zor değildi tahmin etmek. Amidou önce Pinou'ya işi kabul ettiğini söyler ve karargâhtan kurtulurdu. Daha sonra da Pinou'nun peşine taktığı adamları bir şekilde öldürerek yok olurdu. Beni öldürmemek için bu kadar zahmete katlanırdı. İdealini gerçekleştiremediği için yeterince utanıyordu kendinden. Bir de, beni öldürmenin getireceği vicdan azabını ekleyemezdi utancına.

Doğruları, prensipleri olan insanları hep sevdim. Onlara imrendim. Eğer kendime bu kadar kolay yalan söyleyemiyor olsaydım ben de onlar gibi olurdum. Ama her sabah edindiğim bir doğruyu on iki saat sonra, gecesinde yerle bir ettiğim ve üstelik bunu yapmama da son derece mantıklı, inandırıcı bahaneler bulabildiğim için sadece stili olan bir adam oldum ben. Prensiplerim yoktu belki ama stilim vardı. Stilime uzun, düz kesimli saçlarım, özenle şekillendirilmiş bıyığım, siyah gömlek, pantolon, ceketlerim ve her zaman temizlenmiş olarak ateşlenmeyi bekleyen silahım dahildi. O kadar. Hayatımda tekrarlanan başka da bir alışkanlığım yoktu. Ama Banjul'a ayak bastığımda, onlar da yok olacaktı. Sırasıyla hep kaybolacaktı...

Güneş yavaş yavaş krallığına çekilmeye başlamıştı. Yarın savaşa kaldığı yerden devam edecekti. Ve elbet bir gün dünyayı ışınlarıyla patlatacaktı. Her maddenin kaynama ve buharlaşma noktası olduğunu öğrenmiştik. Dünyanın da olmalıydı. Ve büyük buharlaşma günü gelene kadar güneş atmosferi, gölgelikleri, siyah gözlükleri, her şeyi parçalayıp delmek için uğraşacaktı. Hiçbir şey dost değil bu evrende. İnsanların anlamasının zamanı geldi. Güneşin sayesinde değil dünyadaki hayat. Güneşin dünyayı buharlaştırma arzusundan dolayı hayat var gezegende.

Düşünmeye çalışırken, artık seyrek de olsa geçmişten gelen anılardan birini yakaladım, tam hafızamın dehlizlerine kaçmaya çalışırken... On beş yaşımdaydım. Ailemle, Avrupa kıtasının en sıkıcı ülkesi olan Lüksemburg'un dört şeritli otobanlarından birinde ilerliyorduk, saatte ortalama hemen hemen bütün arabaların 130'la gittiği bir yoldu. Uçakların sıkıştıklarında inebilecekleri genişlikte. Saat gece yarısına yaklaşıyordu. Ve yolun bütün şeritleri kırmızı ışıklarla doldu birden. Otobanda o yaşıma kadar hiç görmediğim bir trafik vardı. Yüzlerce araba gecenin karanlığında birbirlerinin arkalarına sıralanmış duruyordu. Biz de beklemeye başladık. Sonunu göremediğimiz dört şeritlik kuyruk birkaç saat hareketsiz kaldı. Herkes arabasından inmiş, ne olduğunu anlayabilmek için birbirine sorular soruyor, bir oraya, bir buraya koşuşturuyordu. Bir elektrik direğinin devrilmiş olma ihtimalinden takla atmış bir TIR'ın yolu kapatmış olabileceğine kadar sayısız tahmin uçuyordu havada. Annem, babam ve ben arabadan inmemiş, bekliyorduk. Sohbet ediyorlardı her zamanki gibi. Hayattan, arkadaşlarından, tatilde gidilecek yerlerden bahsediyorlardı. Annem ile babam. Gülüyorlardı bazen. On beş yaşında doktor olmaya karar vermiş, başarılı ve yetenekli bir çocukları vardı arka koltukta oturan, buğulu camdan dışarıyı seyrederken hiçbir şey duymayan... Aramızda belki sadece kırk santimlik bir mesafe vardı ama ben, ailemin arabasında kendimi bagajdaki çekme halatı gibi hissediyordum...

Kafamı dayadığım camın titremesi arttı. Hareket ediyorduk. Yavaş da olsa, diğer şeritler de ilerlemeye başlamıştı. Birkaç kilometre bu şekilde gittik. Diğer arabalardakileri seyrediyordum. Ne konuştuklarını tahmin etmeye çalışıyordum. Ağızlarının oynayışlarına uygun diyaloglar uyduruyordum kafamda... Yanımızdaki Alfa Romeo'da bir kadınla bir adam vardı. Arabayı kullanan adamın koltuğunun arkasında kadının yüzünü profilden görebiliyordum. Adamınsa sadece alnı ve saçları görünüyordu. Birbirlerine, sıkışmış trafikte, çok ateşli bir şekilde kelimeler söylüyorlardı. Konuşmalarının sıcaklığını yaptıkları hareketlerden anlayabiliyordum. Kadın elini açarak adamın yüzüne doğru tutarken, yanındaki de direksiyonu yumrukluyordu arada bir. Kavga ettikleri kesinlik kazanmıştı... Annemler birbirlerine tatlı sözlerle hitap ederek başladıkları konuşmalarını sürdürürlerken ben, kadının açılıp kapanan ağzını hayali kelimelerle dolduruyordum.

"Artık seni sevdiğimden emin değilim. Hiçbir şeyden emin değilim..."

"Çok saçma konuşuyorsun! İnsan nasıl emin olamaz böyle bir şeyden?"

"Anlamıyorsun beni. Her şey çok farklı olabilirdi eğer sen dürüst olsaydın. Bana baktığında beni gördüğünü bile sanmıyorum."

"Tabii ki seni görüyorum! Ben seni seviyorum. Her şeyi zorlaştıran sensin!"

Burada adam sol elinin işaret parmağını kadına doğrultuyor. Ve parmak unutulduğu için kadın konuşurken de birkaç saniye havada kalıyordu.

"Ben seni sevebilecek tek kadınım dünyada. Seni sevebilecek tek kadın! Tabii anneni saymazsan!"

Burada adamın güldüğünü geriye doğru giden kafasından tahmin edebiliyordum. Ve en kötüsü, ilerlemeye başlıyorduk. Alfa'yı geride bırakıp birkaç araba önlerine geçtik. Sinirlenmiştim, kendi yazdığım ve hiç tanımadığım iki kişiyi oynattığım piyesimin yarıda kesilmesine. On dakika sonra tekrar yanımıza ulaştılar. Ve bu sefer de, adam vitesi boşa atıp el frenini çektikten hemen sonra kadını öpmeye başladı. Görüp görebileceğim kavga sonrası öpüşmelerinin en gerçeklerinden bir tanesi. Anladım ki, aslında tahmin ettiğim kadarıyla ağır konulardan kesinlikle konuşmamışlardı. Belki de adam, dün seyrettiği bir filmi anlatıyor, kadın da arabaya girmiş bir sineği kovmaya çalışıyordu. Bu olay, gerçeğin hayal ettiğimle aynı olamayacağını, hayalimdekilerin gerçek dünyada asla yerlerinin olamayacağını anlamama yardımcı oldu...

Yarım saat sonra, trafiğin sıkışmasının nedeninin yanından yavaşça geçtik. Yolun çeşitli yerlerine dağılmış sekiz araba. Hepsi de hurdaya dönmüştü, ancak bir tanesi markasının bile anlaşılamayacağı durumdaydı. Bir akordeon gibi katlanmıştı. Yerler kıpkırmızıydı, yarın bu yoldan geçecek olanlar kan temizleyeceklerdi çamurluklarından. Polisin yardımıyla yanlarından geçip gittik. Ambulanslar ortada olmadığına göre çoktan yaralıları ve akordeondaki ölüyü alıp gitmişlerdi...

O gece bilemezdim tabii ki, markasını çözemeyeceğim kadar perişan olmuş arabanın bir Porsche olduğunu. Ve şoförünün de intihar etmek amacıyla otobanda ters yöne girerek, dört şeritte birden üstüne gelen arabalara doğru gaza bastığını. Gazetede "Hayalet Araba" vakası deniliyordu. Daha sonra da, birkaç kez okudum gazetelerde hayalet arabaları. Kendi ölümünü yeterli görmeyip başka birilerinin de yanında gelmesini isteyen, yalnızlıktan sıkılacağını düşünen bu adamlar bana çok ilginç gelmişlerdi. Gördüğüm en gösterişli intihar tarzıydı. 150'yle üzerine gelen arabalara 200'le çarpmak sıradan bir fare zehiri işi değildi. İsim de uygundu bir efsane yaratmak için. Araba karşıdan gelenlerle çarpışarak duruyor, beden en fazla havada yirmi metre uçtuktan sonra yere yapışıyor ama intiharcının ve hurdaya dönmüş arabanın hayaleti saatte 200 kilometre hızla gitmeye devam ediyordu. On beş yaşındaki bir çocuk için ilgi çekici bir geceydi...

Ama ya şimdi ki Kayra için ne ifade ediyordu o gece gördüğüm, hikâyesini okuduğum hayalet araba? Belki de kendimi düşünmüştüm o geceye geri dönerek. O arabanın içindeymiş gibi hissediyordum belki de. Banjul'da çarpacaktım zihnimin bittiği yere ve hayaletim dolaşacaktı bütün Afrika'da. İsmimi bilenler beni gördüklerini iddia edeceklerdi, barlarda içki içerken. Üzerime yüzlerce suç atacaklardı, kendi işledikleri. Ama Kayra'nın hayaleti devam edecekti Afrika yollarında, silahıyla korku saçmaya... Ailemin evinden kaçtığım günden beri saatte 200'le sürmüştüm zihnimi. Tek ihtiyacım, çarpacak bir duvardı. Karşımda çarpışabileceğim sadece Kinyas'ın aynı hızla bana doğru gelen zihni vardı ama o da son anda direksiyonu kırıp bana çarpmaktan vazgeçmişti. Onun için sadece bir duvara ihtiyacım vardı şimdi. Aslında tam olarak dört duvara. Ve bir çatıya. Son nefesime kadar ölü zihnimle içinde yatabileceğim, yerin üstündeki tek mezar olacak bir kulübeye ihtiyacım vardı. Vücudumsa çürümeyen tek ceset olacaktı, dünya üzerindeki.

Koffi kapıyı çaldığında gece çoktan gelmişti. Yemek getirmişti yaşlı adam.

"Aç değilim ama yine de koy masanın üstüne" dedim.

"Birazdan Amidou'ya gideceğim. Söylememi istediğin başka bir şey var mı?" diye sordu.

"Hayır!" dedim.

"Sadece bilsin ki, bu bir ölüm kalım meselesi. Mutlaka gelmeli."

Kara mizah bendim. Ölüm kalım meselesi!..

Getirdiği balıktan biraz yiyip uyumaya çalıştım. Dışarıda olup bitenleri bilmek istemiyordum. Bir önlem olarak dışarılarda bir yerlerde beni gözetleyen siyah ciptekilere, ortalarda görünmemeleri gerektiğini, yarın gece patronlarının emrinin yerine getirileceğini söylemeliydim. Çünkü Fildişi Kıyısı gibi fakir bir ülkede büyük bir Amerikan arabası Amidou'yu şüphelendirmekle kalmaz, sonsuza dek izini kaybetmemize neden olabilirdi. Ama konuşmak istemiyordum kimseyle. Gücüm yoktu. Sadece bir tetiği çekip gitmek istiyordum. Hepsi o kadar... Öğlene doğru uyandığımda, Amidou'yu rüyamda gördüğümü hatırladım. Konuşuyordu benimle ama ben duymuyordum. Şu anki durumumuza çok uyuyordu bu sahne. Sonra yok oldu... Kendimi kötü hissetmiyordum, öldüreceğim adamın yüzünü uykumda gördüğüm için, ağlamayı düşünmüyordum. Ama hıçkırıklara boğulmasam da, bilinçaltımın böyle bir oyun oynamış olmasına sinirlenmiştim biraz. Artık her şeyi kontrol ettiğim inancında olmasam da, zihnimin bir bölümünün tamamen bağımsız çalışmasının yanında, bir de devreye istediğini yapan bir bilinçaltının girmesi mantığımı korumamı zorlaştırırdı...

İyi ile kötüyü insanların anlattığı kadarıyla biliyordum. Ama tarifleri benimkilere benzemiyordu. Ne yapacağını bilemeyen, pişmanlık içinde yaşayan birini öldürmemin beni kötüler sınıfına sokacağını düşünmüyordum...

Yanımdaki sehpanın üzerinde duran telefonu açıp Koffi'den bir cappuccino istedim. On beş dakika sonra getirip yatağın ucundaki masaya koydu. Hasta olup olmadığımı sordu. Endişelenmişti, daha önce hep kadınlarla yatmak ve uyumak için kullandığım otel odasından, geldiğimden beri hiç çıkmadığım için. Sağlığımın yerinde olduğunu ancak kendimi yorgun hissettiğimi, dinlenmem gerektiğini söyledim. Amidou'yu dün gece saklandığı yerde bulmuş ve mesajımı iletmişti. Koffi'nin dediğine göre, önce önemsememiş, ancak sonra neden çağırdığımı öğrenmek için bir sürü soru sormuştu. Belli ki şüphelenmişti bir şeylerden. Belki Koffi garip bir hareket sezmişti yaptıklarımda. Belki de siyah cipi fark edip Amidou'ya haber vermişti. Ama emin olduğum tek konu, bütün Afrika'dan kuşkulanabilecekleri, ancak asla benden zarar gelmeyeceğini düşünüyor olmalarıydı. Amidou'ya kazık atacak son adam bendim. Koca kıtada sadece benimle Türkçe konuşuyordu. Sırf pratiğimizi kaybetmemek için bile birbirimizi öldürmeyeceğimizi bilirdi. Sonuçta Koffi, Amidou'nun bu gece gelmeye çalışacağını söyleyerek odadan çıktı...

Dün gece çok terlediğim için çarşafların değişmesi gerekiyordu. Ben duş alırken, Koffi yeni çarşafları yatağa sermiş ve çıkmıştı. Ortalıkta duran tabancayı önemsemeyecek kadar ne işler çevirdiğimi bilirdi. Soğumuş cappuccino'yu balkonda yudumlarken, gökyüzü ile suyun buluştuğu çizgi üzerindeki beyaz köpükleri seyrettim. Ne zaman taşacak sular, denizler, okyanuslar, diye düşündüm. Ne zaman bütün dünya taşan nehir sularının altında kalacak? Yaratıcı ne zaman anlayacak hatasını?..
Eşyaları gözden geçirdim. Kıyafetlerimi koyduğum valiz, belgelerim ile bugüne kadar yazdıklarımı içine koyduğum büyük spor çantası. Ve birkaç ufak eşya daha. Kinyas'ın son görüşmemize kadar yazdıkları arabadaydı, başka bir çantada. Ne yapacağıma karar vermemiştim yazılarla. Üzerlerinde tarih ve şehir isimleri yazan binlerce satır yazı... Ve hepsi karışık duruyordu. Sıraya koymak isteyenin yıllarını alır, diye düşündüm. Ne yapacağımı bilmiyordum ama zihnimin hâkim olamadığım, içinde neler olup bittiğini bilmediğim bölümünün bana zamanı geldiğinde gerekli emri vereceğini de biliyordum. Bu emirler son anda geliyordu. Birden beynimde kelimeler canlanıyordu ve o şekilde anlıyordum yapılması gereken bir iş olduğunu. Sonunda tam bir şizofren olmayı başarmıştım. Beynimi tamamen ikiye bölmüştüm. Bir tarafı yaşadığım hayata dair kararlar alırken, diğer tarafı zihinsel ölümümle ilgileniyordu. Ve bu yazıları yazan ben, diğer tarafla karşılaşmadan yaşıyordum. Ama kafamın iki tarafında da tek bir arzu yankılanıyordu: Bir an önce bedenimin yaşadığı hayatı bitirip zihinsel ölümümü başlatmak...
Amidou'nun gelmesini beklemekten ve bütün düşüncelerimi bu konuda toplamaya çalışmaktan başka yapacağım bir iş yoktu. Odadan bir yürüyüş yapmak için bile çıkmak istemiyordum. Duvardaki saat öğleden sonra dördü gösteriyordu. Önümde en az altı saat daha vardı. Amidou geldiğinde hemen burada öldüremezdim. Silah sesi otelin duvarlarını delip Koffi'nin kulağına kadar giderdi. Ve çıplak garsonlarını, komilerini, toplayıp üstüme salardı hepsini. Öyle bir durumda beni dinleyeceğini hiç sanmıyordum. Amidou'yla aralarında kardeşçe bir ilişki vardı. Koffi, Julian Khyle'ın yaşamış olduğu hayata hayrandı. Kendisi hayatı boyunca beyazlar tarafından hor görülmüş olduğundan, anlatılanlara göre kolonicilerin annesine tecavüzlerini izlemek zorunda bırakıldığından, yaşayan her beyazdan gizli ama derin bir tonda nefret edi-

yordu. Ve kendi yapamadığını Amidou'nun gerçekleştirmiş, siyah bir isyan başlatmış olması, onu gözünde ilahlaştırmıştı. Yerde cesedi yatarken söyleyeceğim hiçbir sözü duymaz ve kendi elleriyle boğarak öldürürdü beni. Dolayısıyla Amidou'yu özel bir konuşma yapmak istediğimi söyleyerek arabaya bindirecektim. Öldürülmek istendiğimi, sürekli takip edildiğimi söyleyerek şehrin dışına çıkana kadar oyalayacak, torpido gözünden bir şey almasını isteyecek ve bakışlarını eğdiği anda da sol elimle kemerimdeki tabancayı çekip vuracaktım. Zor bir iş değildi. Zor olan, bugüne kadar kaç kişinin canını aldığımı hatırlamamdı...

Saatler ilerlerken iki cappuccino daha içtim. Odanın içinde, kapıdan balkona kadar yirmi defa gittim, geldim. 37 ekran televizyonun önünden geçerken ne kadar uzun zamandır seyretmediğimi düşündüm. Oysa ailemle yaşarken bazen yirmi dört saat hiç başından ayrılmadığım zamanlar olurdu. Reklamlar, filmler, ekonomi programları, çizgi filmler, kadın programları, ne olursa... O kadar uyuştururdu ki beynimi televizyon, seyretmek büyük bir zevk olurdu. Kafamdaki evden kaçma, Afrika'ya gitme fikirlerini dondururdu. Ama sabahlara kadar seyrettiğim televizyon yüzünden hiçbir yere yetişemez olmuştum. Bunu önlemek için de annemler odamdaki televizyona el koymuşlardı. Benim iyiliğim için. Okula geç kalmamam, sabahları rahatça uyanmam için. Bilemezlerdi tabii, televizyon seyretmeyince beynimde halay çeken garip fikirlerin çözülmeye başlayıp kullanılabilir hale geldiklerini. Birkaç yıl daha izleseydim reklamları, belki de hâlâ evimde annem, babamla oturuyor ve muayenehanemdeki sekreterin göğüslerini süzüyor olurdum. Belki de o zamanlar istediğim gibi, bir cerrah olurdum. Ama daha kendimi ameliyat edemedikten sonra ne işe yarardı ki?

Saat ilerlemeye devam ediyordu. Işığı kapatmış, bekliyordum. Yatakta otururken ve gözlerimin karanlığa ne kadar alışabildiğini keşfetmeye çalışırken kapının vurulduğunu duydum. Gözlerimin karanlıkla olan ilişkisi konusunda hiçbir zaman yeterince karanlık olamayacağı, insan gözünün mutlaka tam görmese de belli noktaları algılayabileceği sonucuna vararak kesin bir karar verip kapıyı açtım, ışıkla beraber. Geçen seferki deri pantolonuyla karşımda duruyordu Amidou.

"Gel, dışarı çıkalım. Konuşacaklarımız var" dedim.

Yatağın üzerindeki silahı alıp belime soktum. Ve çıktık. Hareketlerimde hiçbir gariplik yoktu. Her zamanki kabalığım ve ukala tavırlarım üzerimdeydi. Silahı görmüş olması hiçbir şey ifade etmiyordu çünkü kendisinin de üzerinde en az iki tane vardı. Mecburduk böyle gezmeye. Birbirimizi böyle seviyorduk. Silahlı!.. Koffi'nin yanından geçerken ikimiz de bir kafa hareketiyle selam verdik. Çok sevdiği arkadaşını öldürmeye götürüyordum. Büyük ihtimalle, Koffi de beni öldürüp intikamını almaya yemin edecekti birkaç gün içinde. Ama böğrüne kurşun saplayacak bir Kayra olmayacaktı ortalıkta... Arabaya binince sordu.

"Ne var? Ne oluyor?"

Biraz daha sustum, merakı artsın diye. Dikiz aynasına, dikkatini çekebilecek şekilde üç dört kez baktım. Takip ediliyor olma ihtimalimizi aklına getirsin diye. Böylece anlatacağım hikâyeye daha çok inanacaktı. Zaten fazla da rol yapmama gerek yoktu. Gerçekten takip ediliyorduk. Başladım, bu durumlarda yaptığım gibi kısık sesle konuşmaya.

"Amidou, çok büyük bir tehlikedeyim. Bana yardım etmelisin. Pinou beni öldürmek istiyor. Her yerde adamları var. Her an üstüme atlayabilirler. Peki ya sen? Sana güvenebilirim değil mi?"

Ufak bir Hollywood numarasıydı. Çok televizyon seyretmenin yararları!

"Alay mı ediyorsun? Aynı adam beni iki yıldır her yerde arıyor. Sen ne yaptın peki?"

"Fazla bir şey değil. Sadece Pinou'nun altı bin tane M-16'sını çalıp sattım. Ve o her şeyi öğrendi."

Abidjan'dan Grand-Bassam'a giden yola çıkmama on dakika vardı. Şehirlerarası yoldaki ilk asker kontrolüne gelmeden, palmiyelerin arasından geçen üç yüz metrelik bir mesafe vardı. Oraya kadar Amidou'nun ilgisini anlattıklarımda tutup gittiğimiz yeri merak etmemesini sağlamalıydım. İlerlemiş yaşına rağmen, en ufak şüphesinde 80'le giden bir arabadan atlamakta tereddüt etmezdi. O beni nerelere saklayabileceğini, bir süre sonra deniz yoluyla nasıl kaçırabileceğini anlatırken, ben namluya mermi sürüp sürmediğimi düşünüyordum. Eğer unuttuysam ölürdüm. Amidou'nun silahını çekip ağzıma sokması ve ateşlemesi sadece iki saniyesini alırdı. Palmiyeler uzaktan görünüyorlardı. Direksiyonu sağ elimde tutarken sol elimi de bacağımın üzerine koymuştum. Bir yandan da "Aslında seni bulduğuma çok mutluyum. Çünkü beni bu durumdan kurtaracak tek kişi sensin. Sana güvenebileceğimi biliyordum. Hayatımı kurtaracaksın. Sana minnettarım!" diyordum. Doğruydu söylediklerim. Hayatımı kurtaracaktı. Ama ölerek!

Palmiyeler başladı. Torpido gözüne baktırma fikri aptalca geldi. Ve aklıma dünya kadar eski bir numara geldi. Ve geldiği için de utandım kendimden ama palmiyeler de bitecekti birazdan. Uygulamalıydım bulduğum numarayı. Sol elimle deniz tarafındaki, yani sağ taraftaki bambu evleri göstererek, "Maquis Quatre Parasols burada mıydı?" diye sordum. Cümlenin bitimiyle kafasını yanındaki cama çevirdi. Aynı anda sol elimle belimdeki silahı çıkardım, sağ kolumun üstünden tutup tetiğe bastım. Hiçbir şey! Namluda mermi olduğuna emindim. Tutukluk yapmıştı. Tetik sesini duyduğu anda Amidou kafasını çevirip, önce dolunayın ışığıyla parlayan kendisine doğrultulmuş çeliğe, sonra da gözlerime baktı. Bir saniye birbirimizin gözlerine baktık. Ruhlarımızın röntgenlerini çektik o bir saniye boyunca. Sağ elinin deri montunun içinde kaybolduğunu görünce ikinci kez bastım tetiğe. Öyle bir ses oldu ki camları kapalı arabada, deprem olduğunu, yerin yarıldığını, dünyanın bölündüğünü sandım. Kafasına doğru tuttuğum silahtan çıkan kurşun yanağından girmişti. Arabanın sağ ön camı karanlıkta, üzerime bir kovayla siyah boya atılmış gibi duruyordu. Yüzüme birkaç damla kan sıçradığının farkındaydım. Ama hâlâ sesini kulaklarımda duyduğum patlamanın çınlamasını dinliyordum. Kısa mesafeden başına yediği kurşun Amidou'yu, derisini deldikten hemen sonra öldürmüştü. Silahın geri tepmesinden, dirseğimi kapının koluna çarpmıştım. Amidou'nun kafası kurşunu ilk içine aldığında, sağ tarafa doğru havalanıp uçmak istemiş, ama seksen kiloluk bir vücuda bağlı olduğu için fazla uzağa gidememiş, önüne düşmüştü. Çenesi neredeyse göğüs hizasına kadar inmişti. Gözleri açık ve hâlâ silah tutukluk yaptıktan sonraki ifadeleriyle bakıyordu.

O bir saniye, yıllardır tanıdığım Amidou'nun bana anlatmak istediği, dünyaya haykırmak istediği her kelimeyi, her küfrü gizliyordu içinde. Eğer beynimin yarısını zihinsel ölümüme ayırmış olmasaydım, gözlerimin içine bakan o siyah, iri gözleri asla unutamaz ve geri kalan hayatım boyunca kâbuslarımın vazgeçilmez misafirleri yapardım... Ama barut kokusundan başka hiçbir şey hissetmiyordum. Hiçbir pişmanlık, acıma, ne olursa, hiçbir duygunun parçası yoktu. Sadece silahı tutan elim titriyordu... Palmiyeleri geçtikten sonra sahile çevirdim arabanın tekerleklerini. Sert kumların üzerinde denizin dibine kadar gittim. Dalgalar yüksekti. Birkaç saat sonra çekilecekti okyanus. Medcezir temizleyecekti kumun içindeki her pisliği... Kapısını açtığımda Amidou'nun, cansız vücuduyla birlikte arabanın içindeki kan kokusu da dışarı fırladı. Sürükleyerek, dalgaların içine götürdüm ağır vücudunu. Dizlerim ıslanıyor ve Amidou'nun vücudu ıslanan kıyafetlerinden, derilerinden dolayı ağırlaşıyordu. Ve yeterince açıldığımı yani suyun bel hizama geldiğini görünce okyanusun yüzeyinde bata çıka duran vücudu serbest bıraktım. Olduğu yerde bir ileri bir geri gitmeye başladı. Sadece vücudun ince bir bölümü suyun üzerindeydi, batan bir kayık gibi. Sahile çıktım. Dönüp karanlıkta suyun üzerindeki vücudu görmeye çalıştım. Dolunay yardım etti. Akıntı yardım etti. Uzaklaşmaya başladı. Bir iki saat sonra kıyıdan kilometrelerce uzakta olacaktı. Benim için, iki gün boyunca bulunmaması yeterli olurdu...

Arabaya döndüm, torpido gözünü açtım. Siyah torbayı alıp içindekileri elime boşalttım. İki tane kanlı siyah top. Amidou'nun o bir saniye boyunca Sezar'ın Brütüs'e baktığıyla aynı bakan gözleri. Kaşıkla değil ama usturayla çıkarmıştım. Zedelememeye çalışarak. Ama fazlasıyla parçalamak zorunda kalmıştım yüzünü arabada, bu gözleri çıkarmaya çalışırken... Otele ancak biraz olsun kuruduktan sonra dönebilirdim. Sabaha doğru. Sonra da eşyalarımı toplayıp Feridoun'a, yani Greenville'e doğru basacaktım gaza...

Sahilde, arabanın içini ve yüzümü deniz suyuyla temizledikten sonra, dört saat boyunca oturdum motor kapağının üstünde. Ön cama sırtımı yaslayıp ayaklarımı uzattım. Bir ara sol ayağımın yanında Mercedes'in yıldızını gördüm. Tek bir tekmede karıştı o da Afrika'nın kumuna. Hepimizin er ya da geç karışacağı toprağa... Amidou'yu unutmamak söz konusu değildi çünkü hiç düşünmüyordum bile. Ben sadece, camlardan çıkmış ama döşemeden gitmemekte ısrar eden kanı düşünüyordum. Pinou, Amidou'nun gözleriyle misket oynayabilir ya da limuzininin dikiz aynasına asabilirdi, ilgilenmiyordum. Sadece paramı istiyordum. Ve Banjul'a gitmek. Hepsi bu.

Bu kadar kan akmasına gerek kalmazdı eğer birisi çıkıp benimle ölene kadar ilgileneceğini söyleseydi. Biri çıkıp da bana âşık olsaydı...

Otele dönerken, Amidou'yla beş saat önce geçtiğimiz yolda yaptığımız konuşmayı hatırladım. Çok berbat bir adamdım. Bana güvenen birini öldürmek annemi öldürmeme benziyordu. Yapar mıydım anneme de aynısını, diye düşündüm. Yanıt veremedim. Simsiyahtı zihnim. İçeridekiler çoktan uykuya dalmıştı. Ya da böylesine zor bir soruya yanıt vermemek için uyuyor taklidi yapıyorlardı... Koffi'yi gördüm kapıda. Bu adam hiç uyumaz mı, diye düşündüm. Odama çıkıp eşyalarımı aldım. İki bin dolar çıkarıp koydum Koffi'nin eline. Afrika'nın en pahalı otellerinden birinde kalıyordum. Gecesi bin dolar! Eşyalarımı bagaja koyduktan sonra Koffi'nin elini sıktım. Bunu ilk defa yapıyordum. İlk kez Koffi'ye dokunuyordum. Belki de geçmişte kendini yumruklayanların dışında o da ilk kez bir beyaza dokunuyordu. "Her şey için teşekkür ederim" dedim. Tamamladım içimden: "Buna, öldürmem için ayağıma kadar getirdiğin en iyi dostun dahil."

Liberya'ya geçerken sınırda biraz problem çıktı. Askerlerden biri dürüstlük abidesini oynuyordu. Çünkü daha çok nakit istiyordu. Ama ben üzerimdekilerin hepsini zaten vermiştim. Feridoun'a telefon ettim, beton sınır karakolundan. Ne de olsa Liberya, içini kasıp kavuran iç savaştan önce bambu sınır karakollu komşusundan daha zengin bir ülkeydi bir zamanlar. Ama şimdi Liberya'da herkes zengindi. Liberya ve Liberyalılar hariç!

Greenville'deki Feridoun'un karargâhına, Uzileriyle bütünleşmiş iki adamın eşliğinde girdiğimde, karşımda üç gün önce bıraktığım aynı manzara karşıladı beni. Üç insan da aynı pozisyonda durmuşlardı. Belki de hiç kımıldamamışlardı yerlerinden. Odanın ağır, yeraltı dünyası havasını korumak için yapılan bir gösteriydi belki de bu... Paranın satın aldığı güzel kadın Esthelle oluyordu. Paraya bütün akan kanlardan sonra el koyan yaşlı çirkin Pinou'ydu. Ve hiçbir zaman tam olarak bir yasadışı örgütün gerçek lideri olamayacağını bilerek yaşayan yardımcı rolündekiyse Feridoun oluyordu. Papa'nın iki yanında, duvara yapışmış olarak bekleyen silahlı zenciler, işin özünü, yani çıkar amaçlı şiddeti temsil ediyorlardı...

İçeri girer girmez Feridoun'un arkasında oturduğu büyük çalışma masasının üzerine, ceketimin iç cebinden çıkardığım küçük, şeffaf poşeti koyup iki adım geri çekildim. Esthelle kanlı poşetin içindekileri tahmin etmekte gecikmediği için kısık bir iğrenme sesi çıkardı. Pinou şaşırmış görünmemek için kendini zorlayarak "Bunlar Julian'ın mı?" diye sordu.

"Kontrol etmek isterseniz okyanusa açılmamız gerekir!" diyerek yanıt verdim.

Boş yere yapılan konuşmalara dayanacak durumda değildim. Bir an önce kurtulmak istiyordum yerin altındaki odadan.

"Size inanıyoruz. Sinirlenmenize gerek yok" diye devam etti Pinou. Tabii ki inanacaktı! Kıçımdan ayrılmayan adamlarının, Amidou'nun cesedini denize bırakırken beni seyrettiklerinden adım gibi emindim...

Feridoun'a bakarak, "Para!" dedi. O da kurulmuş bir oyuncak gibi yanındaki iki çantayı sırayla alıp masanın üstüne koydu. Sonra da açıp bana doğru çevirdi.

"Saymak isteyeceğinizi sanmıyorum" diyerek içinde bulunduğumuz gergin havayı dağıtmaya çalıştı Pinou. Tabii ki saymak istemiyordum! Tek istediğim gitmekti. Kaçmak, yok olmak.

"Benzer bir iş için ihtiyacımız olursa sizi nasıl bulabiliriz?" diye sordu Pinou, ben çantaları kapatırken.

"Bulamazsınız" diyerek kestirip attım. Ters yanıtım biraz riskliydi. Ama Pinou da, ben de, bir adamın istemediği takdirde Afrika denen çukurda bulunmasının neredeyse imkânsız olduğunu biliyorduk. Üstelemedi. Feridoun ve Pinou'nun ellerini sıktıktan sonra, Esthelle'i de görmezden gelip dışarı çıktım. Çantaları arabanın bagajına koyup Pinou'nun adamlarının sürdüğü cipi takip etmeye başladım. Söz verdiği gibi bana bir tekne ayarlamıştı. Ve adamları da beni o tekneye götürüyordu. Limana girdik. Birkaç yüz metre daha ilerledikten sonra iki yelkenli bir teknenin önünde durduk. Kaptanla tanıştırıldım. Eşyalarım taşındı. Ve hemen yola çıkmak istediğimi söylediğim için bir saat süren hazırlıklardan sonra denize açıldık. Teknenin ismi Hope'tu. Yani Umut. Umut teknesiyle, bu hayat ve dünyadan umutsuz olduğum için zihnimi öldürmeye gidiyordum. Çelişkilerin yakamı bırakmaya niyetleri hiçbir zaman olmamıştı...

Denizin üzerindeki yolculuğumuz bir hafta sürdü. Kıyıya çok yakın yol almamıza rağmen dalgalar izin vermemişti hızlı gitmemize. Ne kaptan, ne de iki kişiden oluşan mürettebat benimle ilgilenmişti. Kamsar yakınlarında neredeyse batıyorduk. Onun dışında pek bir sorun çıkmadı... Günlerimi genellikle geminin burnunda üzerimde battaniyeyle, yazarak geçirdim. Elimde kâğıt ve kalem olmadığı zamanlarda kamaradaki yatağa uzanmış, düşüncelerimin akmasına izin veriyor oluyordum... Kaptan ile tayfalardan birinin arasında herhangi bir patron işçi ilişkisinden fazlası olduğunu anlamam uzun sürmedi. Geceleri çok ses çıkarıyorlardı. Bense gözlerimi kapatınca hiç gitmediğim Banjul'un yakınlarında bulacağım sarayımı düşünüyordum. Çok az yemek yediğim için sürekli bir yorgunluk vardı üzerimde. İlk başlarda az yemek, tam tersine gözle görülür bir enerji katmıştı vücuduma. Dirileşmişti organlarım. Ama yemekten uzaklaşma eylemim artık gerçek sonuçlarını doğurmaya başlamıştı. Bazı geceler, kâğıt oynamıştık. Kazandığım içkiler bana bir şey ifade etmediklerinden, oyundan sonra geri veriyordum koutoukou şişelerini... Ve bir sabah, kamaramda uyanmış, annemi düşünürken kaptan içeri girip Banjul limanına yarım saat sonra varacağımızı söyledi...

Yarım saat geçti. Attık demiri. Banjul'un beton limanına ilk ayak basan ben oldum. Sonra eşyalar geldi. Kaptan ayarladı birkaç bin dolarla ülkeye girişimi... Ve daha önce hiç gelmediğim bir ülkede kendimi yapayalnız buldum; Umut ismindeki Liberya bandıralı teknenin uzaklaşmasını seyrederken. Bissau yakınlarına bir paket teslim etmeye gidiyorlardı... "İşte!" dedim. "Umut bu. Bir tekne. Başka bir şey değil. Koca okyanusta devrilmeden yol almaya çabalayan bir tekne. Sonsuzluğun dalgalarıyla savaşan bir ceviz kabuğu. Hepsi bu. Köhne bir tekne." Ben bindim. Kamarasında uyudum. Hiçbir şey değişmedi. İsterdim yeni bir insan olarak inmeyi o tekneden. Değişmeyi, iyi biri olmayı, hissetmeyi, sevmeyi. Hepsini isterdim. Ama istemenin yetmediğini çok erken anladım. Hiçbir şeyin yetmediğini! Dünyayla mesafeli bir dostluk kurmak zorunda kaldım. Çünkü kuşkulandım bana verdiği hediyelerden. Her şeyden! Kendimi kaybettim. Buldum. Umut adındaki teknede bir hafta kaldım. Ne dövmelerim silindi, ne de zihnim ölmekten vazgeçti... Belki de her gün düzenli olarak kullanacağım Lustral benzeri bir antidepresanla her şey düzelebilirdi. Doktor kontrolünde gelişen bir tedaviyle yaşamaya alışabilirdim belki de, insanların arasında. Sosyoloji kitaplarındaki o meşhur birey olurdum belki tedavinin sonunda. Hedefleri olan, kendini gerçekleştirmeye çalışan, toplumun temelini tırnaklarıyla inşa etmiş o birey olurdum. Ama olmadı! Ne doktora gittim, ne de ilaç kullandım. Tersine ben doktor olmaya çalıştım. Düşmanı tanımak için. Anladım ki daha sonra, düşmanım da mutsuz kafesinde. O da, bir gün kravatını koparıp, önüne ilk çıkanı öldürüp yok olmak istiyor. O da caddelerde koşmak istiyor, üstüne gelen arabalara doğru. O da dinamitlemek istiyor, her gün biraz daha insanlığından ödünç verdiği toplumun temelini. Görünce gizli arzusunu düşmanımın, yapacak bir şey kalmadığını anladım. Ne düşman vardı, ne de ben vardım. "Olmak ve var olmak arasında çok fark var" derler, yüzyılın ortasından çıkıp gelmiş seçkin entelektüeller... Ama bilmiyorlar ki, ikisi de yok... Var olmak bir hayal, olmayan bir dünyada...

Dünyanın var olmadığını yıllar önce bir arkadaşıma söylediğimde, "Bu senin düşüncen" yanıtını almıştım. Tartışmanın galibi olmak için verilecek yanıt basitti.

"Dünyanın var olduğu da, başlangıçta birinin düşüncesiydi. Belki Tanrı'nın! Belki de başka bir gücün. Ama mutlaka, bu dünyanın da düşünce aşamasında olduğu bir zaman vardı."

Ancak altı yolcu aldığı takdirde hareket edecek olan station wagon Peugeot'nun şoförüne, Banjul'un merkezine kadar beni götürmesi için arabada olmayan diğer beş kişinin de parasını verdim. Kabul etti ve çıktık yola. Limandan şehre giden yol geniş bir caddeydi. İki tarafında da gözün görebileceği en uzak noktaya kadar yayılmış yeşil renk hâkimdi. Ve palmiyeler. Uzun süredir kanıksamış olduğum, beni artık kesinlikle etkilemeyen ancak ilk defa Afrika'nın batısına gelmiş birini kendine hayran bırakacak manzara yavaş yavaş renk değiştirdi. Beyaza, griye dönmeye başladı. Binaların krallığına gelmiştik. Şoföre, beni sıradan bir otele götürmesini söylemiştim. Merkezde olması, aradığım tek özellikti, çünkü araba satın alıp ya da kiralayıp kullanmayı kesinlikle düşünmüyordum. Bir arabayı nasıl en iyi şekilde kullanabileceğime dair sahip olduğum bilgilere güvenemiyordum. Ve tek istediğim yürümekti. Bundan sonra, eşyalarımı başka bir yere götürmediğim takdirde her yere yürüyerek gidecektim. Araba kullanmayı yürümekten daha sonra öğrendiğim için unutmaya da onunla başlamıştım.

1976 model olduğunu tahmin ettiğim Peugeot'nun direksiyonundaki adamın ensesine bakıyordum, dışarıdaki binaların hızlı bir şekilde yok olmaları gözlerimi rahatsız ettiğinden. Ve o ense konuştu. Aslında tabii ki önümdeki terli ense değildi konuşan. Tam arkasına düşen ağızdan çıkıyordu söylenenler:

"Banjul çok güzeldir. Ben Jesus! Her konuda yardımcı olabilirim size."

Çevre ülkelerdeki birçok taksi, dolmuş şoförü gibi Jesus da beden taşımacılığı işinden kazandığı parayla geçinemiyor ve her gördüğü, simasını tanımadığı beyaza bildiği bütün ahlaksızlıkları teklif ediyordu.

"Bana uzun süredir kimse yardım etmedi. Senin de etmeni istemiyorum" dedim sert bir tonda.

Jesus, böyle bir çıkış beklemediği ve beni yaka paça arabasından atamayacağı kadar çok para verdiğim için Hotel Capricorne'un önüne gelene kadar bir daha konuşmadı. Ve ben sessiz ensesini seyrettim... Capricorne ismindeki otel dört katlı, sıvası yeni yapılmış bir binaydı. Banjul orta büyüklükte bir şehirdi. Beni şaşırtan binalar ya da insanlar görmemiştim arabanın içinden dışarıya attığım bakışlar esnasında. Sıradan bir Afrika şehriydi. Rutubeti, güneşi, gündüzleri farelerin yuva yaptıkları palmiyeleri ve sokaklarında devriye gezen hâki üniformalı askerleriyle... Hotel Capricorne dar bir sokağın içinde, şehir merkezi diye adlandırılan yere insanların çıplak ayaklarının seslerini duyabileceğim kadar yakındı. Odanın içi basit ve kullanışlı eşyalarla doldurulmuştu. Çift kişilik bir yatak. Ki ihtiyacım olmayacaktı, bana yarısı da yeterdi çünkü kadınlarımla yatmıyordum artık. İçimde cinsel hiçbir istek yoktu. Kesinlikle tam bir karanlık. Hiçbir duygu düşmüyor beyin sinirlerimin ağına, seks deyince. Ve yatağın yanında bir masa. Öbür tarafta da bir gömme dolap. Komiye cebimdeki birkaç Fransız Frangı'nı verip, bir duş aldım. Su soğuktu. Bu bir mucize olmalıydı çünkü Afrika'da yıkanmak için soğuk su bulmak, sokakta dilenci görmeden yürümekten daha zordu... Duştan çıktıktan sonra yatağa yattım.

Ne yapacağımı, sırasıyla gitmem gereken yerleri, hepsini bilmeliydim. Beni zihinsel ölümüme götürecek işlerin hepsini aklımda isimlendirmiş olmalıydım. Ama hayır! Hiçbir şey gelmiyordu. Hiçbir fikir ışığı yoktu. Kulaklarımın daha az duymasını, içkiyi, tütünü, kadınları bırakmamı, çok seyrek yemek yememi emretmiş olan zihnimdeki gizli bölme susmuştu. Ne bir ses, ne de bir resim. Hiçbir rota gelmiyordu zihinsel yolcuğumun kaptanından...

Birkaç saat sonra hâlâ yatakta çırılçıplak yatıyordum. Ve sadece neden ne yapacağımı bilemediğimi düşünebilmiştim geçen zaman içinde. Acaba öyle bir bölme yok muydu beynimin içinde? Zihinsel ölümü tamamen ben mi uydurmuştum? Sadece gerçek hayatta ahlaki değerler dahilinde başarısız olmuş bir zavallının kendini uyuşturabilmek için uydurduğu bir masal mıydı?.. Terliyordum. Yatakta, çarşafın üzerinde kendi etrafımda dönerken, kumaş derime yapışıyordu. Kurtulmak için dönüyordum olduğum yerde. Ama hareket ettikçe daha çok yapışıyordu. Kendimi nasıl böylesi bir ölüme inandırabilmiştim?.. Bütün dünya yapışıyordu artık vücuduma. Her şey. Çocukluğum, eski arkadaşlarım, ailem, altı milyar insan. Bırakmak istemiyorlardı beni. Gitmemi, yok olmamı, zihnimi öldürmemi engellemeye çalışıyorlardı. Bense dönüyordum yatakta. Gözlerimi açmaktan korkuyordum. Bu panik, beynimden bir emrin gelmemesi, zihinsel ölümün varlığı hakkındaki şüphem, içimdeki bütün acı belki de, köklerimi saldığım dünyadan kopmamın bedeliydi. Belki de iki kutu ilaç içip kendisini kurtarmaları için polisi arayan birinin korkusuydu vücudumu kaplayan...

Bir süre sonra yavaşladı yüzümden fışkıran terler. Nehirler duruldu. Nefes nefese kollarımı açıp durdum. "Sakin olmalıyım!" dedim. "Hayal görmedim. Rüya değildi olanlar. Sakin olmalıyım. Bütün yanıtlar bende. Sorabileceğim bütün soruların karşılığı ciğerlerimde. Sakin olmalıyım. Şimdi durumun analizini yapalım. Elimizde bir adam var..." Bir muhasebeci gibi hesap yaptığım için utanıyordum kendimden. Utanacak başka kimsem yoktu...

Bir adam var. Ve zihnini, düşünceler sistemini kapatmak, iptal etmek, yok etmek istiyor. Böyle bir şey yapmasının nedeni, bütün bunlar açıkken kendini hiçbir zaman iyi hissetmemiş olması. Bu kadar basit mi? Evet! Sadece iyi hissetmek için mi bunları yaptı bugüne kadar? Evet! Her şeyi denedi mi hayatta, böylesi önemli bir kararı vermeden önce? Hayır! Peki aceleyle verilmiş yanlış bir karar olmadığına emin mi? Evet! Ama daha sadece yirmi dokuz yaşında. Geç bile kalmış! Dünyayı reddinin nedenini belirleyebilmiş mi kafasında, yoksa o da kuşağının çocukları gibi sıkıntıdan mı girmiş bu işe? Nedenini biliyor. Sadece çağının çocuklarına değil, kimseye benzemiyor. Nedeni bir tane. Her şeyin, içinde her gün büyüyen sonsuzluğun nedeni bir tane. O da yaşadığı hayata uzaktan bakabilme yeteneği. Kişinin öncelikle kendine uzaktan bakmasıyla başlayan daha sonra bütün hayatına, dostlarına yayarak keskinleştirdiği uzaktan seyredebilme yeteneği. Zaman içinde normal bir insanın yapması gerekenlere, bunları yaparken itaat etmesi gereken toplumsal, ahlaki ve yasal kurallara uzaktan bakabilme yeteneği. Ve Kayra içinde keşfettiği bu yetenekle kendini, sihirbazın numaralarının gerçek yüzlerini bilen ve eğlenemeyen bir çocuk gibi hissediyor.

Onu güldürmeye çalışan palyaçonun makyajının altındaki acıları fark edebildiğinden gülemeyen bir çocuğa benziyor... Hayatın kulislerinde gezdiği için sahneden nefret eden biri gibi. Uzaktan bakabilmek olup bitenlere onu yaşayan değil, var olan değil, gören ve iğrenen haline getiriyor. Belli bir süre sonra iğrenmenin yerini duygusuzluk ve kayıtsızlık alıyor. Dünya üzerinde oynanan gündelik hayat oyununun kurallarını, onlara uymayacak kadar iyi tanıyor. Kadınları öperken gözlerini kapatmıyor. Bir usturayla kolunun üzerine yazı yazarken acı duymuyor, çünkü o anlarda kendini başkasının vücudundaymış gibi seyretmekle meşgul oluyor. Var olan her şeye uzaktan bakabildiği için hiçbirinin sihrine kapılamıyor. Ve gözleri gördüğü için hayatın arkasını, dünyanın o kadar da iyi tasarlanmış bir yer olmadığını biliyor. Ve uzaktan seyrettiği hayat ateşi onu ısıtmadığı için "Zihnimi öldürürüm!" diyor. Oysa uzaktan bakamayacağı herhangi biri ya da bir şey çıksa karşısına, hazır, ateşi nasırlaşmış, çıplak elleriyle tutmaya... Ve milyarda bir görülen uzaktan bakabilme yeteneği Kayra'da var. Farkında olmadan geliştirdiği, bütün insanlığı yaşadığı hayattan vazgeçirecek kadar büyüttüğü bir yetenek. Dünyaya, Tanrı'ya, aşka, paraya, ideallere, her şeye uzaktan bakabilme yeteneğine sahip olmasından ötürü hayatı da gerçek değil. Gülerken kendisi değil. Öldürürken Kayra değil. Sadece, bunları yapan 75 kiloluk bir et yığını. Bir beden. Hepsi bu. Kendisine uzaktan bakan bir zihin. Ve bu yeteneğinin yok olmayacağını bildiğinden, kendisini büyüleyecek kadar mükemmelleşmiş bir hayatın, böylesi bir yeteneğe sahip olanların bile uzaktan bakamayacakları, davetkâr bir dünyanın gelmeyeceğini bildiğinden zihnini öldürmeye karar veriyor...

Yarısını yüksek sesle, yarısını içimden yaptığım, içimdeki seslerin konuşmasından doğan diyalog sayesinde biraz olsun rahatlamıştım. Onaylamadığım bir yöntem de uygulamış olsam, kafasını toplamaya ihtiyacı olan ve her şeyi sırasıyla düşünerek çözüme ulaşmaya çalışan insanların yöntemini uygulamış da olsam, işe yaramıştı. Seslerden birinin son yaptığı konuşma bana, içimde bulduğum durumun nereden kaynaklandığını, zihinsel ölümü neden arzuladığımı anlatmaya yetmişti. Artık biliyordum, tamamen kontrolden çıkmış bir yetenekten kaynaklandığını. Ben sadece fazlasıyla ciddiye almıştım, küçükken babamın bana birini üzdüğümde söylediği o sözü, "Kendini karşındakinin yerine koy." Ve ilk başlarda bunu o kadar çok yapmıştım ki, bir gün dönüş yolunu yani kendimi bulamadım ve beynimin bir parçası boşlukta uçuşan, hayata uzaktan bakan, sadece seyreden bir çift göze dönüştü. Bütün duyguları bilen ama hiçbirini hissetmeyen biri oldu Kayra. İşte her şey, vardığım nokta, üzerinde döndüğüm yatakta gerçek ismimi hatırlayamıyor oluşum bundan kaynaklanıyordu. Bende gerçeklik duygusu yoktu. Hepsi bu!

Doğruldum yattığım yerde. Bitmişti sorular. Sıra geldi, yağmur gibi yağan emirleri dinlemeye. Çark dönüyor ve program devam ediyordu. Kendimi dinlemek işe yaramıştı. Saklandığı yerden çıkan zihnimin diğer tarafı, karanlık yüzü dışarı gitmemi emretti. Yürümemi. Önce Banjul'un içinde, sonra dışına doğru. Sahilden yürümemi fısıldıyordu kulağıma. Rüzgârın uçurduğu okyanus zerrelerinin sağ yanağıma değdiklerini hissedebileceğim kadar sahilden. Ve bulacaksın, diyordu. Belki bir ev, belki de bir kulübe. Ben de biliyordum bulacağımı.

Siyah kısa kollu gömleğim, siyah keten pantolonum. Yanıma silah almadım. Sadece çorabıma sıkıştırdığım küçük Solingen usturam. Saçlarımı taradım aynanın karşısında. Yavaşça. Hiçbir telini üzmeden. Eskiden gitarımın tellerini de böyle okşardım. Bıyığıma daha da korkunç bir şekil verdim parmaklarımla. Ve kostümümü tamamlayan siyah gözlüğümü taktım. Mümkün olduğunca çıplak ayakla ya da beyazların çoğunun yaptığı gibi sandaletlerle dolaşmadım. Afrika'ya ilk geldiğimden beri. Gittiği yerlere uyum sağlayan biri değildim. Her ay bir yenisini aldığım, bağcıklı siyah deri ayakkabılar giyiyordum. Çünkü çıkabilecek kavgalarda ayakkabıların sağlam burunlarıyla atılacak tekmelerin çok yararı oluyordu. Dolayısıyla bir turistten çok, bir elmas kaçakçısına benzetirlerdi beni, sokakta yürürken. Son bir kez aynada kendime baktım. Gömlekten taşmış kollarımdaki dövmelere baktım. Ne zaman yaptırdığımı bile hatırlamıyordum birçoğunu. Anlamlarını, hiçbir şeyi hatırlamıyordum. Ve güldüm kendime bakarak, sahip olduğum tek şey olan bedenimi böylesine hoyratça kullandığım için. Annem derdi zaten:

"Dokunduğun her şeyi bozuyorsun! İyi bakmıyorsun eşyalarına."

Haklıymış... Bedenimi de bozmuştum...

Otelin kapısına inip sağa sola baktım. Akşamüstünün kokuları ve serinliği bastırmıştı Gambiya'ya. İngiliz kültüründen nasibini almış bir

324

halkın arasında, seslerin en çok geldiği tarafa doğru yürümeye başladım... Ben biraz garip yürüyordum. Çok hafif yaylanarak. Kollarımı fazlasıyla sallayarak. Ayda yürüyormuş gibi... Birkaç beyaz gördüm sokaklarda. Yol soran. Kendilerine uzatılan sahte, markalı parfümlere bakan. Birkaç tane de, geçen arabaların içinde gördüm. Tanıdım onları hemen. Kaymağını yiyenlerdi onlar. Derilerinin renginin doğal hakkını alanlar. Afrika'nın etini yiyen beyazlar. Pinou benzeri yarasalar. Büyük siyah Mercedes'ler içinde geziyorlardı şehrin sokaklarında. Eğer vazgeçmeseydim hayattan, ben de onlar gibi olacaktım. En şiddetli işi bile kabullenebildiğimi, tamamlayabildiğimi bilen bu adamlar, beni de yanlarına katmak için her şeyi yapacaklarından, karşı koyamayacak ve Ortaçağ soylularına benzeyen yılanların arasına karışacaktım...

Gördüğüm ilk bara girdim. Kafaların bana dönmesi uzun sürmedi. İçeridekilerin yarısı fahişe, yarısı da şişko beyazlardı. Bunlar genelde, birkaç haftalığına karılarından kurtulmak ve seks için buralara gelmiş turistlerdi. Her masada bir zenci erkek vardı, şişkoları otellerinden alıp buraya getirmiş ve kadınlarla anlaşmalarını sağlayacak olan... Anladılar benim o beyazlardan olmadığımı. Ne ayağımda Nike terlikler, ne de aynı renkten belimde bir freebag vardı. Boş olan bir masaya oturup neredeyse göğüslerinin tamamını açıkta bırakan bluzuyla ortalıkta dolaşan garson kızın ne içeceğimi sormasını bekledim. Ve geldi. Göğüslerinin burnuma girmesini önlemek için kafamı biraz geri çekmek zorunda kalarak, "Bir cappuccino" dedim. Gözlerini açarak şaşırmasını beklemek istemedim, en azından bir viski söyleyeceğimi uman iri göğüslü kadın garsonun. "Hemen!" diye bitirdim aramızdaki ilişkiyi. Bir şeyler mırıldanıp kendi kabile dilinde, bara doğru gitti siparişimi söylemek için. Gözlüklerimi çıkarıp gömleğimin cebine astım. Üzerimde sadece Fransız Frangı vardı. İki küsur milyon dolar odamdaydı. Umursamıyordum, bir temizlikçinin meraklı hareketlerle çantaların içindekilerini keşfedip sevinçten çığlık atma ihtimalini...

Kafamı kaldırdığımda, karşımda bir kadının oturduğunu gördüm. Gerçekten de algılarım zayıflıyordu. Nasıl fark edememiştim, sandalyeyi çekip karşıma oturduğunu? Bir fahişeydi. Koyu kızıl saçlı bir zenci. Bembeyaz dişleriyle sırıtıyordu. Ve masanın altından, sağ eli sol dizimi okşamaya başlamıştı. Elimi pantolonun cebine götürüp, tomarın için-

den üç yüzlük olduğunu tahmin ettiğim banknotları çıkarıp dizimi ok-
şayan eline yine masanın altından tutuşturdum. Paranın tene dokunun-
ca verdiği hissi en gerçek orgazm olarak kabul ettiğinden, birden gözle-
ri kısıldı, yüzüne daha da yayıldı ağzı.

"Teşekkür ederim. Ama neden?" diye sordu düzgün İngilizcesiyle.

"Beni rahat bırakman için!" deyince ağzı birden tek bir noktaya dö-
nüştü ve gürültülü bir şekilde, iri kalçasının yardımıyla sandalyesini geri
iterek kalkıp iki masa yakındaki başka bir beyazın karşısına oturdu. Tabii
ki benim 300 frank çoktan inmişti siyah rugan çantasının dibine. Ama yi-
ne de oturduğu yerden beni görebildiği için karşısındaki yaşlı beyazla gü-
lümseyerek konuşurken, arada bir zenci kadınlara has melek-şeytan ba-
kışlarını fırlatıyordu... Ve aramıza, göğüslerini bütün gözlere ikram eden
garson kadın girdi. Bordo ojeli bir sağ el önüme cappuccino'mu koydu.
Parmaklarından başlayan yolu takip edip koluna, omzuna, boynuna, çe-
nesine geçcrek en sonunda gözlerinde bitirdim yolculuğumu.

"Çok teşekkür ederim" dedim, deminki kabalığımı affettirmek için.
Yakışıklı olmasam da, cebimde para olduğuna işaret eden kıyafetlerim
ve bölgede değeri asla düşmeyecek beyaz bir derim vardı. Dolayısıyla
yüzüne bir gülümseme oturtması fazla uzun sürmedi. Biraz daha yak-
laşıp eğildi yüzüme doğru. Tütün kokuyordu. Mentollü.

"Ne zaman istersen çağır beni. Buralardayım..." İlk tokadı bu kelime-
lerle geldi. Sonra da kalçalarını konuşturmaya başladı. En az vücudu-
nun önü kadar çok hikâye anlatıyordu arkası. Gerçek bir gösteriydi ka-
dın. Böyle insanlar tanımıştım. One-man-show'lar!..

Sağ çaprazımda oturan fahişe beni bakışlarıyla pişman etmeye çalışı-
yordu hâlâ. Onu reddettiğim için kendimi öldürmemi istiyor olmalıydı.
Ama benim öyle bir niyetim yoktu. Benim hiçbir cinsel niyetim yoktu.
Cappuccino'nun köpüğü, geldiğinde çok az ve tadı da acıydı. Yarısına
geldiğimde, rahatsız olmadan en son ne zaman bir şeyler yiyip içtiğimi
düşündüm. Bir hayli zaman oluyordu. Yemek yerken ağzıma attığım
her lokma dişetlerimi acıtıyor, mideme inene kadar dokunduğu her ye-
ri yırtıp parçalıyordu. Tabii ki, bu sadece benim öyle hissetmemden
kaynaklanıyordu. Fizyolojik bir rahatsızlığım yoktu, kronik sıtma dışın-
da. Ama zaten hayatın kendisi de fizyolojik değildi. Biz insanlar öyle ol-
masını istemiştik! Anlaşılması daha kolay olsun diye...

Ve bıraktım elimdeki fincanı. Büyük ihtimalle ister istemez yüzümü buruşturmuştum. Bir şeyleri ağzına atıp çiğnemek, altı saat sonra vücudunun başka bir yerinden çıkarmak, bütün bunlar bana doğa dışı geldi. Yani canavarca. Çevremde, büyük bir iştahla patateslerini yiyen insanları görünce midem daha da bulandı. Çünkü onlara bakınca içlerini görebiliyordum. Ağızlarına sokup kaybettikleri patates parçasının geçtiği yoldan, mola yerlerinden haberim vardı. Eğitilmenin mümkün olmadığını anlamasaydım daha çok bilgiye sahip olurdum tabii ki, konu üzerinde... Cappuccino'nun parasını masanın üzerindeki tuzluğun altına koyup kalktım. Gözlüğümü taktım. Havanın kararmasına yarım saatten az kaldığını biliyordum. Ama dünya, üzerine benzin dökülmüş ve gümüş bir Zippo'yla yakılmış kadar gözümü alıyordu... Masaların arasından geçip dışarı çıktım.

Öyle düzenli ve acıtmayan adımlar atıyordum ki Cezayir'e kadar yürüyebilirmişim gibi hissettim. Hemen sağımdaki sokağa saptım. Burası daha tenhaydı. Birkaç dilenci ve seyyar satıcı. Arkamdan gelen düzensiz ayak sesleri duydum önce, sonra bir el hissettim sağ omzumda. Beni buralarda öldürmek isteyebilecek birileri yoktu. Koffi, Amidou'nun öldüğünü öğrenmiş olsa bile, burada olduğumu bilemezdi. Onun için sakin bir biçimde durup döndüm. Karşımda, biraz önce beni rahat bırakması karşılığında kendisine 300 Fransız Frangı verdiğim kadın vardı.

"Ne istiyorsun?" diye sordum.

"Bana para verdin. Ben de karşılığını vereceğim. Dolandırıcı değilim ben!" diyerek yanıtladı. Eğer bende kurtarıcısını görmüş olmasaydı, asla koşmazdı peşimden. Tek istekleri kıtadan kurtulup bir beyazın peşinde, daha çok makyaj malzemesi çeşidi olan bir ülkeye gitmek olan siyah kadınların, kendilerine böylesi bir iyiliği yapacağımı hissettikleri erkeği bırakmadıklarını biliyordum. Kinyas'ın ilk geldiği sıralarda, ondan bir çocuk sahibi olmak için ayaklarına kapanan on altı yaşındaki bir kızın ağlamasına tanık olmuştum... Karşımda duran güzel ve genç kadına verebileceğim caydırıcı yanıtlar listesini taradım. Ama hiçbirinin yeterli gelmeyeceği de belliydi. Zaten daha birkaç kelime dökmeye fırsat bulamadan kendimi yürürken buldum, koluma girmiş bir fahişeyle.

"Adın ne?" dedi.

"Seninki ne?" dedim.

Soruya soruyla yanıt vermek. İşte böyle davranılmalıydı erkeklerin hormonal zaaflarından yararlanarak, medeni ülkeler turu peşinde koşanlara!

"Anita" diye fısıldadı kulağıma. Sorabilirdim asıl ismini yani kabile ismini, aramızdaki farkı yüzüne vurabilmek için ama üstelemedim. Yürüyorduk iki sevgili gibi, koyu lacivert gökyüzünün altında hiç üşenmeden. "Bu gece seninle kalmak istiyorum" derken daha da sıkı sarıldı koluma. Konuşurken birbirimizin yüzüne bakmıyorduk. Kaldırım taşlarında görüyorduk yüzlerimizi. Ama durumu kendisine bir şekilde izah etmeliydim. Ne de olsa, birkaç yüz frank getirecek bir müşterinin masasından kalkıp gelmişti yanıma.

"Benimle kalmana gerek yok. Çünkü seninle yatmayacağım. Ben bir süredir hiçbir kadınla yatmıyorum."

Aklına, böyle bir söz karşısında herkesin soracağı soru geldi.

"Erkeklerle mi?"

"Hayır" dedim, tebessüm ederek kaldırıma doğru. "Hayır, hiç kimseyle. Onun için sıkılırsın eğer geceyi benimle geçirirsen."

Biraz daha yürüdük. Büyük bir caddeyi geçtik. Turistler otellerini yarım pansiyon fiyatlarına dahil olan akşam yemeklerini kaçırmamak için ortalardan kaybolmuşlardı. Sokak biraz daha temizdi artık. Ve Anita düşünüyordu. Seks istemeyen bir adama neler sunabileceğini düşünüyordu.

"Benim için önemli değil. Ben senin yanında kalmak istiyorum" diye tekrarladı yüksek sesle, aklından geçeni. Daha fazla reddetmenin bir anlamı yoktu. Son sözüne karşı suskunluğumu koruyarak kabul ettiğimi gösterdim...

"Aç mısın?" diye sordum Anita'ya.

"Evet!" dedi. "Biraz."

"Peki, söyle bakalım, Banjul'un en pahalı lokantası hangisi? Şık beyazların gittiği bir yer istiyorum."

Heyecanlanmıştı bunları duyunca. Kolumdan çıkıp önüme geçti ve geri geri yürümeye başladı.

"Journey! Journey adında bir yer var. Görmelisin! Harika bir restoran. İpek elbiseli kadınlar, beyaz yelekli garsonlar. Muhteşem bir yer!"

Bir ara, geri geri yürüyüp Journey'ye olan hayranlığını ve lokantanın kalitesini anlatırken, arkasındaki bir taşa takıldı. Tutmasaydım kolundan, düşecekti.

"Tamam. Oraya gidiyoruz. Journey'ye."

Taksinin kapısını Anita'nın bahsettiği beyaz yeleklilerden biri açtı. Yüksek duvarların arasındaki geniş bir kapının önünde durmuştuk. Kapıya doğru yürüdük ve orada başka bir beyaz yelekli bizi, içinde küçük nehirlerin aktığı bir çiçek bahçesinin ortasındaki yoldan geçirip eski İngiliz yapısı olan binaya götürdü. Koloni mimarisi. Büyük camlar, geniş mermer basamaklar... Girişinde, yüzyıl önce dikilmiş iki palmiye. Gerçekten de, Anita'nın söylediği kadar gösterişli bir yerdi. İçeriden piyano melodileri geliyordu. Büyük sarı yaldızlı demir kapının önüne geldiğimizde, sanki bizi çok önceden bekliyormuş gibi açıldı demir kanatlar. Ve büyük bir salon gözüktü. Yuvarlak masalarla doldurulmuş, dev bir kristal avizenin her yeri, yemek yiyenlerin kulaklarının içlerini bile aydınlattığı bir salon... Yanımızda biten başka bir beyaz yelekli, rezervasyon yaptırıp yaptırmadığımızı sordu. Açıkçası, ilk gördüğü anda Anita'dan nefret etmişti. İkisi de zenciydi. İkisi de beyazlara hizmet ederek karınlarını doyuruyorlardı, ama Anita işini yaparken üstünde en fazla iç çamaşırları oluyordu ve bu aralarındaki tek farktı. Cebimden çıkarttığım yüz doları yeleğinin saat cebine yerleştirdikten sonra, "Şimdi yaptırdık!" dedim. Küstah bir tavır takınmam için çok az sayıda neden yeterli olurdu genelde. Göz ucuyla cebine soktuğum paraya bakan yaşlı zenci gülümseyerek, "Evet Efendim. Lütfen beni takip edin" deyip masaların arasından yürümeye başladı kırıtarak. Anita çok heyecanlıydı. Elimi sıkıca tutuyor ve üzerindeki minicik elbise yüzünden herkesin kendine baktığını bildiği için utanıyordu. Genç sarışın bir adamın çaldığı piyanonun üç masa yakınına oturduk. Anita'nın ne yiyeceğine ben karar verdim. Ve neredeyse mönüdekilerin üçte birini istediğimi söyledim. Tabii bir şişe de şarap. Anita gireceği kolu doğru tutturmuştu. Prensesti birkaç saatliğine. Zaten prenseslerin de Anita'dan farkı yoktu. Onlar sadece doğru adamla yatmışlardı. O kadar!..

Önümdeki çatal, bıçak, kaşıkların ve daha, nefret ettiğim bütün gereksiz soylu yemek yeme aygıtlarının kaldırılmasını istediğimde, bizimle ilgilenen beyaz yelekli bir anlam veremedi.

"Kaldır önümdeki her şeyi! Sadece bir cappuccino istiyorum. O kadar."

Tabii patronundan, her türlü beyaz kaprise boyun eğmesi gerektiğini öğrendiği için fazla diretmedi. Ve iki garsona, söylediklerimi yaptırdı. Ben sadece sıcak bir şey içmek istiyordum. Büyük köpüklü bir cappuccino... Anita bir rüyada gibiydi. Fresklerin süslediği kubbe şeklindeki tavana, duvarlara bakıyordu... Kocalarıyla Afrika'ya taşınmak zorunda kalmış ve geldikleri ilk aydan beri reglleri sıcaktan, sıkıntıdan düzensizleşmiş kadınların zarif elbiselerini gösteriyordu bana. Bugüne kadar en iyimser ihtimalle, yüz erkekle yatmış on yedi yaşlarındaki Anita, lunaparkta doğum gününü kutlayan bir çocuk gibiydi... Yemekler geldi. Genelde deniz ürünleri istemiştim, uzun zamandır kendini hamurla doyurduğunu tahmin ettiğim kadına. Balıkçılar dışında erkekler, okyanusun birkaç metre ötesinde yüzme bilmeden yaşarken, kadınlar da paraları yetmediği için balık tadını bilmeden ölürlerdi bu bölgelerde. Ben sosyal adaleti kurmak için Afrika'daydım. Komünist bir Afrika için çarpışmaya gelmiştim. Bunları düşünürken gülüyordum tabii. Ciddi siyasi tartışmalar içinde marşlar söyleyip silahımı temizlerken nasıl görünürdüm acaba?.. Ağzındaki kılçığı parmaklarıyla çıkardıktan sonra sordu Anita:

"Hâlâ ismini söylemedin. Adın ne ve ne iş yapıyorsun?"

Cappuccino'ma şeker atarken, "Yoksa polis misin?" dedim. Aslında tabii ki alay etmek için söylemiştim. Ama aynı anda aklıma iki yıl önce, tanıdığım birine benzer bir şekilde yaklaşıp birkaç bilgi aldıktan sonra zehirleyip öldüren bir fahişe hikâyesi gelmişti...

Bir zamanlar Fransız gizli servisi hesabına çalışmış bir kadın. Sonradan öğrendiğimiz kadarıyla, DST'den bilinmeyen bir nedenle kovulunca, Batı Afrika'daki kaçak silah ticaretinin ayrıntılarını açığa çıkarıp servisine büyük bir onurla dönmek istemişti. Ancak İngilizlerin kendi toprakları dışında çalışan MI6 ajanları kadını tutuklayıp yok etmişlerdi. Kendi başına çalışan dengesiz bir casus istenmiyordu, ortalıkta dolanan. Ancak ele geçirdiği bilgiler göz önüne alındığında, o histeriğin iyi çalıştığı anlaşılmış ve önemli sırların ortaya çıkması için kullandığı fahişelik metodunun gizli servislerce yeniden gündeme getirilmesi söz konusu olmuştu. Dolayısıyla karşımda oturan kadının bir an için, herhangi boktan bir servisin maaşlı çalışanı olabileceğini düşündüm. Ama daha sonra, bir ara tuvalete gittiğinde çantasını karıştırıp içinde üç tane erkek kol saati bulunca fikrimi değiştirip rahatladım. Anita, yakalanmayacağından emin olduğu zamanlarda, genelde seks sonrası hırsızlık yapan bir fahişeydi. Ama gerçekten de içimdeki paranoya makinesi çalışmıştı... Hiçbir gizli servisin yüzümü tanımadığından emindim. Yoksa şimdiye kadar en azından CIA tepeme binmiş olurdu. Sadece bir defasında, ufak bir sorun yaşamıştık Kinyas'la beraberken, konuyla ilgili. Sahilde tanıştığı bir kadını eve getirmişti. Ve iki gece boyunca kendilerini kapattıkları odadan çıkmamışlardı. Ve ben, bir sabah eve geldiğimde Kinyas'ı çırılçıplak, salonda, korkudan beyazlaşmış şekilde, titreyen parmaklarının arasındaki sigaradan nefesler alırken buldum. Kadın, beynini bulandıran Kinyas'ın, üzerinde uyguladığı en akla gelmeyecek bedensel oyunlardan sonra, mesleğini açıklamış ve DST için çalıştığını söylemişti. Aslında kadın tatile gelmişti ve iki gece boyunca beraber olduğu adamın işlediği suçlardan haberdar değildi. Ama yine de bir ülkenin gizli servis memuresiyle aynı yatağa girmiş olmak Kinyas'ı, düzenlediği seks ayinini bozacak kadar sarsmıştı...

Gizli servisler mayın gibidir Afrika'da. Her an üstüne basabilir insan! Ve eğer şanslıysa, sadece bir iki organını orada bırakıp koşar. Çok ciddi bir sorun değildir çünkü kıtadaki güçler dengesi, yüzlerce örgütün çizdiği sınırlarla sağlanmaktadır... Sonuç olarak, sokakta yürürken insanın yanına yaklaşan siyah bir Amerikan arabasına çekilip kaçırılma ihtimali, sıradan bir çocuk gaspçı tarafından bıçaklanma ihtimalinden daha düşüktür...

Anita'nın meraklı gözlerinden rahatsız olana dek bunları düşünmüştüm. Ancak şimdi bir yanıt vermem gerekiyordu. "Ben hiçbir iş yapmıyorum. Sadece param var. Nereden geldikleri önemli değil. En azından bunu söyleyebilirim. Bir zamanlar yaptığım iş, seninki gibi kamusal alanda gerçekleştirebileceğim türden değildi. Bunu bilmem yeterli. Tahmin edebileceğin gibi, bir doktor değilim!" diyerek konuyu kapatmak istediğimi belli ettim. Zaten Anita'nın da önüne gelen sufleden dolayı benimle ve sorusuna verdiğim yanıtla ilgilenmesine pek imkân yoktu. Eğer beni rahatsız etmezse, fazla konuşmazsa geceyi onunla geçirebileceğimi düşündüm. Kendisiyle asla yatmayacaktım ama aynı odada kalabilirdim. Sadece yokmuş gibi davranması yeterdi. Çünkü ben öyle davranacaktım.

Üçüncü cappuccino'yu da bitirdikten sonra dört kişilik bir ailenin iki haftalık yemek masrafına eşit olan hesabı ödeyip masadan kalktım. Tabii Anita da. Bir taksiye binip ilk karşılaştığımız barın önüne geldik. Yol boyunca, sanki kendisinden tek beklediğim şeyin sessizlik olduğunu anlamışçasına hiç konuşmamıştı. Şimdiyse, motorunun çalıştığı taksinin arka koltuğunda bana yalvaran gözlerle bakıyordu. Benimle gelmek istiyordu. Geçirdiği akşamın bütün garipliğine rağmen... Bir süre karanlıkta gözlerini aradıktan sonra çevirmeden kafamı şoföre doğru "Gidelim" dedim.

"Hotel Capricorne!"

Odaya çıktık. Kollarımdaki dövmelerin çoğunun omuzlarımdan geldiğini gördü, gömleğimi çıkarıp dolaba asınca. O hâlâ kapının önünde duruyor, elinde çantasıyla kendisine herhangi bir komut vermemi bekliyordu. Yediği zengin, beyaz kadın yemeği içindeki fahişeyi dizginliyordu. Belki de Anita uzun zamandır ilk defa kendisi gibi davranıyordu. Gömleğimi astıktan sonra dönüp, "Telefonla resepsiyonu ara ve kendine bir şişe şampanya söyle" dedim. Ve o donuk bakışları tekrar can buldu. Çantasını yatağa fırlatıp telefonun başına koştu. Karşıdan ses geldiği anda emir üstüne emir yağdırmaya başladı. Meyve, şampanya, buz, viski. Son söylediğini evine götürmek için istediğini anlamak zor değildi. Balkona çıktık. Kısa boylu binaların çatıları görünüyordu olduğumuz yerden. Biraz da okyanus.. Geniş bir balkon. Bir masa ve iki sandalye vardı hasırdan. Oturduk...

On dakika sonra aynı yerdeydik ama aramızdaki masanın üzerinde ananas, muz ve şampanya duruyordu. Anita elbisesini çıkarmış, beyaz iç çamaşırlarıyla oturuyordu. Aslında bu bölgelerde kadınların çoğunun çok geç başladıklarından ya da asla sutyen takmadıklarından, göğüs kasları on beş on altı yaşlarından itibaren gevşemeye başlar. Ama Anita'nın göğüsleri hiç de böylesi bir şekilsizleşmeyi yaşamış gibi görünmüyordu. Çok çekici bir vücudu olduğunu zihnim kabul ediyordu ama bir insanı artık asla çekici bulamayacağımı da ben biliyordum...

Konuşmayı Anita başlattı. Sessizlik bazı insanlara çok ağır gelir. Dayanılmayacak kadar ağır.

"Benimle yatmayacaksın. Bunu anladım. Peki ne yapmak istersin? Yani bundan sonra ne yapacaksın?" diye sordu.

Zihnimin kontrolünü elinde tutan gizli bölme onda rahatsız edici bir taraf bulamamış ve varlığını kanıksamıştı. Hatta belki de, bana geri kalan hayatımda bakacak insanın Anita olduğunu söylüyordu. Ama öncelikle onun fikrini öğrenmeliydim. Korkutmadan bu sapkın soruyu sormalıydım. Dikkatimi ağzımdan çıkan kelimelere vererek konuşmaya başladım.

"Şimdi beni çok iyi dinle Anita."

Bütün vücudumla ona dönmüş, gözlerinin içine bakıyordum. Bir çeşit evlenme teklifiydi yaptığım.

"Ben ölüyorum. Ama tahmin ettiğin gibi değil. Kısa bir süre sonra, nefes almaya devam edecek olmama rağmen beynim çalışmasını durduracak!"

Daha açık konuşmalıydım:

"Belli bir süre sonra düşünememeye başlayacağım. Kafam ölecek ama kalbim yani bedenim yaşayacak."

Söylediklerimin yarattığı tepkiyi görmeye çalışıyordum. Ama hiçbir açık vermiyordu. Sadece dikkatli bir biçimde dinliyordu. Gerektiği zaman ciddi olabileceğini gördüğüm için rahatlamıştım.

"Ve o gün geldiğinde, bana birinin bakması gerekecek. Benimle ilgilenmesi. Bedenimin bütün ihtiyaçlarını karşılaması. Ve ben Banjul'da o kişiyi arıyorum."

Sustum. Ne düşündüğünü anlamaya çalıştım. Elindeki şampanya kadehini bırakmış ve sigarasını söndürmüştü. Hâlâ ilgisini çekiyordu küçük tiradım.

"Söz konusu kişinin işi çok zor olacak. Yani bir çeşit felç geçirecek olan vücudumu hayatta tutmak sanıldığı kadar kolay olmayacak. Ama karşılığını da fazlasıyla alacak. Bu çok garip gelecektir sana ama ben, demin de söylediğim gibi, o kişiyi arıyorum."

Anlattıklarımın tuhaflığı, üç kadeh şampanyanın üzerinde yarattığı hafifliği yok etmişti. Elbisesini giyip geldi. Belki de üşüdüğünü hissetti, bu cehennem sıcağında, aklının alamadığı bir durumda olan benim karşımda. Ve karmaşık cümlelerime gelebilecek en mekanik ve mantıklı yanıt, bir soru kılığında geldi.

"Sana, daha doğrusu bedenine nerede bakılması istiyorsun?"

Fazla düşünmeden yanıtladım.

"Ne ülke, ne de şehir önemli. Önemli olan tek unsur güvenlik. Vücudumun mutlak bir güvende olması gerekiyor. Dış dünyanın bütün tehlikelerinden uzakta olmalı!" Kafasında canlandırmaya çalışıyordu düşünmeyen bir bedeni. Çevresindeki, tanıdığına ihtimal verdiğim felçli insanların görüntüsü gelmişti gözünün önüne. Devam ettim konuşmaya. Başlamışken bitirmeliydim. Zihnimin gizli bölmesi Anita'ya inanıyordu. "Ve benimle ilgilenecek kişinin bu konuyla ilgili bana en ufak bir soru sormasını istemiyorum. Bir hastalık olarak düşünebiliriz. Bir çeşit uyku hastalığı. Ölene kadar uyumak gibi. Ve belki de bilinmesi gereken tek konu, uykunun ne zaman başlayacağına benim karar verecek olmam." İşte asıl noktaya gelinmişti. Tepkisi derhal aklında yoğunlaşıp bir yanardağ gibi patladı ağzında. Kelimeleri kaynayan lavlardan sıcaktı. "Peki neden yapıyorsun bunu kendine?" diye, gizlemediği bir dehşetle sordu. Bense her zamanki gibi başka şeyler düşünüyordum. Yani o bu soruyu telaffuz ederken bile aklım başka bir yerdeydi. Bugüne kadar hiç hamakta yatmadığımı düşünüyordum. Zaten karşımdaki insanların söylediklerini biraz olsun dinleyebilseydim, belki de şimdi bu noktada olmazdım... Ve boşlukta uçarken gördüğüm fikirlerimi bir kelebek ağıyla yakalayıp tekrar kafatasımın içine soktuktan sonra yanıtladım... Kızmalıydım. Kızdım!

"Sana hiçbir soruya yanıt vermeyeceğimi, soru istemediğimi söylemiştim!"

Tekrar içine kapanmıştı. Odaya ilk girdiğindeki ifadesini tekrar bağlamıştı yüzüne. Belki de acıyordu bana. Çok önemli bir hastalık, büyük bir felaket yaşamış ya da yaşıyor olmalıydım... Ben biliyordum hastalığımı. Adı bile vardı. Belki tıp kitaplarında değil, ama edebiyat ve felsefe kitaplarında rastlanıyordu ismine:

Yaşama hastalığı... Bir çeşit alerji. Oksijene.

Güneşten kopup odama kadar gelen ışığın yüzünden uyanmak zorunda kaldım. Sabah olunca uyanmak isteseydim kendime bir çalar saat alırdım. Birden gözümün önüne kızgın güneşi, üzerine dev bir sürahiden döktüğüm suyla söndürdüğüm geldi, dünyaya dönüp "Haydi, herkes yatağına! Uyuyoruz!" demek için... Yataktan kalkıp geceden kapatmış olmam gereken perdeyi çektim. Artık yaşanabilir aydınlıktaydı oda. Loş... Çevreme bakındığımda, Anita'nın hâlâ içeride olduğuna dair tek bir işaret bile göremedim. En başta vücudu yoktu. O an, tahminlerinin hepsi boşa çıkmış borsacılar gibi boğazımda bir şeylerin birikmesi, yatağa oturup başımı ellerimin arasına almam gerekirdi. Ama hayır, ben mini bardan aldığım bir şişe suyu içmekle yetindim. Çünkü susamıştım ve Anita'nın gidişini önemsemeyecek kadar, dışarı çıkıp başka bir Anita bulmaya yetecek kadar zamanım vardı. Dün gecenin bir yerlerinde, kelimelerin noktalandığı yerde yatağa uzandığımızı hatırlıyorum. Anita'nın bana sarıldığını sonra ikimizin de uyumak için gözlerimizi kapattığımızı. Hatırlıyorum, dokunarak beni tahrik etmeye çalıştığını. Ama vücudumun bana ait olmasından dolayı onu değil de beni dinlediğini hatırlıyorum...

Kısa bir yıkanmadan sonra saçlarımı taradım ve yüzüme baktım aynada. Romanlardaki "genç adam" tanımlamasına uyuyor muyum, diye düşündüm. Gözlerimin altında biriken halkaların sayısı artmıştı. Yaşlanmam bile normal gelişmiyordu. Her zaman için saçlarımın dökülmesinden korkmuştum. Çünkü kendime yakıştırdığım başka bir saç şekli yoktu, uzun saçtan başka. Ve ailemdeki kel oranı sıfıra yakın olduğu için gen tanrılarının yardımıyla hâlâ gür bir post vardı kafamda. Ama konuşmaktan eskimiş ağzım, bakmaktan parlaklığını yitirmiş gözlerim kesinlikle sıradan yaşlanma belirtileri değildi. Bunlar, bedenimin değil, beynimin yaşlandığını gösteriyordu. Ve tam ben bunları düşünürken, iki elimi lavabonun kenarlarına dayamış, aynaya on santim yakından bakarken, odanın kapısının açıldığını duydum. Banyonun kapısı kapalıydı. Benim çok eskilere dayanan bir alışkanlığımdır. İçinde bulunduğum odaların varsa kapılarını kapatmayı öğretmişti ailem bana. Özel hayat ancak kapanan kapıların ardında yeşerirdi çünkü. Hâlâ bir alışkanlığımın devam ediyor olmasına sinirlendim ve ani bir hareketle kapıyı açtım. Karşımda elindeki poşetlerle, Anita duruyordu.

"Benim, Anita. Yiyecek bir şeyler almaya gitmiştim" dedi kısık sesle. Demek dönmüştü. Kaçmamıştı beni karşısına çıkaran talihin kendisine yüklediği görevden. Tabii daha bilmiyordum teklifimi kabul edip etmediğini.

"Tamam" dedim. "Korkma! Sadece kapının açıldığını duydum ve uyandığımda seni odada bulamayınca başka birinin girmiş olabileceğini düşündüm."

Sevinmeli miydim gitmemiş olmasına? Umurumda değildi. Meyveleri ve birkaç parça yiyeceği buzdolabına yerleştirdikten sonra klimanın zor bela serinlettiği odada yatağa uzandık birlikte. Ne yapmak istediğimi söylediğimden beri Anita sessizleşmişti. Sanki kafasında sürekli bunu neden yaptığımı çözmeye çalışıyormuşçasına benimle fazla konuşmuyor, genelde belli bir eşyaya uzun uzun bakarak dalıyordu. Ve göğsüme yasladığı başını kaldırıp "Evet!" dedi. Dinlemeye devam ettim.

"Evet, sana bakacağım. Ölene kadar."

Hâlâ dinliyordum.

"Bana para vereceksin karşılığında. Çok para! Ve sen de sormayacaksın bunu neden yaptığımı."

Dinlemek yormuyordu. Ama bir şeyler de söylemeliydim.

"Tamam, bana sen bakacaksın. Altımı temizleyeceksin. Üç günde bir üç öğün yemek yedireceksin. Haftada bir vücudumu sabunlu bezle sileceksin. Ve en önemlisi, varlığımdan kimseyi haberdar etmeyeceksin. Senin dışında, kimse benim yaşadığımı bilmeyecek. Kabul ediyor musun?" diye sorarak bitirdim. İşin özellikle zor bölümlerini söylemiştim, kendi ciddiyet seviyesini ölçebilsin diye. Ama diretiyordu.

"Hepsini kabul ediyorum."

"Peki!" dedim. "Bu işi sadece para için yaptığını söyle ve konuyu kapatalım. Duymak istediğim bu çünkü."

"Hiçbir zaman öğrenemeyeceksin gerçek nedenini ama sen para için yaptığımı düşünebilirsin istersen..." dedi tekrar başını göğsüme dayamadan önce. Şimdi düşünme sırası bana gelmişti. Ne demek hiçbir zaman nedenini öğrenememek? Neden? Sadece para için yapmıyorsa böyle bir işten ne çıkarı olabilirdi ki? Paranoyaklar rallisine katılmıştım. Bütün arabaların yanından ses hızıyla geçiyordum. Yoksa gerçekten de gizli servislerden birinin ayarladığı bir kadın mıydı? Olamaz! Çoktan başıma bir iş gelmiş olurdu. Belki de, hep duyduğumuz ama hiç görmediğimiz kara büyü tarikatlarından birinin müdiridir. Bedenimle ilkel deneyler yapmak istiyorlardır belki de. En önde gidiyordum rallide. Neredeyse kazanacağım! Son bir soru daha, bitiş çizgisine birinci varabilmek için. Acaba bedenimi iğrenç seks oyunlarına alet etmek için erkeklere, kadınlara pazarlamak üzere mi giriyordu bu işe? Evet. Kazandım! Benden daha şüpheci ve yoktan var eden bir beyin olamaz. Bravo!.. Ama bıraktım bütün şüphelerin peşini. Eğer söylemek istemiyorsa, kendine göre mantıklı bir nedeni vardır, diye düşündüm...

Şimdi, kısa saçlı başını göğsüme dayamış ve sağ elini vücudumdaki resimlerin üzerinde gezdiren kadına ayrıntılardan bahsetmeliydim. Nasıl bir işle karşı karşıya olduğunu iyice anlamalıydı.

"Önce bir ev bulmamız gerekiyor. Senin kaldığın yerde, her neresiyse rahat edebileceğimi sanmıyorum" diyerek girdim bodoslama, işin en gerçek taraftarlarına.

"Evet, imkânsız çünkü Banjul'un dışında, ailemle küçük bir evde kalıyorum" dedi kuru bir sesle. Soğukkanlı olması ilgimi ve merakımı uyandırıyordu. Kendini öldürmek isteyen birine belindeki tabancayı uzatıp, "Al, bununla daha kolay olur!" diyen birininkine benziyordu sesindeki kayıtsızlık.

"Tamam, o zaman bir ev satın alacağız. Ev benim üzerime olacak ve nefes aldığım sürece böyle kalacak. Ama ben öldükten sonra senin adına geçmesini sağlayacak hukuki gerçekliği olan bir anlaşma imzalayacağız" dedim ve devamı geldi sözlerimin.

"Ev büyük olmalı. İki ya da üç katlı bir villa. Ben en üst katta bir odada kalırken, sen evin geri kalan kısmında hayatını istediğin gibi yaşayacaksın. Demin dediğim gibi, daha sonra ayrıntısıyla anlatacağım şekilde bedenimle ilgileneceksin. Her ay 5000 dolar alacaksın. Maaşın ben ölünceye kadar devam edecek. Kaldığım odanın kapısının tek anahtarı sende olacak. Başka kimse girmeyecek oraya. Ve bilmeyecek içeride benim olduğumu. Bu çok önemli! İlk hafta odanın bütün pencereleri siyaha boyanmış olarak kalacak. İçeriye tek bir ışık damlası bile girmeyecek. Ve tek bir ses olmayacak. Ancak daha sonra, ihtiyaç duyarsan ışığı açabilirsin. Beni rahatsız etmeyecektir..."

Bunları ben söylemiyordum. Beynimdeki, zihinsel ölüm projesinin programlayıcısı konuşuyordu benim ağzımla.

"Sen istediğin tarzda bir hayat yaşayacaksın. Ne istiyorsan yapabilirsin. Belki de evlenirsin. Bedenimi ihmal etmediğin sürece her şeyi yapmakta özgürsün. Yirmi dokuz yaşımdayım ve ailemdeki ortalama yaşama süresi göz önüne alındığında, bedenim iyi bakıldığı takdirde otuz yıla yakın bir zaman daha hayatta kalacaktır. Dolayısıyla senden kendine çok iyi bakmanı isteyeceğim. Sağlıklı beslenmeni. Benden önce ölmeni istemem. Paranı, her ayın beşinci gününde sana göstereceğim bir bankadan imza atarak alacaksın. Her ay elli dolar daha fazla alacaksın. Yani yuvarlak bir hesap yaparsak, yirmi yıl sonra ayda yirmi bin dolara yakın para alıyor olacaksın. Kaç yaşındasın?"

Dinlediklerini teker teker, harf harf hazmetmeye çalışırken kendisine bir soru sorduğum için irkilmiş ve birkaç saniye duraladıktan sonra kafasını toplayıp yanıtını vermişti.

"On yedi!"

Gerçekten de daha bir çocuktu. Ama iklim onu çoktan olgun bir kadına döndürmüştü.

"Dolayısıyla otuz yedi yaşındayken yirmi bin dolar alıyor olacaksın her ay ve bu seni Banjul'un en zengin kadınlarından birisi yapmaya fazlasıyla yetecek. Senden istediklerim ve sana teklif ettiklerim bunlar. Tekrar soruyorum. Kabul ediyor musun? Eğer şimdi hayır dersen anlayabilirim ve konuşmamızı hiç yapılmamış kabul ederim. Ama şimdi kabul edip sonra fikrini değiştirirsen seni öldürmek zorunda kalırım. Çünkü yapacağımla ilgili çok fazla bilgiye sahipsin."

Tehdidimi sanki hiç duymamış ve böyle bir durumda kendisini öl-

338

dürmem gayet doğalmış gibi biraz önceki sakin ses tonuyla, "Evet, kabul ediyorum!" dedi...

Gözlerimizi kapatıp düşünmeye başladık. Birbirinden milyonlarca kilometre uzakta iki beyin yan yana yatıyordu. Ben zihinsel ölümüme giden yolda bir adım daha ilerlediğim için rahatlamıştım. Dürüstlüğüne inanmak zorundaydım. Belki de beni öldürüp kurtulmak isteyebilirdi ama zihnimde şüpheye yer olmamalıydı, ölümümün gerçekleşmesini sağlayacak huzura kavuşabilmem için. Zorlaşan nefes alıp vermelerinden uyuduğunu anladım. Solunum yollarında bir problem olmalıydı. Benim uykum yoktu. Ama yine de sürekli çalışan klimanın soğuttuğu odada Anita'nın yanında yatmak sakinleştiriciydi benim için. Teklifimi kabul edişinin nedenini merak etmemeye söz verdim. Daha fazla üstelemek beni yorar ve boşaltmaya çalıştığım zihnimi meşgul ederdi. Konu kapanmıştı. Bedenimle ilgilenecek biri vardı artık. Geriye bulunması gereken o büyük ev kalıyordu...

Bütün paramı Lüksemburg'da açtırdığım bir hesaba yatırmayı düşünüyordum. Parayla en iyi oynayan insanlar orada yaşıyordu. Ve yeteneklerini benim param için de kullanacak, ayda bir defa buradaki bir bankaya önceden kendilerine vereceğim tutar programı dahilinde yollayacaklardı. Aslında Lüksemburglu bankacı telefonda yatıracağım miktarı duyunca, devletinin bir milyon dolar üstüne vatandaşlık verdiğini, istersem yararlanabileceğimi söylemişti. Ama ben Lüksemburglu olamayacak kadar vahşiydim... Anita hiçbir zaman anaparaya ulaşamayacaktı ama her ay yatan parayı çekebilecek yetkiye sahip olacaktı. Sürekli uğraştıkları kirli para işleri göz önüne alındığında, yaptırmak istediğim ufak işlemler zinciri Lüksemburglu bankacılar için çocuk oyuncağıydı. Ve bu durumlarda Alman bankacılardan daha çevik manevralar yapabiliyorlardı. Her ay yükselecek olan kazanç, Anita'yı belki de dünyanın en mutlu kadınlarından biri yapacak şekilde sonuçlanacaktı. On yıl sonra paranın tamamı onun ismine açılmış başka bir hesaba devredilecek ve kendisi de haberdar edilecekti. Yirmi yedi yaşında sahip olacağı para Batı Afrika'da muazzam bir servet anlamına geliyordu. Düşünceme göre, ilk on yıldan sonra böylesine yüklü bir miktara ulaşınca asla beni bırakmazdı... Anita'nın karşına çıkmış bir mucizeydim. Artık Tanrı'ya inanabilirdi!

O gün, akşama kadar yatakta kaldık. Anita uyudu. Ben düşündüm.

Ve gece de kalkmadık yataktan. Sadece bir ara, çarşafları değiştirttim. Seyrettik temizlikçi kadını ustalıkla işini yaparken. Gece boyunca Anita sevişmek için birkaç girişimde bulundu. Kırmak istemedim. "Lütfen!" dedim. "Yapma!" Bu medeni kelimeyi söylemeyeli kaç yıl oluyordu acaba? Ve bir daha tekrarlamadı. İleride de yapacağını sanmıyorum çünkü anladığını biliyorum. Benim nasıl bir çıplaklaşmanın, yükselmek için yük atmanın peşinde olduğumu anladığını düşünüyorum. Sabaha karşı uyandığımda, aklımda şimdiye kadar kendilerini hayattan geri çekmiş, çileci derviş yaşamları sürmüş bütün insanlar vardı. Mağaralarda yaşamayı kabul etmiş, şehirlerden uzakta yapayalnız, çırılçıplak yaşamayı medeniyete başkaldırı olarak görmüş insanlar vardı aklımda. "Acaba" dedim. "Benim içimdeki isteğin kaynağı da böylesine bir medeniyet düşmanlığı mı ya da içine dönme arzusu mu?" Medeniyete düşman değildim. Sadece zarar veren yönlerinin farkındaydım. İçime dönmeninse peşinde asla değildim, çünkü çok boyutlu düşünebilmeye başladığım günden beri yani dokuz yaşımdan beri içimden asla çıkmamıştım. Benim yapmaya uğraştığım, kendime sonsuz bir yalnızlık içinde yaşayabileceğimi kanıtlamak da değildi. Çünkü zaten bir insanın hissedebileceği en büyük yalnızlık suyunu içiyordum her uykumdan önce. Hayır, benzemiyordum Yunan felsefesindeki düşünürlere, benzemiyordum tasavvuf peşindekilere ya da mutlak yalnızlığı ve hücrede yaşamayı seçerek kendilerini Tanrı'ya adamış Katolik rahibelere... Tek isteğim düşünmemekti benim. Sadece düşünmeyi bırakmak. Kolumu keser gibi sahip olduğum insani yeteneği mi de söküp atmak istiyorum bedenimden. Gerçekleşmesinin zor olacağını biliyordum. Ama gerçekleşeceğini de biliyordum... Yazdıklarım bana çok yardımcı oluyor. Bu kesin. Çünkü kâğıtlara dökülen her kelime beynimden akıp giden bir hücre gibi...

Yazdıklarımı hatırlamıyorum, düşünmüyorum bir daha. İçimde hiçbir fikir tohumu kalmayana kadar yazmak istiyorum. Bitip tükenmek. Tek isteğim bu.

Anita kolumdan çekiyordu yürürken.

"Haydi, biraz çabuk ol! Bayılacaksın eve. Tam istediğin gibi. Üç katlı. Bak, şu ileriteki sarı renkli olan" diyordu, bir eliyle de sadece kendisinin gördüğü evi gösterirken.

Sabah otelden çıkarken istediğim evi bulana kadar dönmeyeceğini söylemişti Anita. Ve şimdi de, Banjul'un on kilometre kadar güneyinde, sahil evlerinin olduğu, okyanusun uğuldadığı bir yerdeydik. Okyanustan itibaren sayarsak sırasıyla kumsal, evler, palmiyeler ve şehirlerarası bir yol vardı. Ve taksiyle bir noktaya kadar gelebilmiş, Anita'nın bana göstermek istediği eve doğru palmiyelerin arasındaki patikadan yürüyorduk. Ağaçlar bittiğinde ve bir elli metre daha yürüdükten sonra gerçekten de tarif ettiği gibi geniş bir bahçenin içinde, çitlerle çevrili bir alanın ortasında üç katlı sarı bir ev gördüm. Tabii gördüğüm taraf arkasıydı. Her sahil evi gibi en gösterişli tarafı denize bakan kısmı olmalı, diye düşündüm.

Bahçe kapısından içeri girip yürüdük. Kapıda bir adam bekliyordu. Bir beyaz. Emlakçılık da para getiriyordu buralarda. Dolayısıyla o da bir beyaz işiydi. Bizi görür görmez koşar adım yanımıza yaklaşıp önce sahte bir nezaketle, normalde sokakta görse yatmak için elli dolardan fazla tenezzül etmeyeceği Anita'nın elini öptü. Daha sonra da, içinde bulunduğumuz kayıp vahşiler ülkesinde iki uygar olduğumuzu birbirimize hatırlatmak istercesine uzun uzun tokalaştık. İsminin René Deman olduğunu söyledi. Ben de bir şeyler söylemeliydim, isim, soyadı gibi. "Louis Perrot" dedim. "Tanıştığımıza memnun oldum."

Evin büyük giriş kapısını, cebinden çıkardığı anahtarla açarken alnından süzülen ter damlalarına aldırmadan üçüncü sınıf tacir konuşmasına devam ediyordu.

"Çok isabetli bir karar vermiş hanımefendi. Kendisini tebrik ederim. Çünkü sahilin en güzel villası olmakla beraber fiyatı da çok uygun!"

Daha fazla terlerse içindeki bütün suyu boşaltıp öleceğini düşündüm ve rüyalarında dahi görse inanamayacağı o kelimeleri yuvarladım ağzımdan.

"Fiyat önemli değil!"

Artık sıcak gelmiyordu hava, René'ye. Dünyadaki açlık, savaş önemsizdi. Mutluluk sarmıştı dört bir yanını. Ben bir melektim. O da elinden tutarak cennete çıkardığım bir aziz!.. Anita içi boş evin her yerini koşarak geziyor, girdiği her odadan beni çağırıyordu, gidip görmem için. Çok geniş bir salon ve mutfak birinci katı doldurmuştu. İkinci katta dört yatak odası ve iki banyo, en üst katta da bir yatak odasıyla bir banyo daha vardı. İşte buna sevinmiştim. Üçüncü kat beni, ortalama otuz yıl boyunca misafir edecek, cesedimin Anita tarafından birkaç kişiye taşıtılarak içinden çıkacağı yerdi. Evin beni ilgilendiren tek yeri. İkinci kattaki odaların ikisinin terasa açılan kapıları vardı. Ve terasın iki tarafında da zemin kattaki verandaya inen dar merdivenler. Bir çeşit malikâneydi ev. Ama eğer bir gün hikâyem duyulursa, bütün Gambiya'da lanetli olarak anılacaktı gösterişli bina... Üçüncü kattaki oda da denize bakıyordu. Geniş pencereleri vardı ama bir kutu siyah boyayla on dakikada, gecenin en karanlık olduğu saate ayarlayabilirdim burayı...

Aşağı inip René'nin yanına, verandaya yürüdüm. Beni görünce kalbinin atışları dengesizleşti yine.

"Evet, ne düşünüyorsunuz? Harika değil mi?" diye sordu, elindeki çantayı sallayarak. Ki bu hareketi belki de heyecanından yapıyordu.

"Değil!" dedim sert bir tonda. Ve yeniden başladı ter şelaleleri. Ancak terler soğumuş çıkıyordu gözeneklerinden. Benim gibi zengin bir beyazı ikna edememiş olması utanç vericiydi. Daha fazla dayanamadım, karşımda ayaküstü geçirdiği panik-atak krizine.

"Harika değil" dedim. "Mükemmel! Tam istediğim gibi. Derhal işlemleri başlatın. Ben sadece tapuya imza atarım. Başka hiçbir işe karışmam. Gerisini siz halledeceksiniz. Anlaştık mı?"

Bir ara boşaldığını sandım, yüzünün gevşediğini görünce.

"Tabii ki anlaştık! Siz hiç merak etmeyin" deyip duraladı. Geri zekâlının aklına daha paradan hiç konuşmadığımız gelmişti.

"Ama Bay Perrot, evin fiyatını sormadınız!" cümlesi çıktı ince dudaklarının arasından... René'yi ilkokulların önünde küçük kızları kandırmaya çalışırken çok iyi hayal edebiliyordum. Belki o da binlerce beyaz gibi bu nedenden Afrika'daydı. Küçük kızlar için!

"Önemli değil" dedim. "Zaman kaybı! Sizin fiyatınız benim fiyatım. Ödemeyi nakit yapacağım. İki gün sonra bütün evrakları tamamlamış olarak gelin, burada buluşalım ve paranızı alacaksınız."

Artık, büyük ihtimalle uzun yıllar boyunca para biriktirerek satın aldığı son model Chevrolet Blazer'ına binip bizi otelimize bırakabilirdi. Ve nitekim öyle de yaptı. Giderken, arabadaki üç kişi de kendisini çok farklı nedenlerden dolayı iyi hissediyordu. Biz bir aileydik, sarı villanın etrafında el ele tutuşarak dönen. Herkes mutluydu. Film burada bitebilirdi. Ama bitmedi. Daha, gerçek trajediyi de, tırnağın etten, Kayra'nın hayattan koparılışını da izlemesi gerekiyordu seyircilerin...

Otelin önünde Anita benden ayrıldı. Ailesini görmeye gitmek, müjdeyi vermek istiyordu. Ona benden bahsedebileceğini ama bir süre sonra ülkeme döneceğimi, evi kendisine bırakacağımı da anlatması gerektiğini belirttim. Ve odaya çıktım. Para çantalarda duruyordu hâlâ. İki gün daha kalacaklardı aynı şekilde. Evin ve alınacak mobilyaların parasını verene kadar. Sonra, bir ay içinde Anita ilk ceset bakıcılığı maaşını alacaktı. Çantaları dolabın içine koyup bir cappuccino getirmelerini istedim, resepsiyonda duran ve her telefonu açtığında "İyi günler! Hotel Capricorne'un resepsiyonisti Abdoul Kimboto'yla görüşüyorsunuz. Arzularınız emirdir. Nasıl yardımcı olabilirim?" diyen geri zekâlıdan. Gerçekten de, her zaman aynı hareketli ritimde neşeli bir şekilde söylediği bu cümleyle telefonu açıyor olması sinir bozucuydu. Onunla beraber içimden tekrar ediyordum kelimeleri aynı anda. Oteldeki ikinci günümde, ezberlemiştim giriş konuşmasını, neşeli aptal zencinin...

Akşama doğru küçük bir valizle, Anita açtı kapıyı. Gülüyordu. "Eşyalarımı topladım. Aileme, beni beklememelerini, bir Avrupalıyla yaşayacağımı söyledim. Kardeşlerim benim için mutlu oldular ama annem para istedi. Yarın biraz götürmem gerekecek" dedi, valizini benim para çantalarımın yanına dolabın içine koyarken.

"Tamam" dedim. "Annen istediği parayı alacak."

Yataktan kalkıp pantolonumun cebinden, önceden hazırlayıp koyduğum paraları çıkarıp uzattım.

"Şimdi dışarı çık ve ev için biraz mobilya al. Yatak, koltuk. Neye ihtiyaç varsa! Bu para yetmezse yarın tekrar veririm. Ama söyle eşyaları aldığın yerlere, iki gün sonra akşamüstü getirsinler eve. Daha önce değil!"

Bir yandan paraları sayarken incecik parmaklarıyla, diğer yandan da kendisiyle gelmem için ikna etmeye çalışıyordu. Ama benim kesinlikle buzdolabı markaları hakkında tartışacak bir halim yoktu. Tek istediğim, Anita gittikten sonra yatağa uzanıp içimde kalan son birkaç bin düşünceyle ilgilenmekti. Dışarı çıkmayacağımı anlayınca, ısrar etmekten vazgeçerek çantasına doldurduğu paralarla fırladı odadan. Onun yaşındayken nerede ve nasıl bir hayat yaşadığımı hatırlamıyor oluşumu büyük bir şaşkınlık ve mutlulukla fark ettim. Hafızam köreliyordu. Geçmişim

siliniyordu. Çok yavaşça oluyordu. Ama doğal karşılıyordum. Yirmi do-
kuz yılı yirmi dokuz saniyede unutmayı beklemiyordum... Geçmişimin
silikleşmesi bir mucize gibi geldi. Uçakların gökyüzünde bıraktıkları iz-
ler gözümün önüne geldi. Geçmişimin o izler gibi gökyüzünde sessizce
silindiğini hayal ettim. Sarhoş gibiydim yatağa yatarken. Çok büyük bir
gelişmeydi hafıza kaybım. Hatırlamamak, unutmak, en sert içkilerin
karışımından daha sarhoş etmişti beni. Kendimi güçlü hissediyordum.
Ama asla, herhangi bir kavgada ihtiyaç duyulan türden bir güç değildi
bu. Sadece güçlüydüm. Ölümsüz, sonsuz. Doğumu ve ölümü olmayan
bir varlık gibi... Unutmanın sahibine böylesi güven veren bir silah oldu-
ğunu tahmin edemezdim. Hatırlamıyordum on yedinci yaşımı. Daha
öncesini. Sürekli bunu düşünerek zevkini çıkarıyordum, dünya üzerin-
de yaşadığım günlerin tek gerçek tanığının, yani hafızamın silinmeye
başlamasının. Ben de unutursam kendimi, kim hatırlayabilirdi ki? Kim
bilebilirdi gerçek Kayra'yı eğer ben hatırlayamazsam? Kimse! Hiç kim-
se. Yaşadığıma tek kanıt hafızamdı. Yaptıklarımın tek kanıtı. Belgelere
inanmıyordum. Hepsi de sahte olabilirdi. Tıpkı pasaportum gibi. Zihin-
sel ölümümün ilk perdesinin adı: silinen geçmiş... Yatakta dönüyor ve
tadını çıkarıyordum, zihnimin gizli bölmesinin yarattığı sonucu düşü-
nerek. O kadar heyecanlandırmıştı ki beni, dünyada kutlanması gere-
ken unutma günleri olması gerektiğini düşünmeye başlamıştım. Yılda
bir gün, dünya halkları birbirlerine yaptıklarını, çektikleri ve çektirdik-
leri acıyı unutmalı. Hayal edebiliyordum unutan halkların kahkahaları-
nın yükselişini. Unutkanlık yaratan bütün ilaçların gereksizliğinin can-
lı kanıtıydım. Hiçbirine gerek yoktu. Çünkü unutabiliyordum ben. Ken-
dim! Sadece düşünerek. Ve bir gün gelecek. Sadece düşünerek, düşün-
menin kendisini de yok edecektim. Ay'a ilk ayak basan adam gibi hisse-
diyordum kendimi!

Anita dönene kadar düşündüm... İçeri girdiğinde, elleri her zamanki
gibi doluydu. Ve bir torbanın içinden de bana bir gömlek çıktı. Bir he-
diye. Elini öptüm Anita'nın, teşekkür etmek için. O da şımarık bir soy-
lu taklidi yaparak uzatmıştı elini. Hayat doluydu Anita. Bense ölüm do-
lu! Hiç yorulmadan sürekli hareket edebiliyor, konuştuğu zaman eğlen-
celi hikâyeler anlatabiliyordu. Beni ve birkaç hafta sonra olacakları dü-
şünmediği zamanlar odayı temizliyordu, kendi dilinde şarkılar söyleye-

rek... Aldığı gömleği yoğun ısrarlarından sonra giydim. Üzerinde yeşil, siyah ve kahverenginin karıştığı bir kumaştan dikilmişti. Tropikal bütün tonları taşıyordu. Bir tür askeri kamuflaj giysisi gibiydi. Ama benim için farklı bir anlamı vardı, üzerimdeki değişik renklerin buluşma yeri olan gömleğin. Dokuz yıldır siyah dışında hiçbir renkte kıyafetim olmamıştı. Ama alışkanlığımın böylesine kolayca değişebildiğini görmek, dokuz yıllık bir stilin, uzatılan gömleği iki lütfenden sonra alıp giymekle noktalanması gerçekten de iyi bir gelişmeydi. Artık üzerime giydiğim gömleğin, pantolonun, çorabın, ayakkabının rengi önemli değildi. Büyük bir aşamaydı. Çünkü gittiğim her yeni şehirde ilk işim, hepsinden beşer tane almak olurdu.

Neden siyah? Tabii binlerce nedeni olabilir. Dünya üzerinde hayatları boyunca siyah giymeye karar vermiş milyonlarca kişi olmalı. Benim de onlardan bir farkım yoktu bugüne kadar. Nedenler o kadar da önemli değil. Nedenlerin değil, siyah rengin bir şekilde buluşturduğu insanlardık biz. Öncelikle karamsarlık ve umutsuzluğun simgesiydi siyah. Evet, bu nedenle giydim. Sonra geceye karışmanın ve şiddetin rengiydi. Bu nedenle de giydim. Sonra renkli insanların yanında entelektüel olanı gösterirdi siyah. Pembe kazaklı birinin hayat felsefesi merak edilmez! Ve bu nedenle de giydim. En son olarak da, kan lekeleri üzerinde kuruyunca görünmez ve daha da önemlisi zayıf gösterir ki ben bütün bu nedenlerden dolayı giydim. Tabii, siyah giyilmesiyle ilgili neden-sonuç komikliği bir yıl civarında sürer. Sonra alışkanlık haline gelmiş bir giyim tarzı, insanın hayatına aniden girip, dolabındaki diğer renkleri kıskanıp yakılmalarını sağlar...

"Bu akşam dışarı çıkacağız!" diye bağırdı Anita, banyodan. Yatağın karşısındaki, normalde sevişirken insanların kendilerine bakabilecekleri şekilde yerleştirilmiş aynada kendime ve yeni gömleğime bakıyordum "dışarı" lafını duyduğumda. Dışarının ne kadar pis koktuğunu, kalabalık olduğunu ve gerektiğinde kavga edemeyecek kadar güç kaybettiğimi biliyordum. Çünkü zihnimdeki emir merkezi, bedenimi şimdiye kadar çok iyi kullanmamı sağlayan çeşitli sinirleri alıp karanlık olan tarafa yönlendirmişti. Kayra bedeninden beynine taşıyordu. Ve orası da birkaç hafta sonra çökecekti. Buna bir plan denirse evet, bir planım vardı. Sokağa çıkmak, insanların yanımdan geçerken bana değeceklerini önceden bilmek, Anita'nın yaklaşan dilenci çocukları kendi dillerinde küfürlerle kovması, taksi şoförlerinin biz kaldırımda yürürken takip ederek, her on metrede bir klaksona basıp varlıklarını hatırlatması... Hepsinden de uzakta olmak istiyordum. Dışarısı hayatın kaynadığı yerdi. Ama ben istemiyordum o hayattan. Hayır! Sokakta yeterince zaman harcamıştım. Biliyordum neler olduğunu orada. Kimse gelip anlatmasın bana, sokaklarda olup bitenleri... Ama şimdi bitti. Artık, dört duvarla çevrelenmiş olmaktır özgürlük. Bilsem sağlıklı kalmamı sağlayabilecek kadar iyi bakım verilen bir hapishane, müebbet cezası almak için gerekirse bir futbol takımını öldürürdüm. Amigoları dahil! En geniş yerler hücreler. En büyük cennet, o daracık evler. Çünkü istila edilme ihtimali yok. Ve bunların dışında kalan her yer, ancak dişlerini biledikten sonra çıkabileceğin cehennemi sokaklar... Ve o sokaklardan birine daldık Anita'yla. Ne kadar reddedebilirdim ki on yedi yaşındaki bir kadını?..

Anita'ya ailesiyle ilgili, fahişeliğe başlamasıyla ilgili hiç soru sormuyordum. Nedeni açıktı. Bilmek istemiyordum öz babası tarafından haftanın ikinci günleri tecavüze uğradığını. Ve diğer kardeşlerin de geri kalan günlerde, babanın çocukluğuna dayanan ve alkolle güçlenen cinsel sapkınlığından paylarına düşeni aldıklarını öğrenmeyi de istemiyordum... Bu gece, Banjul'un beyaz girmemiş sokaklarında gezdiriyordu beni Anita. Bir yandan da anlatıyordu, iki katlı, sıvaları dökülmüş evlerin duvarlarının arkasında dönen dolapları. İngilizcesi istediği bir açıklamayı yapmasına izin verecek kadar iyiydi. Sokakta büyüyerek böyle iyi bir İngilizce öğrenmiş olması normal gelmiyordu bana. Tamam, birkaç kuşaktır halk İngilizce konuşmaya çalışıyordu, ama okula gitmeden öğrenmek hemen hemen imkânsızdı, sokak aralarında tek kelimesini bilmeden, sadece kabile dilleriyle bütün hayatı yaşayabilecekleri göz önüne alınırsa.

En sonunda, Anita beni ufak bir bara soktu. Burası daha çok bir batakhaneydi. Fahişeler, travestiler ve zengin zenciler vardı. Tütün, alkol ve esrar kokusu havada neredeyse elle tutulacak kadar somut bir bulut yaratmıştı. Hatta bir ara, buluta çarpmamak için kafamı eğdim, barın diplerine yürürken. Anita, yüksek sesle çalan reggae parçanın kim tarafından söylendiğini bağırarak kulağıma anlatıyordu. Genç kızların, dünyanın neresinde olursa olsunlar, ne iş yaparsa yapsınlar, şarkıcılara ilgi duymaları, üzerine araştırmalar yapılması gereken sosyolojik bir vakadır. Genç kız ve yakışıklı erkek şarkıcı. Ayrılmış bir bütün! Stanley Laurel ve Oliver Hardy gibi... Bir masa bulduk kalabalığın arasında. Bara hâkim dört renk üstümüze inmeye başlamıştı. Sarı, yeşil, siyah, kırmızı. Unutulmaz renkler. Kıtaya yıllar önce, ilk ayak bastığımda cannabis'in süslediği bir sohbette, artık yaşamayan Moctar'ın anlattığı renkler. Tam olarak ne demişti? Evet, hatırlıyorum. "Afrika'yı anlamak için dört rengi bilmek yeter. Sarı! Sıcağın rengidir. Yeşil! Her yeri kuşatmış olan ormanın rengi. Siyah! Karşında oturan benim derimin rengi. Ve kırmızı! Üzerinde oturduğunuz toprağın sahibi olabilmek uğruna dökülmüş kanın rengi..."

Anita, kendisine bir viski istedi. Ben "Su" dedim. Yanımdaki kızın siması tanıdık olmasa siparişim, yüzümde ve kaburgalarımda zararlara neden olabilirdi. Ama şansımı fazla zorlamamak için devam ettim.

"Ve viski şişeyle. En iyi ne varsa, onu getir!"

Üniversitedeyken birkaç arkadaşım, belli süreler ömrü kalmış insanlarla ilgili araştırmalar yapmışlardı. Altı ay ve daha az bir süre ömrü kalmış olanlar, tamamen gerçek bir anarşiste ve bencil bir sefahat hayvanına dönüşüyorlardı. Suç işliyorlar, ağır uyuşturuculara başlıyorlar, akıllarına gelen her şeyi yapıyorlardı. Ama altı ayı geçen bir süre doktor tarafından telaffuz edilmişse, normal bir insanın baştan çıkması daha zor oluyordu. Onlar para biriktirmeye, vergi ödemeye devam ediyorlardı. Eşlerini aldatmadan yaşamaya çalışarak, varsa çocuklarıyla ilgileniyorlardı. Ölümlerinden sonra ailelerinin, dostlarının durumlarının ne olacağını düşünecek kadar sakinleşmek için zamanları oluyordu önlerinde. Ben on gün içinde ölecektim. Ve en büyük deliliğim şu oldu, bardaki ilk yarım saatimin sonunda:

"Herkese benden viski!"

Benim dışımda herkes içiyordu. Ben daha önce yeterince içmiştim. Obélix gibi. Küçükken içine düşmüştüm.

O gece, sabaha kadar içki ve esrarın yardımıyla Afrika'da olduğunu unuttu herkes. Anita sarhoş oldu. Dans etti önüne çıkan herkesle... Eğlenmek buna benziyor. O geceye yakın bir eylem. Daha fazlasına ihtiyaç yok! İçki, esrar, müzik ve dans. Tabii sonra da, hâlâ birkaç kelimeyi sıralayacak kadar tükettiği maddelere meydan okuyan ayıkların anlattığı hikâyeler. En sonunda da seks. Eğlenmenin özeti. Daha fazlası israf... Bir ara, Anita'nın gözlerinden yaşlar geldiğini gördüm. Sarhoşluk kadınlara çok zalim davranabiliyordu bazen. Hafızanın en karanlık odalarını aydınlatan bir projektöre dönüşebiliyordu. Kendisine baktığımı hissetmiş olacak ki, kafasını kaldırıp en derinime baktı. Bir şey göremedi tabii. Çünkü belli bir derinlik seviyesinden sonra ışık yoktur. Anlatmak istedi. Neden teklifimi kabul ettiğini. Çocukça sırrını söylemek istedi. Ağzı oynadı. Ve belki söyledi, belki söylemedi. Ama birkaç saniye hareket eden dudaklarının yanında hoparlörlerden çıkan müziğin yüzünden en ufak bir ses gelmedi bana. Ya da hiçbir kelime çıkmamıştı ağzından. Sadece sırrını dudaklarıyla düşünmüştü. Hepsi bu. Sonra sarıldı bana. Başını göğsüme dayayıp biraz ağladı. Her şey sessiz bir film gibiydi. Sadece müzik vardı, duyulan. Gerisi sağırlar için bir tiyatro... Kim kimi duymuştu ki zaten, bugüne kadar? Kim kimin çığlığına koşmuştu ki? Komşularının hıçkırıklarını duymazdan gelen insanların kaderinde sessizce ağlamak vardı. Dünyada yardım istenecek kimse yoktu. Hiçbir zaman da olmamıştı. Gönüllü yardım kuruluşları doyuruyordu belki birkaç yüz bin kişiyi, ama duyabiliyor muydu, karnını bayat yemeklerle doldurduğu insanların haykırışlarını?.. Ben de okşadım Anita'nın kısa saçlarını. Alnına değdirdim dudaklarımı. Ve devam etti dansına, kaldığı yerden. Gece insanlarının ayini devam etti, kaybolmuşluğun kahkahaya karıştığı loş ışıkta... Anita'nın gözyaşları yanaklarında, kendi etrafında dönerek dans ederken kendi rüzgârından kurumuştu. "Ben ağlamam" dedim kendime. "Kurutamam gözyaşlarımı çünkü. Başlarsam duramam diye ağlamam. Bütün damarlarım, kemiklerim çıkar gözpınarlarımdan. Geriye tek bir derim kalır..."

Şimdi uyuyor Anita. Güneş, perdelerin arasından çoktan yolunu bulmuş, dolaşıyor odanın içinde. Bir iki saat uyudum ben de. Rüya görmediğimi fark ettim. Gözlerimi kapatınca dev bir karanlık geliyordu artık. Bin bir rengi karıştığı bin bir resim değil. Yarın evin satışı tamamlanacak ve mobilyalar gelecek. Yarın, hayattaki son durağıma yerleşeceğim. Daha ilerisi yok. Buraya kadar! diyeceğim kendime. Ve belki de gelecek hafta bugün, zihnim ölmüş olacak... Anita'nın uyanmasını istemiyorum. Düşünmek istiyorum. Kinyas'ın yüzünü düşünmek istiyorum. Çağırıyorum görüntüsünü beynimin kilerinden. Ama gelmiyor. Hiçbir şey. Hatırlamıyorum, zamanında kendisiyle dünyayı paylaştığım adamın yüzünü. Çabalıyorum. Ama koca bir hiç. Tarif edebiliyorum kelimelerle burnunu, saç rengini, gözlerini ama birleşmiyorlar. Bu kâğıttaki kelimeler kadar cansız kalıyorlar... Hayatın tasvirini de yaparım, diyorum. Onun da anlatırım neye benzediğini. Ama yaşayamam! Yanımdaki telefona uzanıp açıyorum. Resepsiyondaki aptalın uzun açılış konuşmasını, onunla beraber içimden tekrarladıktan sonra "Bir cappuccino!" diyorum kısık sesle. Anita'yı değil, kendimi düşündüğümden.

"Kapının önüne bırakın ve hafifçe vurun!"

Kimse uyandırmasın kimseyi. Herkes mutlu uyurken. En kötü kâbus bile iyidir hayatın kendisinden. İlk cinayetlerimden sonra görmüştüm birkaç gece, ellerimle boğduğum adamın renk değiştiren yüzünü rüyamda. Ama sonra uyandığımda, tükürüklerini bulamayınca ellerimde, anladım hiçbir şeyin hayat kadar kötü olmadığını. Ben bile değildim... İnsanlar hayatın aynası. Kötülüğü ondan öğreniyorlar. Bense kendim öğrendim vahşeti. Daha doğrusu, vahşeti görüp duymamayı... Kapıdan gelen hafif bir ses uyandırıyor, üstüne içi düşüncelerimle dolu çok kalın bir yorgan örttüğüm zihnimi. Kalkıp alıyorum cappuccino'mu. Anita uyuyor. Ve yarın öğlene kadar odadan çıkmayacağımı biliyorum. Cappuccino'yu yatağın kenarına oturmuş, sessizce yudumluyorum. Anita'nın her nefes alışında titreyen yatakta günlerce oturabilirim. Köpüğün içinde kaybolan küp şekerler gibi yok olmak istediğimi biliyorum. Bir kaşık hareketiyle, içine düştükleri kaynar sıvıya karıştıkları gibi parçalanmak ve zamana karışmak istediğimi de biliyorum...

Bazen, demirden bir duvar geliyor gözümün önüne, zihinsel ölümüm ile beni ayıran. Yapamayacağımı düşünüyorum. Sarı evin üçüncü katındaki odasının ortasına yerleştireceğim yatağın üzerinde günlerce yatsam bile hiçbir şey olmayacağından korkuyorum. Bedenime yaptığım onca kötülükten sonra beynime de benzer bir zulüm uygulayarak kendimi kandırdığımı düşünüyorum. Hiçbir zaman tamamen arınamayacağımı düşünüyorum, kafamdaki son fikir ve bilgi zerresi de gidene kadar, bütün düşüncelerimden. Peki ne yaparım o zaman? Ya zihnimin can çekişmesi yıllar sürerse? Ya bedenim zihnimden önce pes ederse? Ne olacak o zaman? Bilmiyorum. Ben bir kumarbazım. Ya hep, ya hiç!.. Aileme, ilk kez eğitimimi bırakmayı düşündüğümü, yazarlığa başlayacağımı anlattığımda "Peki, ya başarısız olursan?" diye sormuşlardı bütün iyi niyetleriyle. Verecek bir yanıtım yoktu. Başarısız oldum. Verdiğim tek yanıt, kaçmak oldu. Neden ben böyleyim? Bu noktaya nasıl geldim? Aslında benzer soruları sormayacak kadar kanıksadım içimdeki canavarları. Benim zihnim kapandığında, bütün dünya da bitecek. Tek bildiğim bu...

Hatırlıyorum, bir iki yazarın gülle gibi cümlelerini, filozofların kestikleri raconu: "Bildiğim tek şey, hiçbir şey bilmediğimdir." Yanılıyor hepsi de. İnsan, hiçbir şeyi değil, her şeyi bildiği için mutsuz! Ben her şeyi biliyorum. Ve bunlar, yürürken dengemi bozacak kadar ağır geliyor. Tek isteğim kurtulmak hepsinden, bütün bilgilerden, bütün düşüncelerden. Geri dönmek hiç doğmamış Kayra'ya. Ve en kötüsü, biliyorum ki, dünyaya, hepsinde ayrı coğrafyalarda, ayrı zamanlarda yüz defa bin defa daha gelsem, yine öldürmeye karar veririm zihnimi. Hazmetmekten bıktım. Şimdi kusup sızma zamanı...

Anita uyanmış, giyinmemi seyrediyordu. Duştan çıkmış ve saçlarımı taramıştım. Afrika'ya ilk geldiğimden beri uzun saçlarımı kurutmamıştım, duştan sonra. Omuzlarıma dokundukça vücudumu serinletmeleri, katil sıcağa karşı tek mücadele biçimimdi. Dokuz yıldır usturayla tıraş oluyordum. İlk başlarda, neredeyse kendimi öldürüyordum, çenemin altındaki sakalları budarken. Zamanla öğrendim ustura kullanmanın inceliğini. Daha önceleri favori malzemem neşterdi. Onunla tıraş olmaya çalışmaksa tam bir sinir savaşına dönüşüyordu. İnsanın yüzüne yapabileceği en büyük kötülük. Beteri var belki. Kezzap!..

Anita da giyinmiş ve odadaki eşyalarımızı toplamaya başlamıştı. Dün, aynı saatlerde cappuccino içiyordum uyuyan güzelin yatağında. Şimdiyse, Hotel Capricorne bir daha hatırlanmamak üzere terk ediliyordu... Komi, Anita ve ben eşyalarla aşağıya indik. Parasını önceden ödemiştim odanın ve ekstraların. Tam çağrılan taksiye binmek için otelin kapısından çıkıyordum ki, birden dönüp resepsiyona doğru yürüdüm. Telefonları açan resepsiyonistin önünde durdum. Çantayı bırakıp sağ elimi ona uzattım. "Seni tebrik ederim!" dedim. "Mükemmel bir iş yapıyorsun. Eğer bazen o tatlı konuşmanın eksikliğini hissedersem, arayabilir miyim seni?"

Şaşırmıştı tabii. Ama iltifatlar kolay kandırır. Gururla sıkıyordu uzattığım eli.

"Tabii ki arayabilirsiniz!" diye yanıtladı.

"Ama aynı şekilde açacaksın telefonu. Bana, burada kaldığım sürece ezberlettiğin giriş konuşmanla."

Burada ufak bir alay vardı. Anlayıp alınmasına zaman vermeden, elini bırakıp cebimden çıkardığım beş yüz dolara yakın parayı uzattım. Almak istemedi önce. Sonra sıfırlar fazla geldi, reddetmesini önleyecek kadar. Gerçekten de hak etmişti aldığı parayı. Hayatı boyunca, tek bir şiir bile ezberleyememiş olan benim, Abdoul Kimboto, tam on üç kelimelik, tekerlemeye benzeyen bir konuşmayı zihnime sokmuştu...

Dün, odadan hiç çıkmamış ve Anita'yla uzun uzun konuşmuştuk. Daha doğrusu, ben konuşmuştum, o dinlemişti. Bundan sonra yaşayacağı zengin hayatına dair tavsiyeler vermiştim Öncelikle, iki adam tutmasını, birini güvenlikle diğerini de bahçenin bakımı ve temizliğiyle görevlendirmesini söyledim. İyi bir araba almasının ve bir de şoför bulmasının gerektiğini anlattım. Güvenliği sağlayacak olan adam dışında hiçbirinin villada kalmaması gerekiyordu. Ve evin temizliği, yemek gibi konular için de, bir ya da gerekirse iki kadın tutmalıydı. Tabii, Anita'nın görevi de, evde dolaşacak olan bu kadar insandan beni gizlemekti. Başarması çok zordu ama buna mecbur olduğunu söyledim. Üçüncü kata çıkan merdivenin başına demir bir kapı yaptıracaktım. Ve anahtarı sadece Anita'da olacaktı... Ve benzer birçok ayrıntıyı daha anlattım. Dikkatlice dinledi. O kadar çok detay veriyordum ki, telefonun yanındaki kâğıt ile kalemi alıp not tutmak zorunda kalmıştı. İngilizce yazıyordu. Ve ben bunu yapabilmesine şaşırmıştım...

Taksi, Banjul'a çok uzak olmayan sarı evimizin yakınlarında durdu. Bagajlar indirilirken Anita'ya, anayoldan eve kadar giden patikayı genişleterek, arabanın geçebileceği bir yol yaptırmasını söyledim. Şimdilik, yürümek gerekiyordu, ellerimizdeki eşyalarla. René bizi kapıda bekliyordu. Görür görmez, sol elimdeki iki çantanın birini almak için koşarak geldi yanıma. İçeri girdik. Evin bazı köşelerine güneşin ulaşamıyor olması biraz olsun içeriyi serinletmişti. Ama Anita'ya iki kata da klima koydurmasını söylemeyi ihmal etmedim. Verandada plastik bir masa vardı. René evrakları siyah deri çantasından çıkarıp üzerine koydu.

"Bay Perrot!" dedi. "Bakın, ben hepsini hazırladım. Sizin hiçbir resmi kuruma gitmenize gerek kalmadı. Sadece birkaç imza atacaksınız. Geri kalanını ben halledeceğim. Buyurun pasaportunuz... Yan villada İngiliz bir aile kalıyor. Dün, onlarda çay içerken sizden bahsetti. Çok sevindiler sizin gibi bir centilmen ve bir hanımefendinin komşuları olacaklarına." Yalan söylüyordu. Dev bir yalan! Hiçbir İngiliz, komşularının zenci bir fahişe ile bıyıklı bir katil olmasını istemezdi. Zaten kim isterdi ki?.. İmzaladım gösterdiği yerleri. Pasaportuma bir göz attım. Şimdiden bir sürü vize kaşesiyle dolmuştu sayfaları. Sahte bir belgenin bu kadar ciddiye alındığını ilk defa görüyordum. Evin fiyatı tam düşündüğüm gibiydi. Dünyanın hiçbir medeni ülkesinde, bu paraya, değil böyle bir ev, dört odalı bir apartman dairesi bile bulunmazdı. Dünyanın dibinde yaşıyorduk. Emlak fiyatlarının komik olması normaldi. Cehennemden biraz pahalı! Kimse, elektriğini bağlatmak için resmi kurumlarla altı ay mücadele etmek istemezdi ya da suyun günde yirmi kez kesilmesini. Ya da, bir gece birilerinin eve girip içerideki herkesin boğazını kestikten sonra dolapta bulduğu elbiseleri giyip gitme ihtimalini... Emlak alım satımında en önemli unsurun çevre olduğunu bir kez daha anlamış bulunuyordum. Birkaç yüz kilometre ötede kabileler arası savaşın olduğu bir yerde zaten ev fiyatları ne kadar olabilirdi ki? Silah seslerinin yanında okyanusun ihtişamı sönük kalırdı tabii ki!..

İçeri girip para çantalarımdan birini aldım ve ikinci kattaki odalardan birine girdim. Evin parasını ayırıp aşağıya indim. René, sağ elimdeki nakiti görünce düşüp bayılacak sandım. Zavallı, o kadar uğraşmış olmalıydı ki, bin bir sorun çıkaran cimri, üçkâğıtçı Avrupalılarla. Belki de artık komşularımıza değil, bize çay içmeye gelmeliydi. Ama bizde ona verecek çay yoktu. Kan vardı. Kendi kanı!..

Bütün parayı sayması yarım saat aldı. Uzun sürdü, çünkü ellerinin titremesinden karıştırıyordu belli bir noktadan sonra. René, bana Albert'i anımsatmıştı. Ellerinin titremesi. Kırmızı, damarlı burnu. Büyük ihtimalle, her gün bu saatlerde içmeye başlıyordu. Elleri kurulmuş bir saat kadar dakikti. Tam zamanında titremeye başlamışlardı. René de bir alkolikti, Afrika'daki bütün yaşlı beyazlar gibi...

Satış işlemi tamamlanmıştı. Şimdi sıra, resmi kuruluşlara durumumuzun bildirilmesine gelmişti. Zorunlu bir iş olarak bana yorucu görünüyordu. Ama René, kırışmış sağ gözkapağını bir saniye içinde indirip kaldırarak yani dostça bir tavırla göz kırparak bu işi kendisine bırakmamı, kendi yöntemleriyle halledebileceğini söyledi. Sıkılmaya başlamıştım gereksiz ayrıntılardan. İkinci kattaki odada bıraktığım çantanın yanına dönüp Gambiya'da birçok kapıyı açabileceğini tahmin ettiğim bir miktarı çıkardıktan sonra aşağıya indim. René'yi, eline tutuşturduğum bu parayla, kapıya doğru sürüklerken, "Kimsenin bizi rahatsız etmesini istemiyorum. Asker ya da polis! Biliyorsunuz, biz beyazlar alışık değiliz bu tarz işlere. Siz sadece parayı doğru yerlere dağıtın. Size güveniyorum" dedim. Çok iyi bir yerden yakalamıştım René'yi. Irkçılıktan! Fransa'dayken her seçimde Milli Cephe'ye oy verdiğine bahse gireceğim René'nin birden gözleri parladı ve bir sır veriyormuş gibi kulağıma eğilip, "Bay Perrot, bir bilseniz bu yamyamların neler çevirdiklerini! İnanılmaz! Bütün devlet kokuşmuş. Hepsi rüşvet istiyor. Askerler, politikacılar. Tam bir orman! Siz merak etmeyin. Kimse rahatsız etmeyecektir sizi. Vatansever sözü!" Evet, biliyordum! Şişko domuz, beni Fransız ve kendi gibi ırkçı sandığı için başlamıştı itiraflarına. Biraz daha cesaretlendirseydim anlatacaktı belki de, küçük zenci kızları, sağ kolunda Milli Cephe bandı takılıyken, siyah ırka hak ettiğini vermek adına nasıl düzdüğünü.

Bir saate yakın, boş evin salonunun ortasında yere uzanıp durduk. Anita sorular sordu evin bakımıyla ilgili. Odama koyacağı yatağı anlattım. Başka hiçbir eşya istemiyordum odada. Yerde de yatabilirdim. Ama bedenimin hastalanmasına neden olabilirdi...

İlk defa evimizin kapısı çalındı. Anita koşarak gitti açmaya. Her adımında kısacık eteği havalanıyordu. Onun mutlu olmasını istedim o an. Belki evlenmesini. Ama gülmesini istedim. Evet, evlenmeliydi. Kendine iyi bir adam bulup mutlu yaşamalıydı. Benim için sorun olmazdı. Her gece, eve başka bir erkek geleceğine, sadece aynı kişi olurdu Anita'nın yatağında ve kıtada kol gezen bütün ölümcül bulaşıcı hastalıklardan doğal bir şekilde uzak kalırdı. Bakıcımın herhangi boktan bir hastalıktan ölmesini istemiyordum... Kapı açıldı. Ve eşyalar zinciri akmaya başladı. Sonunda bir evim oluyordu. İlk defa! Kendi paramla aldığım ve döşediğim. Annem görse gurur duyardı. Tabii, bir aile kurmayacaktım içinde.

Ama yine de ev evdir, diye düşündüm. İşte koltuklar, yataklar, dolaplar. Televizyon bile var. Kapıdan giriyor hepsi. Bir müzik seti, bir fırın. Sandalyeler. Her şey. Evim var! Ne güzel! İçinde kendimi öldürebileceğim bir evim var. Hayat bu işte! Sırf kendi evinde ölebilmek için, emekli olana kadar yıllarca çalışanların hissettiklerini anlıyordum. Sahibi olduğu bir evde ölmek tek amacıydı, para için çalışan insanın. Ne mutluluk! Umarım bir gün, Anita da bu evde ölür. Umarım, evin çalışanları da bu çatı altında ölürler. Umarım, sarı ev aile mezarlığımız olur!

Kapıyı Anita açtı. Evin anahtarı sadece onda vardı. Zili çalmak zorunda kalmıştım. Elimdeki çantayı alıp sordu:

"Nasıl geçti?" Halledebildin mi?"

"Evet!" dedim. "Her ayın beşinde, Citibank'tan paranı alacaksın."

Gömleğimin cebinden çıkarıp uzattığım kartviziti verirken, "Banka müdürünün kartı. Bir sorun çıkarsa, başka kimseyle konuşmadan onu gör. Sana yardımcı olacaktır. Bu ayki paranı sana ben vereceğim" dedim... Yorulmuştum. Dışarının sıcağı, insan kokusu. Hepsi yormuştu. Lüksemburg'daki bankacılarla yaptığım uzun ve sıkıcı telefon konuşmaları, Citibank'ın müdürüne en uygun şekilde, yapmasını istediklerimi açıklamak. Hepsi beni yormuştu... Üç gündür sarı evde kalıyorduk. Anita evin her yanını İngiliz mobilyalarıyla döşemişti. Gerçekten de bir büyükelçi rezidansını andırıyordu ev. Şık ama sade.. İkinci kattan üçüncü kata dönerek çıkan merdivenin başladığı yere, istediğim demir kapının yapıldığını söyledi Anita. Ben yokken halletmişti. Onun birdenbire, sorumluluklarını yerine getiren, ciddi bir kadına dönüşmesini hayranlıkla izliyordum. On yedi yaşında olduğunu düşündükçe hayranlığım daha da büyüyordu. Evin bütün düzenlemesini kendi yapmış, anayoldan kapıya kadar gelen patikayı genişletmek için gerekli adamları bulmuş ve bahçeyle uğraşacak birini bile ayarlamıştı. Belki de, hayatımda yaptığım tek doğru tercih, karşımda duran güzel siyah kızdı... Para işlerinin hepsini hallettiğim için rahattım. Yeterli miktarda komisyonla banka şubelerine yaptırılmayacak iş yoktur bu dünyada...

Anita mutfağa giderken, ben üçüncü kata çıktım. Demir kapı, gerçekten de istediğim gibi yapılmıştı. İki duvarın arasına yerleştirilmişti. Evde, şimdilik bizim dışımızda kimse yaşamadığı için kilitli değildi. Basamakları tırmandım. Her biri hayatıma dört saniye kattı. Odam karanlıktı. Kafamı uzattığımda, pencerelerin boyanmış olduğunu gördüm. Odanın tam karşısındaki banyonun ışığını açıp aydınlattım krallığımı. Tam ortada, üzerinde siyah ipekten bir çarşaf olan yatak duruyordu. Ve aynı ipekten bir kılıfa geçirilmiş yastığım. Rengi ben seçmiştim. Bir ara, duvarları da siyaha boyatmayı düşünmüştüm ama sonra, bunun hiç de önemli olmadığına karar verdim. Ancak, pencereleri ben hatırlatmadan boyattığı için Anita'yı tekrar tebrik ettim içimden. Ve odada, üç çekmeceli bir de etajer vardı. Her çekmecesinde, Anita'nın beni ziyaretlerinde kullanacağı havlu, çarşaf, sabun, makas, jilet gibi eşyalar vardı. Bu fazladan mobilyaya katlanmak zorundaydım. Aslında rahatsız etmiyordu beni. Hiçbir rahatsızlık duymadığına göre zihnimin gizli bölmesi de, benimle aynı fikirde olmalıydı. Odadan çıkıp kapıyı kilitledim. Anahtarı üstünde bıraktım. Banyonun da ışığını kapatıp aşağı indim.

Anita'yı, verandadaki hasır koltuklardan birinde oturmuş, beyaz şarap içerken buldum. Beni görünce, "İyi misin?" dedi. Karşısındaki koltuğa oturup okyanusa baktım. Dalgalar, köpükler, çok uzakta bir balıkçı teknesi, gövdelerini sörf tahtası gibi kullanan küçük çocuklar. Hepsi oradaydı. Abidjan'daki gibi. Veracruz'daki gibi. Okyanus ve ben hiç değişmiyorduk... Kinyas'la, yıllar önce bir saldırıya uğradığımız zaman dökülen kanlarımız bu suya karışmıştı. Köpüren okyanusa. O da kan kardeşimdi. Bileklerimde açılan yaraları tuzlu suyuyla temizlemişti. Hayatımızı kurtarmıştı o zaman, şimdi göz göze gelmeye çalıştığım okyanus. Büyük bir dostun yanındaydım. Beni bırakmayacak bir dost. Bana, Anita'dan daha iyi bakacak olan okyanusun yanındaydım.

"İyiyim" dedim Anita'ya. "Çok iyiyim!"

Gözünün önüne bir türlü getiremediği ve aklının almadığı zihinsel ölümümün nasıl olacağını bilmediğinden, birden yere düşüp kalmamı bekliyordu. En azından, bütün hikâyenin, kalp krizine benzer bir komplikasyonla başlayacağını düşünüyordu. Dolayısıyla, günde onlarca defa iyi olup olmadığımı soruyordu. "Seninle konuşabilir miyim?" dedi, ben yaşlı okyanusun küçük çocukları eğlendirmesini izlerken.

"Dinliyorum" dedim.

"Sana bir şey söylemek istiyorum" cümlesiyle başladı. "Bu yaptıkların, yani bana verdiklerin... Her şey çok güzel! Burası çok güzel bir ev. Sen çok iyisin. Ama ben mutsuzum. Çünkü... Çünkü seni seviyorum! Ve ölmeni istemiyorum!"

Evet, en başa dönmüştük. Kendime bir bakıcı bulduğuma sevinirken, on yedi yaşında bir kızı âşık etmiştim. İhtiyacım olan son şeydi, Anita'nın beni sevmesi. Bütün dünya bana âşık da olsa, beni kâinatın imparatoru da ilan etseler fikrimden vazgeçmeyecektim. Zihnim ölmeye başlamıştı. Durdurmak için beynime bir kurşun sıkmam gerekirdi. Eğer konuşmaya başlarsam, kesinlikle onu üzecek kelimeler söyleyeceğimden, sessizliğimi sürdürdüm. Anita da konuşmasına devam etti. "Journey'de yemek yediğimiz akşam sana âşık oldum. Bunu senden daha fazla gizlemek istemiyorum. Ve hiçbir anlam veremediğim ama tamamen ruhsal bir sorun olarak düşündüğüm rahatsızlığını anlatınca, yanında kalabilmek için teklifini kabul etmeliydim. İşte sana söylemekten utandığım kabul edişimin nedeni... Seni çok seviyorum! Tanıdığım kimseye benzemiyorsun. Senin iyileşmen için elimden geleni yapacağım. Tekrar yalnız kalmak istemiyorum!"

Artık konuşmanın zamanı gelmişti, çünkü Anita'nın hayallerinde kurguladığı ilişki mutlu sonla noktalanabiliyor bile olabilirdi ve ben o sondan çok uzaktaydım. Daha anlayamamıştı, sonunda ölüm olan bir hayatta mutlu son olmasının mantığa aykırı olduğunu. Ölüm mutlu bir son olamazdı. Kimse için. Ama yine de insanlar, kendilerini kandırmak için hayatlarını dönemlere bölüyorlar ve ancak o dönemlere mutlu sonlar uydurabiliyorlardı. Oysa hayat, her bölümünde ayrı bir hikâyenin döndüğü neşeli bir dizi değil, sonunda herkesin öldüğü ve katilin bulunamadığı sıkıcı bir filmdi... Eskisi kadar iyi konuşamıyordum. Anlatmak istediklerimi gereksiz cümlelerle kirletip karşımdakinin aklını karıştırıyordum. Zihnimin gizli yüzünün bir oyunuydu bu. Bazı durumlarda, aklıma söyleyebileceğim bir yalan bile gelmiyordu. Ama alışmalıydım. Birkaç gün aptal gibi konuşmaya alışmalıydım. Anita'ya, içinde bulunduğumuz durumu izah edebilmem için gerekli olan ana başlıkları kafamda toplayıp yutkundum.

"Anita, sen çok iyi bir kızsın."

Güzel bir başlangıçtı. Kafamdaki, iltifat başlığının üstünü çizdim.

"Seninle karşılaştığım için çok şanslıyım."

İyi gidiyor!

"Ama benim gibi birini tanımadığını söylerken haklıydın. Beni tanımıyorsun. Sana, kendim dışında her şeyi verebilirim. Daha on yedi yaşındasın! Bu ev ve sahip olacağın parayla kendine mükemmel bir hayat kurabilirsin."

Gözleri yaşardığına göre iyi gitmiyordu. Ama diretmeliydim. "Ve ben, senin mutlu olmanı istiyorum. Benimle olamazsın. Ölümcül bir hastalığım olduğunu farz et. Birkaç gün sonra yatağa bağlanacak kadar hastalanacağımı. İyileştirilmesinin imkânı olmayan bir hastalık. Evet, ben böyle bir hastalığa sahibim."

Eskiden olsa, bir yandan ikna ederken, diğer yandan da saat tutardım, insan kandırma rekoru denemelerim için. Ama şimdi dünyanın en saf insanlarından biri konuşuyordu, bin bir yalan Kayra'nın ağzından.

"Şunu da biliyorum, Anita. Sen, sadece bana âşık olduğunu düşünüyorsun. Ama bana değil, seni o ilk gördüğüm bardan, bir daha geri bırakmamak üzere çıkaran adama âşıksın. Ve bir gün anlayacaksın, bunu senin için değil, kendim için yaptığımı. Çünkü seni sevmiyorum! Ben kimseyi sevemem!"

Bu da nereden çıkmıştı şimdi? Birden, ani bir şekilde böyle kesin bir laf edilir miydi âşık, genç bir kıza? Gerçekten de aptallaşmaya başlıyordum demek ki. Anita kaçıp gitmeden düzeltmeliydim hatamı:

"Yani senin isteyeceğin gibi sevmiyorum seni. Sana ihtiyacım var."

Evet, bu sözden sonra da intiharı düşünmeye başlarsa hiç şaşırmamalıydım. Kafamdaysa sürekli olarak şu alarm veriliyordu: eğer onu üzüp gitmesine neden olursan, artık başka birini asla bulamazsın. Ve hayatın boyunca, zihnin bu aşamada kalır. Ne ölür, ne de eski haline döner!

"Ben çok hastayım. Ve senin, bana olan aşkını unutmanı istiyorum." diyerek, başarısız konuşmamı noktaladım. Âşık olduğum biri bana böyle sözler söylese, önce onu sonra da akvaryumdaki balıklarına kadar selam verdiği her canlıyı öldürürdüm. Ama kendisine acıyamadığım Anita, sessizce ağlamakla yetiniyordu. Bir şeyler söylemek istediği kesindi. Ama bana ne söylenebilirdi ki? Tabii ki hiç! O da öyle yaptı...

Akşama kadar, verandada tek kelime etmeden oturduk. Hayatında ilk kez birine âşık olmuş, o da ruh hastası çıkmış her insan gibi hayal kırıklığı uçurumundan aşağıya yuvarlandı, akşama kadar sessizce... Benim de, ne onu mutlu edebilecek, ne de onun için üzülecek gücüm vardı. Beni ölümsüzlermişçesine seven ailemi terk ettikten sonra bile yüzlerini sadece iki defa rüyamda görmüştüm. Bu küçük kız mı hayat öpücüğü verecekti, olmayan vicdanıma? Bir ara Anita kalkıp içeri girdi. Bir şişe şarabı küçük yudumlarla bitirmiş ve gözlerini kısmaya başlamıştı. Başı dönüyordu belli ki... Ben, zihnim ölmeden önce neler yapmam gerektiğini düşünüyordum. Geçmişime dair birçok tarih, isim silinmeye başlamışsa da Kinyas yok olmuyordu. Onun hayatta olduğuna emindim. Doğaüstü, bilimkurgu bir yetenekten kaynaklanmıyordu tabii ki bu inancım. Sadece, Kinyas'ın kolay ölmeyecek biri olduğunu ve çok şanslı adımlar attığını biliyordum. O kadar. Ve Kinyas'a son bir kez ulaşabilmenin yolunu düşünüyordum. Birbirimizi en son gördüğümüz yer Ankara'daki Hilton'du. Ama tabii ki, oradan uzun zaman önce yok olduğunu biliyordum. Afrika'ya dönmüş olamazdı... Sanmıyorum kıtaya tekrar geleceğini. Öyle bir şey olduysa bile, bunu tek bilecek insan Looping'di. Çünkü mutlaka Café des Sports'a uğrardı. Orası, bizim yıllar önce Afrika'da ilk pizza yediğimiz yerdi ve belli bir kutsallığa sahipti. Looping'e telefon edip etmemek arasında bir kararsızlık yaşarken, Anita elinde kalın bir defterle yanıma geldi. Hayır, bu bir defter değildi, bir fotoğraf albümüydü.

Hazırladığı gösteriyi izlemek için arkama yaslanıp gözlerimle takip ettim albümü. Önce önümdeki dikdörtgen masaya kondu. Sonra da, oturduğu koltuğu bana doğru yaklaştıran Anita ilk sayfasını açıp konuşmaya başladı:

"Benim hakkımdaki her şeyi bilmeni istiyorum. Her zaman bir fahişe değildim tabii ki! Bak, bu annem ve babam. Bunlar da kardeşlerim. Tek kız benim. Babam beni İngiliz okuluna yazdırmıştı."

Birkaç sayfa çevirip devam etti anlatmaya: "Bunu bana neden yapıyorsun? Beni ilgilendirmiyor ki hiçbiri" diyemeyecek kadar üzmüştüm Anita'yı. Onun için yüzüme, elimden geldiğince, ilgilenen bir ifade takıp dinledim.

"Bu, okuldaki sınıfımla çekilmiş bir fotoğraf. Babam, Amerikalıların kurduğu bir madende çalışıyordu. Kazandığı para bize iyi bir hayat vermesine yetiyordu."

Demek, İngilizcesi fotoğraftaki okul binasından süzülüp çıkmıştı. Çok rahatlamıştım. Ben de Anita'yı, İngiltere'den kaçırılmış sarışın bir Emma sanıyordum!.. Anlatıyordu.

"Sonra maden kapandı. Babam uzun süre iş aradı. Ama bulamadı. Kimse yardım etmedi. Kardeşlerim ve ben çalışmaya başladık. Önceleri iyi gidiyordu. Ama sonra biraz büyüyünce, evini temizlediğim kadının kocası annemlere, bana ayarlayabileceği çok paralı bir işten bahsetti. Ve babam, adamın beni nereye götüreceğini, fahişe olacağımı bile bile kabul etti. Üç ay önce de öldü babam. Hiç üzülmedim!.. Sonra da seni gördüm o barda... Ben hep mutsuz oldum. Ama seninle hayatımın değişeceğini sandım. Ama sen de herkes kadar kötüsün. Erkeklerden nefret ediyorum!"

"Ben de" dedim içimden. İşte bir ortak nokta! Üstelik, ben nefretimde daha da cömerttim. Kadınlardan da nefret ediyordum. Anlıyordum Anita'nın çocukça oyununu. Her dakika daha da dalgalanan duygusal bir denizde yüzüyordu. Bir yanda, bırakamayacağı kadar rahat bir hayat, diğer yandan da âşık olduğu ama kendisine karşı hiçbir duygu beslemeyen adamla ilgilenmek mecburiyeti. Gururlu bir insanın yapması gereken kapıyı çekip gitmek olabilirdi. Ama o da, ben de, uzun zaman önce gururumuzu bir şişeye koyup okyanusa bırakmıştık. İhtiyacı olan birine ulaşması ümidiyle. Bizim gibi insanların işine yaramazdı gurur...

Aklımdan geçen düşünceyi, zihnimin gizli bölmesinin kesinlikle yasakladığını ve bu düşünceyi gerçekleştirdiği takdirde zihinsel ölümümün gecikeceğini, belki de tehlikeye gireceğini biliyordum. Ama çok insana zarar vermiştim. Bir tanesini daha ağlatıyor olmak, her ne kadar umursamasam da, meşgul edecekti aklımı.

"Anita, bu gece seninle yatacağım. İlk ve son kez! Ve bir daha asla olmayacak. Bu gece aşkın sönecek!" dedim. Ve mucize. Gurur konuştu. Fotoğraf albümünün sayfalarını sol eli tutuyordu. Sağ eliyse boşta sallanıyordu. O el havalandı ve sol yanağıma indi. Kızmam gerekirdi. O elin parmaklarını eklem yerlerinden kırmalıydım. Ama sadece, Anita'nın yüzüne bakıyordum, o an dünyadaki en boş gözlerle. Tabii, bir de birkaç saat önce ölmüş insanlar böyle bakıyordu o an.

"Nasıl böyle bir şey söylersin! Çok iğrençsin!"

Evet, bu tepkiyi beklemiyordum. Ama aslında vermek istediğim etkiyi içeriyordu. Ben sadece, bu tepkiyi yarın sabah alacağımı sanıyordum. Bütün gece sevişip kemerimle sırtını dövdükten sonra. Daha kolay olmuştu.

"Haklısın..." dedim, bezgin bir sesle. "Korkunç bir insanım. Uyutulması gereken kuduz bir köpek gibiyim. Ve şimdi de uyumaya gidiyorum" deyip kalktım. Gözlerinden neredeyse, çizgi filmlerdeki gibi şimşekler çıkacaktı. Merdivenleri çıkarken ağır ağır, beni çağırdığını duydum. Eğer bunu pişmanlıktan, hâlâ beni sevdiğinden yapıyorsa onu öldürmeliydim. Anita'ya, onu sevmediğimi anlatmanın başka bir yolu var mıydı? Evet, belki kalbimi ve penisimi yerlerinden söküp, "Tamam, al bunları. Git, ileride oyna!" diyerek de halledebilirdim sorunu ama yanımda steril bir neşter yoktu!

İkinci kattaki odalardan birine girip yatağa uzandım. Üst kattaki odamı, zihnimi ele geçirmesine çok az kalmış olan taraf emretmedikçe kullanmayacaktım... Sonra ayak sesleri duydum. Kapı açıldı. Anita ve fotoğraf albümü. Evin neşe kaynakları. Yine ağlamaya başlamıştı. Birkaç saniye bana baktıktan sonra, "Tamam. Seni sevmeyeceğim! Ve ölene kadar bakacağım" dedi. Kolumu kaldırıp elimi uzattım. Yaklaştı. Elinden tutup çektim yatağa doğru. "Uyu" dedim. Göğsüme başını koymuş ve gözlerini kapatmıştı. Sağ koluyla sarılmıştı bana. Anita hâlâ âşıktı bana. Ama artık, aşkını beyninde açtığı bir çukura gömmeyi öğrenmişti. Köpeklerin kemiklerini gömmesi gibi.

O gece, Anita'nın bedenime, yaşadığı müddetçe en büyük şefkati, ilgiyi göstereceğine inandım. Anita doğru bir seçimdi. Ama ben, onun için yanlış olandım. Sonra uyuduk ikimiz de. Biraz okyanusu duydum. Sonra o da sustu. Anlamıştı herhalde, dostunun gözlerini kapattığını...

Looping'in sesi çok kötü geliyordu, telefonun diğer ucundan. Önce, hâlâ hayatta olduğumu öğrendiği için sevinmiş, daha sonra ise birden ciddileşip nerede olduğumu sormaya başlamıştı. "Kayra, burada hiç iyi şeyler olmuyor. Birkaç kez, Koffi oğluyla kafeye geldi" dedi. Koffi'nin bir oğlu olduğunu ilk kez duyuyordum.

"Ortalıkta, senin Amidou Ali'yi öldürdüğün haberleri dolaşıyor. Amidou kimsenin umurunda değil. Ama Koffi intikam peşinde. Seni görüp görmediğimi sordu. Gerçeği söyledim. Yani Abidjan'dan ayrıldığını ve nereye gittiğini bilmediğimi. Ama o seni bulacağına yemin etti karşımda. Ve o yaşlı keçinin bunu yapmak için gereken bütün inada sahip olduğunu da biliyorum! Oğlu da senin peşinde. Amidou, yıllar önce onu da Müslüman yapmış. Senin ölümünün Allah'ın bir emri olduğunu söyledi. Eğer hâlâ buralardaysan, derhal terk et olduğun yeri! Koffi'den değil, ama oğlundan korkmalısın!"

Hiç aklıma gelmemiş olan bir gelişmeden bahsediyordu. Koffi'nin, Amidou'nun ölümüne üzüleceğini biliyordum ama işi bu kadar ileri götüreceğini tahmin etmiyordum. Ve üstelik, intikama, beni öldürmeyi dini bir şart olarak gören oğlu da karışmıştı. Hayat peşimi bırakmıyordu, her zamanki yapışkanlığıyla.

"Teşekkür ederim Looping, bana bunları anlattığın için" diye söze başladım. "Ben gerekeni yaparım. Sen sadece bu konuşmayı unut. O kadar. Seni aramamın asıl nedeni..." derken, Looping sözümü kesti.

"Söylemeyi unuttum! İki gün önce, üzerinde isminin yazılı olduğu bir kutu geldi buraya. Açmadım tabii ki. Bomba olsaydı, çoktan ölmüş akrabalarıma kavuşmuştum! Nerden geldiğini anlayamadım. Şimdilik duruyor. Ben de ne yapacağımı düşünüyordum."

Bana Café des Sports aracılığıyla ulaşmak isteyen tek kişi olabilirdi, o da Kinyas! "Sana bir adres vereceğim" dedim. Ve René'nin emlak bürosunun adresini yazdırdım. Looping, Koffi'ye haber vermezdi ama yine de Afrika'daydık! İnsanlar, kan bağları olan birinci dereceden akrabalarını, yani anne babalarının midelerini cam parçalarıyla deşiyordu. Dikkatli olmalıydım.

"Gambiya mı?" dedi. "Ne yapıyorsun orada?"

"Uzun hikâye...Sen kutuyu verdiğim adrese yolla!" dedim. Biraz daha konuştuk Abidjan'daki son gelişmeler hakkında. Fernand'ı Pinou'nun öldürttüğü sanılıyordu. Rahatlamıştım. Bir de, Fernand'ın aptal boksör çocukları tarafından intikam için kovalanmak istemiyordum. Sonra, Looping sordu:

"Sen, ne söylemek için aramıştın beni?"

Yutkundum. Yalan söyleyecektim.

"Sadece sağlığını sormak için. Çok teşekkür ederim Looping. Gerçek bir dostsun!" deyip kapattım telefonu...

Anita dışarıda başlayan yol yapımıyla ilgileniyordu. Verandaya çıkıp oturdum. Koffi sorunu aklımı karıştırmıştı. Bir daha şiddet işlerine girmem imkânsızdı. Yeteneklerimin çoğu tarihe karışmıştı. Abidjan'a asla dönemezdim. Ve burada beklediğim sürece de Koffi'nin ya da oğlunun her zaman için beni bulma ihtimali olurdu. Hiç beklemediğim bir anda, cinayet planlarına dönmüş ve kimi kime öldürteceğimi düşünmeye başlamış olmam, bütün bunlar beynimde kapanmış çekmecelerin, üstlerine kilit vurulmuş dolapların yeniden açılması anlamına geliyordu. Bir çözüm bulmalıydım. Öncelikle Koffi'yi, hiçbir zaman, Amidou'yu öldürmediğime inandıramayacağımı bildiğim için, ikna etme şansım yoktu. Ölü bir zenci varken ortada, beyaz bir adama kimse inanmazdı Abidjan'da. Dolayısıyla geriye kalan tek çare, onlar beni öldürmeden, benim Koffi ve oğlunu öldürmemdi. Bu işi yapamayacağımın, yani onları bir yere kıstırıp beyinlerini mermiyle dolduramayacağımın farkındaydım. Bir başkasına yaptırmam gerekiyordu. Kesin bir sonuç elde edebilecek kadar acımasız ve güçlü birine. Aklıma bir isim gelmişti. Bedenen güçlü olmasa da, sahip oldukları onu Afrika'nın belli bir bölgesinin Balthazar'ı haline getirmişti. Feridoun! Evet, bana yardım edebilecek tek adam, yüzünde güneşin açtığı yaralarla dolanan Arap'tı. Ama karşılığını almadan kılını bile kıpırdatmayacağını da bilmiyordum. Ya para ya da işine yarayacak bir bilgi. Ama şu aralar, daha on yedi yaşımdayken nerede olduğumu bile hatırlayamayan ben, Feridoun'un işine yarayacak bilgiler konusunda da zengin sayılmazdım. Ancak her ne kadar gerçek bir bilgiye sahip değilsem de, sahte bir tane yaratabilirdim. Feridoun, Samuel Pinou için ters takla bile atabilirdi. Ona yaranmak için kendi annesini öldürtürdü. Ve Pinou'nun aklında bir isim vardı. Öyle bir isim ki, ölü olarak ayaklarına serildiği takdirde mutlu olacaktı. Bu isim, hatırlayamadığım bir süre önce, söz konusu kişinin kendi parmaklarına harflerini yazdığı isimle aynıydı: Kinyas. Kan kardeşimin hayatını kendiminkini kurtarmak için satabilirdim. Belki de hayatımın son yalanı olacaktı bu. Ama ben peşimdeki iki vahşiden kurtulmuş olacaktım. Ateşle oynadığımın farkındaydım. Vereceğim adreste Kinyas'ı bulamayınca kıçıma Afrika'nın en iyi organize olmuş suç örgütleri takılacaktı. Dolayısıyla bütün soğukkanlılığımı koruyarak, açık vermemek için elimde kalan dolandırıcılık yeteneğimi kullanmalıydım. Öncelikle, benim burada olduğumu kimsenin bilmemesi gerekiyordu. Kıtayı deniz yoluyla terk ettiğim söylentisini yayabilirdim Feridoun'la konuştuktan sonra. Evet, en iyisi bu, diye düşündüm. Telefon ahizesini kaldırıp kulağıma dayayana kadar karar vermiştim bütün yapacaklarıma. İki kez çaldı telefon, aradığım yerde. Üçüncüsü gelmeden açıldı.

"Alo!"

Seviyordum dostumun sesini.

"Looping. Benim Kayra. Senden iki şey istiyorum."

Bir şey söylemesine zaman bırakmadan devam ettim.

"Birincisi, Feridoun'un Greenville'deki otobüs garajının telefon numarası. İkincisiyse, üç gün sonra, benim Afrika'yı Gambiya'dan bindiğim bir transatlantikle terk ettiğim haberinin her yere yayılması. Özellikle Feridoun'un kulağına gitmesini istiyorum."

Sustum ve dinledim. Looping düşünüyordu. Adını telaffuz ettiğim adamların tehlike boyutlarını, benimle olan garip dostluğunun değerini... Ve konuştu:

"Yaz!"

Numarayı verdi ve ikinci isteğimi de yerine getireceğini söyleyerek telefonu kapattı. Benim içinde yüzdüğüm tehlike, onun için fazla derindi... Telefondan gelen la tonundaki hat sesinin üstüne konuştum.

"Sen bir dostsun, Looping..."

Birkaç dakika sonra Feridoun'la konuşuyordum. İşleri yoğundu ve ne istediğimi bir an önce öğrenmek istiyordu.

"İki adam! Abidjan'da Grand Hôtel'de, Koffi ve oğlu" dedim. "Öldürülmelerini istiyorum. Amidou'yu öldürdüğüm için beni arıyorlar."

Hiç tereddüt etmedi:

"Sana verdiğimiz paranın üçte birini getir ve halledelim işini."

Ben de biliyordum bu kadar çok para isteyeceğini. Aslında, üç beş gram kokaine öldürecek insanlar bulabilirdim Koffi ve oğlunu, ama o zaman da evden çıkıp araştırma yapmam gerekirdi. İstemiyordum artık dışarı çıkmak. Ve kesinlikle servetimin bir bölümünü kabarmış suratlı adama vermek gibi bir niyetim de yoktu.

"Hayır!" dedim. "Sana para vermeyeceğim. Ama daha değerli bir şey vereceğim."

Paradan daha değerli ne olabilir, diye kendine sorduğunu duyar gibiydim.

"Pinou'nun aradığı Kinyas'ın yerini öğrendim. İsmini verdiğim adamları yok et. Ben de sana Pinou'nun nefretle andığı birini yere serme imkânını vereyim."

Fazla düşünmedi.

364

"Tekrarla!" dedi. "Otelin ve adamların isimlerini söyle. Seni bulabileceğim bir numara var mı?"

"Yok!" dedim. "Yirmi dört saatte bitmesini istiyorum işin. Ben seni yirmi beşinci saatte arayıp adresi vereceğim. Bana güvenmek zorundasın!" Aslında, ben ona güvenmek zorundaydım. "Sana güveniyorum" deyip kapattı telefonu. Yaptığım konuşma, içimde kalan, gerçek hayatın işlerini yoluna sokmamı sağlayan son enerjimi de tüketmişti... Anita döndüğünde salondaki büyük kanepede yatıyordum. Beni öyle görünce, telaşlanıp yanıma koştu. Sadece yorgun olduğumu, korkulacak bir şey olmadığını söyledim. Halbuki korkulacak en az iki konu vardı. Koffi'nin oğlu ve Feridoun'un Uzili adamları. Ama hiçbirini düşünmek istemiyordum. Bir an önce, oracıkta zihnimin ölüp yok olmasını istedim. Sonra, hiçbir şeyin önemi ve değeri kalmayacaktı. Anita, yolu genişleten adamların bir günlük daha işlerinin kaldığını söyledi. Ayrıca, kendisinden iki yaş büyük bir kuzeni olduğunu ve onu da evin güvenliği için tutacağını söyledi. Kabul ettim. Anita, hayatla incelip kopmuş olan bağımın iki tarafını elleriyle tutmuş, elektriği geçirir gibi gerçek hayatı ulaştırıyordu bana... İsminin Noah olduğunu söylediği oğlan verandada yatacaktı. "İsterse çatıda yatsın!" İçimden dedim tabii... Zihnimin içinde gezen bütün düşünceler dikenlerle kaplıymış gibi kafamın içini yırtıyor, çiziyorlardı. Köpekbalıkları gibi dönüyorlardı kafamda. Zihinsel ölümüme kadar düşünerek geçireceğim her saniyenin asırlar gibi geleceğini, bir işkence olacağını biliyordum. Katlanması her geçen gün zorlaşacaktı. Zihnimin can çekişmesiydi acımın kaynağı. Unuttuğum geçmişimin her parçası, zihnimden akan bir damla kandı... Nabzım hızlanıyordu. Anita'nın hazırladığı Cappuccino'yu içmek için yattığım kanepede doğrulduğumda, kalbim yerinden fırlayacakmış gibiydi... Bütün dünya psikiyatrlarının beynimi incelemesini istiyordum. Bütün nörologların beynimdekileri araştırmasını istiyordum. Kendime, sadece düşünerek yapabildiklerimin açıklamasını ilk veren, kesin Nobel'i alırdı. Bir gecede üzüntüden saçlarını beyazlatan insanları da geçmiştim. Düşüncelerimi o kadar ciddiye almıştım ki, hepsini öldürmek istiyordum. Cappuccino'yu yudumlarken, "Yarından sonraki gün, René'nin bürosuna git!" dedim, karşımda sıkıntılı bir ifadeyle oturmuş, beni seyreden Anita'ya.

"Benim için gelmiş bir paket olacak. Onu al ve getir. Ayrıca, yarın sana vereceğim bir zarfı da postaneye götüreceksin. Bunu bana hatırlat! Ve kuzenini de bir an önce çağır. Birkaç gün boyunca çok dikkatli olmamız gerek! Bazı insanlar, ölü olmamı canlı kalmama tercih ediyorlar. Ama bilmiyorlar ki, beni benden başkası öldüremez!" Sıtma krizlerimdeki gibi saçmalamaya başlamıştım. Ateşim yoktu. Titremiyordum ama kafam patlayacak gibiydi. Gözlerimin önüne, ibrenin kırmızı bölgede olduğu bir hararet göstergesi geliyordu. Biraz daha bağırıp çağırdıktan sonra cappuccino'yu bitirmeden koydum yere. "Yardım et!" dedim Anita'ya. Zavallı kız, bir felaket yaşadığımızı ve bugünlerin geride kalacağını söylüyor olmalıydı kendisine, her mutsuz insan gibi. Bugünler geride kalacak... Kalmayacak! Her gece, herkes bütün acılarını hatırlayacak gözlerini kapattığında. Böyle olmasa, binlerce çeşidi olur muydu uyku ilaçlarının?

"Yukarı çıkmama yardım et. Yatmak istiyorum. Dinlenmeliyim" dedim. Sağ kolunu omzuma atıp ince bedeniyle bana destek olmaya çalıştı, ikinci kattaki odaya girene kadar. Sonra da attım kendimi yatağın ortasına. Kalbim yavaşladı. Tansiyonum normale döndü... Hararet ibresi düştü... Hayat normale döndü. Ben dönmedim!

İlginçtir, Batı Afrika'da güvenilecek tek resmi kurum postanedir. Yollanan bütün evraklar, mektuplar bir gün mutlaka yerine ulaşır. Üstelik, buralarda Avrupa'dan daha çok insan yaşamasına rağmen daha az adres vardır. Postayla yapılan tasarruf yatırımı, halkın çok rağbet ettiği bir para değerlendirme biçimidir. Herkesin bir kutusu vardır postanede ve her hafta kontrol edilir. Askerler yönetime el koyar, iç savaş çıkar, posta hizmetleri aksamaz. Afrika'nın en iyi işleyen mekanizması. Bir mektup yazsam ormana, oraya bile götürür çıplak ayaklı postacılar, farkında olmadan dünya yürüme rekorunu kırarak. Ve ben de, elimdeki zarfın sırtına Looping'in adresini yazarken bunları düşünüyordum. Zarfta jelatine sarılmış para vardı. Looping'in benim için yaptıklarının değerinin binde biri kadar para. Hiçbir zaman çok parası olmadığı için, hediyemin onu biraz olsun rahatlatacağını düşünüyordum...

Anita verandadan salona girdi. "Kuzenim Noah geldi. Dışarıda bekliyor. İstersen çağırayım" dedi. Elimdeki zarfı Anita'ya uzatıp "Şimdi neyle meşgul oluyorsan bırak ve bunu postaneye götür" dedim, oturduğum kanepede arkama yaslanırken ve asıl soruma yanıt olarak ekledim:

"Evet, çağır kuzenini."

Anita, bir saat içinde döneceğini, şehre inmişken birkaç alışveriş yapacağını söyleyerek çıktı. Anita'nın peşinde hiçbir pezevengin olmayışı, onu fahişelikten kopartırken kimseye bedel ödememiş olmam normal değildi. Belki de bana söylemeden, kendisine verdiğim parayla işin o kısımlarını halletmişti. Büyük ihtimalle annesi satıyordu Anita'yı ve bir defaya mahsus olarak gidip, büyük bir para verip kurtulmuştu herhalde, diye düşünürken, veranda kapısından içeri kafasını eğerek, iki metre civarında bir adam girdi. Silahımı hep belimde taşıyordum, Feridoun'la yaptığım görüşmeden sonra. Birden elim kabzasına gitmişti bana doğru gelen devi görünce. Ama Anita'nın kuzenini bekliyor olduğumu hatırladım. Bu gelen de kuzendi! İki kuzen gibi duruyordu ama bir kişiydi. Önüme geldi ve durdu. Ellerini önünde birleştirip ayaklarına bakmaya başladı. Ben oturuyordum kanepede ve o gerçekten de bir yarı tanrı gibi görünüyordu. Üstünde sadece, dizini altına kadar inen kesilmiş bir pantolon vardı. Her kasının, ben de buradayım dercesine, kendisini bedenden dışarı çıkarmaya çalıştığı ve dolayısıyla üniversitede birinci sınıftayken gördüğüm ideal insan maketlerine benzeyen gövdesiyle çok güçlü görünüyordu. İki yıl sonra Mélina'nın Diedonné'sinden daha da irileşeceği kesindi, çünkü bildiğim kadarıyla daha sadece on dokuz yaşındaydı. Çocuğa karşı otoriter davranmak yersiz olurdu. Büyük ihtimalle, kuzeninin fahişelik yapmasına, evde tek dayanamayan oydu. Elimle sağımdaki koltuğu gösterdim. "Lütfen otur" dedim. Anita'yla nasıl bir ilişkimiz olduğunu çözebildiğini sanmıyordum. Ama daha boynumu kırmadığına göre, onu beyaz dostlarıma ikram ettiğim gibi kurgusal hikâyelere inanmıyor demekti. Çünkü bulunduğumuz sahil Güney Afrika'ya kadar, içini genç kızlarla doldurdukları evleri kiralayıp ya da satın alıp oturan beyazlarla doluydu. Koltuğa otururken, genç oluşumdan ve Anita'ya verdiğim paradan dolayı benim de o beyaz domuzlardan biri olmadığımı anlamıştı.

"Hoş geldin Noah!" dedim. "Sana, yapacağın işten bahsedeyim. Öncelikle, gününün yirmi dört saati ev ve civarında geçecek. Burada olduğum sürece benim, ben gittikten sonra da Anita'nın güvenliğinden sorumlu olacaksın."

İngilizcesinin iyi olması için yalvarıyordum, yalvarabileceğim bütün mercilere.

"Benim çok sakin bir hayatım yok. Ve pek çok insanla da sorunlarım var. Dolayısıyla zor bir işin olacak. Evin neresinde yatacağına Anita karar verecek. Ancak, havalar müsaade ettiği sürece verandada yatman daha iyi. En iyi şekilde karnın doyacak ve Anita sana, kendi belirleyeceği bir maaş verecek. Eminim, tatmin edici bir rakam olur. Son bir şey daha! İşe başladığın anda, benim ve Anita'nın hayatı senin hayatın demektir. Anlatabildim mi?"

Zaten her cümlemin sonunda utangaç tavırlarla, anladığını göstermek için kafasını sallamıştı. Ve şimdi de, tek eksiğimiz bir "Evet Efendim!" olarak gözüküyordu ki onu da söyledi. Zihinsel ölümü bana getirecek huzur gemisinin ikinci tayfası da hazırdı.

"Silah kullanmasını biliyor musun?" diye sordum.

"Evet Efendim. Ben avcıyım. Tüfek kullanırım. Ama tabancayı bilmem" dedi. Belimdeki silahı çıkarıp mekanizmasını anlatmaya başladım. Eğer zihnim Sahra Çölü'ne düşmüş bir buzdağı gibi çözülüyor olmasaydı, beni verebileceği bütün dikkatiyle dinleyen dev çocuk gibi on tane daha bulup Pinou'yu devirir ve yerine geçerdim. Ve yeniden birileriyle Türkçe konuşurdum, çünkü Pinou'nun uyuşturucu işi yaparken ortaklığa girmek zorunda kaldığı, Altın Üçgen'den gelen malı bölüştüren, iki Türk'ün liderliğindeki iki ayrı örgüt vardı. Ben sadece isimlerini duymuştum. Ancak, daha çok kuzey ve doğuda iş yaptıkları için karşılaşmıştık. Büyük ihtimalle onlar da, Kinyas ile benim isimlerimizi duymuştu. Ama taşınan bir uyuşturucu sandığı belli bir kiloyu aştıktan sonra değil vatandaşının, annenin bile önemi kalmadığı için kimse kimseyi, ülkeden bahsetmek için aramıyordu...

Noah'ya silahı şarjöründeki mermilerle verdikten sonra, "Şimdi ilk işin, dışarı çıkıp patikayı genişletenleri biraz korkutmak. Söyle onlara, akşama, bir arabanın geçeceği genişlikte ve düzgünlükte bir yol istiyorum. Dünden beri uğraşıyorlar, bir türlü bitmedi!" dedim. Kendisiyle gurur duyuyor olmalıydı Noah. Benim gibi sert ve güçlü bir patronun sağ koluydu. Oysa on dakika önce salona adım attığımda, zavallı bir zenci olarak durmuştu karşımda...

Feridoun'u aramama dört saat vardı. Yirmi beşinci saat, bundan sonraki hayatımın fotoğrafını çekecek kadar önemliydi. Önümdeki dört saat içinde, Kinyas'la ilgili bir hikâye uydurmalıydım. En son gördüğüm-

de Ankara'daydı, diyemezdim tabii ki! İştahlarını açacak bir ülke olma-
lıydı. Kinyas'ın iğneye, sokaklarının samanlığa benzediği türden. Aslın-
da böyle bir yer vardı. İklimiyle, bitki örtüsüyle gerçekten de samanlığı
andırıyordu ama Kinyas'ın orada çevirdiği işi de uydurmak gerekirdi.
Evet, komşusu Kongo'yla ilgili bir iş olabilir. Kongo'da kaçak elmas tica-
retinin yapıldığını herkes bilirdi. Tamam! Hikâye kendine gelmişti...
Kinyas Gabon'da, Franceville'de kalıyor ve Kongo sınırından geçen el-
masları Libreville'e, oradan da okyanusun uzandığı her yere yolluyordu.
Orta sınıf bir gangster için uygun büyüklükte bir yasadışı ticaretti. Lib-
reville'de bir ay kalmıştım ama Franceville'e giden yolu bile bilmiyor-
dum. Dolayısıyla, daha kesin bir adres ya da otel adı vermemin imkânı
yoktu. Bir an önce, bütün uğraşların bitmesini, üçüncü kattaki odamda
boşalmış zihnimle yalnız kalmak istiyordum...

Verandaya çıkıp hasır koltuklardan birine oturdum... Kinyas'la ilk
gördüğümüzde, "body-surfing" adını taktığımız, çocukların okyanusun
dalgalarıyla oynadıkları oyunu seyretmeye başladım... Çocuk önce yü-
rüyebildiği derinliğe kadar ilerliyordu sonra o çok iyi bildiğim korkuyu
hissediyordu, suyun üzerindekiyle ters yönde işleyen akıntıyla, kumla-
rın ayağının altından çekilmesinden kaynaklanan. Yüzücülüğüne gü-
vendiği oranda bu sınırı aşabilirdi. Ama genelde, tehlikeli olurdu böyle-
si açılmalar. Suyun içinde şuursuzca atılan taklalarla sonuçlanabilirdi ya
da suyun içindeki bir kaya parçasının dağıttığı kafasıyla, kuzeydeki ko-
ya vurmuş bir çocuk cesediyle de bitebilirdi... Her dalga gelişinde, çene-
sinin hizasındaki suyun içinde zıplayarak bekleyen çocuk, o muhteşem
dalganın uzaktan geldiğini görünce kollarını havaya kaldırarak kendini
hazırladı. Deniz bile titredi, o büyük dalgayı görünce. Çocuk metreleri
sayıyordu. Üç metre kala kulaç atmaya başladı, kıyıya doğru. Dört ku-
laç atmıştı ki, dev dalga zayıf vücudu sırtlayıp kaldırdı. Dünyanın en
mutlu insanıydı artık, küçük çocuk. Milyon dolarlık uçakların yapabil-
diğini, o suyla yapıyordu. Deniz seviyesinden yaklaşık iki metre yukarı-
da uçuyordu. Hiçbir radar fark edemezdi küçük planörü. Sonra hafifçe
inmeye başladı. İndi, indi ve suyla kumun bir olduğu yerde kayboldu.
Sahili döven dalgalarla birkaç takla attı, olduğu yerde. Sonra da ayağa
kalkıp yüzünü ufka döndü. Gördüğü su, onu havalandırmıştı. Suyun
kaldırma kuvvetinin yanında, ölene kadar yaşayabileceği en mutlu an-

lardan bir tanesine tanık olduğunun da farkındaydı. Dalganın üzerinde, kollarını açarak uçan çocuğun sefalet ve şiddet ülkesinde böylesine bir mutluluğu yaşayabileceği, sahilden başka bir yer yoktu. Belki bir de marihuana uçuracaktı çocuğu biraz daha büyüdüğünde. Ama hiçbir zaman gerçek bir uçak değil. Çünkü büyüdüğü zaman, ne o uçağa verecek parası, ne de gitmeyi hayal ettiği ülkelerden birinin elçiliğinin, kirli pasaportuna vurduğu vize damgası olacaktı. Tekrar koştu denize doğru, dalgaların üstünden atlayarak. Yeniden uçmak için. Bedavaydı okyanusla oynamak!

İki el hissettim omuzlarımda. İncecik parmaklar taşıyan iki el. Ve ellerin sahibi geçip karşıma oturdu. Anita'ya bakıyordum. Her geçen gün güzelleşiyordu. Kıyafetleri, kendi ülkesinin kadınlarının tarzında değil, okuduğunu anlattığı İngiliz okulundaki İngiliz öğretmenlerin tarzındaydı. En önemlisi, artık sürekli sutyen takıyordu. Soylu bir kandı, Anita'nın damarlarında akan.

"Tıraş olmalısın" dedi ve yanıt vermeyeceğimi anlayınca, "Bir şey ister misin? Yemek, cappuccino?" diye sordu. Ve gülerek ekledi: "Ya beni?"

Kendimi, iktidarsız bir ibne gibi hissetmiştim son sözünün karşısında. Ama sadece bir saniye boyunca. Sonra yok oldu o düşünce. Zihnimin gizli bölmesi kanser gibi yayılıyordu kafatasıma.

"Hayır. Hiçbir şey istemiyorum. Kuzenini işe aldım. Artık, o da bu evde kalacak. Şimdilik verandada yatsın. Ona ve tutacağın evin diğer çalışanlarına vereceğin parayı yarın bankadan gidip alacaksın. Müdürle konuştum. Altı ay boyunca bütün maaşları dağıtabileceğin kadar büyük bir para olacak. Ayrıca, ihtiyacın olduğu taktirde olağanüstü durumlarda kullanabilmen için de evde duracak. Yarın, kendi yatak odanın bir duvarına kasa yaptırmanı istiyorum. Kasanın varlığı öğrenilebilir. Bunda bir sorun yok. Ama içindeki parayı kimse bilmemeli! Ve son olarak, üzerindeki beyaz gömleğin ve eteğinle gerçek bir meleğe benziyorsun."

Bana olan aşkını dizginlemekten öte, belki de kendi içinde yok etmişti. Ya da karşılık görmediği için kayıtsız davranarak yücelmeye çalışıyordu. Ne olursa olsun, ona güveniyordum.

"Tamam, yarın sabahtan, orta odaya kasayı yaptırırım. Akşama kadar bitirilmesi için elimden geleni yaparım. Noah çok iyi bir çocuktur. Onu işe aldığın için sana teşekkür ederim!" dedi.

Son birkaç haftada geçirdiğim değişim inanılmazdı. Son derece sağlıklı bir adamdım. Ve karşımda duran on yedi yaşındaki kadın, dünya üzerindeki en seksi yaratıklardan biriydi ve ben hiçbir şey hissetmiyordum. Kendime oynadığım oyunların sonu yoktu... Birden, gözüm salonun duvarındaki ahşap çerçeveli saate kaydı. Aslında, evde tek bir saatin bile olmasını istemediğimi söylemiştim Anita'ya, çünkü nerede olursam olayım, ne kadar sağırlaşırsam sağırlaşayım, hep o saniye seslerini duyuyordum zihnimin bir köşesinde. Sürekli olarak atan o saniye çubuğunu görüyordum. Ama benim dışımda bir hayat vardı ve o, akrepsiz, yelkovansız, hele hele saniyesiz hiç yaşayamıyordu! Saniyeler, saliseler olmasaydı mevcut sporların yarısı olmazdı. Çok da iyi olurdu! İnsanlar bir yerden bir yere koşacaklarına mümkün olan en kısa sürede, gerçekten işe yararlardı... Duvardaki saat ise Feridoun'u aramama tam olarak yedi dakika kaldığını söylüyordu. Belki de, saatlere olan nefretim herhangi bir felsefi gerekçeden değil, tamamen çocukluğuma dayanan bir aptallığımdan da kaynaklanıyor olabilirdi. Ben, ayakkabımı bağlamayı ve saat okumayı ancak on iki yaşımda öğrenebilmiştim. Aklım ikisini de çok uzun zaman reddetmişti. Bugün bile, dijital olmayan bütün saatlere, birkaç uzun saniye bakmadan anlayamıyordum kaçı gösterdiklerini. "Şimdi önemli bir telefon görüşmesi yapmam gerekiyor. Beni yalnız bırakır mısın lütfen" dedim Anita'ya. O da üst kata çıktı. Kendi odasına girdiğini tahmin ettim, çıkardığı seslerden, sonra da kapanan kapısını duydum. Ben de salona geçip yemek masasının üzerindeki telsiz telefonu aldım ve bir koltuğa oturdum. Derin bir nefes aldım, söyleyeceklerimi iyice gözden geçirdim ve cebimden çıkardığım kâğıttaki numaraların aynılarını tuşların üzerinde bularak sırasıyla üzerlerine bastım...

Yasadışı hayatımla, cinayetlerle, uyuşturucularla, kaçma-kovalama sistemi üzerine kurulmuş hayatım ile zihinsel ölümüm arasındaki son kapıyı açıyordum. Bu telefonu kapattıktan sona bir daha asla düşünmeyecektim, Afrika'da geçen sekiz yılımın özeti olan kan, kurşun ve kokain başlıkları altında toplayabileceğim işlerimi. Üç "K" harfinden kurtulmama sadece bir telefon konuşması kalmıştı... Feridoun'un çatlak sesi, telefon görüşmesi kurallarına uygun olarak "Alo!" dedi.

"Ben Kayra."

Her zamanki gibi acelesi vardı ve hemen sözümü keserek konuya girdi.

"İsmini verdiğin insanlar artık çok uzaktalar."

Telefonlarının dinlenmesini önleyecek makineler için büyük paralar harcamasına rağmen temkinli konuşma alışkanlığını sürdürüyordu. "Biraz zorluk çıkardılar ancak sonunda teklif ettiğim uzun tatili kabul ettiler." Ölüme yakıştırdığı tatil benzetmesi kendisini bile eğlendirmişti. Ekledi.

"Tatilin şartları o kadar iyiydi ki, reddedemediler! Evet. Sıra geldi, Kinyas isimli dostumuza! Elimde bir kalemle bekliyorum."

Feridoun'un gerçekten de Koffi ve oğlunu öldürttüğüne inanmak istiyordum. Daha doğrusu, inanmaya mecburdum. Looping'i arayıp emin olmak için artık çok geçti. Eskiden böyle bir detayı atlamayacak kadar çeviktim, ama şimdi porselen dükkânındaki bir fil kadar sakarca yalan söylüyor ve iş çeviriyordum.

"Gabon. Franceville'de. Kongo'dan gelen elmasları karşılıyor."

Daha fazla bilgi vermek üzere konuşmaya devam etmeyeceğimi anlayınca, sabırsızlıkla, "Peki, Franceville'de nerede?" diye sordu.

"Bunu bilmemi beklemiyorsun herhalde, değil mi?" dedim. "On adamını yollayıp iki saatlik bir araştırma yaptırsan, derhal bulurlar Kinyas'ı. Jack ismiyle ortalıkta dolanabiliyor da olabilir."

Beni Jake, Kinyas'ı da Jack bilenler başka yerdeydiler. Ama birden aklıma böyle bir yalan söylemek gelmişti. Assouindé'de tanırlardı bizi bu isimlerle. Kendileri yakıştırmışlardı isimleri bize. Çünkü ilk gördüklerinde, bu isimleri taşıyan iki şarkıcıya benzetmişlerdi. Tabii, şarkıcılar zenciydi ve tek benzerliğimiz birinin kısa, diğerinin uzun saçlı olmasıydı. Hiçbir zaman dinleyemedik yaptıkları müziği. Sadece bir posterlerini görmüştüm. Ellerinde gitarlarıyla, sahilde çekilmiş bir fotoğraf. Fildişi Kıyısı'nın dünyaya açılan penceresi. Pop müzik! Ama Jake ve Jack ikilisi sadece kasaba civarında tanınmakla kalmış, oysa kendi Rastafari müziğini yapan Alpha Blondy'yi bütün dünyadan insanlar alkışlamıştı. Jake ve Jack arasındaki ince telaffuz farkına dikkat ederek söylemeye çalışmaları hep eğlendirmişti Assouindé sakinlerini... Tabii bizim için bir ismin, bir diğerinden daha iyi olmamasından dolayı önemsizdi küçük oyunları. Ben bunları düşünürken, Feridoun bir iki gereksiz cümle daha söyledikten sonra kapattı telefonu. Tam iyi dinlememiştim ama herhalde, Kinyas'ı söylediğim yerde bulurlarsa benim için iyi olacağı türden laflardı, Feridoun'un ağzından son düşenler.

Arkama yaslandım. Telefondan önce aldığım derin nefesi bıraktım uzun uzun. Artık bitmişti. Kayra'nın gangster oyunları sona ermişti. Beş parasız ve Türk pasaportuyla geldiğim Afrika'da, sekiz yıl sonra Fransız ve dolar milyoneriydim. Daha mı ilerlemiş yoksa daha mı gerilemiştim? Bana sorulduğu taktirde hiç hareket etmemiş olduğumu söylerdim. Afrika'ya geldiğim o ilk günden farkım, şu an hayatımın neredeyse yarısını hatırlamıyor olmamdı. Ve tabii bir de, zihnimin, sıkılan bir süngerin suyunu attığı hızda bilgi kusuyor olması...

Yerimden kalkıp merdivenlere yürüdüm. Mermer basamakları çıktım, ağır ağır. Soldan ikinci kapı. Vurmadan girdim. Anita yatağında kitap okuyordu. Beni kapıda görünce, kitabını kapatıp komodinine koydu. Elini uzattı bana doğru. Fazla direnmedim. Yanına uzandım. Genelde, yalnızken yaptığımız gibi başını göğsüme koydu.

"Bir karar verdim" dedi. "Okulumu bitireceğim!"

Afrika'nın ilk kadın devlet başkanı olması durumunda bana nasıl bakacağını soracaktım ki, sorunun saçmalığını son anda fark ettim. Ama kendini geliştirme hırsının da bir amacı olmalıydı. Amaçsız hırslar benim gibi insanlara mahsustu. Ve var olan her şeyi reddetmeye kadar varıyordu sonuçları. "Umarım, beni ihmal etmezsin" dedim, eğer varsa öyle bir ton, alınmış bir insanın ses tonuyla. Elimden geldiğince öyle bir tonu yakalamaya çalıştım.

"Hayır!" dedi, başını kaldırıp gözlerime bakarak. "Seni asla bırakmam. Sadece sınavlara girerek de mezun olabilirmişim. Evde çalışarak. Tek istedikleri, yıllık ücret."

Tekrar göğsüme yasladığı saçlarının arasında parmaklarımı gezdirirken, kendime hâkim olamayarak sordum.

"Anita, bana yaşadığın müddetçe bakmaya söz veriyor musun?"

Yanıt vermedi birkaç saniye. Saçları elimden kaydı. Gözlerimin siyah noktalarına baktı. Ve eminim ki, ne görmek istiyorsa orada, hepsini gördü o an. "Evet" dedi, fısıltıyla. Bütün dünya bizi seyrediyordu. Okyanustan dört dalga saydım, kıyıya vuran. Evetten sonraki sessizlikte. Ve sadece uzandı. Birkaç santim uzağında olduğu dudaklarıma... Güneşin kavurduğu kıtadaki en serin dudakları hissettim o an. Gözlerim kapalı.

İçimden sayarken, sahile vuran dalgaları, üçüncüsünde çekti dudaklarını. Açtığımda gözlerimi, dünyanın en güzel kadınını gördüm. Dünyanın, âşık olunabilecek tek kadınını. Onunla karşılaştığı için insanın Tanrısına, cehennemde sonsuza kadar yanmaya razı olduğunu haykıracağı güzellikteki kadını gördüm. İlk defa gözlerimi kapatmıştım bir kadını öperken. Açtığımda güneşi gördüm... Ama benim adım Kayra'ydı! Kimsenin hayal edemeyeceği yerlerde geziyordu zihnim. Hiç kimseye esir olamayacak kadar vahşiydi. O an, Anita'ya sarılıp âşık olmam gerekirken, o içime bakan siyah büyük gözleriyle, yarattığı mucizenin etkisini sabırsızlıkla beklerken, ben tekrar gözlerimi kapattım... Olabilseydim, ilk öptüğüm kıza âşık olurdum, diye düşünüp uyumak için...

Evdeki gürültüden başım çatlıyordu. Matkabın çıkardığı bütün sesi, sanki sadece benim duymam gerekiyormuş gibi, kulaklarım dev hunilere dönüşmüştü. Verandaya çıktım; kasayı yerleştirmek için oyulan duvarın ağlamasını daha fazla dinlemek istemiyordum. Noah adamların başında, bir an önce işlerini bitirmelerini bekliyordu. Gerçekten de dün kendisine, yolu yapanları acele ettirme görevini vermem bir sonuç getirmişti. Adamlar iki metrelik bir boy ve otomatik bir silahı yan yana görünce, yapabildiklerinin en iyisini en kısa zamanda yapıp gitmişlerdi. Noah sessizdi, bütün dev adamlar gibi... Zaten eskiden kalma bir teorim vardır, uzun boylu insanlar hakkında. Belli bir uzunluğu –ki bu 1,85 metredir– aştıktan sonra karşılarına iki yol çıkıyordu. Birincisi, iriliklerini kullanabilecekleri işler, ikincisiyse kadın olmak! Böyle bir sonuca varmam için ülkemde ve dünyanın çeşitli ülkelerinde travestilerle ilgili kısa bir gözlem yapmam yetmişti. Hayatımda gördüğüm en uzun boylu ve kaslı dansöz bir travestiydi. Sokaklarda kendilerini satanlar da, benden en az bir kafa daha uzunlardı. Paris'teki Queen'de eğlenenler de en az başka yerlerdekiler kadar irilerdi. Travesti dünyasının boy ortalaması 1,85 m civarındaydı ve ben artık anlayabiliyordum, insanın neden 1,80 küsuru geçtikten sonra kendine cinsel kimliğiyle ilgili sorular sormaya başladığını. Belki de ozon tabakasındaki delikten kaynaklanıyordur. Kafalarının diğer insanlara göre güneşe daha yakın olması, cinsel tercihleri üzerinde bir etki yaratıyordur belki de. Noah'nın böyle bir hayal peşinde koşmadığı açıktı. Tabii, kadın iç çamaşırları giymiyorsa! Bunu ben bilemezdim... Tek bildiğim, iriliğini çok iyi kullanabileceği bir işte başarılı olarak çalıştığıydı.

Oturduğum yerden, önümdeki masayı ve arkasındaki okyanusu görüyordum. Birden, görüş sahama büyük beyaz bir kutu girdi. İki ince kol onu masanın üzerine bırakmıştı. Kafamı kaldırıp Anita'ya baktım. "Rene'nin bürosundan aldığım paket! Abidjan'dan geliyor. Ayrıca, bankadan parayı da getirdim. Biri, çantamda bu kadar para taşıdığımı anlayacak diye çok korktum. Hemen bir taksiye binip geldim. Rene, senin adına gelmiş bir kutunun kendi bürosuna yollanmış olmasına çok şaşırmış. Ancak, sabah kapısının önünde bulduğu paketi de açmamış. Evin, postane sınırlarına girmediği gibisinden birkaç yalan geveledim. Ama inandığını sanmıyorum. Sadece, bir daha böyle bir şey olduğu takdirde önceden kendisine haber verilirse sevineceğini söyledi."

Çok hızlı konuşuyordu. Elimi kaldırıp susturdum. "Lütfen Noah'nın yanına git ve kasanın güvenli bir şeklide yerleştirildiğinden emin ol! Bir gece odanda yatarken, duvardan çıkıp kafana düşmesini istemem" dedim, masadaki kutuyu önüme doğru çekerken.

Kutu Kinyas'tan geliyordu. Ondan emindim. Ama Looping, Kinyas'ın kutusunu da başka bir kutuya koyup yollamıştı. Çünkü üzerindeki damgalara bakılırsa, Fildişi Kıyısı'ndan geliyordu. İçinde her ne varsa, Kinyas'ın son bulunduğu yerden yollanmıştı. Ve mantıklı düşünüldüğünde, dünyanın posta hizmeti veren bütün kuruluşlarının bir damgası vardı. Ve ben de damgayı görerek Kinyas'ın nerede olduğunu anlayacaktım. Vereceğim karar, bundan sonraki günlerimde, zihnimin ölüm koşusuna fazlasıyla etki edebilirdi. Dolayısıyla iyi düşünmem gerekiyordu. Üç seçenek vardı karşımda. Adına paket gelen her normal insan gibi, üzerindeki bütün yazıları okuyarak sakin bir şekilde açmak... Yukarıdan Noah'yı çağırıp ben bakmadan, kutuyu ona açtırıp içindekileri uzatmasını beklemek... Mutfaktan bir bıçak getirip Kinyas'ın beni terk etmesinden dolayı kendisine duymam gereken kini boşaltmak için kutuyu parçalayıp atmak. İlk seçenek, tarafımdan telaffuz edildiği anda uçup gitmişti. Geriye kalan iki tercih bana, bir bombanın yeşil ve kırmızı telleri gibi bakıyordu. Üçüncü seçenek sempatikti. Küçükken, ekmek bıçağını bir telefon rehberine defalarca sapladığımı hatırlıyordum. Hatta, rehberi, yukarı kaldırdığım sağ elimden bırakıp havadayken yarı yolda, sol elimdeki bıçağı, öbür tarafından çıkacak kadar hızlı saplayarak düşüşünü durdurmaya çalıştığımı da hatırlıyordum. Buna göre, bir şeylere bıçak sokmak bana yabancı değildi. Ancak kinlenmek, evet, bana yabancıydı. Kinyas'a kızgın değildim, beni bıraktığı için. Bıçaklayamazdım yolladığı kutuyu. Geriye ikinci seçenek kalıyordu. Doğru yanıt buydu. İkinci şık! Keşke hep bu kadar mantıklı yollardan giderek çözseydim sorunlarımı, diye düşündüm. Belki de böyle olmazdım o zaman. Ama hayatım boyunca, belli bir mantık düzeyini de tutturmaya çalışmıştım, ta ki mantıklı yolların da mantıksızlık kavşağına varabildiklerini görene kadar...

Matkabın durduğu anlardan birini yaşıyordu sarı villa. Acele etmeliydim yeniden başlamadan, boşlukta dönen bir transatlantik pervanesi kadar çok ses çıkaran alet. "Noah!" diye bağırdım. Büyük evlerde patronlar megafonla dolaşmalı, diye düşündüm. Günde üç defa Noah'yı böyle çağırsam, sesim iki hafta kısık kalırdı... Önce büyük ayakları, sonra kalın bacakları ve beli, en sonunda da dazlak kafası göründü merdivenin basamaklarında. Hızlı adımlarla yanıma geldi. Beni, sağlıklı ve tek başıma bulunca üzülmüştü. En azından, burnumu koparmaya çalışan üç haydut bekliyordu karşısında, o ismini bağırma biçimim düşünülürse. Kutuyu uzattım. Aldı. "Arkanı dön. Kutuya aç. İçinde bir kutu daha var. Onu da aç ve içinde ilk dokunduğun şeyi bana ver. Ve boşalttıktan sonra kutuların ikisini de, benim göremeyeceğim şekilde yok et!" dedim. Ardı ardına gelen, fazla sayıda komut içeriyordu cümlem. "Neyse, o başlasın, unuttuğu zaman ben hatırlatırım yapacaklarını" dedim içimden. Ama unutmadı hiçbir emri. Sol omzunun üstünden uzattığı kâğıdı aldım. Bu, Kinyas'ın elyazısıydı. Okuduğum ilk üç kelimede, elimde tuttuğum sayfanın, bana ilk başta silah zoruyla yazdırdığı kişisel hikâyelerimizin bir parçası olduğunu anladım. Demek ki, Hilton'dan beri yazdıklarının hepsini bana yollamıştı. Ve tamamını yolladığına göre, artık bir daha yazmayacaktı. Noah, elindeki kutularla mutfağa doğru yürürken "Dur!" dedim.

"Kutunun içindeki bütün kâğıtları masanın üzerine koy. Sonra da kutuları at."

Masaya konan yüzlerce sayfaya, üzerlerinde neler yazdığını göremeyecek kadar uzaktım. Noah kutuları atmak için mutfağa doğru yöneldiğinde, elimdeki kâğıda bakmamaya çalışarak koltuklardan birine çöktüm. Çöktüm, diyorum çünkü tansiyonumun düştüğünü hissetmiştim. Kinyas'ın bana her şeyi yollamasını beklerdim. O kutunun içinden kendisinin çıkmasını bile beklerdim de, yazdıklarını bana yollayacağını asla tahmin edemezdim. Eğer bir daha kalemi alıp yazmayacaksa sonuna gelmiş demekti bir şeylerin. Ama neyin sonuna? Belki de, geceler boyu hakkında konuştuğumuz zihinsel ölümü gerçekleştirmişti. Belki de Kinyas, benim yapabilmek için bu kadar çaba harcadığım işi başarmıştı. Ve bütün yazdıklarını bana yollayarak, kendisi gibi öldürebilmem için zihnimi, bana ipuçları vermeye çalışmıştı. Belkiler, bando eşliğinde zihnimde resmi geçit düzenliyordu. Anlayamıyordum hareketinin nedenini. Hele yazılanların tek bir kelimesini bile okumak istemiyordum. İçine girdiğim otobanda çıkış tabelası görmek istemiyordum. Nerede olduğunu, bunca zaman ne yaptığını ve şimdi ne hale geldiğini öğrenmek, sadece, zihnimi canlı tutmaya yarardı. Ve bu, ihtiyacım olan son şeydi. Ben, yazdıklarımı hiçbir yere yollamayı düşünmemiştim. İkinci kattaki duvarın içine yerleştirilen kasaya, ev yıkılana dek orada kalmaları için konulmalarını isteyecektim Anita'dan. Üçüncü kattaki siyah ipek çarşafın üzerine yattıktan bir hafta sonra... Ama, yazılanları yollama işi de nereden çıkmıştı? Neden insanlar yazdıklarını başkalarının da okumasını istiyordu? Neden yazdıklarını defalarca okuyup kendilerini daha iyi keşfetmeye çalışmak yerine başkalarının kendilerini keşfetmelerini tercih ediyorlardı? Neden Kinyas düşüncelerini öğrenmemi istemişti?

Anita aşağı inmiş ve kasanın yerleştirilmesinin tamamlandığını söylüyordu. Matkap sesinin uzun zamandır kesilmiş olduğunu fark edememiştim, düşüncelerimden yumak yapıp kedi gibi oynadığım için. Masamın üzerindeki kâğıtlardan birini alıp incelemeye başlamıştı. "Ne yazıyor bunlarda? Hiçbir şey anlamadım. Hangi dil bu?" dedi. Soruların yanıtları bin taneydi. Hangisinden başlayacağımı bilemediğimden, "Önemli değil" dedim.

"Hepsini topla ve odamdaki siyah çantanın içine, diğer kâğıtların yanına koy."

Diğer kâğıtlar, benim şimdiye kadar, Kinyas'ın da Hilton'a kadar yazdıklarımızdı. Elimdekini de alıp bütün kâğıtları topladıktan sonra çıktı yukarıya. Ellerinde matkaplarıyla iki adam indi. Üstleri, duvarın sıvasından bembeyaz olmuştu. Arkalarında Noah vardı. Adamlardan yaşlıca olanı, "Tamam Beyefendi. Bitti. Kale gibi sağlam bir kasanız oldu. Şifrenin yazdığı kâğıdı ve anahtarları hanımefendiye verdik. Eğer bir sorun çıkarsa, lütfen bizi arayın!" dedi. "Hiçbir sorun çıkmaz" dedim içimden. Çıksa bile ben hallederdim. Bir defasında, yukarıdakinin benzeri bir kasayı, üzerimde anahtarı olmadığı için iki parmağım kalınlığında C-4'le açmıştım. Biraz çalışarak, bir daha yapabilirdim gerekirse! Noah paralarını verdi ve gittiler. Ben, hâlâ oturduğum yerden kalkamamış, Kinyas'ın yolladığı kutuyu düşünüyordum. Yaptığı bu hareket, bir yardım çağrısı değildi. Bu, gerçek bir vedaydı! Bir daha bana asla hiçbir şey yollamayacağı için, çok önem verdiği yazılarını bir kutuya koyup üzerinde Looping'in adresiyle postaya vermişti... Belki de böyle olacağını tahmin etmişti! Belki de, yazdıklarını okumak istemeyeceğimi tahmin etmişti! Peki o zaman, önemli olan neydi? Hiçbir şeyden ders almasını bilmeyen ben, bundan ne ders çıkaracaktım? Düşünüyordum elimden geldiğince, fikirlerimle kovalamaca oynuyordum. Sanki, belli bir tane arıyormuşum ve arkadan hepsi birbirine benzediği için, her birini bin bir güçlükle yakalayıp yüzlerine baktıktan sonra aradığım fikir olmadığını anlayınca, bir başkasının peşinden gidiyormuş gibiydim. Yarım saat kadar sürdü, kovaladıklarımın yüzlerine bakma oyunu. Ve sonunda, bir tanesininki aradığımla aynı çıktı. O da, yollamak fikriydi! Kinyas, yazdıklarını hangi nedenden olursa olsun, okumayacağımı biliyordu çünkü eğer merak etseydim yazdıklarını, daha o yanımdayken okurdum hepsini. Ve dolayısıyla bana, yazdıklarıyla değil, hareketiyle bir şey anlatmaya çalışıyordu. O da, yollamak! Kurtulmak için. Bitirmek için. Yeni bir hayat için. Yeni bir ölüm için. Her şey için! Biz ailelerimizi, onları bir yere yollayamadığımız, öldüremediğimiz için terk etmiştik. Ve şimdi, Kinyas bulunduğu yeri terk etmek istemediği için geçmişini, yaşamaması gereken Kinyas'ı bana yolluyordu. Evet, sen gidemiyorsan, o zaman yollarsın içindekileri. Kinyas bunu diyordu. Neden yolladığını tam olarak anlayabilmem için kâğıtları okumam gerekirdi ama nedenleri merak etmiyordum çünkü biliyordum artık, yazılanlarla neler yapılması gerektiğini. Kinyas, beni yazmaya zorlamıştı ve şimdi de yazdıklarımı yollamam için zorluyordu. Belki de, yollayacak, atıp hafifleyeceğim bir şeylerimin olması için yazdırmıştı bana hikâyemi. Benden bu kadar uzaktayken, hâlâ hayatımı etkileyebilmesine hayran kalmıştım. Zihinsel ölümümün başlangıcından önceki hareket, gerçek dünya ile zihinsel ölüm arasındaki son sınır, yazılan her kâğıdı yollamaktı. Böylece hiçbiri yaşanmamış olacaktı. Böylece bütün hayatımız, kâğıtlar üzerinde kurumuş mürekkep lekelerinden ibaret olacaktı! Bir insan hayatının dönüşebileceği en iğrenç şeye, yazıya dönüşmüş olacaktı hayatlarımız. Mürekkebin içinde boğmuş olacaktık geçmişlerimizi, zihnimizi yok edecek kadar bilgisiz, hatırasız ve fikirsiz kalabilmek için. Kinyas'la tanıştığım gün, bilemezdim hayatımı sayısız kez kurtaracağını. Artık aklımdaki tek düşünce, yazılanların hepsini herhangi bir yere yollamak olacaktı. Bu isteği ve ihtiyacı zihnimin gizli, açık bütün bölmelerinde hissediyordum. Çırılçıplak kalabilmek için hayatın karşısında, bütün yazdıklarımı bir daha asla göremeyeceğim bir yerlere göndermeliydim.

Düşünmeye başladım konuyu. Hiçbir ışık yanmıyordu. Hiçbir çığlık gelmiyordu beynimin koridorlarından. Bir saat geçmişti, duvardaki saate göre ama ben hâlâ bulamamıştım bir isim, bir adres. Yollama fikrinin kafamın içini oyacağını, yok olması için beslenmesi gereken yırtıcı bir hayvan gibi beynimi kemireceğini biliyordum, bir çözüm bulana kadar... Anita'ın bacakları göründü merdivende. Yanıma oturmak için bana doğru gelirken birden durup, "Ağlıyorsun!" dedi. Elimi sol gözümün altına götürdüm. Islak döndü. Gerçekten de ağlıyordum. Ağlamıştım. Farkında değildim! Belki de, en sonunda zihinsel ölümün var olduğunu ve benim ona ulaşabileceğimi anlamıştım. Hayatımda ilk defa, doğru bildiğim bir şey çıkmıştı! Varlığına sadece benim inandığım, çocukluğum boyunca hayal ettiklerimin hiçbiri gerçek değildi. Ama zihnim, gerçekten de ölümünü bulmuştu. İçindekilerin hepsini, bütün bildiklerimi, beş duyumun algıladığı hayatı kâğıda döküp değersiz yazılara dönüştürdüğüm gün zihnim sonuyla buluşacaktı. Tek yapmam gereken, son bildiklerimi de yazıya dökmeye devam etmekti... Anita yanıma oturmuş, gözyaşlarımı silerken, "Beni sevmeyeceğini biliyorum. Anlayamadığım bir şekilde kendini öldürmeye çalıştığının da farkındayım. Ve eve, bana harcadığın parayı ancak insan öldürerek kazanmış olduğunu da biliyorum... Ama sana yine de âşığım! Ve bu, hiçbir zaman değişmeyecek. Ama bil ki, senin çatının altında başka erkeklerle sevişeceğim. Çığlıklarımı duyacaksın. İçki içip sarhoş olacağım. Kahkahalarımı duyacaksın. Ben senin gibi değilim. Ben insanım!" dedi.

Söylediği her kelime, gözümün önünde müzik notaları gibi uçuşuyordu. Haklıydı. Bütün dünya haklıydı! Annem tembel, babam aptal olduğumu söylerken haklıydı. Sadece fitili kalmış mum gibiydim. Hiçbir şey ifade etmiyordu ne yüzüm, ne bedenim. Hiçliğe doğru adım adım giderken, an ve an hissettiklerimi anlamaya çalışıyordum. Anita'nın yüzü şişmeye başladı. Elleri büyüdü, parmakları uzadı. Bir ara Kinyas'ı gördüm. Benden bir sigara istedi. "İçmiyorum ki ben" dedim. "Bıraktım! Teşekkür ederim yolladığın paket için" dedim. "Yapmam gerekeni bana anlattığın için teşekkür ederim." "Ben sana hiç paket yollamadım" dedi. Gülmeye başladı. Kahkahaları kilise çanlarının sesine benziyordu. Kulaklarımı kapattım ellerimle. Koşmaya başladım. Elimde usturam vardı. Bileklerimden kanlar akıyordu. Koşuyordum. Bütün gördüğüm renkler midemi bulandırıyordu. Ve birden, ayağım kaydı. Okulu terk ettiğim gün, binanın önündeki merdivenlerden son kez inerken düştüğüm gibi düştüm yere. Ama yer değildi üzerine düştüğüm! Elime taş, toprak ya da herhangi bir ot gelmiyordu. Yumuşaktı. Serindi. Gözlerimi açtım. Anita'yı gördüm.

Elinde bir dereceyle, bana bakıyordu.

"Ne oldu bana?" dedim.

"Dün, akşamüstü koltukta otururken ağlıyordun. Sonra bayıldın. Yan evdeki İngilizlerden yardım istedim. Kadın hemşireymiş. Tansiyonun düşmüş. Ve ateşin de çok yüksekti. Sıtma krizi olabileceğini söyledi. Bütün gece sayıkladın. Terledin. Noah şehirden kinin getirdi. Üç tane içirdim. Hep yanındaydım. 'Kinyas' diye bağırdın. Söylediklerin anlaşılmıyordu. Ama şimdi iyisin! Ateşin 37,5'a düştü. Çok korkuttun beni. Bilseydim sıtman olduğunu, heyecanlanmazdım bu kadar. Umarım, bilmediğim başka bir hastalığın yoktur!" dedi, alnımda biriken terleri nemli bir havluyla silerken. Demek, kendisini unutturmamakta kararlı olan tek alışkanlığım, sıtma geri dönmüştü. Demek, o uçuşan görüntüler, kahkaha sesleri ve hatırlayamadığım resimlerin hepsi, yine büyük ihtimalle 41'e fırlamış olan ateşimden kaynaklanmıştı. Ben hastalığımı tamamen unutmuştum. Üçüncü kattaki odama çıktığımda Anita'nın, bana haftada bir içirmesi için Nivakin alması gerekecekti. Tabii, ben zihnim ölmüşken anlayamazdım ateşimin çıktığını ama bedenim titrerdi. Ve artık onun da acı çekmesini istemiyordum. İkimiz de, yani bedenim de, zihnim de kaldırabilecekleri bütün yükü taşımışlardı omuzlarında. Kabul ediyorum, yüklerin çoğu hayaliydi. Ama benim için hayal gerçekten daha fazla acıtacak kadar hissettiriyordu kendini. Bir şekilde, bütün acıları gördüğümü, bütün hıçkırık cinslerini duyduğumu düşünüyordum. Sanki, dünyayı bacaklarının arasından çıkarmış bir kadın gibiydim. Her yerini ve her şeyini biliyordum, doğurduğu bebeğini tanıyan bir anne kadar... Her şeyi bildiğim için vasiyetimde tek bir cümle olacaktı: "Beni yüzüstü gömün. Çünkü yeterince gördüm!"

Bütün günü yatarak ve beyaz tavanı seyrederek geçirdim. Ateşim hızla düşüyordu ama düşerken de bedenimi yanında çekiyordu. Bu kadar çabuk ateşin inip çıkmasının hiç de sağlıklı olmadığını öğrenmiştim okulda, arada bir girdiğim derslerde. Ama benim vücudum böyle çalışıyordu. Eğer varsa, karakterime uygun bir etti benimki. Hızla şekil değiştiren, hızla hastalanıp iyileşen. Kinyas, Cassandra'daki sıtmasının dışında, hiçbir zaman Afrika'nın kalıcı yerel hastalıklarından birine yakalanmamıştı ama bünyemin ve beslenme tarzımın saçmalığı yüzünden ben, tropikal mikropların arasında oynuyordum. Sebze yemediğim için annem de çok üzülürdü. Büyüdüm. Hâlâ sebze yemiyorum ama eğer beni böyle görse, muhakkak üzülecek olan annemin hayatta olup olmadığını da bilmiyorum. Sadece kırmızı ve beyaz et ile hamur yiyerek yaşanabileceğinin en büyük kanıtıyım. Tadını bilmediğim onlarca sebze ve yeşil doğal gıda maddesi var. Kokularına dayanamıyorum haşlandıklarında. Bir de görünüşleri. Bataklık gibi duruyorlar tencerenin içinde. Zaten yemekle ilişkim, gerçekten de uzaktan akrabaların görüşme sıklığıyla sınırlı. İki günde bir, Anita'nın önüme koyduğu balığı yiyorum sadece. Arada bir cappuccino içiyorum hâlâ, ama genelde suyla yetiniyorum...

Akşam oluyor. Saçlarım ıslak. Terden birbirlerine yapışmışlar. Bıyıklarım, yeni çıkan sakallarımın arasında kaybolmamak için büyük bir mücadele veriyor. Biliyorum ki, yatmaya devam edersem, günlerce kalkamayacağım yataktan ve çıkamayacağım, klimanın beni üşütmeyen bir serinliğe bulandırdığı odadan. Kapı kapalı ama evin kalan kısmından gelen sesleri duymamı engellemiyor. Kulaklarımdaki duyma sorunu düzeldiğinden değil, kapının ardındaki hayatın çok yüksek sesle seyrediyor olmasından dolayı seçebiliyorum konuşmaları. Noah'nın tok sesini ve Anita'nın ince sesini biliyorum ama bu duyduğum, onlardan biri değil. Evde, ismini ya da işini bilmediğim biri olmalı. Bu iyi

değil. Hiç değil! Aklıma Feridoun'un adamları geliyor. Beni öldürme-
ye geldiklerinden eminim. Kelimeleri değil, sadece sesleri duyduğum
için anlayamıyorum konuşulanları, yattığım yerden. Kalkmalıyım, di-
yorum kendime. Bakmalıyım, görmeliyim evde olup bitenleri. Hâkimi
benim bu toprağın! Söylenen her lafı duymalıyım. İşte, böyle psikolo-
jik bir halden kaynaklanıyor devletin, insanlarını dosyalama sistemine
başvurması, diye düşünüyorum. Devletten habersiz hiçbir iş yapılma-
malı! Onun anlayamayacağı kelimeler çıkmamalı yurttaşların ağzın-
dan. Devlet beş yaşında bir çocuk gibi. Onun seviyesinde konuşulmaz-
sa, büyükler gezmeye giderken yanlarına alınmazsa ağlamaya, kırıp
dökmeye başlıyor. Dünyanın bütün devletleri böyle. Yataklarından kal-
kamayan hastalar gibi. Kaprisli yaşlılar gibi! Her şeyi bilmek istiyorlar.
Yurttaşlarının nasıl seviştiğini, evde en çok kimin küfrettiğini. Her şe-
yi! Herhangi bir yurttaş isyanının hayat bulduğu gün, yüzlerine vura-
bilecek güçte oluyorlar, pisliklerini herkesin. "Sen, annenin ölmesini
istiyordun! Sus! Sense otobüste yaşlılara yer vermiyorsun! Sen de sus!
Arkadaki şişko! Sen, daha dün küçük kardeşinin ekmeğini çalarken
nasıl olur da, bugün bana, devlete karşı gelirsin?" diyerek susturmak
için bilmek istiyor her şeyi. Her insanın bir utancı vardır. Devletin gö-
revi, kullanma günü gelene kadar bu utançları toplayıp saklamaktır.
Toplumsal sözleşme diye bir saçmalık hiçbir zaman var olmamıştır.
Kimse, kendi çıkarları için birilerine devlet olma yetkisini vermemiş-
tir. Benciller ve korkaklar dünyasında çıkar, kişisel dolandırıcılık yete-
neğiyle elde edilir. Ve insanların birbirlerine attıkları kazıkların yanın-
da, devletin onlara attığı fazlasıyla hafif kalır.

Zihnimin hâlâ böylesine gereksiz ve beni ilgilendirmeyen düşünce-
lerle dolu olduğunu görünce sinirlenerek yataktan kalktım. Ani hareke-
ti getiren kızgınlık bir bakıma işe yaradı çünkü bu gidişle, üç gün daha
yatardım ıslak yatağımda. Kapıyı açıp seslerin geldiği aşağı kata inmek
için basamakları adımlamaya başladım. Çıkarken, her biri hayatıma ka-
tılmış dört saniyeydi ama peki ya inerken? Gidiyor muydu acaba o dört
saniyeler, geldikleri gibi? Bu riski göze alamazdım. Son üç basamağa
dokunmadan, atladım üzerlerinden. Salona, bu ani ve akrobatik girişim
koltuklarda oturan üç kişiyi heyecanlandırmıştı. Tabii, bilemezlerdi ha-
yatımı uzatmak için, bana anlamsızca bakan gözlerini Amidou'nunkiler

gibi oyabileceğimi. Sadece üç basamak. Ne önemi vardı, üstünden atladığım sayısız hayatın yanında?

Anita ayağa kalkmıştı beni görünce. Kollarımı açarak, "Hoş geldiniz!" dedim iki adama. Onlar da, salona zıplayarak giren bir ev sahibi görmenin şaşkınlığını üzerlerinden atmışlar ve ayağa kalkmışlardı. Adamlardan biri René'ydi. Diğerinin elini sıkarken, yüzünü daha önce hiç görmediğimden emin oldum. René devreye girdi ve "Joshua McLaren" dedi, sol eliyle karşımda, gülümseyen orta yaşlardaki adamı göstererek. Ve sonra da, beni gösterip, "Louis Perrot" diyerek tanıttı. Sahte ismimi tekrar duyunca, keşke daha gösterişli bir isim seçseydim, diye düşündüm. Edebiyat öğretmeni ismi gibi. Louis Perrot! Daha sıradan olamazdı herhalde. Ateşim düşmüştü ama hafif hafif sırtımla alnımın nöbetleşe terlediklerini hissedebiliyordum. Saçlarım ve bıyığım McLaren'ı biraz ürkütmüş olacak ki, iki koltuk uzağıma oturdu. Aslında bir an, sormayı düşündüm, "Ne istiyorsunuz? Niye geldiniz?" diye ama benden sonra Anita'nın uzun yıllar sarı evde yaşayacağını düşünerek sustum. Onu zor duruma düşürmek, komşularıyla arasını açmak istemezdim. Ev sahibi olarak söze başladım. Ellerinde, buzlu scotch'ları olduğuna göre ikram faslı geçmişti. Dolayısıyla ikinci konuya geçebilirdim. "Özür dilerim. Geldiğinizi duymadım. Rahatsızım biraz ve iyileşmeye çalışıyorum. Sizler nasılsınız?" diye bir cümleler kümesi çıktı ağzımdan. Bu kadar nazik konuşabildiğimi bilmiyordum. McLaren denen, kalın çerçeveli bir gözlük takan ve kızıla yakın saçları olan adam konuştu:

"Umarım bir an önce iyileşirsiniz! Eşim biraz yardımcı olmaya çalıştı. Ben, sizin yanınızdaki evde eşim Liz'le yaşıyorum. René, sizin gibi bir centilmenin taşındığını söyleyince bu eve, bir ziyaret etmek istedim."

René'ye verdiğim onca nakit paradan sonra sadece bir centilmen olarak beni komşularımıza anlatmasına doğrusu üzülmüştüm. Ben en azından, öz babası olarak tanıtılacağımı sanıyordum komşularımıza!

"Anita ve ben, sizi ziyaret etmek istiyorduk ancak tahmin edebileceğiniz gibi evin birçok yerini yeniden yaptırmak gerektiği için hiç boş zamanımız olmadı."

Babamın, evimize gelen misafirlere konuştuğu gibi konuşuyordum. Yanımdaki kül tablasında yanmakta olan René'nin purosunu kendi boğazımda söndürmek istedim. Ama Anita'dan bir bardak su istemekle yetindim. René sahildeki herkese, oturdukları evi satmış bir emlakçı olarak, konuşmanın kendi dışında gelişmesine daha fazla dayanamadı ve kullanacağı kelimelerden bir oksijen tüpü hazırlayıp daldı: "Bay Perrot, sizinle bir süredir tanışıyoruz ancak mesleğinizin ne olduğunu hâlâ bilmiyorum." Meraklı görünmek için kaşlarını kaldırıyordu. Aslında, böylesine benzersiz ve kaygan topraklar üzerinde yaşayan insanlara, bir emlakçı olarak mesleklerinin sorulmaması gerektiğini bilmeliydi ama bir hata yapıp sormuştu artık.

"Ben..."

Ben ne?

"Bir dilbilimciyim. Latin dilleri ile Afrika dillerinin etkileşimini inceliyorum. Bunun üzerine bir araştırma yazıyorum."

Kim inanırdı böyle saçma sapan bir işe? Evet, bir tane çıktı inanan. "Ne kadar ilginç!" diyen McLaren. "Bu konuda birkaç makale okumuştum" diye devam etti. Böyle bir konunun varlığından, özellikle de üzerine yazılmış makalelerin varlığından kesinlikle haberdar olmayan ben, "Evet, bu aralar Avrupa'da çok moda. Kendi dilimizin bu vahşilerden gelmediğini, aslında aralarında hiçbir etkileşim olmadığını kanıtlamaya çalışıyorum" dedim. Şimdi, gerçekten de inandırıcılık şansımı zorlamıştım. Zihnim benim tarafımda değildi. O bana, ben ölüyorum, sense hayatçılık oynuyorsun iki bunakla, diyordu. René'nin alanına girdiği için söylediklerimin ana fikri, yani bizim uygar, topraklarında yaşadıklarımızın ise vahşi oldukları sloganı ona çok mantıklı geldiği için başlayabilirdi konuşmaya. Ve öyle de yaptı.

"Evet, ben de öyle düşünüyorum. Yani, umarım bunu kanıtlayabilirsiniz! Zaten, en büyük kanıt bugün, Afrika'nın dörtte üçünde Latin dillerinin okullarda okutuluyor olmasıdır, değil mi Joshua!"

Joshua, René kadar kudurmuş değildi. Konuya daha temkinli yaklaşıyordu. Böyle insanlar vardır. Vücutlarının çevresine, tekneler gibi araba lastikleri bağlamış insanlar. Herhangi bir çarpışmada mahvolacaklarını düşünenler. Airbag'i icat edenler. McLaren da bunlardan biriydi.

"Bay Perrot'nun araştırmasının sonucunu beklemek gerek, hangi dil grubunun hangisinden en çok etkilendiğini belirlemek için. Ama biliyoruz ki, dil paranın peşindedir! Paranın gittiği her yere gider. Ortada Amerikan Doları varsa, İngilizce de vardır."

McLaren, hiç de düşündüğüm gibi René benzeri bir geri zekâlı değildi. Söyledikleri son derece mantıklı ve doğruydu. Bir an, René'yi öldürüp McLaren'a akşam yemeğe kalması için ısrar etmeyi düşündüm. Uzun zamandır kimseyle konuşmuyordum, gözle görülmeyen konular hakkında. Ve yazmanın yanında, konuşarak da zihnimi zayıflatabileceğimi biliyordum. Eğer bana söylenenleri dinlemez, önemsemez ve sadece aklımı meşgul eden düşüncelerimi kelimelere dökerken, beynimde yeni fikirlerin oluşmasını engellersem, zihnimin ölmesine de yardımcı olabilirdim... Birkaç dakika sonra René, düşüncelerimi okumuş gibi izin isteyip kalkması gerektiğini söyledi. Joshua'nın da zeki kafası, yerli halk için söylediğim kelimeye takılmış olacak ki o da gitmek istedi. Ama René'nin gidişine anlayış gösterebileceğimi ancak, yeni tanıştığım komşumun yemeğe kalmadan gitmesine üzüleceğimi söyleyince, karısını alıp dönmeyi kabul etmek zorunda kaldı...

Anita'ya yemek hazırlamasını söyledim. Entelektüel beyazların yemeğini hazırlamak ve aralarında yiyecek olmak onu da heyecanlandırmıştı. Mutfağa doğru giderken aklıma geldi. "Herkesle yatabilirsin ama eğer bir gün, ne nedenle olursa olsun, René domuzuyla yatarsan, ne kadar ölü olursam olayım, ikinizi de biçmeye gelirim!" diye bağırdım arkasından. Mutfağın kapısında buruşmuş yüzü göründü Anita'nın. "Merak etme! Sahildeki teknelerin küreklerini tercih ederim o şişkoya" dedi. Gün geçtikçe keskinleşiyordu Anita'nın zekâsı. Ve bacakları sanki daha da çekici oluyordu. Ben sadece görüyordum ama iki beyazın da ister istemez baktıkları iki siyah sarmaşık, onlarda fizyolojik başka etkiler de yaratmıştı... Sarı evde, ilk ve belki de son kez benim katılacağım bir akşam yemeği veriliyordu. Komşularımla yiyeceğime değil, komşularımın olmasına inanamıyordum. Bu akşam kendimi zorlayıp, biraz olsun balıktan yiyip su içmeliydim. Ter koktuğumu fark ettim. Banyoya çıkarken yıkanmak için, çocuklarım olsaydı, içlerine on sekiz yaşlarına geldiklerinde patlayacak bir bomba yerleştirirdim, diye düşündüm. İlk on sekiz yıldan sonrası tekrarlarla doluydu, hayatın. Ve ne yazık ki, her bir bokun tekrar olduğunu bilen bir hafızamız vardı...

Duşu açıp, sıcak suyun, dövmelerimi silemeyeceğini anlayınca yanlarından geçip gitmesini seyrettim...

Anita ne kadar medeni bir ev sahipliği yapmayı arzulamış olsa da, bunun gerçekleşmesini sağlayacak bilgiye ve gerekli sayıda servis tabağına sahip değildi. Giriş yemekleri pek de Fransız mutfağının çeşitliliğine uymuyor ve beyaz şarap da evin bodrumundan, özel bir koleksiyondan çıkmıyordu. Ama yine de Joshua ve Liz, durumlarından hoşnut görünüyorlardı. Yemekteki eksikliği giderebilmek için Anita, düzeyli ve ilgi çekici sohbet konuları atıyordu ortaya. Yanımda oturan Liz ve karşımda şarabını yudumlayan Joshua bilselerdi ev sahibelerinin daha birkaç hafta önce barlarda müşteri arayan bir fahişe olduğunu ne hissederdi acaba, diye düşündüm. Ana yemek olan mérou balığı ve pilavı getirmek için masadan kalkan Anita'ya gayet sıcak davranan Liz de yardım etmek için peşinden mutfağa gitmişti. Beni, hâlâ René gibi ırkçı bir beyaz, kibirli bir bilim adamı sandığı için Joshua benden çok, şarabıyla ilgilenmeyi tercih ediyordu.

"Sizin mesleğiniz nedir?" diye sordum. Gözlerini kadehinden kaldırıp bana kadar getirdi.

"Botanistim" dedi. "Yirmi yıla yakın çeşitli üniversitelerde çalıştıktan sonra, buraya yerleşmeye karar verdim. Kopamadım tabii bitkilerden. Ufak bir sera kurdum bahçemde. Belki görmüşsünüzdür. Birkaç deney yapıyorum, bitki anatomisiyle ilgili. Pek ilginç gelmiyor birçok insana."

"Hayır, tam tersine!" dedim. "Bitkilerin hayatının insanlarınkinden çok daha ilginç olduğuna eminim. En azından, onlar da karakter denilen işe yaramaz bölüm yoktur! Dolayısıyla birbirlerinden nefret etmeleri için de bir neden bulamıyorlardır."

Sözlerim hoşuna gitmişti. Belki de, bugüne kadar Gambiya'da tanıştığı ve bitkilere dair bir fikri olan tek insandım.

"Haklı olabilirsiniz. Ama doğanın onlara da verdiği bazı insani yönler var. Bazı bitkiler çevrelerine başka hiçbir tohumu yaklaştırmaz. Bazılarıysa, sadece birkaç çeşidin yanında var olabilir. Bahsettiğim hayat tarzları pek yabancı gelmiyordur herhalde, değil mi? İnsanların da düştüğü benzer durumlar yok mu? Bitkilerle aramızdaki tek fark, biz yaptıklarımızın bilincindeyiz, onlarsa mecburlar kötü olmaya bazı şartlarda. Biz tercih ediyoruz, onlarsa doğaya boyun eğiyor."

Verdiği iki örnek bütün insanlığı kapsayacak kadar geçerliydi. Onunla aynı sofrada oturuyor olduğum için kendimi iyi hissediyordum. Gerçek bir düşünce sistemi vardı kafasında. Ama yaptığımız konuşma bir tür terapiydi zihnim için. Damperi kaldırıp boşaltmam gerekiyordu içindekileri.

"Ve ahlak da, buradan doğuyor" diye başladım. "Eğer insanlar da bitkiler gibi, hareketlerini emirlere uyarak yapsalardı, hiçbir zaman eylemlerinden dolayı suçlanamazlardı. Tercihler yapabildiğimiz için suçlanıyoruz. Ya ahlakın içinde ya da dışındayız!"

Söylediklerinden çıkardığım sonucu beğenmiş olmalı ki, kadehini, yüzündeki hafif bir tebessümle yeniden doldurdu. Anita ve Liz yerlerine oturmuş, balığın servisini yapmışlardı ben konuşurken. Ve hepimiz Joshua'ya bakıyorduk. Konuşma sırası ondaydı.

"Evet, Bay Perrot. Ahlak, tercih yeteneğimizin, daha doğrusu aklımızın bir sonucu. Ama doğa çok daha ilginçtir" diyerek üzerinde toplanmış dikkatimizi hak etmeye çalışıyordu. Devam etti.

"Bazı bitkiler vardır. Bunlar, hayat ile ölüm arasında bir çizgide dururlar. Saklanırlar. Diğer bitkiler, onların hayatta olduklarından bile haberdar olamazlar. Sanki varlıklarının öğrenilmesi sonları olacakmış gibi. Biz botanistler, buna gizli hayat deriz. Herhangi bir ansiklopediyi açarsanız, göreceksiniz ki, karşılığında tam olarak şu cümleler yer alır: fizyolojik görevlerin hemen hemen bulunmadığı ya da çok zor fark edilecek düzeyde bulunduğu hayat tarzı. Bu şartlarda yaşayan en bilinen bitkiyse kuru yosunlardır. Varlıklarını Tanrı'nın bile unuttuğunu düşünürüm bazen. Ve insan da, eğer benzer bir hayat yaşarsa, belki sizin dediğiniz o ahlak kıskacından kurtulabilir. Sadece tercihlerle ilgili. Akılla ilgili... Sizin büyük ihtilalinizde giyotinler büyük et parçalarını kestikleri gibi, büyük zekâları da bedenlerinden ayırmışlardır!"

Liz, giyotin kelimesinden sonra gelenleri duyunca irkildi ve hemen müdahale etti, kocasını düşünen her medeni kadın gibi. "Joshua, lütfen! Sofra da başka konulardan bahsetsek!" dedi. Birbirlerine yakışıyorlardı. Huzurlu bir hayat sürmek için gelmişlerdi kıtaya. René gibi parazitlerle arkadaşlık yapmak zorunda kalmışlardı, beyaz cemaatinden dışlanmamak için, ama yine de mutlu görünüyorlardı. Liz, bölgedeki çocuk hastalıklarını Birleşmiş Milletler'e duyurmak için arkadaşlarıyla bir dernek kurduğunu ve elçiliklerle de görüşerek yardım talep ettiklerini anlattı. Verdiği çocuk ölümü rakamları can sıkıcıydı. Afrika'da, bir sofrada sarhoş olana kadar iyi şeylerden bahsetmenin imkânı yoktu. Çünkü iyilik, bu topraklarda yaşayamayacak kadar zarif ve kırılgandı. Benim asıl hoşuma giden Joshua'nın bahsettiği gizli hayattı. Aslında, ben de o kuru yosunlara benziyordum. Daha doğrusu, benzemeye çalışıyordum. Fark edilemeyecek kadar az hayat belirtileri göstermeleri muazzam bir durumdu. Demek, her zaman için, küçümsediğim doğada da, içinde bulunduğu kalabalıktan korkan, var olan bütün canlılardan uzakta, kendinden bile uzakta yaşamaya çalışan bir güç vardı. İnanmıyordum tabii, o Budizm hikâyelerine ama bardağıma su koyarken, mümkünse gelecek sefere, kuru yosun olarak geleyim dünyaya diye bir yakarış fırlattım uzaya. Ben de, gizli bir hayat yaşamıştım. En azından, ailemle otururken. Onlara hiçbir zaman söylemezdim gerçek düşüncelerimi. Tabii, arkadaşlarım da bilmezdi hayata ve dünyaya dair görüşmelerimi. Dikkat çekmeyecek kadar sıradan, kadınların ilgisini çekecek kadar değişik konuşmalar yapardım kalabalık içinde. Tutturulması zor bir dengeydi. Ama on yıla yakın bir süre boyunca başarabilmiştim. Eğer devam edebilseydi o gizli hayat ve çevresindeki, yalandan inşa ettiğim kalkan, belki de iki çocuklu bir aile babası olurdum, hafta sonlarında sevişen. İçimdeki Kayra'yı kimse fark etmemişti o zamanlar. Joshua'nın dediği gibi, belki Tanrı bile bilmiyordu içimdeki canavarın varlığını. Daha sonraysa, etrafa kan saçarak çıktı. Hüküm sürdü, gittiği her yerde. Şimdiyse, yıllar önce nasıl gizli kalmışsa yine o şekilde saklanmak istiyordu. Ama bu kez sonsuza kadar gizlenmekten bahsediyordu. Varlığına son vererek gizlenmekten.

İngiliz komşularımız geçen geceki davetimizden çok memnun kalmışlardı ki Liz'i verandada Anita'yla sohbet ederken buldum, uyanıp aşağı indiğimde. Benim bir iş seyahatine çıkacağımdan bahsediyordu. Akıllıca bir yalandı, dönüşte bindiğim teknenin batması da zekice bir devamı olurdu bu yalanın. Böylece, ortadan yok olmamın, cesedimin bulunamamasının iyi bir nedeni olurdu. Ama kesinlikle önemsemiyordum artık benzer planları, önceden yapılan hesapları. Verandaya çıkıp Anita ve Liz'in konuşmalarına katılmak istemedim. Bir an, Joshua'nın serasında ya da evinde yalnız olabileceğini, kendisine kısa bir ziyaret yapabileceğimi düşündüm. Bu küçük heyecan kıvılcımından vazgeçmem uzun sürmedi. O tür bir bilim adamıyla geçirilmiş bir akşam yemeği genellikle yeterli olurdu ve aynı konulara dönüp birbirimizi yıpratmamız için ortada bir neden yoktu...

Looping'i arayıp Abidjan'daki gelişmeleri öğrenmeliydim. En azından, Feridoun'un Kinyas'ı bulamayınca ne kadar sinirlendiğini bilmeliydim. Aslında kızgınlığından, yüzünü öğlen saatlerinde güneşe tutmaya karar vermiş olsa dahi, fazla yapabileceğim bir şey yoktu. Evden kıpırdayamayacağımı çok iyi biliyordum. Kaçamazdım, kendimi savunamazdım, Uzileriyle etrafa vahşet saçan adamlar evi kuşattığında. Vazgeçtim gerçeklerin farkına vardıktan sonra, Looping'i arayıp herhangi bir bilgi almaktan. Feridoun'un beni öldürmeye karar verdiğini bilip bilmemek hareketlerime yeni bir yön vermeyecekti...

Mutfakta kendime bir cappuccino hazırlarken, içeri Noah girdi. Dönüp, "Her şey yolunda mı?" diye sordum.

"Evet Efendim. Bir sorun yok. Yarın hanımefendi bir araba satın alacakmış. Bir şoför bulmak gerek. Ben kullanamam" dedi.

Demek, bir araba alacaktı Anita. Güldüm kendime. "On yedi yaşında bir kıza o kadar parayı emanet edersen, bir zeplin almadığına sevinmelisin" dedim içimden, büyük çorba kaşığının üzerinde gördüğüm şekilsiz suratıma bakarak. Sonra kapının yanında duran Noah'yı düşündüm. Bütün gün ve gece, evin içerisinde voltalar atıyor, elinden geldiğince güvende olmamızı sağlıyordu. Onun yaşındaki genç bir adamın sperm sayılarını bir zamanlar ezberlermiş olmama rağmen kesinlikle hatırlamıyordum, ama önümüzdeki birkaç haftayı da bu şekilde evden hiç ayrılmadan geçirirse, kendi kuzenine, bana ya da komşularımıza saldırma ihtimalinin yüksek olduğunu biliyordum.

"Bugün izinlisin. Anita'dan para al ve şehre in" dedim. "Gece, çok geç olmadan dönersin."

Önce kabul etmedi. Bir avcı olarak, tehlikenin çok uzaklarda olmadığını seziyor ve evden ayrılmak istemiyordu. Ama ben kesin bir emirle son verdim, sadık hizmetkâr bağlılığına.

"Şehre in ve eğlen!"

Silahını bana verip gitti...

Mutfakta cappuccino'mu içerken, Liz evine dönmüş olacak ki Anita içeri girip karşıma oturdu. "Bir araba alacakmışsın" dedim, tam olarak niyetini öğrenmek için.

"Evet, şehirdeki arkadaşlarımdan biriyle konuştum. İngiliz bir işadamı cipini satıyormuş. Onu almayı düşünüyorum. Ve şoförü de buldum sayılır. Hıristiyan mahallesinde oturan eski bir arkadaşım var. Taksisi vardı ama satmak zorunda kaldı. İyi biri. İşi ona teklif etmeyi düşünüyorum."

Cappuccino'yu istediğim gibi yapamamıştım. Çok acı olmuştu. Fincanı masanın ortasına, önüne konan yemeği beğenmeyen şımarık bir çocuk gibi ittirirken söylenmeye başladım.

"Güvendiğin biriyse iyi! Ama çok yakın bir arkadaşınsa olmaz! Üzerinde otorite kurabileceğin insanları çalıştırmalısın. Kimse, bu evde, benim dışımda sana isminle hitap etmemeli. İşe aldığın kişi kardeşin bile olsa!"

Nefret ettiğim şirket yöneticileri gibi konuşuyordum. Ama Anita'nın sahip olduğu parayı en iyi biçimde değerlendirmesi için gerekli tavsiyeleri vermem de şarttı.

"Liz, senin çok ilginç biri olduğunu düşünüyor" dedi. "Sevgili olduğumuzu sanıyorlar. Bir yolculuğa çıkacağını anlattım."

Saçlarımı parmaklarımla geriye atıp, burnunun o güzel kavisini inceli-
yordum, cümleleri havada sinekler gibi kanat çırparken. Aynı burun, on
bin kez büyütülse Avusturyalı kayakçılar en iyi atlayışlarını yaparlardı,
üzerinden. Benim burnumdansa sadece, aynı Avusturyalı kayakçıların ço-
cukları kızaklarıyla kayarlardı herhalde... Anita'yı mutfakta bırakıp ikinci kattaki odama çıktım. Soyunup ya-
tağa uzandım. Geceleri iyi uyuyamıyordum. Genellikle uykuya daldık-
tan birkaç saat sonra açıyordum gözlerimi. Ve yataktan kalkmadan, sa-
baha kadar karanlığın içinde seçebildiğim eşyaları seyrediyordum, ok-
yanusun usanmadan savurduğu dalgaların sesinin eşliğinde. Bu geceler,
yaşadığım bu günler, yeryüzünde düşünme yeteneğiyle geçirdiğim son
zamanlardı. Büyük bir sonun gelişini hissedebiliyordum. Korkmuyor-
dum olacaklardan. Hızlandırmak ise mümkün değildi, zihinsel ölümü-
mü. Sadece yazarak boşaltıyordum içimi. Elimden gelen buydu. Büyük
bir mekanizmanın işleyişini dinliyordum. Patlamasını kimsenin engel-
leyemeyeceği bir saatli bombanın geri sayımını dinler gibi. İki ana par-
çaya bölünmüş zihnimin somut hayatla ilgili kısmı her gün küçülüyor-
du. Ve diğer bölüm bütün zihnime hâkim olduğu gün, dünya üzerinde-
ki Kayra aklı da sona erecekti...

Kapının açıldığını duyunca, gözlerimi o yana çevirip içeri giren Ani-
ta'ya baktım. "Yanıma gel" dedim. Yatakta, benden boş kalan yere uzan-
dı. Ellerini göğüslerinin altında birleştirip tavanı seyretmeye başladı.
Sessizliğe dayanıklı değildi genç kadın.

"Yazdıklarını okumak isterdim" dedi. "O siyah çantanın içindekilere
bir göz attım ama tek kelimesini bile anlamadım. Bazı cümlelerde ken-
di ismimi gördüm. Biliyorum, merak etmemeliyim ama yine de sormak
istiyorum ne yazdığını?"

Gözlerim, ancak ikimizin de ayaklarını görebiliyordu. Anita'nın
ayakları ince ve küçüktü. Parmakları ayaklarının boyuna uygun uzun-
luktaydı. Benim ayaklarımsa, küçük paletleri andıran et parçalarıydı.
Topuğumdan itibaren genişleyerek gidiyorlardı. Dört yaşımda, taban
düşüklüğü teşhisi konduğu için bütün çocukların spor ayakkabılarıyla
gezdikleri bir dönemde ben, ortopedistlerin uygun gördükleri postal
benzeri ayakkabılarla dolanıyordum. Altı yıl sürmüştü tedavi ve sonun-
da benim de ayaklarım, herkesinki gibi, kumda daha belirgin izler bı-

rakmaya başlamıştı. Tedaviyi yaptıran ailem geleceğimi düşünmüştü. Askerlikte yapacağım sabah koşularında ağrılar çekmemem için gerekli görmüşlerdi. Ama ben gerekli görmedim askerliği. Bir erkek olmak için başka yollar denedim. Ve eminim herhangi bir ordunun herhangi bir subayı kadar bilgi sahibi oldum, silahlara ve onların nasıl kullanılacağına dair. En tepesine varamayacağım bir kuruma, en aşağısından başlamak anlamsız gelmişti. Eğer herhangi bir ülke, askere aldığı adamlara, kara kuvvetleri komutanlığı makamını hedef gösterebilseydi, belki daha geçerli olurdu askerlik...

"Kendimi yukarıdaki odaya kapatmadan önce sana son bir görev vereceğim" dedim, söylediklerine bir yanıt bekleyen Anita'ya. "Evde, üzerinde elyazım olan her kâğıdı toplayacak ve o siyah çantaya koyacaksın. Ayrıca, odaya girdiğim ilk günün akşamında son bir kâğıt daha bulacaksın yatağın yakınlarında. Onu da çantaya, diğerlerinin yanına koymanı istiyorum. Ve sana bir adres yazdıracağım. O çantayı da bir kutuya koyup verdiğim adrese yollayacaksın... Neler yazdığıma ve geçen gün bir kutu içinde gelen yazıların içeriğine gelince... Merak etmemeye çalışman takdir ettiğim bir çaba. Sana bunları açıklayacak ne gücüm, ne de kelimem var. Ne yazık ki öğrenemeyeceksin hiçbir zaman! Ama şunu söyleyebilirim. O kâğıtları vereceğim adrese yollaman, arada bir gelip altımı temizlemenle aynı derecede rahatlatacaktır beni." Sözlerim tabii ki tatmin etmemişti Anita'yı. Hatta daha da kafasını karıştırmıştı. Belki de bu yüzümü görmesi ilerisi için daha iyiydi. Benim için hissettiklerinin kaybolmasını sağlayabilirdi, beni anlayamaması. Kendine bir koca bulup mutlu olmasını istiyordum, Anita'nın. Hepsi bu. Bir adres vereceğimi söylemiştim. Evet, adres fikri, Kinyas'ın bende son hamlesiyle uyandırdığı çözümün bir sonucuydu. Ama yazılarımı kime yollayacaktım?..

Anita benimle sessizliği paylaşmaktan sıkılmış ve odadan çıkmıştı... Önce, aklıma ailem geldi. Annem ve babam. Onlara yollayabilirdim hayatımı. Yıllarca tek bir gülümsemesi için uğraştıkları insanın, gerçekte neler yaşadığını ve ne şekilde varlığına son verdiğini öğrenmeyi fazlasıyla hak ediyorlardı. Sekiz yıldır benden hiçbir haber alamamışlardı. Ve belki de öldüğümü düşünüyorlardı. İmkânsız ancak, belki de unutmuşlardı beni. Her doğum günümde bana hediyeler alan ailemi, ölümümü müjdeleyen yazılarla üzmenin bir yararı var mıydı? Beni bildikleri, onlarla beraber yaşadığım müddetçe tanıdıkları gibi yani garip ama iyi bir çocuk olarak hatırlamalarını tercih ederdim. Kendimi parçalayıp yok etmeye hakkım vardı ama onların hafızalarındaki hatıramı mahvetmeye yoktu. Vazgeçtim bu fikirden... Benim Kinyas dışında hiç dostum olmamıştı. Zihnimin en ücra köşesindeki düşüncelerden, hayallerden haberi olan kimseyi tanımamıştım yasal hayatım boyunca. Dolayısıyla o dönem arkadaşlarımdan birine böyle bir hikâyeyi yollamak, evin dışındaki, yolun sonundaki çöpe atmakla eşdeğerdi. Her zamanki gibi ne istediğime bir türlü karar veremiyordum... Yazılarım kime ulaştığı takdirde zihinsel ölümüm tamamlanabilirdi? Looping'i düşündüm. Yaşlı Fransız'ı. Büyük ihtimalle, daha önceden kendisine emanet ettiğim eşyalara yaptığı gibi, eline geçen kutuya da dokunmaz ve kafenin arkasındaki küçük barakaya koyardı. Bir süre sonra da, elyazımı taşıyan kâğıtlar kurtlar tarafından yenirdi. Zaten vücudumun akıbeti bu olacaktı. Bir de yazılmış hayatımın aynı şekilde sonuçlanmasını istemiyordum.. Eğer hayatımda bir kadını sevmiş olsaydım, ona yollardım. Onun da beni sevmemesinin bende yarattığı deliliği görmesi için. İnsani bir intikam duygusuyla. Ama hayır, hiçbir kadın gelmiyordu gözümün önüne. Hiçbir kadının ismi yazılmıyordu zihnimin ekranına...

Hatırlayabildiğim kadarıyla, sekiz yıldır yaşadığım yerlerde karşılaştığım insanların yüzlerini düşündüm. O yüzlerde bir zekâ aradım. Belli bir dürüstlük. Hiçbir insanın tamamen dürüst olamayacağını bilecek kadar tanıyordum kendimi. Ama yine de, bir yüz bulmaya çalıştım onlarca insan arasında... Öyle bir yüz olmalıydı ki, gözlerinin arasındaki beyin, okuduklarını anlayacak kadar Türkçe bilmeliydi. Öyle bir yüz olmalıydı ki, benimle birkaç saat de olsa, konuşmuş bir ağza sahip olmalıydı. Türkçe bilen tek tanıdığım olan Amidou'yu da kendi ellerimle öldürmüştüm...

Düşünmek çok yorucuydu. Bu dünyada bir yüz bulmak çok zordu. Hepsini yakmak istedim. Bütün yazıları, her şeyi. Alevler yemeli, diye düşündüm. Hayatımı. Ölümümü. Ama bu da çok kolay olurdu. Zihnimin, ölümüne giden düşünsel yolculuğunun kaptanlığını yapan parçası karşı çıkmış olmalı ki hemen vazgeçtim... Tanıdığım yüzlerin defilesi devam ediyordu. Kimseyi bulamamanın çaresizliğiyle, siyah çantayı Kinyas'a yollamayı bile düşündüm. Bu hareket, ona yapılacak en büyük kötülük olurdu. Benimle beraber yaptıklarından, hayatı boyunca yaşadıklarının hepsinden kurtulmak için yazdıklarını bana yollamış bir adama verilecek en zalim ceza olurdu...

Ve derken, önceleri son derece belirsiz olan bir yüz, diğerlerinin önüne geçti. Gözleri, burnu, çenesi belirginleşti. Siyah beyaz portresi renklendi. Kontrol edemiyordum yüzün zihnimde açtığı yerin büyümesini. Hatırlamıyordum yüzün sahibi genç adamın ismini. Bir süre sonra, o da belirdi. Önce soyadı geldi: Günday. Sonra adı: Hakan. Meksika'da tanıştığım Türk. Veracruz'da benimle bir gece geçirmiş, oradaki varlığının nedenini tam olarak çözemediğimiz adam... Beni rahatsız eden bir sözünü bulmaya çalıştım. Ama bulamadım. Tek hatırladığım, bütün gece içmesine rağmen sarhoş olmamasıydı. Ve alışkanlıklarından vazgeçmeyen, gittiği her yere içkisini, çerezini bavulunda götüren her turist gibi yanında getirmiş olduğu rakı şişelerini hatırladım. O gece çok konuşmamıştık. Ama Kinyas da, ben de, o adamın yolculuğumuzda karşımıza çıkmış ilginç bir tesadüf olduğunu kabul etmiştik. Kinyas'ın Hakan'ı tehdit ettiğini öğrenmiştim sonra. Zavallı, çok korkmuş olmalıydı. Ama onca yol boyunca taşıdığı rakısını bizimle cömertçe paylaşması, içindeki dürüstlüğün ve iyiliğin bir göstergesiydi...

Üzerinde elyazılarımızın olduğu bütün kâğıtları o adama yollamaya karar vermiştim. Yazılarımızla ne yapacağı umurumda değildi. Ve üstelik akıbetlerini bilmemek daha da rahatlatıyordu beni. Tek istediğim yollamaktı. Cümlelerimizin ve hikâyelerimizin onda yaratabileceği etkileri de önemsemiyordum. Belki de postada kaybolurdu, yazıya dökülmüş bütün düşüncelerimiz. Belki de ileride, Hakan'ın çocukları okurdu, birkaç gün boyunca babalarının birlikte olduğu adamların hikâyelerini. Beynimde kırışıkların açıldığını hissettim. Zihinsel ölümümü gerçekleştirebilmemin son şartını da yerine getirmeme az kalmıştı...

Yataktan kalkıp yan odaya geçtim. Dolaptaki valizi çıkardım. İçindeki, üzerinde Louis Perrot isminin yazdığı resmi belgeleri bir kenara fırlatıp aramaya başladım. Bir kâğıt olduğunu biliyordum, Hakan'ın adresinin kendi elyazısıyla yazıldığı. Valizin içindeki bütün kâğıtları fırlatmama rağmen bulamamıştım. Kafamı kaldırıp dolapta asılı duran dört siyah cekete baktım. Bunlardan birini Meksika'da giymiş olmalıyım, diye düşündüm. Terlemeye başlamıştım. Eğer adresin yazdığı kâğıdı bulamazsam ne yapacağımı bilmiyordum. Eroin krizindeki bir bağımlı gibiydim. Ceketlerin hepsini yatağın üzerine, dağılmış kâğıtların ortasına attım. Ceplerinde, çakmak ceplerinde hayatımı arıyordum. Ellerim titriyordu. Zihinsel ölümümü arıyordum. Ceketin yırtılmış iç cebinin dibinde, astar ile kumaşın arasında ufak bir kâğıt hissettim. Elimi geri çekerken cep tamamen yırtıldı. Kâğıdı gözlerimin önüne getirdiğimde, önce ismini sonra da adresini okudum, Hakan'ın. Kalbim, uzaya fırlatılacak bir mekiğin motoru gibi çalışıyordu. Olduğum yere çöktüm. Kâğıdı, başparmağım ve işaret parmağımla öyle sıkıyordum ki, altı milyar insan gelse alamazlardı benden. Yerde sırtımı dolaba yaslamış otururken, çıkardığım onca sesten dolayı bir kriz geçirdiğimi düşünen Anita içeri girdi. Tek bir kelime etmesine fırsat vermeden, "İşte!" dedim, kâğıdı göstererek.

"Adres bu! Buraya yollayacaksın yazılanları!"

Valizden çıkarıp fırlattığım kâğıtları, eşyaları toplarken Anita, ben devam ettim konuşmaya. Bu sefer, kendi dilimde kısık bir sesle.

"Belki hayatımı kurtaramazsın. Ama ölümümü kurtarabilirsin..."

Sanki söylediklerimi anlamış gibi, Anita birkaç saniye yüzüme baktıktan sonra devam etti etrafı toplamaya...

İşini bitirdikten sonra salona inip yanıma oturdu. Belki de, delice hareketlerime tanıklık edince, kendimi bir odaya kapatmamın çok mantıklı bir davranış olduğunu düşünmeye başlamıştı. Hatta o günün gelmesi için sabırsızlanıyor bile olabilirdi. Çünkü demin yukarıda gördüğü açılan gözlerimden korktuğunu biliyordum.

"Sana söylediğim her şeyi hatırlıyorsun, değil mi?" diye sordum. Haklı olarak, düşüncelerimi okuyamadığı için, "Hangi konuda?" dedi.

"Bana nasıl bakacağınla ilgili olanlar" dedim, bitkin bir İngilizce'yle. Bütün bildiklerimi yavaş yavaş unutmama rağmen, hâlâ Shakespeare'in lisanını hatasız konuşabildiğime hayret ediyorum. Belki de, zihnim bunu en sona saklıyordu. İşine yarayan bilgileri en son temizleyecekti, belki de. Önce kadınlar ve çocuklar gitmişti!..

"Evet" dedi. "Seni nasıl besleyeceğimi, ne sıklıkla temizleyeceğimi biliyorum."

"Bunların yanında, üç günde bir yiyeceğin yemeklerin sonunda bir adet Nivakin içirmelisin. Ve on beş günde bir, saçlarımı kesip tıraş etmelisin."

Bensiz, ilerideki hayatına dair görüşlerimi de tekrarlamalıydım. "Bu çatının altında bir hayat kuracaksın kendine. Belki evlenip çocuk doğuracaksın, zamanı geldiğinde. Ama bedenim asla rahatsız olmamalı. Anlıyor musun?" Anlıyordu. Aptal değildi. "Yarın o cipi satın al. Ve arkadaşını da işe al. Araba kullanmayı, sana da öğretmesini iste. Yakınlarda bir yerde, bir kulübe yaptır ve orada yatsın. Şoförlüğü öğrenerek, onu işinden etmeyeceksin. Sadece, mümkün olduğu kadar en az sayıda insana muhtaç olmanı istiyorum. İnsanlar iyi değildir Anita! Kısacık hayatında bunu, en az benim kadar iyi öğrendiğini biliyorum. Gereksiz olanları asla hayatına sokma. Ve en önemlisi, emrinde çalışanlarla sakın yatma!" dedim, sağ elimle, rahatsız etmeyecek kadar kaslı olan bacaklarını okşarken. Devam ettim verdiğim hayat dersine. Çocuklarına vasiyetini açıklayan, yatalak bir yaşlı gibiydim.

"Sahip olduğun gücün ve güzelliğin farkına var! Sen sefalet içinde bir zenginlik yaşayacaksın. En zorudur. Dikkatli ol! Ve ailenle ilişkilerini, mümkün olduğunca mesafeli tut. Zamanında, seni satarak yemek yemeye çalışmış insanları evine sokmamaya özen göster. Birlikte olacağın erkeği, kendinden daha az paraya sahip olanların arasından seç. Belki, bu sana acımasız gelebilir ama sana saygı duymasını sağlayacaktır. Afrika'da para, gösteriş ve saygıyı satın alır. Medeniyet sadece alçak kaldırımlarla olmaz!"

Kaldırım yükseklikleriyle, bir ülkenin fert başına gelir seviyesi arasındaki bağlantıyı kurmasını beklemek bir hataydı tabii ki, ama ben yine de devam ediyordum, sosyal içerikli dersime.

"Uygar dünyadaysa para sadece lüksü getirir, ki bunun göstergesi evin yanındaki tenis kortudur. Buradaki bir dolarla, İsveç'te harcayacağın bir doların satın alabilecekleri arasındaki fark çok büyüktür. Sen, sahip olduklarınla ve birkaç yıl sonra eline geçecek servetle bir kraliçe olabilirsin. Kendini şimdiden hazırla geleceğine!" Başımı çevirip dalmış gözlerini görünce, söylediklerimi şimdiden hayal etmeye başladığını anladım. Hata yapmazsa mutlu olurdu. Ben yirmi bir yaşıma kadar hiç hata yapmamıştım, ama mutluluğu da bulamamıştım. Çünkü kurulan hiçbir mantıklı denklemde yer almayacak kadar garip düşünceler geziyordu içimde. Sonra bir sürü hata yaptım. Yüzlerce. En küçüğünden en büyüğüne kadar. Birçok zaman teğet geçtim mutluluğa. Belki daha az düşünseydim, dokunabilirdim o sürekli duyguya ama mutluluğun, tatmin olmanın bir göz kırpması kadar kısa sürdüğünü anlamam zor olmadı. Uğruna hatalardan kaçınılacak bir bok değildi mutluluk! Güneşin kendini soğutmak için okyanusa daldığı saatler gelmişti. Gökyüzü, kızıldan maviye dönüyordu. Ressam olmadığım için şükrettim. Dünyayı, güneşi, renkleri çizmek çok zor, diye düşündüm. Doğadaki sesler taklit edilebilirdi ama renklerin bir tuval üzerinde hayat bulmaları imkânsıza yakındı... Verandadaki hasır koltuğa oturmuş, ayaklarımı masaya uzatmıştım. Sahilde oynayan çocuklar, akşam yemeğini kaçırmamak için evlerine gitmişlerdi. Artık yengeçlerin ortaya çıkma vakti yaklaşıyordu. Çok ileride, beyaz bir yatın ışıkları yandı. Zengin bir beyaza ait olmalı, diye düşündüm. Toprağın üzerinde kazandığı parayı denizde harcıyordu. Bu saatlerde, nereden geldiğini tam olarak çözemediğim balık kokuları geliyordu verandaya. Ve yanında da, ancak çok dikkatli dinlendiği taktirde duyulacak bir tamtam sesi. Assouindé'de de böyle bir ses duyardım akşamları. İsviçreli bir gezgin, sahildeki taşın üstüne oturur ve çalmasını yerlilerden öğrendiği tamtamı, kendisi gitmiş kızıllığı kalmış güneşe doğru ağlatırdı, derisine elinin içiyle vurarak. Herkes severdi o İsviçreliyi. Tantie Rose'un barakalarından birinde kalırdı. İsmini bilmezdik. Kimse çağırmazdı onu. Hep yakınlarda olurdu çünkü. "Le Suisse!" derdik. Tanıdığımız tek zayıf İsviçreliydi. Kıta sakinlerini sömürmeyen, kendini zencilerden farklı görmeyen, en dürüst biçimde onlar gibi yaşayan bir adamdı. Zürih'te bir matbaada işçi olarak çalıştığını söylerdi. Ancak, ilginç bir iş olmalıydı ki, altı ay batı sahilini gezer, altı ay da Zürih'te kalırdı. Sonra malaryadan öldü. Tamtam sesleri bitti. O gerçek bir gezgindi. Küçük zenci çocuklara şehirden şekerler getiren, teknelerini onaran balıkçılara yardım eden gerçek bir insandı. Ne yaşadıklarını, tanık olduğu ilkellikleri alaycı tavırlarla anlatan ikiyüzlü bir seyahat yazarıydı, ne de ülkesinin birkaç frangı karşılığında kendisine bekâretlerini vermeye hazır kızların peşindeydi. Tanıdığım en dürüst medeniyet düşmanıydı. İsviçre'de kazandığı parayı buradaki fakirlerle paylaşan bir küçük kahraman. Şu an duyduğum tamtam sesleri onunkilere benziyordu. Çok konuşan biri değildi. Sürekli gülen yüzü yeterdi kendisini anlatmaya. Ama malarya fazla gördü onu, batı sahilindeki yoksul çocuklara. Kan emici, silah kaçakçısı, para aklayıcı onlarca vatandaşı dururken, onu alıp gitti.

Anita, elindeki kızartılmış muz ve ananasla dolu tabakla verandaya çıktı. Öbür elinde de, her akşam iki kadeh içtiği beyaz şarabı vardı. Hepsini masaya koydu. Tekrar geldiğindeyse, büyüklüğünü inkâr edemeyeceğim bir köpüğe sahip cappuccino'yla döndü. Afrika'da olmak için iyi bir saatteydik. Zaten böyledir. Bazı saatler bazı kıtalara, ülkelere yakışır. Akşamın başlangıcı da buraya aitti. Kadehini cappuccino fincanıma vurup içti Anita. İçinde bulunduğumuz durumda, uğruna kadehlerimizi kaldırabileceğimiz fazla kavram yoktu. Sağlıktan yana benim, hayatının bir bölümünde fahişelik yapmış olan Anita'nın da şereften yana şansı yoktu. Bu durumlarda birbirimizin gözlerine bakıp talihin bizi karşılaştırmış olmasına içiyorduk şarap ve cappuccino'yu. Öyle bir karşılamaydı ki bizimkisi, hayatlarımızdaki boşluklar bir anahtarın deliğine girmesi kadar eksiksiz dolmuştu. Anita hak ettiği ve hayal ettiği zenginliğe, ben de bedenimin melek kalpli bakıcısına kavuşmuştum. Ve ikimiz de biliyorduk ki birbirimize verebileceğimiz başka bir şey yoktu. İki insanın birbirine muhtaç olmasının, onları bütün dünyadan koparabilecek bir güç olduğunu düşünüyordum. Benim Anita'ya olan bağımlılığımın tamamen bedensel olması ve onun da bana maddi açıdan kendini sadık hissetmesi varabileceğimiz en iyi noktaydı. Belki bulunduğumuz noktayı biraz da olsa kirleten Anita'nın bana duyduğu aşk vardı ama onun da çok uzun süreceğini sanmıyordum...

Noah evde olmadığı için ikimiz de çıplak oturuyorduk. Zaten Anita gibi bir kadının göğüsleri bile, herhangi yerli bir çocuk için ilginç değildi. Herkes birbirini çıplak gördüğü için heyecanlanmazdı Afrika'da...

Bir defasında, daha üniversiteye giden bir çocukken, evinde geceyi geçirdiğim kadına hiç dokunmadan onu orgazma ulaştırmayı başarmıştım. Sadece konuşarak, doğru kelimeler bularak. Uzun sürmüştü, anlattıklarıma yoğunlaşıp hayal etmesi, ama orgazm da uzun sürmüştü! Kelimelerle yapabileceğim en büyük gösteriydi. Belki bir de, herhangi bir bankaya girip sadece konuşarak, veznedarı bana önündeki bütün parayı vermeye ikna etmek, hatırı sayılır bir gösteri olurdu... Tabii, bir kadına dokunmadan sevişmek pek normal bir yöntem değildi ve bazen çok sıkıcı olabiliyordu; ama yine de kullanılan kelimelerin aynılarının, yerlerini değiştirerek, bir marangozluk işi tarifinde de kullanılabileceklerini bilmek büyük bir zevkti...

Ağzına attığı büyük ananas diliminin suyu altdudağından çenesine süzülürken, Anita'ya da böyle bir gösteri sunup sunamayacağımı düşündüm. Son bir hediye olabilirdi. Kullanacağım kelimeleri düşündüm. Birkaç tanesi topal adımlarla geldi aklıma. Zihnimin vardığı noktayı küçümsemiştim. Değil bir kadını kendinden geçirmek, bir dilim ananas istediğimi söylemem bile bir mucizeydi, bu zihin boşluğunda. Şimdiye kadar hiç karşılaşmadığım bir durumdaydım. İlk kez hissettiğim bir duygu. Boşluk. İçinde, birkaç temel bilgi ve görüşten başka hiçbir düşünce zerresi barındırmayan, boş bir akıl. Yankılarını duyuyordum aklımdan geçenlerin. Kendime bunu yapabilmiş olabilmeme hâlâ inanamıyordum. Çok ağır uyuşturucular almış gibi, az sayıda ve karmaşık görüntüler vardı hafızamda. Bütün sesler aynıydı, hatırladığım. Kokular farklılıklarını yitirmişti. Dünyadan kopuyordum, doğduğumda annemden koptuğum gibi. Ama bu sefer, ben kesiyordum aramızdaki bağı!

Anita'nın iri siyah gözleri ve uzun kirpikleriyle yine bana baktığını hissettim. Konuşmak istiyordu. Belki de beni vazgeçirmek istiyordu. Kadınlığını teklif etmiş, işe yaramamıştı. Şefkatini vermiş, yine de dönmemiştim yolumdan. Onu ikna etmenin bir yolu olmalı, diye düşünüyordu. Okuyamıyordum aklından geçenleri ama duyabiliyordum. Önündeki tabakta son kalan ananas dilimini de ikiye bölüp ağzına attıktan sonra, "Peki benimle daha önce karşılaşmış olsan, âşık olur muydun?" diye sordu. Varmak istediği noktaya giden yolda iyi bir başlangıçtı. Onun on yedi yaşında bir zekâsı, benimse yaklaşık altı yaş seviyesinde bir zihnim vardı. Babam tenis oynarken, rakibiyle arasındaki fark açılıp setlerde durum 2-0 olduğunda ve herkes onun yenildiğini düşünmeye başladığında, kendisine havlusunu götürürdüm ve bana şu sözü söylerdi:

"Durum 2-0. Yani berabere!"

Ve gerçekten de toparlaması zor maçı önce eşitler, sonra da 3-2 alırdı. O başarılı olmayı seçmiş bir insandı. Ne yaparsa yapsın başarılı olurdu. Ben de, Anita'yla aramızdaki zihinsel dirilik farkını görmezden gelerek, berabere olduğumuzu düşündüm.

"Ben kimseye âşık olmadım" dedim. "Eskiden tanıdığım bir kadına âşık olmayı çok istemiştim. Ama ne kadar kolay yalan söyleyip aldata bildiğimi görünce, aklımın aşk gibi asil bir duyguyu kaldıramayacak kadar ikiyüzlü olduğunu anladım."

Öyle bir kadın hatırlamıyordum. Anita'ya yalan söylüyordum. Ve onu incitmemek için bunu yapmam gerekiyordu.

"Biliyorum. Âşık olmadım hiçbir zaman, diyen birinin, büyük ihtimalle büyük bir yalancı ya da kalbi kırık bir kibir hastası olduğunu düşünüyorsundur. Ama bil ki ben, hiçbir zaman kimseyi sevdiğime tam olarak inanmadım."

Sözlerimle nereye varmak istediğimi ben de tam kestiremiyordum. Zihnimde kalan son birkaç yüz kelimeyle doğaçlama bir konuşma yapıyordum. O kadar.

"Annemle babamı bile hiçbir zaman çocukları gibi sevdiğimi sanmıyorum. Nedeni kötü olmam değil. Sadece, sevmek yok duygularımın arasında. Daha doğrusu, sahip olduğum hiçbir duygu kalıcı değil. Daha çok zevk, kızgınlık, iğrenme gibi anlık hisler oldu bedenimi yönlendirenler. Ama hiçbiri üç günden fazla sürmedi. Belki de, hayat yeterince uzun değildir âşık olabilmek için. Belki bin yıl yaşayacağımı bilseydim, bir karakterim olur ve ona göre birilerini sever, geri kalanlardan nefret ederdim!"

Evet, bir şekilde sonuca bağlamıştım konuşmamı. Şimdi, top fileyi geçmiş, Anita'nın raketinin onu, benim sahamdaki herhangi bir noktaya yollamasını bekliyordum. Attığımız servislerle, karşı sahadaki teneke kutuları vurmaya çalışırdık eskiden. Kutuların içindekinin boşaltılması görevi benimdi. Üzerlerine top atmaktan, içindekini içmeyi tercih ediyordum. Belki de, içkiye alışmam o tenis okulu günlerime dayanıyordu. Hatırlamıyorum.

"Ben âşık oldum" dedi Anita. Karşımda bir insanın, normal bir yaratığın oturduğunu hatırlatmak ve neler kaçırdığımı bilmemi istercesine sert bir tonda.

"Okulda bir oğlana âşık olmuştum. Bir Alman. Birbirimize mektuplar yazardık. Bir gece, onun evinde seviştik. Sonra, bütün okula bunu anlattı. Ve ben de, onu öldürmek istedim. O kadar üzülmüştüm ki!.. Yıllar sonra, beni bulduğun bara geldi bir gece. Sarhoştu. Para çıkarıp önüme koydu. Tanımamıştı beni. Ve benim de, evime yemek götürmem gerekiyordu. Onunla yine seviştim. Sızıp kaldıktan sonra sabaha kadar ağladım. Kendimden ve bütün hayatımdan utanıyordum, yaptığımdan dolayı. Verdiği parayı almadan, otelden çıkıp evime kadar koştum. Çünkü onun parasıyla alacağım yemeğin her lokmasında bana yıllar önce yazdığı mektupları hatırlayacağımı biliyordum. Ben ona, o oteldeki gece hâlâ âşıktım!" Üzücü bir hikâye. Düşük bütçeli bir Hint filmi senaryosu. İlk defa dinlediğim bir acı değildi, Anita'nın anlattığı. Yoksulluk ve güzel bir vücut yan yana geldiğinde, dünyanın hemen hemen her yerinde aynı sonuçlar doğardı. Dünyanın en eski mesleği fahişelikse, dünyanın en eski hayal kırıklığı da aşktı... Ben insanları seyrederek büyümüştüm. Âşık olanlarla, ayrılanlarla, birbirlerinden nefret edenlerle ilgilenmiştim, derslerimden daha çok. Ve bir aralar, kendime kızdığımı da hatırlıyorum. Bir kadını sevemediğim için sinirimden ağladığım geceler de oldu. Ama bir türlü, başka bir insanın varlığını hayatımda vazgeçilmez kılamadım. Ta ki bugüne kadar. Karşımda oturan kadına bedenimin ihtiyacı vardı. O olmasa, iki haftadan fazla yaşayamazdı ve düşündüm de, belki de aşk benim için buydu. Evet, Anita'ya bağımlıydım! Hayatımda ilk defa, varlığım bir başkasının varlığına bağlıydı. Ve o kişiyi de ben seçmiştim. Bir çeşit aşk değil miydi yaşadıklarımız? Bütün belirtiler benziyordu. Bunları yüksek sesle söyleyip Anita'ya anlatmak istedim ama böylesine gerçekle bağdaşmayan bir aşkı anlayamayacağını, kendisiyle alay ettiğimi sanacağını düşünerek sustum ve anlattığı hikâyeye üzülüyormuş gibi yapmaya, yani sabit bir şekilde masadaki boş tabağı seyretmeye devam ettim...

"Ve sonra, sana âşık oldum" dedi, ince sesiyle. Duymak istemeyeceğim kelimelerin geleceğini anlamıştım. O an ağzı, patlamış bir su borusundaki çatlaktan farksızdı. Dökülecek olan sözleri durduramayacağımı biliyordum.

"Ama sen, beni bir hizmetkâr gibi gördün. Belki de bütün insanları böyle görüyorsun. Her şeyi bildiğini sanıyorsun, ama benim gibi bir kadının hissedebileceklerinden zerre kadar haberin yok! Senin için üzülüyorum. Mutlu olmayı tercih etmeyen herkese üzülüyorum" diye bitirdi konuşmasını. Eskisi kadar sağlam zırhlar öremediğim için etrafıma, karşımdaki genç kız bile anlamıştı, her şeyi bildiğimi sandığımı. Böyle insanlara hep sormak istemişimdir. "Peki, bana bilmediğim herhangi bir şeyi söyleyebilir misiniz?" diye. Kimde böyle bir sır vardı? Bütün dehalar sırlarını dünyayla paylaşmışken, hangi bilinmeyenden bahsediyorduk?

Anita'yla aynı verandada karşılıklı oturuyorduk ama bir Iraklı ile bir Avustralya yerlisi kadar farklı konulardan bahsediyorduk. Daha doğrusu, benim bahsedecek konum kalmamıştı. Anita'nınkilere asılıyordum... Parazitlerin hayatı hep ilgimi çekmiştir. Ben de onlardan biri olmuştum. Deliliğini teyit etmek için toplum içinde yaşayan biri olmuştum. Ama artık bitiyordu. Kimseye ihtiyacım yoktu. Sınırsız yalnızlığımın içinde kaybolmamın zamanı her geçen saniye yaklaşıyordu. Saatlerin durmaması yine tek tesellimdi. Zaman makinesini, ben zihnimi öldürmeden icat edecek adamı diri diri gömebilirdim!

Anita boş tabağı götürmek ve her aşk konusu açıldığında dolan gözlerinin yaşlarını boşaltmak için mutfağa gitmişti. Onun mutsuzluğunu değiştirebilecek yeteneğim yoktu. Zaten, hayatım boyunca kimseyi gerçekten mutlu edememiştim. Dağıttığım paralar, akrobatik hareketlerle kurtardığım hayatlar. Hepsi kendimi kandırmak içindi. İçimde, en derinimde iyi bir insanın yattığına kendimi inandırmak içindi. Oysa ben, kelimenin tam anlamıyla bir bencildim. Dünyada yaşayan en bencil adam! Sadece kendimi düşünmüştüm bunca yıl. Hiçbir zaman değişmeye çalışmamıştım. Ailemin beni istedikleri yerde görme arzularını küçümsemiş, onların gerçekte neler hayal ettiklerini önemsememiştim. Tek bir çabam olmamıştı, beynimdeki sesleri susturmaya yönelik. Tek bir çabam yoktu, normal bir insan olmak uğruna harcadığım. Bütün idealleri aşağılamam, bütün başarıları utanç verici rekabetlerin sonucu olarak görmem, sadece ve sadece sonsuz tembelliğim ve bencilliğimden kaynaklanıyordu. Birine âşık olmayı istediğimi söylerken Anita'ya, aslında dürüsttüm. Doğruydu, sabah uyanıp bir kadını sevdiğimin farkına varmak istediğim. Ama hiç uğraşmış mıydım bunu başarmak için? Okulumu bitirmek, bir aile kurmak, çevremi sevgiyle donatmak için hiç çabalamış mıydım? Koskoca bir hayır! Sadece boyun eğdim içimdeki acımasızlığa. Belki, her insanda olan kötülüğe, büyük bir zayıflık örneği olarak ben kapıldım. Belki de, her insanın beyninden kulağına gelen o sesler, aynı insanlar tarafından ellerinin tersiyle itilirken, tarafımdan kucaklanmışlardı. Ve şimdi, beni bulunduğum noktaya getiren bencilliğim yine bir insanı mutsuz ediyordu. Beni yaratana duyduğum acı nefret de bencilliğimdendi. "Ben böyleyim!" demek kadar korkunç bir söz yoktu. Ama ben hep öyle söylemiştim, karşımda yaptıklarımın, düşündüklerimin doğru olmadığını söyleyen ve beni seven insanlara. Ben böyleyim. Değişemeyeceğime inanmak o kadar kolaydı ki! Yokuş aşağı inmek kadar zevklisi yoktur. Hele tırmananlarla, her yükseldikleri birkaç santimde kilolarca ter dökenlerle alay etmek ne kadar da rahatlatırdı ruhumu! Zayıf olduğum için kötüydüm. Tırmanamadığım için normal olmadığımı kabul ettirmeye çalışıyordum. Çünkü tesadüfen keşfetmiştim düşünmeyi. Ve konuşmayı. Dolayısıyla bu yolla birçok insanı, aklımın hasta olduğuna inandırmıştım, benden başarılar beklememeleri için. Ama dünyanın en sıradan insanı kadar normaldim aslında. Yalan söylüyordum herkese. Hepsi bu.

Ve sonra inandım bir gün bütün yalanlarıma. O kadar inandım ki zihnimi öldürmeye karar verdim. Her zaman için en çok sevdiğim söz, "Hiçbir şey için geç değildir!" cümlesi olmuştur. Bunu kendime tekrarlayarak, kaçırdığımı tahmin ettiğim vagonların asla bitmeyeceğine inanmaya çalışırdım. Oysa, artık rahatlıkla diyebilirim ki her şey için çok geç! Benim gibi, ruhu ve aklı iltihaplarla dolu bir adamın yapması gereken en doğru iş, zihnini öldürmesidir. Hem zaten okullarda öğretilen bir doğa kanununa boyun eğiyorum ben. "İşe yaramazsa yok olur!" kanunu. Bugüne kadar katlettiğim insanlar için üzülmüyor oluşum, sattığım uyuşturucularla komaya gireceklerin uykumu kaçırmıyor oluşu... Yok olmam için fazlasıyla geçerli nedenler...

Ben kötü bir insanım. Üstelik farkındayım ve bu beni daha da kötü yapar!

Banjul'un bir sihri olmalı. Başım artık ağrımıyor. Buraya geldiğimden beri bir yırtılma hissetmiyorum beynimin zarında. Aslında yeni fark ettim geçtiğini. İnsan her acıya kolayca alışabildiği ve bir süre sonra varlığını bile unuttuğu için, yokluğunun da farkına varamıyor. Biraz önce, Anita'yla yaptığım konuşmanın ve bana düşündürdüklerinin, kafamı daha da boşalttığını anlayabiliyorum. Anita mutfağa gittikten sonra dönmedi yanıma. Daha olgun bir bakıcı bulmalıydım kendime... Gaz lambasının yandığı bu saatlerde, Afrika'da hissedilen yalnızlık için burada olduğumu biliyorum. Sarı evin verandasında okyanusun değişmez nakaratıyla oturuyorum. Suyun melodisi bazılarına ninni gibi gelirken, bazılarını da uyutmuyor benim gibi. Kinyas gibi ben de uyumuyorum artık. Son gecelerimi geçirdiğimin farkındayım. Son temizliği yapıyorum zihnimde. Son hatırladıklarımı yazıyorum. Evin bahçesini kuşatan palmiyeler rüzgârsızlıktan, dev ağaç heykelleri gibi görünüyor oturduğum yerden. Tek bir hareket yok. Okyanus ve benim dışımda bütün canlılar uyuyor...

Bir zamanlar kıyısında yaşadığım Kuzey Denizi'ni düşünüyorum. Geniş beton sahillerini. İsmini hatırlamadığım kuşların üzerinde uçuşlarını görüyorum, gözlerimi kapatınca. Bildiğim en soğuk deniz. En çirkin deniz. Daha çok, içinde binlerce insanın savaşlarda boğulduğu bir kan ve çamur gölü hatırlıyorum o denizi düşündükçe. Avrupa'nın, üstünden geçmeye korktuğu için altını kazdığı o pis deniz...

Afrika'dan başka hiçbir yerde yaşayamayacağımı anlıyorum yaşadığım uygar ülkeleri düşündükçe. Ben medeniyet istemiyorum. İçinde yok olacağım karambolü arıyorum. Bu nedenle sekiz yıldır, hiçbir beyazın dayanamayacağı bölgelerde yaşıyorum...

1991'de yapılan ralliyi hatırlıyorum. Dakkar rallisini. O büyük skandalı. O büyük cinayeti. Küçük bir yerli kızın, motosikletli bir yarışçı tarafından ezilip öldürülmesinin kıtada yarattığı yankıları. Ve aynı yıl Mali'de, bir militanın yine Fransız bir yarışçıyı başından vurup öldürmesini hatırlıyorum. Ve en kötüsü o yıl, iki olaya rağmen rallinin durdurulmayıp devam ettiğini de hatırlıyorum. Eğer sekiz yıl başka türlü geçmiş olsaydı, eğer kendime saygın bir iş bulup yaşamış olsaydım René gibi. Bilemezdim Afrika'yı. Yorulmazdım bu kadar. Ama ben safariye hiç çıkmadım. Öldürdüklerim sadece insandı. Ve sayıları yeryüzünde, fillerden, kaplanlardan daha çok olduğu için önemsemiyordum, mermilerimin göğüslerini delerek canlarını aldıklarını...

Afrika'nın asla değişmeyeceğini biliyorum. Yüzyıllar boyunca sefaletin ve şiddetin sokaklarında top oynadığı ülkelerin böyle kalacağını biliyorum. Peki, ben değiştim mi? Ben değişiyor muyum? Hayır! Sadece daha da keskinleşti vücudum ve aklım, dünya atlasının bu sayfasında kaldığım sürece. Böyle bir kıta bulmak için çıkmıştım yola. Aynı anda, nefes alıp verebileceğim bir toprak. Ve artık o toprağın Afrika olduğunu biliyorum. Bedenim kesilince hayattan, sarı evin bahçesine gömüleceğimi de biliyorum. Ve en ufak bir acı hissetmiyorum. Bir yaşama makinesi haline gelmiş olmamdan, tamamen ben sorumluyum. Eğer doğsaydım İngiltere kraliçesinin çocuğu olarak yine kaçardım evimden! Hatalı bir üretim olarak yaşamak, her zaman kolay olmadı ama her insandan daha özgür oldum. Kendi varlığımı bile reddettim. Her yeni gün, içimdeki bin sesten birini dinleyip bin ayrı iş yaptım. Ama oyunum fazla sürmedi. Gerçek Kayra ortaya çıktı. Ve uzun zamandır, sadece onunla idare ediyorum. Ailemin yanında kalıp onlarla ülkeme dönseydim, yapmam gerekenleri yapıp kendime bir düzen kursaydım ne olurdu, diye düşünüyorum bazen. Unutabilir miydim acaba içimdeki sesleri? Görmezden gelerek yaşayabilir miydim yıllarca, içimdeki Kayra'yı? Bir gece karımın yanından kalkıp, çocuklarımı uyandırmamak için sessizce koridordan geçerek kaçar mıydım? Artık biliyorum bu soruların yanıtlarını. Belki yirmi birimde değil ama kırk birimde terk ederdim sahip olduğum her insanı ve eşyayı. Mutlaka yapardım! Ben, çevresinde sevgi dolu insanlarla yaşayabilecek biri olmadığımı anladım. Ben, toplumun bana öğütlediği gibi konuşabilecek, yürüyebilecek, para kazanabilecek bir insan olmadığımı anladım. Ben, bir insan olmadığımı anlayabildim... Başka bir tür vardı içimde. O türe boyun eğerek, dediklerini yaptım. Ve o türün ölümünün, ancak gerçekleştireceğim şekilde olduğunu da biliyorum... Gece önüne geleni ezip geçiyor. Gaz lambası kalemin gölgesiyle oynuyor ve hâlâ yazıyorum. Hatırladıklarımın hepsini. Belki yeterince insanla karşılaşmadım, belki de tesadüfler tanrısı izin vermedi. Ama bana benzeyen biriyle tanışmadım. Çok istiyordum bir zamanlar, cümlelerimin sonunu getirecek bir erkek ya da kadın bulmayı. Belki, o bulacağım kişi biliyordur yanıtları, diye düşünüyordum. Eğer biliyorsa yanıtları bana söylerdi ve benim de bütün geçtiğim yerlerde kan, gözyaşı dökmeme gerek kalmazdı. Yirmi bir yaşımdan önce tanısaydım böyle birini, belki de hiçbirini yapmazdım... Kinyas bazen, "Bütün yaşadıklarımızı hayal edebilseydik, gerçekten yapmamıza gerek kalmazdı!" derdi. Gülüp geçerdim, bana korkakça gelen sözüne. Ama belki de haklıdır, diye düşünüyorum şimdi. Eğer iddia ettiğim kadar güçlü olsaydı hayallerim, eğer gerçekten öldürdüğüm insanların çığlıklarını, üzerinde kadınlarını dövdüğüm toprakların kokusunu hayal edebilseydim, belki de ihtiyacım kalmazdı hepsini gerçekten yapmama. Ama bir kez daha kendimi kandırdım, hayal gücümün kaslı olduğunu düşünerek. Aslında hayallerim, rüyalarım, gerçekleşmeden birer hiçti. Ve kendimi dışında gördüğüm insanlığın tam ortasındaydım aslında. Yetmemişti hayal etmek! Bir de, gerçek olsunlar istedim. Ve bugün, yaptıklarımın kaçınılmaz sonucunu yaşıyorum. Hayatım boyunca sahip olduğum bilgiler, kurduğum düşünceler zinciri, yüzümdeki deliklerden akıp gidiyor. Eğer hayal edebilseydim zihinsel ölümü, belki de birkaç gün sonra kendimi üçüncü kattaki o odaya kapatmama gerek kalmazdı. Sonsuz bencilliğim devreye girmiş ve zihnimin küçücük bir bölümü geri kalanına istediklerini yaptırmıştı. Sırf ulaşabilmek için sessizliğe ve huzura... Eğer gerçekten gördüğüm rüyaları yaşadığıma inanıp bir de gündüz aynılarını gerçekleştirmek istemeseydim, her şey çok farklı olurdu...

Ve gaz lambası sönüyor. Fitili bitti. Bunlara tanıklık etmek benim görevim belki de. Bunun için dünyaya gelmişim. Bütün sonları, bitişleri görüp hepsinin ardından ağlamak için!

Sabaha üç beş satır kalmış, oturuyorum verandada. Kumsaldan gelen, kumların yarılma sesi. Bir gölge. Sanki denizden çıkmış gibi. Gelen, dev Noah. Yalpalamasından içkili olduğu belli, ama istemiyor anlamamı. Tek tek çıkıyor kelimeler ağzından, sağa sola çarpmamak için. "Özür dilerim. Geç kaldım..." Hepimizin her şeye geç kaldığını anlatmaya gerek var mı karşımdaki çocuğa? "Önemli değil. Buzdolabında viski var. Kadehe iki buz at ve gel!" Ayağındaki plastik terlikleri çıkarıp salona girdi. Birkaç ses geldi mutfaktan. Ve döndü, benim için hayatını vermeye yemin etmiş iri adam, elinde bir kadeh viskiyle. Önüme koyup, "Başka bir isteğiniz var mı?" diye sordu. "Var" dedim, sol elimle ensesinden yakaladığım hasır koltuğu çekerken.

"Otur ve kadehi eline al. Sen içeceksin."

Diretmedi. Oturdu. Eğer kanında alkol olmasaydı ya da ciğerindeki duman, dinlemezdi beni. Aramızdaki sosyal sınıf farkının bilincindeydi. Ama biz de İngiltere'de değildik! Uppermiddle class'ın, burada ancak bir içki markasını çağrıştıracak kadar ağırlığı vardı. İlk yudumu almasını, uyuştuğunu tahmin ettiğim kalın dudaklarının buz parçalarına değmesini bekledim, konuşmaya başlamak için. Gaz lambası sönmüş, karanlığın aydınlattığı kadarıyla yetiniyorduk.

"Hiç rüya görür müsün?" diye sordum. Hemen yanıt vermedi. İçkinin genzinde açtığı her yol, beynindeki başka bir yolu tıkıyordu.

"Görürüm. Herkes gibi..." dedi, derdini anlatmaya yeten İngilizcesiyle.

"Peki" dedim. "Ne görürsün?"

Bir yudum daha alıp benim gibi, sadece sesini duyduğumuz okyanusa yüzünü çevirerek, "Kar yağdığını görürüm. Rüyalarımda kar yağar. Ve kardeşlerimle oyunlar oynarım. Kardan ev yaparım" dedi. Sustu. Sanki patronuyla bu konuları konuşuyor olmasının yanlış olduğunu düşünmüş gibi.

"Ben..." dedim. "Aynı rüyayı görmem. Ama her seferinde kendime uzaktan bakıyor olurum. Sanki, bir başkasının gözleriyle seyrediyormuşum gibi."

Sustuk ikimiz de. Rüyalarımızı düşünüyorduk, hatırladığımız kadarıyla. Hayatımızda, hiçbir korkunun olmadığı tek anları.

"Ben çok hastayım, Noah" dedim. Sesimi tam ayarlayamamıştım. Yüksek çıkmıştı.

"Yakında hiç hareket edemeyeceğim. Üçüncü kattaki odada ölene kadar kalacağım." Ya Anita çenesine hâkim olamayıp söylemişti ya da sarhoş olduğu için söylediklerimi anlamıyordu. Ama gördüğüm kadarıyla, hiç şaşırmamıştı. "Ben kendimi buraya kapattım!" dedi birden. "Ben hasta değilim! Ama kendimi bu eve kapattım."

Beklemiyordum Noah'dan böyle bir cümle. Şaşırma sırası bendeydi. Demek, kendini buraya, sahile, bu ülkeye kapattığını düşünüyordu. Çocukla aramızda hiç fark yoktu. Sadece, ben daha dar bir yere sokuyordum vücudumu. O kadar. Hepimiz hapistik aslında, dünyada. Hepimiz de bir yerlere kapanmıştık, isteyerek. Farkımız var mıydı, uygar dünyanın mozaşist delilerinden? Kendilerine birilerinin zarar vermesinin, aşağılayıcı sözler söylemesinin hayalini kuranlardan farkımız var mıydı?..

Brüksel'deki Moda Moda isimli sado-mazo barın müdavimlerinden birini tanımıştım. Evli ve üç çocuklu bir adam. İçinde önlenemez bir istek vardı gerçek bir kaltağa dönüşebilmek için. Tek arzusu bir fahişe olabilmekti. Koridorlarında dolandığım hastaneye geldiği zaman gecenin ilerisinde, derin kesiklerini diktirmek için, iç çamaşırından hijyenik ped çıkmıştı. O gün düşünmüştüm, bütün bu acıyı neden çekmek isteyebileceğini. Biraz konuştuğumuzda, bedenine başkalarının sahip olmasından büyük bir haz duyduğunu anlatmıştı. Kendisi dışında herkesin, vücudu üzerinde söz sahibi olmasını istiyordu. Olanları, ailesinin duymaması için yalvarmıştı, jiletlerle açılmış yaralarını diken doktora. Sonra, ülkemin cehalet içinde yüzen bölgelerindeki kadınlarını düşündüm. Gündüz dövülüp gece yasal kocaları tarafından yasal tecavüzlere uğrayan kadınları. Ne farkları vardı, karşımda o gece, hastane sedyesinde yüzüstü yatan adamdan? Daha az gösteriş, daha az edebiyat bilgisi. Hepsi bu! Belki istemiyordu o kadınlar acıyla yüklenmiş kaderlerini devam ettirmeyi, ama değiştirmek de ellerinden gelmiyordu. Adamı alıp oraya götürmek, başlık parasıyla sattıktan sonra kocasının merhametine bırakmak istemiştim o an. Ama şimdi anlıyorum ki, altı milyar insan da o adam gibi. Belki, gece yarısından sonra dönüşmüyoruz kırbaçlanmak isteyen bir hilkat garibesine ama hapsolmuşuz görünmeyen duvarlı hücrelere. Herkesin kendine göre bir hücresi var. Bazılarınınki daha genişse, neyi değiştirir? Mahkûm olduktan sonra hayata, fark eder mi üçe üç bir oda ya da binlerce kilometrekarelik bir ülke? Hayatlarımıza sadece acı yön veriyor. Dejenere mazoşistleriz! Dövülmek, hapsolmak, aşağılanmak için yanıp tutuşuyoruz. Acı! Noah'nın acısı fakirliktir. Benim acımsa elle tutulmaz. Hayatın kendisidir.

Sabahın ilk kızıllığına kadar hiç konuşmadan oturduk verandada. Noah mutfaktan şişeyi getirmiş ve yarılamıştı içindekini. Bense oturmuştum, kanımda dünyanın en büyük uyuşturucusu olan acıyla. Hiç uykum yoktu. Beni bekleyen büyük bir uyku vardı, nasıl olsa. Noah dayanamamış olacak ki içkiden ağırlaşmış kafasına, ağzında buz pateni yapan diline hâkim olmaya çalışarak izin isteyip kalktı. Yengeçler geldikleri yere dönmüştü. Güneş, bana son kez söz geçirebileceği günü yaşatmak için doğuyordu. Biliyordum yarın sabah yok olacağını bütün dünyanın. Çünkü zihnim ölecekti. Bir hafta sonra, iki gün sonra değil, yarın sabah bitmiş olacaktı her şey. Sanki günlerce uyumuş ve yine günlerce ayakta kalabilecekmiş gibi hissediyordum kendimi. Zihnim attıkça içindekileri, bedenim güçlenmişti. Artık sadece birkaç düşünce ve bilgi kırıntısı kalmıştı kafamda. İsmimin Kayra olduğunu ve birazdan Anita'nın uyanacağını biliyordum. Dünyanın yuvarlak olduğunu ve kendi etrafında döndüğünü de hatırlıyordum. Hatta bir ara, ufak bir mucize oldu. Ve dünyanın dönüşünü, Mevlevilerin semahına benzetebildim. İsimler, yüzler hızla siliniyordu. Hakan'ın adresini Anita'ya verdiğim için rahattım, çünkü o adamın da varlığını birkaç saat sonra unutmuş olacaktım. Bir tekne gördüm. Balıkçı teknesi. Denize açılan. Kalabalık bir erkekler sürüsünün ittirerek okyanusa yolladığı bir tekne. Sonra teker teker çıktılar tekneye, su bellerine geldiğinde. Hayat ve mücadele bütün dünya için devam ediyordu. Kimse bilmeyecekti, benim zihnime ateş ettiğimi. Kimsenin hayatı değişmeyecekti kendimi yok ettiğim için. On yıl sonra çok zengin bir kadın olacak Anita bile, bir ay sonra kanıksayacaktı hareketsiz bedenimi. Annemin pazar günleri bulmaca çözerken, yüzüne astığı sakinliğe benzer bir ifadeyle silecekti vücudumu. Hiç doğmamış gibi olacaktım. Ve tek isteğim buydu!..

Dünyadan geçmektense, direkt cehenneme gitmeyi tercih ettim her zaman. Ben sadece, olacakları hızlandırdım. Bedenime ihtiyaçları yoktu cehennemde. Ama bomboş bir zihni de görünce çok şaşıracaklardı, şeytan ve adamları. Yeni alınmış bir okul defteri kadar boş ve temiz bir zihinle karşılaşınca Tanrı bile, insan imalatı hakkında oturup yeniden düşünecekti. Bir yerlerde hata yapmış olmalıydı. Ben hataydım. Altı milyarda bir gelen hata! Hazırdım iade edilmeye. Doğduğum günkü kadar temiz ve boş bir zihinle. İlk günkü gibi!

Çok hafif bir rüzgâr saçlarımı okşadı. Güneşin emekleme devrelerinde, genelde ılık bir rüzgâr eser, denizden gelen. Denizci olsaydım bilirdim adını. Geceden beri, verandadaki koltukta, hiç kalkmadan sadece şortumla oturduğumu hatırlattı bana esinti. Ayağa kalkıp eve girdim. Hasır koltuğun yaslandığım kısmının fotokopisi olmalıydı sırtımda. İkinci kattaki odama çıktım, dolaptan keten pantolonlarımdan biri ile siyah bir gömlek alıp giydim. Bunu sadece önümdeki son günüm için yapıyordum. İngiliz komşularımızın, beni çıplak gördüklerinde, teşhircilik yaptığımı düşünerek yakınlardaki bir askeri karakola şikâyet etmelerini istemiyordum. Odadan çıkarken merdivenlerden birinin indiğini duydum. Hafif ve hızlı adımlarla iniyordu, her kimse. Çıplak ayakların mermere, saniyenin yarısı kadar bir süre için de olsa, değerken çıkardığı ses çok hoşuma gitmişti. Tabii ki Anita'ydı uçan ayakların sahibi. Ben de peşinden indim. Arkasında olduğumu, ancak salonun ortalarına geldiğinde anladı. Gözkapakları çok az da olsa, şişmişti uykudan. Beni görünce gülümsedi. Kızgınlığı geçmiş olmalıydı. Hatta, gelip sağ yanağımdan öptü. Dindar değildim ama sol yanağımı da çevirmek istedim o an...

Mutfağa girdi. Ben de takip ettim. Buzdolabından sütü çıkarıp kutunun deliğini dayadı ağzına. Benim ilk defa kendisiyle ilgilendiğimi fark etmiş olacak ki, ağzındaki bir litrelik kutuya aldırmadan, gözleriyle beni seyrediyordu.

"Haydi!" dedim. "Yürüyüşe çıkalım."

Böyle bir şey söylediğime inanamıyordum. Kesinlikle benimki değil, başka bir ağız konuşmuştu ama teklifi yapan, tanıdığım eski Kayra sesiydi. Sabah çatlak çıkan. Öğleye doğru tok bir kalınlığa ulaşan. Akşamüstü tekrar çatlamaya başlayan, Kayra'nın sesi. Evden ne kadar bir süredir çıkmadığımı hatırlamıyorum ama eskiden yaptığım gibi sahilde yürümek istemiştim demek ki. Anita'nın üstünde bir tişört ve şort vardı. Yanıt vermesini beklemeden, tuttum elinden. Salonu geçip çıktık verandaya. Oradan da sahile. Okyanus çekilmişti, arkasında birkaç saat sonra kavrulacak ıslak kumlar bırakarak. Ve biz de, onun rahat bıraktığı kumların üzerinden yürümeye başladık. Anita koluma girmişti. Banjul'un sokaklarında yürüdüğümüz akşam gibi. Kendimi iyi hissediyordum. Çok az düşünce vardı kafamda. Sadece beş duyumun algıladığı kadar etkiliyordu beni hayat. Rutubet kokuyordu. Yarım saattir, artık masmavi olan gökyüzü gözlerimizi kamaştırıyor ve kulaklarımız, alıştıkları dalga şarkılarını dinliyordu. Uzaktan birisi fotoğrafımızı çekse, genç kızların odalarına astıkları romantik bir âşıklar posteri olabilirdik. Tabii, benim bıyıklarım ve dövmelerim biraz bozardı fotoğrafı. Pek de genç kadınların hayallerindeki temiz yüzlü adama benzemiyordum. Daha çok, Meksika'da birkaç kez poker oynadığım uyuşturucu kaçakçılarını andırıyordum.

İngilizlerin evinin önünden geçiyorduk. Bir kadın sesi, "Anita!" diye bağırdı. Dönüp baktık. Liz'di bu, İngiliz aksanıyla okyanusun sesine rakip çıkan Joshua'yla verandalarında oturmuş, günün ilk çayını içiyorlardı. Bütün orta yaşını geçmiş insanlar gibi onlar da uyuyamıyor, erkenden kalkıyorlardı demek ki. Rahat, kuştüyü yastıkları daha güneş doğmadan en sert kayaya dönüşüyordu...

El salladık McLaren çiftine, iyi komşular gibi. "Dönüşte uğrayın!" diye bağırdı arkamızdan Joshua. Bize baktıkça gençliklerini hatırlıyor olamazlardı, çünkü zenci bir fahişe ile bir katili yan yana gören kimse bir şey hatırlamazdı.

"Anita, bugün son. Hissediyorum. Yürüyebildiğim, konuşabildiğim son gün..." dedim, deniz kabuklarına basmamak için önüme bakarken.

"Biliyordum" dedi. "Son birkaç gündür çok az konuşuyordun. Saatlerce, hiçbir şey yapmadan oturuyor, bazen de saatlerce yazıyordun. Fikrini değiştiremeyeceğimi biliyorum artık. Ama senin için başka yapabileceğim herhangi bir şey var mı?"

Konuşurken kolumu daha da sıkıyordu.

"Hayır" dedim. "Sen, teklifimi kabul ederek bana en büyük iyiliği yaptın. Sadece, bundan sonra mutlu bir kadın olmanı istiyorum. O kadar."

Tam dört adım attık ve yanıt geldi:

"Olacağım. Söz veriyorum."

Üç sahil evinin önünden daha geçmiştik. Genelde, hafta sonları için yaptırılmış evlerdi. Mesai günleri sömürmekten yorulan beyazların rahatlamak ve dinlenmek için tatillerini geçirmeye geldikleri evler. Onun için hepsinin ahşap panjurları kapalıydı. "Dönelim" dedim. Yorulmamıştım. Aksine, dünyanın etrafında bu hızla on yıl civarında sürecek bir tur atabilecek kadar dinçtim ama bir yararı da yoktu yürümenin...

Nezaket kuralları, bizi McLaren'ların verandasına kadar kendi elleriyle götürüp bıraktı. Gözümü açtığımda Joshua'nın sürahiden döktüğü portakal suyunu, elimdeki bardakla topluyordum. "Teşekkür ederim" diyebildim, komşuluk ilişkilerine dair bütün bilgileri silmiş zihnime rağmen. Bir saate yakın oturduk verandalarında. Başımı hiç oynatmadan gördüğüm alan içinde Joshua'nın küçük serası vardı. Daha ilk oturduğumuz andan itibaren, o seraya bakmaya başladığımı görünce hiç susmadan anlattı içindekileri, deneylerini. Joshua konuştu. Liz konuştu. Anita sorular sorup yanıtlarını aldı. Sahil arkadaşları birbirleriyle röportaj yapıyorlardı. Bense dinledim. Kafamı salladım, tam altı kez. Bir kez de, "Ah evet!" dedim. Masadaki üç insanın da, birden sandalyelerini geriye itip ayağa kalktıklarını görünce, önce benim onları dinlemediğimi anladıklarını ve bu yüzden kafamda sürahiyi kıracaklarını sandım ama sonra ziyaretimiz sona erdiği için ayakta olduğumuzu anladım. Yüzümde sabit bir tebessüm vardı, yanılmıyorsam Joshua'nın elini sıktığımda başlayan ve sarı evin verandasına kadar taşıdığım. Anita, artık yavaş yavaş kendimi kaybettiğimin farkındaydı ve az da olsa korkuyordu. Tuhaf davranışlarım beklemediği belirtilerdi. Yere düşüp titresem sonra da hareketsiz bir heykele dönüşsem daha anlayışla karşılayacaktı ölümümü.

Salona girerken "Sana bir cappuccino hazırlayım mı?" diye sordu. Yanıt vermedim. Aslında ağzımı açmıştım, evet demek için ama hiç ses çıkmamıştı. O mutfağa doğru yürürken ben, bütün gece oturduğum hasır koltuğa tekrar bırakmıştım kendimi. Sırtımda bıraktığı derin izler hasırlara tam oturdu. Legolar gibi. Dirseklerimi önümdeki masaya dayadım. Ve ellerimi de kavuşturup üstüne çenemi koydum. Okyanusu görüyor ama duymuyordum... Sadece görünmez bir saatin saniye sesleri vardı, çok uzaktan gelen, daha önce duyduğum tamtam seslerine benzeyen...

Noah'nın "Özür dilerim. Geç kaldım..." demesi üzerine kafamı çevirdim. Aynı sözü dün gece de söylememiş miydi? Bilmiyorum ama tanı-

413

dık gelmişti kelimeler. Aklımda birden, çelik bir namlu oluştu, sonra tetik, kabza, on beş mermilik bir şarjör. "Silahın yemek masasının üstünde" dedim. Bu sefer ses çıkmıştı ağzımdan ki Noah çıktığı kapıdan içeri girip kayboldu. İki dirseğimin arasına bir fincan geldi. İçindeki sıvıdan çıkan duman gözlerimin yakınından göğe yükseldi. Ve Anita yanıma oturdu. Önce köpüğünü çektim dudaklarımın arasından içime cappuccino'nun, sonra da kendisini yudumladım... Güneş alnımı selamlıyordu. Biraz geriye çektim koltuğumu. Artık, göğsümde ufak bir noktaydı güneş... "Şehre gidip cipi göreceğim. Sana bahsettiğim arkadaşımla. Eğer o tamam derse satın alacağım" dedi Anita, gömleğimdeki bana ait, dökülmüş birkaç saç telini eliyle alıp rüzgâra bırakırken. "Evet" dedim. Başka söyleyecek bir söz gelmiyordu aklıma. İki yudum daha aldım önümdeki fincandan. Belirli bir tat gelmiyordu ağzıma. Sadece sıcaklığını hissedebiliyordum...

Güneş tekrar alnıma geldiğinde, Anita giyinmiş, bana gideceğini söylüyordu. Ben yine "Evet" dedim. İngilizce evet demek kolaydı. Her dilde kolaydı aslında. Kolay olduğu için anlamı evetti... Bir ara Noah, yanında tanımadığım bir adamla gelip yeni bir bahçıvan bulduğunu, eskisinin işe yaramaz olduğunu söyledi. Yanında duran adamı işe almayı kabul edip etmediğimi soruyordu. Bu kez, yanıtım soruyla uyumlu olacaktı. Hiç nazlanmadan, "Evet" dedim... Şu an bana yapılacak en iğrenç tekliflere bile evet diyeceğimi bildiğim için, beni benden korusun diye tutmuştum Noah'yı. Birilerine güvenmek zorundaydım...

Önümde sadece bir gün ve bir gece kalmıştı. Bir güneş, bir ay. Sanki beynime binlerce iğne saplanmış ve şırıngalarla içindeki bütün düşünceler, bilgiler çekiliyormuş gibiydi... Verandada oturduğum sürece, giyinik olmadığımı düşünerek iki kez gömlek ve pantolon almaya kalkıyordum ki, son anda fark ettim zaten üzerimde ikisinden de birer tane olduğunu... Kendimle konuşmaya çalışıyordum. Ama genelde yüz sesin birbirine karıştığı zihnimde yankı yapıyordu tek bir Kayra. Herkes gitmişti. Geriye sadece tek bir ses kalmıştı. Son hatırladıklarımın önümdeki kâğıtlara dökülme sesleri...

Öğleden sonra bir motor gürültüsü doldurdu evi, verandayı, sahili, Afrika'yı. Birkaç dakika sonra Anita, heyecandan fazlasıyla terlemiş bir şekilde yanıma gelip kolumdan çekerek beni evin öbür tarafına götürdü.

Yani büyük giriş kapısına. Kapıyı iki adımda aştık. Ve on metre ötede, beyaz büyük bir cip duruyordu. Anita çevresinde dolanıyor, bana durmadan özelliklerini sayıyor, bir yerlerini gösteriyordu. Cipin yanına gittim. Üzerinde markası yazıyor olmalıydı. Parlak metal harfleri buldum. Ve kalp krizine eş bir şok yaşadım, çünkü ilk baktığımda sadece harfleri görebilmiş ama bütününü anlayamamıştım. Yani okumayı öğrenmemiş bir çocuk gibi, harfler bana şekiller olarak görünmüş, toplanınca bir kelime oluşturmamışlardı. Ancak birkaç dakika bakmaya devam ettikten sonra, "Grand Cherokee" yazısını okuyabildim. Okumayı unutuyor olamazdım. Eğer öyle olsaydı bu sayfaları dolduramazdım. Ama bir sinyaldi anlık duraksamam: Bütün Kayra'nın başlangıcı olan okuma yazmayı da unutacağım anın geleceğinin habercisiydi. Bir iki kesik cümleyle, arabayı beğendiğimi söyledim. Genç bir adamla tanıştırıldım. İsmini sadece söyledikleri an duydum ve hemen sonrasında biri herhangi başka bir kelime ettiğinde unuttum. Noah, bahçıvan, şoför olarak tanıştırılan adam ve Anita, hepsi de hayranlıkla seyrediyordu beyaz cipi. O an binsem dahi kullanamayacağımı düşündüm. Çünkü biraz gidebilsem bile, nasıl kullandığımı, neden kullandığımı, arabanın motorunun nasıl çalıştığını düşünmeye başlayacak ve sorularıma bir yanıt çıkmayacağı için zihnimden, yolun kenarındaki palmiyelere çarpacağımı biliyordum...

Eve girdim. Dışarıda durduğum on dakika içinde terlemiştim. Evin serin havası nefes almamı kolaylaştırıyordu. Belki nasıl nefes alındığını da unutabilirim bir gün, diye düşünüp güldüm... Salondaki kanepeye oturdum. Önümdeki sehpada, üzerinde düğmeler olan küçük bir kutu duruyordu. Aldım, düğmelerden rengi farklı olana bastım. Evi birden, bir erkek sesi kapladı. Bağırıyordu. Kafamı kaldırdığımda sesin karşı duvarda, veranda ile salonu ayıran camın köşesinde duran bir zenciden geldiğini anladım. Birkaç saniye sürdü televizyonu açmış olduğumu anlamam. Söylediklerini anlamıyordum. Çevresinde dans eden insanlar vardı, zenci adamın. Belki bir kutlama, dini bir törendir, diye düşündüm. Kim bilir ne kadar uzun bir süredir televizyon seyretmemiştim? Daha boş bakılamazdı herhalde, şu an en az uzay kadar boş bakan gözlerimden... Televizyon seyrediyordum. Anlamadığım bir dilde konuşan adamı dinliyordum. Keşke hep böyle olsa, diye düşündüm. Keşke hiçbir lisanı bilmeseydim. Anadilimi konuşamasaydım. Böylece bana söylenenlerin hiçbirini anlamazdım. Ne kadar huzur verici olurdu. Şimdi Çin'e gidip bir milyar insanın tek kelimesini anlamadığım sözlerini dinlemek! Tam olarak hayal ettiğim gibi gelişmiyordu zihnimin boşalması. Başımı ellerimin arasına alıp büyük dehalar gibi olduğum yerde dengesiz hareketler yaparak, atasözü olacak kadar büyük son sözler söylemiyordum. Ben televizyon seyrediyordum. O kadar. Gambiya'nın resmi kanalında bir programı izleyerek boşaltıyordum zihnimi... Yeni bir program başlamıştı. Daha asık suratlı konuşan bir adam vardı artık ekranda. Gözlerini bana dikmiş, sanki elimde tuttuğum bir kâğıttan okuyormuş gibi konuşuyordu. Devlet kanalının haber saatiydi...

Anita yanıma gelip kendini kanepeye atana kadar seyrettim ekrandaki insanları. Hayatının en mutlu gününü yaşıyor olmalıydı. Sol elimi tutuyor ve öpüyordu, konuşmasına nefes almak için verdiği aralarda. Beyaz cip onu, artık gerçek bir hanımefendi yapmıştı. Bense hayatımın en boş gününü geçiriyordum. Bekleme salonlarındaki dergileri karıştıranlar kadar bile yapacak işim yoktu. Sadece oturuyordum. Bir ara hareketli ve müzikal konuşması yavaşça ritim kaybetti ve kulakla duyulur bir şekilde ağırlaştı. Ne dediğini anlayamıyordum tam olarak. Ama benden bahsettiği kesindi. Bazı kelimeleri ayırt edebiliyordum diğerlerinden. "Lütfen... Yapma... Mutluyum..." Bunları seçiyordu demek ki zihnim, Anita'nın söylediklerinin arasından. Sonra yanağıma dudaklarını değdirip koşar adım gitti. Yine arabasına bakmaya gidiyor olmalıydı. Belki de tanıştırdığı genç adam şoför değil, sevgilisiydi. Belki de, beni yıllardır takip ediyorlardı ve servetimi ele geçirmek için içkilerime attıkları ilaçlarla beni bu hale getirmişlerdi... Belki de ben çok televizyon seyretmiştim!

Akşamın yaklaştığını anlayabiliyordum, güneşin silikleşmeye başlamasından. Anita tekrar yanıma geldi. Ama oturmadı. Elini uzattı. Tuttum. Verandaya çıktık... Sahile indik... Okyanusun birkaç metre yakınına gelip durduk. Anita, bana doğru dönüp omuzlarımdan tuttu. Hafifçe bastırdığına göre oturmam gerekiyordu. Beden dilini hâlâ anlayabiliyordum. Bağdaş kurup güneşin sıcaklığını koruyan kuma oturdum. Anita arkama geçti. Artık okyanusu seyredebilirdim, istediğim kadar. Sonra bir soğukluk hissettim ensemde. Bir metalin soğukluğu. Önce birkaç tel gördüm havada. Sonra daha kalabalık oldular. Saçlarım okyanusa doğru uçuyordu. Yıllardır omuzlarıma dokunuşlarını hissettiğim saçlarımı kesiyordu Anita. Bağırmak istedim. Elindeki makası alıp kalbine saplamak istedim. Ama Anita, ben istemeden böylesine büyük bir hamle yapamazdı. Demek ki ben emretmiştim saçlarımın kesilmesini ve sadece hatırlamıyordum... Kumsalın her yerine götürdü rüzgâr, uçuşan saçlarımı. Güneş okyanusa sarıldığında, Anita kafamdaki son saçları da bir jiletin yardımıyla tıraş ediyordu. Ne kadar komik ve beyaz görüneceğimi tahmin etmeye çalışıyordum. Ama hiçbir şey komik gelmiyordu. Sadece, sağ elimi başıma götürdüğümde elimin içi, kendisi kadar temiz ve çıplak bir deriye dokundu. Bütün saçlarımı kazımıştı Anita. Yüzümdeki ıslaklık ve Anita'nın sol göğsünün sağ omzuma değmesi, sakallarımı ve her sabah özenle şekillendirdiğim bıyığımı da tıraş ettiğini anlamama yetti.

İşi bittiğinde, ellerimi dolaştırmak istedim yüzümde, başımda. Ama gerek yoktu. Hiçbir önemi yoktu, yıllardır stilimin en değerli parçaları olan saçlarımın ve bıyığımın. Onları taşıyacak bir yüz belki hâlâ vardı ama bir zihin yoktu. Elimden tutup kaldırdı. Bana katıla katıla güleceğini sanırken, bir gözyaşı gördüm kumsala ve okyanusa dağılmış saçlarımın peşinden giden.

Verandaya çıktık. Kulağıma eğilip herkesi yolladığını, bütün gece evde sadece ikimizin olacağını söyledi. Teşekkür etmek istedim. Harfleri sıralayamadım. A'dan itibaren saymam gerekiyordu, aradığım harfi görüp tanıyabilmem için. Sadece, tuttuğum elini sıktım. Beni hâlâ sevdiğini bildiğimi anlamasını istedim. Konuşamadığımın farkındaydı. Önüme kâğıt ve kalem koyup eve girdi. Gaz lambasını içeride yakmış ve getirmişti. Masayı ve yüzlerimizi aydınlatan fitilin ışığında oturduk. Duyabildiğim kadarıyla dünyayı dinledim. Üzerinde hâlâ, biraz da olsa farkına varabildiklerimi taşıyan hayattaki son gecemi yaşıyordum. Yazmaya başladım elime aldığım kalemle. Anita beni seyretti. Bıkmadan izledi hareketlerimi, bakışlarımı. Bir ışık aradı gözlerimde. Bir kıvılcım. Ne olursa. En ufak bir işaret. Yeniden hayata dönebileceğime dair küçücük bir hareket. Hazırdı bana bildiklerinin hepsini öğretmeye. Büyütebilirdi, yeni doğmuş bir bebeğinkine benzeyen zihnimi. Sevmesini biliyordu Anita. Benim gibi değildi...

Gaz lambasına ikinci fitili taktığında ben hâlâ yazıyordum. İki fincan cappuccino birikmişti sağ elimin yanında. İçmiyordum ama belki fikrimi değiştiririm diye o getiriyordu...

Uyumayacaktı Anita. Beni bekleyecekti. Benim uyumamı. Ancak çocukları yattıktan sonra başını yastığına koyabilen bir anne gibi... Rüzgâr hızlanmıştı. Dalgaların sahili tokatlama sesini duymuyor ama tahmin ediyordum. Ellerim üşüyordu. Titriyordu boşalan zihnim, aç bir çocuk gibi. Artık sokağa çıkma yasağı vardı kafamda. Bulduğumu tutuklayıp atıyordum önümdeki kâğıda. Sol elimin parmakları acıyordu kalem tutmaktan ama son ana kadar yazmalıyım, diyordum kendime, her ne kadar karşıdan bir yanıt gelmese de... Ben, hayatımda kendi kendime konuşmamıştım. Kendime söylediklerime daima yüzlerce farklı sesten, yüzlerce farklı yanıt gelmişti. Şimdiyse yalnızdım. Aynı ses sorup yanıtlıyordu. Kendi başına olmak böyle bir şeydi herhalde.

Sabah elçilerini yolluyordu geceye. Geliyorum, diyordu. Kaç!.. Biz de kalktık koltuklarımızdan. Geniş salonu kol kola yürüdük. Bu sefer ben girdim Anita'nın koluna. Ağır ağır çıktık basamakları. Kaç saniye uzatıyordu bunların her biri hayatı? İkinci kata geldik. Koridora baktım, belki annemi görürüm diye. Erken kalkar o. Fazla uyuyamaz...

Anahtar sesi duydum, önümdeki demir kapının kilidinde dönen. Yeniden basamaklara attık çıplak ayaklarımızı. Son bir adım ve önündeydik karanlık odanın... Kapı aralıktı. Görüyordum içerideki yatağı. Kendimi görüyordum üzerinde. Başımı çevirip baktım Anita'ya. Kimseye sarılmadığımız kadar sarıldık birbirimize... Son insanlığım da, sırtımdaki elleriyle gitti. Daha fazla bakmadım yaşlı gözlerine. Hissetmiyordum çünkü acısını... Tek bir adım attım ve artık odadaydım. Kapıyı arkamdan kapatıp siyah ipek çarşaflı yatağa yürüdüm. Duydum kilitlenişini demir kapının... Bir kâğıt ile bir kalem duruyordu yerde. Oturdum yatağa. Çırılçıplak. Bir derim vardı üzerimde... Bir de dövmelerim...

Kâğıdı alıp dizime yasladım. Ve üzerine, son hatırladıklarımı da karaladıktan sonra, karanlığa aldırmadan, sıra geldi zihnimi hâlâ ayakta tutan üç kelimeye. Onlar da telaffuz edildiği zaman tek bir Kayra kalmayacak geriye...

Hem yazıyorum, hem söylüyorum yüksek sesle:

"Hiçbir şey yok! Hiçbir şey yok. Hiçbir şey yok..."

Üçüncü kitap

Kinyas'ın Yolu

Cebeci... Tabelasında "Saray" yazan bir otel. Yattığım yerden, yolun karşısındaki binanın üzerindeki yazıyı görebiliyorum. "Siyasal Bilgiler Fakültesi"... Ayaklarım sızlıyor. Onları unutmuşum, Hilton'dan buraya kadar yürürken... Önce bilemedim nereye gideceğimi. Yorgundum. Ve önüme çıkan ilk yokuştan aşağı indim. Kızılay'a geldiğimde bir iki insan gördüm, Sakarya'dan sarhoş çıkmış. Ben de içmek istiyordum ama bilincimin yerinde olması gerekiyordu, içinde bulunduğum durumu düşünebilmek için. Devam ettim yürümeye...

Polis arabaları geçti yanımdan. Eski alışkanlık. Hemen durdum ve sığındım bir karanlığa. Her şehirde sokak lambalarının ulaşamadığı yerler vardır... Neden Kayra'yı terk ettiğimi, neden kaçtığımı düşündüm. Çok yanıtı vardı sorularımın ama hiçbiri derdimi tam anlatamadı... TED'in önüne geldim. Birkaç kişi tanımıştım zamanında, önünde durduğum okuldan mezun olan...

Bir sigara yakıp devam ettim. Neye ihtiyacım olduğunu, neyi aradığımı bilmeden yürüdüm. Sonra, karşı kaldırımdaki binaların birinde ışıklı bir pano gördüm. "Saray tel." "O" harfi tarihe karışmıştı.

Binanın kapısından içeri girdim. Kırmızı halı serilmiş basamakları tırmandım. Merdivenin döndüğü noktada kendimi gördüm. Duvardaki ayna hatırlattı Kinyas'ı bana. Basamaklar bitti ve soldaki kapıdan içeri girdim. Yaşlı bir adam, üzeri kalabalık masanın arkasına oturmuş, televizyon seyrediyordu. Yanındaki koltukta da bir kadın uyuyordu. "Bir oda istiyorum" dedim, sesimi terazıledikten sonra. "Kaç saatliğine?" deyince gözlerini televizyondan ayırmadan, anladım otelin Turizm Bakanlığı'ndan aldığı yıldız adedini. "Şimdilik bir gece" dedim... Parayı peşin aldı. Ve topallayarak, ağır gövdesini içinde bulunduğumuz salona açılan altı kapıdan birinin önüne kadar götürdü. Elindeki anahtarla açıp sarayını tanıttı. "Yatak. Sandalye." Kör olduğumu düşünüyordu herhalde... İçeri bir adım attım ve kapı arkamdan kapandı. Kilitlenmesinin bir önemi yoktu. Çok zorlasa, dokuz yaşında bir çocuk kırabilirdi, sarayımı salon benzeri lobiden ayıran tahta parçasını. Yaşlı adamın açtığı ışığı kapattım, çantamı yere bıraktıktan sonra... Küçük bir masa vardı duvara dayalı. Üstünde de bir ayna bekliyordum ama onun yerine bir poster asılıydı. Küçük masanın üzerinde eskiciye satılmayı dört gözle bekleyen abajuru yaktım. Ve aydınlattı, kafamı kaldırınca gördüğüm duvardaki resmi. Bir manzara fotoğrafı. Palmiyelerin olduğu bir sahilin yüksekten çekilmiş fotoğrafı. İster istemez, acı bir tebessüm yaktı dudaklarımı. O palmiyelerin arasında yaşamıştım sekiz yıl. Hindistanceviziyle bir adamın kafatasını çatlatmıştım. Biliyordum ne olduğunu o sahilin!

Tahta sandalyeyi camın kenarına çektim. Oturup ayaklarımı yatağa uzattım. O an anladım onlara fazla yüklendiğimi. Zavallı ayaklarıma... Saatim olmadığı için ne kadar bir süre yürümüş olduğumu bilmiyordum. Ama sokakların nüfusu otelden çıktığım zamana göre hayli azalmıştı. Kayra'dan aldığım paketi çıkarıp bir sigara yaktım. Duman abajurun ışığında dans etmeye başladı. Yeni yeni fark ediyordum kendime neler yaptığımı... Sekiz yıl sonra lağım kokan bir otel odasında, camdan sokağı seyrediyordum...

Değişmiş miydim geçen zamandan sonra? Hayır!.. Ailemin evinden gizlice çıktığım gece neler hissettiğimi, neler düşündüğümü harfi harfine hatırlıyordum. Ve hâlâ aynı duygular vardı içimde. O zaman da kendime fazla geliyordum şimdiki gibi. Aklım bir fırtına kadar karışıktı. Her gözümü kırptığımda, kaçak hayatımda yaptıklarımı görüyordum. Yolları, evleri, okyanusu, kadınları, öldürdüğüm isimsiz adamları... Hepsi bu gece, beni pişman etmek için dönmüşlerdi. Camın ahşap çerçevesindeki çatlaklardan, kalın bir kartona benzeyen oda kapısının altından giriyorlardı. Ben, sekiz yıl önce hayattan kaçan aynı adamdım. Hiçbir işe yaramamıştı acı ve zevk dolu yolculuğum.

Zevk ve acı. İsimlerinden de, hissettirdiklerinden de emin olduğum kavramlar. Hayatımı bir hayvan gibi yaşadığım günlerde boynuma taktığım tasmanın üzerindeki elmaslar. Zevk ve acı. Hayatın anlamı. Merak edilir, sorulur her yerde. İşte söylüyorum! Hayat, ölene kadar hissedilen zevklerden, çekilen acılar çıkarıldığı zaman geriye kalandır. Hayat = zevk - acı. Sonuç pozitifse yaşamışsındır hayatı. Negatifse ölmüşsündür doğduğun gün. Tabii bir de sıfır ihtimali var. Bu durumda ise zamanın yetmemiştir hayatı anlamaya. Erken ayrılmışsındır partiden, göremeden sonunu... Böyle düşündüm ben yıllarca. Ne kadar eksik oysa! Ne kadar ilkel. Ne kadar korkunç. Nasıl bir insan kendini bu denli aza indirebilir? Nasıl, sadece iki zıt elektronik sinyalin bütün varlığına hâkim olmasına izin verebilir?.. Sorular Çinliler gibi. Milyarın üstünde. Dönüp bakıyordum geçmişime... Sadece iki renk hatırlıyordum. Kırmızı ve siyah. Kanın beynimi işgal ettiğinin kanıtı olan kırmızı gözlerim... Ve her cinayetimden sonra unutabilmek için karşımdaki devrilen adamı, başımı çevirdiğim siyah toprak... Kırmızı zevkin, siyah acının rengi. Ben ikisiyle de boyadım zihnimi... Bilmiyorum... Kimse bilmiyor. Ben ne yapıyorum?.. Eğer bir kerpetenle teker teker çekilseydi dişlerim, belki vermezdi bu kadar acı. Ama yavaş da olsa farkına varmak aslında hiçbir şeyin değişmediğinin, canımı yakıyordu sanki bir terzinin bütün iğnelerini yutmuşum gibi... Üşümeye başlamıştım. Titriyordum. Dişlerim birbirine çarpıyordu... Soğuktan değil, bedenimdeki yedi deliğin yaptığı cereyandan üşüyordum. Aklımdan hızla geçenlerin rüzgârından üşüyordum. Yıllarca zihinsel ölüm için yaşamıştım. Vardı bir amacım. Ama şimdi her şeyden tereddüt eden bir adamdım. Bilmiyordum, nereye gideceğimi... En başa dönmüştüm. Ne farkım vardı, ailesinin evinden gizlice kaçan çocuktan? Hiç!.. Yıllar boşa dönmüştü. Takvimlerdeki sayfalar boşuna çevrilmişti. Ben hâlâ, içinde siyah ve kırmızının hüküm sürdüğü adamdım... Kendimde duyduğum nefretin seviyesi ölçülse, elbet bir madalya olurdu boynumda. Sadece hâlâ nefes alabildiğim için yaşıyor olmayı kendime yakıştıramıyordum... Benim sorunum, hayatı kendime yakıştırmamam oldu. Ben yakışıklıydım ama o değildi!

Başladığım noktaya döndüğümü görmek midemi bulandırıyordu. Bütün gözyaşları boşuna, bütün kanlar boşluğa dökülmüştü. Kinyas, geçen bunca zamana rağmen hâlâ Kinyas'tı... Belki de Kayra'yı terk ettiğim için şüphe etmeye başlamıştım kendimden. Kendimi ikiye ayırıp ikizimi yaratmak istedim o an... Uyumak istedim. Hem de çok. Uyuyup unutmak. Kayra'nın yaptığı gibi. Onun gibi rüyalar görmek istedim. Ama bütün dünya sözleşmişti, bana gözlerimi kapattırmamak için... Sürekli, kendime bundan sonra ne yapacağımı soruyordum. Hep aynı soruyu. Yüz kez. Bin kez... Ülkeme, ailemin evinin olduğu yere dönmüştüm. Ama daha düne kadar bunlardan tamamen uzak olan ben, korkuyordum Saray Otel'in boktan odasında, ailemin evine yakın olmaktan. İyileşmiyordu içimdeki Kinyas. Daha da dibe dalıyordu. Uzattığım elime tükürüyordu!..

Camı açtım. Rüzgâr girsin istedim odaya ama tek bir toz kıpırdamadı. Bir sigara daha yaktım. Afrika'ya dönmeyi düşündüm. Evet. İlk uçağa atlayıp ait olduğum yere dönmeliydim. Karış karış tanıdığım toprağa... Ama birden fark ettim ki ne ben, ne de başka birisi hiçbir yere ait değildi. Aidiyet bir kandırmacaydı küçük çocuklara anlatılan. Hiçbir yerde hiç kimse beklemiyordu beni. Ailemin, ölmüş olduğuma uzun zamandır kendilerini alıştırdıklarını düşünüyordum. Salondaki televizyonun sesi geliyordu. Duymamaya çalıştım. Hiçbir şeye sahip değildim. Doğa bana bir aile vermişti, ama ben onları da reddetmiştim Hiçbir şeyim yoktu. Ve dönüp içime baktığımda, göle eğilmiş bir çocuk gibi sadece kendi yüzümü gördüm. Gözyaşı bile yoktu, suyu bulandıracak olan... Yanlıştı, diye düşündüm. Hepsi yanlıştı. Evrenin her yerini dolduracak kadar büyük bir hata. Evden kaçmak. Afrika'ya gitmek. İnsan öldürmek. Uyuşturucu satmak. Hepsi hataydı! Bunu bu gece anlayabiliyordum. Kendimi, garip düşüncelerle dolu zihnimi unutmak için yapmıştım her şeyi ama işe yaramamıştı. Hâlâ aynı adamdım. Yıllar önce şu an camdan gördüğüm, üzerinde ismi yazan üniversiteye benzer bir okulun amfisinde herkes ders dinlerken, kendimi öldürmenin en basit on yolunu sıraya kazıyan genç adamdım. Yapmam gerekeni yapmamıştım. Diretmeliydim oysa, normal bir insan gibi yaşamak için. Mücadele etmeliydim deliliğimle. Çok çabuk yenilmiştim kendime. Ve kaderin bana armağan ettiği Kayra, belki de bir cezaydı. Şeytani bir ortaklıktı bizimkisi, kafamızdaki en gizli hayalleri ortaya çıkarmak için kurulmuş olan...

Bir zamanlar uyurdum. Hatırlıyorum o günleri. Annemin yeni değiştirdiği çarşafların kokusunu içime çekerdim ve gözlerimi kapattığımda gelirdi uyku bekletmeden. Nasıl bu hale geldim? Nasıl bu kadar insanlıktan çıkabildim? Seyrettiğim filmlerdeki kahramanların gerçek olabileceklerine nasıl inandım? Romanların, tuvalette okunmak için yazılmış olabileceklerini nasıl düşünemedim? Belki de kan kardeşimi terk ettiğim ve gömülü olduğum topraktan çıktığım için böyle düşünüyordum. Korumasız kalmıştım. Yine şehir beni yemeye çalışıyordu, eskisi gibi. Kayra'nın paketi bitmişti, sabah geldiğinde. Bir sonraki hamlemi düşünmeye başladım. Ve en acıklı bölümüyse, önümdeki tercihleri sıralamaktı. Çünkü hepsi de birbirinden zordu. Yeniden, herhangi bir Üçüncü Dünya ülkesine gidip yeni bir yasadışı hayat kuracak kadar inançlı değildim. İlk haftasında, ensemden bir kurşunla yere sererlerdi beni. Çünkü çığlıkları duymaya başlayacağımı hissedebiliyordum. Eskisi gibi duygusuz olmadığımı fark ediyordum... Bir gecede değişmiş miydim? Hayır, sadece kendimden gizlediğim insanlığım mezarından elini çıkarmaya başlamıştı... Bu odada kendimi öldürmeyi düşündüm. Önce mantıklı geldi. Tavandan sallanan ampul ve kablosu çok uygundu. Zaten, kendimi bir kaşık suda boğabilecek kadar ölümle içli dışlıydım... Ama korktum! Evet, ölümden korktum. Ölmekten. Yok olmaktan. Cesedimin kirli bir battaniyeye sarılıp yaşlı bir kamyonetin arkasına konulmasından korktum. Sekiz yıldır ölümü adeta bir ayna gibi yüzüne tutmuş olan ben, ölmekten korktum. Kaybedeceklerimden dolayı değil. Sadece, hâlâ istediğimi kazanamamış olmaktan dolayı yaşamak istedim. Sekiz yıl boyunca bulamadığımı kazanmak için ölmedim bu gece. Ve geriye kalan son tercih, son yol, en yıpratıcı olandı. Bu düşünce nasıl geldi aklıma, bilmiyorum ama yerleşmişti diğer seçeneklerin yanına. Büyük harflerle "GERİ DÖN!" diyordu bana, bu tercih. Eve, ailene, kendine, gerçeğe, hayata geri dön!

Saray Otel. Cebeci. Hâlâ çıkmış değilim odadan, Afrika'ya giden bir uçağa bilet almak için. Hâlâ asmış değilim kendimi, altmış vatlık ampulün ucunda sallandığı kabloya. Ve artık biliyorum hangi yolu seçtiğimi. Evime dönmek istiyorum. Ailemin yanına. Hayata yeniden başlamak. Bıraktığım yerden değil. Daha geriden. Saf bir çocukken yaşadıklarımdan itibaren başlasın istiyorum hayat. Düşünüyorum da, Kayra'yla geçirdiğim, yalnız dolaştığım onca zaman dünyayı ve kendimi çözmeye çalıştım. Hep bunu düşündüm. Kendime bir alev yarattım. Ve gerçekte var olmayan o alevin karşısında erimeye başladım. Zihinsel ölüm buydu. Erime! Tam bir saçmalık. Hayatı yok etmenin zamanı asla gelmez, çünkü bir saat sonra yaşayacaklarını bilemeyecek kadar insansındır... Bu, boyaları dökülmüş dört duvar arasında ruhum bedenime döndü. Öldürdüklerime hayat verdim. Kendi kendimi doğurdum. Artık gerçeği biliyorum. Bir yerlerde hayatın ve mutluluğun olduğunu, aşkın kol gezdiğini biliyorum. Ve hepsini bulacağım! Hayatım boyunca yokluğunu hissettiğim bütün insanlığımı, sevgiyi yaşayacağım. Bugüne kadar reddettiğim bütün hediyeleri kabul edeceğim.

Dışarıdaki televizyon hiç susmamıştı gece boyunca. Kapıyı açıp çıktım. Yaşlı adam koltuğunda uyuyordu. Yanındaki kadınsa, birkaç saat önce üzerinde duran battaniyeyi adamın üstüne örtmüş ve gitmişti. Evsizlik bir kadın için felakettir. Ama sadece, yaşlı bir adamın üzerini örterek borcunu ödeyebiliyorsa, Saray Otel gerçekten de saraydır o kadın için.

Aşağı inip yiyecek bir şeyler bulmaya çıktım. Çöp kamyonu caddenin ortasından gidiyordu. Hava aydınlanmış ama saat hâlâ erkendi. Bir polis arabası geçti yanımdan. Ve bu sefer kaçmadım. Dimdik yürüdüm kaldırımın üzerinde. Eğer kaçarsam, geri dönemezdim. Ve eğer şehirde yaşayacaksam, alışmalıydım insanları düşmanlarım olarak görmemeye. İçimdeki iyimserliğin nedenini anlamış değildim. Büyük ihtimalle, çaresizlikten kaynaklanıyordu. O kadar ne yapacağımı bilmez duruma gelmiştim ki, mutlu olabileceğimi düşünmeye başlamıştım! Çünkü bugüne kadar, belki de denemediğim bir o kalmıştı... Bir fırın buldum, önünde ekmek kasaları olan. "Beş dakika bekle! Poğaçalar çıkacak. O zaman alırsın" dedi, daha o saatte terini harcamaya başlamış beyaz önlüklü adam. "Eyvallah!" demeyi özlemişim. Tam üç kez, art arda söyledim, tadına doyamayıp. Gerçekten de, beş dakika sonra bir gazete sayfasına sarılı dört poğaçayla yürüyordum otele doğru. Kepengini kaldıran bir bakkal gördüm. Daldım içeri. O an, ağzımdan çıkacak sözün çok büyük bir önemi vardı benim için. İki kelime arasında, bir duvar saatinin sarkacı gibi gidip geliyordum. Süt! Rakı! Süt! Rakı! Süt, yanında çağrıştırdığı bütün iyi niyetli duygularla birlikte, Afrika'ya dönmemin ya da kendimi öldürmemin başlangıcı olacak rakıya karşı savaşıyordu. Eğer otel odasına, buradan alacağım iki büyük rakıyla dönüp, öğlene kadar şişelerin içlerini boşaltıp masanın üzerindeki palmiyelere baksaydım, derhal eşyalarımı toplayarak kendimi bir uçağa atacağımı biliyordum. Çok sarhoş bile olsam Kayra'nın yanına gitmeyeceğimden emindim. Çünkü o içimdeki şeytanları uyandırıyordu. Beni, mutsuzluğa ve acıya mahkûm eden şeytanları...

Elimi uzatıp, kasanın arkasında duran adamın siyah bir torbaya koyduğu sütü aldım, dışarı çıktım. Yıllar sonra, ilk defa kahvaltı yapacaktım. Biraz zayıftı mönü ama yeni bir hayat için mükemmel olduğunu düşündüm... Kırmızı halıyı ezip basamakları tırmandım. Aynada, içlerini uykusuzluktan kan basmış gözlerimi gördüm. Önemsemedim. Bedeliydi bunlar, başlayacak olan temiz hayatımın. Televizyonun sesi hâlâ otel sakinlerinin kulaklarının pislikleri arasında kendine geçiş yolları aramakla meşguldü. Yaşlı adam uyanmış yüzümü hatırlamaya çalışıyordu, "Birkaç saat sonra giderim" derken. Sarayıma girdim. Camın yanındaki sandalyeye oturup gazetenin içindeki poğaçaları çıkardım. Dumanları ve kokuları yayıldı bütün şehre. Ve ben bütün şehri soludum burnumdan. Çiğnemeden yuttum dördünü de. Dışarı baktığım zaman, hademe olduğunu tahmin ettiğim bir adamın, karşıdaki okulun demir parmaklıklı kapılarını açtığını gördüm. Artık eğitimime devam etmem imkânsızdı, ama oturduğum yerden seyredebilirdim üniversite öğrencilerini. İlk dersin başlamasına bir iki saat olmalıydı. Şimdilik giden gelen yoktu. Kendimi düşünmeme yetecek bir zaman vardı önümde. Verdiğim kararı ve bunun altından kalkıp kalkamayacağımı düşünmeye başladım. Ailemin evine gidecektim! Kapıyı çalıp bekleyecektim. Babamın, annemin, kız kardeşimin hâlâ hayatta olduklarına ve beni beklediklerine kendimi inandırmaya çalışıyordum. Eğer bulamazsam hiçbirini, eğer birkaç saatliğine de olsa dışarı çıktıkları için çaldığım kapı açılmazsa, biliyordum pes edip gideceğimi, bir daha dönmemek üzere... Bir tatil olduğunu düşünüyordum yolculuğumun. Bir tatile çıkmıştım ben. Ve geri dönüyordum. Sadece, sekiz yıl yaşlanmıştı vücudum ile yüzüm. Beni kabul edeceklerini hayal etmekten, ümit etmekten başka bir seçeneğim yoktu. Ne yaparsam yapayım, beni sevmeye devam edecek insanların, ailem olduğunu tekrar ediyordum kendime, buluşmamızın trajediye dönüşmeyecek olmasına inanabilmek için.

Sütün bütün pislikleri temizlediğine inanırdım çocukken. Her gizli gizli içtiğim sigara ve içkiden sonra süt içerdim. Annemin beni tanıyabilmesi için ağzımın süt kokmasını isterdim. Eğer benim yüzümden aile fertlerimin herhangi birisinin başına bir şey geldiyse, bunu öğrendiğim anda kendimi öldürmeye karar verdim. Tek istediğim unutmaktı. Yaptıklarımı, geçmişi, her şeyi. Sevebileceğimi hissediyordum, insanları. Normal bir insan gibi çalışıp para kazanabileceğimi... Sonra umutsuzluk birden gözyaşına dönüşüyordu. Birkaç damla döküyordum, cama sıçrayan. Hayır, diyordum. Hiçbirini bulamayacaksın. Babanı ölmüş, anneni delirmiş, kız kardeşiniyse kaybolmuş bulacaksın, diyordum kendime. Değişemeyeceksin. Her gece birileri uyurken, sen gözlerin açık kâbuslar göreceksin. Öldürdüğün insanların yalvarışlarını, nefeslerinin kesilmesini duyacaksın, diyordum. Ve bu ihtimal, küçümsenmeyecek kadar kalabalık geliyordu üzerime. Gömleğimi çıkarmaya korkuyordum, dövmelerimi göreceğim için. Annem görse kaç saat ağlar diye hesaplamaya çalışıyordum. Süt işe yaramamıştı. Rakı kadar kirletmişti boğazımı ve aklımı... Ama hayatımın sonuna kadar otel odasında da kalamazdım. Belki yanımdaki para, bir yıl boyunca bu yatakta yatmama yeterdi ama peki ya sonra? Utanıyordum kendimden. Boyumdan bin kez büyük bir utanç vardı odanın içinde. Her yeri, duvardaki çatlaklara kadar öylesine doldurmuştu ki, tek bir oksijen zerresi kalmamıştı içeride. Nefes alamadım. Kayra beni böyle görse, gerçek duygular doğurduğuma, ağladığıma tanık olsa mutlaka ateş ederdi üzerime. Çünkü gizli anlaşmamız zihinsel ölüm efsanesiyle son bulacaktı. Ve ben ihanet etmiştim! Tıpkı aileme ettiğim gibi. Zihinlerimizi boşaltıp öldürecektik, günü geldiğinde. Çok büyük bir hayaldi. Ama şimdi ben, böylesine bir ölüm için değil varlığımı, dünyayı bile umursamamam gerekirken, annemin dövmelerimi görünce ne kadar üzüleceğini düşünüyordum! Yeniden bir insan olmak, bir sekiz yılımı daha alacakmış gibi bakıyordu bana. Hiç kolay olmayacaktı, Ankara'da dikkati çekmeyen bir adama dönüşmek.

Ama damarlarımdaki bütün duyguları teker teker öldürüp bir canavara dönüşmüş olan ben, bir insan da olabilirdim. Süt ve rakı arasında giden sarkaç, canavar ve insan arasında uçmaya başlamıştı. Benimse, sarkacın ucunda sallanmaktan midem bulanıyordu. "Belki de süttendir" dedim. "Uzun zamandır içmediğim için tadını unutmuş olmalıyım!"

Üç kişi gördüm. İki kız, bir oğlan. Ellerinde kitaplarıyla merdivenleri çıkıp demir parmaklıkların arasından geçtiler. Okul başlıyordu. Bunlara, öğrenci deniyordu. Oğlana, birkaç yıl sonra asker, daha ileride de memur ya da işadamı diyeceklerdi. Hatta, aile babası. Ama her zaman bir sıfatı olacaktı, adından önce gelen. Peki, benim daha ne kadar acı çekmem gerekiyordu, yeniden bir sıfat kazanabilmem için? Afrika'ya gitmemin bedeli çaresizlik ve uykusuzluktu. Peki, insan olmanın bedeli neydi?..

Daha kalabalık bir grup girdi okulun bahçesine. Atılan her adımda bir plan yatıyordu. Hazırlanan ödevler, okunarak gelinmiş kitaplar kollarının altında, geleceklerini koparmak için kaderin ağzından, giriyorlardı okullarının bahçesine... Bense, içerideki yaşlı adam gibi, televizyon ekranına bakarcasına seyrediyordum ne istediklerini bilen gençleri. Kayra'nın ne yaptığını düşündüm birkaç kez. Bana nasıl küfrettiğini duyuyordum. İlk defa birimiz diğerini böylesine bırakıp gitmişti. Gelip beni bulacağından ve öldüreceğinden korktum. Ama sonra geçti kaygım. Kayra, bırakıldığını, terk edildiğini bile kabullenmeyecek kadar kibirli bir yapıya sahipti. Kimsenin peşinden koşmayacak kadar kendini, arkaya taranmış uzun saçları ve gösterişli bıyığıyla bir yarı tanrıya benzetmeye çalışmıştı. Şimdilik onu düşünmeyebilirdim...

Üzerinde yoğunlaşmam gereken konu ailemi bulmaktı. Ama bana hiç mi soru sormayacaklardı? Hiç mi babam yumruk atmayacaktı, kendilerine çektirdiğim onca acının karşılığında? Ne anlatabilirdim ki karşılarına çıkınca? Delirdiğimi mi? İnsan sekiz yıl boyunca bir sinir krizi geçirebilir miydi? Nasıl söylerdim, o zamanlar ölümlerini hayal ettiğimi mi? Bütün ailemin yok olmasını, sahip oldukları evlerin bana miras kalmasını istediğimi nasıl söyleyebilirdim? O evleri satıp dünyanın öbür ucuna gitmek istediğimi, onlar ölürse terk edeceğim birileri kalmayacağından arkamda, daha da uzağa gidebileceğimi nasıl kelimelere dökerdim? Hangi kelimeler, cümleler bu kadar korkunç duyguları kaldırabilirdi? Hangisi beni onlara anlatırdı? Kafamı cama yaslamış, düşünüyordum. Ailemin, yerleştiklerini tahmin ettiğim evlerine giden yolun ismini düşünüyordum. Her ayrıntıyı. Her önemsiz ayrıntıyı geçiriyordum aklımdan, geciktirmek için yeniden doğuşumu. Sancılanması umurumda değildi, beni doğuracak olan hayatın. Sadece bekliyordum. Ne kadar dayanabileceğimi görmek için. Peki ya o Meksika'daki kadın? Ondan ödünç aldığım hastalık? Ya o hastalık, ailemi bulduktan altı ay sonra beni öldürürse, o zaman yaratmış olacağım acıdan ikinci bir Çin Seddi inşa edilmez miydi? Ne büyük aptallık! Ne büyük çocukluk! Evden kaçmak. Haritanın en köşesine gitmek. Suç içinde yaşamak. Var olan bütün canlılardan uzak durmak için zihnimi öldürmeye kalkışmak. Ve son olarak, bedenimi doldurması ve bütün gözeneklerimden ölüm girmesi için, isteyerek HIV+ bir kadınla yatmak... Düşüşüm çok hızlı oluyordu. Hayallerden kurduğum, gerçek olmayanlardan kurduğum, üzerinde durduğum dağın yıkılması o kadar çabuk oluyordu ki, düşüşün hızından kulaklarım tıkanıyordu. Sorular. Yanıtlar. Pişmanlıklar. Çığ gibi kovalıyorlardı beni, yamaçtan aşağı koşarken düşe kalka. Düştükçe büyüyordum. Düştükçe olgunlaşıyordum. Düştükçe yirmi dokuz yaşında biri oluyordum. Kendimden nefret etmem gerekirdi. Hemen bu odada kesik bileklerimi, tekrar kesmem gerekirdi. Dikiş izlerini takip etmem yeterdi!..

Hiçbirini yapmadım. Normal bir insanın sahip olduklarına erişme isteğim o kadar fazlalaşmıştı ki, ne duyuyor, ne de görüyordum geçmişimi ve kendimi.

Bir adım attım. Duvardaki posterin önüne geldim. Köşelerine zarar vermeden, söktüm beyaz boyanın üzerinden. Odanın içindeki lavaboya yürüdüm. Birkaç saniye sonra palmiyeler yanıyordu. Afrika ateşe bürünmüştü. Sahilin her ateş alan kum tanesinde, alev yükselip düşüyordu. Bütün geçmişimin de kirli lavaboda yanıyor olmasını istedim. Biliyordum böyle bir mucizenin olmayacağını ama yine de çıkan alevler bana söylüyorlardı:

"Palmiyeleri biz hallederiz. Afrika'yı yakarız! Sen hayata dön!"

Dumanlar dışarı sızmış olacak ki, kapı vuruldu. "Gir" dememe gerek kalmadı. Yaşlı adam odaya adımını atmıştı bile. Deminki hareketimin bedelini, yanan posterin karşılığı olan bir haftalık oda ücretini verip eşyalarımı topladıktan sonra çıktım.

Kaldırımları doldurmuş üniversitelilerin arasından sıyrılarak geçerken, kendi öğrencilik günlerimi düşündüm. Aslında, isteyerek girdiğim

bir branşta okuyordum. İlginç ve komik arkadaşlarım vardı. Ama hepimizin de tek ortak noktası, dört yıl sonunda alacağımız diplomayı yakmak istiyor oluşumuzdu. Çok ciddi bir fakültede, yine çok ciddi profesörlerle yapılan derslere girip çıkıyorduk. Diplomasından kayık yapıp
şehri kesen nehirde yüzdürmeye yemin etmiş olanlar sınavlarını verip
üst sınıflara geçtiler. Ve ben hâlâ çizgi filmin devam ettiğini düşünüyordum. Tom'un, Jerry'den aldığı her darbenin sonucunda fizik kurallarına aykırı olarak büründüğü şekillerden, bir sonraki sahnede normal
görünümüne dönmesini son derece mantıklı buluyordum... Gerçek de
ğil, diyordum. Ne bu dersler, ne bu okul, ne öğrenciler, ne de tuttukları kalemler! Ben yaşamam onlar gibi diyordum. Kabul etmem verilenleri. Dünyadaki tek gerçek benim. Gerisi dekor, diyordum. Ve bir dekor
kırılır, yerine yenisi gelir...

Kızılay'a kadar yürüdüm, gömleğimin kollarını indirip. Ellerime
dövme yaptırmadığım için şanslıydım. Zaten, en vahşi dövmeler ellere
yapılanlardır. Dönüşü olmayanlar. Tek yönlü yollar. Parmaklarına harfler yazdıranlar, saklayamazlar deliliklerini, ellerini tokalaşmak için, iş
istedikleri adama uzatırken. Gizleyemezler içlerindeki fırtınayı. Dokundukları anda normal bir insana, rüzgârı hisseder karşıdaki. Üşür,
titremeye başlar ve ellerinde yazılar yazan adamı, içinden çıktığı çukura geri yollamak amacıyla, işi kendisine veremeyeceğini söylemek için
kırıcı olmayan nedenler düşünmeye başlar.

Daha fazla yürümek istemedim. İlk gördüğüm taksiyi durdurup
bindim. "Cinnah Caddesi. Pilot Sokak!" dedim, dikiz aynasından alışık
olmadığı tarzdaki saç kesimime bakan şoföre. En son, saçımı kendim
kestiğim için bazı yerleri, herhangi garip bir hastalıktan dolayı dökülmüş gibi duruyordu... Haftanın başında mı, yoksa kıçında mı olduğumuzu bilmiyordum. Ama arka koltuğun sağ camından gördüğüm kadarıyla, insanlar kravat takmışlardı, kadınlar tayyörler giymiş, koşuşturuyorlardı. Onlardan biri olmayı o kadar istedim ki, o an! O kadar istedim ki, sabah uyanıp gideceğim bir işimin olmasını. Ne olursa!.. Her
çiğnediğimiz metrede kalbimin hızlanmasını bekliyordum. Ailemin
içinde olduğunu umduğum eve yaklaşıyor olmanın bana bir böbrek ta
şı sancısı olarak geri döneceğini sanıyordum. Ama hiçbir ipucu yoktu,
derinlerde hissettiklerime dair. Sekiz yıl boyunca bir arkadaşımda kal

mış ve evime dönüyor gibiydim. Sadece, anahtarım olmadığı için ailemi uyandıracak olmamdan çekiniyordum...

Taksinin radyosu sabah haberleriyle doluydu. Bir erkek konuşuyordu. Güney bölgesindeki bir orman yangınından bahsediyordu. Bütün dikkatimi ona vermeye çalışıyordum. Dinlemeye çalışıyordum. Ülkenin sorunlarıyla ilgilenmeye başlamanın zamanı gelmişti. Her şeyi bilmeliydim, uzağında yıllarca yaşadığım toprak hakkında... Ama birden, spikerin sesi değişti. Kalınlaştı. Ne yangın, ne de toprak. Başka bir şey söylüyordu artık. "Kinyas!" diyordu Kayra, insanları tehdit ederken yaptığı gibi fısıldayarak. Ve bir an için, gerçekten arkamda duran hoparlörlerden ellerinin çıkıp boğazımı sıkacağını düşündüm. Ve tam şoföre durmasını söyleyecekken kaçmak için, spiker yeniden başladı konuşmaya. Ekonomi haberlerine geçmişti. Hayal gücümün, kendisini öldürmediğim için benden nefret eden zihnimin bir oyunuydu hepsi. Çok iyi biliyordum o fısıltıyı. Çok iyi tanıyordum Kayra'nın sesini. İsmimi söylerken, ilk harfini bastırıp sonuncusunu nasıl uzattığını çok iyi hatırlıyordum. Farkındaydım yaptığım tercihin bedelinin. Kayra'nın fısıltısıydı, unutması en zor olacak parçası geçmişimin...

Cinnah Caddesi'ni tırmanmaya başlamıştık. Hayatımın en zor anını yaşayacaktım birazdan. Ölümü, hayata dair bir isteğim olmadığı için önemsemediğim günlerde, çok korkunç dakikalar geçirmiştim. Boğazıma dayanmış Liberya palaları. Defalarca üzerime sıkılmış kurşunlar... Ama eve dönmek daha zordu terk etmekten ve hepsinden. Ama yine de, garip bir sakinlik vardı üzerimde. Anlaşılmaz bir huzur. Belki de ilk defa yaptığım bir şeyden emin olduğum için böyle hissediyordum. Ne pahasına olursa olsun, ailemi bir kez daha görmek istiyordum. Belki hiçbir zaman açıklayamayacaktım onlara Kinyas'ı ama yine de yanlarında olmak istiyordum. Nefesleri beni tedavi edecekti. Babamın kanı, beni oğulluğa taşıyacaktı. Çok iyimserdim. Masallardaki aptal çocuklar kadar...

Üzerinde, beni yeniden var edecek evin sokağının adının yazdığı tabelayı gördüm, araba yanından geçerken. Hafızam, hiç olmadığı kadar dirilmişti. Saymaya başladım apartmanları. Ve dokuzuncuda "Dur!" dedim. Bundan sonrasını yürümek istiyordum. Fazla yakındım aileme. Taksiden indim, birkaç apartmanın önünden geçtim ve durdum. İşte!

Ailemin, hayatta kalabilmem için oturuyor olmasını umduğum apartmanın önüne gelmiştim. Bir adım daha atarsam, bahçe kapısından içeri girip sınırlarına dahil olacaktım. Ama gelmedi o adım. Takside yokluğuna şaşırdığım nabız hızlanması, biraz gecikmeyle de olsa, buluşma yerimize varabilmişti. Sanki apartmanın camlarından ateş edilecekmiş gibi koşarak, sokağın karşısına geçip kaldırıma çıktım. Arkamda başka bir apartmanın bahçe duvarı vardı. Önümde de, park etmiş bir araba. Çöktüm aralarına.

Son adımın çok zor olacağı belliydi. Belki de kapısını, hiç tanımadığım insanlar açacaktı, karşıdaki apartmanın ikinci katındaki dairenin. Belki de evi satmış ya da kiraya vermişlerdi. Belki de bütün ailem bir trafik kazasında ölmüştü. İhtimaller kafamı acıtan buz parçaları gibi yağıyordu üzerime. Korunmaya çalıştım yağan doludan çöktüğüm yerde, başımı ellerimin arasına alarak. Garip görünüyor olmalıydım. O kaldırımda, öyle hareketsiz dururken. Bir kadın çıktı, duvarına yaslandığım bahçenin kapısından. Sadece bir saniye baktı bana. Ve hızlı adımlarla yürüdü caddeye doğru. Emindim anladığına. Anlamıştı bir katil olduğumu. Kötü bir evlat olduğumu. Nasıl gizleyebilirdim ki, çaresizlik içinde çırılçıplak yüzerken? Okyanusun dibi bir saniye görünür, bir saniye sonra kararır. Ben de onun gibiydim. Ve kadın beni, içimin göründüğü o anda yakalamıştı. Belki de, annemin bir arkadaşıydı. Birbirlerine çay içmeye giden, hayattan bahseden, annemin çocukları hakkında konuşurken gözleri dolduğu için bu konuyu açmamaya özen gösteren komşulardı belki de. Eğer bir süre daha böyle duvara yaslanmış oturursam, çevredeki apartmanların kapıcıları tarafından fark edilip süpürgelerle tehdit edileceğimi biliyordum. İlk kararlılığımı, ayağa kalkarak gösterdim. Karşıdaki apartmanın ikinci katına baktığımda, camlardaki kapalı tüllerden, evde birilerinin hayatını sürdürdüğünü görebiliyordum. Ama yazmıyordu tabii perdelerin üzerinde, içeride kimlerin yaşadığı. Gerginliğim bitmeyecek gibiydi. Asla sona ermeyecek bir heyecan gibi ruhumu sıkıştırıyordu. Kendimi rahatlatmam gerektiğini biliyordum. Biraz sonra ailemle karşılaşacağım gerçeğinden başka bir şeyler düşünmeliydim. Farklı bir gerçeği. Geçmişte olan, komik bir hikâyeyi mesela!

Ve imdadıma hafızamın Afrika'ya ilk gittiğim dönemlerine bakan

434

departmanı yetişti. Kayra'yla Abidjan'ın sokaklarında damak zevkimize uygun bir restoran bulamadığımız için açlıktan bayılmak üzereyken aklımıza, dünyanın her yerinde bulunduğundan şüphe etmediğimiz bir McDonald's olabileceği geldi Fildişi Kıyısı'nın başkentinde. Bir tane olmalıydı, bazı semtlerinin gayet medeni ve gösterişli olduğu şehirde. Bunu en iyi bilebilecek olanlarsa tabii ki taksicilerdi. Bir tanesini çevirip bindik. Kayra, su kadar bilinen ve tanınan evrensel bir kavramı ifade ediyormuş gibi kendinden son derece emin, "McDonald's!" dedi. Ve şoför, birinci vitese takarken, "Tabii" diyerek bizi dünyanın en mutlu aç adamları yaptı. Sonunda alışık olduğumuz medeniyetin bir yüzüyle buluşacak olmamızın hayaliyle camlar açıldı, kollar çıkarıldı. Şehrin sokaklarında hızla ilerliyor ve McDonald's'ın, en azından Amerikan Doları kadar tanınmış olmasının ne büyük bir güç olduğunu düşünüyorduk. Hatta bir ara, küçük bir kaygı bile duymuştum konuyla ilgili. Çünkü eğer bulunduğumuz yerde hâlâ bir McDonald's bulabiliyorsak, demek ki yeterince uzaklaşamamıştık...

Kayra'yla birbirimize bakıp tebessümler alıp veriyorduk. Yiyeceğimiz burger çeşitlerini sayıyorduk içimizden. Bizim gibi iki medeni hayvanın rüyasıydı, kızgın yağda kızartılan, kimyasal maddelerle soslanmış etler yemek... On dakikadır, bir sokaktan diğerine giriyorduk. Ama hâlâ McDonald's'dan bir haber yoktu. Kayra sabırsızdı. Bir kez daha, "McDonald's?" dedi. Radyodaki yerel dilde söylenen şarkıya eşlik eden şoför çok rahattı. "Evet. Donald..." diye yanıt verdi. Ne yaptığını biliyor olması bizi de rahatlatmıştı. Tekrar arkamıza yaslanıp, yıllar sonra üzerinden yüzlerce kez, kâh kovalamak, kâh kaçmak için geçeceğimiz Grand-Bassam yolunun çevresindeki binaları seyretmeye başladık. Ama binalar azalıyordu her dakika. Bir süre sonra hiç kalmadı. McDonald's'ın genelde, şehir merkezlerine yatırım yaptığını bilecek kadar kapitalizmle büyümüştük. Moralimizi kimse bozamazdı ancak. Kendimiz bile!

Beş dakika daha geçti ve anayoldan ayrılan küçük bir toprak sapağa girip yüz metre gittikten sonra durduk. Frene bastığı anda şoför, sağ eliyle tarafımızdaki tek katlı, beyaz binayı gösterirken "Donald. İşte geldik!" dedi. Kayra'nın ve benim aynı anda, kafamızı açık olan sağ camdan dışarı çıkarıp gördüğümüz şey karşısında sinirden ya da şaşkınlıktan bayılmamamız, o an için bir mucize olmuştu. Binanın kapısının üzerindeki dev tabelada Donald Duck'ın ördek ördek gülümseyerek bakan suratı vardı. Ve altında da, geceleri yanıp söndüğünü sonradan öğrenmek zorunda kaldığımız neonlarla, "Donald Duck Chinese Restaurant" yazıyordu.

Şoföre hatırı sayılır bir para verdikten sonra, şehirden en az on kilometre uzaklıktaki bu Çin lokantasında, yine en az şehirdekiler kadar damak zevkimize uymayan yemekler yemek zorunda kaldık. Şoförle aramızdaki yanlış anlaşılmada kimin hatalı olduğu konusunu ise aylarca tartışmamıza rağmen mutlak bir sonuca ulaştıramadık.

Geçmişe ait hikâyeyi düşünüp o anları yaşarken, farkında olmadan gülmeye başlamıştım. Toz içindeki yolda duran taksinin camından çıkardığımız kafalarımızı ve Walt Disney'in en asabi karakteriyle karşılaşmamızı düşündükçe gülüyordum. Ve yürümeye başladım. Önce karşıya geçtim. Bahçe kapısından içeri girdim. Tabii, Kayra'nın elinde mönüyle gelen Çinli kıza umutsuzca "Hamburger yok muydu?" diye sormasını da unutamazdım. O görüntüyle beraber apartmanın merdivenlerini çıktım. Kahkahalarım boşlukta yankılanıyordu. En son aklıma gelense, benim o gün yediğim sebzeli pilavın bozuk sosundan ötürü ishal olmam ve şehirde dolaşırken günde en az beş altı kez otel aramamdı. Ve tabii sebzeyle arası hiç iyi olmayan ve tavuk yemiş olan Kayra'nın, ben otellerin tuvaletlerinde can çekişirken, dışarıdan sesini benimkine benzetip, değişik tonlarda, "Bir sebzeli pilav alabilir miyim? Lütfen!" diyerek alay etmesiydi. Mönüdeki yirmi yemek arasındaki tek bozuğu bulmuş olmam Kayra'ya göre, hemen hemen kendimi oracıkta derhal asmamı gerektirecek kadar büyük bir şanssızlıktı. "Bir sebzeli pilav alabilir miyim? Yoksa, kalsın!" Sonuçta, Afrika'daki ilk haftam midemden gelen garip seslerle işkence halinde geçmişti.

Kapının yanında iki düğme gördüm. Biri ışık, diğeri zil. Hangisinin ne olduğunu düşünemeyecek kadar, kafamda yeniden canlandırdığım komik hikâyemin içindeydim. İkisine de bastım, kendi kendime gülmeye devam ederken. İçeriden sesler geldi. Birileri uyanıktı. Belki kahvaltı yapılıyordu. Kimse, "Kim o?" demedi. Zaten bu soruya düzgün bir yanıt da veremezdim.

Kapıyı annem açtı.

Apartmanın ışığı söndü. Tekrar bastım iki düğmenin üzerine. Çıkan zil sesi donmuş annemi çözdü. "Tolga! Sen misin?" sözleri çıktı sonunda. Yıllar sonra gerçek ismimi duymak tuhaftı. O kadar uzaktı ki bana bu isim, neredeyse dönüp arkamda bir Tolga olup olmadığına bakacaktım. "Benim anne!" dedim. Sadece bana değil, bütün ruhuma sarıldı. Dakikalarca. İçeriden babamın anneme, gelenin kim olduğunu sorduğunu duyuyordum. Annem yanıt vermiyordu. Sadece sarılıyordu. Bir hayal olmadığımdan emin olamadığı için birden yok olup kaybolmamı önlemeye çalışıyordu. Sonra "Oğlum..." dedi.

"Oğlum!"

Sözü hıçkırıklara karışmıştı. Ona sarılmaktan başka bir şey yapamıyordum. Tek kelime çıkmıyordu ağzımdan. Bu kadar sese babamın kayıtsız kalmasına imkân yoktu. Gözlerimi açtığımda, antrede bizi seyrettiğini gördüm. Tanıyamıyordu beni, sönen ışığın kararttığı kapının ağzında. Bir adım daha attı ve annemin omzunun üstünden göz göze geldik. "Tolga!" diyebildi. Ve iki adım atıp annem ile bana katıldı. İkisi de ağlıyordu. Umurlarında değildi komşular, şehir, ülke, dünya. Birbirimize sarılmış duruyorduk kapının önündeki paspasın üzerinde. Bitmeyen dakikalardı, geçmeyen bir zamandı benim için çünkü ben ağlamıyordum. Sarhoş gibiydim. İnanamıyordum anneme ve babama dokunuyor olduğuma. Gerçek gelmiyordu hıçkırıkları, "Oğlum!" demeleri yıllar sonra. Sadece, ikisine de sarılıyordum. Yapabileceğim bir tek bu vardı, onlara döndüğümü anlatabilmek için. Önce babam çözdü ellerini, sonra annem. İkisi de ellerimden tutup çektiler beni evin içine. Titriyorlardı bütün vücutlarıyla. Gözbebeklerinden saç tellerine kadar titriyorlardı.

"Gel!" diyordu babam. "Gel oğlum!"

Beni böylesine seven insanların kalpleriyle bu denli kolayca oynayabildiğim için kendi tırnaklarımı sökmeyi istedim. Annem elimi bırakmadan, kapıyı kapattı. Ve çok daha yüksek bir sesle ağlayarak sarıldı. Başını göğsümden ayırmak istemiyordu. Babamsa seyrediyordu, diğer elimi tutmuş... Salona girdik, bir saniye için bile birbirimizi bırakmadan. Ağlamaları geçmiyordu ikisinin de. Dökemediğim için gözyaşı, nefret ediyordum kendimden. Vücudumda litrelerce su dolanıyordu ama sanki hepsi sözleşmiş gibi saklanıyordu, onlara en çok ihtiyacım olduğu anda. Kanepeye oturduk. Ortalarındaydım. Sadece arada bir, ağzımdan "Anne... Baba..." kelimeleri çıkıyordu. Yirmi dokuz yaşında değil, yirmi dokuz aylıktım... Babam gözyaşlarını silmiş, yüzümü daha iyi görebilmek için karşıdaki koltuğa geçmişti. Ya binlerce soru soracaktı ya da dönüşüme sevinecekti. O an, gözlüklerini çıkarıp yaşlarını sildikten sonra bana sessizce baktığı an, Tanrı'nın önünde cennete ya da cehenneme gidileceğine dair kararı beklemekten daha zordu benim için. Ve ailemi hiçbir zaman hak etmediğimi düşündüren davranışlarına bir tanesi daha eklendi. Babam tekrar gözlüklerini takarken, tek bir sordu. Sadece bir tane. "İyi misin oğlum?"

Annem sol tarafımda oturuyor, elimi tutarak beni seyrediyordu. Önce babama sonra anneme bakarak "İyiyim" dedim. Söyleyecek binlerce güzel sözümün olmasını istedim. Beni affetmeleri için yalvarmanın en gösterişli yollarını biliyor olmayı istedim. Kayra kadar iyi bir konuşmacı olmayı istedim. Ama hiçbir söz çıkmadı ağzımdan. "İyiyim" diyordum sadece.

"Sizi çok özledim" diyecektim. Vazgeçtim. Çünkü sekiz yıldır başka bir yerde olduğumu unutmaya çalışıyordum ve özlemimden bahsedersem, sevincimiz üzüntüye dönüşürdü. Çektikleri acılar akıllarına gelecekti. Yaşadığımdan ümit kestikleri günü hatırlayacaklardı. Oysa şimdi, birbirimizin tadını çıkarıyorduk. Sadece gözlerimizle doyuyorduk birbirimize. Nasıl olsa geçmişi hatırlayıp daha sonra bana kızabilir ya da ağlayabilirlerdi. Şimdi, yaşadığımıza ve birbirimize dokunabilecek kadar yakın olduğumuza inanmanın zamanıydı. Annem elinin tersiyle gözyaşlarını sildi. Ağlamalar iç çekmelere döndü. Ve tonlar çeken sessizlik yavaşça çökmeye başladı üçümüzün üzerine. Evet şimdi, geçmişe yolculuk başlıyordu akıllarda. Düşünülüyordu bütün hissedilenler. İstemedim sessizliğin bize bunu yapmasını. "Beni affedebilecek misiniz?" diyerek yürüdüm geçtim sessizliğin üzerinden. Sorumu bitirmiştim ki, annem tekrar kısık sesle ağlamaya başladı ve boynuma sarıldı. Gözlerim ifadesiz olduğu için bütün sarılmalar esnasında kapatıyordum kapaklarını. Babamsa artık gözyaşlarını silmiyordu. "Tabii oğlum. Tabii ki!" diyordu. "Sen bizim çocuğumuzsun!" Dünyanın en derin çukuru, doğal yollardan oluşmuş on bir bin metre derinliğinde bir deliktir. Ve o deliğin dibinde olduğunu benim kadar hissedebilen başka kimse yoktu o an yeryüzünde. Bütün yaptıklarımdan sonra babam bana, "Sen çocuğumuzsun!" diyordu. Ve ben sorulabilecek en aptal soruyu sormuştum. Annem ellerini boynumdan çekip iç çekmelerine dönerken hâlâ kısık sesle, "Oğlum... Tolga!" diyordu. Birden, bütün hayata, bütün gerçeklere, geçmişin bütün acılarına büyük bir tokat patlattı, saçları beyazlaşmış kadın, "Aç mısın?" diye sorarak.

"Evet" dedim. "Evet anne!"

Afrika'da öldürdüğüm, Meksika'da baltayla kestiğim o insanlar benim çamurdan yapılmadığımı ve bir annem olduğunu bilselerdi ne düşünürlerdi acaba? Görselerdi annesinin okuldan gelen küçük çocuğuna sorduğu gibi bir soruyu içtenlikle yanıtladığımı, ne derlerdi acaba, diye geçirdim aklımdan... Tabii ki, kendilerini öldürenle, burada annesinin elini tutup babasının gözlerinden, duyduğu utanç yüzünden kaçmaya çalışan adamın aynı insan olmadığına yemin edebilirlerdi. Annem ayağa kalktı, elimi bırakmadan. Sürükledi beni mutfağa. Babam ne düşüneceğini bilmiyordu büyük ihtimalle. Nasıl davranmalıydı bana? Affettiğini söyleyerek dev bir adım atmıştı, ama ya sonra? Ne olacaktı şimdi? Son gördüğünde daha bir çocuktum. Ama şimdi, karşısında orta yaşa at koşturan bir adam duruyordu. O da kalktı ayağa. Geldi mutfağa peşimizden. Sessizliğin tekrar çökeceğini hissediyordum. Konuşmam gerekiyordu. Bir şeyler söylemeliydim bizi rahat bırakması için. Ne olursa.

"Tuğba nerede?" diye sordum mutfaktaki masanın başında, babama bakarak. "Bir arkadaşında kalıyor. Ders çalışıyorlar. Sınavları var" dedi babam. Söylediği her kelime, her harf kızgın bir demirin derime değmesiyle aynı acıyı veriyordu. Babamın ağzından çıkan, kardeşimin yaptıklarına dair her kelime, uçurumdan aşağı sallandığım hissini vermişti. Masanın etrafında oturduk. Bir şeyler yapmak için, önümdeki ekmek dilimine tereyağı sürüyordum. Annem yumurta pişiriyordu. O kadar çok zaman geçmişti ki, daha önceden bana sabahları ne hazırladığını düşünüyor olmalıydı. Biliyordum unutmadığını. Dolaptan çıkardığı bardakla durdu. "Süt kalmamış Tolga. Hemen gidip alayım!" dedi. Ben süt içirdiği çocuktum onun için. Kimseye kötülük yapmış olamazdım. Ben Tolga'ydım! Annesine her fırsatta çiçekler getiren Tolga. "Çay da olur..." dedim. Sesim titriyordu. Sonunda, vücudumdaki medcezire dayanamamıştı sular. Yükseliyorlardı. Burnumu geçip göz seviyeme geldiler. Ve artık sadece düşmek kaldı onlara, yanağımdan aşağıya. Annemin titreyen elleri, çaydanlıktan fincanıma içindekilerini geçirirken, ben ağlıyordum. Sıra bendeydi. İnsan olduğumu hatırlama sırası. Kendimi affetme sırası. Tek elimle yüzümü kapatmış ağlıyordum. Büyük bir felaket sonrasında söylenebilecek en doğru söz babamdan geldi:

"Geçti yavrum. Hepsi geçti! Ağlama."

Saçlarımı okşuyordu bunları söylerken. İkisi de dudaklarını ısırıyordu daha fazla ağlamamak için. Babamı ağlarken hiç görmediğimi düşündüm o an. Belki o da değişmişti, benim gibi. Annem de oturdu masaya. Tezgâhın üzerindeki sigara paketini alıp bana doğru tuttu. Yaptığı hareketi kendisine, bana ve bütün dünyaya, o an nefes alan herkese verebileceği en büyük acıyı verdi. Çünkü yirmi bir yaşımdayken sigara içtiğimi bilmiyorlardı. Ben öyle bir çocuk değildim. Ve o zamanlar, bunun asla olmayacağını düşünen annem, bana sigara paketini uzatıyordu. Kendisine rağmen yapıyordu bunu. Beni rahatlatmak için, o an bütün dünyayı yakabilirdi. Ama daha beterini yapıyor ve biraz önce süt teklif ettiği çocuğuna sigara tutuyordu. Ekmeğimden bir parça yiyip bırakmıştım. Paketten bir sigara çektim. Biliyordum yapmamam gerektiğini. Annemin karşısına bir adam olarak çıkmamam gerektiğini biliyordum, ama bütün acıların kaynağında, çok küçük yaşlarımdan itibaren onlara söylediğim yalanlar yatıyordu. Sigarayı masanın üzerindeki çakmakla yakarken, bir daha asla yalan söylemeyeceğime yemin ettim.

Çaylar bitti. Babam beni seyretmekle yetiyordu. Annemse beni nasıl doyurabileceğini düşünüyordu. Ağlamıyorduk artık. Geçmişti iç çekmelerimiz. Sigarayı söndürdükten sonra gereksiz bir laf daha ettim. "Ben sizi çok seviyorum!" Yeni bir ağlama salgını yaratabilecek kalibrede bir sözdü ama olmadı. İkisi de aynı anda, "Biz de!" dediler... Annem alışkanlıktan, tabakları ve kahvaltılıkları kaldırmaya başlamıştı. Babam da saçımı okşayarak sordu: "Yorgun musun?" Bana sorulacak en yerinde soruydu. Evet, diye bağıran bir stadyum dolusu ses duydum içimde. Çok yorgundum. Herkesten çok. Yorgunluğum Tanrı kadardı. Sekiz yıldır uyumuyordum insan gibi. Çok yorgundum ve babam bunu anlıyordu. "Evet" dedim kısık sesle. "Uyu biraz" dedi, bir sigara yakarken. "Dinlen" diye ekledi ilk nefesten sonra. Babam, her zamanki gibi yine en doğru sözleri buluyordu. Yetişemeyeceğim doğrulukta sözler... Uyku. İnsana verilmiş tek mucize. Kendinden geçmek. Gözleri kapatıp huzura dalmak. Ve uyanıldığında yeniden başlamak. Tek ihtiyacım buydu. Bir zaman dilimi geçmeliydi, son bir saat içinde yaşadıklarımızın üzerinden. Dinlenmeliydi yorgun kalplerimiz, biraz da olsa... Ben uyumalıydım, hiç uyumadığım gibi. Annemin hazırlayacağı yatağa yatıp gözlerimi kapatmalıydım. Belki kendime geldiğimde yirmi bir yaşıma dönmüş olmayacaktım ama yirmi dokuzuma gelene kadar ailemden uzakta geçirdiğim her gün için bir dakika uyuyacaktım. Tek istediğim buydu.

"Evet" dedim. "Biraz uyursam iyi olur..."

Hâlâ gerçek bir ses tonu çıkmamıştı ağzımdan, sanki kalın ve çatlak sesimden rahatsız olacaklarmış, oğullarının yerine bir yabancıyla konuştuklarını hissedeceklermiş gibi fısıltıyla konuşuyordum. Annem "Gel!" dedi. Elimden tutup koridora çıkardı. Oradan bir odaya girdik. Tuğba'nın yatak odasıydı burası. "Çantanda kirlilerin vardır. Ben şimdi yıkarım onları!" dedi annem. Bu cümleleri duyabileceğime asla inanmazdım. Annemin giysilerimi yıkaması o kadar uzaktı ki! Yanıt veremedim. "Sen uyu. Dinlen" deyip öptü yanaklarımdan. Ve kapıyı ardından kapatıp çıktı...

Yatağın üzerindeki örtüyü açtım. Gömleğim pisti ama çıkarmak istemiyordum, dövmelerim yüzünden. Sadece pantolonumu çıkardım. Ve tam yatağa girecektim ki, babam kapıyı açtı. Ellerini iki yanağıma koyup bir süre yüzümü seyretti. Hâlâ ıslaktı gözlerinin altı. "Hoş geldin evine" dedi. Öyle bir sözdü ki! Öyle dolu dolu çıkmıştı ki ince dudaklarının arasından! Önce ellerini tuttum. Sonra ben sarıldım. Kapının önünde yapamadığımı yaptım. Bütün gücümle babama sarıldım. "Haydi uyu artık" diyerek çekti kendini. Ve çıktı, kapıyı kapatarak. Yatağa girdim. Dışarısı sıcak ama çarşaf serindi. Yan döndüm. Yastığın altına sol kolumu soktum. Sağ kolumu da yüzümün yanına koydum. Derin bir nefes aldım. Gözlerimi kapattım, sekiz yıllık bir uykuya dalmak için...

Kafeden içeri girdiğimizde, makyajının ayarını kaçırmış orta yaşlarda bir kadın gülümseyerek karşıladı bizi. Kendisini takip etti. Genç kız ve erkeklerin çevrelerini doldurdukları masaların yanından geçip gösterdiği yere oturduk. Fazla nazik ve güler yüzlüydü yer gösterici kadın. Asla ulaşamayacağı bir medeniyet seviyesinin kötü taklidiydi. Ülkenin yüzde beşi de benzerleriyle doluydu. Bir an önce modernleşip diğer geri kalmış yüzde doksan beşle alay etmek için yanıp tutuşan cinsten. Babam, "Ne içersin?" diye sordu.

"Cappuccino" dedim, kadının gizlemeye çalıştığı kırışıklarına bakarak...

Eve gelişimin üzerinden iki gün geçmişti. Ve babam, elbet bir zaman olacağını beklediğim ciddi konuşma için beni buraya getirmişti. İki gün boyunca evden çıkmamış ve önemsiz konulardan bahsetmiştik. Daha ailemin hiçbir ferdiyle gidişim ve dönüşüm hakkında konuşmamıştım. Ama zamanı gelmişti kaçınılmaz konuyu açmanın. Belki asla sormayacaklardı neden gittiğimi, ama neden döndüğümü merak ediyor olmalılardı. Misafire bile, kapıdan içeri adımını attığından ancak iki gün sonra geliş nedeni sorulur, diyen sözü hatırlatırcasına, babam da ziyaretçi konumumun sona erdiğini anlatmaya çalışıyordu benimle yalnız kalıp konuşma çabasıyla...

Düşündüğüm gibi başladı söze:

"Bak Tolga, sen gittikten sonra, hiç haber vermeden, ne kadar üzüldüğümüzü tahmin edersin. Tek kelimeyle, mahvolduk! Yıllarca hatayı kendimizde aradık. Ve gidiş nedenini çözemedik. Bir türlü anlayamadık bunu neden yaptığını. Zaman geçtikçe, yokluğunu kabul ettik. Ben şahsen iki ihtimal üzerinde duruyordum. Ya öldü ya da asla dönmeyecek, diyordum. Ama annen her zaman, bir gün çıkıp geleceğini hayal etmeye devam etti, bunca geçen yıla rağmen. Sana, neden bizi terk ettiğini sormayacağım çünkü hiçbir işe yaramaz. Ama bil ki, biz böyle bir üzüntüyü tekrar kaldırabilecek güce sahip değiliz. Annen, ben ve kardeşin, sen hiç gitmemişsin gibi, daha şimdiden sana alıştık. Eğer tekrar gitmeyi düşünüyorsan, burada şimdi söylemelisin!"

Sustu. Garsonun çay ile cappuccino'yu masaya koyup gitmesini bekledi. O an, garsonlar geldiği için bugüne kadar kesilmiş bütün konuşmaları düşündüm. Ne ölüm tehditleri, ne evlenme teklifleri beklemişti kim bilir, masanın verilen siparişlerle donatılmasını. Dünyanın en ölü anlarından biri, garsonun masaya servisi... Ama babam hâlâ susuyordu. Benden bir yanıt bekliyordu. İnandırıcı olmalıydım çünkü doğruyu söyleyecektim.

Gözlerine bakıp, "Asla bir daha gitmeyeceğim!" dedim. "Asla!"

Ağır bir konuşma yapmam gerekirdi. Gidişime dair elle tutulur nedenler ortaya koymalıydım. Ya da beni evlerine, yanlarına kabul ettikleri için minnettarlığımı anlatacak dev ifadeler bulmalıydım. Ama hiçbiri aklıma gelmedi. Sadece şekere uzandım.

"Peki, ne yapmayı düşünüyorsun bundan sonra?" diye sordu babam. Büyük bir soruydu. Normal hayata dönebilmem için birçok teknik konuyu halletmem gerekiyordu. Cappuccino'dan bir yudum alıp arkama yaslandım. Babamı korkutmadan, kalp krizi geçirtmeyecek kelimelerle içinde bulunduğum hukuki statüyü anlatmaya başladım:

"Baba, öncelikle, şu an sahte bir Fransız pasaportu taşıyorum."

Gözleri açıldı ama ben devam ettim.

"Bununla burada sonsuza kadar yaşayamam. Ve tabii, askerlik var. Herhalde vatandaşlıktan çıkarılma seviyesine gelmişimdir. Öncelikle, bu sorunları halletmeliyim. Bir kimlik çıkartmam ve askerlik yapamayacağıma dair bir rapor almam gerekiyor. Çünkü askerlik yapabilecek gücü kendimde bulmuyorum. Ve zaten vücudumdaki yaraları da gördükten sonra beni askere alacaklarını sanmıyorum."

Bir sigara yaktım. Babam artık hiçbir şeye şaşırmıyordu. Hayret etme eşikleri, sayemde tahmin edemeyeceği genişliklere ulaşmıştı.

"Ve bütün bu işleri hallettikten sonra, bir işe girip çalışmak istiyorum. Senin de bildiğin gibi yapabileceklerim çok sınırlı. Tercümanlık yapabilirdim belki. Ve sonra da, yeterince para kazanıp sizin yanınızdan ayrılır, başka bir eve taşınırım. Sonra da evlenirim" diyerek bitirdim hayat taslağımı. Duyması güzeldi söylediklerimi. Kulağa hoş geliyordu. Ama gerçekleştirmek hiç de o kadar kolay değildi planlarımı. İlk defa bir planım vardı hayata dair. Ama o da, Merkez Bankası'nı soymak kadar zordu. Sustuğumda eminim, ben yokken hayatının daha kolay olduğunu düşünüyordu babam. Söylediklerimin hangisine yanıt vereceğinde karar kılmış olmalı ki, askerlikten başladı.

"Evet, askerlik halletmen gereken bir konu. Benim tanıdıklarım var. Onların yardımıyla çözebiliriz."

Burada, acı acı gülmeye başlamıştı.

"Zaten, seni de askere alacak bir ordu olduğunu sanmıyorum dünyada! Kimlik işini dert etme. Nüfus dairesine gidip kaybettiğini söyler ve çıkarttırırsın. Sorun olmaz. Oğlum, beni iyi dinle! Bunların hiçbiri önemli değil. Sen bizim oğlumuzsun. İstediğin kadar yanımızda kalabilirsin. Önemli olan bizimle burada yaşamak istemem. Gerisi kolay! Elimden gelen her şeyi yaparım."

Babam, hayatının geri kalanını beni yeniden bir insan yapmaya adıyordu. Ve ben bu adak törenini izliyordum. Yirmi birime kadar beni birçok beladan kurtarmıştı. Ama şimdi kurtarıcılığının boyutu sınıf atlamıştı. Tanrı'dan farksızdı. Yoktan bir insan var etmeye çalışıyordu. Belki anlatmalıyım, diye düşündüm, babama. Onların istedikleri gibi bir adam olamayacağımı, değil bir adam, yanlarında kaldığım takdirde bir insan olarak yaşayamayacağımı anladığım için ve benim zavallılığımı, işsizliğimi her gördüklerinde kahrolacaklarına, yok olduğum için bir defaya mahsus kahrolmalarını tercih ettiğimi söylemeyi düşündüm. Bu, genel olarak, evden kaçış nedenimdi. Okulunu bitirmeyecek, askerde büyük sorunlar yaşayacak, kalabalık içinde yatıp kalkamadığı için her gün ya dövecek ya dövülecek, evlenemeyecek, hiçbir işte çalışamayacak, düşüncelerinin hiçbiri gerçekleşmediği için alkole gömülecek bir insan olacağımdan emin olduğum için ve ailemin böyle bir evladın varlığına yapacakları tanıklığın yaratacağı acı sonsuz olacağı için ortalıktan kaybolmuştum. Tabii, denklemim yirmi bir yaşımdayken bana son derece mantıklı geliyordu. Kendimi o kadar iyi kandırıyordum ki, aileme duyduğum sevgiden ötürü, onlar için onları terk ettiğime inanıyordum. Yani çıkıp deselerdi bana, "Evladım, istediğin kadar anormal bir hayat yaşayabilirsin. Biz hiç üzülmeyiz." O zaman hiçbir yere gitmezdim. Saçma sapan düşüncelerdi hepsi de. Başka bir sıfat yoktur herhalde, o günlerde aklımdan geçenlere yakıştırabileceğim. Devam etti babamın tarihi konuşması. "Bizi çok mutlu ettin, yavrum. Yeniden doğmuş gibiyiz. Sakın bizleri bir daha bırakma. Şimdi yarın ilk iş, nüfus dairesine gitmek olacak. Oradan da askerlik şubesine geçeriz. En geç bir ay içinde her şey hallolmuş olur. Bana güven!" Güveniyordum. Bir tek o vardı güvendiğim. Biliyordum babamın bütün sorunlarımı çözebilecek güce sahip olduğunu. Zaten istediklerim de fazla değildi. Sadece, içine dahil olacağım toplumun bir kurumunun, askerlik yapamayacak kadar kırılmış bir vücuda ve beyne ya da yeterli sayıda HIV taşıdığıma kanaat getirmesini, bunun yanında başka bir kurumunun da, sekiz yıl önce ortadan kaybolmuş olan beni, Türkiye Cumhuriyeti vatandaşı olarak yeniden tanımasını istiyordum. Bir ara, babam ben yokken neler olduğunu anlatacak oldu, ama kendisini susturmak zorunda kaldım. Söyleyeceklerini duymaya dayanacak direncim olmadığını biliyordum. Beni arama çalışmalarını, her çalan telefonda kanlarının beyinlerine hücum etmesini ve uykunun kaybolduğu geceleri dinlemek istemiyordum. Eğer yeni bir hayata başlayacaksam, eskiyi unutmalıydım. Ve daha, hafızamda sekiz yıllık yolculuğumu silememişken, bir de ailemin çektiği acıların fotoğraflarını albümüme katmak istemiyordum. Yırtmak yıllarımı alırdı, o fotoğrafları da...

Dünden iğrenen bütün insanlar gibi biz de gelecekten konuştuk sürekli. Babam, Eski Foça'da bir ev yaptırdığını, bittiği zaman annemle yılın yarısını orada geçireceklerini anlattı. Ben yapabileceğim işlerden bahsettim... Yarın, bugünü yaşanılabilir hale getiriyordu. Kendimizi bir binanın tepesinden hep beraber boşluğa bırakmayışımızın tek nedeni yarındı! Lotonun çıkma ihtimalini, âşık olunacak insanla tanışma ihtimalini, sonsuz mutluluk ihtimalini içinde barındıran o sihirli sözcük: yarın. Gelecek iyi bir sermayeydi. Yaşadığımız sürece bitmeyen bir anapara gibi. Gelecek zamanda çekilmiş fiiller kulağa çok tatlı bir melodi yayıyordu. Hele planların ayrıntılarına girmek, babamın yaptırdığı evin banyosunu tarif etmesini dinlemek o kadar dinlendiriciydi ki...

Eskiden de, yani ilk garip duygular ya da duygusuzluklar hissettiğim zamanlarda da yarının büyük bir önemi vardı. O zamanlarda kurmuş olduğum hayallerin sınırsızlığı ve saçmalığı beni sarhoş ederdi. Kendi kendimi sarhoş edemediğim zaman içkiye başladım zaten. Bedenimi büyük bir kutuya koyup, üzerinde Avustralya'da herhangi bir adres yazdırıp sokaktan geçen birine postalatacaktım. Böyle bir yarın hayalim vardı. Ama kutuyu kargoda ters koyarlarsa ne yapacağımı hiç düşünmemiştim. Seyrettiğim filmlere inanan bir çocuktum. Ve hep inandım. Kafasının etrafında dört tane televizyon ekranı taşıyan bir çocuktum... Bütün hayatı televizyondan seyrediyordum... O zamanlar, hayatla aramda ekran vardı. Sonra kırıp geçtim öbür tarafa. Hayata! Afrika'ya...

Babam konuşmaya devam ediyordu. Pek yaşlandığını söyleyemezdim. Kendine iyi bakardı zaten hep. Ve onu görmediğim sekiz yıl içinde de çok değişmemişti. Evet, saçları biraz daha beyazdı. Birkaç kırışık daha yayılmıştı yüzüne ama elleri, gözleri, bıraktığım gibiydi. Fazla kilo da almamıştı. Nedenini anlamam uzun sürmedi. Haftada iki kez üç arkadaşıyla toplanıp tenis oynadığını anlattı. Hiç şaşırmadım. Babamdan daha yaşlıydım. Bunu ikimiz de biliyorduk...

Aynı kafeye bir gün sonra, hemen hemen aynı saatlerde annemle geldik ve yine babamla oturduğumuz aynı masaya oturduk. Kafeyi işlettiğini tahmin ettiğim, ağır makyajlı kadın annemi tanıyor olmalıydı. Biraz konuştular. Sonra gitti. Annemle konuşabileceğim fazla konu yoktu. Benim için yapabilecekleri evdeki rahatımı sağlamakla sınırlıydı. Ona yaptıklarımdan, kendisine çektirdiklerimden ötürü, beni karnında taşıdığı her gün için beynime bir kurşun sıkmasını isterdim. Ama annem o tarz bir intikam meleği değildi. Bir insandan uzun süre nefret edemezdi. Kin, bilmediği bir duyguydu. Artık gözlerime baktığı zaman ağlamıyordu ama geleceğim için endişelendiğini biliyordum. Onun istediği gibi herhangi bir mesleğe sahip olamamıştım. Son diplomam, doğum belgemden itibaren benimle ilgili bütün tarihi belgeleri sakladığı dosyadaki liseden kalma olandı. Ve bu kâğıtla da, hayalindeki yüksek bürokrat oğul olma ihtimalim sıfıra eşitti. Ama annem yine de şükretmesini bilirdi. Nefes almamdan başlayarak, işleyen her organım için şükredebilirdi... Umutsuzca bunu yapıyordu. Babam gibi o da, ben yokken neler olduğunu anlatmamaya gayret ederek, havadan sudan konuşmayı tercih ediyordu. Sadece, benimle ilgili bir anıyı anlatırken eskiye dönüp gözlerini sulandırdı.

Altı yaşımdayken, yeni doğmuş kız kardeşimi kıskanmış olmalıyım ki evden gitmek istediğimi söylemişim anneme. O da gülerek, bunu nasıl yapacağımı sormuş. Büyük ihtimalle televizyonda görmüş olduğum delta parabellumu tarif ederek, uçarak Amerika'ya gideceğimi anlatmışım. Ve o da, yolumun çok uzun olduğunu, aramızda dev bir deniz olduğunu ve karnımın acıkacağını söyleyince, tabii ki yanıma bir de olta alacağımı belirtmişim. Hikâyeyi bitirdiğinde bir an için ikimiz de sustuk. Annemin gözleri yaşlıydı. Sonra birden, verdiğim yanıtın çocukça zekiliğini hatırlayıp aynı anda gülmeye başladık. Okyanusun üzerinde uçarak giden ve elindeki oltayla balık avlamaya çalışan altı yaşındaki bir çocuk gelmişti gözümüzün önüne. Aslında pek farklı değildim Afrika'da dolanırken. Elimde olta yerine silah vardı. Ama uçuyordum yine de!

Annem, akşama pizza yaptığını söyledi. Babamın aksine, o yaşlanmıştı. Saçlarını doğal rengine boyuyordu ama yüzündeki kırışıklar yaşının biraz ilerisine geçmişti. Hemen hemen aynı yaştaydık annemle...

Küçüklüğümden bahsetti. Tuğba'yla nasıl sürekli kavga ettiğimizi anlattı. Ben fazla konuşmadan dinliyordum. İhtiyacı vardı annemin, oğluyla konuşmaya. Çok erken kaybettiği erkek çocuğunu yeniden kazanmış ve elinden geldiğince arayı kapatmaya çalışıyordu. Hayatımda ilk defa, annem ile babama karşı gerçek bir oğul gibi bakmayı öğreniyordum ben de. Sevmeyi, sarılmayı, öpmeyi, doğal olmayı, alfabeyi yeni tanıyan bir çocuk gibi öğreniyordum. Şimdiye kadar hiçbir gerçeğe sahip olmamıştım ve yine gerçekte var olmayan bir geçmişi kazmak da korkunçtu. Ama artık görebiliyordum, dokunduğumu hissedebiliyordum. Annemi, ilk defa bütün benliğimle dinliyordum ve aklıma gençken okuduğum bir şiir geldi:

Dişlerimiz olduğu için ısırıyoruz.
Bu yüzden bu kadar vahşiyiz...
Gözlerimiz olduğu için hayran kalıyoruz.
Bu yüzden bu kadar âşığız...

Ben de şiirin dizelerindeki gibi beş duyumu ilk defa doğru kullanmaya çalışıyordum. Suç ortağım olan hafızam unutmuştu bu doğal yetenekleri. Duymayı, görmeyi, hissetmeyi, hepsini. Ve insanoğlunun en büyük kötülüğü bende vücuda gelmişti. Yani kullanılmayanı unutmak. Gerçek bir hainlik! Annemin konuşurken, arada bir döktüğü gözyaşları ruhumu temizliyor ama geçmişi silemiyordu. Sonsuz sevgisine o temizlenen ruhumun ihtiyacı vardı. Şeytanın annesiyle ortak bir kader paylaşan karşımda oturan insan, insanoğluna dair içimdeki umut fitilini alevleyebilecek tek canlıydı. Eğer annem bu kadar ağlamasaydı, ben insanları öldürmek için dönerdim geldiğim yere. Çünkü yokmuş, derdim. İnsanın içinde insanlık yokmuş! Soğumamış çamur hâlâ, insan dediğimiz canavar, diye düşünürdüm. Ama annem ağlıyordu. Beni hâlâ seviyordu. Babam hayatımı, annem ruhumu kurtarıyordu. Kendimi onların ellerine bırakmaktan başka bir şey düşünemiyordum. Ben mahvettim, onlar düzeltsin. Bunları düşünürken, bir an önce çocuk sahibi olmayı istedim. O da hayatını parçalasın da, ben toplayayım diye!

Eve dönüşümün dördüncü gecesinde Tuğba'yla dışarı çıktık. Aslında, aramızda pek konuşmadığımızı fark eden annem ile babam ısrar etmişlerdi Tuğba'ya, beni alıp dışarı çıkarması için. Dönüşümü kabullenemeyen, varlığımdan rahatsız olan evdeki tek insandı Tuğba. Çok güzel bir genç kadın olmuştu. ODTÜ'de sosyoloji bölümünün son sınıfındaydı. Ve sekiz yıldır kayıp olan ağabeyinden nefret ediyordu...

Beni yatağında uyurken görmüştü ilk defa, sekiz yıl sonra. Ve o an, belki de öldürmek istemişti ismini bile anmak istemediği ağabeyini. Çünkü anladığım kadarıyla yokluğumda, hayatında ters giden her olaydan beni sorumlu tutmuştu. Onu bıraktığımda on beş yaşında küçük bir kızdı. Arkadaşlarının bana âşık olması dışında büyük bir sorun yaşamazdık birlikteyken. Daha çok, yılda birkaç kez gördüğü Kayra'yla iyi zaman geçirirdi. Çünkü Kayra onu dinler, gezdirir ve bir sürü gereksiz bilgiyle doldururdu kafasını. Benimse, patlamasına ramak kalmış beynimden ötürü, onunla gerçek bir ağabey gibi ilgilenmem imkânsızdı. Ben, ulaşamadığı ve aynı kanı paylaştığı bir insandım. Belki de o zamanlar, bana anlatmak istediği binlerce hikâyesi vardı. Ama kimseyle bir şey paylaşabilen bir insan olamadım. Sadece kardeşimi değil, kim-

seyi dinleyebilecek durumda değildim, özellikle Tuğba'nın artık hayatı
öğrenmeye başladığı o ilk yıllarda...

Ve şimdi de, tek çocuk gibi büyümüş, asi denilebilecek kadar karakterli ve ne istediğini bilen genç bir kadın vardı karşımda. Annemi ve
babamı daha önceden hatırlıyordum. Nasıl insanlar olduklarını, zevklerini unutmamıştım, ama Tuğba daha önce karşılaşmadığım biriydi.
Uzun sarı saçları ve ince parmaklarıyla hafızamda yeri olmayan bir kadındı. Ben küçük bir kız bırakmıştım geride. Çok konuşmayan, Duran
Duran hayranı olan, yaşıtlarına benzeyen küçük bir kız... Yunan tragedyalarına konu olacak kadar iğrenç bir tesadüf olmadığı için şükrettim. Çünkü eğer herhangi bir yerde karşılaşsaydım bu kadınla, kesinlikle onu tanımaz ve birlikte yatmak için bütün çabayı gösterirdim. Ve
tabii ki, Tuğba beni hatırlayıp kendini tanıttığı zaman da, elimdeki bardağı önce kafamda kırıp sonra da kırık bir cam parçasıyla, demin kız
kardeşime kur yapan dilimi oracıkta keserdim...

Tuğba'yla ilk konuşmamız, evde ben uyanınca gerçekleşmişti. Büyük
bir sarılma değildi. Ne de büyük bir buluşma. Daha çok bir şaşkınlık ve
beni ilk gördüğü zaman söylemeyi planladığı kelimelerin birbirine çarpışmasıydı. Çok keskin bir konuşma yapmayı hayal etmişti belki de
bunca zaman, beni ilk gördüğü yerde. Ama hiçbir hesabın dikiş tutturamadığı hayatta, o da herkes gibi çuvallamaktan nasibini almış ve beni
görünce, boğazında çözemediği düğümler kurşunların ağzından çıkmasını engellemişti. En boktan hikâye bile aynaya anlatılırken iyi gelir!..

Ama şimdi arabayı kullanan genç kadın hazırlıklıydı. Beni pişman
edecekti. İntikamın ne olduğunu gösterecekti. Nasıl annem ve babam
beni bu kadar çabuk affedebilmişlerdi? O da belki düşünmüştü yüzlerce kez evden kaçıp gitmeyi. Ama yapmamıştı! Benim yüzümden. Belki
de sorumluluklarını bildiği için gitmemişti. Ne kadar zayıf, bencil ve yalancıydım! Bütün ailemi kandırmıştım. İnsan, sırf kendini kötü hissetti
ği için annesini, babasını ve en önemlisi kız kardeşini bırakıp gider miydi? Bunlar, benim de yanıtlamaya hazırlandığım sorulardı. Tabii, soru
tahminleri sonsuzdu. Kim bilir beni daha başka nelerle suçluyordu? Anne ve babamın, ben gittikten sonra bütün ilgilerini üzerine çevirmiş olmalarından, dizlerinin dibinden ayırmamalarından, ikinci kez bir çocuk kaybetmeye dayanamayacakları için aşırı bir korumacılıkla, on ye

di yaşındayken arkadaşları gibi akşamları dışarı çıkmasına izin verme-melerinden de ben sorumluydum. Bütün suçlarımı düşünmeye, kaçışı-mın, kardeşimin üzerinde yaratmış olduğu bütün etkileri tahmin etme-ye çalışıyordum. Savunmasız yakalanmak istemiyordum kızgınlığına. Arabada neredeyse hiç konuşmadık. İnsanın kardeşiyle nasıl tanışa-bileceğini bilmediğim için susuyordum. Bir ara durup sigara alacağını söyledi. Ben, tam onun yaşlarındaydım çekip gittiğim zaman ve sigara içtiğimi kimse bilmezdi. Ama kardeşim normal bir insandı ve yalan söylemeye ihtiyaç duymuyordu. Sigara içiyordu. O kadar!

Sonra, dar bir sokağa girip park etti arabayı. Gaziosmanpaşa'da bir yerlerdeydik. Tek katlı bir binaya doğru yürüdük. Kapıda bir tabela yoktu, ama onun yerine fazla iri bir adam vardı. İçeri girdik. Bir masa-ya oturduk. Ben, yanımıza gelen garsona beyaz şarabın şişesinin ne ka-dar olduğunu sordum. Fiyat önemliydi. Çünkü Kayra'dan aldığım para sonsuz değildi ve ailemden harçlık alacak yaşı biraz geçmiştim. Ben, ne tür bir içkinin birazdan kardeşimle yapacağım konuşmaya uyacağını düşünürken, Tuğba çoktan barda oturan arkadaşlarının yanına gitmiş-ti. Hayatımı sirke çeviren ve unutmaya, yok etmeye çalıştığım Kinyas, benzer bir barda, masadan izinsiz kalkıp giden bir kadının ve selam verdiği herkesin, önümde duran mermer kül tablasıyla, yıllarca çıkma-yacak yaralar açardı yüzlerinde. Ama ben sadece seyrediyordum kız kardeşimin arkadaşlarıyla konuşmasını.

Şarapla aynı anda Tuğba da gelip oturdu karşıma. Odasındaki kitap-lığa göz attığımda her cinsten yazar görmüştüm. Geliştirmişti kendini. Yapacağı konuşmanın üstesinden gelecek kadar kelimeye sahipti. Ama başlamak en zoruydu ve bu hiçbir kitapta yazmıyordu. İşini kolaylaştır-mak için barı ve kulakları dolduran şarkının sona ermesinden yararla-narak ben başladım.

"Biliyorum Tuğba. Döndüğüm için mutlu olmadın. Ama biz karde-şiz. Ne kadar benden nefret etsen de, ben seni seveceğim."

Biraz sert bir giriş olmuştu. Onun yerine ben heyecanlanmıştım. O sakindi, kadehini masaya koyarken. Ne gözkapakları, ne de elleri titri-yordu. "Evet, hiç mutlu olmadım. Çünkü dönmeni beklemiyordum. Öl-düğünü kabullenmiştim ben! Ve sensiz çok iyi yaşıyordum. Ve açıkçası, seni tekrar bir ağabey olarak görebilecek miyim, bilmiyorum" dedi. O kadar mantıklıydı ki sözleri, hiç bana benzemediğini düşündüm o an. Sanki ben, Tuğba'nın küçük kardeşiymişim gibi hissettim. Devam etti, sigarasını yaktıktan sonra: "Annemler döndüğün için çok mutlular. Belki ben de olmalıyım! Ama ben seni tanımıyorum. Seninle ilgili hatırladıklarım o kadar uzak ki! Sanki hiç yaşamamışsın gibi. Sanki hiç abim olmamış gibi..." Önümdeki şişe gittikçe küçülmeye başladı gözümde, duyduklarımdan sonra. Yanlış bir seçimdi beyaz şarap. Tuğba'nın konuşması sek viskiye daha çok uyuyordu. "Hepsini biliyorum" dedim. "En azından, tahmin etmeye çalışıyorum. Ama eğer izin verirsen, seninle arkadaş olabiliriz. Ağabeyin olmak için geç kaldığımı biliyorum." Müzik rahatsız etmiyordu bizi. Ne söylediğimizi iyi duyuyorduk. Ama konuşma kilitlenmişti. Ne söyleyebilirdim ki çelik bir duvara? Birilerini ikna etme yeteneği Kayra'ya verilmişti. Bana verilense âşık etme yeteneğiydi, ki içinde bulduğum durumda hiçbir işe yaramazdı. O an, aklıma benimle ilgili merak ettiği konuların olabileceği geldi. En azından, birkaç soru sormasını ümit ettim. Bu şekilde konuşabilirdik! O bana sorular sorar, ben yanıtlar veririm ve sohbetimiz ilerlerdi.

"Bana sormak istediğin herhangi bir şey var mı?" dedim. Kardeşimin sevgisini kazanmak için çabalamak çok zordu. İnsan olmak çok zordu. Ama artık mutlu olmak istiyordum. Hayatım boyunca garip olan ne varsa peşinden gitmiştim. Ulaşamayacağım ne varsa istemiştim. Şimdiyse belki de en zorunu, kardeşimin sevgisini istiyordum. Bana, doğumuyla beraber verilmiş olan ve benim yırtıp attığım sevgisini yeniden istiyordum. Ama, hiç de kolay olmadığını anlıyordum yıllar sonra ortaya çıkan bir ağabeye "Abi!" demenin. Tuğba'nın, belki de beni asla affetmeyecek olmasını anlayabiliyordum. Ve yanıtı ağzından zehir gibi aktı.

"Hayır! Sana soracak tek bir sorum bile yok! Neden gittiğini, niçin döndüğünü hiç merak etmiyorum. Sen, on beş yaşındayken terk ettiğin kardeşini merak etmiş miydin? Sormuş muydun ona neler hissettiğini? Bak Tolga, ben sadece annemler şu an çok mutlu oldukları için dönüşünü kabullenmiş gibi gözüküyorum. Elimden sadece bu geliyor. Kusura bakma!"

452

Bakmıyordum. Değil kusuruna, gözlerine bile bakamıyordum kardeşimin. Gerçek olan buydu. Gerçek tepki buydu! Annem ile babamınki temiz bir uykudaki rüya gibiydi. Ama hak ettiğim tepkiyi almıştım... Ve müzik durdu. Sadece bir saniyeliğine. Duyduğum ismi söylemek o kadar sürüyordu... Artık duymaya dayanamadığım bir ses, bundan sonraki hayatımda yeri olmayan bir ismi söyledi. Kayra fısıldayarak "Kinyas!" dedi. Ve müzik başladı. Çevreme baktım, hoparlörlerden çıkan sesi başka biri de duydu mu diye; ama hayır, kimse fark etmemişti Kayra'nın çatlak gırtlağından çıkan hırıltılı konuşmasını. Demek yine ben fazladan duymuştum. Sakin olmalıydım. Herkesten ve her şeyden daha sakin. Çölden daha sakin... Korktuğumu biliyordum hayali Kayra'nın hayali sesinden... Bana kimse Kinyas demesin! Ben Kinyas değilim! diye bağırıyordum bütün iç organlarımla. Kimse duymuyordu ama. Boğazımdaki damarların gerildiğini hissettim... Ben Kinyas değilim.

Tuğba konuşurken, önce masadaki şişeye sonra da, yan masada oturan insanlara bakmıştım. Üç tane adam oturuyordu. Ve içlerinden biri Tuğba'yı sürekli süzüyordu. İlgilenmiyordum artık söyledikleriyle. Hepsi birbirinden doğruydu. Hataydı! Dönmem hataydı. Ve kardeşim, bana bunu anlatmaya çalışıyordu. Kaçarak öldürdüğüm ailemin, dönerek cesetleriyle oynuyordum. Normal bir insan gibi yaşayamazdım ben. Çünkü öyle değildim. Yine kendimi kandırmıştım. Sahip olmadığım yetenekler eklemiştim beynime ve yüreğime. Ama hiç yakışmamışlardı. Nasıl beklerdim Tuğba'nın, ailemin, insanların beni hiçbir şey olmamış gibi karşılamalarını? Nasıl beklerdim bunca yaşadığım şiddet, acı ve zevkten sonra sevginin, dürüstlüğün gelmesini? Yanıt veremedim Tuğba'ya...

Yan masadaki adamların konuşmalarını dinledim. Gerçekten öyle mi diyorlardı yoksa pişmanlıktan, duvara çarpmaktan uğuldayan kulaklarım mı öyle duyuyordu, bilmiyorum. Ama Tuğba'dan bahsettiklerini biliyordum. Göğüslerinden, gözlerinden, bacaklarından, dudaklarından. Yıllar önce kimliğimi yırttığım gece, aklıma geldi. Bileklerimi kestikleri gece, okyanusun bütün yaratıklarını uykularından uyandıracak kadar acıdan bağırdığım aklıma geldi. Sekiz yıl aklıma geldi. Yirmi dokuz yıl aklıma geldi. Tuğba'ya, artık bir daha asla kardeşim diyemeyeceğim aklıma geldi...

Sadece şişeyi gördüm. Üzerinde "Çankaya" yazan yeşil şişeyi. Sonra ona uzanan elimi. Kardeşime asla ağabey olamayacağımın cezasını herkes çekmeli, diye düşündüm. Bütün dünya! Yan masadaki adamlar. Kinyas, "Vur!" diyordu. Sağ elimle şişenin üstünü kavrayıp kolumu omzumdan itibaren bir yay gibi açarak, hemen yanımdaki adamın alnına vurdum. Önce elindeki rakı kadehine çarptığı için alnının üst tarafına gelmişti. Aynı anda, ileriye doğru atılarak, sol yumruğumu Tuğba'nın yakınındaki adamın çenesine attım. Geriye sadece, oturduğumuzdan beri Tuğba'yı seyreden, Afrika'daki açlıktan, benim deliliğimden ve akmış akmamış bütün gözyaşlarından sorumlu olan adam kalmıştı. İki yanındaki arkadaşının da hemen hemen aynı anda aldıkları darbelerin hangi biriyle ilgilenmesi gerektiğini anlamasına izin vermeyecek bir hızla, tam oturduğu koltuktan kalkmaya çalışırken, onların cam kırıklarıyla dolu masalarından o an için ödünç aldığım kalın bir viski bardağını, yumruğu fırlatıp çektiğim sol elimle kavrayıp alnı ile saçlarının birleştiği noktada patlattım. Kesme cam! Kristal yoktu kırdıklarımın arasında. Bütün dünya gibi bardaklar da taklitti. Ben de iyi bir insanın taklidiydim! Ama gerçek yüzüm dayanamamıştı makyajıma. Akmıştı, elimi kesen cam kırıklarının döktüğü kanımla. Silinmişti makyajım. Şarap şişesinin kafasında parçalandığı adam, büyük bir gürültüyle sağ tarafıma düşmüştü koltuğuyla beraber. Yumruk attığıma bakmama gerek yoktu. Biliyordum yumruğun hafif geldiğini ve yerinden kalkınca, kaşını açmak için sabırsızlandığımı. Bu sefer özenerek vurdum, üzerinde hayali bir hedef tahtası gördüğüm yere sol yumruğumla. Her parmağımın üzerinde bir harf vardı. "ÖLÜM" yazıyordu bu gece yumruğumda. Eğer ben mutsuzsam, herkes peşimden gelmeli!.. Bütün bunlar olurken geçen saniyeleri saymadığım için pişmandım. Çünkü Liberyalı işgal kuvvetlerini kıskandıracak bir çabuklukta safdışı bırakmıştım üç kişiyi. Tabii, saldırıyı beklemiyor oluşları işimi çok kolaylaştırmıştı. Belki de, sarhoş oldukları için kendilerini toparlayamamışlardı. Ama kabul etmeliyim ki, ağızlardan Tuğba'yla ilgili çıkan sözleri duymamdan, kendimi herkesin bana dehşetle baktığı bir barda ayakta, yere düşmüş üç insanın ortasında bulmama kadar on beş saniyeden fazla geçmiş olamazdı. Tek bir sızı hissettim ensemde. Bir şişe ya da yumruk değildi. Bir sopa olmalıydı. Belki demir bir sopa. Demirden aşağısını kabul etmezdim gözlerimin kararması için...

Kendime geldiğimde, üç tane yan yana konmuş sandalyenin üzerinde yattığımı fak ettim. Başımın arkası, sanki o noktadan bir fil doğuracakmışım gibi zonkluyordu. Ve yüzümde bir ıslaklık vardı. Tanıyordum, bu sıcak ıslaklığı. Belki de en iyi tanıdığım şeydi, bu dünyada. Kendi kanımdan daha yakın başka bir dost yoktu. Tabii, öyle bir dost ki, asla görmek istemediğim ama hep içerilerde bir yerlerde dolandığını bilmekten mutluluk duyduğum... Televizyonu yan yatmış seyreder gibi, gözlerimi aralayınca Tuğba'nın yere dik olan yüzünü gördüm. Sonra televizyon ekranı bana uydu. Yani Tuğba kafasını bana göre ayarlayıp yere paralel hale getirdi. "İyi misin?" dedi. "Evet" diyebildim. Eğer tek bir dişim kırılmışsa, bardaki herkesi öldüreceğimi, barmenden, kapının biraz ilersinde bekleyen taksi şoförlerine kadar herkesi işkenceyle öldüreceğimi düşünüyordum. Ama sorunsuz bir "Evet" çıktığına göre ağzımdan, herhangi bir diş eksikliği yoktu. Girdiğim hiçbir kavgada, aldığım onca yaraya rağmen tek bir dişim bile kırılmamıştı. Ve bende bir tür saplantı haline gelmişti. Dişimin kırılmasındansa ölmeyi tercih ederdim... Ölümü her şeye tercih ederdim...

Lacivert pantolonlar gördüm. Omzumdan tutup sarstılar. Olduğum yerde doğrulup biraz önce üzerlerine yattığım sandalyelerin ortada olanına oturdum. Karşımda çömelmiş olan Tuğba vardı. Elindeki bezle yüzümü siliyordu. Kafamı kaldırdığımda, başımda bir beyzbol şapkası olan adamı gördüm. "Ne yapmışsın sen, kardeşim?" dediği anda, şapkanın altındakinin polis, sandalyelerin de herhangi bir karakolun demirbaş listesinde sıralandıklarını anladım. Tuğba kısık sesle konuşuyordu.

"Adamlardan birini hastaneye kaldırdılar. Diğerleri daha iyi. Çok sarhoşlardı. Nasıl o hale geldiklerini bile hatırlamıyorlar. Ama sen, yine de sabah, mahkemeye çıkacaksın. Kaşın açıldığı için, nezaret yerine burada yatmana izin verdiler."

O konuşurken, aklımdan sadece tek kelime geçiyordu: mükemmel! Her şey mükemmel. Daha aileme yeni döndüm. Ve bir hafta geçmeden hapisteyim. Yüzüm kan içinde. Mükemmel! Anne ve babamın sevgisi, benim bütün deliliğimi, hatalarımı terk etmeye çalışmam, Tuğba'nın bana olan nefreti ve beyaz şarabın yeşil şişesi. Hepsi mükemmel! Dar gelmişti şehir. Dar gelmişti, birkaç saat önce oturduğum bardaki koltuk...

Gözlerimi kapattım. Babamın sesini duydum. Sonra başka konuşmalar. Herkes konuştu, ben dinledim. Tuğba'nın yüzümü silişini hissettim. Kayra'nın kahkahasını duydum. Sonra hepsi bitti. Karanlık geldi. Sessizlik kolunda...

Gözlerimi açtım, yeterince siyah olunca her yer. Sadece annemi gördüm. "Uyu oğlum. Dinlen" diyordu. Bana hazırladığı, koridorun başındaki odadaydım. Ne mahkeme, ne hapis, ne kimliksiz bir Fransız! Nefsi müdafaa. Ağır tahrik. Bir kişiye karşı üç eşkıya. Şikâyetçi olmayan sarhoşlar. Ve konuşmasını bilen emekli bir büyükelçi!

Başladığımız yere dönmüştük. Babam yine beni bir yerlerden kurtarmıştı. Onu maaşa bağlamalıydım. Profesyonel bir "trouble-shooter." Gizli servislerde dedikleri gibi... Şimdi artık, gerçekten evimde olduğumu hissediyordum. Annem başımda ağlıyor, babam beni kavga ettiğim için karakoldan kurtarıyor ve kardeşim bana karşı acı ile nefret arasında bir duygu hissediyordu. "İşte ev!" dedim. "İşte aile! Daha ne istiyorsun? Gerçek hayata hoş geldin..." Hoş bulduk!

"Kollarını göster... Nasıl oldu bu yaralar?"

"Hatırlamıyorum" dedim. "Ama tek bildiğim, bu dikişler yüzünden beş sınavdan fazla çekemediğim."

"İntihar etmeye çalışmış olabilir misin?" dedi, koltuğuna otururken.

"Evet" dedim. "Olabilirim."

"Peki, bu kurşun yarası ne?" diye devam etti, elindeki altın kaplama olduğunu tahmin ettiğim gösterişli dolmakalemle, önündeki GATA antetli kâğıda vücudumdan çıkardığı sonuçları yazarken.

"Afrika'da oldu. Liberya'da. Bir kavga çıkmıştı. Ateş ettiler. Önemli bir şey değil."

Kafasını sallıyordu yazarken. Söylediğim hiçbir sözde, daha önceden duyduğu kelimeler yer almıyordu. Ama aslında yanılıyordum böyle düşünürken. Emindim insanoğlunun en berbat türlerine en ince ayrıntısına kadar tanıklık etmek zorunda kalmış olduğuna. Uzun boylu ve zayıf adamın mesleği, belki de dünyanın en geçersiz olanıydı. En hayalperesti mi demeliyim yoksa? Öleceğini bildiği insanları kurtarmaya çalışmak. Doktorluk! Ölümü dizginleyemeyeceğini bilen bir doktorun üzerinde yoğunlaşabileceği tek konu, acısız bir hayat ve dolayısıyla acısız bir ölümdür. "Ben acılara dayanırım, nasıl olsa öleceğim" diyen birinin beyaz önlüklere ihtiyacı olmaz. Keyfe keder bir meslek. Aslında tiyatroculara, sanatçılara benziyorlar. Onlar gibi, şu anı iyileştirmeye çalışıyorlar ve en önemlisi, ölümü unutabiliyorlar. O yokmuş gibi çalışmaya devam ediyorlar. Doktorluk dışındaki bütün mesleklerde, başarılı olanların ölümsüz eserleri, kendilerinden sonra var olacak yapıtları olur. Bunlar, bir avukatın adıyla anılan yasadan, bir kaporta ustasının yeniden hayat verdiği hurda arabaya kadar gider. Ama doktorun, en sağlam yaptığı adam bile en fazla elli yıl yaşar. Onun için, doktor isimleri de sadece hastanelerdeki bölümlere, tıp fakültelerindeki amfilere verilir. Gönüllerini almak için. Bir zamanlar iyileştirdikleri, ölümden kurtardıkları insanların mezarlarına verilemeyeceğine göre isimleri, ancak kendi alanlarında yaşamaya devam eder. Oysa belki de mezarlıklara verilmelidir adları. "Doktor X sayesinde bu kadar uzun yaşadık ve rahat öldük" benzeri yazılar süslemelidir mezarlıkların girişini.

"Arkanı dön!" cümlesi beni tıbbi hayalimden uyandırdı. "Bu dövmelerin anlamı ne?" sorusu da fazla yanıtsız kalmadı.

"Bilmiyorum."

"Peki, giyinebilirsin!" komutu da geldi.

Aslında, söylenecek pek bir şey yoktu. Vücudum, düzenli bir orduya katılamayacağımın sessiz kanıtıydı. Ve karşımda oturan askeri hastanenin doktoru da, kanıtımın söylemeye çalıştıklarını anlayacak kadar tıp bilgisine sahipti. Babam kapının arkasında bekliyordu. Doktorun verdiği kâğıtla dışarı çıktığımda yanıma geldi. "Şimdi de, bir psikiyatra görünmem gerekiyormuş" dedim. Koridorun sonundaki merdivenlere doğru yürürken, babam elindeki dosyaları karıştırıyordu.

"Evet" dedi. "Alt katta bir yerde olmalı odası."

Basamakları yavaş yavaş inerken, aslında askere gidip gitmemenin o kadar da önemli olmadığını düşünüyordum. Ancak gerçekten de, daha normal bir hayata alışmadan, yüksek disiplinli bir kuruma dahil olduğumda, kendime ve çevreme zarar verebileceğimin de farkındaydım... Birkaç gün önce kimliğim çıkmıştı. Babamın başarısıydı. Kabul etmeliyim. Belki de en büyük adımdı hayatın içine atılan. Yeniden, sekiz yıl sonra üzerinde gerçek adamın ve soyadımın yazdığı, Türkiye Cumhuriyeti vatandaşı olduğumu kanıtlayan bir kâğıt taşıyordum. Bana güç veriyordu. Yıllardır hiçbir yere ait olmayan ben, artık bir devletin himayesindeydim. Kurallara uyduğum takdirde, toprakları üzerinde özgürce yaşamama izin verecek bir devletin vatandaşıydım. Doğarken kazandığım, yirmi birimde isteyerek kaybettiğim her şeyi geri almaya çalışıyordum. Kimliğimi, insanlığımı, ailemi...

Beyaz kapının üzerinde, doktorun isminin yazdığı sarı demir plaketin biraz altına üç kez vurdum, parmaklarımın büküldüğü noktalarla.

"Girin!" sesi geldi. Girdim. Gözlüklü, şişman bir adam oturuyordu içeride. Yetişkin bütün erkeklerin yapması gereken askerlik görevini yerine getirmemek için bahaneler uyduran bir sürü geri zekâlı görmüş olmanın rahatlığı vardı yüzünde, doktorun. Güler yüzlüydü. Eliyle, karşısındaki siyah deri koltuğa oturabileceğimi işaret etti. Ne gibi bir hayali hastalık, ne gibi uydurulmuş bir psikolojik rahatsızlık çıkaracağımı, masasının üzerinde birleştirerek, merak ettiğini gösteren gözlerini büyük büyük açtı...

Önce, elimdeki resmi kâğıtları uzattım. On saniye bakıp kenara koydu. Yazılanlarla değil, insanlarla ilgileniyordu. Ve o an, benim ağzımdan, şimdiye kadar duymadığı bir rahatsızlığın adının çıkmayacağından emin olduğunu anladım. Yani biraz da olsa, amatörce dinleyecekti beni. Askerlik yapamayacak kadar deli biri, arkasındaki camdan durup dururken atlayan adamdı. Benim gibi sakin sakin resmi kâğıtlarını kendisine nazikçe uzatan biri değil!

"Evet, sorunun nedir?" diye, yanıtının şaşırtmayacağından emin bir soruyla başladı. Ama ben de artık yalan söylememeye kararlıydım. Düşündüklerimi, yaptıklarımı, tabii ki cinayet ve benzer işlerimi es geçerek, anlatmaya kararlıydım. Hikâyemi, vücudumu bir harita olarak kullanıp bazı yaraları ve dövmeleri göstererek güçlendirebilirdim. Yutkundum. Uzun bir tirat olacaktı.

"Sorunumun ne olduğuna siz karar verin. Ben, sadece yaptıklarımı anlatayım. Yirmi bir yaşımda aileme, dostlarıma ve sevgilime haber vermeden Afrika'ya gittim..."

On dakika boyunca, iki soruyla kesilen bir konuşma yaptım. Her cümlenin sonunda şişman doktorun gözlerinin çapının daha da büyüdüğünü görebiliyordum. Şaşırmıyordu. İlk defa yeni bir insan türüyle karşılaşıyordu. Konuşmam sırasında üç kez gömleğimi açıp inandırıcılık seviyemi düşürmemek için bazı noktaları gösterdim parmağımın ucuyla. Zaten gittiğim şehirlerin, yaşadığım yerlerin basit bir haritası vardı sol böbreğimin üzerinde... Ve on dakikanın sonunda şu sözler çıkıyordu ağzımdan:

"Ancak, artık tek kurtuluşumun ailemin yanına, evime dönmek olduğunu anladım. Artık, iyi ve mutlu bir insan olabilme ihtimalimi geri istiyorum. Kimliğim var. Ve yaşamak istiyorum! Sorunumun ne olduğuna karar verin. Yaşadığım müddetçe köleniz olayım!"

Gerçekten de, karşıma ilk çıkan psikiyatra bunu sormak istiyordum. Yani sorunumun, dokuz yaşlarında başlayan garip düşüncelerimin ve giderek canavarlaşan beynimin nedenlerini öğrenmek istiyordum. Belki biraz da olsa Tanrı'ya inanmam, birilerine bir gün bu soruyu sorabilecek olma ihtimalinin beni rahatlatıyor olmasındandır... Tam on altı saniye gözlerimin içine baktı. Bir çeşit organik yalan makinesiydi gözlükleri ve gözleri. Ama hikâyem uydurulamayacak kadar ayrıntılı, ben yalan söylemiyor olacak kadar sakin, vücudum da anlattıklarıma tanıklık edecek kadar yıpranmıştı. Ağzını açtı. Teknik ve mesleki terimler sıraya girdi. Ve sıra benim de anlayabileceklerime geldi. "Uykusuzluk, halüsinasyonlar, gerçek dünyadan istemli kopma ve tek doğrunun kendininki olduğunu düşünmen. Tabii, bir de hiçbir zaman tıbbi yardım görmemiş olduğunu göz önüne alırsak, bütün bunların katlanarak çevrende bir kabuk halini aldığını söyleyebiliriz. Yalnız, anlaşılamayan tek bir husus var. O da, kırılması imkânsız kabuğunu sen, kendi başına nasıl deldin? Nasıl anlayabildin yaşadığın hayatın yanlışlığını? Aileni özlediğin için onlara döndüğünü sanmıyorum... Belki de korktun. O şekilde yaşadığın sürece, her an ölebileceğini anladın ve korktun. Küçük bir çocuk gibi, sokağın ilerisindeki hayattan korkup evine döndün."

Ölümden korkma fikri ilginçti. Vücudumda, şu an için gezip gezmediğini bilmediğim ama sürekli varlığını hissettiğim HIV'nin hücrelerimi teker teker dişlemesini duyuyordum, doktor bana ölüm korkusundan bahsederken. Kabul etmeliydim ki, etkilenmişti hikâyemden. İlginç bir vakaydım. Üzerinde düşünülmesi gereken. Belki de, emekliliği için planladığı kitabın en az on sayfasını kaplayabilirdim. Benim gibi bir insanın eline boş ya da dolu herhangi bir silah verilmesinin, otuz kişiyle aynı koğuşta yatırılmasının kesinlikle Türk Silahlı Kuvvetleri'ne bir yararı olmayacaktı. İyileşmem sadece bana bağlıydı. Tabii, doktor bu açıklıkla ifade etmedi düşüncelerini raporunun üzerinde, ama ana fikir buydu...

Günler geçti...

Durumum, askeri doktorlardan oluşan bir heyetle tartışıldı. Raporlarım elden ele dolaştı. Hayretle okundu hakkımdaki teşhisler. Eminim, birkaç kişi beni şarlatanlıkla, yalancılıkla, askerlikten kaçmaya çalışan

460

bir aptal olmakla suçladı. Ama en sonunda, heyet raporunda, "Askerlik yapmaya müsait değildir" yazıyordu. Yanında da, nevrotikle başlayan patolojikle gelişen, depresyonla biten uzun bir kelimeler çetesi vardı. Tabii, vücudumdaki dikişlerin çoğunun bileklerimde olmaları da biraz etkili olmuştu. Şınav çekemeyen bir asker kabul edilemezdi... Son kez gittiğimiz askerlik şubesinden çıktığımızda, babam tükenmek bilmeyen babalığıyla, "Evet, artık hepsi bitti!" dedi.

Arabada trafiğin içinde kayıp giderken, düşündüm bu sözünü. Gerçekten de bitmişti. Yasal olarak, başladığım noktaya çok zor da olsa dönmüştüm. Yeniden bir kimliğim vardı ve devletle ilişkim sadece arada bir oy ve eğer para kazanırsam vergi vermekle sınırlanmıştı böylece.

Bu geçen süre içinde Tuğba'yla geçirdiğim geceyi unutmaya çalıştık ailece. Alışmıştık nasıl olsa unutmaya. O gece yaptıklarım sadece eski hayatımın çırpınışlarından biriydi. Artık, ormanda ya da bir Üçüncü Dünya ülkesinin kayıp şehirlerinde olmadığımı biliyordum. Ve davranışlarım medenileşmeye başlıyordu. Tuğba'yla ilişkimi düzeltemediğimin farkındaydım. Evde yalnız kalmamaya özen gösteriyorduk çünkü birbirimize söyleyebileceklerimiz çok azdı. Zamanın gelip bizi içine düştüğümüz çukurdan çıkarmasını bekliyorduk...

Babam arabayı evin önüne park etti. Annem camda bizi beklediği için kapıda karşıladı. Ona iyi bir haber verdik. Artık, oğlu hiçbir kurumda kaçak olarak görünmüyordu. İçimde kalan son yalanı, son sırrı da benim halletmem gerekecekti. AIDS olma ihtimalim.

Odama çekildim. Yazı yazdığımı görüyorlardı. Bir defasında, babam ne yazdığımı sormuş ve ben de, "Unutmak için aklıma ne gelirse" diye yanıt vermiştim. Annemin arada bir, odamı temizlerken yazdıklarıma baktığını da görüyordum, ama cümlelerime bir anlam verebildiğini sanmıyordum. Yazarak geçiyordum normalliğe. İçimdeki son Kinyas parçalarını kâğıtlara dökerek rahatlıyordum... Önceleri uykusuzluğum devam etmişti. Evdeki ilk geceler, gençken yaptığım gibi attığım voltalarla geçti. Ama sonra kimliğimi alınca, annem ile babamın sevgisini görünce, yatakta geçirdiğim saatler arttı... Aklımı işgal eden iki konu vardı. Hasta olup olmadığımı öğrenmek ve kardeşimin bana yeniden yakınlaşmasını sağlamak. Eğer bunlar da belli bir sonuca ulaşabilirse dört saatten fazla uyuyabileceğimi biliyordum. Ama uyku aynı zamanda da rüya anlamına geliyordu. Ve kendimle ilgili hâkim olmadığım bu tek alanda zihnimin, üzerlerini örtmeye çalıştığım bölümlerinin bana gösterecekleri resimlerle beklediklerini biliyordum. Belki de bu nedenden dolayı uyuyamıyordum. Öldürdüğüm insanları, seviştiğim kadınları düşünmüyordum. Onlar değildi beni korkutanlar. Daha çok, okyanusun ritmik sesi ve toprağın kokusu tehdit ediyordu aklımı. Onlardan uzak olmak istiyordum. Hiçbir gününden pişman değildim yolculuğumun. Ama döndüğüm için pişman olmaktan korkuyordum. Sürekli bir mücadele vardı zihnimde. Ailemin yanında kalmanın, ihtiyacım olan huzuru bana vereceğinden emin olmak istiyordum... Bazen Kayra aklıma geliyordu. Saçlarını geriye tararken parmaklarıyla, anlattığı o hikâyeler, kurduğu teoriler... Ve acaba ihanet mi ettim büyük zihinsel ölüm idealine, diye düşünüyordum odamda yalnız otururken. Acaba bir gün daha geçseydi yolculuğumda, zihnim ölecek miydi? Hayır, ihanet değildi yaptığım! Ben Kayra gibi değildim. Ona tek bir hücrem bile benzemiyordu. Çocukluğumuzdan beri reddederek büyüdüğümüz hayat aynı izleri bırakmamıştı üzerimizde. Benim insan yanım hiçbir zaman tamamen kaybolmamıştı. Ve yok olması da mümkün değildi. Ben sadece bana soru sormadığı ve hiçbir hareketimi tuhaf karşılamadığı için Kayra'yla yapmıştım yolculuğumu. Ben sokaklara bırakılmış bir ev köpeğiydim. O ise aynı sokaklarda doğduğuna inanmıştı. Zihinsel ölüm diye nitelendirdiğimiz, beynimizin çalışmasının sona ermesi sadece bir hayaldi. Anlamları olmayan hayatlara icat edilmiş bir anlam. Kayra'nın bunu gerçekleştirebileceğine inanmıyordum... Ve bütün bunları düşünmek beni uykusuz bırakıyordu. Ama artık iyiyim ben, diyordum kendime sürekli. Hiçbir kurala bağlı kalmadan yaşamış yaratıktan, bütün toplumsal kanunlara riayet eden bireye dönüşmeye çabalıyordum. O gece, barda çıkardığım kavganın birkaç saniye öncesindeki düşünsel krizim sadece geçmişimin oynadığı bir oyundu. Seyrettik. Bitti...

Artık, kalıcılığa inanmak istiyordum. Değerlere, ilişkilere, insanlara. Ölümlü olmayan bir dünya vardı ve ben ona dahil olmak istiyordum. Çünkü hiçbir şeyin sonsuz, ölümsüz olmadığı düşüncesi beni tembel bir vahşi yapmıştı. Oysa sevgi, dostluk yüzlerce kuşak eskitecek kadar gençti hâlâ!

Kapı açıldı ve içeri Tuğba girdi, ben bunları düşünüp yazarken.

"Annemler seni salonda bekliyor. Konuşmak istiyorlarmış" dedi. Yüzünde hiçbir belirleyici ifade yoktu. Kendi kız kardeşimden ve beni affetmeyeceği gerçeğinden korkuyordum. Fazla olgun ve gerçekçiydi benim yanımda. Omuzlarına yüklediğim binlerce sorumluluktan dolayı yaşı bine gelmiş gibiydi... Yataktan kalkıp elimdeki kâğıt ile kalemi masanın üzerine bıraktım. Hava kararmıştı. Salona yürürken, evin hiçbir ışığının yanmadığını gördüm. Karanlık koridorda yürüyecek kadar öğrenmiştim artık ailemin evini. Hiçbir vazoya çarpmadan salona adımımı attığımda ampuller yandı. Avize parladı. Ve ışık gösterisine bir de ses yağmuru eklendi. "İyi ki doğdun Tolga!"

Birkaç saniyemi aldı, doğum günümün kutlandığını anlamak. Annem, elindeki çikolatalı pastayı şarkılarını bitirdikten sonra bana doğru uzattı. Üzerinde bir tane mum vardı. Tuğba, "Dilek tut!" diye bağırdı. Hayatımda ilk defa bir tane tuttum. Arzumun muhatabının kim olduğunu bilmiyordum tabii. Pasta tanrısı mı, mum tanrısı mı, krema mı? Ve içimden o dilek cümlesini kurdum: "İyi bir insan olmak istiyorum..." Mum söndü.

İlk önce babamı öptüm. Elinde ufak bir hediye paketi vardı.

"Bunu, sana annenle aldık" dedi.

Ben hiçbirinin ne doğum tarihini, ne de burçlarını biliyordum. Eskiden, sadece anneme çiçek alırdım. Hiçbirine gerçek bir hediye vermemiştim. Sonra, pastayı yemek masasının üzerine koymuş ve dilimlemeye başlamış olan anneme sarıldım. Otuz yıldır hayattaydım artık. Ve sanki beşinci yaş günüm kutlanıyordu. Işık oyununun mucidi olan Tuğba'ya ise en son sarıldım. Ve onda da bir sıcaklık hissettim. Anneme, babama dokunduğumda hissettiğimin aynısını. Sonra elinde tuttuğu paketi verdi.

"İşte hediyen! Doğum günün kutlu olsun!"

Ne söyleyeceğimi biliyordum bu kez. Artık kelimeler geliyordu aklıma. Ben de güzel bir konuşma yapabilirdim. Onları ne çok sevdiğimi, dünyanın en iyi nisanları olduklarını ve beni kabul ettikleri için ne kadar mutlu olduğumu anlatacak cümleler kurabilirdim. Ve kurdum da! Tuğba'nın alkışları, annemin gözyaşları ve babamın bana tekrar sarılmasıyla sonuçlanan bir konuşma yaptım. Şimdiye kadar dünya üzerinde yapılmış en dürüst konuşmaydı. Gerçekten anladılar onlara karşı neler hissettiğimi. Pastayı yedik. Hediyeleri açtım. Annemler bir saat almışlardı. Bu, benim için bir saatten çok daha fazlaydı. Medeni dünyanın, "Aramıza hoş geldin!" partisinin en önemli anıydı. Gerçek hayatın altın anahtarıydı saat. Bir hayat olduğunu, bir gün ve içinde yirmi dört saat olduğunu, iş, yemek, uyku, seks, tuvalet, sohbet için ayrılan zamanlara bölündüğünü bana hatırlatacak dev bir eşyaydı. Günün hangi saatinde olunduğunu sekiz yıldır merak etmemiş bir insana verilecek en güzel hediyeydi. Bu saat, beni hayata döndürecekti. Bir yerlere yetişecektim, bazılarına geç kalacaktım saatim sayesinde. Ama, gideceğim daima bir yerler olacak anlamına geliyordu, koluma taktığım deri kemerli, Omega marka saat. Medeniyetimin kanıtı olacaktı, denize girerken çıkardığımda sol bileğimde kalacak olan izi...

Sıra, Tuğba'nın hediyesindeydi. Paketi açarken gözlerinin içine bakıyordum. Çok heyecanlıydı. O olgun kadın terk ettiğim küçük kıza dönüşmüştü. Bir kitaptı hediyesi. Hayır, bir defter. Bir günlük... İlk sayfasının sağ üst tarafında, evden ayrıldığım günden bir hafta sonrasının tarihi vardı...

Annemler yemek masasına oturmuş, babam şampanya kadehlerini doldururken kafamı kaldırıp tekrar baktım kardeşimin gözlerine.

"Bunlar..." dedi. "Sana yazdığım mektuplar. Adresini bilemediğim için postalayamadığım mektuplar. Ve en sonuncusunu da, sen dönmeden bir gün önce yazmıştım."

Daha fazla konuşmadı. Aramızda tek bir tereddüt zerresi bırakmayacak kadar sıkı sarıldık birbirimize. Yeniden iki kardeş gibiydik. Demek ki, beni unutmamıştı! Unutmamak için yazmıştı. "Seni çok özledim" diyebildi.

"Ben de!" dedim. "Ben de çok özledim."

Salondaki büyük yemek masasının etrafına oturmuş, pasta yiyip şampanya içerken ailemi seyrettim. Aralarındaki konuşmaları dinledim. Gözlerine baktım. Kayra, gerçek hayatta başarılı olmuş, mesleğinde ilerlemiş, hayatın zorluklarıyla mücadele etmiş her gördüğü insanın hakkında şöyle derdi:

"İçi ne kadar doldurulursa doldurulsun, yine de hafiftir hayat. Çünkü altı deliktir. Delikse ölümdür! Bütün kazançlar bu delikten kayıp gider."

Ve böylece kendi vahşiliğini, mevcut dünyayı reddedişini kendince meşrulaştırırdı. Ama bu sözü söylemesinin bir nedeni daha vardı. O da, bahsettiği deliği tıkayacak yeteneğe sahip olmadığını bilmesi. Bilmiyordu sevgiyle, dostlukla, aileyle o deliğin kapanabileceğini. Sahip değildi bu değerlere. Ama ben görüyordum, çevremdeki insanların hayatlarının akıp gitmesine engel olan sevgiden, hatıradan, mutluluktan oluşan sihirli sıvayı. Onlar gibi olmak istiyordum artık! Arınmak, gerçek olmak, âşık olmak, onlar gibi üzülmek istiyordum. Ne demişti askeri psikiyatr? "Sadece sen istersen iyileşebilirsin." Evet, istiyordum. Artık, ne istediğimi biliyordum!.. Babam meşhur fıkralarını anlattı. Annem, piyanosunun başına geçip şarkı söyledi. Tuğba'yla dans ettik. Doğum günümü kutladık. Yıllardır, neden doğduğumu sorardım kendime. Sadece bu gece bile bir yanıttı soruma. Doğum günümü kutlamak için doğmuştum!

Saatler ilerledi. Babam eski hikâyelerinden bahsetmeye başladı. Ve tam anlattığı anısının ortasında, ağzından çıkan bir kelime tüylerimi raptiyeler gibi dikti havaya. Peru'da başından geçen bir olayı anlatıyordu. Ama Peru'da Kinyas yoktu! Herkes dinlemeye devam ediyordu. Üşümeye başladım. Kendi içime döndüm. Birkaç saniye önce babam gözlerimin içine bakarak, bana Kayra'nın sesiyle "Kinyas!" demişti. Çiğnemeden tükürdüğü bir "Kinyas!" çıkmıştı ağzından. "Defol git!" derken buldum kendimi, Kayra'ya... Siktir git!..

Gecenin sonunda, odamın kapısını kapatınca ardımdan, fazla gecikmedi gecenin şeytanlarının üzerime kapanması. Sen kimsin ki, mutlu olacaksın! Hiçbir görevini yerine getirmemiş pis bir yalancısın. Ailen melekler kadar iyi olduğu için sıcak yatağında yatabiliyorsun. Mutsuzluk bütün beynine yayılmış bir tümör. Bedenin de, belki de içine kendin yerleştirdiğin mikrop tarafından çökertilmekte. Hâlâ mutluluktan bahsediyorsun. Senin ruhun hasta. İyileşemezsin... Ve benzer cümleleri fısıldıyorlardı kulaklarıma. Kafam, bir politikacıdan il olma sözü alacak kadar kalabalıktı. Onları susturmanın tek yolu, Tuğba'nın hediyesi mektupları okumaktı.

Sabaha kadar okudum yazdıklarını. Bazı sayfalar, yazarken döktüğü gözyaşlarından buruşmuştu. Aşklarını, annem ve babamla ilişkilerini, bana karşı hissettiği tanımlayamadığı duygularını anlatıyordu, çocukluktan yetişkinliğe geçen cümlelerle. Her mektup, "Sevgili Ağabey..." diye başlıyordu. Her neredeysem iyi uyumamı, rahat olmamı dileyen cümlelerle de bitiriyordu. Birçok tarihte nerede olduğumu hatırlamıyordum, ama emindim o bunlardan bir tanesini yazarken benim, hiç tanımadığım bir adamın karnına bıçak soktuğumdan... Ama o kadar güçlüydü ki cümleleri, kelimeleri! Ne hafızamdaki çığlıklar, ne beynimdeki dehşet resimleri yanıma yaklaşmaya cesaret edebildiler. Tuğba'nın bana bütün yokluğuma rağmen hissettiği inatçı sevgi, kendi kötülüğümden koruyordu beni... Sonra uyudum... Belki rüya görmedim ama yine de dinlendiğimi hissettim. Yalnız olmamanın ne anlama geldiğini biliyordum uyandığımda. Ben ki, Tanrı'yla yarıştığımı düşünürdüm o kulvarda...

Evden çıkarken, anneme biraz dolaşacağımı ve iş bakacağımı söyledim. Param vardı. Kaynağını bilmedikleri bir miktar param olduğunu görüyorlardı evde. Sormuyorlardı ama. Hiçbir şey sormuyorlardı. Soyluluk sadece şatolarda yaşamak değildi. İşte buydu! Sormamak. Sadece anlatılmak isteneni dinleyecek kadar meraka sahip olmak...

Günü, tabii ki iş ya da eski arkadaşlarımı aramakla geçirmeyecektim. Zaten bu şehirde, beni tanımış olan insanların hiçbirini görmek istemiyordum. Onlar bana eskiyi hatırlatacaktı. Yüzleri beni bir sirk hayvanı gibi seyredecekti. Sorular soracaklar, neler yaptığımı öğrenmeye çalışacaklar ve beni, içimdeki melankolik canavarları uyandırmaya zorlayacaklardı. Yaşadığım ve yaşattığım acılar, onların birkaç dakikalık sohbet konusu olacaktı. Hayır, eski tanıdıklarımı görmek istemiyordum. Yeni dostlar edinecektim. İyi bir insana yakışan sağlam dostlar. En büyük delilikleri, içkili araba kullanmak olan dostlar. Gerçi, nasıl dürüstçe dost edinildiğini bilmiyordum ama bu öğrenemeyeceğim anlamına da gelmezdi. Bir taksiye bindim. "Bayındır Hastanesi" dedim. Önceden randevu aldığım bir doktorla görüşmeye gidiyordum. Bedenimin durumunu öğrenmem gerekiyordu. Yeni hayat tarzıma uygun sağlıklı bir vücuda sahip olup olmadığımı bilmem şarttı. Çünkü zihnim değil ölmek, yaşamak için çırpınmaya başlamıştı. Ve artık yavaş yavaş düzenli bir dosyalar bütününü andırmaya başlamıştı. Departmanlarının sınırları belirginleşmeye başlıyordu...

Yirmi dakika bekledikten sonra doktor beni odasına kabul etti. Kısa ifadelerle Meksika'da girdiğim ilişkiyi ve kadının HIV+ olma ihtimalini anlattım. Beni dinlerken takındığı ciddi tavır hoşuma gitmişti. Yaptığı işi iyi biliyordu. Ve benden hiçbir ayrıntıyı gizlemeyecek kadar zeki ve net görünüyordu. "Demek, tam olarak ilişkinizin tarihini hatırlamıyorsunuz..." diyerek konuşmaya başladı. "Zaten bu pek de önemli değil. Eğer gerçekten bir HIV+ ise bahsettiğiniz insan, ilişkiye girdiğinizden itibaren kırk sekiz saat içinde herhangi bir kliniğe gidip düşük de olsa virüsü yok etme şansınız olurdu. Ancak bu yapılmadığına göre üzerinde konuşmamızın bir yararı yok... Size iki tane test uygulayacağız. Bunların ikisi de HIV virüsüne karşı vücudun ürettiği antikorları tespit eden testlerdir. Sizinle açık konuşmalıyım. O kişinin HIV+ olduğunu varsayarsak, cinsel ilişkiye girerek virüsü vücudunuza taşımış olma ihtimaliniz yüzde doksan dokuz. Ama dediğim gibi, testlerin sonucunu beklemeliyiz kesin konuşmak için. Aslında, yine en kötü ihtimali göz önüne alırsak, Güney Amerika'da daha çok HIV1 görüldüğünden, bu virüsle mücadele şansınız Batı Afrika'da görülen HIV2 tipine karşı olanlardan daha yüksek. İlk testiniz Enzyme-linked immunosorbet assay, yani ELİSA. Bir günde sonucunu alırız. Ancak sonuç yüzde doksan dokuz kesinlik içerir ve doksan gün sonra o yüzde birlik ihtimali de ortadan kaldırmamız için tekrar uygulamamız gerekir. İkincisiyse çok daha hassas bir testtir. Virüs çok az sayıda hücreyi işgal etmiş dahi olsa, tespit edebilecek özelliktedir. Polymerase chain reaction ismindeki bu testi daha çok anneleri HIV+ olan yeni doğmuş bebeklere uygularız. Şimdi sizden kan örnekleri alınacak ve emin olmak için ikisini de uygulayacağız."

Hiçbir kelimeyi kaçırmamıştım. Bir ara, anlamayacağımı bile bile söylediği uzun test isimleriyle, doktorun biraz gösteriş yaptığını düşündüm ama yine de dinlemeye çalıştım. Telaffuz ettiği her harfi sindirmeye uğraşıyordum. İlk defa kendi vücudumla ilgili başka birinin söylediklerini bu kadar dikkatle dinlemiştim. Verdiği istatistikler korkutmamıştı beni. Biliyordum bedenimin bir karanlığa yürüdüğünü ama öğrenmek istediğim, koyuluğunun seviyesiydi. Laboratuvarda gömleğimi sıyırdığım zaman, kan almak için kolumu tutan hemşire önce dövmelerime ve dikişlerime sonra da yüzüme baktı. Ancak bir katilde bulunabilecek kolumun, böylesine masalsı bir güzelliğe sahip yüzle aynı vü-

467

cutta ne işi olduğunu merak etmiş olmalıydı. İçimden, "Ben de merak ediyorum" dedim...

Hastaneden çıktıktan sonra, bir taksiye binip Kızılay'a geldim. Kalabalığın arasında yürüdüm. Kafamın karıştığını hissediyordum. İçimde varlığını hissettiğim katil, beni boktan bir ishalden boktan bir kansere sürükleyerek öldürecekti. Kızmıyordum kendime, bunun olmasına izin verdiğim için. O gece çok farklıydı çünkü. Ne vücudum, ne de zihnim önemliydi benim için. Pişman değildim. "Ama peki, ya şimdi ne olacak?" dedim kendime. "Beynim, yeni yağlanmış bir makine gibi hatasız çalışma yolunda giderken, vücudum çürümeye mi başlayacak?" Kayra, hep şanslı olduğumu söylerdi. Girdiğim bütün çatışmalardan canlı çıkmamın gerçek bir mucize olduğunu anlatırdı bizi yeni tanıyanlara. Ama artık geçersiz olduğu anlaşılmıştı teorisinin. Mucizeler bitmişti! Ben bitirmiştim. Yarın, virüsün içimde olduğunu belirten test sonuçlarını önüme atacaktı doktor. Ve, "Altı ay içinde ölürsün, ölmesen bile sürünürsün!" diyecekti. Ben de yeniden hayata gelmekte olan zihnime kürtaj yapmak zorunda kalacaktım. Onu cehenneme yollayıp peşinden de ben gidecektim. Önümde yine bir bekleme vardı. Bütün şehir artık bir bekleme odasıydı. Yirmi dört saat sonra alacaklardı beni, gerçekler odasına. Aramızda saat farkı vardı gerçeklerle. Yirmi dört saat gerilerindeydim ben!..

Sakarya'ya girdim. Çok eskiden hatırladığım bir birahaneyi aradı gözlerim. Adımlarım zaten yolu biliyordu. EKSPRES. İşte önündeyim... Bir ufak rakı, beyaz peynir. Yirmi dört saat boyunca içki içebilir miyim, diye düşündüm. Belki zaman daha hızlı geçerdi. Ya da bir fahişe bulup onunla eğlenebilirdim. Ama, aklıma gelen korkusuz fikirlerim geçmişe aitti. Yapmam gereken, rakımı içip eve gitmek, babamla iş meselesini konuşmak ve uyumak için odama çekilmekti. Uyumak mı? Bu gece mi? Gerçeğin arifesinde mi? "Evet" dedim inadına. İkinci kadehinde, susuz ve buzsuz ılık rakının, daha sakin düşünebiliyordum. Kendimi, her şeyin üstesinden gelebilecek bir güçte görmeye başlamıştım. Alkolün yardımı azımsanamazdı. Kendime rekortmen sporcular gibi, en ilkel reklam sloganlarındaki gibi, "Yapabilirsin!" diyordum. İstersen, başarabilirsin! Virüsün seni öldürmesine engel olabilirsin! Beynin bıçak gibi! Lapon bıçakları kadar keskin! Belki de aranıp bulunamayan serumdur, zihnin! AIDS'i yok eden!.. Ve ne yazık ki, söylediklerime inanıyordum. Zihnim geriniyordu, hayali kavga düşünceleriyle. Uyanışını kutluyordu. Ama bedenim görebilecek miydi zihnimin yeniden dünyaya gelişini? Üçüncü kadehten sonra hesabı istedim. Şişenin dibiyle ilgilenmiyordum. Parayı ödeyip çıktım. Otuzuncu yılımın ilk gününde, Kızılay Meydanı'ndan evime gitmek için taksiye bindim. Ve aklımdaki tek şey, başbakan olup Almanya'ya yapacağım ilk ziyarette, yüzlerce kameranın önünde tokalaşmak için elini uzatan ev sahibi başbakana aldırmadan topuklarımı vurup sağ elimi mızrak gibi kaldırarak "Sieg Heil!" diye bağırmaktı. Hayatım bir skandal. Bir eksik bir fazla, ne fark eder!.. Şoför dikiz aynasından bana bakıyordu. Ben gülüyordum...

Kapıyı annem açtı. Belki alkolden, belki yarını beklemekten kızarmış gözlerimi fark edip, "İyi misin?" diye sordu. "İyiyim anne" dedim. Gerçekten iyiydim ama ya vücudum? Tuğba okuldan dönmemişti. Annem, okuduğu kitabın başına döndü. Ben de, odama yazılarımın yanına. Bir gün bırakacaktım yazmayı. Yeterince yazdığım gün bitirecektim. Geçmişe dair hissettiklerimin hepsinden kurtulup zihnimi özgürleştirdiğim gün, normal bir insana dönüştüğüm gün duracaktı, düşüncelerimi kâğıtlara harflerle resmetme işi. İlk defa, Kayra'yı silahla yazmaya zorladığım geceyi düşündüm. O gece, bütün zihinsel ölüm yolculuğumuzu planlamıştım. Yazacaktık ikimiz de, bildiğimiz ve hatırladığımız bütün hayatı. Dünyadan aklımızda kalanları. Kelimeleri ağızlarımızda sakız niyetine geveleyeceğimize, sayfalara dökmemizin bizi daha da rahatlatacağını düşünmüştüm. Ve boşaltacaktık zihinlerimizi, huzur içinde yok olmak için. Ama şimdi başka bir nedenden dolayı yazıyordum. Rota değişmişti! Öldürmeye çalıştığım zihnimi diriltmek için kalemi alıyordum elime. Suni teneffüstü yaptığım, boğulmakta olan düşüncelerime. Tabii, o geceyi düşünmek, yanında Kayra'nın yazmayı reddettiği takdirde kendisini vurup vurmayacağım sorusunu da getirdi. Acaba çeker miydim tetiğini, alnına doğrulttuğum silahın? Bilmiyordum, doğrusu. Ama o da anlamış olmalıydı ki yazmanın gerekliliğini, devam etmişti oyunu oynamaya... Durmaksızın yazmıştı, otellerden çaldığı kâğıtların üzerine. Beni geçmişti zihinlerimizdeki çöp dökme yarışında...

Bir labirent gibidir Kayra'nın içi. Dünyadan büyük bir labirent taşır içinde. Aslında herkes biraz öyle. Annem, babam, kız kardeşim... Hepsi birer labirent. Onun için sevmedim ben insanları. Çünkü girince içlerine, nerelerinden çıkacağım belli değil. Belki kıçlarından, belki gözlerinden... Rakı kokuyordu parmaklarım. İçime çektim keskin parfümü. Tuğba'nın anahtarı evin kapısının içinde döndü. Sonra ayak sesleri. Ve kapım açıldı.

"Merhaba. Nasılsın?"

Bütün geçirdiği zor anlara rağmen gülümseyebiliyordu Tuğba.

"İyiyim" dedim. "Okul nasıldı?"

"Bildiğin gibi" dedi alışkanlıktan. Oysa okuluna dair en ufak bir bilgi kırıntısı yoktu bende. Neden sosyoloji gibi gereksiz bir branş seçtiğini, okulu bitirince nasıl bir işe girmek istediğini bile bilmiyordum. Fazla cahil ve uzaktan gelmiş görünmemek için de sormadım aklımdaki soruları.

"Mektuplarının hepsini okudum. Herhalde, ayrılmamış olsak beni bu kadar sevmezdin. Bana böylesine bir güven duyman, hayallerini anlayabileceğimi düşünmen beni çok mutlu etti. Belki sana garip gelecek ama gurur duydum kendimle. Ve açık konuşmak gerekirse, ben kendimle gurur duymayalı on beş yıl kadar oluyor!" dedim, yanıma gelen Tuğba'nın elini tutarak.

"Tabii ki sana yazacaktım içimdekileri, en gizli sırlarımı. Başka kime anlatabilirdim ki bunları? Sen en iyi sır saklayan dostum oldun. Çünkü yazdıklarımı birine anlatabilmen için onları önce okuman gerekirdi. Belki iyi bir mektup arkadaşı değildin, ama yine de iyi dinliyordun beni!" dedi gülerek.

Kim bilir ne kadar ağlamıştı o yazıları yazarken, ama şimdi sanki, hepsi birer yemek tarifiymiş gibi alay edebiliyordu elyazılı mektuplarıyla. Yanağıma dudakları birkaç saniyeliğine dokundu ve gitti. Yarını aklıma getirmiyordum. Ciddi doktoru, AIDS testleri terminolojisini düşünmüyordum. Saniyeler geçiyordu, annemlerin doğum günü hediyelerinin üzerinde. Kapı tekrar çaldı ve Tuğba'nın içeri uzanan kafası göründü.

"Unutmadan söyleyeyim! Leş gibi rakı kokuyorsun. Bir dahaki sefere haber ver de beraber gidelim içmeye."

Haklıydı. Banyoya girip kısa bir duş yaptım. Çıktığımda, holde babamla karşılaştık.

"Merhaba. Salona gel, sana bir haberim var" dedi... Yanlarına gittiğimde, annem babama şu kelimeleri söylüyordu: "Çok sevindim!"

Beni görünce sustular. Babam bir sigara yaktı. "Oğlum, sana iyi bir haberim var. Daha doğrusu, bir teklif. Biliyorum, daha yorgunsun. Alışmaya çalışıyorsun. Ama iyi bir fırsat çıktı ve belki değerlendirmek istersin diye düşündüm."

Durdu ve girişinin üzerimde yarattığı etkiden memnun kalmış olacak ki, aynı ses tonundan devam etti.

"Bilmem, hatırlar mısın? Suriye'deyken Lütfü isminde bir dostumuz vardı. O zamanlar, nakliyat işlerine daha yeni başlamıştı. Artık çok büyük bir firmanın başında. Dünyanın dört bir yanıyla iş yapıyor. Bugün onun yanındaydım. Dün Ankara'ya gelmiş. Şirketinin merkezi İstanbul'da. Ve burada da bir TIR garajı kurmuş. Bir de depo. Büyük bir yer. En önemlisi de, buraya bir yönetici yardımcısı arıyor. Senin döndüğünden bahsettim. Ve daha ismini duyar duymaz, hemen kendisini görmeye gelmeni istedi. Senin gibi üç dil bilen ve tanıdığı birine ihtiyacı varmış. Çünkü Ortadoğu'ya giden TIR'ların hepsi buradan dağılıyormuş. Tabii, tam olarak işin şartlarını bilmiyorum. Ama eminim, sıkılacak zamanın olmaz! Seni tatmin edecek bir maaş da alacaksındır. Üstelik Lütfü'nün yanında çalışıyor olman seni merak etmememizi sağlar. Ne diyorsun? Yarın seni bürosunda bekliyor... Salih'i o işin başına getirmiş. Çocukken beraber oynardınız. Onun yanında çalışacaksın. Tabii istersen..."

Benzer bir konuşmayı ben bugün daha önce de duymuştum. Hiçbir harfini kaçırmadığım, hayatımı ilgilendiren ciddi bir konuşma. Doktorun yaptığı gibi babam da, geleceğimle ilgili teklifler getirmişti. Bir tanesi testlerden, diğeri de nakliyat işlerinden bahsediyordu ama aslında, ikisi de aynıydı benim için. Evet, Lütfü'yü hatırlıyordum. Adanalı bir ağa çocuğuydu. Toprakla uğraşıyordu. Sonra demire döndü. Şam'a alım satım yapmak için gelirdi. Babasının despotluğuna rağmen Çukurova Üniversitesi'nde işletme okumuş, hırslı ve muhafazakâr bir işadamıydı. Tabii o zamanlar, birkaç kaçakçılık işine de karıştığı söylenirdi. Ama, o zamanlar, sınırın iki yakasında, katırlar dahil her canlı için benzer dedikodular yapılırdı. Evet, Salih'i de hatırlıyordum. Benden iki yaş büyük, tembel, aptal bir çocuktu. Babasının tam tersiydi, karakter açısından. Okuyamadığı için, işi öğrensin diye babası onu yanında dolaştırırdı. Lütfü ne kadar nazik ve entelektüelse, Salih de bir o kadar kaba ve hırçındı. Babamın çizdiği resimdeki gibi biz beraber oynamazdık Şam'ın tozlu çıkmazlarında. Birbirimizin kafasını kırmaya çalışırdık her fırsatta. Çünkü nefret ederdik birbirimizden. Ama ikimiz de o kadar yalancıydık ki, ailelerimizin kesinlikle haberi olmazdı aramızdaki çekişmeden. Yan yana oturup yemek yerken bir aile toplantısında, çatalımızı saplamaya çalışırdık birbirimizin bacağına. Ya da en geçerli kötülük olan yemeğe tükürmeyi tercih ederdik. Ve yıllar sonra bu iki insan, bu baba oğul beni bulmuşlardı demek... Güzel. Ben de onları bekliyordum! Tabii ki beklemiyordum. Ama birilerinin bana güvenip TIR'larını ve mallarını teslim etmesi ve üstelik karşılığında da para vermesi güzeldi. Hiç düşünmedim. Hem de hiç. Yeniden hayata dönmenin yolu omurgasız olmaktan geçiyordu. Şeytanla alışverişten. Sorun değildi. Tanışıyorduk uzun zamandır...

"Tabii! Tabii. Yarın hemen giderim. Çok teşekkür ederim baba. Salih'le çok rahat çalışabilirim. İnanır mısın, hâlâ Arapça'yı unutmadım! Yani bayağı kelime eksiğim var, ama biraz çalışırsam yakalarım eski günleri."

Neşeli ve inançlı, hatta belki fazla iyimser konuşmamı duyan herkes şaşırdı önce. Ama baktılar gözlerim de sözlerime paralel parlıyor, "Tamam" dediler. "Yarın git ve görüş."

Annem özellikle belirtti, Lütfü'yü ve oğlunu bir akşam yemeğine almak istediğini. Lütfü'nün karısını hiç görmemiştim. Belki de yoktu, ölmüştü. Salih'e, annesinin cinsel hayatıyla ilgili küfürler edince, herhangi bir insandan on kat fazla sinirlenmesinin nedeni buna benzer bir şey olabilirdi... Şu an nasıldır acaba, diye düşündüm. Salih'in, hatırladığım çocuk kafasını büyük bir vücuda yerleştirdim hayalimde. Olmadı. Gözümün önüne gelmedi yetişkin Salih. Ama benim umurumda değildi yanında çalışacağım insan. Tek istediğim, düzenli bir işti. O kadar.

Saatler ilerledi. Televizyon seyrettik biraz, birlikte. Odalarımıza çekildik. Sonra ben, kendimden sanki ölmüş gibi, di'li geçmiş zamanda bahsettiğim yazılarıma döndüm. Çok uğraşmıştım ölmek için. Şimdi de yaşamaya çalışıyordum. Ama mutluluğa da yakın olduğumu hissediyordum. Ölümü kovalarken bulamadığım bir huzurun ters yönde bir noktada beklediğini biliyordum. Böyle olması şart, diye düşündüm. Çünkü iki gerçek ve bir insan var. Ölüm, hayat ve insan. Mahşerin üç boku. Sadece insanın ayakları olduğuna göre aralarında, o koşar ya birine ya diğerine. Eğer mutluluk ölümden gelmezse, o zaman sadece hayat kalır geriye. Çözmesi kolay ama zaman isteyen bir problem. İlk aşamayı ve seçeneği eleyebilmek otuz yılımı almıştı. Şimdi kendi izlerimin üzerinden geçip hayata yürüyordum...

Okyanusun sesini hayal ettim. Hatırlıyordum sahili nasıl okşadığını. Sonra hafif bir rüzgâr estiğinde dev palmiye yapraklarının birbirlerine sürtünmelerini seyrettim. Eğer yarınki görüşmem verimli geçerse, birkaç hafta sonra iş arkadaşlarımla dirseklerimiz sürttüğünde de duyacaktım o aynı sesi... Ve bir iki güzel kadın düşündüm, çok uzaklarda olan. Âşık olmak istediğimi fark ettim. Hiç kimsenin olamayacağı kadar âşık. Hissedebilirim! Âşık olurum. "Eğer ailemi sevdiğimi gerçekten hissedebiliyorsam, duygumda yalan ve sahtecilik yoksa, herhangi bir kadına da âşık olabilirim" dedim kendime. Geçen onca zamandan sonra insanın kendini yeniden aşka atması biraz tuhaftı ama Eflâ'yı hatırlıyordum. O güzel kızı. Tanıdığım en ilginç kadını. Hatırlıyordum derisinin, babasının İranlı oluşundan gelen esmerliğini. Belki tekrar bulabilirim onu, diye düşündüm. Sevmemişti beni son görüştüğümüzde. Belki bu kez sever. Aslında hatırlamıyordum, birbirimizden kopuşumuzun gerçek nedenini. Ben herhalde kaçmışımdır her zamanki gibi. Bağımlılık öldürür! Bu sloganı attıktan sonra, "Sigara öldürür!" diyenler kadar aptal olduğumun farkına varamadığım günlerde, kaçıp gitmişimdir herhalde. Babası İranlı bir diplomattı. Annesiyse Türk bir İngilizce öğretmeni. Tesadüfler çıkartmıştı beni karşısına. Ben tek başıma yok olmuştum sonradan ama. Ona âşıktım. Hiçbir canlıyı sevmediğim için o aralar, depolanmış bütün aşkım onaydı. Belki de fazla geldi zayıf vücudunun zarif omuzlarına. "Neden taşınır ki bu kadar aşk tek bir bedende?" diye sordu belki de. Ve attı üzerinden yükünü, yoluna devam etmek için. Ben de devam ettim. Ama bir daha aşkı aklıma bile getirmedim. Çünkü duygusuzluğa varmak için yürüyordum. Ve en ucuna gelmiştim insanlığın, Kayra'yı terk ettiğim gece Hilton'da. Belki bir adım daha atsaydım, çıkacaktım. Sadece insanlıktan değil, bütün dünyadan. İnsanın kendi imkânlarıyla bir uzay mekiği inşa etmesi böyle oluyor işte. Önce deneme mahiyetinde fırlatılan maymunlar gibi, birkaç duygu bindiriliyor mekiğe. Sonra da bütün beden, bütün beyin hazırlanıyor, dünyanın dışına yollanmaya. Tek amaç, Ay'a benzeyen bir uydu olmak. Dünya güzel ama uzaktan, çok uzaktan, diyebilmek... Artık uyumalıyım. Uyumalıyım ve yarına hazırlanmalıyım. Lütfü'yle olan sabahki randevum ve öğleden sonra doktorun elinde olacak test sonuçlarımla buluşmam var. Bugünlük düşünebileceğim başka bir şey var mı diye baktım, aklımın sağına soluna. Yok. Peki. Zaten hayat da yetmeyecek düşünmeye her şeyi... Biz insanlar, sadece iyi bir performans gösterip öyle ölmek istiyoruz. Yoksa, başka yapacak bir şey yok!

Dökülmüş saçlarının ortaya çıkardığı kafa derisi, odayı aydınlatan spotlara çarpınca gözümü alacak kadar parlıyordu. Ama ben yine de, ciddi ve ilgili yüz ifademi bozmadan dinlemeye çalışıyordum bütün çabamla.

"Hepimiz hatalar yaptık bu hayatta."

Güzel bir kamçıydı, bu cümle. Lütfü düşünerek konuşuyordu. İncitmeden, kırmadan ama yine de patronum olacağını unutturmayacak kadar tehditkâr. Devam etti. Sol eli cebinde, sağ işaret parmağı havada. Tabii ki parmağın nereyi gösterdiği önemli değildi. Önemli olan, ağzından çıkan bilirkişi sözlerine uygun bir beden dili kullanıp etkiyi arttırmaktı. Ben hazırdım etkilenmeye.

"Ben de gençliğimde birçok istemediğim işe karıştım. Ama ne yaptım? Bir gün durdum ve Lütfü, kendinden memnun musun, diye sordum."

Lütfü'nün basit bir mantığı vardı. Kendini bile yanında çalışan işçileri gibi görüyordu. Ve dolayısıyla sürekli olarak kendinden de yüksek bir randıman beklentisi vardı.

"Hayır, memnun değilim, dedim. Yanlış giden bir şeyler var! Ve Tolga inan bana, bütün yanlışlarımdan geri dönüp bugünkü durumuma geldim. Gördüğüm kadarıyla, sen de o önemli kararı vermişsin. Baban çok eski bir dostum. Ve sana da güveniyorum. Yeni bir hayat kuracaksın. İnanıyorum ki, elinden geleni yapacaksın. Sahip olduğun bilgiler, yabancı lisanlar asla harcanmamalı. Ve bu israfın farkına varıp durduğun için seni kutlarım! Şimdi, daha önce de söylediğim gibi, Salih'in yardımcısı olarak işe başlayacaksın. Git evine, biraz daha dinlen. Hafta sonu biraz gez. Ve pazartesi sabahı sekizde depoda ol. Salih sana yapman gerekenleri anlatacak. Bu arada, o da seninle çalışacağı için çok mutlu. Bana, eskiden nasıl oyunlar oynadığınızı, ne iyi anlaştığınızı anlattı dün gece. Hiç unutmamış seni!"

Evet, ben de bundan korkuyordum. Demek, Salih de hatırlıyordu yaptığımız kavgaları. Bilseydim yıllar sonra ikinci patronum olacağını, tükürmezdim o kadar tatlılarının üzerine. Ama bu bile moralimi bozamazdı. Birkaç gün sonra başlayabileceğim bir işim vardı artık. Tek eksiğim bir takım elbise ile kravattı. Lütfü'yle sıkıca, erkekçe, işadamı usulü tokalaşarak, benim de içimde bir tacir yattığını göstermeye çalıştım. Ve bürodan çıkıp ilk gördüğüm taksiye bindim.

Yenmem gereken bir heyecan gözükmüyordu ufukta. Evet, hastaneye bedenimin durumunu öğrenmeye gidiyordum. Ve birçok insan için paniğe yol açabilecek bir ziyaretti. Ama artık benim için zihnimin iyi çalışması, organlarımın doğru işlemelerinden daha önemliydi. Doktorun söyleyebileceklerini ve bundan sonraki hayatımda, ölümümü ertelemek için ne kadar çok uğraş vermem gerektiğinin farkındaydım...

Hastaneye girip doktorun odasının olduğu kata çıktım. Koridordaki koltuklardan birine oturdum. On dakika sonra beni içeri alması gerekiyordu. Bu on dakika içinde, dünya üzerinde öldürülen, tecavüz edilen, açlıktan ölen insanların sayısını düşünerek, onlardan biri olmadığımı kendime hatırlatarak rahatlamaya çalıştım. İşe yaramıştı. Neredeyse bir milyona yakın insan acısı saymıştım ama ben gayet sakin oturuyordum, üstelik onlardan çok daha sağlıklı görünüyordum.

Yanımdaki kapı açıldı. İçeriden çıkan benden önceki vaka, sessizce önümden geçip elindeki röntgen filmine bakarak yürüdü. Ayağa kalkıp iki adım attım. Kapıya iki kez kısa aralıkla vurup "Buyrun!" çağrısının gelmesini bekledim ve girdim.

Doktor ayağa kalktı. Tokalaştık. Oturduk. Hemen hemen aynı anda. Misafirliğe gelmemiştim, dolayısıyla birbirimizin hatırını sormamıza gerek yoktu. Hemen konuya girdi.

"Tolga Bey, ELİSA testinizin sonucu geldi. Ve kendinizi psikolojik olarak hazırladığınızı gördüğüm için hemen açıklamakta bir sakınca görmüyorum. Ne yazık ki, sonuç pozitif!"

Dinliyordum. "Pozitifse pozitif! Uzatma! Hemen tedaviye başlayalım. Yaşamak istiyorum" diye bağırdım içimden.

"Tabii daha önce de konuştuğumuz gibi, bu sonuç yüzde doksan dokuz geçerli. Ayrıca ilişkiniz son altı ay içinde gerçekleşmiş olduğu için doğruluk payı biraz daha düşüyor. Ancak kabul etmeliyiz ki, vücudunuzla HIV virüsü var. Dolayısıyla PCR testinin sonucunu beklemeye gerek yok... Bakın Tolga Bey, sonucu bir saat önce aldım. Ve hastanemizdeki, HIV virüsüyle ilgili uzman bir arkadaşımla görüştüm. Şu an sizi odasında bekliyor. Bundan sonraki tedavinizi ve hastalığınızla bütün mücadelenizi kendisi yönetecek. İsmi Suat Gürcan. Göreceksiniz! Çok yardımcı olacak. Biliyorsunuz, en önemlisi ruhsal dirençtir. Sakın paniğe kapılmayın. Sakin olun ve tedavinize bir an önce başlayın."

Ben de biliyordum, normalde heyecanlanmam gerektiğini. Otuz yaşındaki birçok insandan daha az ve çok daha acılı yaşayacağımı öğrendiğim için ağlamaya başlamam, doktoru ve bütün laboratuvar çalışanlarını yalancılıkla suçlayarak hakaretler yağdırmam gerekirdi. Ama ne bir kızgınlık, ne de bir damla ter. Hiçbir şey yoktu. İçeri girdiğimden beri geçen sürede, on bin kadın daha tecavüz edilip öldürülmüştü ama ben hâlâ yaşıyordum. Tabii, bu arada istemediğim bir cinsel ilişkiye de zorlanmamıştım... Pollyanna, benim yanımda eroinman bir orospu kadar umutsuz kalırdı!

Yirmi dakika sonra başka bir beyaz kapıya vuruyordum... On dakika. Yirmi dakika. Sürekli saate bakıp neyi ne kadar zamanda yaptığımı öğrenmek büyük zevkti. Ne gerisinde, ne ilerisinde. Hizada yürüyen askerler gibi aynı anda adımlarımızı atıyorduk zamanla. Elim kapı koluna gittiği anda, ben daha dokunmadan aşağı eğildi ve karşıma kısa boylu, gözlüklü, saçları yağdan ya da spreyden perukmuş gibi duran, beyaz önlüklü bir adam çıktı. Büyük, AIDS mütehassısı Suat Bey daha çok, kasap kılığına girmiş emekli bir jokeye benziyordu. Gülümserken sergilediği sarı, hatta bazıları turuncu olan dişleri, bir kat alttaki dişçinin odasına pek uğramadığının kanıtıydı. Belki de iyi değildi araları. Ona inat, renkli dişleriyle dolaşıyordu ortalıklarda belki de... Merhaba faslını geçmiştik, ben bunları düşünürken. Güler yüzlü bir adamdı. Ağzının iki tarafı mandalla tutturulmuş gibi, hep yanlara doğru açık duruyordu. Bir çeşit iyimserlik gösterisiydi, seyrettiğim. Hiçbir şey hayatın sonu değildir. Hayatın sonu bile hayatın sonu değildir! Çünkü sen ölürsün, başkaları yaşar!

"Tolga Bey..." diyerek, yeni ve çok daha ciddi bir konuya geçiş yaptı.

"Bakın, test sonuçlarınızı inceledim. Maalesef, kanınızda HIV var. Meslektaşım, hastalığınız ve testlerle ilgili size genel bir bilgi vermiştir, ancak ben, aklınızda bir soru işareti kalmaması için biraz daha açıklayacağım. Öncelikle bilmeniz gerekir ki, virüsün vücuda girdiği andan itibaren dört aşama gerçekleşir. Bunlardan birincisini siz bitirmişsiniz. Yani virüsün ilk hücrelere saldırdığı anda meydana gelen grip benzeri, kısa süreli bir rahatsızlık. Bu aşama önemsizdir. İkinci etaptaysa virüs çoğalmaya başlar. Yani daha çok hücreyi kaplamaya başlar. Şunu belirteyim, HIV virüsü çok narin ve zayıftır. Hücre dışında asla var olamaz, hemen yok olur... Evet, ikinci aşamada virüs çoğalmasına karşın, hastalık belirtileri yoktur. Ve bu aşama yıllarca devam edebilir. Biz, sizin hastalığınızı elimizden geldiği sürece bu seviyede tutmaya çalışacağız. Hedefimiz bu! Üçüncü aşamada belirtiler kendilerini göstermeye başlar. Vücudun bağışıklık sistemi zayıflamış, yorgunluk, ishal, kilo kaybı ve gece terlemeleri ortaya çıkmıştır. Son aşamaysa kısaca AIDS dediğimiz durumdur. Genellikle kansere döner ve hasta maalesef kaybedilir... Şimdi bakın, bugün dünyadaki HIV taşıyıcılarının beşte biri ikinci aşamada kalabilmektedir. Önemli olan doğru tedaviyi bulmak... Öncelikle, size bir soru sormak istiyorum. Durumunuzu öğrendiniz. Tedaviniz, yaşadığınız müddetçe sürecek. Dolayısıyla bizimle bu tedaviyi götürmek isteyip istemediğinizi bilmeliyim. Tercih sizin."

Şimdiye kadar bütün tercihler benimdi zaten! Hayatım tercihler tarlası gibiydi. Ama ben, hep dipleri çürük olanları çekmiştim. Karşımdaki emekli jokey, şimdiye kadar yaptığım hatalardan ne daha uzun boylu, ne de daha ağırdı.

"Kesinlikle, Suat Bey. Sizin beni tedavi etmenizi istiyorum" dedim, kendimi şaşırtacak bir sıcaklıkla.

Suat, ellerimin titrememesini, terlememi biraz garipsemişti. Hiç de, HIV+ olduğunu yarım saat önce öğrenmiş birine benzemiyordum. Demek ki çelik gibi sinirlerim vardı. Tam üzerinde binlerce deney yapılacak türden bir hastaydım. Ölümü önemsemeyen bir hastadan daha iyi ne olabilirdi ki, bir doktor için?

"Tamam. O zaman, bugün birkaç kan tahlili ve radyografi yapacağız... Şimdilik, bir ay kadar durup bekleyeceğiz, asıl tedaviye geçmeden önce. Çünkü akyuvarlarınızın virüslerle baş edebilmesi için vücudunuzda oluşan CD4+ dediğimiz bir tür haberci akyuvarın sayımını yapmamız gerekiyor. Bu sayı bizim için çok önemli. Ne kadar yüksek olursa, vücudunuzun bağışıklık sistemi o kadar iyi çalışıyor demektir. Gelecek ay sayımı yapacağız. Ve her üç ayda bir tekrarlayacağız. Yalnız bu çok önemli. Sayımın hep günün aynı saatinde yapılması gerekiyor. Çünkü sonuçlar bazen farklı çıkabiliyor günün değişik saatlerinde. Bunun yanında, yine düzenli olarak kanınızdaki HIV sayısını da tespit edeceğiz. CD4+ ve HIV sayıları bizim için, uygulanacak tedavi tercihi açısından çok önemli. Onun için nerede olursanız olun, mutlaka gününde ve saatinde buraya gelip sayımlarınızı yaptırın. HIV bir retrovirüstür. Yani bağışıklık sistemini çürüterek vücudu çözmeye çalışır. Sayım sonuçlarına göre üç ya da dört ilacı birlikte kullanacaksınız. Transcriptose ve proctease dediğimiz salgılarla ilgili olarak ilaçlar vardır... Ancak kafanızı daha fazla karıştırmak istemem... Bakın Tolga Bey, inanç, tedavinin en önemli kısmıdır. Moralinizi, kendi iyiliğiniz için daima yukarıda tutacaksınız. Bahsettiğim ikinci aşamada kalabilenlerin çoğu, yoga ya da taichi teknikleriyle ruhsal bağışıklık sistemini güçlendirme dediğimiz bir yolu kullanır. Size de önerim, bir terapistle düzenli olarak temas halinde bulunmanızdır... Şimdilik A, C vitaminleri, magnezyum ve demir yazıyorum. Bunları sürekli kullanacaksınız. Sayım sonrasında esas ilaçların neler olacağına karar vereceğiz. On beş gün sonra da, Virocept'e başlamanız gerekecek, ama zaten ben sizi haberdar ederim... Bunların yanında, virüsün bulaşma yollarını tekrarlamama gerek var mı? Yok herhalde. Dikkat etmeniz gereken unsurları zaten biliyorsunuz."

Evet, biliyordum. Hem de çok iyi. Eğer birini öldürmeye kalkarsam, namluya prezervatif takacaktım!

"Size ulaşabileceğim bir telefonunuz var mı?"

Elimden gelen dikkati vermiştim. Dinlemiştim. Birkaç kelime aklımda kalmıştı. Hâlâ gülüyordu.

"Suat Bey, hasta olduğumu ailemden kimse bilmiyor. Ve bilmelerini de istemiyorum. Yakında, ayrı bir eve taşınacağım ve o zaman size bir telefon numarası verebilirim. Psikolojik yönden bir desteğe ihtiyacım olduğunu düşünmüyorum... Bakın, ben çok uzaklardan geldim. Yani içimdeki virüs, yaşadığım hayattaki en sempatik yaratık. Tırmanıyorum ben! Bunu da ezip geçeceğim!"

Tabii, özellikle seçtiğim kelimeler kulağa çok komik geliyordu. Uzaklardan gelmek. Ezip geçmek. Bir boks maçı öncesi, rakibini korkutmaya çalışan dövüşçünün söyleyeceği türden sözler. Boş bulunmuştum, geçmişimden bahsederek. Ama Suat üzerinde durmadı, duygusal olarak yorumladığını tahmin ettiğim, çıkışımın. On beş gün sonrasına bir randevu aldırdı. Gerekli tahliller için kan verildi ve radyografi çekildi. Bu hastaneye ve Suat'a alışmam gerekiyordu. Daha çok görecektim ikisinin de yüzünü. Ölmeye niyetim yoktu çünkü. Yaşamaya bu kadar aç olan bir zihin taşıyan bedenimin ölmeye hakkı yoktu...

Eve dönmek için bindiğim takside, geçirdiğim günü düşündüm; yaptığım birbirinden kilometrelerce uzaklıktaki iki görüşmeyi. Lütfü beni hayata davet etmişti. Kabul etmiş ve geleceğimi planlamaya başlamıştım. Suat ise ölümden kaçmama yardım edeceğini açıklamıştı. Her ne kadar artık yalan söylemeyeceğime, ailemden en ufak bir ayrıntıyı gizlemeyeceğime yemin etmiş olsam da, ikinci görüşmemi onlara anlatamazdım. Bütün dünya ve üzerindekiler başlarına yıkılırdı, kanımdaki virüsün varlığını öğrendiklerinde. Saklayabildiğim sürece, böyle devam edecekti. Geçmiş hayatımın, dövmelerim ve dikişlerimin ötesinde bıraktığı bir hediyeydi hastalığım. Ve ben de bedelini ödemeyi kabullenmiştim. Ölümün içimde gezmesine rağmen, hayatı en normal şekilde yaşamak için elimden geleni yapacaktım. Suat'a söylediklerimi düşündüm. Gerçekten de, bu sinsi ve ağır adımlarla yaklaşan ölüm makinesi yıllardır kendime çektirdiklerimin yanında küçümsenecek bir çizik gibi kalıyordu. Bu gece, Tuğba'yla dışarı çıkacağımızı düşünüp keyiflendim. Son çıktığımızda yaptıklarımdan dolayı biraz tereddüt etmişti beni davet ederken, ama ben Tuğba'yı, artık iyileştiğime inandırmıştım... Vahşilerin arasında yaptığım gibi istediğim an şiddet kullanamayacağımı kabullenmiştim. Artık normal bir insandım. En azından kendi hayatını düşünen, idealleri olan bir adam. Suratında patlayan yumruklardan, eskiden olduğu gibi tuhaf bir zevk duyan, hasta adam değildim artık. Evet, belki dünyada bilinen en ölümcül hastalıklardan birine yakalanmıştım, ama önemli değildi. Çünkü zihnimin, annemlerin hediyesi saat kadar düzenli çalışmasına az kalmıştı. Bedenimdeki virüs küçük bir ayrıntı. Hikâyeye biraz daha gerilim katmak için!

480

Kapıyı Tuğba açtı. Bir anahtar yaptıracak kadar uzun kalmayacaktım evde. Ayrı bir eve taşınıp evlenecek ve karımla prezervatif yardımıyla sevişecektim. O kadar sıradan olmalıydım ki, kardeşimin bakire olup olmadığını bile önemsemeliydim.

"Merhaba, nasıl geçti iş görüşmen?" diye sordu.

"Çok iyi. Pazartesi başlıyorum. Akşam beni çıkarıyorsun değil mi?" dedim, annemin yanına salona yürürken.

"Tabii. Arkadaşlarımla konuştum. Yeni bir yer açılmış. Oraya gideceğiz. Sana da güzel bir kız buluruz."

Annem elindeki kitabı kapatmış, bizi seyrediyordu. Dinlemiyordu. Sadece tadını çıkarıyordu. İki çocuğunun yeniden bir araya gelip önemsiz konularda, önemsiz planlar yapmasını zevkle izliyordu. Hayattaki en huzur verici şey, önemsiz projeler yapmaktı. Çünkü işlerin önemi artınca, verdikleri acı da büyüyordu. Bunu sadece annem değil, hepimiz öğrenmiştik. Sıradanlıktan geçiyordu kurtuluşumuz. İlk seçimde iktidardaki partiye oy vermeye yemin ettim o an. Yığının içinde olmalıydım. Sıcak tutardı!..

Annemi yanaklarından öpüp yanına oturdum.

"Pazartesi işe başlıyorum. Lütfü Amca'nın çok selamı var. Babam nerede?"

"Arkadaşlarıyla buluştu. Yemek yiyeceklermiş. Bilirsin, emekliler çetesi. Çok sevindim işi kabul ettiğine. Göreceksin! Senin için çok iyi olacak" dedi, yeni kestirdiğim saçlarımın arasında parmaklarını gezdirirken. Yıllardır üç numaraya vurdururdum. Şimdiyse belli bir modele bağlı kalarak kestirmiştim saçlarımı. Yanları kısa, üstleri de arkaya taranacak uzunlukta. Sokakta, birilerinin beni yakın arkadaşlarına benzetip yanıma gelmelerini istiyordum. Saçlarım da normalliğe dönüşümü kutluyordu.

Akşam yemeği mönüsünde barbun ve beyaz şarap vardı. Fazla yağlı yememem gerektiğini biliyordum. On beş gün sonra, Suat çok katı bir diyet verecekti. Ama yine de bu, üç büyük barbunu yutmama engel olamadı. Belki içkiyi de bırakmam gerekecekti. Bırakabilirdim. Biraz daha yaşamak için sağ bacağımı bırakırdım! Mutluluk yolunda feda edilen birkaç organın ne önemi vardı ki? Şarap şişesindeki son kalanı da annemin kadehindekiyle birleştirdikten sonra, Tuğba'nın uzattığı sigara paketine bakıp, "Bıraktım. İçmiyorum artık. Otuz yaşındayım. Zararlı alışkanlıklardan kopma yaşı" dedim. Bu sözleri herhangi birinden birkaç yıl önce duymuş olsaydım, bütün deliklerini sigarayla doldurup hepsini yakardım!.. Sofrayı kaldırırken biraz daha sohbet ettim ailemin kadınlarıyla, pazartesi günü başlayacağım iş hakkında. Takım elbise ihtiyacımı söyleyince, kendine uzun zamandır iş düşmeyen bir generalin savaş çıktığını duyduğunda hissedeceği heyecanla, hemen yarın gidip kol düğmelerimden çoraplarıma kadar hepsini alacağını söyledi annem. Bana ihtiyacı yoktu. Annelerin birilerine kıyafet alması için kimseye ihtiyaçları olmazdı zaten. Göz kararı denilen yanılmaz anne ölçüleri, üzerime dikilmişçesine oturacak bir takımla eve dönmesini sağlardı, nasıl olsa...

Tuğba'nın makyajını ve giyinmesini beklemekten sıkılmaya başlamıştım. Sıradanlaşmaya başladığıma bir işaret daha. Sabırsızlık, en özlediğim insani duygulardan biriydi... Ama güzel görünmek için harcanan bu zamanın arkasında, herhangi bir gece kulübü ziyaretinden çok, bir erkeğin yattığını düşünüyordum. Büyük ihtimalle, kız kardeşim belki de evlenmeyi planladığı erkeği tanıştıracaktı benimle. Eğer tahminim doğruysa, oğlanı korkutmamam için şimdiden kendimi hazırlamalıydım. Tabii, böyle bir sevgilinin varlığı tamamen hayal gücümün beklemekten sıkıldığı için uydurduğu bir çizgi film de olabilirdi. Tuğba küçükken, Kayra'yla evleneceğini söylerdi. Keşke evlenmiş olsaydı! Şimdi, hayatımı ölümün elinden söküp almakla uğraşıyor olmazdım... Birden, salonun aydınlığı arttı. "Voltaj mı yükseldi acaba?" derken, içeri Tuğba'nın girmiş olduğunu fark ettim annemle. Çok güzeldi. Çok... Sadece bir an için, ama çok küçük bir an için, ensest ilişkilerin de sadece bir hastalık olduğunu düşündüm. Grip gibi. Yani bir hafta pençesine düşülen ve tedaviyle kurtulunan. Eski hayatımın zihnime yaptığı ufak, ama geçmişteki korkunçluğumu anlatmaya yetecek bir baskıydı. Bütün değerlerden, ahlaktan, kanun ve toplumsal kurallardan bağımsız yaşanmış bir hayatın, bugünün kapısını tıklatmasından ibaretti. Hatta mutlu olmalıydım, çünkü o hayatlar genelde vurmadan girerlerdi! Ama şimdi bana, geçmişimin armağanı olan bu fikir o kadar iğrenç geliyordu ki, hiç hissetmediğim kadar iyileşmek ihtiyacı duydum. Kendi kardeşiyle bile yatabilecek kadar ahlak anlayışı olmayan bir adamı gömmeye çalışıyordum arkamda bıraktığım toprağın altına.

482

Evin ikinci arabası 1986 model bir Volvo'ydu. Latince'de ilk çekme-
sini öğrendiğim fiil. Volvo, volvas, volvat... Tavanı baltayla kesilip cab-
riolet yapılmayacak kadar sağlam. Şehir dışına doğru yol almaya başla-
dık. Eskişehir yolunda biraz ilerledikten sonra büyük bir arsanın üze-
rindeki, önü kalabalık tek katlı binanın kapısına geldik. Anahtarı, bü-
tün dürüst ve gördüğü her üniformalıya güvenen insanlar gibi, kapıda-
ki görevliye teslim ettik. Benzer medeni ve ticari dayanışmalara alışma-
lıydım. Ben sekiz yıl boyunca çalıntı lüks arabaların motor gürültüle-
riyle doyurmuştum karnımı. Kimseye emanet etmedim ne arabamı, ne
hayatımı. Ama artık neyim varsa sunuyordum dünyaya. Buyrun, işte
Volvo'nun anahtarı! Buyrun bu da geçmişim!
İçeri girdiğimizde, techno müziğin ilk basamakları kulaklarımı çe-
kiştirmeye başladı. Tuğba elimden tutarak, insanların arasından çıkarıp
başka insanlara doğru götürdü beni. Güzel kokan ve arada bir aydınla-
nan diskonun ışıkları altında gördüğüm kadarıyla fazlasıyla makyajlı
kızların yan yana durarak, oldukları yerde sallandıkları bir gruptu içi-
ne girdiğimiz. Sadece elimi uzattım. İsimlerini anlamak için desibel re-
kortmeni hoparlörlerin altında, dudak hareketlerini çok dikkatli ince-
lemek gerekiyordu. Yeliz! Hayır! İlk harfte dudak kapalıydı. Melis? Evet
olabilir.
"Ben de Tolga."
İki hece! Tol! Ga! Çok ses var. Gürültü değil müzik, her kuşağınki
ayrı. Meksika'daki Devo isimli kulübe benziyordu burası. Sadece, uyuş-
turucu kokusunu daha az duyuyordum. Belki de herkes kokain ya da
anfetamin kullanıyordu. O an, rakının tabletlere dönüştürülüp satılıp
satılamayacağını düşündüm. Küçük bir hayaldi tabii. Müziği bastırmak
için, ayaküstü kurulmuş olan... Mavi, sarı, kırmızı, mor ışıklar dans
edenlerin vücutlarında geziyordu...
Bir ara, Tuğba'nın kendisine bakmam için elimi sıktığını fark ettim.
Gözlerimi çevirdiğimde, yanında benden ve herkesten daha uzun bir
adam duruyordu. Çok eski ve gereksiz, paranoyakça bir alışkanlıktan
dolayı, o an kavga çıksa karşımdaki adamın neresine vurabileceğimi çö-
zene kadar suratına anlamsızca baktım. Bacaklarının arasına sağ aya-
ğımla bir tekme! Evet, tamam. Şimdi tanıştırılabilirdim. Tuğba onu gös-
tererek, "Cemil" beni göstererek de "Tolga" dedi. Tabii, ardından bir de

"Ağabeyim!" çıktı ki, bu Tolga'dan daha çok etki yarattı, varlığından evden çıkmadan önce şüphe etmeye başlamış olduğum Cemil'in yüzünde... Herkes birbirine söylediklerini duyurmak için o kadar bağırıyordu ki, birden müzik kesilse gerçekten bir sağırlar toplantısı gibi görünürdü kulübün kalabalığı. Ben böyle yerlerde genellikle ağız oynatırdım. Hiçbir şey söylemeden. Bu şekilde, karşıdaki anlamayan ama nezaketten dinliyormuş gibi yapan insana çok rahat küfür de edilebilirdi. İsminin Melis olduğuna kanaat getirdiğim kız sol tarafımda sallanıp duruyordu. Ben değil ama içimdeki virüs öyle istiyordu ki ona atlamayı. Aslında ışıkların yanıp sönmesini fırsat bilerek gördüğüm kadarıyla çok güzel bir profile sahipti. Siyah saçlı, ve eğer bir göz yanılması değilse, yeşil gözlü bir kızdı. Tuğba'nın arkadaşı olduğuna göre de onun yaşlarında olmalıydı. Vücudu, gerçekten de dar pantolonu ve özellikle bir beden küçük alınmış gömleğiyle kendisini saklamaya niyetli değildi. Çünkü o da biliyordu kulübün en seksi iki kızından biri olduğunu. Diğeri Tuğba'ydı. Tabii, güzel kızların birlikte dolaştığı pek görülmez medeni dünyada, ama yine de samimiyetlerinden iyi arkadaş oldukları anlaşılıyordu.

Bu arada, bir ara kaybolan Cemil elindeki içkilerle döndü. Tabii, kız arkadaşının yaşı ilerlemiş ağabeyine de ufak bir rüşvetle. Bol buzlu bir viski. "Teşekkür ederim." sözcüklerinin dudak hareketleriyle "Ebeni düzerim" sözcüklerininki aynıydı. "Rica ederim!" diye bağırdı kulağımın dibinde. Sporcu olmalı, diye düşündüm. Basketbol, voleybol tarzında, oynadıkça insanların serpildiği bir disiplin olmalı. Tabii, herhalde bütün iyiliğine rağmen, son sekiz yılı nasıl geçirdiğimi öğrense, bu denli cana yakın davranamazdı. Siyah hoparlörlerden yayılan müzik bulutunun altında uzun sohbetler yapmanın pek imkânı olmadığından, insanlar dans ederek, ellerini kollarını hareket ettirerek ya da öpüşerek eğlenmeye çalışıyorlardı. Tabii, bir de benim ve yanımdaki Melis gibi hiçbir şey yapmadan, hareketi uzaktan seyredenler vardı. Melis'in koluma girdiğini fark ettiğimde hâlâ önümdeki dinamik insan kütlesini seyrediyordum. Mekanik bir görünümü vardı, pistte dans eden kalabalığın. Kafamı çevirip Melis'e baktığımda o da bana baktı. Birbirimize gülümsedik. Karşılıklı diş göstermemizden ve koluma dolanmış kolundan cesaretlenmiş olacak ki, kulağıma uzanıp, "Nasıl? Eğleniyor musun?" diye bağırdı. Sadece kafamı salladım. Nasıl anlatabilirdim ki benim için eğlenmenin, ancak Mélina gibi bir travestinin düzenlediği gecede mümkün olabileceğini? Nasıl açıklayabilirdim, benim için eğlencenin "gore" filmlerde görülen sahneleri gerçekleştirmek olduğunu? Sadece kafamı salladım. Gerek yoktu zaten eğlenmeme de. Ben buraya iş için gelmiştim. Normal bir insan gibi hafta sonunu geçiriyormuş görünmek için! İçinde durduğumuz insan grubunun her üyesi sanki beni seyrediyormuş gibi hissettim bir an için. Gömleğimin kıvrılmış kollarından fırlayan dövmelerim ve kadınlara seksi çağrıştıran yüzümden dolayı, Tuğba'nın çalışkan ama eğlenmeyi de seven okul arkadaşlarının gözleri tarafından didikleniyordum. Viskim bitmişti. Kendime, bir de enişte adayı Cemil denen oğlana, bir çeşit yakınlık göstermek için içki alıp dönmek amacıyla Melis'in kolundan sıyrılıp kalabalığa karıştım. Barın nerede olduğunu arada bir, bir iki saniyeliğine yanan ışıkların parlattığı, duvarındaki raflarda duran içki şişelerine bakarak bulmaya çalışıyordum. İçki şişelerinin bana kılavuzluk etmesi ilk kez olmuyordu... Birkaç, terden ıslanmış bedenden sonra ulaşacaktım bara. Ve dünyanın neresinde olursam olayım, aynı tadı bulmanın şerefine bir Jack Daniel's isteyecektim. Ve o an önümde sadece bir karaltı kalmıştı. Onu da geçersem barmene derdimi anlatabilecek kadar yakınlaşmış olacaktım. Bara doğru dönmüş ve yaslanarak ayakta duran, karanlıkta seçebildiğim kadarıyla biçimli kalçaları olan bir kadındı önümdeki. Kalabalıktan gelen bir dalga biraz daha yaklaştırdı beni kadının kalçalarına ve temasımızdan rahatsız olmuştu ki, yavaşça bar ile benim aramda bulunan boşlukta döndü. Bir saniye içinde sol profiliyle başlayıp bütün yüzüyle biten bir dönüştü bu. Ve gözlerimiz birbirine yirmi santim mesafeden baktığında, arada bir bütün kulübü aydınlatan spotların hepsi yandı. Her yer beyaz oldu. İki yüz dışında. Benim ve Eflâ'nınki!

Kalabalığın, bedenini benimkine yapıştırdığı kadın Eflâ'ydı. Bugüne kadar âşık olunacak tek kadın. En vahşi zamanlarımda bile hayatla aramda bir köprü olmuş tek insan. Ne müzik kaldı. Ne bağıran insanlar. Sadece bembeyaz bir ışık ve iki siyah surat. İki kalp atışı duydum. Aynı anda atan.

Ve ışık söndü. Müzik başladı. Yer, titremeye kaldığı noktadan devam etti. Birbirimizin ismini yüksek sesle fısıldadık. Elini tuttum. Çıkış kapısının üzerindeki kırmızı ışığı gözlerimle takip ederek kalabalığı yar-

maya başladım. Kalp atışlarım kalaşnikof ayarında bir gürültü çıkarı-
yordu. Her merminin boş kovanı içime düşüyordu. Elini sıkıyordum.
Dönüp bakmıyordum. Sadece arkamdaydı ve ben, onu bu cehennem-
den çıkarıyordum. Dönüp bakmak istemiyordum. Dönüp bakarsam
eğer, o Yunan efsanesindeki, kadınını cehennemden çıkaran adam gibi
kaybedeceğimden korkuyordum Eflâ'yı. Yanılmış olmaktan, ona çok
benzeyen bir kadının elini tutuyor olmaktan korkuyordum. Bu karşı-
laşma bana normal geliyordu. Mucize değildi! Dünyanın en âşık adamı
ile en âşık olunacak kadınının karşılaşması mucize değildi. Hayattı! Sa-
dece önümdeki vücutları itiyordum sol elimle. Rahatsız olanların kü-
fürlerini duyar gibiydim, ama umursamıyordum. Son hareketim büyük
kapının bir kanadını elimle itmek oldu. Arkamdan gelen kapanmanın
sesini duyunca durdum. Kalabalık dağılmıştı. Sadece kapı görevlileri ve
birkaç genç vardı karşımda. Gözlerimi kapattım. Yavaşça döndüm.
Elimdeki eli bırakmadan. Kalaşnikoftan daha hızlı bir silah biliyordum,
ama ismi aklıma gelmiyordu. Gözlerimi açtım. İkisini aynı anda. Ve Ef-
lâ bana bakıyordu.

Biraz önceki, kalabalığın arasından geçişimizden korkmuş olmalıydı.
Birden, onun beni hiç istediğim gibi sevmediği aklıma geldi. Hakkım
yoktu elini tutmaya. Bıraktım birden, kırılacak bir bibloyla oynayan ve
annesinin sesini duyan küçük bir çocuk gibi...

"Eflâ" dedim. Ne söylenirdi ki böyle bir durumda? En aptalcası çık-
makta zorlanmadı ağzımdan.

"Merhaba."

"Merhaba Tolga. Nasılsın?"

Konuşmuyorduk. Sadece hayatın ve karşılaşmamızın büyüsüne ka-
pılmış, birbirimizi seyrediyorduk. Bu arada da konuşuyormuş gibi ya-
pıyorduk. Birbirini seyreden iki Rodin heykeli gibi durmamak için.

"İyiyim Eflâ" sözleri de uçtu gökyüzüne.

"Döndün demek! Biliyordum ben, döneceğini."

Bu sözler de içerideki müziğin kapının altından sızan artığına karıştı.

"Ben de biliyordum" dedim.

Bu sefer Eflâ tuttu elimi. Bir adım attı. "Gel" dedi. Yürüdüm peşin-
den. Belki de hep böyle tutsaydı elimi, ben hiçbir yere gitmezdim. Ne
Afrika'ya, ne de başka bir şehre... Beyaz bir duvara doğru yürüdük. Dis-

konun çevresini saran alçak bir duvardı. Önce Eflâ oturdu üzerine, sonra da ben. Yan yana oturmayalı on yıla yakın olmuştu. "Ne yapıyorsun Ankara'da?" diye sordum. Aslında, hiç merak etmiyordum. O an sadece evlenmek istiyordum. Ölene kadar onunla yaşamak. Çünkü ben artık Eflâ'nın istediği gibi biri olmak için çabalıyordum. Benden korkmasına, kaçmasına gerek yoktu artık. Ben, bana tercih ettiği sıradan insanlara benzemek için elimden geleni yapıyordum. Bir işim vardı. Ailemi seviyordum. Gittikçe toparlıyordum kendimi. "Çalışıyorum. Okul bitince burada bir iş buldum. Babamlar Tahran'a döndü. Ben kaldım. Peki sen! Ne yapıyorsun?" Ben... Onu seviyordum. Yaptığım iş buydu... "Bir insanın derisinin yıllar sonra aynı kokması mümkün değil" diyenlere, Eflâ'yı kaldırıp gösterebilirdim. Sadece kıyafetleri değişmişti. Saçları bile aynıydı. "Çok az oldu döneli. Ailemin yanındayım. Artık hepsi bitti. Sıra hayata geldi!"

Beni, karşımdaki kadından ve bütün dünyadan uzaklaştırdığı için, bana suç ortağı olduğu için, o an Kayra'yı atomlarına ayırmak istedim. Mutluluğun canlı heykeli duruyordu karşımda. Bundan iyi bir hayat bilmiyordum. Bundan daha iyi bir zamanlamayla, daha kimse karşılaşamamıştı dünyada. Dünyanın oluşumundaki tesadüflerle yarışırdı karşılaşmamız... Kinyas evine döner. Tolga olur. İş bulur. Ve Eflâ'yla karşılaşır. Belki Oscar'lık değildi senaryo ama Oscar heykelciğinden daha çok parlıyordu Eflâ'nın dudakları!

"Geçen yıl..." dedi. Minik bir kızın şarkı söylemesine benziyordu konuşması. Dünyadaki son masum insanla konuşuyordum. "Mayıs ayında evlendim."

Ve son masum da öldü. "Dim" hecesinin beynimdeki dördüncü yankısında "Evet... Tebrik ederim" dedim. Bu konuşma, şimdiye kadar Eflâ'yla yaşadığım ilişkimin özetiydi. O bir şeyleri başarır ve ben de tebrik ederdim. Konuşmaya devam ediyordu, ama ben bütün dünyayı duyuyordum artık. Eflâ'nın dışında...

"Bora, kocam içeride" kelimeleri karıştı altı milyar insanın sesine. Gözlerimi kapattım birkaç saniyeliğine. Gecenin rüzgârı örttü yüzümü. Eflâ'yı kolundan tutup, park edilmiş arabaların birine bindirip gaza bastım. Mersin'e gittim. Akdeniz'i uçarak geçtim. Sahra Çölü'nü geçtim. Ve okyanusa ulaştım. Frene bastım. Ön camı parçalayıp fırladı vücutlarımız göğe doğru. Suya düştük. Ve sarıldık.

"Tanışmanızı çok isterim. Arada bir çıkıyoruz akşamları. Değişiklik oluyor bizim için de."

Gözlerimi açtım. Ayağa kalktım. "Ben de tanışmak isterim" dedim. "Ama başka bir zaman! Kardeşim bekliyor içeride. Görüşürüz..."

Yürüdüm, onu duvarın üstünde otururken bırakıp. Ayak sesleri duydum mu, bilmiyorum. Ama arkamdan, kokusunu çok iyi bildiğim biri yaklaşıp kulağıma fısıldadı:

"Kinyas!"

Durdum, dönüp karşılaşmak için hayatımdaki vahşetle. Sesin sahibine saldırmak için döndüm olduğum yerde. Ama hiç kimse! Sadece hâlâ duvarda oturan ve biraz önceki konuşmamızın sert kapanışından dolayı şaşırmış olan Eflâ. Kafamı kaldırdım. Beni duyduğundan emindim. Gökyüzü vahşilerin birbirleriyle haberleştikleri yerdi. Sadece bir kelime çıktı ağzımdan. Tek bir tane:

"Hayır!"

Ve yürüdüm, gözlerimi siyah gökyüzünden indirdikten sonra. Kapı açıldı. Karardı her yer. Barmene "İki Jack!" deyip para uzattım. İçkileri dökmemeye çalışarak geçtim, demin yardığım kalabalığın arasından. Biraz önce çıkarken küfredenlerden olduklarını tahmin ettiğim adamların yanlarında durup gözlerinin içine baktım. Tek bir hareket bekledim. En ufak bir meydan okuma. Ama gelmedi. Kafalarını çevirdiler... Benim Kayra'ya çevirdiğim gibi.

Cemil'e sağ elimdeki, daha çok dökülmüş olan kadehi uzatıp sol elimdekinden bir yudum aldım. Sonra da yanıma gelen kızın elini tutup kulağına fısıldadım.

"Melis, seni yarın görmek istiyorum!"

Kırmızı ışık. Hep kendime, kaç saniye sürdüğünü sayacağıma dair söz vermişimdir. Ve hep unutmuşumdur. Ama şimdi başladım saymaya. Saniyeler tatlı tatlı akarken, kafamı sağdaki arabaya doğru çevirerek büyük bir hata yaptım. Gördüğüm manzara, dudaklarımın arasındaki sayıları alıp gitti. Rover marka, şık bir arabanın içindeki adam, şarjlı tıraş makinesiyle dikiz aynasına bakarak, evinin banyosunda yapması gerekeni yapıyordu. Düzgün kesilmiş kısa saçları. Beyaz gömleği. Kravatı. Hepsine imrendim. Annem yıllar önce sorardı bana, garip herhangi bir alışkanlığımı fark ettiğinde, "Kimlere özeniyorsun, bilmem ki?" diye. O zamanlar, kimlere özendiğimi hatırlamıyorum ama bu sabah, yanımda işe gitmek üzere ütülü gömleğini giymiş ve arabasında ıslığıyla radyodaki şarkıya eşlik ederek tıraş olan adama özeniyordum. Mutluydu. Ve aramızda sadece, benim yanımdaki koltuk ve birkaç santim boşluk vardı. Tek istediğim, o mutluluktu...

Korna sesleri, yeşilin yandığını hatırlatmakta gecikmedi. Sabırsızlar ve işi olanlar dünyası. Yetişecek yerleri olan insanların çabaları. Volvo'yu kullanıyordum. Melis'i evinden almaya gidiyordum. İlk buluşmamıza ve kalbimizin atışını unutturacak kadar yüksek bir müziğin olmadığı ilk konuşmamıza gidiyordum. Önce okuluna gidecektik, oradan da birbirimizi daha iyi tanımaya... "Evet, kanımda HIV var ama evlenmek istiyorum" dedim kendime. Sevgilim olsun istiyordum. Bütün normal insanlar gibi. Melis'e yapacağım açıklamalar çok önemliydi. Tuğba'nın hayatıma dair kendisine bir iki fikir verip vermediğini sormaya zamanım olmamıştı. Ve ne olursa olsun, karşımdaki boş tuvale resmi ben çizecektim. Yalan söylemeyecektim. Ama, çok gerekirse, sessiz kalacaktım. Kinyas'ı ve felsefi maceralarını öğrenmesi, filizlenen ilişkimizi anında bitirirdi. Bana tahammül edebilmesi sadece yakışıklı ve normal olmama bağlıydı... Tabii bunlar iyi bir ilişkinin sembolleri. Temiz, yakışıklı, güçlü ve en önemlisi sağlıklı! Aslında dünya üzerinde semboller hak ettiklerinden fazla bir değere sahipler. Evet. Sevgililer Günü'nü, evde mastürbasyon yaparak geçirmek anlamlı. Ama üzerine bir kitap yazacak kadar can alıcı bir önemi yok... Bütün bunları düşünerek araba kullanmak, trafiği biraz daha az zehirli yapıyordu...

Melis'in tarif ettiği yere geldiğimde, onu kaldırımda beklerken gördüm. Önünden geçen arabaların içlerine dikkatle bakıyordu. Evet, beni de görmesi uzun sürmedi. Güldü, sanki ben ve araba herhangi bir komedi ikilisiymişiz gibi. Aslında tepkisi, insanların buluşma noktasına doğru yürürken, birbirileriyle uzaktan göz göze gelince gösterdiklerine benzer doğallıktaydı. İnsan tanıdığı biriyle göz göze gelince gülümser. İşte o kadar! Ama hepsi bu değil. Çünkü ben sahip değildim böyle bir alışkanlığa. Ben, sadece komikliğe gülerim. Daha öğreneceğim çok şey vardı, normalliğe giden yolda...

"Merhaba. Çok bekledin mi?" dedim, arabanın kapısını çektikten sonra.

"Hayır, ben de şimdi gelmiştim."

Yalan söylüyordu. Ben saatinde, o ise erken gelmişti. Bunu, sabahın soğuğundan kızarmış yanaklarından ve burnunun pembe ucundan anlayabiliyordum. Dünden beri bekliyormuşçasına kırmızıydı yüzü...

Şehir dışındaki okuluna gidiyorduk. Vize sonuçlarını almaya. Kendi vizelerimi hatırladım. Mahvettiğim ilkel akademik kariyerimi. Bıkıp usanmadan, ders dinlemek dışında, durmadan yaptığım o anlamsız işleri hatırladım. Bazen Kayra'ya mektup yazardım. Bazen sınıftakilerin karikatürlerini çizerdim avucuma. Ve genellikle de evimden kaçtığımı, tropikal bir ormanda kaybolduğumu hayal ederek zaman geçirirdim... Hayatı bir kadına benzetmek fikri, Kayra'yla, aramızda sık kullanılan bir teşbih olarak kaldı uzun zaman. Ve bir kadına benzediği için de bazı talepleri olduğunu düşünürdük hayatın. Becerilmek gibi! Ve bunu eğer biz yapmazsak, mutlaka başka birilerinin gelip hayatımızı becereceği sonucuna varırdık. Dolayısıyla hayatlarımızı becermek, daha doğrusu mahvetmek için birbirimizle yarışır hale gelmiştik. Tabii ki yarışın bir galibi yoktu. Böyle bir müsabakanın katılanlarına verilecek herhangi bir ödül de yoktu. Sadece, insanın kendine acı çektirmesi, başkalarının ona çektirmesinden biraz daha iyi bir duygu veriyordu. Kimse bakire bir hayatla ölmeyecekti. Bari en az tecavüze uğrayanlardan olalım istedik!.. Tek kelimeyle, yirmi yılımı bir deli olarak yaşamıştım...

Melis, sıcak ve ince sesiyle okulunu, bölümündeki arkadaşlarını, beğendiği kıyafetleri, dinlediği müzikleri, gittiği barları anlatırken düşünüyordum, delilik içinde geçen o yirmi yılımı. Oysa dinlemelisin, dedim kendime. Dinle ve aklında tut! Sevgililer birbirlerini ve özelliklerini hatırlar. Biz, daha resmi olarak aşkımızı birbirimize ilan etmemiştik, ama yine de sabahın köründe aynı arabanın içinde, Eskişehir yolunda ilerliyorduk.

"Tuğba, bana senden uzun süre bahsetmemişti. Sonra bir gün, o kadar yakınlaştık ki seni ve bildiği kadarıyla hikâyeni anlattı. Annemler, seyrek de olsa sizinkilerle görüşüyor. Onlar, senin varlığını öğrenince çok şaşırdı. Ve tahmin edersin ki, aslında şu an seninle birlikte olmamdan pek memnun değiller. Ama ben hiçbir tehlike görmüyorum, senin yakınında olmakta. Tabii ki, tam olarak neler yaşadığını bilmiyorum, ama seni ilk gördüğüm anda güvenebileceğim bir insan olduğunu anladım."

Ne uzun ve sıkıcı cümleler. Bana güveniyormuş da! Tahmin edermişim de!.. Aslında, iyi niyetli bir giriş konuşmasıydı yaptığı. Sadece, kendini sağlama almak istiyordu. Çünkü açıkçası benden altı yaş küçük bir kız için pek tekin bir geçmişim yoktu. Üzerimde bir lanet olduğunu düşünürdüm onun yaşlarındayken. Öldüğüm zaman, dünyanın da havaya uçacağı bir düzenek kurmayı hayal ederdim. Şimdiyse, lanetin kendisi olduğumu düşünüyordum. Tek isteğim, kendimi öldürüp küllerimden yeni bir ben yaratmaktı. Ve bunu da, yanımda oturan kız sayesinde yapabileceğimi biliyordum. Saf olmayı, küçük hayaller kurmayı, geçici üzüntüler yaşamayı öğretecekti bana. Kısacası, hayatım boyunca küçümsediğim, aptallıkla suçladığım bir insan olmayı öğrenecektim Melis'ten...

Kendisini arabada bekleyeceğimi söyledim, okul binasının önüne gelince... Büyük kapıdan içeri girdi ve taş duvarlar güzel vücudunu yuttu...

Cappuccino içmeye gitmeliyiz bir yerlere, diye düşündüm. Belki de bir pizza yeriz sonra da. Ama olmaz! Pepperonni ve siyah zeytinli pizzanın her diliminde, aklıma hiç de düşünmek istemediğim günler gelecek. Sıradan bir restoran daha iyi olur. Sağ elimi yüzümün karşısına getirip baktığımda titrediğini fark ettim. Belki de artık düzenli olarak içki içmediğim için titriyordu. Belki de HIV birkaç bin hücremi daha istila etmişti. Sol elimle sağ elimi tutup tekrar bıraktığımda nasıl titremeye başladığını seyretmekle oyalanıyordum ki bir anda kapı açıldı, araba sallandı ve yanıma Melis oturdu.

"Geçmişim! Hepsinden de çok iyi notlar almışım. Ama çok çalışmıştım."

Gülümsüyordu yine bana bakarken. Mutluluk buydu. Gülerken dondurulmuş ve hep öyle duran bir yüz.

"Çok sevindim" dedim.

"Umarım finallerin de iyi geçer."

İlgilendiğime kanıt olacak birkaç soru sormam gerekiyordu.

"Alttan dersin var mı?"

"Hayır! Hiç olmadı. Zaten öyle bir şey olsa, annemler öldürürdü herhalde beni!" dedi.

Küçük ve önemsiz nedenlerden işlenmiş pek çok cinayet görmüştüm. Ama söylediği yeni bir sayfaydı bu alanda. Bir dersten kaldığı için öz çocuğunu öldürmek!

"Cappuccino sever misin?" diye sordum. Daha sorumu bitirmemi beklemeden "Kesinlikle. Haydi, Arjantin Caddesi'ndeki kafelerden birine gidelim" dedi neşeli bir sesle... Arjantin'den kaçmış seksen yaşlarında bir Nazi subayı tanımıştım, ama bir Arjantin Caddesi olduğundan haberim yoktu. MOSSAD'ın dünyanın dört bir yanındaki eski Nazileri avlamaya başladığı tarihlerde, kaldığı yerin güvenli olmadığını anlamış ve Orta Afrika'ya yerleşmiş, ordusuz bir askerdi. Meşhur gemisiz kaptan Corto Maltese gibi. Ama çok az eşya ve para getirebilmişti yanında. Dolayısıyla kısa zamanda, sefil bir hayat yaşamaya başlamıştı. Daha sonra da onu tanıdığım yerde, yani bir barda, yerleri temizlerken gördüm. Artık, yok etmeye bir zamanlar yemin ettiği, Ari ırk dışındaki bütün ırkların pisliklerini temizleyen kambur bir adamdı. Açlıktan ölmemek için zencilerin tuvaletlerini parlatıyordu. MOSSAD ajanları, ona bu kadar büyük bir ceza veremeyeceğine göre, yakalanmamış olması kahroluşunun tek nedeni haline gelmişti.

Yokuşun yukarısında arabayı park edip aşağı doğru yürümeye başladık. Yine Melis konuşuyordu. Ben dinliyordum. En azından dinleme-

ye çalışıyordum. Türkçe'de kullanılan kelimeler değişmişti. Yeni söz-
cükler çıkıyordu ağzından. Anlamıyordum her söylediğini. Kafenin içi-
ne girdik. Bir güler yüz daha çıktı karşıma. Bize masamıza kadar eşlik
etti. Herhangi bir Avrupa ülkesinde sıradan sayılacak yer, bu şehirde
daha çok zenginlere hitap ediyor olmalıydı. Çünkü içerideki yoğun
parfüm kokuları, pahalı şişelerden çıktıklarını haykırıyordu, her nefes
alanın burnuna. Zenginliğe de alışmalıyım, diye düşündüm...

Cappuccino'ların köpükleri can çekişiyordu, garsonun tepsisinden
masamıza doğru uçarken. Görünüşleri bile lezzetsiz olduklarını anla-
mama yetmişti... Beni bekleyen konuşmayı geciktirmeye çalışmanın
bir yararı olmayacağından, derhal konuya girdim. Kelimeler zorlanma-
dan, doğru zamanlarda ve doğru sıralarda çıkıyordu ağzımdan. İyileş-
tiğime bir kanıttı, zihnimin mahkeme heyetine sunulan bu kısmı. Vu-
rucu bir giriş iyi olur, diye düşündüm:

"Senden çok hoşlandım Melis. Ve bilmeni isterim ki, bunu uzun za-
mandır hiçbir kadına karşı hissetmedim. Yeni bir hayat kuruyorum
kendime. Yeni bir hayat inşa ediyorum. Ve temelinde senin de olmanı
istiyorum."

Sustum. Çok mu hızlı olmuştu? Ama gözleri öyle demiyordu. Hayat-
larından memnundu! Belki şu an için, Melis'e söylediklerimi harfi har-
fine hissetmiyordum ama bu, bir gün kendisine âşık olmayacağım anla-
manı da gelmezdi... Soğumuş cappuccino'sunu alışkanlıktan bir kez üf-
leyip küçük bir yudum aldı. Büyük zevkle dinlediğini görebiliyordum.
Eğer yüzüm bu kadar güzel olmasaydı, asla normal hayata dönmem
kolay olmazdı. Hâlâ yakışıklı olduğum için toplum beni kucaklıyordu.
İyi görünen bir ferdini kaybetmek istemezdi. Nadide parçalarına özen
gösterirdi kalabalıklar... Bugüne kadar tanıdığı en esrarengiz ve yakı-
şıklı adam, kendisiyle ilgilendiğini söylüyordu Melis'e. Orgazma çok
uzak değildi! Araya giren sessizliğim dikkatini dağıtmasını istemediği
için, verdiğim molayı kısa kesip devam ettim:

"Seni görmek isteyişimin nedeni, sana benim sevgilim olur musun,
diye sormaktı. Ve şimdi soruyorum... Karşında oturan, senden altı yaş
büyük, neredeyse on yıldır içinde bulunduğu bir çeşit komadan yeni
çıkmış bu adamın sevgilisi olur musun?"

Bir evlenme teklifi değildi tabii ki ama yine de asgari bir romantizm gerekliydi. Bu romantizm ise, masadaki sol elinin üzerine koyduğum sağ elimle geldi. Böyle durumlarda temas, verilecek olan kararı hızlandırır. Ama kabulü ya da reddi etkilemez. Sadece karar mekanizmasını çabuklaştırır. Ve benim de, isterse düşünebileceğini söyleyecek kadar zamanım yoktu. Kısa süren sessizliği değerlendirmek için çevremde ya da içimde sayacak bir şeyler aradım, ama doğru dürüst bir şey bulmama fırsat kalmadan yanıt geldi. Beklenen tarihten önce gelen bir mektup gibi. Hemen açıp okudum:

"Evet, çok isterim senin sevgilin olmayı! Birbirimizi hiç tanımıyoruz ama senden çok hoşlandığımı biliyorum."

Ben kimseden hoşlanmazdım. Ya âşık olurdum ya da nefret ederdim eskiden, ama şimdi bu orta şekerli lafları da öğreniyordum yavaş yavaş. Hayat, mütevazı duyguların mütevazı sıfatlarla anlatılmasından ibaretti. Sözünü kesmem gerekiyordu:

"Ama önce bir konuyu halletmeliyiz. Kaybolduğum yıllar içinde neler yaptığımı sormayacaksın. Çünkü anlatmaya hazır değilim. Eğer bir gün onlarla yaşamayı öğrenebilirsem, ben sana anlatırım, sen daha sormadan. Kabul ediyor musun, son on yılımı merak etmemeyi?"

Tabii kışkırtıcı bir paragraftı söylediğim. Hayatımın üçte birini sır olarak görüyor olmam pek hoş değildi. Ve Melis ürkebilirdi şartımdan. Ama gözlerimin rengi de, sokaktaki her adamda yoktu. Fazla düşünmeden yanıtladı. Gençti ve önemsemiyordu geçmişi çünkü gücünden haberi yoktu!

"Tamam. Anlaştık!" dedi. "Sen anlatana kadar ben hiçbir şey sormayacağım. Ama benim de senden bir isteğim var. Bana güvenmeni istiyorum. Lütfen, hep dürüst ol bana karşı."

Çocuk saflığında başlayan ilişkimiz, küçük esnaf pazarlığına dönüşüyordu. Sen şu kadar ver, ben bu kadar vereyim! Aşkın mantıkla yoğrulduğu çelişkili bir dönemde yaşıyorduk. Tabii ki çıkarlar grafiği çizilecekti kalplerin yanına. Şaşırmamalıydım, yirmi üç yaşındaki kızın benden bu kadar çok şey istemesine. Daha kendine güvenemeyen benden, kendisine güvenmemi beklemesi imkânsıza yakın bir arzuydu. Ama yalan söylemek o kadar zor olmadı.

"Ben de senin gibi düşünüyorum. Birbirimize karşı hep dürüst olmalıyız. Ancak bu şekilde mutlu olabiliriz."

Artık filmin heyecanlı anına gelmiştik. Elimin içindeki elini sıktım. Kendime doğru çektim. Parmaklarını dudağıma götürdüm. Kuru bir öpücük. Sonra masanın üzerinden uzanarak, yüzlerimizi ortalarda bir yerde buluşturduk. Çok sıcaktı dudakları. Yirmi üç yıllık dudaklar. Yirmi üç yıllık şarap gibi. Gözlerimizi kapatmıştık. Ben sıkı sıkı yumuyordum. Açmamak için. Eğer açarsam, başladığım yere dönmüş olurdum. Sanki bir başkası Melis'i öpüyormuş gibi yukarıdan bir yerden bizi seyrederdim. Tekrar gözlerimi açtığımda, ben hâlâ masanın ortalarındaydım. Ama o, büyük ihtimalle, halka açık bir öpüşmeyi uzun tutmaktan çekinmiş ve sırtını çoktan sandalyesine yaslamıştı. Ben, halka açık bir yerde Moctar'ı vurmuştum. O zaman, ben de utanmıştım. Anlayabiliyordum Melis'i. Bu sefer, ben de gülümsedim. Sabahtan beri ilk defa dudaklarımı kulaklarıma doğru kaydırdığımı fark ettim. Asık suratlı olmamalıyım, diye düşündüm. Olur olmaz yerlerde gülümsemeliyim. Mutlu olmanın ilk yolu taklidini yapmaktan geçer! Gülümsemek mutluymuş gibi görünmeme yardımcı olabilir. Sonuçta, artık sevgili olmuştuk Melis'le. Bir kafede karşılıklı oturuyorduk. Ve birbirimize bakarak gülümsüyorduk. Tabii, herhalde bundan ibaret değildi sevgili olmak. Ama benim de aşk hayatı dağarcığımın geniş olduğu söylenemezdi. Kadınların yıllardır, tanışırken söyledikleri isimlerini bile dinlememiştim. İki sevgilinin nasıl zaman geçirebileceğine dair hiçbir fikrim yoktu. Tabii, ben aklımdan ışık hızıyla geçenleri anlatabilirdim. Ve çok da ilginç bir konuşma olurdu! Ama hikâyenin Moctar'ın ölümüyle ilgili olan bölümü Melis'in kusmasına da neden olabilirdi!.. Ben kadın ile erkeğin ilişkisinde sadece tek bir tarza inanmıştım onun yaşlarındayken. Mucidi ben değildim, hayır. Sadece hayatın bizi içine ittiği bir tarzdı. İnsanın yolunu kesen üç haydutlu bir çete gibi, üç bilinenli bir denklem.

"We will buy some drugs and watch a band
Then jump in a river, holding hands!"

David Bowie söyledi. Ben inandım. Ama Melis'le, ne kafa kundaklayacak uyuşturucular, ne ciğeri ağza çağıracak bir müzik, ne de el ele atlanacak bir nehir vardı! Melis'le, en fazla iki kadeh beyaz şarap, üniversitesinin bahsettiği festivalinde elektronik ritimde sıçramak ve içkili kullanılan arabalarda emniyet kemeri takmak vardı. Kimse artık Bowie dinlemiyor herhalde, diye düşündüm. Kimse artık delirmiyor. İntiharın modası geçmiş olmalı. Ölenlerin ayıplandığı bir zamanda, dipdiri bir kadını sevgili yaptığım için kendime, mutluydum. Kolumdaki saat kadar zamanın kölesi olmak istiyordum. Moda yaşamaksa, ben yaşarım. Hatta kudurmuş bir köpek gibi ısırırım hayatı!..

Ve her ilişkide olduğu gibi roller belirginleşmeye başladı. Bizimkinde boşlukları dolduracak olan, sessizliği kıracak olan Melis'ti. Başladı konuşmaya:

"Karnım çok acıktı. Haydi, bir yerlere yemeğe gidelim... Tuğba duyunca çok şaşıracak. Hep iki kardeşle evlenmeyi hayal ederdik, böylece akraba olabilirdik. Ama bu daha iyi!"

Sevgilim galiba gizli bir lezbiyendi ve kız kardeşimden hoşlanıyordu. Devam etti.

"Ne yemek istersin? Karum'da bir pizzacı var. Çok güzel. Oraya gidelim mi?"

Hiç tebessümümü bozmadan yanıtladım:

"Ben pizza sevmem. Hiç yemedim... Uzun zamandır iskender yemiyorum. Eğer hâlâ duruyorsa, Ulus'taki lokantaya gidelim! Ne dersin?"

Ne diyecek? Tabii ki kabul etti. Biz artık iki sevgiliydik. Pizza ya da iskender yememiz ilişkimizi etkilemezdi...

Yalnız bir insandım kafeye girerken. Çıktığımda kapısından, koluma girmiş bir sevgilim vardı. Derin bir nefes çektim içime. İlk aklıma gelen söz şuydu, içimden söylediğim: "Bu da bitti!"

Evet, duygusal desteğimi de bulmuştum. Yeniden hayata dönüşümde yardımcı olacak, en basit mutluluklara ulaşmayı bana öğretecek duygusal yardımcımı bulmuştum. Artık ağzından çıkanları dinleyeceğime söz verdim içimden. Çünkü söyledikleri ve davranışları götürecekti beni normalliğe. Görerek ve duyarak öğrenecektim normal olmayı. Bir çocuk gibi. Ve beş duyum da bir çocuğunkiler kadar diriydi. Çünkü uzun zamandır kullanılmamışlardı hak ettikleri gibi. Hayatı kapalı devre zihnimle yaşamıştım bugüne kadar. Artık duyularımın sahaya girme zamanı gelmişti... Önce, Melis'in dudaklarını tekrar tadarak başladım gerçek dünyayı algılamaya, arabanın içinde. Sevgilimin dudakları sıcaktı. Ve dili de bir porno yıldızınınki kadar ıslaktı... Melis'in yardımlarıyla Ulus'a giden yolu buldum. Pizzaya alerjisi olan dünya üzerindeki tek insandım ben. Hayır, küçükken bir pizza ustası tecavüz etmemişti bana. Sadece işlediğim cinayetlerden sonra yediğim için, pizza istemiyordum artık. İskenderle ilgili hiçbir anım yoktu. Yiyebilirdim. Yeni bir hayat, yeni bir yemek! Çabalarımın sonuç verdiğini görmek güzeldi. Arabayı restoranın karşısındaki kaldırımın yanına park ederken, Melis'in bekâretini evliliğinin ilk gecesine saklamaya yemin etmiş olması için gerekli yerlere yalvardım.

Günler geçti. Melis kaldı. Belki yeterince zaman geçmediği için, öğrenememiştim hâlâ sevmeyi ama yine de onu evine bırakırken, gülümseyerek iniyordu arabadan. Tuğba, birlikte olduğumuzu öğrenince çok şaşırmadı. Büyük ihtimalle, Melis'in ilgilendiğinden önceden haberi vardı. Ama benim bir insanla sevgili olabileceğimi düşünememişti. Zor olmadı, en yakın arkadaşının ağabeyiyle olan ilişkisini kabullenmesi... Hep beraber yemeklere çıkıldı, sinemalara gidildi. Tabii Cemil de bizimle geldi. Ortak hiçbir noktamızın olmamasına rağmen konuşacak konular bulduk bu akşamlarda. Çok hızlı bir ilerleme kaydediyordum. Uykum yavaş yavaş saklandığı yerden yüzünü göstermeye başlamıştı. Ayakkabılarımı boyuyor, trafikte önümdeki arabaların şoförlerine sinirleniyordum. Sıradanlığa ulaşmama az kaldığının farkındaydım. Kalabalığı bir yorgan yapıp üstüme örtmektense, yorganın ipliklerinden biri olmak istiyordum. Sadece yalnız kaldığı zamanlarda kendini öldürmeyi düşünen sıradan bir adam olmak istiyordum. Herkes gibi...

Patronum Salih'le ilk konuşmalarımız fazlasıyla mesafeli geçti. Kuru diyaloglar. Karşılıklı tartmalar. İkimiz de, geçmişteki anıların hâlâ birbirimizin hafızalarında olup olmadığını bilemediğimizden, temkinli davranıyorduk. İstemeyerek yaptığı bir evlilik, Salih'i ister istemez evine bağlamıştı. Babası zorlamıştı onu evlenmeye. Ve kadını da yine kendisi bulmuştu. Büyük ihtimalle, öğlenleri deponun yakınlarındaki lokantadan her yemek sipariş ettiğinde, babasını sırf bu yüzden öldürmek istiyordu. Çünkü yemek tercihi gibi önemsiz bir konuda bile ancak yarım saatte karar verebildiğini fark edip hapishane yemeğine benzeyen karısıyla, en ufak bir tercih hakkından yoksun bırakılarak evlenmiş olmaktan nefret ediyordu. Hayatındaki suni düzeni babasını kandırmak için kurmuştu... İşe başladıktan bir iki gün sonra, deponun arka tarafındaki ufak odayı fahişelere benzeyen sevgililerini ağırlamak için kullandığını anladım. Herhangi bir saatte, sekreteri misafirinin geldiğini söylüyordu. Salih de önündeki iş ne olursa olsun bırakıp misafirini depodaki odaya götürüyor ve yarım saat sonra rahatlamış, babasından, soyadından intikam almış olarak dönüyordu. Çalışanların ne düşündükleri umurunda değildi. Ortalıkta dönen hakkındaki dedikodularla kesinlikle ilgilenmiyordu. Mutsuz bir adam olarak, tek istediği bedensel zevki olabildiğince sık yaşamak ve rahat bırakılmaktı... Uzun sürmedi, nüfus kütüğüyle babasının kafasını parçalamak istediğini anlamam...

Yazılmamış kurallar vardı aramızda, riayet ettiğimiz. Yardımcısı olarak ben, onun küçük kaçamaklarını görmezden geliyordum. O da patronum olarak, bana işlerde büyük bir serbestlik ve iyi bir maaş veriyordu. Bir defasında Lütfü, oğlu hakkında istihbarat yapmak amacıyla depoya gelip sorular sordu. Hiçbir şey söylemediğimi ve işlerin yolunda gittiğini görünce çekip gitti. İşim, aslında hem çok kolay, hem de çok zordu. Herhangi teknik bir bilgi gerektirmiyordu malları kontrol edip, sayımını yapıp, TIR'lara yükletmek. Bütün personel muhatapları olarak beni görüyordu. Melis'in öğrettiği gibi güler yüzlü bir adam olabiliyordum. Sinirlenmiyordum herhangi yanlış bir işlem karşısında. Bir an önce, önüme gelen sorunu çözmek için ne yapabileceğimi düşünmeyi tercih ediyordum. Okulda, bu şekilde iş görmeye "Taylorizm" derlerdi. Bilemezdim bir gün işe yarayacağını. Profesörler anlatırken önemli konularını, ben evdeki yalnız karılarını düşünürdüm.

Genellikle, şoförlerle ilgili problemler çıkıyordu. Zamanında ulaşmaları gereken yere gitmiyorlar, birkaç gram da olsa uyuşturucu işi yapıyor ya da taşıdıkları mala zarar veriyorlardı. İşin zorluğu ise Salih'in bütün sorumluluğu benim üzerime yıkmış olmasından kaynaklanıyordu. Çok yorucu ve uzun çalışma günlerim oluyordu. Ama bu temponun bana iyi geldiğini de biliyordum. Çünkü meşguliyetim arttıkça, zihnimdeki geçmişe ait kalabalıkların dağıldığını fark ediyordum. Kendimi dev TIR'ların arasına hapsettiğim zamanlarda, aklıma gelmiyordu. Kinyas. Ve en önemlisi, Kayra'yı duymuyordum artık. Rüyalarımda bile duymuyordum... Onun için Salih'in hiçbir isteğini geri çevirmiyordum. Sürekli olarak zihnimi önemsiz bir işle doldurmuş olmanın rahatlığı vardı üzerimde...

Elime geçen maaşla rahatça küçük bir evin kirasını ödeyebileceğim için anneme ve babama taşınma konusunu açtım. Önce kabul etmediler. Gözlerinin önünden uzaklaşmamı istemiyorlardı. Yalnız kalınca yapabileceklerimden korkuyorlardı. Onlarla konuşuyor, gülüyordum. Söylediklerini ilgiyle dinliyordum. Ve unutabildiğimin farkındaydılar. Ve bu iyiye gidişin duracağından korkuyorlardı, ayrı bir eve taşındığım takdirde. Ancak benim yaşımdaki bir adamı da zorla evde tutmanın imkânı olmadığını bildiklerinden çaresiz, kabul ettiler. Önce, onları telaşlandırmamak için yakınlardaki kiralıklara baktım. Ama miktarlar çok yüksekti. Gelir ve giderlerimi bir gün hesaplayacağımı söyleselerdi, katıla katıla gülerdim. Ama artık sahip olduğum bir bütçe vardı ve ben ona göre davranmak zorundaydım. Emek semtinde, iki odalı bir ev tuttum. Annemin ve Melis'in zorlamalarıyla bir iki mobilya satın aldım. Kayra'dan çaldığım paranın büyük bir bölümünü harcamadığım için bir araba alacak kadar naktim vardı. Ucuz olması için pek genç sayılmayan bir Skoda aldım. Bindiğim bütün lüks arabaların yanında bu gerçek bir hurdaydı, ama çalışarak kazandığım parayla deposunu doldurduğum için camlarının otomatik olmayışını önemsemiyordum. Yaşlı ve küçük bir arabayı ucuzluğunun yanında, eskiyi hatırlamamak için tercih etmiştim. Hayatı boyunca çocuklara tecavüz etmiş bir adamın hapisten çıktıktan sonraki haliydi. Geçmişim tek düşmanımdı!

Evime taşındıktan sonra bir parti verdim. İş yerinden birkaç kişi, kardeşim, Cemil, Melis, Salih geldi. O gece biraz kötü hissettim kendimi. Çünkü sabahında, hastanede HIV ve CD4+ sayımı yaptırdığım için zayıf düşmüştüm. Artık, eskisi kadar kanımın vücudumdan çıkmasına duyarsız kalamıyordum. Bir iki yıl önce, akan kanlarımı bedenimin çeşitli yerlerine yayarak derimi boyardım, ama şimdi yara bantları vardı ofisimdeki masanın en alt çekmecesinde...

Tabii uykular çoğaldıkça kâbuslar da kendiliğinden gelmeye başladılar. Uyanıkken ne kadar az geçmişi düşünüyorsam, gece o kadar çok hatırlıyordum. Genellikle, yeniden Afrika'da olduğumu görüyordum. Ve aklıma gelen ilk soru şu oluyordu: "Peki, bu kez nasıl döneceğim?" Yeniden oraya gitmiş olma fikri beni çok korkutuyordu. Ensemdeydi Afrika. Ancak iki aynayla görülen türden, zihnimin ve bilinçaltımın ortak çalışması gerekiyordu ortaya çıkması için. Oraya döndüğümü gördükçe titriyordum. Çünkü ailem beni bir kez kabul etmişti ama tekrar kaçarsam, büyük ihtimalle benden gerçekten nefret ederlerdi, hayatlarında ilk kez...

Çok yoğun bir ilaç tedavisine tabi tutuluyordum. Kısa boylu doktorum, sağlığımla benden çok ilgileniyordu. HIV taşıyıp da ölmeyen şanslı yüzde yirmi içindeydim. Daha on, belki de yirmi yıl yaşama ihtimalim vardı. Doktorumun dediğine göre, hayatım boyunca hiçbir zaman HIV'in AIDS'e dönüşmeme ihtimali bile vardı. Ama o yüzde hayli küçüktü. Yüzdelerle yaşıyordum. Enflasyon, dünyadaki yaşayan HIV taşıyıcıları oranı ve daha bir sürü yüzde. Ama bana gerçekten gereken, benim gibi bir adamın Kinyas olmaktan kurtulma oranıydı. İşte bunu bilmeye ihtiyacım vardı!.. Her nezle olduğumda öleceğimi düşünerek yaşayacaktım, ama yine de hayat güzel geliyordu bana bazen. Vitaminlerin yanında Nevirapine ve Retrovir isminde iki ilaç daha almaya başladım. Geleceğe dair bir umudumun olması gerekmiyordu bu hapları içmek için. Sadece biraz daha yaşamak istiyordum. O kadar. Yirmi dokuz yıl bedenimin ölmesi için her şeyi yapmıştım. Bir o kadar da, yaşaması için uğraşabilirdim...

Melis'le ne yazık ki yatıyordum. Prezervatifi, aldığı doğum kontrol haplarına rağmen kullanmamı tuhaf karşılıyordu, ama yine de sesini çıkarmıyordu. Kadınsı içgüdü var mı, bilmiyorum. Ama her ne kadar benimle yaşamasa da ve ben ilaçlarımı özenle saklasam da, bir hastalığımın olduğunu tahmin ettiğini düşünüyordum. Belki de emindi. Ama, tabii çok daha egzotik ve zararsız bir hastalıktan şüpheleniyor olmalıydı... İyi bir çifttik. Genellikle programlarımızı Melis belirliyordu. Nereye gidilecek? Pizza dışında, nerede ne yenecek? Televizyonda hangi filmler seyredilecek? Ve ben de itaat ediyordum. Melis'ten gizlediğim tek şey, hastalığımın dışında yazılarımdı. Bütün kâğıtlarımı dolabımın en ücra köşesindeki bir kutunun içinde saklıyordum...

Ben yazarak yaşamaya çalışıyorum. Yazdıkça kurtuluyor ve unutuyorum. Ve bir gün ihtiyacımın kalmayacağını da biliyorum yazmaya. Ama o gün çok yakın değil, çünkü hâlâ en ilkel duyguları bile tamamen hissedemiyorum. O kadar zorluyorum ki kendimi, zihnimi kandırdığı-

mı anlıyorum bazen. Gerçekte hissetmediklerimi derimin altına sokma-
ya çalışıyorum. Dolayısıyla daha yazmam gerekiyor, normal bir insan
olabilmem için. Hâlâ içimde eritmeye çalıştığım koca bir kıta ve üzerin-
deki milyonlarca insan var. Hepsi milyarlarca litre kan yapar! Ve içinde
yüzüyorum ben hâlâ! Normal düşünebilmek. Hayal gücümü köreltmek. Zor bir anda
kontrolü kaybetmemek. Ellerimi bıçak gibi kullanmamak... İstedikle-
rim bunlar. Dönüşümün ilk ayında, kardeşimin hediyesi olan bir gün-
lüğü doldurmaya karar vermiştim. Sayfalarına, sadece gün boyunca ne-
ler yaptığımı yazacak ve tekrar okuduğumda aslında istediğim zaman
ne kadar sıradanlaşabildiğimi kendime kanıtlayacaktım. Davranışları-
mın gündelik hayatın ritminde olduğunu görebilmek beni rahatlata-
caktı. Ama ilk günlerin irademi çeliğe çeviren heyecanı geçtikçe, satır-
lar yine dehşetle okuduğum kelimelerle dolmaya başladı... İş progra-
mım için sürekli yanımda bulundurduğum ajandamda, herkesin ran-
devularını yazdığı yerlerde ben "İntihar et... İşlerinde geciken şoförle-
rin sağ ayak bileklerini kes... Melis'in yakın arkadaşı ve aynı zamanda
Cemil'in de kuzeni olan Derya'ya tecavüz et..." cümlelerini görüyor-
dum. Ve bu kelimelerin hemen altında yine işle ilgili unutmamam ge-
reken gündelik notlar yer alıyordu... Dünyayı parçala. Irak'a giden mal-
ların irsaliyelerini unutma.

Akşamları depodan dönerken durduğum her kırmızı ışıkta karşıma
çıkan, mendil satan küçük çocukları kaçırıp, en keskin şekilde yetiştirip
bir ordu kurmayı hayal ediyordum, belirli aralıklarla. Sokak vahşetinin
öz çocuklarının beyinlerini yıkayıp onları düşünen canavarlara dönüş-
türmek istiyordum. Ve birkaç dakika sonra, kurduğum hayallerden ötü-
rü kendimden utanıyordum. Medeni hayatla birbirimize benzemiyor-
duk. Benzer zevklerimiz yoktu. Ama ben, bir savaş uçağının hedefine
kilitlenmesi gibi, medeniyetle bir olmak istiyordum. Mavi ile sarının
birleşip yeşil olması kadar iyi anlaşmak istiyordum modern hayatla!

Deliliğimi kesmenin yollarını düşünüyordum, her uykusuz gecemde.
Tonlarca eroini şırıngalamak istiyordum içime, Kinyas'ı uyutmak için.
Bir domuz kadar hayattaydı çünkü. Kalibresi zayıf bir kurşun yemiş ya-
bandomuzu gibi, topallayarak çevremde dönüyordu. Ben Tolga, nefret
ediyordum Kinyas'tan. Yani kendimden...

Uyuyamıyorum. Gözlerimi kapatmak aklıma bile gelmiyor. Doktorum tedavimin iyi gittiğini, Melis mutlu olduğunu ve Salih çalışmamdan memnun olduğunu söylüyor. Ama ben uyuyamıyorum. Televizyon seyrediyorum... Birkaç kitap okumayı denedim. Ama daha hikâyedeki karakterlerin isimlerini bile öğrenmeden sıkılıp bir kenara attım. Hiçbir şey çıkmıyor aklımdan. Sekiz yıllık yolculuğumu, her gözümü kapattığımda tekrar yaşıyorum. Kayra'nın yüzünü görüyorum. Konuşmalarını dinliyorum. Sekiz yıl içinde, birçok kez huzurla kavuştuğumu düşündüğüm anları hatırlıyorum. Ama belki de zihnimin bana oynadığı bir oyun bu. Hiçbir zaman gerçekten mutlu olmadığımı bilmeme rağmen, Afrika'daki sahte huzurumun gerçekliğine inandırmaya çalışıyor beni, sürekli sınırlarıyla oynadığım zihnim. Birinci Dünya Savaşı'ndan daha da kanlı bir mücadele!.. Hayır. Ben iyiyim, diyorum. Burada ailemle, gerçek ismimle iyiyim...

Geçen hafta, annemin eski evrak çantasında bulup getirdiği doğum belgemi, hastaneden verilmiş, doğumumun resmi kanıtı olan kâğıdı çerçeveletip salonumun duvarına astım. Bazıları diplomasını asar. Ben insanlığa gelişimin zaptını astım. Güç versin diye. Bana, gerçek olduğumu, yaşadığımı hatırlatsın, diye. Ama o bile işe yaramıyor... Hayatla ne yapacağımı bilemediğimden, onu mahvetmeye çalışırdım eskiden. Nasıl olsa bir işe yaramıyor diye. Ama şimdi iyi yaşıyorum. Hayat kalitesi denilen bir kavram var. Fakat beni ilgilendirmiyor. Ne Melis'in sarılıp öpmesi, ne de kardeşimin hediyeleri yalnızlığımı bana unutturuyor! Yine bir kez daha, bu dönüşümle yanlış bir karar vermiş olduğumu düşünüyorum. Sevgiyi, dostluğu, çalışmayı bazen hiç anlamıyorum. Bunla-

502

ra, ölü anlar ismini taktım. Bütün heyecanımla bir işin başındayken ya da iş çıkışı gittiğim barda bir arkadaşımla sohbet ederken birden hiçbir şey duymaz oluyorum. Bütün sesler kesiliyor. Ve okyanusu duymaya başlıyorum. Baş döndürücü dalga seslerini. Sadece kıyıya vuruşlarının bile, deniz tutan bir adamı kusturacak kadar düzenli seslerini. Kayra'nın, o kalın ve çatlak sesiyle söylediği sözleri duyuyorum. "Hiçbir şey yok!" Bu keşmekeş sürüyor birkaç saniye. Sonra sanki gömüldüğü yerden, yaşadığı anlaşıldığı için çıkarılan bir adam gibi dönüyorum gerçeğe. Yeniden karşımdakinin konuşmasını duymaya başlıyorum. Çok zor geliyor hayata ayak uydurmak. Ayağım kayıyor. Her yer çok kaygan. McDonald's'ta duran, üzerinde "Dikkat! Kaygan zemin!" yazan sarı plastikler geliyor gözümün önüne. Dünya, üzerinde durulmayacak kadar kaygan. Nasıl sallanan bir sandalyenin üzerinde ayakta durmak imkânsızsa, dünyada da ayaklarımızın üzerine basmak çok zor. Ancak yere yatarsak düşmeme ihtimalimiz var... Ölü anlardan sonra kendimden nefret ediyorum. Normalleşmek için harcadığım bütün çabaların boşa gittiğini görmek beni deli ediyor. Böyle durumlarda, sırf kendime tekme atabilmek için yogaya başlamak istiyorum!..

İşim, sevgilim ve ailemle yaptığım haftalık görüşmelerimin dışında sahip olduğum hiçbir şey yok. Ne zihnimi meşgul etmek için bir kitap okuyorum, ne de televizyonda seyrettiklerime kendimi verebiliyorum. Boş zamanlarımı değerlendirecek hiçbir uğraşım yok. Melis evden gittikten sonra koltukta oturuyorum. Saatlerce. Ve bu zaman içinde, hiçbir mantıklı düşünceye ulaşamıyorum. Zihnim kırmızı ve siyah renklerin çoğunlukta olduğu bir filmin en şiddetli ve karamsar sahnesi gibi. Gazete okumuyorum. Müzik konusundaysa artık gerçek bir cahilim. Doktorum, bütün bunların depresyon belirtileri olduğunu söylüyor. Ondan iyi bilirim depresyonu! Hayatım boyunca içinde yaşadım. Bu, depresyon değil. Çok zor geçen bir değişim sürecinin sancıları. Ancak şimdi anlayabiliyorum normalleşmeyi ne kadar küçümsediğimi. Bu kadar ağır ve zor olabileceğini hiç sanmıyordum. İstemenin yeterli olduğunu düşünmek saflıkmış. Bazen normalliğin, bazı insanlara doğuştan verilmiş bir yetenek olduğunu düşünüyorum. Ve o zamanlar, terlemeye ve üşümeye başlıyorum. Paniğin sinyalleri. En derin kaygının belirtileri. Ter ve titreme... Kurduğum hayatın son çarem olduğunu tekrarlıyorum, kendime işin ciddiyetini anlatabilmek için... Dünya üzerinde başka bir hayat yok! Ben birincisini otuz yıl yaşadım. Yani toplumdan ve kurallarından uzak ve var olan her şeyi reddederek. Şimdi ikincisi ve sonuncusunu yaşıyorum. Kapı ya açıktır ya değildir! Sadece iki tür hayat var. Sokakta görülenlerse bu ikisinin değişik tonları... Eğer yeni başladığım hayatı da başaramazsam ne yapacağımı düşünmek çok korkutuyor beni. Ne yaparım bedenimle, beynimle? İntihar cehennemin altın anahtarı. Vururum kendimi, diyorum. Eğer, bu hayatın da altından kalkamazsam öldürürüm kendimi...

Peki ya Kayra? O ne yapıyor şimdi? Bulabildi mi aradığını? Zihni, planladığı gibi yok olmak üzere çürümeye başladı mı? Belki de onunla kalmalıydım. Hiç dönmemeliydim ülkeye. Devam etmeliydi, hareketlerin nedenlerinin aranmadığı hayatım. Sürmeliydi vahşet ve zevk. Yan yana yaşayan çelişkili düşüncelerimin biçim verdikleri hayatım sürmeliydi. En azından o hayatta başarı kavramı yoktu. Sadece yaşamak ve ölmek vardı. Yanlış ve doğrunun bir değeri yoktu orada. İnsanın, kendisinden başka hiçbir ölçüsü olmadığı için ortada bir soru da yoktu!

Ne yapacağımı bilmiyorum... Ailemle yeniden birlikte olduktan sonra kendimi öldürüp onları tekrar sonsuz bir kedere de boğamam. Evet, üzülüyorum. Birileri için üzülüyorum. Hissedebiliyorum! Ölüm haberimi aldıkları andaki yüz ifadelerinin ekşiliğini midemde hissedebiliyorum. Belki de şu an sahip olduğum tek duygu. Eğer ailemin duyguları benim için önemliyse, hayat da önemli olabilir. Eğer düşünüyorsam ölümümden sonrasını, geride kalanların gözyaşlarını, hâlâ bir ihtimal vardır. Kurtulabilirim hafızamın tuzaklarından, ölü anlardan, Kayra'dan ve en önemlisi Kinyas'tan. Gerçek bir insan olabilirim. Ağlayabilir, düşebilirim. Melis bana dokununca, ona âşık olduğumu anlayabilirim... Herhalde böyle oluyor, en çaresiz anlardan çıkarılan çocukça hırslar. En dipten böyle çıkılıyor. Düşmenin hızıyla tekrar ayakları yere vurup yukarı fırlamak buna benziyor.

Telefon. Kaldırıyorum ahizeyi. Melis.

"Sevgilim, bu akşam bir konser var. Bulutsuzluk Özlemi isminde bir grup. Gidelim mi?"

Ben tanımıyorum böyle bir grup. Velvet Underground'ı, Sex Pistols'ı, Iron Maiden'ı, Sisters of Mercy'yi, The d-evolution Band'i hatırlıyorum, biri bana müzik grubu deyince. Bir de, çocukken kurduğum bir grubu! "Tamam" diyorum. "Seni almaya gelirim. Bir saat sonra." Gruplara isim bulmak zor değil. Merak etmiyorum müziği, müzisyenleri. Ama evden çıkma fikri güzel. Bir duş için zamanım var. Dövmelerime aynada bakarken kendimden utanıyorum. Sol göğsümün altındaki başsız vücuda bakıyorum. Ve sağ göğsümün altındaki kendisini, elinde tuttuğu kırık bir aynada seyreden yedi başlı adama bakıyorum. Hangisiyim acaba bu akşam? Aklıma gelmiyor dövmelerin altında bir insan olduğu. O boyaların üzerine kazındığı deriye sahip olduğum. Hangisiyim? Başsız olanı tercih ediyorum. Düşünmemeyi istiyorum. Kayra'nın yolu. Zihni askıya almak... Sadece, Melis'in beni hiç bilmediğim bir yerde, hiç bilmediğim bir müziği dinlemeye götürmesini istiyorum... Ölüp dirilmek istiyorum. Defalarca. Normal bir hayatı tutturana kadar!

Bir saat sonra, kaldırımda bekleyen Melis'in yanına yaklaştım. Arabaya bindi. Hayatımın çok da yolunda gitmediğinin farkındaydı. Ve belki de onu en çok kaygılandıran konu, iç dünyama dair soru sormayacağına daha baştan söz vermiş olmasıydı. Evet, aslında sadece yolculukla ilgili sorular sormayacağına söz vermişti. Ama benim iç dünyam da zaten o yolculukla doluydu... Bu suskunluğunu belki dürüstçe bir saygıdan, belki de beni kaybetme korkusundan sürdürmeye kararlı görünüyordu. Son birkaç gündür yoğun bir şekilde geçmişimi düşündüğüm için, kafamda Melis'e pek bir yer kalmamıştı. Arabada, konserin olduğu bara gidene kadar hiç konuşmadan sadece sigara içti.

Sokakta bir tane bile araba park edecek yer kalmadığından, bayağı uzağa bırakıp bara geri yürüdük. Koluma girdiğinde bir şeyler söylemek istedi. Belki de kızmak, bağırmak, üzerimdeki, sırlardan örülü ağı tırnaklarıyla yırtmak istedi. Ama yapmadı hiçbirini... Bu gece, uzun zamandır yapmadığım bir şey yapacaktım. Müzik dinleyecektim.

İçerisi çok kalabalık ve havasızdı. Artık, aldığım ilaçlardan ötürü eskisi gibi içki içemediğim için kendime bir soda, Melis'e de bir kadeh rakı aldım. Melis'in rakıyla olan ilişkisi çekiciliğini artırıyordu. İçki tutmasını bilen kadın elleri çok seksi geliyordu bana...

İçeri girdikten tam kırk beş dakika sonra grup sahneye çıktı. Bu zaman içinde, Melis bağırarak, elinden geldiğince Bulutsuzluk Özlemi'yle ilgili bildiklerini anlattı. Anladığım kadarıyla, benim "hippie müziği" diye genellendirdiğim bir tarza dahillerdi. Ve her punk temelli müzisyen gibi daima uzun saçlı müzisyenlerden nefret etmiş olduğum için, daha tek bir şarkılarını bile dinlemediğim bu gruba karşı şimdiden bir soğukluk hissetmeye başlamıştım. Zaten benim sorunum hep bu oldu. Bütün hayata ve dünyaya daima soğuk baktım. Melodik müziklerini kendilerine benzeyen hayranlarına dinletebilirlerdi. Ama ben de molotofkokteyli hazırlamayı biliyordum. Kalabalıkları bıçak gibi yaran sesini dinletebilirdim isteyene. Yağmur gibi yağan insan eti parçalarından kaçarken bulutsuzluk özlemini elbet çekerlerdi!

Üçüncü şarkılarının nakaratını solist değil, altı milyar insan ve bütün evren söylüyordu. Sadece benim için. Daha önceki, sözlerini önemsemediğim ve bestelerinde basitlikler aradığım iki şarkıdan sonra, duyduğum nakarat tamamen bana söyleniyordu. Uzun sarı saçlı şarkıcıyı daha önceden tanıyıp tanımadığımı düşündüm. Hayır, tanımıyordum. İkimizin de hayatı, birbirimizin varlığından habersiz geçmişti. Ama ilk defa burada gördüğüm sarışın adam, sanki evimde benimle beraber, saatlerce yanımda hiçbir şey yapmadan oturmuşçasına, son günlerdeki karamsarlığımın ve üzerime çöken umutsuzluğun farkındaymışçasına "Ne olursa olsun, yaşamaya mecbursun!" diyordu. Ben, şarkı sözlerini en son on beş yaşımdayken ciddiye alırdım. Ama şarkının nakaratı, altı milyar insanın benim için, aralarında para toplayıp düzenledikleri bir konserin sloganı gibiydi. Sanki her insan, benim kendime karşı verdiğim mücadeleyi destekliyordu. İnsanın ölüme karşı savaşından bir zaferle dönebilmem için yazılmıştı bu şarkı. Yaşamaya mecbur olmak hafife alınacak türden değildi. Belki çok farklı amaçlarla yazılmıştı sözler, ama ben biliyordum yaşamaya mecbur olmanın ne demek olduğunu. Ben görmüştüm, hayatta birkaç saniye daha geçirmek için yüreğini satmış insanları. Anlıyordum söylenenleri. Görünmez ve adı konulamaz bir zorunluluk. Madem doğdun, yaşayacaksın! Ne kadar acı çeksen de, ne kadar kendinden nefret etsen de, nefes almaya, uyanmaya devam edeceksin. Çünkü insansın. Doğal değilsin. Doğanın üstündesin! Dünyanın Tanrısı sensin!..

Sahnede çalan müziği gözleriyle dinleyen Melis'e baktım. Ayakta, kalabalığın içinde yan yana duruyorduk. Yüzlerimiz yaşama zorunluluğuna dönüktü. Hayat bir mahkûmiyetten çok, zorunlu bir tatil gibi geldi bana o an. Önce yanağından öptüm. Sonra dudağından. Dakikalarca öptüm Melis'i dudaklarımı ayırmadan. Yolda kaybettiğim hayatımı, düşürdüğüm insanlığımı geri almak için. Bilmeden, suni teneffüs yaptı bana Melis. Kulaklarımda hayatın şarkısı, dudaklarımda kendisi. Ben hayatla öpüşüyordum... Melis bile şaşırmıştı, heyecanımın karşısında. Çünkü genelde ilk dokunan kendisi olurdu... Bilmiyorum, o insan ormanının arasında beni gördü mü gözlüklü şarkıcı? Bilmiyorum, şarkısının nakaratını benim için yazdığını fark etti mi? Tesadüf mü? Belki. Mucize mi? Evet... Ne olursa olsun, kavgama bıraktığım yerden devam edecek kadar güç toplamıştım. Kayra yazsaydı bu şarkıyı, şöyle söylerdi: "Ne olursa olsun, ölmeye mecbursun!" Ve ben ona yanıt verirdim: "Ölmeye hepimiz mecburuz! Kolaysa yaşamaya mecbur ol!"

Hayatın kendisinden sarhoş olmaya başladığım bu gece, neredeyse Melis'le hiçbir önlem almadan sevişiyordum. Son anda aklıma geldi, bedenimin ölümcül olduğu. Diretti. Ama dinlemedim. İstemem, ölümünün benden gelmesini! Ve istemem, bir mayına "Sevgilim" dediğini öğrenmesini. Aslında, ben bastım o mayına. Patladı çoktan içim. Ama ölmedim. Çünkü biz, zihinleriyle misket oynayanlar, beyinlerini uçurtma niyetine uçuranlar, toprağın yiyemediği plastikler gibiyiz. Herkes ölür, biz kalırız. Ne ölü, ne diri. Mutluluğu tanıyamayız. Görsek bile tanımayız... Doğuştan efkârlı adamlar!

Bu gece Melis'in kollarında, yavaşça sıyrıldığımı hissettim o adamların arasından. Dirilerin ve mutluların yanına kaydığımı gördüm. Hayat çağırdı, ben gittim. Ağzıma çektiğim oksijenle karnımı doyurdum, Melis uyurken. Sevebileceğimi anladım, sönen bedenimi öpücüklere boğan kadını.

İnsanın çalışmadan, ter dökmeden elde ettiği iki şey vardır. Bunların ilki, herhangi bir talih oyunundan gelen para, ikincisiyse bir ülkede uzun süre kalınca farkında olmadan öğrendiği ve ister istemez konuşmaya başladığı o toprağın lisanı.

Arapça'nın zihnimin bir yerlerine küçük yaşta yerleşmiş olmasını yadırgamıyorum, Şam'da geçirdiğim yılları düşününce. Ama hâlâ o bilginin kullanıma hazır, beni beklediğini görmek şaşırtıcı... İran üzerinden geçen ve Ortadoğu'ya dağılan bütün malların kontrolü için Arapça'yı yeniden kullanmaya başlamam gerekiyordu. Önceleri, telefonun diğer ucundaki takım elbiseli Bedevilerin ne söylediklerini kesinlikle anlayamadım. Ancak birkaç konuşma ve bir sözlükten sonra yeteneğimin hâlâ bende saklı olduğunu gördüm. Büyük zevkti, dev bir dili yeniden konuşabilmek. Kelimeler döndü. Cümleler geldi. Yazmak, benim için her zaman bir sorun olduğu için ve zaten Arap ırkının basılmış harflerden çok ağızdan çıkan seslere önem vermesinden dolayı söz konusu eksikliğimin üzerine de düşmedim. Sadece konuştum...

Arap'la Arapça konuşmak büyük keyiftir. Dilinin bir yabancı tarafından öğrenilmiş olması, sakatlanmış gururunu okşar. Amerikalı, İngilizcesini bir Japon'dan duyunca heyecanlanmaz ama Arap'ın, karşısındakinin kendisiyle anadilinden konuştuğunu duyunca gözleri yaşarır... Sahip olduğum ve kazanmak için hiç çabalamamış olduğum yeteneğim sayesinde, kısa sürede nakliyat firmasının Doğu işlerinin hepsini kontrol etmeye başladım. Salih, eğer önemseseydi yaptığı işi, mutlaka kıskanırdı konu üzerindeki otoritemi. Ama kesinlikle ilgilenmiyordu. Son günlerde depoya bile ancak birkaç saat uğradığından, yüzünü çok az görüyordum. Altlarına imzasını attığı boş kâğıtları masasına bırakıyor, ben de doldurup gerekli yerlere yolluyordum. Babasının, Salih'in aymazlığından haberdar olmaması için sekreteri ve ben büyük bir çaba gösteriyorduk. Bu iyiliği neden yaptığımı düşünüyordum bazen. Ama hiçbir yanıt gelmiyordu. Belki de, beni işe alan ve bilmeden hayata dönmemde büyük yardımı dokunmuş aileye kendimi borçlu hissediyordum. Değil Türkiye'de, İngiltere'de bile, vücudunda bu kadar çok resim olan birine böylesine önemli bir sorumluluk verilmezdi!..

Geçen zaman içinde, Salih'le bir yakınlaşmamız olmadı. İşin büyük bir bölümünü ben yaptığım için, artık depoyla ilgili sorular da sormuyordu. Bazen, bakanlıklara gidip görüşmeler yapıyor, babasını tanıyan bürokratları hediyelere boğarak işlerin hızlanmasını sağlıyordu... Karısı hakkında hiç konuşmazdı ama genç ve çok güzel bir kadın olduğunu duyuyordum şoförlerden. Beni de kendilerinden gördükleri için karısının iri kalçaları hakkındaki projelerini yanımda anlatmaktan çekinmiyorlardı.

Gerçekten de şoförlerle çok iyi anlaşıyordum. Aramızda görünmez bağlar vardı. Cassandra'daki gemicilerle olduğu gibi. Pek farkları yoktu çünkü, Meksikalı canilerden. Cehalet, hepsini bir örnek giyinmiş okul çocuklarına döndürmüştü. Akıllarındaki tek şey seks ve şiddetti. Saygılarını, en iyi kavga eden ile en güzel kadını koluna takana saklıyorlardı. Benim hiç tereddüt etmeden uzmanı olduğumu iddia edebileceğim iki konu. Ve dolayısıyla şoförlerden çok daha geniş bir çeşit zenginliğine sahip olduğum için her iki konuda da, bana belli bir saygı duyuyorlardı. Arada bir çıkan ağır kavgalarını sonlandırmak için kendimi nasıl ortalarına attığımı görünce, hakkımda bazı fikirlere sahip olmuşlardı. Onlar bu bölgenin vahşisiyse, ben de dövmelerim ve yaralarımla başka bir bölgenin korkulan adamıydım. Birbirimize saygı duyuyorduk. Çünkü hepimiz de soğukkanlıydık.

Ama ben, onların hiçbir zaman akıllarına getirmeyecekleri şeyleri düşünüyordum bazen. Bir uğultu olarak sürekli bacaklarımızın arasında dolaşan seks ve şiddet kavramlarını düşünüyordum. Neden hayatlarımızı bu denli etkilediklerini çözmeye çalışıyordum. Yüzlerce ihtimal düşüyordu aklıma. Ve bir gün, bir tanesi düştüğü yerden kalktı. Gerçekliğine inandığım tek ihtimal. Varsayımları vardı ancak, yürüttüğüm mantığın. Bir yaratıcı olduğunu kabul ediyordum en başta. Ve insanın içine iki tane içgüdü yerleştirdiğini düşünüyordum. Bütün bilinenlerin yanında iki tane daha. Ve bunlar, asıl insan aklını şekillendiren istekler uyandırıyordu içlerde. Gösterişli davranışlara yol açıyorlardı. İnsanın çevresini kana bulayan davranışlar. Seks ve şiddet! İnsanoğlunun hem en derininde, hem de en yüzeyinde yatan iki içgüdü... Ve yürüttüğüm mantık yoluna devam ediyordu. Zevkliydi seyretmesi ikisini de. Bugüne kadar milyarlarca dolar dökülmüştü ikisine de. Milyarlarca dolar çıkmıştı ceplerden, birkaç saniyesine tanık olabilmek için. Dergiler, kitaplar, filmler... Ve yaratıcı da zevk alıyordu bunları seyretmekten. Bir anahtar deliğinden seyreder gibi zevk alıyordu insanların birbirini düzüp öldürmelerinden. Röntgencilikti yaratıcıyı hayatı icat etmesine iten. Seyrediyordu yaptıklarımızı. Bunları anlamak için biraz televizyon seyretmek yeter... Biz insanlar, canımız acıdığı için medenileşmiştik. İkisini de yaparken utandığımız için icat etmiştik yasaları, evlilikleri. Aslında yaratıcının hayalinde yoktu medeni bir dünya. Biz istemiştik suların durulmasını. Kanın durmasını. Başımız ağrımaya başladığı için kadınların orgazm çığlıklarını duymaktan, yavaşlatmak için tecavüzleri, inşa etmiştik hapishaneleri. Biraz televizyon seyretmek yeter. Birkaç saat. Fazla değil!.. Zor değil, insanın dünyanın sonu olduğunu anlamak!

Altı milyarlık bir seks ve şiddet bahçesi. Altı milyarlık bir gaz odası... Gerçekçi olalım! İyi bir gösteriyiz bizi seyredene. Onun için ölüp ölüp doğuyoruz. Gösteri devam etsin diye!

Bir sabah, büroda günün ilk cappuccino'sunu içerken kapı açıldı ve Salih'in soluk yüzü göründü. "Biraz konuşabilir miyiz?" diyerek, davetimi beklemeden içeri girdi. Günün erken saatlerinde, daha doğrusu öğleden önce, zayıf ve uzun vücudunu görmeye alışık olmadığım için olağanüstü bir durumla karşı karşıya olduğumu anladım. Mini bardan viski şişesini çıkarıp kadehe doldurdu. İçki içmek için erken bir saat olmadığını düşündüğümden, bu manzara beni şaşırtmadı. Genişlemiş hayret etme duygumu daraltmak ve normal bir insanınkine yaklaştırmak kolay olmadığından, tanık olduğum hiçbir şeyin beni etkilememesine alışıktım. Mücadelenin, sıradan insanlar gibi şaşırma yeteneğiyle ilgili olan cephesinde düşmana teslim olmuştum.

"İşe düzenli gelmediğimi biliyorsun" diyerek, söze başladı. Söyleyecekleri önemli olmalıydı ki, düşünerek konuşuyordu. Ağzının içinden biraz sonra çıkaracağı cümlelerden ayıkladığı birkaç sır olduğunu görebiliyordum, oturduğum yerden.

"Ve nedenini herhalde merak ediyorsundur..."

Hayır diyebilirdim ama sustum. Konuşan patronumdu, ne de olsa.

"Sır tutmayı bildiğinden eminim. Her ne kadar dost değilsek de, birbirimizi çok uzun zamandır tanıyoruz. Bunca yıl neler yaptığını hiç sormadım. Ama ben sana anlatacağım... Hatırlarsın, Şam'dayken daha küçücük veletlerdik. Ve birileri durmadan yanımıza gelip afyon isteyip istemediğimizi sorardı. Biz de korkup kaçardık, afyon tohumları çiğneyen o adamlardan. Siz Suriye'den ayrıldıktan sonra da babamla düzenli olarak Şam'a gidip gelmeye devam ettik. Ve on beşinci yaş günümü kutladığım bir gece gidip o adamları ben buldum bu kez. Belki meraktan, belki de sıkıntıdan. Ve alışverişimiz yıllarca sürdü, babamın hiç haberi olmadan. Ama yetmemeye başladı. Babam, ben büyüdükçe o kadar çok sorumluluk yükledi ki omuzlarıma, onun isteklerine yanıt verebilmek için daha sertlerine geçtim. Bütün Ortadoğu'yu hiç uyumadan geziyordum, işlerin büyüme aşamasında. Yorulmadan, her verilen işi yapabiliyordum. Düzenli olarak günde iki defa aldığım kokain, hepsinin üstesinden gelmeme yetiyordu. Ama o da eksik kaldı bir gün. Yetmemeye başladı... Sonuçta ben, büyük nakliyatçı Lütfü'nün oğlu Salih, şırıngasını yanında taşıyan bir eroinmanım bir buçuk yıldır."

Gerçekten de büyük bir itiraftı. Sıkıcıydı ama kendisi için büyüktü. Anlattığına benzeyen binlerce hikâye dinlemiştim. Kronik eroinmanların hikâyeleri. Uçurumdan bir adım geride yaşanan hayatları. Sadece normal görünebilmek için alınan hesaplanmış dozlar. Asla evsiz bağımlılarla karıştırmamak gerekir! Bu adam ve kadınlar, dünyanın en sıradan insanları gibi yaşarken, bir gün, aldıkları eroinin bir gergedanı uyutmaya yeteceğini fark ederler... Uyuşturucu sadece, dünyanın farkında olacak kadar akıl sahibi ancak üzerinde yaşayamayacak kadar sakat bedenli olanlara sunulması gereken bir maddedir oysa! Çünkü onların hayata olan kinlerini ve yaslarını biraz da olsa dindirmenin tek yoludur bu. Asıl tekerlekli sandalyelerde oturan hayatların ihtiyacı vardır rüyalar görmeye. Koşamadıkları yolları hayallerinde arşınlayabilmeleri için. Bedeninin saat gibi çalıştığı bir eroinman utanç verici. Bütün hayatı boyunca eroinle attığı acının üzerinden tekerlekli sandalyeyle bir saatte geçilir! Evet, yürüyememek, konuşamamak, görememek, cüzamlı olduğu için sevilmemek eroinman olma nedenleridir. Ama dayanamadığı için iş hayatının temposuna, kokainli kaşığını burnuna götüren insan böcekten beterdir!

Vereceğim tepkiler listesini gözden geçirdim. Dinlemek istemediğimi söylemekten, yanında biraz varsa benimle paylaşıp paylaşamayacağını sormaya kadar gidiyordu, uzun listem. Ve ortalardan bir tepki alıp çektim.

"Evet?"

"Ve artık dayanamıyorum! Her geçen gün daha da zayıf hissediyorum kendimi. Ne yapacağımı bilmiyorum. Kurtulmak istiyorum. Ama gücüm yok. Bunu sana anlatıyorum çünkü tanıdığım hiç kimseye benzemiyorsun. Bir yardımın olabileceğini sanmıyorum tabii, ama en azından, yıllardır herkesten gizlediğim bir gerçeği anlatmak biraz olsun rahatlatıcı."

Evet, insanlar bu tarz sırlarını anlatarak karşılarındakini suç ortağı yaptıklarını sanırlar. Böylece omuzlarındaki sorumluluğu ikiye bölerler. İyi bir yoldur günahlardan kurtulmak için...

Şimdi anlayabiliyordum, Salih'in gün içinde defalarca depodaki odaya girip kaybolmasını. Belki o kadınlarla yatmıyordu bile. Sadece eroinman sıfatının yerine seks kölesi sıfatının şoförler arasında daha saygı uyandıracağını düşünüyordu... Nasıl suratının ortasına söyleyebilirdim, hikâyesini çok ama çok yanlış bir adama anlattığını? Her hücresini eski yerine koymaya çalışan, düğüm olmuş damarlarını çözmeye uğraşan ve unutmak istediklerinin, bütün düşüncelerinin yarısından fazla olan birinden destek istemek çok yanlış bir tercihti. Ben hâlâ değil uyuşturucuya, mermiye mi başlasam, diye düşünürken, birinin çıkıp da duygusal sorunlarını önüme sermesi büyük bir çelişkiydi. Kendimi sakinleştirmek için, eğer çelişki varsa hayat devam ediyor, dedim. Hâlâ ölmediğime göre elbet kurtuluşu vardır, karşıma çıkan durumun da, melek olup uçmanın dışında!.. Daha, tavrımı açıklayıcı bir tepki vermediğim için rahattım. Biraz daha zaman kazanmalıydım. Milyonlarca yanıt ve bilgi yukarıdan aşağıya düşüyordu.

"Senin için üzüldüğümü söylememe gerek yok çünkü bir işe yaramaz" diyerek başladım. Soğukkanlı ve samimi bir girişti. Beynim ile gözlerimin arasından, büyük bir hızla yukarıdan aşağıya düşen düşünceleri biraz daha seyrettim. Şu ana kadar hayattan öğrendiklerimin ışığında durumu incelemeye çalışıyordum. Ve aşağı kayıp giden, havada asılı bilgiler yavaşlamaya başladı. Casino'ların tek kollu makinelerindeki "777" gibi yan yana durdu üç fikir: "Salih'in hayatını kurtar! Böylece kendi hayatını kurtarmış olursun! Ve özlemini çektiğin mutluluk gelir!.."

Önce, bu kadar ahmakça fikirlerin yan yana durduğuna inanamadım. Bunların dışında her fikri kabullenebilirdim ama böylesine bir sorumluluğun altına girmenin ne anlamı olabilirdi ki? Ama zihnimin yardım çığlığıydı belki de duyduğum. Kurtuluşunu, hayata dönüşünü böyle bir yolun sonunda görüyordu. Karşımda oturan, gözlerinin altında mor ve mavi ince hilaller olan adamı kurtarmakta görüyordu mutluluğunu... Salih iyileştikçe ve mutlu oldukça, ben de normal bir insan olacaktım. Artık, ilk andaki kadar aptalca gelmiyordu. İş, sevgili, aile yetmemişti normalleşmeme. Daha büyük bir şey gerekiyordu. Daha zor. Bir insanın hayatını düzenlemekten daha zor ne olabilirdi ki? Dudaklarımı araladım. Can çekişen zihnim konuştu. Ben ve Salih dinledik. "Bak Salih. Ben, senin karşına gelene kadar çok zor günler geçirdim. Hayal edebileceğin en büyük acıyı, bildiğin en büyük sayıyla çarpsan dahi yaklaşamazsın bir zamanlar içimde tüten zehre. Dolayısıyla neden bahsettiğini iyi biliyorum. Tam olarak bir insanın kafasından geçenleri tahmin etmenin imkânsız olduğunu da biliyorum. Ama seni anlayabilecek tek insanım. Sana yardım edeceğim. İkimiz de geçmişe dönüp baktığımızda, birbirimize nasıl davrandığımızı hatırlıyoruz. Ama hepsi geride kaldı. Seni mutlu bir insan yapacağım. Nedenini sorma! Belki dost değiliz daha, ama ikimiz de acılar içindeyiz. Ve yardımımı, bir tür mutsuzlar arasındaki dayanışma olarak gör. Bana sırrını açtığın için teşekkür ediyorum. Ve şimdi ben sana sorumu soruyorum. Sana teklif ettiğim yardımımı kabul ediyor musun?"

Kararlı bir ses tonuyla konuşan insanların, sorunlular üzerinde kurabilecekleri etkiler neredeyse sonsuzdur. Otuz küsur yaşında hayatını mahvettiğini düşünerek en son çareyi benim gibi evinden kaçıp dönmüş bir adama açılmakta bulmuş olan Salih de, kendimden emin yaptığım konuşmaya hayran kalmıştı. Biraz önce söylediğim kelimelerin benden çıkmış olmasına inanamamakla beraber, ufak da olsa, gözlerinde kendisini kurtarabileceğim ihtimalinin parıltısını görebiliyordum. İkimiz de şimdilik bilmiyorduk arınışın nasıl gerçekleşeceğini, ama önemli olan ilk adımı atmaktı.

"Evet, kabul ediyorum" dedi. "Ben kurtulmaya hazırım!"

Son cümlesini dikkate almayacaktım tabii ki. Hayatım boyunca tanıdığım bütün gerçek eroinmanlar gibi, her dozdan sonra, kesinlikle bırakabileceğini düşünüyordu Salih de. Aramızdaki kutsal anlaşmanın heyecanının ürünüydü, kendini kandırması. Aslında ben de aynı heyecanı hissediyordum. Bir an için, tıp tarihine geçebileceğimi düşündüm. Toksikoloji uzmanlarını hayrete düşürecek bir tedavi sonucu, HIV taşıyıcısı olan ben, bir eroinmanı kurtaracaktım. Büyük hayaller. İnanmak yetiyordu...

Oturduğum yerden kalkıp kendime bir viski koydum. Bir parmak içkiye tahammül edebilirdi ilaçlarım. Salih'in yanına gidip kadehimi onunkine vururken gözlerinin içine baktım. Alışkanlıktan olsa gerek, "Sağlığa!" dedim. İkimizin durumu da göz önüne alındığında söylediğim, komik ve zayıf bir dilekti ama boğazımızdan akan viski, sadece mutlu olacağımız günü düşünmemizi öğütlüyordu. Artık, Salih'in diplomasız ve yeminsiz, eroini bırakmasından sorumlu doktoruydum. O da farkında olmadan, iyileşmesiyle beni hayata döndürecek bir çeşit makineydi. Makineyi tamir edersem hayata gidebilecektim. Birbirimizin yemeğine tükürdüğümüz günler geride kalmıştı. Artık tam tersine, birbirimize mutluluk yedirme günlerine gelmiştik. İlk ikram benden geldi:

"Bu akşam, işten sonra bana gel."

İnsanın tek gerçek özgürlüğü yalnızlığıdır. Ve yalnızlığı küçük düşürense bağımlılıklardır. Aşklar, alkol, nikotin, ahlaki değerler, uyuşturucular... Hepsi de birer pranga olabilir her an, insanın ayağına. Zevk veren prangalar. Ortak özellikleri, varlıklarının verdikleri zevkin uzun bir süre sonra hissedilememesi, yokluklarının ise derhal kalpte bir ağrı yaratmasıdır. Bağımlı insan atlı karıncaya binmiş gibidir. Ne bir varış noktası, ne de bir ilerleme vardır hayatında. Herkes ilk başladığı yerde, midesi kaldırana kadar döner durur... İnsanın kendiyle mücadelesi, bağımlılıklarını yok etmesiyle başlar. Yıllarca uğraştım hepsinden vazgeçmek için. Yıllarca teker teker vücudumu ve beynimi kaplayan bu kabukları soydum. Ama her erken koparılmış kabuk gibi izleri kaldı zihnimde. İnsanı hayvan yapan bağımlılıklardan tamamen kurtulmanın tek yolunun ölmek olduğunu geç de olsa anladım. Kayra'yla aramızdaki farktı bu. O diretti hepsini buharlaştırabileceği konusunda...

Neyse! Dönelim bağımlılığın daha hayattayken yok edilme şekillerine... Asla bitmezler. Şekil değiştirirler. Terk edilmek istenenin yerine yeni bir tane konur, o kadar. Tek yol budur bir bağımlılıktan kurtulmak için. Bağımsız insan yoktur. Dolayısıyla kendimize en yakışanları seçeriz. "Ben sigara içeyim, beni uzun gösteriyor" deriz. Ya da "İnsanları çok seviyorum, hep onlarla birlikte olmak, kalabalık arkadaş grupları arasında yürümek istiyorum" deriz, insan eti bağımlısı olduğumuzu itiraf etmenin daha kibar bir yolu olduğu için...

Salih'in iyileşmesinin yolu da benzer bir noktadan geçiyor. Daha doğrusu, ruhunun çevresinde yapılan bayraklı maraton yarışında eroinin, koşuyu bir başka bağımlılığa bırakması gerekiyor. Onu ve kendimi kurtarabilmek için bulduğum tek çözüm. Ancak bir sorun var. Salih'i tanımıyorum. Onunla neredeyse, işe başladığımdan beri on dakikadan fazla konuşmadığım için nelerle ilgilendiğini bilmiyorum. Sadece eski günleri hatırlıyorum. Şam'da geçen o kuru geceleri. Ailelerimiz akşam yemeğine otururlarken, bizim, Amerikan askerlerinin gittiği striptiz kulübünün penceresinden içeriyi görmeye çalıştığımızı hatırlıyorum. Ve eve döndüğümüzde babam geç kaldığım için bana fazla kızmazken Salih'i, geç geleceğine intihar etseydin diyen gözlerle karşılayan Lütfü'yü hatırlıyorum. O küçük çocuk üzerinde kurduğu baskı, suyun baraja yaptığından fazlaydı o günler. Ve ben Salih'ten dayak yediğimde, sevinirdim onun da ruhunun babası tarafından dövüldüğünü düşünerek. Vurmazdı babası, tokatlamazdı yanaklarını. Ama öyle bir bakardı ki, öyle bir konuşurdu ki! Her kelimesi, evrenin öbür tarafına gidip hayat belirtisi bulamamış bir astronotun hayal kırıklığıyla yarışırdı. Acı vardı sözlerinde. Hak etmek, en çok kullandığı fiildi. Salih'in Lütfü'yü hak etmesi gerekiyordu. Oğlun babayı, kendisini yaratmış olmasının yararlı bir iş olduğuna ikna etmesi gerekiyordu. Ama Salih o yaşlarda, bu tarz kanıtlama işlerine girmeyecek kadar asiydi. Babasının üzerine döktüğü ağır kokudan arınmak için kendini alkolle yıkardı, daha on üç yaşında. Lütfü oğul değil, bir genel müdür istemişti. Keşke hazır bir tane alsaydı, diye düşünürken, kapı çaldı.

İlk terapi seansımız için gelen Salih, iş sonrası dozunu da damarlarına yollamış olmalı ki, uygun adımlarla ve güler yüzle salona yürüyüp kanepeye oturdu. Zaten bir mucize beklemiyordum. İşin eczane tarafı beni kesinlikle ilgilendirmiyordu. Aldığım ilaçlardan ötürü eczanelerden de nefret etmeye başlamıştım. Sokakta gördüğüm her eczane tabelasında, ben "cenaze" kelimesini okuyordum... Sadece canını daha az yakacak bir bağımlılık arıyordum Salih'e!

Bir yandan nezaket konuşmaları sürüyor, bir yandan da düşünüyordum. Esas konuya girmemek için kelimelerden virajlı yollar çiziyordum, Salih beni takip edemesin diye. Hiçbir şey aklıma gelmiyordu. Neden bu evde, bu adamla karşılıklı oturduğumu unutmama ramak kalmıştı ki, dini hiçbir motifi olmayan ama yine de kutsal görünen bir ışık yandı içimde. O an, bütün deliklerimden o ışığın çıktığını ve bir abajura dönüştüğümü sandım. Yüksek voltajlı bir enerji. Tek bir fikir:

Salih'in Lütfü'den intikamı. Evet! Aradığım bağımlılık, bir saattir düşündüğüm konunun uzantısında yatıyordu. Salih babasından nefret ediyor ama hiçbir şey yapmıyordu. Şirketle ilgili bütün işler İstanbul'da dönerken, o Ankara'da bir deponun başında oturuyordu. Ve Salih kabullenmişti durumu. Yenilmişti babasına. İnandırmıştı Lütfü oğlunu, hak etmeyen bir insan olduğuna. Ama artık bunların değişme zamanı gelmişti. Çünkü ben vardım mutsuz olan. Ben vardım hayatı hak etmeye çalışan. Ve Salih'i döndürerek yaşama, dönecektim ben de sırtımı ölüme. Hiç tereddüt etmedim. Derhal bir kroki çizdim alnımın iç tarafında. Kısa ve sinsi bir plan. Her aşamasında yalanlayabileceğim bir plan. Lütfü'nün haberi olduğu takdirde işimi kaybetmeyeceğim türden bir plan. Ve yavaş yavaş başladı, Salih'i eroinsizleştirme projesinin ilk seansı. Tamamen bilinçaltına seslenen gizli reklamların usullerine uygun bir aşamaydı... Ben konuşacaktım. Tek bir eroin kelimesi geçmeyecekti aramızdan. Tek bir Lütfü ismi duyulmayacaktı evimde. Ama yine de gecenin sonunda Salih'in aklına, eroin denince Lütfü gelecekti! Bunu yapabilmek çok terlemek anlamına geliyordu. Kayra'nın yanımda olup her şeyi halletmesini istedim, ama çok uzaklarda olduğundan emindim. O hâlâ çocuktu. Ben büyümüştüm. Hatta başkalarını da büyütmeye çalışıyordum. Eğer Salih'i kurtarırsam ilk seçimlerde milletvekili adayı olabileceğimi düşünerek konuşmaya başladım, buzlu viski servisini yapıp sigarasını yakmasını bekledikten sonra.

"Salih, sana bir hikâye anlatacağım. Nefreti çok erken yaşta öğrenmiş bir insanın hikâyesi. Dengesini kaybetmiş birinin hikâyesi. Benim hikâyem..."

Çok ağır konuşuyordum. Bir cenaze merasimine benziyordu, ağzımdan ağır adımlarla çıkan kelimelerin yürüyüşleri. Her biri ayrı bir bayrağa sarılı. Otopsilerini Salih yapıyordu. Önce midesi bulanıyor, bakamıyordu gerçeklere. Başını çeviriyordu. Ama sonra alıştı kokusuna. Mahvettiği hayatının, yanmış yemeğinkine benzeyen kokusuna alıştı. Bahsetmiyordum babasından. Kendiminkini anlatıyordum. Yalan söylüyordum ilişkimiz hakkında. Beni sürekli aşağıladığını anlatıyordum. Onu her gece yatağımda binlerce değişik şekilde öldürmeyi hayal ederek uyuduğumu anlatıyordum. Eroinden bahsetmiyordum. Deliliğimi anlatıyordum. Gitmek istediğimi. Yolculuk bağımlılığımı. Terk etmenin verdiği hazza olan aşkımı. Ve uyanıyordu Salih. Açılıyordu gözleri. Esniyordu hâlâ ama kanı da hızlanmaya başlamıştı. Bahar geliyordu Salih'e. Değişiyordu toprağı. Farkına varıyordu gerçek düşmanının. Ben sadece yolu gösteriyordum. Karanlık bir ormanda, arada bir ortaya çıkarak ışık saçan periler gibi. Masallardaki kılavuzlar gibi. Kendisi anlamalıydı kimin suçlu olduğunu. Ne eroin, ne de Salih! Sadece Lütfü'ydü bütün acıların sorumlusu. Her şeyin! Ve inanmaya başladı Salih. Kendine. Ben de inanıyordum. Ama ben Lütfü'nün kötülüğüne inanıyordum. Doğru yerinden tutmuştum Salih'in hayatını. En acıyan yerinden sıkıyordum, iki parmağımın arasında. İçindeki cerahat çıkıyordu. Lütfü'ydü ismi. Bir babanın oğlundan, daima imkânsızı istemesiydi korku filminin adı. Bütün kavganın ilk yumruğuydu, yıllar önce eve gelen karneyi beğenmeyen gözler. Bir zamanlar hayattan nasıl nefret ediyorsam ben, Salih de babasından aynı şiddette iğreniyordu. Kimseyi istemiyordu, kendisiyle aynı soyadı taşıyan. Ben de o zamanlar, yanımda tek bir canlıyı görmeye dayanamazdım. Salih'in nefret etmesini istiyordum. Babasından. Ailesinden. Soyadından. Nüfus memurlarından. Aile ağaçlarından! Ve içinde köpürecek olan kinin, Salih'in beyninde akışlarını hızlandıracağı salgılara güveniyordum. O salgılar, nefretin çocukları eroinin yerini alacaklardı yavaş yavaş. Salih babasını yok etmek için yaptığı her hamlede bir miligram azaltacaktı dozunu. Sadece yeterince kin gerekiyordu bana. Ve elimin altında vardı bu kin. Geçmişim onunla doluydu. Adımın yarısı kindi!

Durmak bilmedi günler, saatler... Geceler... Yürüdüler... Ama Salih'le altına imzalarımızı attığımız anlaşmamız durdu. O yürümedi. Çünkü karşımdakinin gerçek bir madde bağımlısı olduğunu unutmuştum. Küçümsemiştim eroini ve kullanıcısına hediye ettiği paranoyaklığı. Bana güvenmiyordu Salih. Kimseye güvenmiyordu. Sadece şırıngasıyla dosttu. Gün içinde, karısından çok görüyordu onu. Ve ben de güvenmiyordum kendime. Ne yapacağımı düşünüyordum. Korkmaya başlamıştım. Eğer Salih reddederse tarafımdan iyileştirilmeyi, ne yapacaktım? Kayra'nın kulağıma ismimi fısıldamasından korkuyordum yeniden. Nasıl inandırabilirdim Salih'i, bana muhtaç olduğuna? Nasıl ikna edebilirdim ruhunu bana teslim etmesine? Günler, zorla da olsa oluşturduğum gündelik düzenimden komisyonlar alıp geçiyordu. Uyuyamıyor, benimle buluşmak istemeyen Salih'i nasıl kendime çekebileceğimi düşünüyordum. Çok çabuk mu heyecanlanmıştım? Tünelin sonunu gördüğüm anda, içinden çıktığıma mı inanmıştım? Benimle konuşmak istemeyen, evimdeki görüşmemizden sonra depoya hiç uğramamış olan, telefonlarıma çıkmayan Salih'in kurtulması mümkün değil miydi? Eğer öyleyse, ben ne yapacaktım?..

Düşündüm. Bir fikir müsveddesi bulabilmek amacıyla eski resimli romanları bile okudum. Sadece konuşarak, Salih'in bana güvenmesini sağlayamayacağımı anlamıştım... Ve bir gün seyrettiğim bir filmin sonunda televizyonun önünden kalktığımda, artık ne yapacağıma karar vermiştim. Gülüyordum, filmden esinlenerek bulduğum çözümün basitliğine. "İşe yarar mı?" diye sormuyordum kendime. Düşünmüyordum gerçekleştireceğim hareketin sonucunu. İlk defa olmuyordu bu, tabii ki!

Ve işe koyuldum. Öncelikle, suratı kadar hayatı da karanlık olan şoförlerden Ramazan isminde bir adamı odama çağırıp ne yapmak istediğimi anlattım. Dört kişiye ihtiyacım olduğunu söyledim. Suç adamlarına. Ellerinin dışının da, avuçları kadar nasırlaşmış olan adamlara. "Kolay ağabey, buluruz" dedi. Aylık kazancının üç katı bir parayı da ağzını dolu tutsun ve konuşmasın diye verdim...

Sonra iki gece üst üste Salih'i takip ettim. Hep aynı şeyleri yapıyordu. Akşam, saat sekiz gibi çıkıyor, arabasıyla boktan bir mahalleye gidiyor. Ve satıcısıyla alışverişini yapmak için buluşma yerlerinden uzakta bir sokağa arabasını park ediyor ve yürüyerek gidiyordu günlük dozunu almaya. Toplu mal taşımıyordu üstünde. Eroinmandı ama aptal değildi. Ve tozu aldıktan sonra yine yürüyerek arabasına dönüyordu. Artık biliyordum gece programlarını Salih'in...

Ramazan'ın ayarladığı adamlarla Ankara'nın dışındaki bir semtin kahvesinde buluştuk. Ne istediğimi anlattım. Para da sorun çıkarmadım. İstedikleri kadar verdim. Anlaşıyorduk birbirimizle. Geçmişte bir suçlu olmanın yararlarını görüyordum Ankara'daki sade hayatımda. Anlaşılıyordu tabii ki böylece, hiçbir hayatın tamamen sade olamayacağı da. Her normal hayatta asgari düzeyde de olsa, bir şiddet derinliği vardı; bazılarında diz, bazılarında bel hizasında!..

"Eyvallah!" dediler, yüzlerindeki bıçak yaralarının vücudumdakilerle yarışabileceği adamlar.

"Yarın" dedim. "Unutmayın söylediklerimi. Ne eksik, ne fazla! Hâkim olun kendinize. Yarın akşam..."

Uzun sürmedi yarının gelmesi... İşten çıkıp eve geldim. Siyah gömleğimi ve siyah pantolonumu giyip arabaya bindim. Salih'i yeniden kazanarak bana güvenmesini sağlamam için kurduğum plan basitti. Hatta çocukça... Parayla tuttuğum dört adama, Salih'i dövdürtecektim. Ve büyük bir tesadüf sonucu, tam yere yatmış, kaburgalarına aldığı tekmeleri sayarken devreye girip saldırganları safdışı bırakacaktım. Salih bana minnettar kalacaktı. Ben "Önemli değil" diyecektim. Hayatını kurtardığım için her kelimemi ayrı bir dikkatle dinleyip beynini yıkamama izin verecekti. O kurtulacaktı, ben kurtulacaktım, film bitecekti. Mutsuz hayatlarımıza yakışmayan mutlu bir son!

Arabayı Salih'inkinin bir sokak aşağısına park ettim. İnip çevreme baktım. Gerçekten de pis bir mahalleydi. Çocuklarının bile kan koktuğu bir mahalle. Yürüdüm saldırının gerçekleşeceği sokağa doğru. Daha Salih de, adamlar da ortalarda görünmüyordu. Erken gelmesi gereken bendim. Takip gecelerimde belirlediğim apartman girişinin karanlık kapı önüne sığındım. Durduğum yerden Salih'in üzerine atlayacakları noktayı görebiliyordum. Ancak kimsenin varlığımdan şüphe etmeyeceği bir siyahlık vardı çevremde. Ve üzerimdeki gömlekte...

Bekledim. Ve bekledim. Tam yirmi altı klasik Amerikan arabası modeli saymıştım ki içimden, bir gürültü duydum. Sağ gözümü beton duvarın köşesinden sarkıtıp baktım sesin geldiği yere. Biraz geç kalmıştım. Tiyatro başlamıştı. Ama yerim önde olduğu için rahatça görebiliyordum aktörlerin yüzlerindeki terleri. İlk yumruğu yemişti Salih. Arkasındaki duvara yaslanmış, ayakta durmaya çalışıyordu. Eroinden zayıflamış kasları değil kendini korumasına, ayaklarının üzerinde durmasına yettiği için bile şükretmeliydi bence. Profesyoneldi adamlar. Sırayla vuruyorlardı. Acele etmiyorlardı. Sindirmesini bekliyorlardı karşılarındaki zavallının, karnına yediği yumrukları. Etin ete vurma sesine alışık mahalle sakinleri, çıkarmıyorlardı kafalarını pencerelerinden. Yalnızdı Salih şiddetin karşısında. Hepimiz gibi! Tekmelerle baş başaydı. Anlaşmamıza göre benim ortaya ilk beş dakikadan sonra çıkmam gerekiyordu. Evet saatime bakıyordum. Görüyordum sokağın cılız ışığının altına uzattığımda, sahneye girme zamanımın geldiğini... Ama bir ses tıkadı sol kulağımı. Kırık bir cam kadar keskin bir ses. Duymamak için gözlerimi kapattığım o sesi duydum.

"Kinyas!"...

Ve o gece, zor sığdığım kapının eşiğinde, Salih'in dövülmesini seyrettim. Bağırmıyordu. Yardım istemiyordu. Nerede olduğunun farkındaydı. Adamların vurdukları yerden çıkan sesleri dinledim. O kadar heyecanlandırdı ki beni, saf şiddeti uzun zaman sonra bu kadar yakından seyretmek, ne adamlarla yaptığım anlaşma, ne de Salih'in karın boşluğundaki sancılar kaldı aklımda. O kadar büyük bir zevk verdi ki tanık olduğum gösteri, bacaklarımın titrediğini hissettim. Salyalarımda boğulacağımı sandım. Defalarca vurdular. Yerde yatan ve her tekmede bir solucan gibi kıvranan Salih'in gözlerinde o kadar acı vardı ki, ben dudaklarımı ısırdım...

Adamlar çevrelerine bakıyordu. Beni görmek umuduyla. Bekliyorlardı kurtarıcının gelmesini. Ama kanla dolu on beş dakika geçti. Ne ben çıktım ortaya, ne de onlar kesti vurmayı. Ve anladıkları zaman gelip dövüşe katılmayacağımı, pili bitmiş oyuncak bebekler gibi durdular. Ve birer sigara yaktıktan sonra yürümeye başladılar sokağın içine doğru. Ve o an tek istediğim, içlerinden bir tanesinin geri dönüp yerdeki Salih'in bitmemiş tablosuna son tekme darbesini indirmeseydi... Ama olmadı. Profesyoneldi adamlar. Aldıkları para kadar dövmüşlerdi Salih'i. Ne eksik, ne fazla...

Ancak birden, kendi planımı kendim bozduğum için terlemeye başladım. Acıyı seyretmenin verdiği haz geçmiş, yerini pişmanlığa ve insanlığa bırakmıştı. Bir adım atıp kaldırıma doğru, koşmaya başladım. "Ben ne yaptım? Ne yaptım ben? Neden seyrettim? Neden izin verdim böyle bir vahşete?" diye bağıra bağıra içimden. Yanına gittiğimde ağlıyordu Salih. Acıdan ağlıyordu. Yerden kaldırdım. Konuşmanın bir yararı yoktu. Yanıt veremezdi nasıl olsa. Kolunu omzuma attım. Anlaşılmaz sesler çıkarıyordu her attığı adımda. Arabaya geldik... Ve artık personelinin tarafımdan çok iyi tanındığı Bayındır Hastanesi'ne girdim, yanımdaki sedyede Salih'in parçalanmış bedeniyle...

On iki gün kaldı özel odasında. Tam on iki gün konuştuk. Durmadan. Kendisini dövenlerin uyuşturucu işiyle ilgili bir davadan fırlayıp geldiklerini düşünüyordu. Ben parayla tutmuş olamazdım ya! Tabii ki çevresine ördüğü kirli ağın örümcekleriydi, o gece Salih'i araba mezarlığındaki bir hurdaya çevirenler... Korkmuştu Salih. Hem de çok. Ölmekten korkmuştu. Hastaneden çıktığı gün adamların yeniden kendisini bulmalarından korkmuştu... Ve dinlemeye başlamıştı beni, sargılarından taşan kulaklarıyla... Eroinin değil ama eroini elinde tutanların kendisini öldüreceğinden korkmuştu. Ne polis, ne de Lütfü! Hiçbiri eşkâllerinin hatırlanmadığı adamları bulamadı. Karısı ağladı. Salih ağladı. Ben ilk defa görmediğim için gözyaşını, sadece seyrettim... Nedeni her ne olursa olsun, Salih beni dinlemeye karar vermişti. Mutlu son ağır aksak da olsa geliyordu üzerimize doğru. Ve bizim kaçacağımız bir yer yoktu. Ezilmek istiyorduk!

Salih, ne yapmak istediğimi anlamıştı artık. Eroini tamamen bırakması için babasından yeterince nefret etmesinin şart olduğunun farkına varmıştı. Ve bu konuda çok iyiydi. Planımın ikinci aşamasına geçmiştik. Şimdi, Salih'in babasını alt edebileceği, yerlerde sürükleyebileceği bir çarpışma alanı bulmak gerekiyordu. Ve tabii ki iş hayatı olacaktı bu arena. Babasından çalacağı her banknot, rehinciye bıraktığı hayatını geri almasına yarayacaktı. Öncelikle, sabahları işe saatinde gelerek ispat etti içindeki kinin varlığını. Uzun bir ara verdiği için birçok konuyu kendisine anlatmam gerekiyordu. Yeniden öğreniyordu ticareti. Tabii bu arada deponun dipteki odasına gidip gelmeler devam ediyordu. Bedeninin kolay pes etmesini beklemiyordum tabii...

Mücadelenin yöneticisi olan ben ise, bu zaman içinde daha iyiye gitmiyordum. İşten eve döndüğümde, Salih gelene kadar boş duvarı seyrediyordum. Melis, ilişkimizin bir ay dönümünü unuttuğum için bana sinirlenmiş ve bazen benden ayrılmayı düşündüğünü söylemişti. Ama tam o gece, hiç yapmadığım gibi seviştiğim için kararından vazgeçmesi uzun sürmedi... Suat, doktorum, tahlil sonuçlarının tatmin edici olduğunu, hayatımdaki tek kontrol edemediğim unsurun iyiye gittiğini söylüyordu... Salih'in kurtuluşu tek çaremdi. Son! Bütün düşüncelerimi onun üzerine yığmıştım. Gece yarısına doğru bana geliyor ve sabahın ilk aydınlığına kadar konuşuyorduk. O kadar çok konuşuyordum ki, o kadar çok cümle kuruyordum ki gerçek bir katiller sürüsü yaratabilirdim ikna seanslarımla... Salih dinliyordu. Bedenine söz geçirmeye çalışıyordu. Ama gece yarısı ile sabah arasındaki bir saatte, mutlaka karanlık dozunu vurmak için banyoya gidiyordu. Hiçbir azalma görmüyordum bağımlılığında. Tek farklılık, Salih'in işe düzenli olarak gelmesi ve çalışanlar üzerinde kaybettiği otoritesini inşa etmeye başlamasıydı. Karısının umutsuzca ve çaresizce olup bitenleri seyrettiğini biliyordum. Elinden hiçbir şey gelmeyeceğini kendisi de biliyordu. Sadece güzel yemek yapıyordu. Aileden biri olmuştum. Melis'i alıp misafirleri olmaya gidiyorduk. Bir ara Melis, Salih'le aramdaki yakınlaşmadan kuşkulanıp erkeklerden hoşlanmaya başladığımı düşünmeye başladı galiba. Ama benimle ilgili kafasındaki her şüphe, sabaha kadar süren güvenli seks ayinleriyle sona eriyordu. Her şey kesinleşiyordu zihninde sabahları. Sadece bazı kasları ağrıyordu, o kadar!

Biliyordum içimde ölmemiş bir insan olduğunu. Ölmeden gömülmüş bir insan olduğumu. Ve çürümüş yerlerimi, sağdan soldan topladığım etlerle yamıyordum. Salih benden çok inanmaya başlamıştı kurtulacağına. Lütfü, oğlundaki hareketlenmeden tedirgindi. Rahattı aslında işlere karışmayan, söylenileni yapan ve susan geçmişteki Salih'le. Ama şimdi karşısında, Ankara'daki işlere kendi bildiği gibi yön veren azılı bir çocuk vardı. Beni evimden kaçıran kin yine etkili olmuş ve Salih'i de gerçek bir kapitalizm canavarına dönüştürmeye başlamıştı.

Ortadoğu'ya gitmesi gerekiyordu bazı görüşmeler yapması için. Ama ben yanımdan uzaklaşmasını istemiyordum. Ve bir gece olağan toplantılarımızın birinde, artık dozunu günde bire düşürdüğünü söyledi. Zihni o kadar meşguldü ki babasının ayağını kaydırmak için yapacağı atılımla, aklına bile gelmiyordu eroin. Ve bu konuşmadan sonra iş için yapacağı yolculuğa karşı çıkmadım. Tedavisini artık kendisi yönetiyordu... Onu böylesine istekli, hırslı gördükçe benim içimde de kıpırdanmalar başlıyordu. İstediğim kadar uyuyamıyordum hâlâ ama Melis'i ve ailemi daha sık görmek istiyordum. İnsanlara ihtiyacım olduğuna inanmaya başlamıştım. Ve normalliğime giden yolda dev bir adımdı. Başkaları olmadan yaşanmayacağını düşünmek, insanın toplumsal bir hayvan olduğuna emin olmak büyük bir başarıydı benim için...

Haftada iki kez yemeğe gitmeye başladım ailemin evine. Annem, hemen hemen düzenli olan bir hayat kurduğum için çok mutluydu. Evlenme zamanımın geldiğini kulağıma fısıldıyordu, mutfakta yalnız kaldığımızda. "Biliyorum" diyordum. Melis artık hiçbir zaman geçmişimi, yolculuğumun ayrıntılarını anlatmayacağımı anlamış, bu konuyu düşünmüyordu bile. Beni, yirmi dokuz yaşında doğmuş bir adam gibi seviyordu. Ve ben de kendimi öyle hissediyordum. Yalnız çok fazla doğum lekesi vardı vücudumda, o kadar. Dövmeler, dikişler... Ve aile toplantılarının birinde Tuğba, beklenen ancak ne zaman geleceği bilinmeyen haberi verdi. Cemil'le nişanlanmaya karar vermişlerdi. Kardeşimi tebrik etmek için yanına, onu öpmeye giderken bir an için gerçekten sevindiğimi hissettim. Kardeşinin nişanlanacağını öğrenen her insan gibi mutlu olmuştum. Ona sarılmak istemiştim. Çocukları olduğu takdirde, dayıları olarak onları çok seveceğimi düşünmüştüm. Ve çok iyi belirtilerdi hissettiklerim...

Hayat benimle aynı yönde akıyordu.

Salih'in İran ve İsrail'de yaptığı görüşmelerden sonra döndüğünde ilk işi, beni görmeye gelmek oldu. Evde oturuyor ve babamın tuttuğu, artık benim de desteklediğim bir futbol takımının maçını seyrediyordum kapı çalındığında. Rakip kalenin yakınlarındaki bir pozisyonun out'la tamamlanmasını bekleyip kapıyı açmaya gittim. Salih'ti gelen. Gülüyordu. Kilo almıştı biraz. Sarıldık birbirimize. Dost olmuştuk artık. Hayatımızın en zor günlerini birlikte geçirmiştik bir şekilde. İkimiz de yaşamayı öğrenmiştik birbirimizden kopya çekerek. "Nasılsın?" dedim Salih'e. Sorum sağlığından çok, bağımlısı olduğu maddeyle ilişkisini kapsıyordu. Gittiği ülkelerde her tür uyuşturucunun zengin bir işadamı için sudan daha kolay bulunabileceğini ikimiz de biliyorduk. Ve Salih'in geçmişine boyun eğip eğmediğini öğrenmek çok önemliydi benim için. Çünkü geçen hafta hiç iyi bir şey yapmamış ve Abidjan'a bir uçak bileti almıştım. Açık bir biletti. Üzerinde ne bir ay, ne de bir gün yazıyordu. Kendimi içine attığım labirentin acil çıkış kapısıydı. Eğer Salih yeniden eroine eskisi gibi bağlanmış olarak dönerse, ben de dönecektim Afrika'ya. Ya da yarı yolda uçaktan atlayacaktım! Her şeyi hesaplamaya çalışan biri haline gelmiştim. Delirmemi bile hesaplarıma ve bütçeme uygun gerçekleştirmeye çalışıyordum...

Ve Salih her uyuşturucuyu azaltmış insan gibi, günde iki paket içtiği sigarasından bir tane yakıp, "Haftada üçe indirdim. İnanabiliyor musun?" dedi... Gözlerimi kapattım. Burun deliklerimden ve ağzımdan aynı anda nefes verdim. Kırılmamıştı direnci. Bitmemişti nefreti. Kin yine kazanmıştı. Bütün gece, babasından gizli kurduğu şirketin Ortadoğu'da nasıl reklamını yaptığını, tahmininden çok anlaşmayı hallettiğini anlattı. Gözlerinde gerçeği görüyordum. Sesi, tutku olup dağılıyordu odaya. Elleri titremiyordu. Sadece babası ve para vardı aklında. Oedipus kompleksinin sahnelenmiş halini seyrediyordum. Sadece, anne yerine para vardı. Salih parayı alıp babasını öldürecekti! Ve ben ayakta alkışlayacaktım! Salih sabahı beklemeden evine döndü. Ben kovmadım. Kendisi gitmek istedi. Karısını görmek istiyordu. Özlemişti kadınını her erkek gibi. "Her erkek" olmamıza az kalmıştı. Avuç dolusu ilaçlarımı içtim bir bardak suyla. Odama gidip dolabımda asılı olan lacivert ceketimin iç cebinden uçak biletini çıkardım. Mutfağa yürüdüm. Sadece bir kez daha baktım üzerinde Abidjan yazan bilete. Çaktığım kibritin tereddütle aldığı ateşi seyrettim. Buluştular iki elimin yardımıyla havada. Biri diğerine bulaştı. Bilet yandı. Tuttum köşesinden biraz daha. Sonra da attım musluğun altına. Ve uyumaya gittim. Gözlerimi kapadığımda, yanan bambu kulübeler göreceğimi sandım. Yanan çocuklar. Ama hiçbir şey. Sadece karanlık ve uyku...

Baş ucumdaki çalar saat haber verdi güneşin doğduğunu. Gri pantolon, lacivert ceket. Saçımı babamınkine benzettim... Skoda'nın kontağını kapattım deponun önünde. Birkaç adım kalmıştı mutluluğa. Düzenli hayatım kendisini kutluyordu. Tebrik ediyordu toplum beni, yeniden her şeye saygı duyduğum için... Salih benden önce gelmişti. Babasına atacağı büyük kazığın hazırlıklarını konuştuk. Planı basitti. Şoförlerden müşterilere kadar bütün işi kendi kurduğu şirkete taşıyacaktı. Ben de istifamı verip onun yardımcısı olacaktım. Lütfü, oğlunda bir canavar yarattığım için beni işe aldığına pişman olacaktı. Ve Salih de babasının en dişli rakiplerinden biri olacaktı. Mükemmel bir gelecek hayaliydi. Belki biraz acımasızca görünebilirdi, ama hiçbir şey eroinden daha kötü olamazdı!..

Depoda Salih'in özel işleri için kullandığı oda tamamen işe yaramaz hale gelmişti. Ne kadınlar geliyordu, ne de Salih günün belli saatlerinde kendini içine kilitliyordu. Kendimi iyi hissediyordum. Hiç hissetmediğim kadar! Belki Salih'in tek bir canı vardı oyunda, ama yine de bütün öldürdüklerimin yerine onu yaşatmak insanlığımın garantisiydi.

Senediydi normalliğimin, Salih'in mutluluğu. Çok yol almıştım. Arkama dönüp baktığımda çok uzak geliyordu artık eski günler. Sadece vücudum aynı kalmıştı. Ama onu da sadece Melis görüyordu. Ben aynaya, sabahları giyindikten sonra saçımı taramak için bakıyordum... Tuğba nişanlandı. Güzel bir geceydi. Hatırı sayılır otellerin birinde verildi davet. Cemil'in neresine vurursam düşer, diye düşünmüyordum artık. Ailelerimiz gülüyordu. Melis'in ailesiyle daha da yakınlaştım o gece. Bilmiyorlardı hasta olduğumu. Ben de bilmiyormuş gibi yaptım. Hafızamda bu kadar derin çukurlar olduğundan haberim yoktu. Neleri gömmüyordum ki teker teker?

Ve o gece, bütün zihnimi zorlayan bir karşılaşma oldu. Benim, görmeyi ve konuşmayı aklıma getirmek istemediğim iki insan nişan törenine katıldılar. İki hüzünlü insan. Kırık kemiklerle dolaşıyormuş gibi gözleri yerde yürüyen iki insan. Kayra'nın annesi ile babası... Çok zordu. Ellerini sıkmak. Gözlerine bakmak. Gözyaşlarına hâkim olmak. Her şey... İzmir'de yaşıyorlardı. Ve döndüğümden beri konuşmamıştım onlarla. Birçok kez aramayı düşünmüştüm. Ama söyleyecek tek bir kelime, anlatacak tek bir hikâye bile gelmemişti aklıma. Yaralarla oynamayı becerememiştim zaten hiçbir zaman. Kimsenin kanayan dizine üflemedim bugüne kadar. Yaşlanmışlardı. Bir Kayra kadar hayat gitmişti ruhlarından. Tek bir soru sordu babası. Sadece bir tane. Yanıma geldi. Elini omzuma attı. Kulağıma eğildi. Beni öldürmesini isterdim. Hiçbir şey o yaşlı gözler kadar acı veremezdi ne bu hayatta, ne de diğerinde! Tek bir soru:

"Hayatta mı?"

Jilet gibi. Kayra'nın taşıdığı Solingen ustura gibi keskindi sorusu. Her harfi bir yılda yazılmıştı. Ben, ben olmamayı istedim o an. Yaşıyor muydu Kayra? Yaşıyor muydu, omzuma zayıf elini atmış adamın çocuğu?

"Dört yıldır görmüyorum. Bilmiyorum Efendim" diyebildim. Yanımızdaki masada duran tatlı bıçağıyla karnımı delmesini istedim. Ama o "Peki yavrum... Tebrik ederim" deyip yanaklarımdan öptü. HIV'den daha ölümcül bir hastalığı vardı bu adamın. Üzüntü. Çok üzgündü. Hep öyle olacaktı. Üzgün ölecekti. Döndüğümden beri Kayra'ya duymaya başladığım nefret, bugüne kadar birikmişlerin on katı daha da arttı o an. Sırf onu öldürmek için Afrika'ya gitmeyi düşündüm. Emindim oralarda hâlâ tanımadığı çocuklara para dağıtarak karşımdaki adamın gözlerindeki yaşları silebileceğini sandığına. Oysa görünmez bir hat vardı aralarında çekilmiş olan. Kayra'nın zihnini öldürmek isteyişinin en büyük nedenlerinden biriydi bu hat. Anne ve babasının döktüğü her gözyaşını Kayra içiyordu. Gözyaşı hattı vardı İzmir'den Afrika'ya uzanan... Melis'i tuttum kolundan, dışarı çıkardım. Biraz yürüdük. Otelin karşısındaki karanlık sokağa girdik. Yüzüme bakıyordu ne oynadığımı anlamak için. Zor yürüyordum. İyice karanlığa gömüldüğümüzü anladığımda durdurdum iki kişilik kafilemizi. Ve sarıldım Melis'e. Bu sefer aramızda gözyaşlarım kalmıştı. Yeni doğmuş bir milyon bebek kadar ağlıyordum. Melis sarılmaktan başka ne yapabileceğini düşünüyordu. Hiçbir şey, diyordum içimden. Hiçbir şey yapamazsın! Kayra ve ailesi için kimse, hiçbir şey yapamaz. Tanrı varsa, kader varsa hepsini de kundaklamak istedim, bu aile ile o çocuğu aynı çatı altına soktukları için!..

Sonra, ayrılmadan birbirimizden yürüdük, kahkaha ve müziğin duyulduğu salona doğru... Kayra'yı yanımda getirmediğim için pişman değildim. Daha kötü olurdu benimle gelseydi. Kendini asardı ailesinin salonundaki kristal avizeye... Tuğba beni görünce yanıma geldi.

"İyiyim" dedim. "Sadece biraz başım döndü."

Sarıldık birbirimize. Ve Dieudonné'yle aynı boyda olan Cemil geldi yanımıza.

"Kardeşime iyi bakacağına söz ver" dedim, kulağına uzanarak. Yanıt vermesini beklemeden ekledim: "Yoksa öldürürüm seni!"

Kafamı geri çektiğimde gülen yüzümü gördüğü için o da gülmeye başladı. Şaka yaptığımı düşünmesi için bütün nedenler vardı. Bir nişandaydık. Kardeşimi çok seviyordu. Ve ben genelde arkadaşlarını güldüren bir insandım. Ama benim de tehdidimde ciddi olmam için birçok nedenim vardı. Bugüne kadar aldığım hayatların sayısını hatırlamıyordum. Ölmek üzere olan bir HIV taşıyıcısıydım. Ve kardeşimi bütün hayatı boyunca yetecek kadar üzmüştüm. İçinde acıya yer kalmamıştı artık!..

Güzel bir geceydi. Melis'le evlenmem gerektiğini düşünüyordu konuştuğum herkes. Tabii Melis de. Ama ben yorgundum. Uyumak istiyordum. Sadece uyumak. Artık uykum geliyordu, her insan gibi yorulunca, on iki saatten fazla ayakta kalınca.

Kâbuslarım neredeyse tamamen yok olmuştu. Yatağım artık sırtıma batan bir dikenli tel yumağı olmaktan çıkmış, sabahları üzerinden zor kalktığım sıcak bir sığınağa dönüşmüştü. Düşünmüyordum Afrika'yı. Düşünmüyordum son sekiz yılımı. Günlük programlarımla ilgileniyordum. İlaç tedavim, CD4+ sayım sonuçlarımla ilgileniyordum. Bedenimin direncinin nereden geldiğini anlayamıyordum ama bunu kanıksamıştım. Doktorum bir mucize gerçekleştirdiğini düşünüyordu oysa. Sağlığımda hiçbir bozulma belirtisi yoktu. Yorulmuyordum, terlemiyordum fazla. Sabahları depoya gidip iş çıkışlarında da Melis'le buluşuyordum. Salih gece ziyaretlerini azaltmıştı çünkü ihtiyacı kalmamıştı verdiğim kin dolu tavsiyelerime. Artık babasından tek başına da nefret edebiliyordu. Kurduğum düzenek bir saat gibi işliyordu. Sadece tamamen iyileşmesini bekliyordum gerçek bir normalliğe erişebilmek için. Çünkü zihnim Pavlov'un köpeklerinden daha da şartlanmıştı Salih'in arınmasına. Kaybettiğim birçok medeni alışkanlığım geri dönmüştü. Davranışlarım hemen hemen hiç dikkat çekmiyordu bir kalabalık içinde. Televizyonda bir şiddet sahnesi gördüğüm zaman kanalı değiştiriyordum. Ve yazılarımın başında geçirdiğim saatler de azalmıştı. Bitiyordu Kinyas. Ölüyordu. Kendi ellerimle boğuyordum onu. Medeniyetle, insanlıkla, içine dahil olduğum toplumla sıkıyordum boğazını. Unutmama çok az kalmıştı sahte kimliğimi...

Ve beklediğim haber geldi. Melis'in ailesiyle çıktığım bir akşam yemeğinden dönmüş, arabayı park ediyordum. Birden bir ses duydum, arabanın tavanından gelen. Bir çarpışma sesiydi. Ama neydi metale çarpan, onu anlayamamıştım. Ölmüş bir kuşun arabanın tavanına düşmüş olma ihtimalini hemen uzaklaştırdım çevremden. Ve deminki sesi yaratan aynı yumruk bu sefer çok daha şefkatli bir şekilde camıma dokundu. Gördüğüm kemikli ve büyük el Salih'e aitti. Eski Skoda'yı kullanmakta ısrar ettiğim için beni cimrilikle suçlayan Salih, her fırsatta arabanın yıpranmışlığından dolayı ne kadar kolay zarar verilebildiğini göstermek için böylesi şiddet içeren şakalar yapardı. Alışıktım. Ama bu saatte ve evimin önünde değil!

Arabadan indiğimde, beni bir saattir beklediğini söyledi. Beraber merdivenleri tırmanıp eve girdik. Salih'ten sonra başka bir eroinman daha alıp, iyileştirip zamanla evimi bir rehabilitasyon merkezi haline mi getirsem acaba, diye düşünürken Salih yanında getirdiği şampanyanın mantarını tavana fırlattı. Yerlere dökülen şampanyayı görünce önce sinirlendim, ama sonra eşyama zarar geldiği için kızacak kadar normalleşmiş olduğum aklıma geldi ve sadece bir tebessüm sızdı dudaklarımın arasından.

"Neyi kutluyoruz?" dedim, içini kendi evi kadar iyi öğrendiği dairemin mutfağından iki şampanya kadehiyle döndüğünde.

"Beni!" dedi.

"Doğum günün mü bugün?" dedim.

"Sayılır" diye yanıtladı. "Tam sekiz gündür kesinlikle tek bir şırıngaya bile dokunmadım. Ben artık temizim. Bir bebek kadar!"

Fazla iriydi bir bebek olmak için ama konumuz o değildi. Söylediğine inanmak istiyordum:

"Gerçekten mi?" diye sordum.

"Böyle pahalı bir şampanyayı boşuna harcayacağımı düşünmüyorsun herhalde, değil mi?" dedi, soruma karşılık. Ne diyeceğimi bilemedim. Çok şey geçiyordu aklımdan. Sadece heyecanlandığımı hissedebiliyordum. Önce bir kahkaha attım. Büyük bir tane. Sonra da sarıldım Salih'e:

"Başardın! Sonunda başardın!" diye bağırıyordum.

"Hayır" diyordu Salih. "Sen başardın!"

Şampanyanın üçte biri açılışta, bir başka üçte biri de sarılmamızda dökülmüştü. Geri kalanıyla kutladık hayatlarımızın yeni perdesini. Hatta bir ara, nüfus idaresine gidip yeni kimlikler çıkarmayı bile düşündük. Her şeye yeniden başladığımıza daha da inanmak için... İnanamıyordum Salih'in bu kadar kolay eroini bırakabilmiş olmasına. Oysa uyuşturucu, on beş yıldır içinde yaşadığı dünyanın başaktörüydü. Ama şimdi kendisi olmuştu başrol oyuncusu!

Aklımıza geldikçe gülüyorduk birbirimize bakıp. Aslında çok zor günler geçirmişti. Tonla ilaç kullanmak zorunda kalmıştı. Günlerce uyuyamamış ve girilebilecek bütün krizlere teker teker girmişti. Ama artık hepsi bitmişti. Kurtulmuştuk. Bütün pisliklerden. Kendimizden! İlk defa nefes alıyormuş gibi havayı çekiyorduk içimize. Bundan sonra ne yapacağımızı konuştuk sabaha kadar. Lütfü'yü batırma operasyonu için hazırlıklar devam ediyordu ve çalışmalar hızlandırılacaktı. Bir ay içinde büyük nakliyat patronunun, ekonomi dergilerine konu olacak kadar hızlı çöküşü başlayacaktı. Tekmeyi vuranın oğlu olması daha da acı verecekti Lütfü'ye. Ve biz de bunu istiyorduk. Acı çekmesini! Bizim hayatımız boyunca çektiğimiz acıların bedelini Lütfü ödeyecekti. Çok parası vardı. Ödeyebilirdi!.. Bir çocuk istiyordu Salih. Bir kız istiyordu. Bize benzemeyecek bir çocuk. Tuğba gibi bir kız. Hastalığımı bilmediği için Melis'le evlenmem gerektiğini söylüyordu durmadan. Aslında o kadar sarhoş olmuştum ki duyduğum haberden, bir an için içimdeki katile rağmen, onunla evlenebileceğimi bile düşündüm. Daha fazlasını istiyordum. Bütün mutlulukları. Evliliği. Çocukları. Parayı. Her şeyi. Alabileceğim bütün sevgiyi! Dünya üzerindeki bütün mutluluğu kendim için istiyordum. Hak etmiştim. Çok uzun zaman karanlıkta yaşamıştım. Üzerine çöken toprağın içinden çıkan maden işçisinin gün ışığına baktığı gibi bakıyordum hayata. Dev bir ağ vardı elimde. İnsanlığın üzerine attığım. Bütün aşkları, dostlukları, güzel olan her şeyi topluyordum. Mutluydum. Tekrar sarıldım kurtarıcıma.

Salih'le çocuklar gibi hem ağladık, hem güldük sabaha kadar. Kendi doğumlarına tanık olan ilk insanlardık!

Babamı tenis oynarken çok seyrettim. Raketi nasıl tuttuğundan servis atarken ayaklarını nereye koyduğuna kadar her hareketini inceledim yıllarca. Arkadaşlarıyla hafta sonları yaptığı maçlarda toplarını topladım. "Satranç, briç ve tenis... Bunları bilmeyen biri uluslararası ilişkilerde doktora yapsa neye yarar?" derdi babam. Tabii kendisi bu kadarla da yetinmeyip şarap uzmanlığına ve gurmeliğe de terfi etmişti. "Ne yiyip içtiğini bileceksin. Vücudun yemekler için bir otoban gişesi olmamalı!" derdi. Gittiği her ülkede kendi sınıfında oyuncuların bulunduğu kulüpler bulur ve kısa sürede dikkat çeken vuruşlarıyla, maçlarda söz sahibi olurdu. Çantasını taşıdım yıllarca. Benimle oynamazdı. Kimse kendisiyle oynamamıştı küçükken. Ben de tek başıma öğrendim tenisi...

Ve şimdi filenin diğer tarafında olan babama top atıyordum. Çok değişmişti hayatım. Haftada iki kez arkadaşlarıyla yaptığı çiftli maçların dördüncüsüydüm. Ve yaşımın diğerlerine göre gençliği göz önüne alındığında, iyi oyuncu olan babamın karşısına geçmem gerekiyordu. İki saatlik oyunlarımız benim normal hayata dönüş belgemin üzerine basılmış son damgalardan biriydi. Hayata vize almama az kalmıştı. Genellikle benim takımım yeniyordu. Çünkü ben kimseye acımıyordum. Ne beyaz saçlara, ne de yeni açılmış toplara. Eski bir alışkanlıktı acımasızlık... Ve fark ediyordum, eski hayatımın sadece işime yarayacak kısımlarını hâlâ koruduğumu. Soğukkanlılığım, cesaretim o günlerin bana bir hediyesiydi. Ve gerektiğinde açıyordum hediye paketlerimi. Teniste, iş hayatında, dost ilişkilerimde...

Modern hayatın piyonlarından biri haline gelmiştim. Ve kendimi iyi hissediyordum. En önemlisi, arabamın torpido gözünde şarjlı bir tıraş makinesi vardı artık! Siyah hiçbir kıyafetim yoktu iki çift ayakkabı dışında. Sadece normaldim. Hatta o kadar sıradandım ki, insanlar vücudumdaki resimleri birilerinin beni bir gece bayıltıp üzerime çizdiklerini bile düşünüyor olabilirlerdi. Çünkü benimle tanışan kimse inanmıyordu hayatımın üçte birini kaybolmuşluk ve bilinmezlik içinde geçirdiğime. Ve neredeyse, sabahları evden çıkmadan önce aynanın karşısında parfümümü sıkarken ben bile inanmıyordum bazen...

Melis yaşadığı ilişkiden dolayı kendini ayrıcalıklı hissediyordu. Çünkü ilk başlardaki gibi sadece kendisi konuşup planları yapmıyordu. On yedi yaşımda olduğum dönemlerdeki gibi yeniden, konuşan ve güldüren bir adam haline gelmiştim. Zihnim, bir askeri akademi öğrencisinin dolabı kadar düzenliydi. Aradığım her bilgiyi, her tepkiyi istediğim zaman bulabiliyordum...

Son bir hamle gerekiyordu. Sadece bir tane. Ve daha sonra Kinyas'ın kaçacak yeri kalmayacaktı. Mat olmaktan başka çaresi kalmayacaktı. Hamlem, bütün yazdıklarımla ne yapacağıma dairdi. Günümün en az iki saatini alan yazıların artık bana bir yararı yoktu. Sadece, düzeysiz bir günlüğe dönüştüklerini görebiliyordum. Mürekkep ve kâğıttan imal edilmiş bir ilaç olmaktan çıkıp zaman kaybına dönüşmeye başlamışlardı... Ve en kötüsü, şehre ilk geldiğim zamanlardaki yazdıklarımı seyrek de olsa okuduğumda midem bulanıyordu. Tek bir kelimesini bile anlayamıyordum. O kâğıtları nerede ve nasıl doldurduğumu hatırlıyor, ancak neden böylesine cümleler yazdığımı çözemiyordum. Kurulan mantıkları, bahsedilen kavramları aklım almıyordu. Sanki bir başkası, idam mahkûmu bir cani yazmış gibi okuyordum geçmişimi. Zihnim, o günlere ait olan bütün dosyaları yakmış olmalıydı çünkü anlaşılmaz ruhsal sorunlar içinde kıvranan, medeniyet düşmanı bir vahşinin yine anlaşılmaz cümleleri gibi geliyordu bana, okuduklarım. Tolga, Kinyas'ı tanımıyordu. Ve anlamıyordu. Karmaşıklığın arkasına gizlenen birçok başarısız gibi Kinyas da kendini esrarengiz adamlar sınıfına koymuş ve kendini insanlığın üstünde ilan etmişti. Oysa ben insanlığın tam içindeydim. Hiçbir sorunum yoktu onunla. Hiçbir tehdit yoktu bana insanlardan gelen. Ben mutlu bir hayatı olan, iyi para kazanan, yakışıklı bir adamdım. Ve psikolojik kitaplardan nefret ediyordum! Biyografiler okuyordum. Başarılı insanların hayatlarını. İdealist liderlerin düşüncelerini. Çelişkiler, insanı yavaşlatmaktan başka bir işe yaramıyordu. Ve çevremde beni dizginleyecek, mutluluğumu yavaşlatacak hiçbir şey istemiyordum... Dolayısıyla yazılarımdan kurtulmam gerektiğini düşünmeye başladım. Hepsini çöpe atmak en kolayıydı. Ancak defalarca okuduğum bazı sayfalarda, Kayra ismindeki kişinin beni ne denli etkilediğini fark ettim. Utanç vericiydi. Birinin beni, hayatımı mahvetmeme ikna edebilmiş olması korkunçtu! Ve o an içimde bir kızgınlık doğdu. İşlerini zamanında bitiremeyen şoförlere ve başarılı olabilecekken yeteneklerini harcayanlara duyduğum türden bir kızgınlık. Kayra'yı bulup onu mahkemeye vermek istedim, bana bütün yaptıkları için. Artık her okuduğum cümlede onu ve insanlık dışı düşüncelerini görebiliyordum. Ve tabii, Kinyas'ın çektiğini söylediği o sonsuz acıyı da okuyordum satırların arasında. Bir cezası olmalı, diye düşündüm. Bir cezası olmalı hayatı reddetmenin. Ölmeden önce anlamalı her kim yadsıyorsa hayatı, bunun mümkün olmadığını. Anlamalı hayatın yaşamak ve hissetmekten başka bir anlam taşımadığını. Ve Kayra'nın da bunu anlamasının tek yolunun benim hikâyemi okumasından geçtiğine karar verdim. Çünkü ben görebiliyordum yazılarımda, ölmüş birinin yeniden hayata dönüşünü. Görebiliyordum en büyük kederden en büyük mutluluğa geçişi. Üstelik her an çürüyen bir bedene sahip olan bir adamın bile nasıl bir hayat sevincine sahip olabileceğini görebiliyordum. Ben umudu, hayalleri, güzelliği, aşkı görüyordum yazdıklarımda. Ama hayatım geçmişti tanımadan onları. Sekiz yılını ise zihnim felçli geçirmişti. Kayra bana çektirdiği acıları ve benim ne kadar zor kurtulduğumu görmeli, diye düşündüm. Hepsini görmeli! Geri dönebileceğini anlamalı. Ter döktüğü takdirde medeni dünyada mutluluğu bulabileceğine inanmalı...

Kayra'ya bütün yazdıklarımı yollamaya karar verdim. İki nedenden dolayı... Birincisi, bana ne büyük gözyaşları döktürdüğünü görüp suçluluk duyması. İkincisiyse, seçtiği yolun bir çıkmaz sokak olduğunu görüp hayata dönmesi gerektiğini anlaması... Belki Kayra'yı kendi hayatına ve benimkine yaptıklarından ötürü hiçbir zaman sevemeyeceğim, ancak yine de onun bilinmeyen bir yerde yok olmasını da istemiyorum. Çünkü ben mutluyum. Mutlu olunabileceğinin en büyük kanıtıyım. İnsanlık, ahlak ve toplum adına onu da kurtarmak istiyorum.

Hayatın kutsallığına inanmasını istiyorum. Gerçek isminin Kayra olmadığını hatırlamasını istiyorum! Ve artık bilmesinin zamanı geldi! Gözlerini açmalı. Nefsine sahip çıkmasının zamanı geldi. Hayat reddedemeyeceği kadar güzel ve gerçek. Bu hayatta umut, sevgi, dostluk, insanlık var! Ölümse boş bir kâğıt!

Kayra, yolculuğunun parçaladığı hayatını toplayıp geri dönmelisin. Çünkü burada her şey var!.. Her şey var.

"Kinyas!"

DK'da yayımlanmış kitapları

Kinyas ve Kayra

Hakan Günday'ın ilk romanı. Parlak bir başlangıç: Günday, 23 yaşında yayımladığı bu kitapla hem edebiyat çevrelerinin büyük ilgisini çekti, hem de kendine sadık bir okur kitlesi yarattı.

Zargana

On ikisinde Berlin'de dört kişinin tecavüzüne uğrayan Zargana, bu olaydan sonra kendini insan sınıfından sıyırır. Ne var ki insan olmaktan uzaklaşıp "hiç"e yaklaştıkça kendisine döner; âşık olur. Parçalanmış benliğini onarmak için, başkalarının oynadığı bir "hayat oyunu"nu sahnelemeye koyulur...

Piç

Piçlerin çocukları olmaz. Piçler, âşık oldukları kadınların kendilerini kurtaracaklarını düşünür. Oysa hiçbir kadın dünyaya bir piçi kurtarmak için gelmemiştir. Piçlere sır verilebilir. Ölümleriyle son bulan sırdaşlıkları vardır... Babalarına ihanet edenlerin romanı.

Malafa

"Topaz Jewellery Center *evrenin en büyük kuyumcusudur. Temeli Kapalıçarşı'da, çatısı Antalya'dadır. (...) İçine adım atıldığında Türkiye'den çıkılır. Dışarıdan Kâbe'ye, içeriden ana rahmine benzer. (...) Topaz* Jewellery Center *evrenin en büyük kuyusudur."*

Azil

"Önemli olan, Tanrı'nın bir enstrüman yaratmış olması-dır. İnsan denen bir enstrüman. Ancak, yarattığı müzik enstrümanını çalamayan bir usta gibi, Tanrı da insandan doğru sesi çıkaramamıştır. Bu yüzden, Tanrı hariç bütün güçler insanı çalmış ve özellikle de şeytan en güzel melodi-lerini onunla bestelemiştir." Asil'in deha ile delilik arasın-da seyreden hayatı...

Ziyan

"Asil, hayatı değiştirmekle görevli peygamberlerin yaratıl-dığı evrende değil, onun sınırlarının ardına düşen hiçlikte doğmuştur. Yeni nesil bir varlık, ikinci bir Âdem'dir. Peki, Ziya Hurşit kimdir? (...) Asil'in hayatı, Azil'de anlatılana kadar bir sır olarak kaldı."

Az

Az'da büyük kitaplara özgü tutku var. Anlatılan öykü-nün bütün öğeleri, çağdaş Türk kurmacasına olduğu gibi evrensel edebiyata da ustaca yedirilmiş. Hakan Günday, Schopenhauer tınılarıyla felsefi bir Doğu masalı anlatmış. (Sean J. Rose, *Livres Hebdo*)
"Hakan Günday, modern çağda geçen, 'az' postmodern bir peri masalı anlatmış." (Eray Ak, *Cumhuriyet Kitap*)

Daha

9 yaşındayken babası Ahad ile birlikte yurtdışından ka-çak işçi getirme işine başlayan Gazâ'nın öyküsü aracılı-ğıyla, insanın insanı yönetme isteğini, insanın insan üze-rinde baskı kurma güdüsünü ele alan, çarpıcı, sarsıcı, kla-sikler arasına girmeye aday bir roman.